史蒂芬金選

Stephen King

THE DEAD ZONE

Stephen King

史蒂芬·金
死亡禁地

吳妍儀——譯

以妥善安排的虛構，展現令人嘆服的現實

——談《死亡禁地》

【城堡岩小鎮家族創立人】劉韋廷

數年前，在日本與台灣均十分受到歡迎的作家伊坂幸太郎曾來台宣傳新書。當時我有幸與他一同聚餐，並在用餐過程中問他的某本小說是否有受到史蒂芬．金某部知名著作的影響。那時他回答，日本有評論家曾斷言他的那部小說肯定受到了金的那本作品影響，但他其實沒讀過那部小說，就連小說改編的電影也未曾看過。後來，在伊坂的《ＰＫ》一書中，他則安排了一個作家角色，直接重現了相同的狀況，甚至就連在書中提及的史蒂芬．金作品，也與現實中他被問到的是同一本。

伊坂的那一本書叫做《魔王》，至於史蒂芬．金的那本，則是你接下來即將讀到的《死亡禁地》。

無論從哪個角度來看，《死亡禁地》對金來說，均具有一定程度的重要意義。從作家生涯切入，發表於一九七九年的《死亡禁地》，是金首度登上精裝本暢銷排行榜冠軍的作品，代表了這名恐怖小說之王正式登基的時刻。但就創作理念及寫作技巧的嘗試而言，《死亡禁地》的重要性，其實更遠遠超過了銷量這回事。

打從處女作《魔女嘉莉》開始，金便在作品中竭力實驗自己「小鎮生活作為社會及人類心

理的縮影」這種創作理念，並在《撒冷鎮》中進一步地強化這個觀點。而就金個人表示，這樣的實驗，一直到《死亡禁地》這部小說，才總算有了真正顯著的進展。

金的書迷一定都對他筆下那個位於緬因州，名為「城堡岩」的虛構小鎮相當熟悉。數十年來，他有多部小說的背景均設立於這個小鎮內，包括《四季奇譚》裡的中篇〈總要找到你〉、精采到令人難以釋卷的長篇《必需品專賣店》，以及許許多多的短篇小說等等（附帶一提，金自認其中最佳的兩篇，是收錄於《史蒂芬．金的故事販賣機》中的〈陶德太太的捷徑〉及〈奧圖伯伯的卡車〉）。而以上這些精采作品的起點，也就是金口中「第一部城堡岩小鎮系列作品」的小說，正是《死亡禁地》一書。

至於在寫作技巧的嘗試方面來說，《死亡禁地》同時也是金最為滿意的作品之一。在《史蒂芬．金談寫作》中，金曾表示自己比較依賴直覺，在實際寫作之前，對於故事頂多僅有大概想法，主要仍是讓角色自由發揮，因此使他筆下的小說發展，往往就連自己也無法通盤掌握。但在這樣的寫作習慣中，他也同樣嘗試過事前設計好所有情節的小說。就他自言，這種實驗的結果往往較為生硬，而《死亡禁地》不僅是其中唯一的例外，同時更是他個人相當喜愛的一部作品。

在《死亡禁地》這本題材與暗殺政客有關的小說中，金所刻意安排的寫作技巧，的確與他在本書之前所展現出的風格有著明確的不同之處。無論是小說的前段或末段，金都刻意迴避以主角的觀點來描繪事件，僅利用主角周遭的配角，讓讀者藉由他人視角來建構對於這名角色的觀感，與故事中段讓人徹底了解主角內心想法的寫作方式有著明確的區隔。

這樣的刻意安排，在本書中確實具有獨特意義。這樣的手法除了讓人聯想到現實中的新聞媒體對於類似事件的相關報導手法以外，同時更對我們是否能透過他人觀點，便真正了解一個人的內在自我這件事投下了巨大問號，使整部小說既具有對於現實的提問特質，同時也在情感層面提供了足夠的基礎，為故事披上了一層令人忍不住加以深思的悲劇色彩。

這部金的經典之作，曾於一九八三年由知名導演大衛．柯能堡改編為大獲好評的同名電影，並由知名影星克里斯多夫．華肯飾演主角。而到了二〇〇二年時，本書主角所擁有的超能力元素，則被拿來作為主要的賣點，推出了後來共播出六季的同名影集。

而在台灣，這本小說過去曾以《再死一次》的書名一度推出，並於日後成為書迷在網拍上爭相搶購的絕版珍品。如今，這部小說總算以貼近原文書名的《死亡禁地》之名，在眾多書迷的期盼下再度登場，相信對於許多人來說，絕對是一件令人感到興奮不已的事。

翻開下一頁吧。不管你是不是金的書迷，都能在這本小說中得到充分的閱讀樂趣，甚至更進一步地發現，就算這是一本發表於一九七九年的小說，但卻在許多方面都不顯過時，讓你既關心書中的角色，同時也會因為故事發展，聯想到我們所身處的現實光景，因此時而感慨，時而感到一陣惡寒。

就算有著如此明確的虛構元素，卻也令人感覺真實不已。這樣的閱讀感受，除了是史蒂芬．金的招牌風格以外，我想，也正是《死亡禁地》之所以歷經多年，依舊不容讀者錯過的最大原因了吧。

只有他值得那麼多喝采！

強勁的緊張感讓讀者被故事牢牢吸引住，就像針被磁鐵吸引一般！

——休士頓郵報

讓人心寒、害怕……一種高品味、希臘悲劇式的感性……史蒂芬・金是怪誕、災難與恐怖的大師！

——聖地牙哥聯合報

迷人、一流、引人入勝……刺激的程度勝過大多數超自然小說……史蒂芬・金或許是愛倫坡以來（？）最精緻的超自然小說巧匠！

——達拉斯時代先驅報

步調完美無瑕……一直引人入勝。

——洛杉磯時報

史蒂芬．金又做到了！一本迷人的小說，讓人不忍釋卷。

——亞特蘭大日報

真正駭人……嚇得你人都傻了！

——柯夢波丹

美妙……讓人印象深刻……史蒂芬．金讓人很容易又很害怕地就這樣相信了強尼．史密斯。

——紐約時報

如果你喜歡關於異教以及各種恐怖無解事件的小說，這部小說正是你在尋找的東西。史蒂芬．金正處於這種小說類型的顛峰！

——克里夫蘭勸懇家日報

就連徹底的懷疑論者都會被史蒂芬．金的手法拉著走。

——紐約郵報

CONTENTS

此書獻給歐文
我愛你，老熊

序幕

1

等到強尼．史密斯大學畢業的時候，他已經把一九五三年那個一月天，在冰上狠狠摔一跤的事給忘個精光了。事實上，在他小學畢業的時候，這件事就已經很難讓他想起來了，他的父母更是從來就不知道這件事。

他們在德罕迂迴池上清出來的一塊空地上溜冰。年長些的男生用纏上帶子的棍子玩曲棍球，拿兩個馬鈴薯籃當球門。年紀很小的孩子，就像遠古以來所有的小孩子一樣，在一旁瞎鬧——他們的腳踝很滑稽地往裡或往外岔出去，在凍死人的華氏二十度中，他們的氣息像煙一樣噴出。在那片淨空的冰面一角，有兩個橡膠輪胎燃燒著黑煙，還有幾位家長坐在附近盯著他們的孩子。冰上摩托車的時代還遠著，冬天的樂趣仍在於運動身體，而不是發動汽油引擎。

強尼從他在包諾鎮邊緣的家走下來，他的冰刀掛在他肩膀上。六歲時他就是個相當不賴的溜冰好手了。雖然還沒好到可以加入大孩子們的曲棍球比賽，卻能夠一圈圈地繞著大多數其他一年級小朋友溜，其他孩子的手臂總是像紙風車似地揮舞著保持平衡，或者乾脆摔了一屁股。

現在他緩緩地沿著那塊空地邊緣溜，巴不得自己能像提米．班尼迪克斯一樣倒著溜，同時聆聽著遠處有雪覆蓋著的冰層，神秘地發出碰撞跟破裂的聲響，以及曲棍球手們的叫喊、一輛木材卡車越過橋樑，要去里斯本瀑布的美國吉普森公司的聲音，還有大人們聊天的嗡嗡聲。他很高興自己在這個寒冷、晴朗的冬日裡能在戶外活躍。他沒有不舒服，沒有心事，也沒有想要什麼……除了像提米．班尼迪克斯一樣，能夠倒著溜。

他溜著經過火堆，看到兩三個大人正在彼此傳遞一瓶酒。「給我一點吧！」他對著恰克．史比爾大喊，史比爾裹著一件伐木工式格紋衫，還有一條綠色法蘭絨雪褲。

恰克咧嘴對著他笑：「走開啦，孩子，我聽到你媽在叫你了。」

六歲的強尼．史密斯咧嘴笑著繼續溜著冰。在溜冰區的路邊，他看到提米．班尼迪克斯本人下了山坡，他爸爸就在後面。

「提米！」他喊道：「看這招！」

他轉過身去，開始笨拙地往後溜，他沒發現自己溜進曲棍球比賽區了。

「嘿，小鬼！」有人大喊：「讓路啊！」

強尼沒聽見。他正在**做這件事**！他正在往後溜！他抓住那種節奏感了——就在一瞬間，那是一種腿的擺動方式……

他低頭俯視，心醉神迷，看著他的腿在動作。

大孩子們陳舊、邊緣滿是刮痕凹洞的曲棍球圓盤，嗡一聲掠過他，他沒看見。其中一個大孩子——不是很厲害的溜冰手，正用一種幾乎盲目的魯莽衝刺在追逐那個圓盤。

恰克．史比爾發現要出事了。他站起身來喊道：「**強尼！小心！**」

強尼抬起了頭——然後下一刻，那個笨拙的溜冰手，整整一百六十磅的重量，就全速撞上了小小的強尼．史密斯。

強尼雙臂往外攤開，飛了出去。幾乎是在一瞬間之後，他的頭就撞上冰面，然後他眼前一黑，昏了過去。

眼前一黑……黑……冰……眼前一黑……黑冰黑……黑……

他們跟他說，他昏過去了。他真正確定的就只有那個重複的怪念頭，然後突然間抬頭，看到圍成一圈的臉——被嚇壞的曲棍球手，擔憂的大人，好奇的小小孩。提米．班尼迪克斯在竊笑，恰克．史比爾正抱著他。

黑色的冰，黑。

「什麼？」恰克問道：「強尼……你還好吧？你被撞得七葷八素的。」

「黑色，」強尼用喉音說道。「黑色的冰，別再跳動了，恰克。」

恰克環顧四周，有點驚駭，然後又回來看著強尼。他摸著從男孩前額上突出來的那個大腫包。

「我很抱歉，」那笨拙的曲棍球手說：「我甚至沒看見他。小孩子應該要遠離曲棍球場的，這是規矩。」他不太篤定地環顧四周，尋求支持。

「強尼？」恰克說道。他不喜歡強尼的眼神，那雙眼睛陰暗又遠在他方，疏離而冰冷。「你還好嗎？」

「別再跳動了，」強尼說道，對自己在說什麼並無自覺，心裡只想著冰——黑色的冰。「爆炸，酸。」

「你想我們該帶他去看醫生嗎？」恰克問比爾．詹卓恩。「他不知道他在說什麼吧？」

「給他一分鐘。」比爾這麼建議。

他們給他一分鐘時間，強尼的腦袋也確實清醒過來了。「我沒事，」他咕噥道。「讓我起來。」提米．班尼迪克斯還在竊笑，他去死啦，強尼決定了，他會給提米一點顏色瞧瞧。在這週結束以前，他會在提米周圍繞圈圈……倒著溜加上順著溜。

「你過來，在火邊坐一會兒，」恰克說：「你被撞得七葷八素的。」

強尼讓恰克扶他到火堆旁。融化橡膠的味道很強烈刺鼻——讓他覺得胃裡一陣噁心，頭痛。他好奇地摸著他左眼上方的腫塊，摸起來就像是頭上往前突出了一哩高。

「你記得你是誰，還有其他一切嗎？」比爾問道。

「當然。我當然記得，我沒事。」

「你爸跟你媽是誰？」

「赫伯跟維拉，赫伯跟維拉．史密斯。」

比爾跟恰克彼此對看一眼，聳了聳肩。

「我想他沒事，」恰克說，然後說了第三次：「但他真的被撞得七葷八素的，不是嗎？哇噢。」

「孩子們，」比爾開口了，溫柔地遙望著他八歲大的雙胞胎女兒們手拉手溜冰，然後轉回來看著強尼。「這一撞本來可能害死一個大人的。」

「一個波蘭佬就不會。」恰克這麼回答，兩個人都爆出一陣大笑，那瓶布希米爾斯威士忌又開始傳來傳去。

十分鐘後，強尼又回到冰面上，他的頭痛已經消退了，那個浮凸起來的瘀傷在他頭上突出，就像個古怪的印記。等到他回家吃午餐的時候，他沉浸在發現怎麼倒著溜的喜悅之中，已經忘記摔倒跟昏迷的事情了。

「老天慈悲！」維拉．史密斯看到他的時候說道。「你怎麼弄成這樣？」

「摔倒了。」他說道，然後開始嘖嘖有聲地喝著金寶番茄湯。

「你還好嗎，強？」她一邊問，一邊輕輕撫摸著傷處。

「當然啦，媽。」他是很好沒錯，只是接下來一個月左右的時間裡，偶爾會作惡夢……惡夢，再加上一種在白天偶爾會變得嗜睡的傾向，他以前從來不會這樣愛打瞌睡。而大約就在惡夢停止的時候，這種傾向也跟著停止了。

他沒事。

在二月中的時候，恰克．史比爾有天早上醒來，發現他那輛四八年的迪索托老車電池沒電了。他想要用他的農場卡車設法啟動那台老爺車，正當他把第二個濕電池接到迪索托的電池上時，電池在他臉前面爆炸了，碎片跟腐蝕性的酸液灑了他一頭，他失去一隻眼睛。維拉說是靠著上帝自己的慈悲之心，他才沒有兩隻眼睛都完蛋，強尼認為這是個恐怖的悲劇。意外後一週，他跟父親去路易斯頓總醫院探望恰克，看到大個子恰克躺在醫院的病床上，古怪地看起來憔悴又瘦小，強尼大受驚嚇──那天晚上，他夢見**他自己**也躺在那裡。

在後來那些年裡，強尼偶爾會有些預感──在電台DJ把歌曲放出來以前，他就知道下一張唱片是什麼，像這類的事情──不過他從沒把這些事情跟他在冰面上發生的意外連在一起，他已經忘記這件事了。

而那些預感從來沒那麼讓人震驚，甚至沒有非常頻繁。一直到郡市集與面具的那一晚以前，都沒有任何嚇人的事情發生，在第二次意外以前都沒有。

後來，他常常想到這一點。

跟命運之輪有關的那件事，發生在第二次意外**之前**。

就像是從童年傳來的一個警告。

2

在一九五五年夏天，一個巡迴推銷員不知疲倦地頂著炙熱的太陽，在內布拉斯加與愛荷華來回穿梭。他坐在里程數早已超過七萬哩的五三年水星房車方向盤後。這輛水星的排氣閥，正慢慢發展出一種明顯的喘息聲。他是個魁梧的男子，身上仍然有吃玉米長大的中西部男孩氣息。一九五五年夏天，距離他在奧馬哈的房屋粉刷生意破產只過了四個月，葛瑞格．史提爾森才二十二歲。

那輛水星後座跟後車廂裡塞滿了紙箱，箱子裡塞滿了書，大多數的書是聖經，各種形狀大小的聖經。所謂的基本款，美國真理之道聖經，有十六頁彩色插圖，用飛機膠裝訂，只賣一塊六九，而且至少能確定十個月不散架。然後是窮酸點的口袋本，美國真理之道新約，賣六十五分錢，沒有彩色插圖，不過吾主耶穌的嘉言會用紅色字體印。針對闊佬，有美國真理之道聖經的豪華版神之道，要價十九塊九五，用白色仿皮裝訂，擁有者的名字會用金箔燙印在封面上，內含二十四頁全彩插圖，中間還有一部分讓人記下出生、結婚跟死亡紀錄。豪華版神之道可保持完整不解體長達兩年。還有一箱平裝書，標題是《美國真理之道：共產主義者─猶太人對抗我們美國的陰謀》。

這種印在廉價紙漿上的平裝書，葛瑞格賣得比較好，銷量勝過所有其他聖經的總和。那本書裡講了羅斯齊爾德家族[1]、羅斯福家族跟葛林布拉特家族怎麼樣接管美國經濟與政府的一切事

1. Rothschilds，十八世紀末在德國發跡的富有猶太商人家族，勢力曾經遍及全歐洲，甚至在多國受封爵位。目前仍然極其富有，但在金融界的影響力已大幅降低。

情。書裡有圖表顯示猶太人是如何直接連結到共產主義者、馬克思主義者、列寧主義者、托洛斯基主義者的軸線，而從哪裡又連結到反基督本人。

在華盛頓，麥卡錫主義的時代不久就要結束了。在中西部，喬．麥卡錫[2]還是高掛天空的明星，緬因州的瑪格麗特．查斯．史密斯則因為她著名的〈良心宣言〉，成了眾所皆知的「潑婦」[3]。除了有關共產主義的東西以外，葛瑞格．史提爾森的鄉村農場顧客群，似乎對猶太人在背後經營這個世界的想法有種病態的興趣。

現在葛瑞格轉向愛荷華州艾姆斯市以西二十哩左右，一戶農舍前面塵土飛揚的車道。這裡有種被廢棄封閉的樣子——百葉窗拉下來了，穀倉的門也關著——但在你試過以前，你永遠不可能知道。在葛瑞格．史提爾森和他母親從奧克拉荷馬北上搬到奧馬哈之後大概兩年多時間裡，這個座右銘對他一直滿管用。他的房屋粉刷生意經營得不怎麼樣，不過他需要花一點點時間，清掉他嘴裡那股耶穌的味道——你應該原諒這種小小的褻瀆之語。但現在他回到家鄉了——雖然這次不是在講道壇上或信仰復興大會的場合。終於脫離製造奇蹟的生意，在某種程度上也算是解脫。

他打開車門，而在他下車踏上車道的塵土之中時，一隻又大又兇的農場看門狗從穀倉裡冒出來，牠的耳朵往後貼，連聲狂吠著。「嘿，小狗狗！」葛瑞格用他低沉、討人喜歡又洪亮的聲音說道——在二十二歲的年紀，那已經算是個訓練有素又引人入勝的演說家聲音了。

小狗狗沒有回應他聲音裡的友善。牠繼續前進，又大又兇，把巡迴推銷員當成提前的午餐。葛瑞格坐回車裡，關上車門，按了兩次喇叭。汗水從他臉上流下，他的白色亞麻襯衫在腋下部位起了暗灰色的圓形濕痕，他背上則有個枝枒分岔的樹木形狀。他再次按了喇叭，卻沒人回應。這些鄉巴佬把自己塞進家中的國際牌收割機或史都貝克汽車裡，進城去了。

葛瑞格露出微笑。

他沒有打倒車檔，退出車道，反而伸手到後面，拿出一支手動殺蟲噴霧器——只是這隻噴霧器裡面裝的是阿摩尼亞，不是殺蟲劑。

葛瑞格把活塞往後拉，再度下車，露出輕鬆的微笑。那條狗本來已經一屁股坐下來了，立刻又爬起身，開始低吼著朝他逼近。

葛瑞格繼續微笑。「很好，小狗狗，」他用那種令人愉快的洪亮聲音說道。「儘管過來呀，過來拿這個。」他痛恨那些醜兮兮的農場狗兒，像是傲慢的小凱薩在照管著牠們那半英畝大的門前庭院，牠們的樣子，也讓你對牠們的主人是什麼樣有幾分了解。「那批他媽的鄉巴佬，」他低聲說道。他仍然一臉微笑。「過來呀，狗狗。」

那條狗過來了。牠繃緊下半身往下蹲，像是要跳起來撲向他。在穀倉裡，有頭母牛哞哞地叫著，風輕柔地吹過玉米田，窸窣作響。在牠一躍而起的時候，葛瑞格的微笑變成一種冷酷又充滿恨意的獰笑。他壓下噴霧器的活塞，噴出一陣阿摩尼亞液體構成的刺激性水霧，直接噴進狗兒的眼睛鼻子裡。

牠憤怒的吠叫立刻變成短促、痛苦的哀鳴，然後，在阿摩尼亞的灼痛真正滲入以後，變成了痛苦的嚎叫。牠立刻垂下尾巴，不再是一條看門狗了，只是一隻被打敗的野狗。

葛瑞格．史提爾森的臉沉了下來。他的眼睛往下拉，變成醜陋的狹縫。他迅速走上前去，然後用他的其中一隻「邁步王」尖頭鞋，咻地一聲踹向那條狗的下半身。狗兒發出高亢的哀鳴聲，然後在痛苦與恐懼的驅使之下，牠沒有奔向穀倉，反而轉過身去，對著造成牠這般慘況的人背水一

2. Joseph McCarthy（1908-1957）是極力煽動恐共風潮、反對同性戀的美國參議員。
3. Margaret Chase Smith（1897-1995）是代表緬因州的參議員，在一九五〇年發表〈良心宣言〉，公開譴責眾議院非美活動調查協會與麥卡錫的行為。直到一九五四年，麥卡錫才終於失勢。

戰，這就決定了牠的命運。

牠發出一聲長嚎，盲目地衝出去，扯住葛瑞格白色亞麻褲子的右褲管摺口，撕扯著它。

「你這狗雜種！」他又驚又怒地喊道，再踢了這條狗一下，這次力道重得可以讓牠摔出去，在塵土裡翻滾。他再度逼近那條狗，又踹了牠一下，同時還在嚷嚷。現在那條狗淚眼汪汪，鼻子痛到像火燒，一根肋骨斷了，另外一根裂得嚴重，牠領悟到這個瘋子對牠而言有多危險，但為時已晚。

葛瑞格．史提爾森追著這條狗越過塵土飛揚的農場，喘著氣大吼大叫，汗水從他臉頰上滾滾而下，然後他繼續踢那條狗，踢到牠尖聲嚎叫、幾乎沒辦法拖著自己的身體穿過塵土。牠身上有五、六個地方在滴血，已經快死了。

「你不該咬我的，」葛瑞格悄聲說道。「你聽到沒？你聽到我說的話？你不該咬我的，你這條蠢狗，沒有人能擋我的路。你聽見沒？沒有人可以。」他用濺上血滴的尖頭鞋又踹了一下，但那條狗除了發出一種哽住的低沉聲音以外，什麼也做不了了。這樣沒給他帶來多少滿足。葛瑞格覺得頭痛，因為太陽。在熱辣辣的太陽下追著那條狗到處跑，沒昏過去算是走運了。

他將眼睛閉上一會兒，呼吸急促，汗水從他臉上像眼淚般地落下，貼在他的平頭上有如珠寶般閃耀，那條傷痕累累的狗在他腳邊苟延殘喘。彩色的光斑，跟著他的心跳一起有節奏地搏動，在他眼皮底下的黑暗中飄浮著。

他頭痛。

有時候他很納悶自己是不是要發瘋了，就像現在。他本來打算用裝了阿摩尼亞的噴霧器嚇嚇那條狗，把牠逼回穀倉裡，這樣他就可以在紗門門縫裡留下他的名片。改天再回來，做一筆生意。看看現在，看看這一團亂，他不可能留下他的名片了，他怎麼能？

他睜開眼睛。那條狗躺在他腳邊，急促地喘氣，口鼻部有血細細地流出。在葛瑞格．史提爾森低頭俯視的時候，牠卑微地舔著他的鞋，就好像承認了牠被打敗了，接著牠又回去等死。

「你不該扯我的褲子，」他對牠說道。「這條褲子花了我五塊錢，你這條混帳小狗。」

他必須離開這裡。如果蠢蛋鄉巴佬、他老婆跟他們的六個小孩，現在開著他們的史都貝克從城裡回來，看到來福躺在地上奄奄一息，有個壞蛋推銷員站著俯視牠，這對葛瑞格可沒什麼好處，他會失去他的工作，他殺死屬於基督徒的狗，美國真理之道公司可不會雇用這種推銷員。

葛瑞格神經兮兮地咯咯笑著，回到水星車上坐定，然後迅速地倒車下了車道。他轉向筆直如繩子般穿過玉米田的泥巴路東邊，很快就以六十五哩時速開去，一路上在後方拖了兩哩長的飛揚塵土雲。

他非常確定自己不想失去工作，還不想。他賺的錢不少——除了美國真理之道公司知道的那些小技巧以外，葛瑞格還加上一些他們不知道、屬於他自己的巧思，他做得正順手。除此之外，由於到處巡迴，他可以遇到很多人……很多女孩子，這是很好的生活，除了——

除了他並不滿足以外。

他繼續開車，他的頭一陣陣抽痛著。不，他並不滿足。他知道自己是要來做更大的事，而不是開車在中西部轉悠，賣聖經跟銷售佣金表格，好讓自己一天多賺兩塊錢，他應該是要來做……要來做……

做偉大人物。

對，就是這個，肯定是。幾星期以前他帶著某個女孩爬到穀倉上面的乾草儲藏室，她父母去了達文波特賣一卡車的雞隻。她一開始問他是不是想喝杯檸檬水，接下來就順勢發展，而在他睡過她之後，她說這幾乎就像是被傳教士哄騙了，然後他甩了她一巴掌，自己也不知道為什麼。

打了她一巴掌，然後就走了。

呃，其實不是。

實際上，他摑了她三、四巴掌。直到她哭出來，尖叫著要人來救她以後他才停手，而不知怎麼的——他用上神賜予他的每一分魅力——他跟她和解了。那時他的頭也在痛，搏動的亮點在他的視野裡彈射互撞，他設法告訴自己，這是因為熱氣，乾草儲藏室裡爆炸的高熱，不過讓他頭痛的不只是熱氣而已。狗在撕扯他褲子時，他在前院裡感受過同一種東西，某種黑暗瘋狂的東西。

「我沒瘋！」他在車裡大聲說道。他迅速地把窗戶搖下來，讓夏季的熱氣跟塵土、玉米與糞肥的氣味湧進來。他打開廣播電台，放大聲量，正好傳出一首派蒂·佩吉的歌，他的頭痛消退了一點。

全部的重點就只是控制好自己，而且——而且讓你的紀錄保持乾淨。如果你做到這些，他們就不可能動你。這兩方面的事情他都做得越來越順手。他不再這麼頻繁地夢到父親——夢裡，父親俯視著他，他的硬帽子往後腦勺壓低，低聲吼道：「**你沒半點長處**，**矮子**！**你他媽的沒半點長處！**」

他沒這麼常作這些夢了，因為這些話就不是真的，他再也不是個矮子了。好，他還是個小孩的時候常常生病，個子不高，不過也長了該長的份，在父親死後，他照顧了母親。父親不可能看到這些，他不能讓父親把他的話吞回去，因為他已經死在一次油井起重機的爆炸裡，他死了，而要是能有一次，就這麼一次，葛瑞格會想要把他挖出來，對著他腐爛的臉尖叫：**你錯了**，**爸**，**你看錯我了**！然後給他一頓好踢，就像是——

就像是他踹那隻狗那樣。

頭痛回來了，陰沉沉的。

「我沒瘋。」在樂聲底下，他再度說道。他母親常常告訴他，他生來是要做大事的，會有偉大成就，葛瑞格也相信這點。重點就只在於讓事情——像是摑女孩巴掌或者踹狗一樣——處於控制之下，還有保持紀錄乾淨。

不管他的偉大成就是什麼，在它降臨身上的時候，他會知道，他對此相當篤定。

他又想起那條狗，這回這個念頭只帶來一絲如新月般的勉強微笑，沒有幽默也沒有同情。他的偉大成就就在路上了。眼前可能還有好幾年——當然，他很年輕，身為年輕人沒什麼不對，只要你了解你不可能一下子擁有一切就行，只要你相信一切終究會來，他確實相信。

至於神跟他的兒子耶穌，讓祂們救救任何擋住他去路的人吧。

葛瑞格．史提爾森把一邊被太陽曬黑的手肘靠到窗外，開始跟著收音機吹口哨。他踩著油門，將那台老水星加速到七十，然後沿著筆直的愛荷華農場道路往下開，開向可能會有的任何一種未來。

PART ONE

幸運之輪

第一章

1

對於那個晚上，莎拉後來只記得兩件事，就是他在幸運之輪跟面具那裡的運勢走向。但隨著時光流逝，在多年以後——在她真的可以容忍自己去想起那恐怖夜晚的時候——她想到的是那副面具。

他住在克里夫米爾斯的一棟公寓裡，莎拉在差十五分鐘就八點時到達那裡，把車停在街角附近，然後按門鈴等著進去。他們今天晚上要開她的車，因為強尼的車還停放在漢普頓的提貝茲修車廠，因為輪子的軸承結凍了或者諸如此類的事。反正是某種要價昂貴的東西，強尼在電話上告訴過她，然後發出一聲強尼·史密斯式的典型笑聲。如果是莎拉的車，她可能會哭出來——為了她的**荷包**。

莎拉穿過門廳走到樓梯上，經過掛在那裡的公告欄。上面點綴著一張張資料卡，廣告摩托車、音響零件、打字服務，還有需要搭便車到堪薩斯或者加州的徵車啟事，以及要開車去佛羅里達徵求共乘者分擔開車與油錢的徵人啟事。不過今晚公告欄被一張大海報佔滿了，上面是一個握緊的拳頭，對抗一片象徵火焰的憤怒紅色背景。海報上的兩個字是**罷工！**此時是一九七〇年十月底。

強尼在二樓有個靠前面的公寓房間——他稱之為閣樓——你可以穿著你的無尾禮服站在那裡，就像雷蒙·諾瓦羅[4]，喝上一大口裝在球形矮腳杯裡的漣漪牌廉價紅酒，俯視著寬廣、跳動的克里夫米爾斯心臟地區。俯視著在這裡匆促離開的表演散場群眾，在這裡奔忙的計程車，在這裡的霓虹燈招牌。在這個赤裸的城市裡，幾乎有七千個故事，這一個正是其中之一。

實際上克里夫米爾斯大半只有一條熱鬧大街，十字路口有個紅綠燈（到六點以後是自動閃光號誌燈），有大約二十來家店鋪，還有一家小小的莫卡辛鞋工廠。就像緬因大學所在地歐羅諾周圍的大部分城鎮一樣，這裡真正的產業是供應學生消費的東西——啤酒、葡萄酒、汽油、搖滾樂、速食、毒品、雜貨、住宿跟電影。電影院叫做「陰影」。這裡在學校上課期間放映藝術電影跟一九四〇年代的懷舊老片。到了夏天，就會改放克林伊斯威特的義大利式西部片。

強尼跟莎拉兩人在同一年畢業，他們都在克里夫米爾斯高中教書，這裡是本區少數沒有合併三、四個市鎮學區的高中之一。大學教職員跟大學生都把克里夫當成他們的臥房，這個城鎮因此擁有令人羨慕的稅收基礎。這裡有間好高中，以及全新的媒體大樓。鎮民可能會抱怨大學裡的人老說些自以為聰明的話，搞共產黨式的反戰遊行，又插手管鎮上的政治，不過他們從來不會對每年的稅收說不——那些錢來自教職員優雅的家，還有在大學生稱為軟糖地、其他人稱為破敗巷的區域蓋的公寓大樓。

莎拉輕敲了他的門，強尼的聲音聽起來模糊得古怪，喊道：「莎拉，門是開的！」

她微微皺眉，推開了門。強尼的公寓完全是黑的，只有一陣陣黃色的光在閃爍著，來自半個街區外的街道上那盞閃光信號燈，家具看起來像是許許多多隆起的黑色陰影。

「強尼……？」

她納悶地想著，是保險絲燒斷了還是什麼別的，她試探性地往前踏一步——然後那張臉出現在她面前，飄浮在黑暗中，一張從夢魘裡冒出來的恐怖臉孔，那張臉散發出一種幽靈似的腐敗

4. Ramon Novarro（1899-1968），一九二〇至三〇年代曾經紅極一時的男星，常演出有動作場面的浪漫電影。

綠光。一隻眼睛大睜著，像是在一種受到傷害的恐懼中瞪著她，另一隻眼睛擠得瞇起來，變成一種陰險的斜視。臉的左半邊，睜開眼睛的那一半，看起來是正常的。但右半邊是怪物的臉，扭曲而非人，厚厚的嘴唇往後拉，露出發光的參差齙牙。

莎拉發出一個卡住的小聲尖叫，踉蹌著退了一步。然後燈亮了，這裡又是強尼的公寓了，只是有些黑色的幽暗地帶，尼克森在牆上設法要賣二手車，強尼母親編織的編結地毯攤在地上，還有被做成燭台的葡萄酒瓶，那張臉不再發光了，那是個一角錢廉價商店賣的萬聖節面具，如此而已。強尼的藍眼睛，在面具上開的眼洞裡對著她閃閃發光。

他脫下面具，站在那裡親切地對她微笑，身上穿著褪色的牛仔褲跟一件棕色毛線衣。

「萬聖節快樂，莎拉。」他說道。

她的心跳還在狂飆，他真的嚇著她了。「還真有趣。」她說著轉身就要走。她不喜歡那樣被驚嚇。

他在門口抓住她。「嘿……我很抱歉。」

「喔，你是該抱歉。」她冷酷地看著他——或者說試圖這樣做。她的憤怒已經在融化了，你就是沒辦法一直對強尼生氣，事情就是這樣。不管她愛不愛他——這件事她還在設法參透——她就是沒法對他不高興太久，或者對他懷恨在心。她很納悶是否有任何人有辦法成功地對強尼．史密斯懷恨在心，這個念頭太過荒謬，她不由得露出微笑。

「好啦，這樣好多了。老兄，我還以為妳要拋下我呢。」

「我不是什麼老兄。」

他把目光投向她。「我也注意到了。」她穿著一件笨重的毛皮外套——仿浣熊皮，或者類似這樣的粗俗玩意——他那種天真的色心，讓她又露出微笑。「穿著這個，你看不出來啦。」

「喔，可以，我看得出來。」他說道。他伸出一隻手臂來環抱她，然後親吻她。起初她沒打算吻回去，但當然她還是這麼做了。

「我很抱歉嚇到妳，」他說，然後用他的鼻子友善地磨蹭她的鼻子，然後才放開她，他舉起那個面具。「我還以為妳會覺得很刺激呢，星期五我會在教室裡戴這個面具。」

「喔，強尼，這樣對維持紀律並不太好啊。」

「我會設法應付過去。」他咧嘴笑著說道。而且他會應付得很好。

她每天去學校的時候戴著大大的古板女教師眼鏡，她的頭髮往後梳成一個超緊繃的髮髻，緊到它似乎快要尖叫出來了。在大多數女生的裙子只比她們的內褲邊緣略低一點的季節，她的裙子長度只比膝蓋高一點（而我的腿比她們任何一個人的都漂亮，她怨恨地想著）。她維持照字母排序的座位表，至少靠著平均法則，這樣應該會讓愛惹事的傢伙彼此隔開，而且她堅決地把不聽話的學生送去見副校長，她的思路是這樣：他每年多拿五百塊來當紀律維持者，她卻沒拿。然而她的每一天還是要持續跟新手教師的惡魔——紀律問題——搏鬥。更讓人困擾的是，她開始感覺到有某種秘密集體陪審團——也許是一種學校的意識——在審議每位新教師，而批回來給她的判決並不是那麼好。

從表面上看，強尼似乎是每位好老師應有模樣的反面，他在某種宜人的恍惚狀態裡，從一堂課閒晃到另一堂課，出現的時候常常遲到，因為他在下課時間停下來跟某個人閒聊了。他讓孩子們愛坐哪就坐哪，所以每天坐在同一個位子上的絕對不是同一張臉孔（而且班上的惡霸總是會被重力吸引到教室後方）。在這種狀況下，莎拉到三月以前都不可能記住他們的名字，但強尼似乎已經全都記得了。

他是個有駝背傾向的高大男人，孩子們叫他法蘭克斯坦。這個稱號似乎讓強尼覺得有趣，而不是暴怒。然而他的班級是最安靜又最乖巧的，鮮少有人蹺課（莎拉的班上一直都有孩子蹺課的問題），同樣一個陪審團似乎給出對他有利的結果。他是那種再過十年就會有畢業紀念冊題辭獻給他的老師，她就不是。而有時候光納悶這是為什麼，就快把她逼瘋了。

「我們出發前妳要喝杯啤酒嗎？一杯葡萄酒？或者任何別的？」

「不用，不過我希望你會荷包滿滿，」她說著握住他的手臂，決定不要再生氣了。「我總是會吃至少三條熱狗，尤其是在一年中最後一次郡市集。」他們要去克里夫米爾斯以北二十哩的艾斯提，這個城鎮的唯一出名之處，在於他們舉辦了**絕對是新英格蘭今年度最後一次農產品市集**。市集將在星期五萬聖節晚上閉幕。

「考慮到星期五是發薪日，我沒問題的，我有八塊錢。」

「喔……我……的……天……啊！」莎拉說著翻了個白眼。「我一直都知道，如果我守身如玉，有一天就會遇到一個闊佬。」

他微笑著點點頭。「我們拉皮條的賺的可是一大——筆錢，寶貝。就讓我拿一下我的外套，然後我們就出發。」

她帶著惱怒的情意看著他背後，然後那個在她淋浴時，在讀書或備課或做單人晚餐時越來越常在她腦中浮現的聲音——又冒了出來，就像電視上那種三十秒公益廣告：**他是個非常好的男人，有很多優點，又很容易相處，很有趣，他從來沒害我哭。但這是愛嗎？我是說，愛就只有這樣嗎？就算在妳學騎兩輪車的時候，妳都得跌下來幾次，擦傷兩邊膝蓋啊，這算是種成長儀式吧，而那只是件「小」事。**

「我得去一下洗手間。」他對她喊道。

「嗯哼。」她略略微笑了一下。強尼是那種總是提到自己自然需求的人——天知道為什麼。

她走到窗邊，眺望著大街。孩子們停進歐麥克旁邊的停車場，這裡是本地供應披薩跟啤酒的聚會場所。突然間，她真希望能回去跟他們在一起，成為他們的一分子，把這件令人困惑的事情拋諸腦後——或者說，讓它待在她的未來。大學很安全，那是某種永無島，每個人——就連教師也在內——都可以是彼得潘那夥人的一分子，永遠不長大，而且總是會有個尼克森或艾格紐[5]來扮演虎克船長。

她是在九月他們都開始教書的時候遇到強尼，但在他們一起上的教育課程裡，她已經認得他的臉了。她曾經跟一個大學兄弟會會員固定約會，而能套用在強尼身上的判斷，沒有一個適用於丹。丹幾乎是帥到無懈可擊，但他那種尖銳又煩躁不安的機智幾乎讓她有點不自在，他酒喝得很兇，還是個熱情的情人。有時候他喝醉了，會變得很惡毒。她記得有一晚在班戈的黃銅釘，就發生了這種事。隔壁包廂座的男人因為丹對緬因大學足球隊說的某些話，開玩笑地跟他起了爭執，丹就問他是不是想要腦袋被反折著回家。那男人道歉了，但丹不想要道歉，他想要打一架。他開始對那男人的女伴做人身攻擊。莎拉把她的手放在丹手臂上，要他停止。丹把她的手甩掉，然後用他那雙灰色的眼睛注視著她，眼裡有種古怪的單調光芒，讓她本來可能要說的任何話，都在喉嚨裡乾涸。到最後，丹跟那男人到了外頭，丹痛揍了他一頓。丹一直打他，打到那個男人——他快四十了，有突出的小腹——尖叫起來為止。莎拉以前從沒聽過男人尖叫——但絕對不想再聽到了。他們必須迅速離開，因為酒保看到事態發展，打電話叫了警察。她那天晚上本來會獨自回家（**喔？妳確定嗎？**她的心靈卑鄙地問道），不過回到校園有十二哩路，公車六點就停開了，她又怕搭便車。

5. Spiro Agnew（1918-1996），尼克森的副總統，因為被控賄賂而被迫自動辭職，比因為水門案下台的尼克森還早了十個月。

丹在回程時沒有說話。他一邊臉頰上有抓痕，就一個抓痕。在他們回到她的宿舍哈特館時，她告訴他，她不想再見他了。

「隨妳高興，寶貝。」他用一種讓她心裡發寒的冷淡態度說道——不過黃銅釘事件後，他第二次打電話給她，她還是跟他出去了，有一部分的她為此憎恨自己。

她四年級的整個秋季學期約會都持續著。他嚇壞了她也吸引著她。他是她第一個真正的愛人，而就算是現在，再過兩天就是一九七〇年的萬聖節，他還是她唯一真正的愛人，她跟強尼還沒上過床。

丹非常厲害，他利用她，不過他很行。他不會做任何預防措施，所以她被迫去大學醫務室，在那裡支支吾吾地講經痛多嚴重，拿到了避孕藥。在性方面，丹一直宰制著她，她跟他在一起沒有很多高潮，不過他的極端粗魯還是給了她一些快感，而在關係結束前幾週，她才開始感受到一個成熟女性對美妙性愛的貪婪，這種慾望跟其他感受亂糟糟地混在一起：她既不喜歡丹也不喜歡自己，這麼仰賴羞辱與宰制的性愛，不能夠真正被稱為「美妙的性愛」，她對自己感到輕蔑，她無法停止一個建築在毀滅上的情感關係。

但這個關係在今年初迅速地結束了，他退學了。「你會上哪去？」在他把東西扔進兩個行李箱裡的時候，她坐在他室友床上，羞怯地問他。她本來想問其他更私人的問題。你會在這附近嗎？你會找工作嗎？會上夜校嗎？你的計畫裡有容納我的空間嗎？在所有其他問題之中，那個問題是她最沒辦法問的。因為她還沒準備好聽任何答案。而對於她提出的一個中性問題，他給出的答案就夠讓人震驚了。

「去越南吧，我猜。」

「**什麼？**」

他伸手到一個架子上，翻了一下那裡的文件，然後扔給她一封信。那是班戈一間徵兵中心來的信：命令他去報到，做身體檢查。

「你不能避掉嗎？」

「不，也許，我不知道。」他點起一支菸。「我甚至不覺得我想躲掉。」

她震驚地瞪著他。

「我厭倦這種場景了。大學、找工作、找個小妻子。我猜，妳本來想應徵那個小妻子，別認為我沒想過，但這行不通的，妳知道這行不通，我也知道。莎拉，我們不適合。」

她那時候就逃走了，所有的問題都沒得到答案，而她再也沒見過他。她見過他的室友幾次，他在一月到六月之間接到過丹的幾封信。他入伍了，被送到南部某個地方接受基本訓練，而那就是他室友最後聽說的消息。也是莎拉．布萊克奈爾最後聽說的。

起初她認為她會沒事的，所有那些眷戀不捨的悲情戀歌，似乎總是在午夜之後從汽車收音機裡聽到的那些，那些關於戀情結束或哭哭啼啼的陳腔濫調，無法應用在她身上。她沒有找個男人重新振作，或者開始泡酒吧。那年春天大多數的晚上，她都耗在宿舍房間裡靜靜地用功。這是一種解脫，她沒有搞得一片混亂。

只有在她遇到強尼以後——那是在上個月的迎新舞會裡，他們兩個都是舞會監督人，完全是靠著籤運，她才領悟到她在學校裡的最後一學期有多可怕。那種事情是妳身在其中的時候不可能看出來的，那很大程度上屬於妳的一部分了。兩隻驢子在一個西部城鎮套馬匹的欄杆前相遇。其中一隻是城裡的驢子，背上除了個鞍座以外沒別的東西。另一隻則是礦場探勘者的驢，身上壓著一堆包包、露營跟煮飯用具，還有四個五十磅重的礦砂袋。這種重量把他的背壓成手風琴的模樣了。城市驢子說，你背的東西可真重啊，礦場探勘者的驢子說，什麼很重？

由後見之明來看，是那種空虛讓她驚恐，那是五個月的陳施呼吸模式[6]。如果把這個夏天也算進去就是八個月，這時候她搬到維吉鎮弗萊格街的一間小公寓，什麼事都沒做，就只有申請教職，還有讀平裝小說。她起床，吃早餐，出外去上課或者去她本來計畫好的任何工作面試，回家，吃飯，小睡一下（有時候長達四小時），再吃飯，讀書讀到十一點半左右，看卡維特的節目直到想睡為止，然後就上床睡覺。在那段時間裡她不記得自己有**思考**過什麼，生活就是例行公事。

有時候她的腰際會傳來一種模糊的疼痛，一種**未能滿足的疼痛**——她相信有時候女性小說家會這樣稱呼——這時候她會沖個冷水澡或者來個陰道灌洗。一會兒之後，灌洗變得痛苦了，而這給了她一種尖刻、茫然的滿足。

在這段時間裡，她不時會恭賀自己對這整件事的態度多麼像個成熟的大人。她幾乎沒想起過丹——哪個丹啊，哈哈。後來她領悟到，有八個月她什麼事、什麼人都沒在想。整個國家在那八個月裡經歷了一陣戰慄抽搐，而她幾乎都沒注意到。那些遊行、戴著頭盔跟防毒面具的警察、艾格紐對媒體逐漸升高的攻擊、肯特州立大學槍擊事件[7]、黑人跟激進團體佔領街道的暴力之夏——那些事情對她來說就像是某個晚間電視節目。莎拉完全沉浸在她多麼了不起地把丹拋諸腦後、自己適應得有多好、還有她多麼釋懷地發現一切都好好的，什麼很重？

然後她開始在克里夫米爾斯高中教書，那是一種個人的提升，在當了十六年專業學生以後到了桌子的另一邊。在迎新舞會裡遇到強尼．史密斯，（擁有像是強尼．史密斯這麼荒謬的名字，他怎麼可能是來真的？）她走出自己的世界夠遠後，遠到足以看到他望著她的樣子，他並不是好色無恥，而是對她穿著那件淡灰針織洋裝的樣子有一種很健康的欣賞。

他邀她去看電影——當時在陰影戲院裡放的是《大國民》——而她說好。他們度過一段愉快的時光，她則對自己想著，**沒有火花**。她很享受他的晚安吻，心裡想道，**他肯定不是埃洛．弗**

林[8]。他以他連珠砲似的話語一直逗她笑，那些話很誇張，她曾經想過，幼時的他，應該想過長大以後成為亨利．楊曼[9]那樣的喜劇演員吧。

那天晚上稍晚，坐在她公寓的浴室裡看貝蒂．戴維斯在晚間電影裡演個壞脾氣的職業婦女，某些這樣的念頭又回到她腦海，她咬著一顆蘋果的時候頓住了，對於自己有多麼不公平感到相當震驚。

一年裡有大半時間都沉默不語的一個聲音——在這方面，不盡然是良心之聲——突然間開口了。**妳是什麼意思，他當然不是丹啊，不是嗎？**

不！她向自己保證，現在不只是**相當震驚**了，**我根本沒再想到丹了。那是……很久以前了。**

鬼扯啦，那個聲音回答，**很久以前才怪，丹昨天才走的。**

她突然間領悟到，深夜她獨自坐在一個公寓房間裡，吃著蘋果，看著電視放映她根本沒興趣的電影，她做這一切全都是因為這樣比思考更容易，當妳有得想的事情就只有妳、還有妳失去的愛情時，思考真的好無聊。

現在她**非常**震驚了。

她迸出眼淚。

6. Cheyne-Stokes respiration，這是一種不正常的呼吸模式，漸強、漸弱、暫停，然後又是漸強、漸弱、暫停，常見於腦或心臟出問題的病人。
7. 肯特州立大學學生為了抗議尼克森派兵進入柬埔寨，從一九七〇年五月一日開始聚集抗議，肯特市長透過州長調動國民兵來鎮壓抗議活動，衝突越演越烈，到了五月四日國民兵對學生群眾開槍，造成四人死亡、九人受傷（其中一人終身癱瘓）。
8. Errol Flynn（1909-1959），一九四〇年代美國著名影星，多半演出古裝浪漫電影。
9. Henry Youngman（1906-1998），美國知名喜劇演員，擅長講短到只有一句話的笑話，一段表演往往只有十幾分鐘，但充滿連珠砲般的笑話。

她在強尼邀請她第二次、第三次的時候，她也都去了，而那正顯示出她變成什麼樣了。她不太能說她有另一個約會對象，因為事情不是這樣。她是個聰明、漂亮的女孩，而且在跟丹的戀情結束以後也有人邀她出去，但她接受的唯一約會是跟丹的室友在鄧漢堡吃飯，而她現在領悟到（她的厭惡感裡，混合了某種充滿悔恨的幽默），她去那些完全無害的約會，只為了盤問那可憐的傢伙關於丹的事情，什麼重量？

她大半的大學女性朋友在畢業後就消失了。貝蒂．哈克曼跟著和平部隊去了非洲，讓她那對富有、老派、住在班戈的父母徹底灰心。有時候莎拉會納悶地想，烏干達人對貝蒂那種白到不可能曬黑的皮膚、灰金色的頭髮、大學姊妹會式的美貌會有什麼看法？丁霓．史塔布斯在休士頓上研究所。瑞秋．卓根斯已經嫁給她同學，現在正在西麻州荒野的某處懷孕待產。微微暈眩的莎拉被迫得到這個結論：強尼．史密斯是她在很長很長的時間裡，認識的第一個新朋友——而她曾經是她高中班上的最佳人氣小姐。她接受了兩個克里夫高中老師的邀約，就只是為了從比較寬廣的角度來看事情。其中一個是金．薩德基，新的數學老師，顯然是個老資格的無聊人物。另一個，喬治．朗德斯，立刻就想要上她。她甩了他一耳光——第二天他們在走廊上擦身而過時，他居然有那膽子對她眨眼睛。

但強尼很有趣，很容易相處。而他確實對她有性吸引力——只是到底有多強，她沒辦法確實說明，至少現在還沒辦法。一星期前，在他們從瓦特維爾的十月教師大會離開的那個星期五，他曾經邀請她回他公寓吃晚餐，一頓自家煮的義大利麵。在義大利麵醬悶煮的時候，他跑到房間轉角去拿些葡萄酒，回來的時候拿著兩瓶蘋果查波酒。就像他會宣布自己要去廁所一樣，從某方面來說這就是強尼的風格。

在那頓飯以後，他們看著電視，然後開始愛撫親吻，天知道會有什麼發展——要是他的兩個大學講師朋友，沒有帶著一份談學術自由的教職員立場論文出現的話。他們想叫強尼讀一遍文章，看看他有什麼想法。他這麼做了，不過顯然比他平常的態度再少了點好意。她注意到了，感受到一種溫暖的秘密喜悅，還有自己腰際的那種疼痛——未得滿足的疼痛——這也讓她開心，那天晚上，她沒用陰道灌洗來殺死這種痛。

她從窗邊轉身離開，走到強尼留下面具的沙發去。

「萬聖節快樂。」她嗤之以鼻地說道，然後稍微笑了一下。

「什麼？」強尼喊道。

「我說如果你不快點出來，我就要丟下你自己去了。」

「馬上出來啦。」

「好喔！」

她用一根手指撫摸那個雙面怪醫面具，左半邊是仁慈的傑寇醫師，右半邊是凶惡、比人類來得低賤的海德。到感恩節的時候我們會在哪裡？她納悶地想，或者到聖誕節的時候呢？這個念頭引起一陣奇特、興奮的小小戰慄，貫穿她全身。

她喜歡他。他是個完全普通、貼心的男人。

她再度俯視那張面具，恐怖的海德從傑寇臉上長出來，就像個塊狀的癌細胞。上面塗了螢光顏料，所以在黑暗中會發亮。

什麼叫做普通？沒什麼，不是什麼大人物？其實不盡然，如果他這麼普通，他怎麼可能計畫戴著那種東西到他的教室去，卻還有信心維持秩序。而孩子們怎麼可能叫他法蘭克斯坦，卻還是尊敬又喜歡他？什麼叫普通？

強尼出來了，穿過把臥房與浴室跟客廳隔開的珠簾。

如果今天晚上他要跟我上床，我想我會說好。

而且這是個溫暖的念頭，就像回家。

「妳在笑什麼？」

「沒什麼。」她說著把面具丟回沙發上。

「不，真的。是什麼好事嗎？」

「強尼，」她說著，把一隻手放到他胸前，踮起腳尖來輕吻了他一下：「有些事情人永遠不會說出來的，來吧，咱們出發。」

2

他們在樓下門廳暫停了一會，他扣上他的牛仔夾克，而她發現，自己的目光再度被吸引到那張**罷工**！海報裡握著的拳頭，還有火焰般的背景上。

「今年會有另外一次學生罷課。」他跟著她的目光看去，這麼說道。

「反戰？」

「這回只是其中一部分。越南，還有儲備軍官訓練團跟肯特州立大學之間的爭執，比先前刺激了更多學生的行動。我懷疑以前有沒有過這種時候，佔據大學空間的『小兵』這麼少。」

「你說『小兵』，這是什麼意思？」

「只為了成績而讀書，對於整個體系沒有興趣，只在乎體系會在他們畢業時給他們一年一萬塊工作的年輕孩子。所謂小兵就是個除了自己的綿羊皮以外，啥都不在乎的學生。這種事結束了，他們大多數人都覺醒了，會有些重大變化的。」

「那對你來說重要嗎？雖然你已經畢業了？」

他挺直身體。「女士，我是校友。史密斯，七〇年畢業班。斟滿啤酒杯，敬親愛的老緬因。」

她露出微笑。「來吧，咱們走。我想在他們收攤以前坐到迴旋車。」

「非常好。」他說著挽起她的手臂。「我剛好讓妳的車停在街角。」

「還有八塊錢，我們眼前的夜晚相當閃亮呢。」

晚上有烏雲，但並沒下雨，對十月底來說算是溫和。在頭上，四分之一的月亮掙扎著要穿過雲幕。強尼用一隻手臂環抱住她，她朝他靠近了一點。

「妳知道，我想妳想得很多很多，莎拉。」他的語調幾乎像是不假思索脫口而出，但只是幾乎像是。她的心跳慢下來一點點，然後又加速了十幾下左右。

「真的？」

「我猜這個叫丹的傢伙，他傷害了妳，不是嗎？」

「我不知道他對我做了什麼。」她真誠地說道。黃色的閃光燈，現在在他們後面一條街了，讓他們的影子在他們前方的水泥地上忽隱忽現。

強尼看起來把這件事想個透徹了。「我不會想要那樣做。」他最後說道。

「不，我知道這一點。可是強尼……給這件事一點時間。」

「是啊，」他說：「時間，我猜我們有時間。」那句話將會回到她腦中——在她醒著的時候，而在她夢中甚至還更強烈，語氣中有一種難以言傳的悲苦與失落。

他們走過轉角，強尼替她打開了乘客座的門。他繞過去，然後坐進方向盤後面。「妳冷嗎？」

「不，」她說：「這是出去玩的美好晚上。」

「確實是。」他表示同意，然後駛離路邊。她的思緒又回到那副荒謬的面具上。傑寇的那一半，看得到強尼的藍眼睛，就在驚訝的醫生瞪大的圓眼窩後面——**就說那是我昨晚發明的某種**

雞尾酒吧，但我不認為他們有辦法把它列入酒吧的酒單裡——而那一半沒有問題，因為妳可以看到裡面的一點點強尼。是海德的部分把她嚇傻了，因為那隻眼睛閉起來到變成一條縫了，那可以是任何人，隨便任何一個人。舉例來說，可以是丹。

不過等到他們抵達艾斯提遊樂場時，裸露的燈泡在黑暗中閃爍，摩天輪長長的霓虹輪軸上上下下周轉著，她已經忘了那副面具。她跟她的男人同在，而他們會有一段愉快的時光。

3

他們手牽著手沿著遊樂場的攤位區往前走，一路上沒說太多話，莎拉發現自己重溫了年輕時候參加過的那些郡市集。她在南巴黎長大，一個西緬因州的紙上城市[10]，大市集是在佛萊堡辦的。對強尼這個包諾鎮男孩來說，那樣的大城鎮會是塔普森。不過那些市集全都一樣，真的，這些年來沒怎麼變。

妳把車停在泥土停車場上，然後在門口付兩塊錢，接著妳還沒進遊樂場，就可以聞到熱狗、炸胡椒洋蔥、培根、棉花糖、鋸木屑跟甜美芬芳的馬糞味。妳聽到小型雲霄飛車沉重、用鏈條拖動的隆隆聲響，那個東西被他們叫做野老鼠。妳聽到射擊場裡點二二手槍波波的射擊聲，掛在大帳篷周圍的廣播系統裡，冒出賓果遊戲主持人尖細刺耳的聲響，大帳篷裡則塞滿了來自本地葬儀社的長桌跟折疊椅，搖滾樂跟汽笛風琴爭著要佔上風，妳聽到招攬生意的人穩定地叫喊——兩點換兩發，替你的寶貝贏得其中一隻填充玩具狗狗，嘿嘿來這裡，投到贏為止，這點沒變。這又把妳變回一個孩子，很樂意也渴望被哄騙。

「這邊！」她說著讓他停下腳步。「迴旋車！迴旋車！」

「當然。」強尼安慰似地說道。他遞給那個坐在售票亭裡的女人一張一塊錢鈔票，她則推回來兩張紅色票券跟兩個一角硬幣，幾乎沒抬頭，眼睛直盯著她的《動影》雜誌[11]。

「你是什麼意思：『當然』？為什麼你要用那種語調對我說『當然』？」

他聳聳肩。他的臉看起來太無辜了。

「問題不在於你說了什麼，強．史密斯，是你說那句話的方式。」

迴旋車停下來。乘客正在離座，魚貫經過他們，大多數是穿著呢料軍士長外套、或者敞開戶外大衣的青少年。強尼領著她走上木製坡道，把他們的票拿給開動迴旋車機器的人，他看起來像是全宇宙最無聊的有知覺生物。

「沒什麼，」在機器管理員把他們安頓在其中一台繞圈子的小機殼裡，並啪一聲關上安全護欄時，強尼這麼說。「這些車子只是在一個環形小軌道上跑，對吧？」

「對。」

「而環形小軌道是嵌在一個轉啊轉的環形大碟子上，對吧？」

「對。」

「嗯，在這個機器全速運行的時候，我們坐的小車子在它的環形小軌道上迴轉，有時候讓我們轉到G力七級，這只比太空人從甘迺迪角升空時的G力少了五級，而我認識某個孩子……」

這時強尼嚴肅地靠向她這邊。

「喔，你要開始撒你的某個大謊了。」莎拉不自在地說道。

「在這孩子五歲的時候，他從前門台階上跌下來，在他脊椎位於脖子頂端的地方有個細如

10. 紙上城市原意指的是地圖公司為了防止他人抄襲剽竊，刻意在地圖上放的假城市。

11. Photoplay是一本美國的電影雜誌，一九一一年創刊，一九八〇年停刊。

毛髮的小小裂縫。接著，過了十年以後——他坐上了塔普森市集的迴轉車……然後……」他聳聳肩，然後同情地拍拍她的手。「不過妳應該沒問題的，莎拉。」

「喔——我想要下——車——……」

然後迴轉車就把他們甩了出去，把市集跟遊樂園猛然甩成一團傾斜模糊的光影跟臉孔，她尖叫、大笑、開始用拳頭槌他。

「細如毛髮的裂縫！」她對著他大喊。「在我們下車的時候我會給你一條細如髮絲的裂縫，你這騙子！」

「妳感覺到妳脖子上有什麼東西裂開了沒？」他很可愛地問道。

「喔，你這大騙子！」

他們到處轉，越來越快，而在他們急速通過機器管理員第十次還是第十五次的時候，他靠過去吻了她，車子則呼嘯著沿著它的軌道旋轉，把他們的嘴唇壓在一起，進入某種熱情、興奮又緊貼著的狀態。

然後機器的速度慢下來，他們的車比較不情願地繞著軌道鏗鏘作響，最後搖晃款擺著停下來。

他們下了車，莎拉捏了捏他的脖子。「細如髮絲的裂縫，你這笨蛋！」她悄聲說道。

一個穿著藍色便褲跟淺口便鞋的胖女士經過他們。強尼對她說話，用拇指往回比著莎拉。

「女士，那女孩在煩我，如果妳看到警察，可以告訴他嗎？」

「你們年輕人自以為很聰明。」胖女士輕蔑地說道。她搖搖擺擺地走向賓果遊戲帳篷，把她腋下的皮包壓得更緊些。莎拉忍不住笑個不停。

「你真沒救了。」

「我會有個糟糕的下場，」強尼表示同意。「我媽老是這麼說。」

他們再度並肩走在遊樂場裡，等著他們眼前與腳下的世界停止搖晃。

「你媽媽，她很虔誠，不是嗎？」莎拉問道。

「她是個虔誠到極點的浸禮會教友，」強尼表示同意：「不過她還好。她有控制住那種傾向，她會忍不住要趁我在家的時候給我幾本小冊子，不過那算是她的嗜好。我爸跟我忍耐著這一點。我以前有試著要批評她這方面——我會問她，如果該隱的父母是世界上的第一對人類，該隱去了挪得之地以後到底是跟誰住，還有其他諸如此類的問題——但我後來覺得這樣做有點惡劣，就不再問了。兩年前我還以為尤金．麥卡錫[12]可以拯救全世界呢，浸禮會教友至少沒叫耶穌競選總統。」

「你父親並不虔誠嗎？」

強尼笑出來。「這我不清楚，不過他肯定不是浸禮會教友。」多想了一會以後，他補充說明：「我爸是個木匠。」就好像這麼說等於解釋。她露出微笑。

「如果你母親知道你在跟一個冷淡天主教友[13]約會，她會怎麼想？」

「她會要我帶妳回家，」強尼立刻說道：「這樣她就可以塞給妳幾本小冊子。」

她停下腳步，仍然握著他的手。「你想帶我到你家去嗎？」她這麼問，同時仔細地盯著他看。

強尼那張愉快的長臉變得很認真。「是啊。」他說。「我會想讓妳見見他們……反之亦然。」

「為什麼？」

12. Eugene McCarthy（1916-2005），美國民主黨參議員，在一九六八年第一次爭取民主黨總統候選人提名時，主要政見是反對越戰。他一生中爭取成為總統候選人五次，都沒有成功。

13. 天主教認為只要受洗過，就永遠是天主教徒（除非被開除教籍），所以特別指稱不再參與教會的人為冷淡教友。

「妳不知道為什麼嗎？」他溫柔地問她，而她突然間喉嚨鎖住了，她的頭搏動著，就好像隨時會哭出來，她緊緊握著他的手。

「喔，強尼，我確實喜歡你。」

「我對妳的喜歡更勝於此。」他嚴肅地說道。

「帶我去坐摩天輪，」突然間，她面帶微笑這麼要求，在她有機會好好考慮，想想這樣可能導致什麼以前，不要再像這樣談話了。「我想要高高掛在我們可以看見一切的地方。」

「我可以在頂端親吻妳嗎？」

「如果你動作快，可以吻兩次。」

他讓她領著他到售票亭，他在那裡付了另一張一元鈔票。

在他付錢時，他告訴她：「我在唸高中的時候，認識了一個在遊樂場裡工作的孩子，他說大多數把這些乘坐機器拼裝起來的人都喝得爛醉，而且他們完工時還會留下各種……」

「管他去死啦，」她開心地說道：「沒有人可以活到永遠。」

「但每個人都會嘗試活久一點，妳有注意過嗎？」他說著隨她走進其中一個搖晃著的車廂。

事實上，在頂端他得以親吻她好幾下，同時十月的風撥弄著他們的頭髮，在他們下方展開的遊樂場就像黑暗中發亮的鐘面。

4

在摩天輪之後，他們去坐了旋轉木馬，雖然他相當誠實地告訴她，他自覺像一匹馬的屁股。他的腿長到簡直可以叉開腿站在其中一頭塑膠馬身上。她壞心眼地告訴他，她高中時，認識一個大家都不知道心臟有問題的女孩，那女孩跟她男朋友坐上旋轉木馬以後……

「有一天妳會深感遺憾的，」他平靜真誠地告訴她：「奠基於謊言之上的關係不好喔，莎拉。」

她對他發出濕答答的一聲呸。

在旋轉木馬之後是鏡子迷宮，事實上是相當好的鏡子迷宮，讓她想到布萊德利的小說《闇夜嘉年華》裡面那一個，一個小個子老小姐教師差點在裡面永遠迷失。她可以看到強尼在迷宮的另一個部分到處摸索，對著她揮手。幾十個強尼，幾十個莎拉。他們彼此錯身而過，以非歐氏幾何的角度到處閃爍，消失。她左轉、右轉，在乾淨的玻璃片上撞到鼻子，禁不住地咯咯發笑，一部分是緊張的幽閉恐懼反應；其中一面鏡子把她變成一個蹲踞著的托爾金式矮人，另一面鏡子則創造出青少年瘦削身材的理想化版本，小腿有四分之一哩長。

到最後他們逃了出來，他去弄來了兩份炸熱狗跟滿滿一大杯的油膩炸薯條，那種過了十五歲以後你鮮少嚐到的炸薯條。

他們經過一個脫衣舞攤位。三個女孩穿著金屬亮片裙跟胸罩站在那裡。她們隨著一首傑瑞·李·路易斯的老歌跳著狐步舞，同時叫賣著透過麥克風替她們招攬生意。「過來吧寶貝，」傑瑞·李刺耳地唱著，他的鋼琴在灑滿鋸木屑的長廊毫無遮掩地大奏搖滾樂。「過來吧寶貝，抓住牛角的寶貝……我們可不是在裝蒜……一大堆人正在搖搖擺擺……」

「花花公子俱樂部，」強尼驚訝地說道，然後笑出聲來。「在哈里森海灘曾經有過像這樣的地方。以前叫賣的人會發誓，那些女孩子就算手綁在背後，都可以把你的眼鏡從你鼻子上摘下來。」

「這聽起來像是感染性病的有趣方式。」莎拉說道，強尼爆出大笑。

在他們背後，叫賣者經過放大的聲音隨著距離拉遠變得越來越空洞，對比著傑瑞·李猛敲的鋼琴聲，這音樂像是某個瘋狂、歷經風霜、太強悍又死不了的熱血漢子，從死氣沉沉又安靜的五〇年代隆隆傳出，就像個惡兆。「進來吧，男人們，過來，別害羞，因為這些女孩肯定不害羞，一點都不！全都在裡面……在你看過花花公子俱樂部的節目以前，你的教育還不算完整……」

「你不想回去完成你的教育嗎？」她問道。

他露出微笑。「一陣子以前，我已經完成這個主題的基本課程了，我猜我可以等一會兒再拿我的博士學位。」

她瞥了一眼她的手錶。「嘿，時候不早了，強尼。而且明天是上課日。」

「是啊，不過至少是星期五。」

她嘆了口氣，想到她的第五節自習課跟第七節新小說課，兩個班都吵鬧得不可思議。

他們走回遊樂園的主要部分，人群正在變得稀疏，旋轉杯已經打烊了，兩個嘴角挺出一根無濾嘴香菸的工人，正在用防水布把野老鼠蓋起來，投擲遊戲區的男人正在關他舖位上的燈。

「妳星期六有要做什麼嗎？」他突然間沒什麼信心地問道。「我知道現在才講太快了，不過……」

「我有計畫。」她說。

「喔。」

而她受不了他那種氣餒的表情，嘲弄他這一點真的太惡毒了。「計畫要跟你一起做一些事。」

「妳要？……喔，對，就說這樣很好吧。」他咧嘴對她笑，她也回以一笑。她心裡那個聲音，有時候對她來說就像另一個人的聲音一樣真實，突然間開口了。

妳又覺得很好了，莎拉，覺得快樂，這樣不是很好嗎？

「對，是很好。」她說。她踮起腳尖迅速吻了他一下。她在可以龜縮以前逼自己繼續。「你知道，有時候在維吉那裡我會變得相當孤單。也許我可以……在某種程度上跟你共度一夜。」

他用一種溫暖體貼的態度注視著她，還有一種讓她內心深處刺痛的沉思表情。「那是妳想要的嗎，莎拉？」

她點點頭。「是我非常想要的。」

「好啊。」他說，然後伸出一隻手臂環抱著她。

「你確定嗎？」莎拉有點害羞地問道。

「我只怕妳會改變妳的心意。」

「我不會的，強尼。」

他把懷裡的她抱得更緊。「那麼今天是我的幸運夜了。」

在他這麼說的時候經過了命運之輪，莎拉後來會記得，那是在遊樂場大道那一邊前後三十碼內唯一還開著的攤位。櫃檯後面的男人才剛掃完攤位裡塞滿的泥土，找尋那一晚活動中可能從遊戲台上掉下來的任何零錢。她心想，這可能是他打烊前的最後一項雜務。在他後面是他的大輪盤，外面環繞著小電燈泡。她一定聽到了強尼的評語，因為他幾乎是自動走到攤位後面的，他的眼睛仍然在搜尋他攤位裡的泥土地，尋找銀色的微光。

「嘿嘿嘿，先生，如果你覺得很走運，轉轉命運之輪，把幾角錢變成幾塊錢。這全都在輪盤上，試試你的手氣，薄薄一角錢就可以轉動幸運之輪。」

強尼對著他的聲音往後轉。

「強尼？」

「我覺得很走運，就像那個男人說的一樣。」他低頭對她微笑。「除非妳介意……？」

「不，去玩吧，只是別花太長時間。」

他再度用那種擺明在思索著什麼的方式注視著她，這讓她覺得有點虛弱，同時納悶著跟他在一起會是什麼樣。她的胃慢慢地翻攪了一下，突如其來的性渴望讓她覺得有點作嘔。

「不，不會太久。」他注視著那個小販。他們背後的遊樂園現在幾乎全空了，而隨著他們頭上的雲融化流散，天氣變得寒冷了，他們三個人呼吸時都冒著白氣。

「想試試你的運氣嗎，年輕人？」

「對。」

他們到達遊樂場的時候，他把他所有的現金都放到前面的口袋裡了，而現在他把他那八塊錢剩下的部分都掏出來，那是一塊八十五分錢。

遊戲板是一條黃色塑膠板，上面的方格漆了數字跟賠率。這看起來像個輪盤賭台，不過立刻可以看出這裡的賠率會讓一個拉斯維加斯輪盤賭好手臉色灰白……賭一回贏錢的機率只有二比一。兩個莊家號碼，〇跟〇〇。他對著攤主指出這一點，他只是聳聳肩。

「你想去拉斯維加斯，就去拉斯維加斯，我能說什麼呢？」

不過強尼今晚的好心情是無可動搖的。面具讓事情有了個糟糕的開始，不過從此之後就一路好轉。事實上，這是他多年記憶所及最美好的晚上，也許是有史以來最棒的。他注視著莎拉，她臉紅通通的，她的眼睛閃閃發光。「妳怎麼說，莎拉？」

她搖搖頭。「我不懂這個，跟希臘文一樣，你要怎麼做？」

「選一個號碼，或選紅色或黑色，或選單數或雙數，或某一個十位數，這些全都有不同的回報。」他盯著那個攤主，攤主也茫然地看回來。「至少應該是這樣。」

「選黑的，」她說：「這有點刺激，不是嗎？」

「黑色。」他說，然後丟下他的零錢在黑色方塊裡。

攤主瞪著他那一大片遊戲板上唯一的一角錢，嘆了口氣。

「真是大手筆啊。」他轉向輪盤。

強尼的手心不在焉地漫遊到他前額，然後摸著額頭。「等等。」他突然間說道。

他把他的其中一個二十五分錢推到寫著十一到二十的位置。

「就這樣？」

「當然。」強尼說。

攤主扭了一下輪盤，輪盤在它的那圈燈光裡旋轉，紅色與黑色融在一起。強尼漫不經心地摩挲著他的前額。輪盤開始慢下來，現在他們可以聽到木製小鈴槌滑過分隔數字的釘栓，發出節拍器似的滴答聲。它到達八，九，似乎要停在十，然後發出最後的喀一聲，滑向十一那一格，接著停下來。

「女士輸了，先生贏了。」攤主說道。

「你贏了，強尼？」

「看來像是。」在攤主在他原先那二十五分錢上加了兩個的時候，強尼這麼說。莎拉發出小小的尖叫聲，幾乎沒注意攤主把那一角錢掃走。

「跟妳說過啦，我的幸運夜。」強尼說。

「兩次是幸運，一次只是僥倖，」攤主評論道。「嘿嘿嘿。」

「再賭一次，強尼。」她說。

「好，我就下原來這個。」

「讓它繼續？」

「對。」

攤主再度旋轉輪盤，而在它滑動的時候，莎拉悄聲對他說道：「所有的嘉年華輪盤應該都動過手腳不是嗎？」

「以前是。現在州政府會檢查他們，他們只能仰賴他們不像話的賠率系統了。」

輪盤慢慢接近它最後鬆開的滴答了。指針經過了十，進入了強尼的下注區，仍然在慢慢移動。

「跑啊，**跑啊！**」莎拉喊道。幾個要走出去的青少年停下來看。那木製鈴槌現在動得非常慢，經過了十六跟十七，然後停在十八。

「先生再度贏了。」攤主在強尼的那一堆上面又多加六個二十五分錢。

「你發財啦！」莎拉心滿意足地看著，然後親吻他的臉頰。

「你正走運，小子，」攤主熱情地表示同意。「沒有人會在正走運的時候停手，嘿嘿嘿。」

「我該再賭一次嗎？」強尼問她。

「為什麼不？」

「是啊，上吧，老兄，」其中一個青少年說。他夾克上有個胸章，上面是吉米・罕醉克斯的臉。「今晚那傢伙賺到我四塊錢，我很想看他被痛宰。」

「那麼妳也來吧。」他從那裡的九個銅板裡給她零星的二十五分錢。在猶豫了一會兒以後，她把錢押在二十一。單數一注是十比一，那塊板子上這麼寫。

「你要壓中間那條，對吧，老弟？」

強尼低頭看著疊在板子上的八個二十五分錢，然後再度開始摩挲他的前額，就好像他覺得快要開始頭痛了。突然間他把板子上的二十五分錢都掃下來，在他合成碗狀的兩隻手中間弄響那些錢幣。

「不，替這位女士轉輪盤，這一局我看就好。」

她注視著他，滿心困惑。「強尼？」

他聳聳肩。「只是個感覺。」

攤主翻了個白眼，露出「願上天賜我力量，忍耐這些傻瓜」的姿態，然後讓他的輪盤再度轉動。輪盤轉動、慢下來，然後停止。停在兩個零。「莊家號碼，莊家號碼。」攤主唱誦著，莎拉的二十五分錢就消失在他的圍裙裡。

「那公平嗎，強尼？」莎拉很受傷地問道。

「〇跟〇〇只有莊家贏。」他說。

「那麼你把錢從板子上拿下來很聰明。」

「我猜我是。」

「你要我轉這個輪盤或者去喝咖啡？」攤主問道。

「轉輪盤。」強尼說，然後把他的二十五分錢幣放成各四個的兩疊，在第三排的位置。

輪盤在它的燈光籠子裡嗡嗡轉著的時候，莎拉問強尼（同時目光從木片刻離開輪盤）：「像這樣的地方一晚上可以賺多少？」

另外四個年紀比較大的人，兩男兩女，跟在青少年後面加入圍觀。一個有著建築工身材的男人說：「從五百到七百塊之間的範圍吧。」

攤主再度翻了個白眼。「喔，老兄，我真希望你是對的。」他說。

「嘿，別給我耍貧嘴，」那個看似建築工人的男子說：「我二十年前曾經在這種騙人勾當裡工作。一晚上五百到七百，星期六輕輕鬆鬆就可以賺個兩千，那還是在經營正派輪盤的時候。」

強尼眼睛緊盯著輪盤，現在它轉得夠慢，可以讀到閃過去的個別數字。它閃過了〇跟〇〇，通過前十號，慢下來，通過十位數區，仍然繼續變慢。

「要跑的路太長了，老兄。」其中一個青少年說。

「等等。」強尼用一種奇特的聲調說道。莎拉瞥了他一眼，而他愉快的長臉看起來緊張得奇怪，他的藍眼睛比平常更黯淡些，顯得遙遠、疏離。

指針停在三十，然後停止。

「幸運，幸運啊。」在強尼跟莎拉背後的一小撮群眾發出一聲歡呼時，攤主聽天由命地唱誦道。看起來像建築工人的男子拍拍強尼的背，力道重得足以讓他稍微踉蹌一下。攤主伸手到櫃檯下的洛伊譚雪茄紙箱裡，然後丟了四張一元紙幣到強尼的八個二十五分錢幣旁邊。

「夠了嗎？」莎拉問道。

「再一次，」強尼說：「如果我贏了，這個人就幫我們付了遊樂園入場費跟妳的油錢。如果我輸了，我們虧了半塊錢左右。」

「嘿嘿嘿，」攤主唱道。他現在開心起來，把自己的節奏找回來了。「把錢放在你想放的地方。你們大家踏上前來，這不是給大批觀眾欣賞的體育活動。她會轉啊轉，她要停在哪，沒有人知道。」

看似建築工人的男子跟兩個青少年站上前，到了強尼跟莎拉旁邊。在商量一會兒以後，青少年們一起拿出半塊錢的零錢，押中間的那一排。看起來像建築工的那個，自我介紹說他叫史蒂夫·伯恩哈特，把一塊錢放在寫著雙數的格子裡。

「你呢，小兄弟？」攤主問強尼。「你要下在錢現在放的地方嗎？」

「是。」強尼說。

「喔老兄，」青少年之一說：「那是向命運挑戰啊。」

「我猜是。」強尼說道，莎拉對著他微笑。

伯恩哈特思索著瞥了強尼一眼，突然間把他的錢放到強尼放的第三區去。「管他的。」那個跟強尼說他在挑戰命運的青少年嘆了口氣，他把他跟他朋友拿出的五十分錢也壓到同一區。

「所有雞蛋放到同一個籃子裡，」攤主唱道。「你們就想要這樣嗎？」

玩家們靜靜站著，表示肯定。幾個搬運工遊蕩過來看，其中一個帶著女朋友；現在，在變暗的遊樂場上，幸運之輪攤位前面有頗為可觀的一小批人了。攤主用力地轉了輪盤，十二對眼睛盯著它轉。莎拉發現自己再度注視著強尼，想著他的臉在這樣顯著卻顯得鬼鬼祟祟的照明下，看來有多麼奇異。她又想起那個面具——傑寇與海德，單數與雙數。她的胃又翻攪起來，讓她覺得有點虛弱。輪盤慢下來，開始喀喀作響。青少年開始對著輪盤大喊大叫，催著它往前跑。

「再跑多一點，寶貝！」史蒂夫·伯恩哈特哄騙著輪盤：「再跑一點，蜜糖！」

輪盤喀噠進入第三區，然後在二十四號停下，人群裡再度冒出一陣歡呼。

「強尼，你辦到了，你辦到了！」莎拉喊道。

攤主透過牙齒厭惡地發出口哨聲，然後付了錢。一塊錢給青少年，兩塊錢給伯恩哈特，一張十元跟兩張一塊錢給強尼，現在他面前的板子上有十八塊錢了。

「幸運，幸運，嘿嘿嘿，再一次，小兄弟？這個輪盤今晚是你的朋友。」

強尼注視著莎拉。

「由你決定，強尼。」她突然覺得有點不自在了。

「繼續啊，老兄，」有吉米．罕醉克斯胸章的青少年催促道。「我很愛看這傢伙被痛宰。」

「好吧，」強尼說：「最後一次。」

「把錢放在你們想放的地方。」

他們全看著強尼，他站在那裡思索了一會，摩挲著他的前額。通常，他充滿好心情的臉，是木然、嚴肅、鎮定的。他正看著在燈泡籠子裡的輪盤，他的手指穩定地摸著他右眼上方的柔嫩皮膚。

「照原狀。」最後他說道。

群眾裡冒出一陣猜測的喃喃低語。

「喔，老兄，這真的是挑戰命運啊。」

「他運氣正好，」伯恩哈特很懷疑地說道。他往回瞥了他太太一眼，她聳聳肩表示自己完全搞不懂。「我會跟著你，又長又高又醜的傢伙。」

戴胸章的青少年瞥了他朋友一眼，他聳聳肩點頭了。

「好，」他說著，轉回去面對攤主：「我們也跟。」

輪盤轉動了。在他們後面，莎拉聽見其中一個搬運工跟另一個人賭五塊錢，押第三區不會再出現一次。她的胃做了另一個前滾翻，但這次沒有停下來；它就這樣繼續翻著跟斗，她開始意識到自己快要吐了，冷汗從她臉上冒出來。

輪盤開始在第一區慢下來，其中一個青少年雙手厭惡地一拍。但他沒有走開。輪盤喀噠經過十一、十二、十三。攤主看起來終於開心了。滴答滴，十四、十五、十六。

「它在經過。」伯恩哈特說。他的聲音裡有著敬畏，攤主注視著他的輪盤，好像真心希望可以就這樣伸出手去停下它，它喀噠響著經過了二十、二十一，然後確實停在印著二十二的格子裡。

另一陣勝利的叫喊又從人群裡冒出來，現在成長到幾乎二十人了。看來像是遊樂場剩下的人全都聚集在這裡了。莎拉隱約聽到，輸掉賭注的搬運工在付錢時，抱怨著某種跟「狗屎運」有關的東西，她的頭像被重擊。她的雙腿突然之間很恐怖地變得站不穩了，她的肌肉顫抖著，不再值得信賴。她迅速地眨眼好幾次，她的辛苦只換來一陣噁心的暈眩。世界似乎歪成一個偏斜的角度，就好像他們還在迴轉車上，然後才慢慢地回到地面。

我吃到壞掉的熱狗了，她陰沉地想著。莎拉，妳在郡市集裡試妳的運氣，這就是妳得到的。

「嘿嘿嘿。」攤主沒多大熱情地說道，然後付了錢。兩塊錢給青少年，四塊錢給史蒂夫．伯恩哈特，然後一卷錢給強尼——三張十塊、一張五塊，還有一張一塊。攤主並沒有異常開心，不過他還是心懷希望。如果高瘦又有好看金髮的男人要再試一次第三區，攤主肯定能收回他所付出的一切。錢在離開板子以前，都還不是那瘦子的錢。而要是他走人呢？喔，光是今天他就靠輪盤淨賺一千塊了，今晚他禁得起付出一點點。話會傳出去，索爾．莊摩的輪盤有人賭贏了，明天下注的人會出手比過去都大方，一位贏家是好廣告。

「在你們想放下錢的地方放下它們，」他唱道。幾個其他人走向板子，放下他們的一角跟二十五分錢。可是攤主只看著他的主要玩家。「你怎麼說，小伙子？想射月亮嗎？」強尼俯視著莎拉。「妳覺得……嘿，妳還好嗎？妳蒼白得像鬼一樣。」

「我的胃，」她一邊說，一邊設法擠出一個微笑。「我想是我吃的熱狗。我們可以回家嗎？」

「當然，妳可以打賭我一定會。」他正在從板子上收攏那堆起皺的鈔票，這時他的眼睛又剛好落在輪盤上，那雙眼睛裡對她的溫暖關懷消退了。那雙眼睛似乎再度暗了下來，變成用一種冷酷的方式在推測著。莎拉心想，**他正用小男孩看著自己私有螞蟻窩的方式，盯著那個輪盤瞧。**

「就一分鐘。」他說。

「好吧。」莎拉回答。不過現在她除了胃裡作嘔，還覺得頭重腳輕，下腹部有種她不喜歡的隆隆響聲。老天爺啊，不要是拉肚子。拜託。

她心想：**直到他把錢都輸回去以前，他不可能滿足的。**

然後，帶著一種奇異的篤定：**但他不會輸的。**

「你怎麼說，小伙子？」攤主問道：「上或下，進或退。」

「屎或尿。」其中一個搬運工說道，出現一陣緊張的笑聲，莎拉暈頭轉向。

強尼突然間把鈔票跟零錢推到板子一角。

「你在做什麼啊！」攤主問道，他真心感到震驚。

「整疊錢押十九。」強尼說。

莎拉想要呻吟，卻忍回去了。

群眾竊竊私語。

「別太逞強了。」史蒂夫．伯恩哈特在強尼耳邊說道。強尼沒回答，他用一種類似冷淡的態度瞪著輪盤，他的眼睛看起來幾乎成了紫羅蘭色。

突然出現一陣叮噹響聲，莎拉起初還以為一定是她自己耳朵幻聽。然後她看到先前把錢放下的其他人把錢從板子上再度掃回去，留下強尼自己一個人玩。

不！她發現自己想要大喊，**不是像那樣，不是一個人，這樣不公平……**

她咬著自己的嘴唇。她怕自己如果開口就會吐出來。她的胃現在感覺非常糟，強尼那堆贏來的錢獨自坐在赤裸的燈光下。五十四塊，而單一數字的賠率是十比一。

攤主舔濕他的嘴唇。「先生，州政府說我不該接受任何超過兩塊錢的單一號碼賭注。」

「拜託啦，」伯恩哈特低吼道：「你也不該接受超過十塊的十個號碼一條龍賭注，而你剛才讓這傢伙賭了十八塊。這是怎樣，你的睪丸開始冒汗啦？」

「不，只是這個……」

「來吧，」強尼突然說道：「不接受就拉倒，我女朋友不舒服。」

攤主衡量了一下群眾，群眾用充滿敵意的眼睛回望他。他們不懂這傢伙剛才把自己的錢給扔掉了，而他是嘗試要制止他，管他去死。無論採取哪個做法，這群人都不會喜歡的，讓那傢伙做他的倒立，輸他的錢吧，這樣他今晚就可以收攤了。

「喔，」他說：「只要你們沒有人是州政府稽查員就好……」他轉向他的輪盤。「她會轉呀轉，她會停在哪，沒有人知道。」

他轉了輪盤，上面的數字立刻變成一團模糊。這一次轉動時間似乎比實際上來得長許多，現場寂靜無聲，只有幸運之輪呼呼轉動的聲音、吹得某處一塊帆布像波浪般起伏的晚風，還有莎拉腦袋裡病懨懨的重擊。在她心裡，她央求強尼用手臂環抱著她，但他只是靜靜站著，他的手放在遊戲板上，雙眼盯著輪盤，而那輪盤似乎決心永遠轉下去。

它終於慢下來，慢到足以讓她能夠讀到數字，她看到了十九，在黑色背景上，一跟九漆成了亮紅色。上上下下，上上下下，輪盤滑順的呼呼聲變成穩定的滴答、滴答、滴答，在一片寂靜中顯得非常響亮。

現在數字逐漸變慢，從容地跑過指針。

其中一個搬運工訝異地叫出來：「耶穌啊，無論如何數字會很接近！」

強尼冷靜地站著，注視著輪盤，現在在她看來（雖然也可能是因為想吐的感覺，作嘔感此刻在她肚子裡打滾，一波波地捏緊、蠕動）他的眼睛幾乎是黑色的。傑寇與海德，她心想，突然之間，她毫無道理地害怕起他。

滴答、滴答、滴答。

輪盤喀噠進入第二區，經過十五跟十六，喀噠超過十七，然後，在一陣猶豫以後，也越過十八。隨著最後一聲噠！指針落入十九的格子。群眾們屏住呼吸。輪盤緩緩地轉動，把指針帶向分隔十九跟二十的那個小釘栓。有個四分之一秒，那釘栓看起來不可能把指針維持在十九的格子裡；那最後一點快消失的動力會帶著它跨越二十。

然後輪盤往回彈，它的動力用光了，然後靜止下來。

有一會兒人群裡沒有任何聲音。完全沒有。

然後其中一個青少年，帶著敬畏輕聲說：「嘿，老兄，你剛才贏了五百四十塊欸。」

史蒂夫．伯恩哈特說：「我從來沒看過這麼驚人的一回合，從來沒有。」然後群眾歡呼起來。有人拍著強尼的背，還有人用拳頭打。人群從莎拉旁邊擦身而過，到他身邊去碰觸他，而在他們被分隔開來的那一刻她感覺到一種悲慘、原始的恐慌。她毫無力氣，被頂到這一邊或那一邊，她的胃瘋狂地翻滾，她眼前有十幾個輪盤的影像在旋轉。

一會兒以後強尼就跟她在一起了，她帶著微弱的喜悅，看到那真的是強尼，不是注視著最後一次輪盤旋轉時，那個鎮靜、模特兒假人似的人物，他看起來很迷惑又很擔心她。

「寶貝，我很抱歉。」他說，而她真愛他這麼說。

「我沒事。」她這麼回答，卻不知道自己到底有沒有事。攤主清清喉嚨。

「輪盤打烊了，」他說：「輪盤打烊了。」

不快的咕噥從接受現實的人群中響起。

攤主注視著強尼。「我必須給你一張支票，年輕人，我的攤位上沒留那麼多現金。」

「當然，都可以。」強尼說：「只要動作快，這裡的女士真的很不舒服。」

「當然啦，一張支票，」史蒂夫．伯恩哈特無限輕蔑地說道：「他會給你一張跳票跳到像WGAN電視塔那麼高的支票，到時候他都到佛羅里達過冬了。」

「親愛的先生，」攤主開口說道：「我向您保證……」

「喔，去跟你媽保證吧，也許她會相信你。」伯恩哈特說。他突然間伸手到遊戲台後面，在櫃檯底下亂掏。

「嘿！」攤主喊道：「這是搶劫啊！」

人群對他的主張看來無動於衷。

「拜託。」莎拉擠出這句話。她頭暈目眩。

「我不在乎錢，」強尼突然說道：「讓我們過去，拜託，這位小姐生病了。」

「喔，天啊！」戴吉米．罕醉克斯胸章的青少年說道，但他跟他的同伴不情願地退開了。

「不，強尼，」莎拉說道，雖然她現在全憑意志力才能忍住不吐出來。「拿你的錢吧。」五百塊是強尼三個星期的薪水。

「付錢，你這個自命不凡的虛偽傢伙！」伯恩哈特吼道。他從櫃檯底下拿出洛伊譚雪茄紙箱，甚至沒往裡面看就把它推到一旁去，然後又掏了起來，這次拿出一個漆成工業用綠色的上鎖鐵盒。他把盒子用力摔在遊戲台上。「如果裡面沒有五百四十塊錢，我會在所有人面前吃掉我的襯衫。」他把一隻堅硬、沉重的手放在強尼肩膀上。「小子，你就等一分鐘，你會拿到你的錢，要不然我就不叫史蒂夫．伯恩哈特。」

「真的，先生，我沒有那麼多……」

「你付錢，」史蒂夫・伯恩哈特說著靠向他。「要不然我就讓你倒店。我說到做到，我是認真的。」

攤主嘆了口氣，往他襯衫裡撈，拿出一條細金屬鏈。

人群發出嘆息。莎拉再也忍不住了。她的胃感覺鼓脹，突然間又靜止得像死了一樣。一切都要冒出來了，一切，而且是用特快車的速度。

她跌跌撞撞從強尼身邊走開，衝出人群。

「蜜糖，妳還好嗎？」有個女人問她，莎拉盲目地搖頭。

「莎拉！」強尼喊道。

妳就是躲不開……傑寇與海德，她冒出這不連貫的思緒。就在她匆匆衝過旋轉木馬的時候，在這遊樂場的黑暗中，似乎有一個螢光面具病態地掛在她眼前。她的肩膀撞到一根燈柱，她踉蹌著抓住燈柱，然後吐了出來。嘔吐一路從她腳跟處往上衝，像個很噁心、很噁心的拳頭那樣搖撼她的胃，她讓自己盡可能吐個乾淨。

聞起來像棉花糖，她心想，然後隨著一聲呻吟她又吐了，然後再一次。她眼前有黑點亂舞，最後一波吐出來的差不多就是黏液跟空氣而已。

「喔，天啊。」她虛弱地說，然後抓住燈柱免得跌倒。從她背後某處，強尼正在呼喚她的名字，但她現在還沒法回話，也不想回話。她的胃稍微回到原位一些，而有這麼一下子，她想要站在這裡的黑暗中，恭賀自己還活著，活過了她在遊樂場的這一夜。

「莎拉？**莎拉！**」

她吐了兩口口水，讓她嘴巴清乾淨一點點。

「在這裡，強尼。」

他繞過旋轉木馬跟上面跳到凍住一半的灰泥馬，她看到他的一隻手心不在焉地抓著厚厚一疊綠色鈔票。

「妳還好嗎？」

「不好，不過比先前好了，我吐過了。」

「喔，喔，耶穌啊。咱們回家吧。」他溫柔地扶著她的手臂。

「你拿到你的錢了。」

他低頭一瞥那疊錢，然後漫不經心地把錢塞進褲口袋裡。

「是啊。其中一些或者全部，我不知道，那個大個子數過了。」

莎拉從她皮包裡拿出一條手帕，然後用手帕擦了她的嘴。一杯水，她心想。我會為了一杯水出賣我的靈魂。

「你應該要在乎的，」她說：「那是很多的錢。」

「找到錢帶來厄運，」他陰沉地說。「我母親常說的老話之一。她有一百萬句常用俗語，而且她抵死反對賭博。」

「徹頭徹尾的浸禮會教友。」莎拉說道，然後痙攣似地打了個冷顫。

「妳還好嗎？」他擔憂地問道。

「打冷顫，」她說：「我們坐進車裡以後，我想把暖氣開到最大，還有……喔天啊，我又要吐了。」

她轉身背對他，然後呻吟著吐出唾沫，她踉蹌了一下。

他溫柔卻堅定地抱住她。「妳可以回到車上嗎？」

「對，我現在好了。」不過她頭痛，嘴裡的味道很可怕，背部跟腹部的肌肉全都感覺脫節、緊張又疼痛。

他們一起慢慢沿著遊樂場走著，拖著腳步穿過鋸木屑，經過晚上打烊關閉或收起的帳篷。一道陰影在他們背後滑動，強尼則眼神銳利地瞥向四周，或許他意識到自己口袋裡有多少錢。

其中一個青少年——大概十五歲大，羞怯地對他們微笑。「我希望妳覺得好些了。」他對莎拉說。「是那些熱狗，很容易就吃到壞掉的。」

「喔，別提了。」莎拉說。

「你需要人幫忙扶她到車上嗎？」他問強尼。

「不，多謝，我們很好。」

「好吧，反正我得閃了。」不過他又多待了一下，他羞怯的微笑拉寬了，變成一個咧嘴笑容。「我真的很愛看那傢伙被痛宰。」

他漫步著走進黑暗中。

莎拉小小的白色旅行車是停車場裡唯一剩下的車子；它蹲踞在一盞水銀燈下，就像一隻孤零零、被人遺忘的小狗。強尼替莎拉打開乘客座車門，她小心翼翼彎起身體坐進去。他滑進駕駛座，然後發動車子。

「暖氣要等個幾分鐘才會好。」他說。

「沒關係，我現在很熱。」

他注視著她，然後看到她臉上冒出的汗水。「也許我們應該載妳去東緬因醫學中心的急診室，」他說：「如果是感染沙門氏菌，可能會很嚴重。」

「不，我沒事了。我只想回家去睡覺，我明天早上會起床打電話向學校請病假，然後再回去睡。」

「妳甚至不必費心起來。莎拉，我會替妳請假。」

她感激地看著他。「你會嗎？」

「當然。」

他們現在往回朝著主要高速公路走了。「我很抱歉不能跟你一起回你住的地方。」莎拉說：「真的很誠心抱歉。」

「不是妳的錯。」

「當然是，我吃了壞掉的熱狗。不走運的莎拉。」

「我愛妳，莎拉。」強尼說。所以話說出口了，不能再收回，在移動的車子裡，這句話掛在他們之間，等著有人對此採取某種行動。

她做了她能做的。「謝謝你，強尼。」

他們在安適的靜默中繼續開車。

第二章

1

強尼把車子轉進她家車道的時候，幾乎午夜了。莎拉在打瞌睡。

「嘿，」他說話的同時關掉引擎，輕柔地搖著她。「我們到了。」

「喔……好。」她坐起身，把她的外套拉得更緊些裹住自己。

「妳覺得怎麼樣？」

「好多了。我的胃酸酸的，我的背在痛，不過好多了。強尼，你把車開回克里夫去。」

「不，我最好不要。」他說：「有人會看到這輛車停在公寓前面整夜，我們不需要人家說這種閒話。」

「可是我本來要跟你一起回去……」

強尼露出微笑。「而那會讓這件事情變得值得冒險，就算我們必須走整整三個街區。除此之外，我要妳身邊有車，免得妳改變心意，決定去急診室了。」

「我不會的。」

「妳可能會，我可以進去叫輛計程車嗎？」

「當然可以。」

他們進了屋，莎拉打開燈之後就被新的一陣冷顫襲擊。

「電話在客廳，我會去躺下來蓋條被子。」

客廳小而具功能性，之所以不會像個軍營，完全靠著有波紋的窗簾——迷幻風的紋路跟彩色的花朵，還有沿著牆壁貼過去的一排海報：森林丘的狄倫、卡內基廳的瓊．拜雅、柏克萊的傑佛遜飛船、克里夫蘭的鳥兒合唱團。

莎拉躺在沙發上，把一條被子直拉到下巴底下，強尼擔憂地注視著她。她的臉蒼白如紙，只有眼睛旁邊有黑眼圈，看起來徹底病懨懨。

「也許我應該在這裡過夜，」他說：「免得發生什麼事，像是……」

「像是我脊椎頂端有個細如髮絲的裂紋？」她帶著有些悲哀的幽默感注視他。

「呃，妳知道的，不管是什麼。」

她下半身區域裡帶著惡兆的隆隆響聲決定了她的做法，她本來全心全意要跟強尼．史密斯上床，結束這一晚，結果卻沒有這樣收場。但那並不表示她必須在嘔吐、跑廁所、吞掉半罐胃片的同時，讓他隨侍在側結束這一晚。

「我不會有事，」她說：「強尼，只是壞掉的嘉年華熱狗，你自己也同樣很可能吃到，明天你有空堂的時候打電話給我。」

「妳確定？」

「對，我確定。」

「好吧，孩子。」他不再爭辯，拿起電話叫了計程車。

她閉上眼睛，聽到他的聲音讓她感到平靜安慰。她最喜歡他的其中一點，就是他總是設法做正確的事，做最好的事，而沒有自私的屁話，那樣很好。她太疲倦，感覺又太低落，玩不起小小的社交遊戲了。

「事情辦好了，」他說著掛斷電話。「他們會在五分鐘內派個人來。」

「至少你有計程車費。」她微笑著說道。

「而且我計畫給很豐厚的小費。」他回答，同時做了個過得去的W．C．菲爾茲[14]模仿。

他來到沙發這邊，坐在她身旁，握住她的手。

「強尼，你是怎麼做到的？」

「嗯？」

「輪盤，你怎麼可能做到？」

「那是運氣，就這樣，」他這麼說，看起來有點不自在。「每個人偶爾都會走運一次。就像在賽馬場或者玩二十一點，或者只是在猜硬幣正反面。」

「不。」她說。

「啊？」

「我不認為每個人真的都會偶爾走運一次，這幾乎是神秘難解。這……有點嚇到我了。」

「是嗎？」

「是。」

強尼嘆了口氣。「偶爾我會有些感覺，就這樣。就我所能記得的，從我只是小小孩的時候就有了，而我總是很擅長找到其他人弄丟的東西，像是學校裡的小莉莎．舒曼。妳知道我說的那個女孩？」

「總是悲傷、像小老鼠一樣不起眼的小莉莎？」她露出微笑。「我認識她。在我的商用文法課程裡，她在困惑的雲霧中漫步。」

「她弄掉她的班級戒指，」強尼說：「然後淚汪汪地來找我講這件事。我問她有沒有檢查過她置物櫃最頂層架子後面的角落，這只是猜測，但戒指就在那裡。」

「而你總是能做到這種事？」

他笑著搖頭。「幾乎從來不行。」那個笑容滑落了一點點。「可是今晚那感覺很強烈，莎拉，我讓那個輪盤……」他輕輕握起雙拳，然後看著那雙手，此時皺著眉頭。「我讓它就停在那裡，而它對我來說有個奇怪的天殺聯想。」

「像什麼？」

「橡皮，」他緩緩說道。「燃燒的橡皮，還有冷，還有冰，黑色的冰。那些事物藏在我心靈後方，天知道為什麼。還有一種不好的感覺，像是要我小心。」

她仔細地盯著他看，什麼都沒有說，他的臉慢慢地變得明朗起來。「不過現在那感覺不見了，不管那是什麼，可能也沒什麼。」

「無論如何，那是價值五百塊的好運。」她說道。強尼笑出來點點頭。他不再說話了，她則昏昏欲睡，很高興有他在那裡，在外面的車頭燈光灑過整片牆壁的時候，她恢復清醒，他的計程車來了。

「我會打電話，」他說著，溫柔地吻了她的臉。「妳確定不要我留下來嗎？」

她突然間很想，但她搖搖頭。「打電話給我。」她說。

「第三堂。」他承諾，走向門口。

「強尼？」

他轉身。

「我愛你，強尼。」她說道，他的臉就像一盞燈一樣地被點亮了。

14. W. C. Fields（1880-1946），美國知名喜劇演員。

他送來一個飛吻。「覺得好轉了，」他說：「我們就來談談。」

她點點頭，不過下次她再跟強尼·史密斯談話，會是四年半以後了。

2

「如果我坐在前座，你介意嗎？」強尼問計程車司機。

「不介意，只是你的膝蓋可別撞到里程表，它很脆弱。」

強尼費了點力氣把他的一雙長腿滑到里程表下面，然後用力關上車門。司機是個中年人，有著光禿禿的腦袋跟便便大腹，司機按下他的空車標示，然後計程車就沿著弗萊格街前行。

「上哪去？」

「克里夫米爾斯，」強尼說：「主要大街，我會告訴你哪裡停。」

「我得跟你要一點五倍車錢，」計程車司機說：「我不想這樣做，但我得從那裡空車回來。」

強尼的手不自覺地按住他褲口袋裡那團鈔票。他設法回想他以前是否曾經一次有這麼多錢，就一次。他買過一輛一千兩百塊的二手雪佛蘭。一時突發奇想，他在儲蓄銀行裡要求領現金，就為了看看那全部現金看起來什麼樣，結果沒那麼美妙，不過在強尼把一千兩百塊的鈔票塞進車商手裡的時候，他臉上的訝異看起來倒是挺美妙的。不過這一團鈔票一點都沒讓他覺得很好，只有模糊的不自在，而他又重新想起他母親的格言：找到錢帶來厄運。

「一點五倍車錢沒問題。」他告訴司機。

「只要我們互有共識就好，」司機更熱切地說道。「我來這裡這麼快，是因為我先前被人叫到河邊區，但我到那裡的時候沒有人肯說自己叫了車。」

「這樣啊？」強尼沒多大興趣地問道。陰暗的房屋在外面一閃而逝，他剛才贏了五百塊，以前他從沒發生過這類的事情，差得遠了。那種幽靈般的橡膠燃燒氣味……重溫了一部分他小時候發生過的某件事的感覺……而那種走霉運的感覺，快要抵銷還在他身上的那種美好感覺了。

「是啊，那些酒鬼打電話，然後他們又改變他們的心意了，」司機說道。「該死的醉鬼，我恨他們。他們叫了車，然後決定管他的，他們要再多喝幾杯。或者他們在等待期間喝光了他們的車資，在我進來大喊『誰叫計程車？』的時候，他們就不想承認。」

「是啊。」強尼說道。在他們左邊，帕那布史考特河流過，黑暗而油亮。那時候莎拉生病了，而且說儘管發生了其他事情，她愛他。或許只是碰上她脆弱的時候，但天啊！如果她是真心的！他幾乎從第一次約會以後就愛上她了。這是這天晚上的幸運之處，而不是打敗輪盤。不過他一直回想的是那個輪盤，他擔心那個輪盤，在黑暗中他還可以看見它在轉動，而在他耳中，他可以聽見指針逐漸慢下來的滴答、滴答、滴答，碰撞著釘栓，就像在一個不安夢境裡聽到的什麼，找到錢帶來厄運。

計程車司機轉到六號道路上，現在火力全開地在講他的獨白了。「所以我說啦，『有屁你去別處放』。我是說，這孩子自以為聰明，對吧？我不必忍受那種屁話，誰講的都一樣，就算是我自己的兒子。我開這計程車已經二十六年了，我被搶過六次，被擦撞過多少次我都數不出來了，雖然我從沒碰上重大車禍，這個我要感謝聖母瑪麗亞還有聖克里斯多佛，還有萬能的天父，你知道我是什麼意思嗎？每個星期，不管那個星期賺多少，我都會存個五塊錢給他上大學用，從他什麼都不是，是個吱吱叫吸奶瓶的小不點時就開始了，這是為了什麼？為了讓他在美好的一天回到家裡，告訴我美國總統是一隻豬。天殺的！那孩子可能以為我是豬，雖然他知道如果他敢講出口，我就會讓他的牙齒重新排列組合，所以告訴你，這就是今天的年輕世代。所以我說，『有屁你去別處放』。」

「是啊。」強尼說。現在樹林飄浮了過去，卡森沼澤在左邊。距離克里夫米爾斯大概還有七哩，里程表又跳了另外一角錢。

薄薄一角錢，一元的十分之一，嘿嘿嘿。

「你是做哪行的，我可以問一下嗎？」計程車司機說。

「我在克里夫教高中。」

「喔，是喔？所以你知道我是什麼意思了，這些孩子到底是哪根筋不對了，到底？」

呃，他們吃了叫做越南的壞掉熱狗，讓他們染上屍鹼。一個叫做林登．詹森的人賣給他們這種熱狗，所以他們去找另外一個傢伙，你懂吧，然後他們說：「天啊，先生，我病得快死了。」而這另外一個傢伙呢，他的名字叫尼克森，他說：「我知道怎麼治好這個毛病，就再多吃幾根熱狗吧。」美國年輕人的問題就在這裡。

「我不知道。」強尼說道。

「你計畫了一輩子，你做了你能做的。」計程車司機說，而現在他聲音裡有種誠實的驚異不解，這種驚異不解不會維持太久，因為這位司機正進入他人生中的最後一分鐘。而強尼，他並不知道這一點，他對這個男人感覺到一種真心的憐憫，那種因為無法理解而感覺到的同情。

過來吧寶貝，一大堆人正在搖搖擺擺。

「你除了最好的什麼都不要，而那孩子回到家裡的時候頭髮長到屁眼了，還說美國總統是豬。豬欸！你看看，我不……」

「**小心！**」強尼大喊。

計程車司機臉半轉向他，在儀表板的燈光以及來車車頭燈突如其來的光芒下，他那張矮胖美國退伍軍人的臉顯得認真、憤怒又悲慘，他再度把頭猛然轉向前方，卻太晚了。

「**耶——穌……**」

有兩輛車，在白線的兩側各有一台。那兩輛車並肩拚速度，翻過山丘駛來，是一台野馬跟一台道奇衝鋒者，強尼可以聽到他們的引擎加速運轉的哀鳴。衝鋒者正直朝著他們衝過來，那輛車沒試著讓出路來，計程車司機僵在方向盤前。

「耶……」

強尼幾乎沒察覺到那輛野馬從他們左邊閃過，然後計程車跟衝鋒者直接對撞，強尼感覺到自己被抬起來、送了出去。沒有痛楚，雖然他微微察覺到他的兩邊大腿跟計程車里程表夠用力地撞在一起，足以把里程表從固定框裡撞出來。

有玻璃撞碎的聲音，一大團煙一路衝進夜晚。強尼的腦袋撞上計程車的擋風玻璃，把玻璃撞掉了，現實開始往下掉成一個洞。痛楚，微弱而遙遠地出現在他的肩膀跟手臂上，同時他的其他部分跟著他的腦袋穿過破裂的擋風玻璃。他在飛，飛進十月的夜晚。

微微閃過的思緒：**我要死了嗎？這會殺死我嗎？**

內在的聲音回答：**對，可能就是這樣了。**

飛行，十月的星星拋過夜晚。汽油爆炸的喧囂轟響，一片橘色的光，然後是黑暗。

他穿越虛空的旅程結束在一個重落地跟一道水花。冰冷潮濕的感覺湧上來——他掉進卡森沼澤，距離被高熱焊在一起、把火葬堆般的火焰推進夜空中的衝鋒者跟計程車二十五呎。

黑暗。

漸漸消退。

直到最後，剩下的一切似乎就只有一個巨大的紅色與黑色輪盤，在就像群星之間可能有的那種虛空中轉動，試試你的運氣，第一次是僥倖，第二次是幸運，嘿嘿嘿。輪盤周轉，上上下下，紅的黑的，指針滴答響著經過針栓，而他緊繃著身體要看出會不會出現兩個零，莊家號碼，莊家轉，除了莊家以外每個人都輸。他努力要看，但輪盤不見了。只有黑色，還有那種宇宙性的虛空，否定性的，好小伙子，〇，冰冷的地獄邊緣。

強尼．史密斯在那裡待了很久，很久。

第三章

1

一九七〇年十月剛過凌晨兩點的某一刻，克里夫米爾斯以南大約一百五十哩的一間小房子裡，樓下門廳的電話開始響起。

赫伯．史密斯在床上坐起來，一時分不清東南西北，拖拉著跨過睡眠門檻的一半，卻留在門口，全身乏力又不知身在何處。

維拉的聲音就在他旁邊，被枕頭悶住了。「電話。」

「是啊。」他說著，然後一轉身下了床。他是個寬肩膀的大個子男人，快五十歲了，頭髮掉光，他穿著藍色睡褲，走到樓上的走廊，打開了燈，樓下的電話刺耳地響著。

他下樓到維拉喜歡稱為「電話角」的地方，這裡有電話跟一個奇怪的小書桌，是她大約三年前從綠印花[15]商店裡換來的。赫伯從一開始就拒絕把他兩百四十磅重的龐然身軀滑進去。他都站著講電話。小書桌的抽屜裡塞滿了《性靈空間》[16]、《讀者文摘》跟《命運》[17]雜誌。

赫伯把手伸向電話，然後再讓它多響一次。

半夜來的電話通常意味著三種事情：一位老友喝得爛醉，認定就算凌晨兩點你也會很高興

15. Sperry & Hutchinson 公司從一九三〇年代起發行到八〇年代晚期的一種交換券，可以集點換商品。
16. 《性靈空間》（Upper Room）是一本基督教雜誌。
17. 《命運》（Fate）是專門報導超自然現象的雜誌。

聽到他的聲音、打錯電話、壞消息。

赫伯期望是第二種可能性，同時拿起了電話。「哈囉？」

一個俐落的男性聲音說：「這裡是赫伯．史密斯府上嗎？」

「是的？」

「請問現在接電話的您是？」

「我是赫伯．史密斯，有什麼……」

「可以請您稍待一會嗎？」

「可以，但是誰……」

太遲了。他耳中聽見一聲模糊的喀，就好像另一頭的人弄掉了他的一隻鞋。他被切換到等候**轉接**模式。電話有許多讓他不喜歡的事情——線路不良、小孩子惡作劇，想知道你有沒有罐裝的亞伯特親王[18]、聽起來像電腦似的接線生、還有輕聲細語要你訂閱雜誌的人——他最不喜歡的一樣就是等候轉接。那是在過去十年左右，幾乎神不知鬼不覺潛入現代生活的那些陰險事物之一。曾有過一個時候，另一頭的那個人只會說：「先拿著電話，可以嗎？」然後就把話筒放下。至少在那些日子裡，你能夠聽到遠方的對話、一隻狗在吠叫、廣播、嬰兒在哭。等候轉接則是完全不同的事情，線路是一片陰暗、平滑的空白，你哪裡都不在，他們為什麼不乾脆這麼說：「你可以等一等嗎，讓我稍微把你活埋一會兒？」

他領悟到他只是有點害怕。

「赫伯？」

他轉身，電話貼在耳朵上，維拉在樓梯頂端，穿著她褪色的棕色睡袍，頭髮捲在髮捲裡，某種乳霜變硬了，在臉頰跟前額上形成鑄膜似的堅硬狀態。

「是誰打的？」

「我還不知道，他們要我等候。」

「等候？凌晨兩點十五分的時候？」

「對。」

「不是強尼吧，對嗎？強尼沒出事吧？」

「我不知道。」他說著，掙扎著不要拉高嗓門。有人在凌晨兩點打電話給你，叫你等候轉接，你就開始細數你的親戚，清點他們的狀態，列出老姑媽的名單。如果你還有祖父母，你會加總他們有的病痛，你會納悶你某位朋友的心臟是不是剛剛停止跳動，你會設法不去想你有個深愛的兒子，或者這種電話怎麼會總是在凌晨兩點打來，或者突然間你的小腿不知怎的因為緊張而變得僵硬沉重……

維拉已經閉上眼睛，把她的雙手交疊在她瘦小的胸膛中間，赫伯設法控制著他的惱怒。忍住不說：「維拉，聖經強烈建議妳去衣櫥裡做這件事。」那會替他贏得「維拉．史密斯的甜美微笑，專門給不信神又注定下地獄的丈夫」。在凌晨兩點的時候，被迫**等待**轉接，他不認為他可以受得了那種特別的微笑。

電話再度吭啷一聲，另一個比較蒼老的男性聲音說道：「哈囉，史密斯先生？」

「是的，您是哪位？」

「很抱歉讓您久等，先生。我是州警歐羅諾分局的梅格斯警官。」

18. 亞伯特親王是英國維多莉亞女王的丈夫，但美國有一種香菸牌子也叫亞伯特親王。所以有一種老派的電話惡作劇是這樣：有人會打電話到菸草店問店員「有沒有裝在罐子裡的亞伯特親王？」，店員回答有的話，打電話的人就會說：「那最好把他放出來吧。」

「是我兒子嗎？我兒子出了事？」

他沒察覺到自己陷進電話角的椅子裡，他覺得全身虛弱無力。

梅格斯警官說：「你有個叫做強尼．史密斯，沒有中間名的兒子嗎？」

「他還好嗎？他沒事吧？」

樓梯上有腳步聲，維拉站在他旁邊。有一會兒她看起來很冷靜，然後她像隻母老虎似地猛抓起電話。「是什麼事？我的強尼出了什麼事？」

赫伯把話筒從她手邊扯開，弄斷了她的一根指甲。他狠狠地瞪著她，然後說道：「我在處理這件事。」

她站著注視他，在她蓋著嘴巴的手上方，她溫和、褪色的藍眼睛瞪得大大的。

「史密斯先生，您在線上嗎？」

似乎包上一層局部麻醉劑的話語，從赫伯嘴裡跌出來。「我有個叫做強尼．史密斯的兒子，沒有中間名，沒錯。他住在克里夫米爾斯，他是那邊的高中老師。」

「史密斯先生，他捲入一場車禍，他的狀況極端嚴重，我非常抱歉，必須告訴你這個消息。」梅格斯的聲音很有節奏，很正式。

「喔，我的天！」赫伯說道。他的思緒飛轉。在軍中，有一次，一個塊頭很大、很惡劣、姓柴德卓斯的金髮南方男孩，在一家亞特蘭大酒吧後面把他打得屁滾尿流，赫伯那時候的感覺就像這樣，很怯懦，他全部的思緒都被打趴成沒用、黏糊糊的一攤。「喔，我的天啊！」他又說了一遍。

「他死了？」維拉問道：「他死了？強尼**死了**？」

他蓋著話筒。「沒有，」他說：「沒死。」

「沒死！沒死！」她哭喊著，然後在電話角跪了下來，膝蓋發出清晰可聞的重擊聲。「喔神啊，我們誠心地感謝祢並請求祢，顯示祢對我們的兒子溫柔的照料與關愛慈悲，以祢慈愛的手庇護他，我們以祢唯一降生之子耶穌之名祈求……」

「**維拉，閉嘴！**」

有一會兒他們三個人都沉默不語，就像在考量這個世界以及它不怎麼有趣的種種方面：赫伯龐大的身軀擠在電話角的長椅上，他的膝蓋往上擠壓著桌子的底部，一把塑膠花束就在他臉前面。維拉的膝蓋貼在走廊的暖爐柵欄上，看不到的梅格斯警官以一種奇特的聽覺方式，見證了這個黑色喜劇。

「史密斯先生？」

「是。我……我為這一陣騷動致歉。」

「相當可以理解。」梅格斯說。

「我兒子……強尼……開著他的福斯汽車嗎？」

「死亡陷阱，死亡陷阱，那些小金龜車是死亡陷阱。」維拉含糊不清地說。淚水成行從她臉上流下，滑過晚霜堅硬光滑的表面，像是落在鉻金屬上的雨。

「他是在一輛在班戈與歐羅諾營業的計程車裡，」梅格斯說：「我會告訴您我現在知道的狀況，有三輛車牽涉在內，兩輛車是克里夫米爾斯的青少年開的。他們在比誰開得快。他們從大家說的六號道路卡森丘那邊過來，朝東邊開。你兒子在計程車裡，朝西邊開，要到克里夫。計程車跟道路上開錯邊的那一輛車對撞了。計程車司機死了，開另一輛車的男生也死了，你兒子跟另一輛車裡的一位乘客在東緬因醫學中心。就我所知，他們兩位都被列為情況危急。」

「危急……」赫伯說。

「危急！危急！」維拉哀鳴道。

喔，基督啊，我們的表現聽起來像是一齣怪異的外百老匯劇目，赫伯心想。他替維拉感到尷尬，替梅格斯警官也感到尷尬，他肯定聽到維拉說話了，像個在背景裡發神經的希臘合唱隊。他納悶地想，這位梅格斯警官在他的工作過程裡進行過多少次這種對話了，他認定警官一定碰上過許多次，他可能已經打電話給計程車司機的老婆，還有死掉男孩的母親，跟他們說過這個消息了。他們是怎麼反應？但那又有什麼關係？為她的兒子哭泣不是維拉的權利嗎？而為什麼一個人必須在這種時候想這種瘋狂的事情？

「東緬因。」赫伯說。他把這名字寫在一本便條本上。那個便條本頂端的素描，是一個微笑的電話聽筒，電話線拼出了**電話夥伴**這幾個字。「他怎麼受傷的？」

「請再說一遍，史密斯先生？」

「他傷在哪裡？頭？肚子？哪裡？他有燒傷嗎？」

維拉尖叫出聲。

「**維拉，可不可以請妳『閉嘴』！**」

「你必須打電話到醫院才能得知，」梅格斯小心翼翼地說。「我還要一、兩個小時才能完成報告。」

「好吧，好吧。」

「史密斯先生，我很抱歉必須在半夜帶著這種壞消息打電話給您……」

「這是很壞，的確，」他說：「我得打電話到醫院了，梅格斯警官，再見。」

「晚安，史密斯先生。」

赫伯掛斷電話，傻傻地瞪著電話。就這樣，事情發生了，他心想。你怎麼說呢，強尼。

維拉發出另一聲尖叫，他有幾分戒心地看到她抓著她的頭髮，大喊大叫之外，還在扯著髮絲。「這是審判！對我們的生活方式、對罪惡、對某種東西的審判！赫伯，跟我一起跪下來……」

「維拉，我必須打電話到醫院，我不想跪下來做這件事。」

「我們會為他祈禱……承諾做得更好……如果你更常跟我去教堂，我知道……也許是你的雪茄，下工以後跟那些男人去喝啤酒……罵粗話……妄稱上主之名……這是審判……」

他把雙手放在她臉上，制止那張臉狂野、不安的來回甩動。晚霜的觸感讓人不快，但他沒有把手拿開，他憐憫她。過去十年裡，他太太行走在一個灰色地帶，介於奉獻給她的浸禮會信仰、還有他認為的溫和宗教狂熱之間。在強尼出生後五年，醫生在她的子宮跟陰道發現一些良性腫瘤。拿掉這些腫瘤讓她不可能再生另一個寶寶了。五年後，更多腫瘤讓徹底的子宮切除術勢在必行。就是在那時候，事情對她來說真正開始了，一種深厚的宗教情感，很奇特地搭配上其他的信念。她熱心地閱讀一些小冊子，主題是亞特蘭提斯大陸、來自天堂的太空船、可能住在地心的「純粹基督徒」種族。她讀《命運》雜誌的次數，幾乎就跟《聖經》一樣頻繁，通常用一個來闡明另一個。

「維拉。」他說。

「我們會做得更好，」她悄聲說道，她的眼睛在懇求他。「我們會做得更好，他會活下來的，你會看到的，你會……」

「維拉。」

她安靜下來，注視著他。

「我們打電話給醫院，看看到底實際上有多糟吧。」他溫柔地說道。

「好——好吧，是。」

「妳可以坐到那邊的樓梯上，然後保持徹底安靜嗎？」

「我想祈禱，」她孩子氣地說：「你不能阻止我。」

「我不想阻止，只要妳對自己低聲祈禱就好。」

「好，對我自己。好的，赫伯。」

她到樓梯上去，坐下來，把她的睡袍拘謹地拉攏到身邊。她雙手交疊，她的嘴唇開始挪動。赫伯打電話到醫院去，兩小時後他們往北走，到了幾乎沒人的緬因公路上。赫伯在他們的六六年福特旅行車方向盤後面，維拉在乘客座上坐得筆直，她的聖經擺在腿上。

2

電話在九點十五分驚醒莎拉。她去接電話的時候，一半的腦袋還在床上睡覺。前一晚的嘔吐讓她背痛，胃部仍然覺得緊緊的，但除此之外她覺得好多了。她拿起電話，很確定那會是強尼。「哈囉？」

「嗨，莎拉。」那不是強尼。那是學校裡的安妮．史特拉福。安妮比莎拉大一歲，在克里夫工作第二年了，教西班牙文。她是個總是樂陶陶、興奮得像是要冒泡的女孩，莎拉非常喜歡她，但今天早上她的聲音聽起來很壓抑。

「妳好嗎，安妮？這只是暫時性的，強尼可能告訴妳了。園遊會攤位的熱狗，我猜……」

「喔，我的天，妳不知道，妳不……」這些話在一種古怪的、哽住的聲音裡被吞掉了。莎拉聆聽著這些話，皺起眉頭，在她領悟到安妮在哭的時候，她起初的困惑變成致命的不安。

「安妮？發生什麼事了？不是強尼吧，是嗎？不……」

「出了個意外，」安妮說道。她現在毫不遮掩地啜泣著。「他在一輛計程車上，發生對撞。另一輛車的駕駛是布萊德．佛瑞諾，他在我的西班牙二班上，他死了，他女朋友今天早上過世，瑪麗．提伯特，她在強尼教的其中一個班上，我聽說的，這很恐怖，很恐怖。」

「強尼！」莎拉對著電話尖叫，又覺得胃有作嘔的感覺了，她的手腳頓時冰冷得像四塊墓碑。「強尼呢？」

「他在危急狀態，莎拉。戴夫．佩爾森今天早上打電話給醫院了，預期中他不會……呃，狀況非常糟。」

世界變成灰色的。安妮還在講話，不過她的聲音遙遠而微小，就像詩人康明斯詩裡的氣球男[19]。成群浮現的影像一個接一個墜落，疊在一起，沒有一個合理。遊樂場的輪盤、鏡子迷宮、強尼的眼睛，奇特的紫羅蘭色，幾乎是黑的。他親愛的、平凡的臉在鮮明的郡市集燈光下，赤裸裸的燈泡掛在電線上。

「不是強尼，」她說道，遙遠而微小，遙遠而微小。「妳搞錯了，他離開這裡的時候人還好好的。」

然而安妮的聲音像一記快速發球一樣地彈回來了，她的聲音太震驚、太不敢置信、這種事情竟然發生在她這年紀的人，一個年輕力壯的人身上，實在太冒犯人了。「他們告訴戴夫，就算他撐過這個手術，他也永遠不會醒來了。他們必須開刀，因為他的頭……他的頭……」

她要說的字眼是**壓碎**嗎？強尼的頭被**壓碎**了？

莎拉昏厥了，可能是為了避免聽到最後那個無可轉圜的字，那個最後的恐怖。電話從她手

19. 康明斯（E. E. Cummings，有時寫成 e e cummings，1894-1962）描述春季歡樂景象的詩〈就在——〉（In Just-）裡，頭尾都有句子重複提到「氣球男吹著口哨／遙遠而微小」（balloonman whistles / far and wee）。

指間滑落，她在一個灰色的世界裡重重坐下，然後溜了下去，電話來回畫出逐漸縮小的圓弧，安妮·史特拉福的聲音從話筒裡傳出：「莎拉？……莎拉？……莎拉？」

3

莎拉到達東緬因醫院的時候，是十二點十五分。接待櫃檯的護士看著她蒼白、緊繃的臉，評估了她進一步接受事實的能耐，然後告訴她強尼．史密斯還在手術室。她補充說，強尼的母親跟父親在等候室。

「謝謝妳。」莎拉說。她往右轉而不是左轉，結果到了醫療用品室，不得不折回去。

等候室漆成明亮扎實的顏色，讓她覺得刺眼。幾個人坐在附近看著破破爛爛的雜誌，或者看著空曠的空間。一個灰髮女人從電梯裡進來，把她的訪客通行證交給一個朋友，然後坐下。那個朋友穿著高跟鞋喀噠喀噠地走開，他們其他人繼續坐著，等著他們的機會，去探訪拿掉膽結石的父親、僅僅三天前才從一邊胸部底下發現小腫瘤的母親、慢跑時被一根隱形槌子打中胸口的一位朋友。等候者的臉龐小心翼翼地裝出鎮定的模樣。擔憂被掃到那張臉孔底下，像是藏到毯子下面的塵土，莎拉那種不現實的感覺再度徘徊盤旋。

某處有個輕柔的鈴聲響起，膠底鞋吱吱作響，他離開她家的時候人好好的。難以想像他此刻正在其中一個磚塔裡，忙著等死。

她立刻認出史密斯夫婦。她匆忙想著他們叫什麼名字，卻無法立刻想起來。他們坐在一起，靠近房間後面，跟在那裡的其他人不同的是，他們還沒有時間適應發生在他們生命中的事情。

強尼的媽媽坐著，她的外套掛在她背後的椅子上，她手中緊抓著她的聖經。她讀聖經的時候嘴巴挪動著，莎拉響起強尼說她非常虔誠——也許太虔誠了，介於聖靈降靈派，還有靠弄蛇證明神恩的那一大片中間地帶的某處，她記得他這麼說過。史密斯先生——**赫伯**，她想起來了，**他的名字叫赫伯**——膝蓋上有其中一本雜誌，但他沒在看。他在眺望窗外，外面的新英格蘭秋天燒出一條路來，朝著十一月以及隨後的冬天前進。

她走向他們。「史密斯先生跟太太？」

他們抬頭看她，表情緊張起來像是要迎接可怕的打擊。史密斯太太抓緊了聖經——聖經打開到約伯記的部分——緊到她的指關節都泛白了。他們眼前的年輕女人沒穿著護士或醫生的白袍，但此刻，這對他們來說沒有差別，他們在等待最後一擊。

「對，我們是史密斯夫婦。」赫伯低聲說道。

「我是莎拉．布萊克奈爾。強尼跟我是好朋友，走在一起，我猜你們會這麼說，我可以坐下嗎？」

「強尼的女朋友？」史密斯太太用一種尖銳、幾乎是控訴的語調說道。有少數幾個人短暫地環顧四周，然後又回去看他們自己的破爛雜誌。

「對，」她說：「強尼的女朋友。」

「他從沒寫信說自己有個女性朋友，」史密斯太太用同樣尖銳的語調說。「不，他根本從來沒說過。」

「安靜，媽媽，」赫伯說：「坐下來……布萊克奈爾小姐，是嗎？」

「叫我莎拉，」她感激地說，然後找了張椅子坐下。「我……」

「不，他從沒說過，」史密斯太太尖聲說：「我的兒子愛上帝，但最近他可能有點怠慢了，上主的審判是突如其來的，妳知道。就是這個讓墮落變得這麼危險，妳不知道是哪一天或哪個時辰……」

「安靜。」赫伯說。其他人又開始張望，他用嚴厲的一瞥制止了他的妻子。她不馴地回瞪了一會，但他的凝視不曾動搖。維拉的目光往下瞥，她合上聖經，她的手指不平靜地摸弄著頁面，就好像渴望回到約伯生命的大毀滅比賽裡，其中有足夠的壞運氣，讓她可以從某種苦澀的正確角度，看待自己跟兒子的不幸。

「我昨天晚上跟他在一起。」莎拉說，那句話讓那女人再度抬頭，用控訴的眼神看著她。在那一刻，莎拉記起「跟某人在一起」的聖經含義是什麼，覺得她自己開始臉紅了，這就好像那女人可以讀出她的思緒似的。

「我們去了郡市集……」

「罪惡與邪惡之地。」維拉．史密斯清清楚楚地說。

「維拉，我最後一次叫妳**安靜**，」赫伯嚴峻地說，然後把他的一隻手緊扣在他太太的一隻手上。「我是認真的，現在住口。這位看起來似乎是個好女孩，我不會讓妳找她麻煩。懂嗎？」

「充滿罪惡的地方。」維拉固執地重複。

「妳會安靜嗎？」

「讓我走開，我想讀我的聖經。」

他讓她走了，莎拉感覺到困惑的尷尬。維拉打開她的聖經，再度開始閱讀，嘴巴挪動著。

「維拉心情很亂，」赫伯說。「我們兩個心情都很亂。從妳的外表來看，妳也是。」

「是的。」

「妳跟強尼昨天晚上過得很愉快嗎？」他問道。「在你們的市集上？」

「對，」她說，這個簡單字眼裡的謊言與真相，在她心裡全都混在一起。「對，我們確實是，直到……呃，我吃到壞掉的熱狗或別的什麼。我們本來開的是我的車，強尼載我回到我在維吉的住處，我的胃相當不舒服，他打電話叫計程車，他說他今天會在學校替我請病假，那是我最後一次見到他。」她的眼淚開始落下，她不想在他們面前哭泣，特別是不想在維拉·史密斯面前，但她卻沒辦法止住。她從錢包裡摸索出一張面紙，按到臉上。

「好，別哭了。」赫伯說著，伸出一隻手臂環抱著她。

「好，不哭了。」她哭出來，而在她看來，有某個人可以安慰，這會以某種模糊的方式讓他覺得好過些。他太太則在約伯的故事裡得到她自己獨門的陰沉安慰，而那種安慰並沒有把他包括在內。

有幾個人轉過來呆看，透過她淚水的折射稜光，他們看起來像是一群人。她苦澀地了解到他們在想什麼：**最好發生在她身上而不是我身上，最好發生在他們三個人而不是我或我們的人身上，那傢伙一定快死了，她哭成那樣，那傢伙頭一定被壓爛了。只是時間問題而已，接著會有某個醫生過來，把他們帶到隱密的房間去，告訴他們**——

不知怎麼的，她止住淚水，控制住自己。史密斯太太坐得筆直，就好像從惡夢中嚇醒，沒注意到莎拉的眼淚，也沒注意到她丈夫正在努力安慰她，她讀著她的聖經。

「拜託，」莎拉說。「狀況有多糟？還有希望嗎？」

在赫伯可以回答以前，維拉開口了。她的聲音是一道保證毀滅的乾枯閃電：「在神之中有希望，小姑娘。」

莎拉看著赫伯眼中憂懼的閃爍，想著：**他認為這件事把她給逼瘋了，也許確實是。**

4

一個漫長的下午延長成了夜晚。

在兩點之後的某一刻，學校開始放學的時候，開始有幾個強尼的學生進來了，他們穿著工人外套、戴著怪帽子、穿著褪色牛仔褲。莎拉沒看到很多她認為循規蹈矩的類型——力爭上游、想上大學的孩子，眼神跟額頭都很乾淨的那種。大多數費心過來的孩子都是怪胎跟留長髮的。有幾個走過來，低聲問莎拉她對史密斯先生的狀況了解多少。她只能搖搖頭，說她什麼都沒聽說，但其中一個女孩子，暗戀著強尼的朵恩．愛德華茲，從莎拉臉上讀出她的恐懼有多深。她痛哭流涕。一個護士過來要求她離開。

「我確定她不會有事，」莎拉說。她保護性地伸出一隻手臂環抱住朵恩的肩膀。「給她一兩分鐘。」

「不，我不想待著。」朵恩說道，然後匆匆離開，哐啷一聲撞翻其中一張硬塑膠休閒椅。一會兒以後，莎拉看到那女孩在寒冷傍晚的十月陽光下坐在台階上，頭靠著膝蓋。

維拉．史密斯讀著她的聖經。

到了五點，大多數學生已經離開了，朵恩也走了，莎拉沒看見她離開。在晚間七點鐘，一個白袍衣領上斜斜別著**史卓斯醫生**名牌的年輕男子走進等候室，往四周瞥了一眼，然後走向他們。

「史密斯先生跟太太？」他問道。

赫伯深吸一口氣。「是的，就是我們。」

維拉啪一聲合上她的聖經。

「請你們跟我過來好嗎？」

就是這個了，莎拉心想。走到一間隱密的小房間，然後公布消息。不管那消息是什麼，她會等待，然後在他們回來的時候，赫伯．史密斯會把她需要知道的事情告訴她，他是個仁慈的男人。

「你有我兒子的消息嗎？」維拉用同樣清楚、強大而且幾乎歇斯底里的聲音問道。

「有的。」史卓斯醫生瞥了莎拉一眼。「妳是家屬嗎，女士？」

「不，」莎拉說：「只是一位朋友。」

「一個親密的朋友，」赫伯說。一隻溫暖、強壯的手靠近她的手肘上方，就在同時另一隻手握住了維拉的上臂。他幫助她們兩個人站起來。「如果你不介意，我們會一起去。」

「完全不介意。」

他帶著他們經過電梯口，走過一條走廊，通往一間門上寫著**會議室**的辦公室。他讓他們進去，然後打開頭上的日光燈，房間裡佈置了一張長桌跟幾張辦公椅。

史卓斯醫生關上門，點起一支菸，然後把燒過的火柴丟進在桌上到處遊行的其中一個菸灰缸裡。「這很困難。」他這麼說，似乎是在對自己說的。

「那你最好就直接說出來。」維拉說。

「對，或許我最好這樣。」

輪不到她來問，但莎拉忍不住。「他死了嗎？拜託別告訴我他死了……」

「他在昏迷中。」史卓斯坐下來，深吸了一口菸。「史密斯先生承受了嚴重的頭部外傷，還有無法確定的腦部損傷，你們可能從某部醫療劇裡聽說過『硬腦膜下血腫』這個名詞。史密斯先生有非常嚴重的硬腦膜下血腫，是局部性的頭蓋骨出血。要緩解腦壓，並且從他腦部移除骨頭碎片，漫長的手術是必要的。」

赫伯沉重地坐下，他的臉像麵團那樣柔軟無力，深受震撼。莎拉注意到他粗糙、佈滿疤痕的雙手，記起強尼告訴過她，他父親是個木匠。

「不過上帝饒過他了，」維拉說：「我知道祂會的，我祈求過一個徵兆。讚美神，最高的神！你們下界的所有人讚揚主名！」

「維拉。」赫伯毫無力道地說。

「昏迷中……」莎拉複述了一次。她設法把這個資訊融合到某個情緒架構裡，卻發現兜不攏。強尼沒有死，他經歷了一次嚴重又危險的腦部手術——這些事情應該要重振她的希望才是，但卻沒有。她不喜歡昏迷這個字眼，聽起來很陰險、偷偷摸摸，這不是拉丁文裡的「死的睡眠」嗎？

「他將來會怎麼樣？」赫伯問道。

「現在沒有人能真正回答這個問題，」史卓斯說。他開始玩他的菸，緊張地用菸敲著菸灰缸。莎拉有種感覺：他從字面上回答赫伯的問題，同時又完全迴避了赫伯真正在問的問題。「他接上了維生設備，當然。」

「可是你一定知道他有多少機會，」莎拉說：「你一定知道……」她無助地用雙手比著手勢，然後又讓手落回她身體兩側。

「他可能在四十八小時內醒來，或者在一週內、一個月內，也可能永遠醒不過來……還有很大的可能性，可能死掉。我必須坦白告訴你們，這是最有可能的。他的傷勢……很重。」

「神要他活下來，」維拉說：「我知道的。」

赫伯把臉埋在手裡，緩緩地摩擦著臉。

史卓斯醫生不自在地看著維拉。「我只希望你們對於……任何後果有所準備。」

「你會評估他脫離昏迷狀態的機率嗎？」赫伯問道。

史卓斯醫生猶豫了一下，緊張地噴著他的煙。「不，我沒辦法這麼做。」他最後說道。

5

他們三個人又等了一小時，然後離開了。天已經黑了，起了一陣冷而強勁的風，它呼嘯著掃過大停車場，莎拉的長髮像水流往她背後飄去。後來在她到家後，她會發現長髮裡卡著一片脆黃的橡樹葉。月亮駛過天空，像是夜晚的冰冷水手。

莎拉把一張紙壓到赫伯手心裡。寫的是她的地址跟電話號碼。「如果你聽說什麼，任何事都好，你會打電話給我嗎？」

「是的，當然。」他突然間俯身親吻了她的臉頰，莎拉在狂風吹過的黑暗中抱著他肩膀一會兒。

「親愛的，如果我稍早對妳態度僵硬，我非常抱歉，」維拉說道，她的聲音驚人地溫柔。「我心情不好。」

「妳當然是。」莎拉說。

「我以為我兒子可能會死。但我祈禱過了，我跟上帝談過了，就像那首歌裡唱的：『我們虛弱又負擔沉重嗎？苦於擔憂的重負嗎？我們絕對不能氣餒。在祈禱詞裡把這交給主吧』。」

「維拉，我們應該走了，」赫伯說。「我們應該睡一下，然後看看到了早上狀況會……」

「但現在我已經從我的神那裡聽到消息了，」維拉說著，如在夢中地抬頭望著月亮。「強尼不會死，讓強尼死不在上帝的計畫之內。我聆聽了，而我聽到我心裡那個寧靜的小聲音這麼說，我得到了撫慰。」

赫伯打開車門。「來吧，維拉。」

她回顧莎拉，微微一笑。在那個微笑裡，莎拉突然間看到強尼那種輕鬆、隨遇而安的咧嘴笑容——但在同時，她也想著那是她這輩子看過最陰森可怕的微笑。

「神把祂的標記放在我的強尼身上了，」維拉說：「我為之歡欣鼓舞。」

「晚安，史密斯太太。」莎拉用麻木的嘴唇說道。

「晚安，莎拉。」赫伯說。他坐進去發動車子。車子往後退出停車位，穿過停車場到了州大道，這時莎拉才領悟到她沒問他們要住在哪裡，她猜他們自己可能也不知道。

她回到她自己車上，頓了一下，被從醫院後面奔馳過去的帕那布史考特河所震懾。這條河流動得像是暗色的絲布，反射在其中的月亮困在它的中央，她注視著月亮。

神把祂的標記放在我的強尼身上了，我為之歡欣鼓舞。

掛在她頭上的月亮就像俗氣的露天遊樂場玩具，一個掛在天空上的幸運之輪，賠率全都安排成對莊家有利，更別提莊家號碼了——〇跟〇〇。莊家號碼，莊家號碼，你們全都要付錢給莊家，嘿嘿嘿。

風把她腿邊的樹葉吹得窸窣作響。她上了車，坐在方向盤後面。突然間她很確定，她就要失去他了，恐懼與孤寂在體內醒來，她開始顫抖。到最後終於發動了車，開回家去。

6

在接下來一星期裡，有大量來自克里夫米爾斯高中學生全體的安慰與好意傳達過來。赫伯·史密斯後來告訴她，強尼收到超過三百張卡片。幾乎所有卡片裡都包括一張躊躇猶豫的個人字條，說他們希望強尼會很快康復。維拉回給每張卡片一張致謝字條跟一句聖經引文。

莎拉班上的紀律維持問題消失了，她先前的感覺——有個班級意識裁決陪審團給她下了一個不利的判決——現在完全變成相反的結果。她逐漸領悟到，這些孩子把她看成悲劇女主角，史密斯先生失去的愛。意外後那個星期三，在她的空堂，她在教師休息室突然產生這個想法，她冒出一陣突如其來的狂笑，後來變成一陣爆哭。在她能夠控制住自己以前，她已經把自己嚇壞了。她在夜裡得不到安寧，她不停地夢見強尼——強尼戴著萬聖節的傑寇與海德面具，強尼站在幸運之輪攤位，同時有個沒有形體的聲音唱誦著，「老兄，我真的很愛看那傢伙被痛宰」，一再重複。強尼說：「沒關係了，莎拉，一切都**好好的**。」然後進了房間，他的頭從眉毛以上都不見了。

赫伯與維拉．史密斯一整個星期都待在班戈客棧，莎拉每天下午在醫院裡見到他們，耐心地等候某件事情發生。什麼都沒有發生。強尼躺在六樓的加護病房，周圍都是維生器材，在機器的幫助下呼吸。史卓斯醫師變得比較不抱希望了，在意外後的星期五，赫伯打電話給莎拉，說他跟維拉要回家去了。

「她不想回去，」他說：「可是我讓她講道理了，我想是。」

「她還好嗎？」莎拉問道。接著是一段很長的停頓，長到讓莎拉認為自己逾越了界線。然後赫伯說：「我不知道，或者說，也許我知道，我只是不想直說她不好。她對宗教總是有很強的觀念，而在她動過手術以後，那些念頭又變得更強有力了——她的子宮切除手術。現在狀況又變得更糟了，她一直在大談世界末日。不知怎麼的，她把強尼的車禍跟被提[20]連結在一起。就在哈米吉多頓善惡最後決戰以前，神應該會把所有信徒提升到天國，連同他們實際的肉體。」

莎拉想到她曾在某處看到的一張保險桿貼紙：**如果被提就是今天，來人抓住我的方向盤吧！**「是，我知道這個觀念。」她說。「嗯，」赫伯不自在地說：「她……她通信的某些團

20.「被提」（the Rapture）是基督教末世論裡的一種說法，認為耶穌再度降臨之前或同時，所有已死與活著的信徒都會復活，高升到天堂與基督相會，也會得到不朽的身體。

體……他們相信神會搭著飛碟來接信徒。也就是說，用飛碟載著他們前往天國。這些……支派……證明了，至少對他們來說是這樣，天國就在獵戶座星雲附近某處。不，別問我他們怎麼證明的，維拉可以告訴妳。這個……嗯，莎拉，這對我來說有點難。」

「當然一定是這樣。」

赫伯的聲音加強了。「不過她還是可以分辨什麼是真的，什麼不是。她需要時間調適。所以我告訴她，她在家裡跟在這裡都一樣可以自在地面對即將發生的任何事。我……」他頓了一下，聽起來很尷尬，然後清了清喉嚨繼續說。「我必須回去工作，我有工作，我簽了合約……」

「當然，當然，」她頓了一下。「保險費怎麼樣？我是說，這一定所費不貲……」現在輪到她覺得尷尬了。

「我已經跟佩爾森先生，你們克里夫米爾斯的副校長談過了。」赫伯說。

「強尼有標準的藍十字保險，卻沒有那種新的重大醫療保險。不過藍十字會負擔一部分費用，而且維拉跟我有積蓄。」

莎拉心中一沉。**維拉跟我有積蓄**。一天兩百美元或更多的費用，一本銀行存摺能支撐多久？而最終目的是為了什麼？好讓強尼可以像隻昏迷的動物，在害他父母破產的同時，沒腦子地透過一根管子尿尿嗎？好讓他的狀況可以用沒有實現的希望，逼瘋他母親嗎？她感覺到眼淚開始滑下她的臉頰，而這是第一次——卻不是最後一次——她發現自己真希望強尼會死去，得到安息。一部分的她一想到這個念頭就恐怖地起了反感，但這念頭還是在那裡。

「我希望你們一切順利。」莎拉說。

「我知道，莎拉，我們希望妳一切都好，妳會寫信給我們嗎？」

「我一定會。」

「妳有空的時候就來看我們，包諾沒有那麼遠。」他猶豫了一下。「在我看來，強尼似乎替自己挑對了一個女孩子。當時是相當認真的，不是嗎？」

「是的，」莎拉說。眼淚仍然在掉，而她沒漏聽其中的過去式。「當時是。」

「再見，親愛的。」

「再見，赫伯。」

她掛掉電話，把切斷裝置按下去一兩秒，然後再打電話給醫院問強尼的狀況。沒有變化。她感謝加護病房的護士，然後在公寓裡毫無目標地走來走去。她想著神派出一個飛碟艦隊來接虔信者，然後迅速把他們送到獵戶座星雲去。這件事的合理程度，很符合一個瘋到搞爛強尼．史密斯的大腦，讓他陷入可能無止盡昏迷（除非結束於意料之外的死亡）的神。

還有一整個文件夾的一年級學生作文要改。她替自己泡了一杯茶，坐下來看那些作文，如果有哪個時刻，是莎拉．布萊克奈爾得以重新掌握個人方向的時刻，就是現在了。

第四章

1

殺手很滑溜。

他坐在市鎮公園靠近露天音樂台的長椅上，抽著一支萬寶路，哼著披頭四《白色專輯》裡的一首歌──「你不知道你多幸運，男孩，回到，回到，回到，回到蘇聯……」

他還不是個殺手，不真的是。但殺人這件事在他心頭已經很久了。這個念頭一直讓他心癢癢，但不是以一種不好的方式。不，他對這件事感覺相當樂觀。只要時機正確，他不必擔心被抓到，他不必擔心曬衣夾，因為他是滑溜殺手。

一點點雪開始從天上飄落。此時是一九七〇年十一月十二日，而在距離這個中等大小的西緬因州城鎮東北方一百六十哩處，強尼．史密斯的睡眠不斷延續。

殺手掃視著這個公園──市鎮公有地，來城堡岩跟湖泊區的遊客喜歡這樣稱呼，不過現在沒有遊客。在夏天極其翠綠的公有地，現在發黃、謝頂、死氣沉沉。這個地方在等待冬天得體地蓋住它。青少年棒球聯盟本壘板後面的鐵絲擋球網矗立著，形成生鏽又互相重疊的鑽石型，框住了白色的天空，露天音樂台需要再上一層新的油漆了。

這是個令人沮喪的景象，但殺手並不覺得沮喪。他喜悅得幾乎發狂了。他想要踢踏腳趾，想要打響手指，這次他不會臨陣退縮了。

他在一隻靴子腳跟底下踩熄他的菸，立刻又點起另外一支。他瞥了一眼他的手錶，下午三點零五分。他坐著抽菸，兩個男孩經過公園，來回拋擲著一顆足球，但他們沒看見殺手，因為長椅是在低窪位置。他猜想在天氣溫暖些的晚上，那些愛打砲的骯髒鬼就會到這裡來。那些打砲髒鬼跟他們做的事情，他全都知道。母親告訴過他，他也見過他們。

想到母親讓他的微笑消退了一點點。他記得有一次，他七歲的時候，她沒敲門就來到他房間——她永遠不敲門——抓到他在玩他的小弟弟。她氣瘋了，他設法要告訴她，這沒什麼，不是什麼壞事，它只是站起來了。他沒做任何事情讓它站起來，它完全是自動自發的。而他就坐在那裡，來回撥動著它。這樣甚至沒多大樂趣，有點無聊，但他母親卻氣瘋了。

你想要當其中一個打砲的髒鬼嗎？她對著他尖叫。他甚至不知道那個字眼是什麼意思——不是「髒鬼」，他懂那個字眼，而是另外一個——雖然他聽過某些比較大的孩子在城堡岩小學的操場上用過這個詞。**你想要當其中一個打砲的髒鬼，得其中一種病嗎？你想要那裡流膿嗎？你想要那裡變黑嗎？你想要它爛掉嗎？吭？吭？吭？**

她開始來回搖晃他，他開始害怕得哽咽，雖然她不是很高大的女人，不是愛支配人、專橫、像遠洋郵輪那麼巨大的女人，但他那時還不是殺手，那時還不滑溜，只是個怕得哽咽的小男孩，他的小弟弟軟下來，設法縮回身體裡去。

她叫他把曬衣夾夾在小弟弟上面兩個小時，這樣他就會知道生那種病的感覺如何。痛徹心肺。

小小的雪一陣陣飄落。他把母親的影像從心裡撥開，在感覺愉快的時候，這種事情可以不費吹灰之力做到，但覺得沮喪低落的時候，他就根本做不到了。

小弟弟現在站起來了。

他瞥了一眼他的手錶：三點零七分。他丟下抽了一半的菸，有人來了。

他認出了她。艾瑪，艾瑪．佛萊雪特，對街「咖啡壺」的人，才剛下班。他認識艾瑪，還曾經跟她約會一次或兩次，讓她度過一段美好時光。帶她去納波里的平靜丘。她很會跳舞，打砲髒鬼通常都很會，他很高興來的人是艾瑪。

她自己一個人。

回到，回到，回到，回到蘇聯——

「艾瑪！」他喊出聲來，還揮揮手。她有點嚇到，轉身回顧，看到了他。她露出微笑，走到他坐著的長椅這邊，除了哈囉還叫了他的名字。他站起身，一臉微笑，他不擔心有任何人過來，沒人管得著他，他是超人。

「你為什麼穿成這樣？」她注視著他，問道。

「看起來很滑溜，不是嗎？」他微笑著說道。

「呃，我不盡然認為……」

「妳想看個東西嗎？」他問道：「在露天音樂台，那是最不得了的東西。」

「那是什麼？」

「來看就是了。」

「好吧。」

就這麼簡單，她跟著他到露天音樂台。如果有任何人來，他還是可以叫停。不過沒有人來，沒有人經過，整個公有地都被他們納為己有。白色的天空籠罩著他們，艾瑪是個有淡金色頭髮的小個子女孩。他很確定，是染出來的金髮，賤貨才會染她們的頭髮。

他帶著她到跟外界隔絕的露天音樂台，他們的腳在木板上發出空洞、死氣沉沉的回音。一個翻倒的譜架躺在一角，有個四玫瑰威士忌的空瓶，這是打砲髒鬼會來的地方，沒錯。

「什麼？」她問道，現在她的聲音聽起來有點困惑，還有點緊張。

殺手愉快地微笑著，然後指向譜架的左邊。「那邊，看到沒？」

她順著他的手指看過去。一個用過的保險套躺在木板上，就像縮起來的蛇褪皮。

艾瑪的臉繃緊了，她轉身走得好快，讓她差點逃過了殺手。

「那不是很有趣……」

他抓住她，把她摔回去。「妳以為妳要去哪？」

她的眼睛突然間變得警覺又害怕。「讓我離開這裡，要不然你會後悔的，我沒時間聽變態笑話……」

「這不是笑話，」他說：「這不是笑話，妳這打砲髒鬼。」直接咒罵她，說出她是什麼東西的喜悅，讓他暈陶陶的，世界在旋轉。

艾瑪拔腿要跑，衝向環繞著音樂台的矮欄杆，打算跳過去。殺手抓住她那件便宜布料外套的領子，再度把她扯回來。布料發出低沉的波一聲破裂了，她張開嘴巴尖叫。

他的手用力甩到她嘴巴上，把她的嘴唇往後壓在她牙齒上。他感覺到溫暖的血從他手掌上流淌下來。她的另一隻手現在在打他，抓著尋找施力點，但找不到。沒有施力點，是因為他……他是……

滑溜殺手！

他把她丟回木頭地板上。他的手從她嘴巴上放下，現在手上抹著血，而她再度張嘴尖叫，但他撲到她身上，喘氣、咧嘴笑著，安靜無聲地「嘶」一下，空氣從她肺部被擠了出來。她現在可以感覺到他了，硬得像石頭，巨大無比又搏動著，而她不再試著尖叫，卻繼續掙扎。她的手指抓住又滑掉，抓住又滑掉。他粗魯地逼她分開兩腿，然後躺在兩腿之間。她的一隻手擦過他的鼻樑，讓他的眼睛淚汪汪地。

「妳這打砲的髒鬼。」他悄聲說道，他的雙手握住她的喉嚨了。他開始掐她，把她的頭抬離音樂台的木板地板，然後往後一砸。她的眼睛暴突出來。她的臉變成粉紅色，然後是紅色，然後是一種充血的紫色，她的掙扎開始減弱。

「打砲髒鬼，打砲髒鬼，打砲髒鬼。」殺手粗聲喘著氣。他現在真的是殺手了，艾瑪·佛萊雪特在平靜丘用她的身體到處磨蹭別人的日子，現在結束了。她的眼睛鼓突出來，像是某些露天遊樂場裡賣的瘋狂娃娃的眼睛。殺手粗聲地喘息，她的雙手軟趴趴地躺在木板上，她的手指幾乎看不到了。

他放開她的喉嚨，想著如果她還有動靜，就準備再次抓住她，但她沒動。過了一會兒以後，他用顫抖的雙手扯開她的外套，把她粉紅色的女侍制服裙拉高。

白色的天空俯視著，城堡岩城鎮公園空無一人。事實上，直到第二天以前，沒人發現艾瑪·佛萊雪特被掐死、被蹂躪的屍身。警長的理論是，是個流浪漢幹下這種事，整個州的報紙都把這當成頭條，在城堡岩，警長的想法是大家的共識。

當然了，沒有一個小鎮男孩能做出這麼可怕的事情。

第五章

1

赫伯與維拉．史密斯回到包諾，重拾他們如細工刺繡般的日常生活。

那年十二月，赫伯做完德罕一棟房子的木工。他們的積蓄確實如同莎拉的預料，一點點消融，他們申請了州政府的異常災難補助，這個過程幾乎就像車禍本身一樣，讓赫伯變得蒼老。在他心裡，異常災難補助只是「福利」或「慈善」的一種新穎說法而已。他花了一輩子，用雙手辛苦認真工作，他本來以為自己永遠不會有這麼一天，必須拿州政府的錢，但這一天還是到了。

維拉訂閱了三份新雜誌，透過郵件不定期寄來。三份雜誌全都印刷粗劣，像是有一點天分的孩子畫的插畫。《神的飛碟》、《即將來臨的變容之日》、還有《神的靈異奇蹟》。每個月仍然寄來的《性靈空間》，現在變得會連擺三個星期沒打開過，其他雜誌都被她讀到破破爛爛的。她在裡頭發現一大堆事情，似乎跟強尼的車禍有關係，而她用高亢刺耳、在欣喜之中顫動的聲音，在晚餐時朗讀這些奇聞給疲憊的丈夫聽。赫伯發現自己越來越常叫她安靜，偶爾還會大吼著要她閉嘴別胡說，讓他一個人靜一靜。在他這麼做的時候，她會給他長期受苦受難、同情又受傷的一瞥——然後悄悄溜到樓上，繼續她的研究。她開始跟這些雜誌通訊，跟供稿者還有其他生命中有同樣經驗的筆友們通信。

大多數的通信者是像維拉本人一樣的好心人，這些人想幫忙緩解她幾乎無可承受的痛苦重擔。他們寄來祈禱文跟祈禱石，寄來護身符，寄來承諾，要在他們每天晚上的祈禱裡把強尼包括在內。然而也有其他不過就是騙徒的人，赫伯對妻子逐漸無法分辨這些人起了警覺。有人提議寄給她一片我主唯一真正的十字架，只要九九點九八美元。有人提議寄一管從盧德[21]湧泉裡抽取的聖水，對方幾乎可以肯定，把水揉進強尼前額之後會產生奇蹟。這個是一塊一分美金，外加運費。更便宜（而且對維拉更有吸引力）的是一卷連續播放詩篇第二十三篇與主禱文的卡帶，朗讀者是南方的福音傳教士比利·韓巴爾。根據那本小冊子的說法，在強尼枕邊連續播放幾個星期，肯定能造成奇蹟般的康復。加贈的祝福（**短期限定**）裡面會附上比利·韓巴爾的親筆簽名照。

她對這些假宗教花招的熱情越來越高漲，逼得赫伯越來越常干涉。有時候他偷偷摸摸地撕掉她的支票，只是重新把支票簿的結餘往上調。但在報價特別指定只收現金的時候，他只能踩煞車——維拉開始疏遠他，不信任地把他看成一個罪人、一個不信者。

2

莎拉·布萊克奈爾白天待在學校裡。她的下午跟晚上，就跟她與丹分手之後沒什麼兩樣，她在某種地獄邊緣，等著某件事情發生。在巴黎，越戰和談被延後了。儘管國內外的抗議活動越來越盛，尼克森仍下令繼續轟炸河內。在一個媒體記者會裡，他拿出一張照片，決定性地證明了美國飛機絕對不是在轟炸北越醫院，但他卻搭著軍用直升機去每個地方。而在釋放一位曾在奧古斯塔州立精神療養院住過三年的流浪招牌油漆師以後——跟所有人的期望相反，到頭來這位招牌油漆師的不在場證明是站得住腳的——所以城堡岩一位女侍遭到殘忍姦殺的案件調查，始終處於延宕狀態。珍妮絲·裘普林尖聲唱著藍調歌曲。巴黎時尚判定（這是連續第二年了）裙襬該往下拉了，但卻沒有。莎拉以一種含糊的方式察覺到所有這些事情，就像從另一個房間傳來的人聲，有某個內容無法理解的派對一直在進行著。

第一陣雪落下了——只是薄薄一層粉——然後是第二層粉，接著在聖誕節前十天有一陣風暴，當天讓這個區域的學校停課了，而她坐在家裡，眺望著外面的雪填塞著弗萊格街。她跟強尼之間短暫的韻事——她甚至不能恰當地稱之為一場戀情——現在是另一個季節的一部分了，而她可以感覺到他開始從她身上滑脫。這是一種讓人驚慌的感覺，就好像她的一部分溺水了，被一天天過去的日子淹沒了。

她讀了很多關於頭部外傷、昏迷跟腦損傷的資料，沒有一個資料極具鼓舞性質，有個住在馬里蘭小鎮的女孩，昏迷了六年。也曾經有個英國利物浦的男人，在碼頭上工作時被爪鉤撞到，在斷氣以前持續昏迷了十四年。這個肌肉結實的年輕碼頭搬運工切斷了他跟世界之間的連結，逐漸形銷骨立，掉了頭髮，視神經退化成他緊閉眼睛後面的燕麥粥，身體逐漸縮起來，變成胚胎的姿勢，因為他的肌腱已經縮短。隨著他的大腦退化，他的時間倒轉了，再度變成一個胎兒，泅泳在昏迷的羊水裡。死後解剖顯示他大腦的皺摺彎曲已經攤平了，讓額葉跟前額葉完全變得平滑空白。

喔，強尼，這真是不公平，她心裡想著，同時注視著外面的雪落下，用全然的空白填滿這個世界，埋葬了死去的夏天跟金紅的秋天。**這不公平，他們應該讓你去你該去的不管什麼地方**。

每過十天或兩週，就會有一封來自赫伯．史密斯的信——維拉有她的筆友，他也有他的。他寫信的字跡大而潦草，用的是一支老派的鋼筆。「我們兩個人都很好。等著看接下來會發生什麼，妳一定也是如此。對，我一直在讀些東西，讀一些我知道妳太仁慈又體貼，所以沒寫在信裡的事情。莎拉，前景不佳，但我們當然抱著希望，我不是用像維拉那種方式信神，但我確實以我的方式信祂，我納悶如果祂要帶走強，為什麼不直接帶走他，這有理由嗎？我猜沒有人知道，我

21. 法國著名的天主教朝聖地，十九世紀中有人說在這裡見到聖母十八次顯靈。

們只能懷抱希望。」

在另一封信裡：

「今年我必須做大多數的聖誕採購，因為維拉認定聖誕禮物是一種罪惡的習俗。我說她一直在惡化就是這個意思。她本來一直認為這是個聖日而不是節日——如果妳懂得我的意思——如果她看到我說這是Xmas而不是Christmas，我猜她會『把我當成盜馬賊射殺』。她總是說我們應該怎麼樣記得這是耶穌基督，不是聖誕老人的節日，但她以前從不介意採購禮物。事實上，她以前很喜歡，現在看來，她對這件事似乎全是批評反對。她有一大堆奇怪主意，來自跟她來回通信的那些人。天啊，我確實很希望她能停止這樣，恢復常態。可是除此之外，我們兩個人都很好。赫伯。」

還有一張讓她哭了一會兒的聖誕卡：

「在這個假期季節，我們兩人祝妳一切都好，而要是妳願意南下，跟一對『老守舊派』過聖誕節，空臥房已經準備好了。維拉跟我兩個人都很好，希望新年對我們所有人來說都比較好，而且我確定會是這樣的。赫伯與維拉。」

她沒有南下包諾去過聖誕節假期，有一部分是因為維拉持續退縮到她的世界裡——她進入那個世界的過程，可以從赫伯信件的字裡行間中相當精確地解讀出來——還有一部分是因為他們共同的羈絆，現在對她來說顯得這麼陌生而遙遠。在班戈醫院躺著不動的那個人，曾經一度在特寫狀態下被觀看，但現在她似乎總是透過記憶望遠鏡錯誤的一頭看他。就像氣球人，他遙遠而微小，所以看來她保持距離是最好的。

或許赫伯也感覺到了。隨著一九七〇年變成一九七一年，他的來信變得沒那麼頻繁了，在其中一封信裡，他盡可能準確地說出這樣的話：她該去過自己的生活了，然後在結束信件時說，他很懷疑像她這麼漂亮的女孩子怎麼會缺人約會。

不過她確實沒有任何約會對象，她還不想要他們。金．薩德基，那個一度跟她約會一晚，感覺卻至少有一千年之久的數學老師，在強尼出了車禍之後沒多久就很不得體地開始約她出去，他是個很難被勸退的男人，但她相信他終於開始了解了，這件事應該更早發生的。

偶爾其他男人會邀她，而他們之中的一個，一個叫做華特．哈茲萊特的法學院學生相當吸引她。她在安妮．史特拉福的除夕派對裡遇見他。她本來只打算露個臉，但她待了好一陣子，主要是跟哈茲萊特說話。對他說「不」驚人地困難，但她還是說了。因為她太明白這吸引力的源頭是什麼——華特．哈茲萊特是個高大的男人，有一頭不馴的棕髮跟一個斜斜的、半諷刺的微笑，而他讓她強烈地回想起強尼，對一個男人感興趣的基礎不該是這個。

在二月初，一個在克里夫米爾斯雪佛龍修她車子的技工要約她出去。她又一次差點說好，然後退卻了。那個男人的名字叫阿尼．崔蒙，他是高個子，橄欖色的皮膚，露出狩獵者般的微笑時很帥，讓她覺得有點像詹姆斯．布洛林[22]，《威爾比醫生》那個節目裡的配角，而且更像某位叫做丹的大學兄弟會員。

最好等待，等著看接下來會發生什麼。

但沒有事情發生。

3

在一九七一年的夏天，葛瑞格．史提爾森，比當年在愛荷華空無一人的門前庭院踢死一條

22. James Brolin（1940-），美國男影星，曾在《威爾比醫生》（Marcus Welby, M. D.）這齣醫療劇裡扮演第二男主角，比較年輕、照本宣科的凱利醫生。

狗的聖經推銷員老了十六歲，也變得更明智了，他坐在他位於新罕布夏里奇威市，新成立的保險與房地產有限公司後面的房間裡。這些年來他並沒變老太多，他的眼睛周圍有一圈網狀的皺紋，頭髮也留得長了些（不過還是相當保守）。他還是個大塊頭男人，他的旋轉椅在他移動時吱嘎作響。

他坐著抽一支寶馬菸，看著對面椅子裡攤開四肢、舒舒服服坐著的男人。葛瑞格用動物學家看著一個有趣新樣本時可能有的樣子，注視著這個男人。

「看到什麼綠色的東西嗎[23]？」桑尼．艾利曼問道。

艾利曼身高六呎五吋。他穿著一件老舊、油膩到硬邦邦的牛仔夾克，上面的裝飾徽章跟鈕釦都裁掉了。底下沒穿任何襯衫。一個納粹鐵十字，黑色底搭上白色鉻，掛在他坦露的胸膛上。就在他不小的啤酒肚底下環著的皮帶釦，是個大大的象牙骷髏雕刻。從他那條上寬下窄的牛仔褲腿底下，伸出的是一雙「荒野司機」靴的磨損方鞋頭。他髮長及肩，糾纏在一起，因為汗水跟引擎油污的累積而閃閃發光。一邊耳垂底下掛著一個納粹反卍字耳環，也是黑底搭上白色鉻。他用一根粗粗的指尖轉著一頂軍人頭盔。在他的夾克背後繡著一個斜眼睨視、伸出叉狀舌頭的紅魔鬼。在魔鬼上方，是**魔鬼十二人**[24]。在下面是：**桑尼．艾利曼，會長**。

「沒有，」葛瑞格．史提爾森說。「我沒看到什麼綠色的東西，但我確實看到一個人，看起來在到處活動的混蛋。」

艾利曼的身體微僵了一下，然後放鬆著笑出來。儘管一身泥巴，還有幾乎是具體到摸得著的體臭，以及一身納粹標誌，但他暗綠色的眼睛並不缺乏智力，甚至不乏幽默感。

「把我放到狗跟更低的等級，老兄，」他說：「以前就有人做過了。你現在有這個權力。」

「你明白這一點，對吧？」

「當然。我離開我在漢普頓的人馬，獨自來到這裡。是想當我自己的老大，老兄。」他露出微笑。「但如果我們在類似的情況下再逮到你，你會希望你的腎臟有穿軍靴。」

「我會冒個險，」葛瑞格說。他衡量著艾利曼，他們兩個都是大塊頭。他估算艾利曼比他重四十磅，不過其中有很多是啤酒贅肉。「我可以打倒你，桑尼。」

艾利曼的臉再度皺成一個友善的樣子。「也許可以，也許不行。不過我們不是這樣玩的，老兄，好美國人約翰·韋恩的那一整套。」他身體往前傾，就像是要透露一個重大秘密。「現在呢，就我個人來說，每次我替自己弄來一片媽媽的蘋果派，我會把在上面拉屎當成我的使命。」

「嘴巴不乾不淨啊，桑尼。」葛瑞格溫和地說道。

「你要我幹嘛？」桑尼問道。「你為什麼不直接講重點？你會錯過跟你的青商會會員見面的時間。」

「不，」葛瑞格說道，他仍然很平靜。「青商會是星期二晚上見面，我們有的是時間。」

艾利曼發出厭惡的噓氣聲。

「現在我想的是，」葛瑞格繼續說道：「你想要我的某樣東西。」他打開他的辦公桌抽屜，從裡面拿出三個塑膠夾鏈袋的大麻。跟大麻混在一起的是一些膠囊。「在你的睡袋裡找到這個，」葛瑞格說：「骯髒、骯髒、骯髒啊，桑尼。壞孩子，無法過關，拿不到兩百塊，直接送進新罕布夏州立監獄。」

「你沒有任何搜索狀，」艾利曼說：「就算剛出道的律師都可以把我弄出來，你也知道的。」

23. 通常這句話暗示的是「別當我是傻瓜」（綠色表示天真無知）。但在此剛好一語雙關：艾利曼有一雙綠眼睛。
24. 俗語裡的「惡魔的十二人」（Devi's dozen），指的其實是十三。

「這種事情我不知道。」葛瑞格．史提爾森說。他往後靠在旋轉椅上，然後把他的淺口便鞋──跨越州界在緬因州的L. L. Bean買的──蹺到辦公桌上。

「我在這個城鎮裡是大人物，桑尼。幾年前我來到新罕布夏的時候差不多是一窮二白，現在我在這裡有間很好的公司。我幫忙市議會解決了幾個問題，包括怎麼處置警察局長抓到的所有吸毒孩子……喔，我指的不是像你這樣愛惹麻煩的傢伙，桑尼，像你這樣的流浪漢，在我們逮到你們身上帶著像我桌上這些貴重寶藏的時候，我們知道怎麼處置……我指的是本地的好孩子。沒有人真的想對他們做什麼，你知道吧？我替他們想出了辦法。我說，叫他們去做社區服務工作，而不是送他們去坐牢。結果效果真的很好。現在我們有三個鎮聯合區域裡最大的少棒聯盟教練團隊，而且真的做得好極了。」

艾利曼看來覺得很無聊。葛瑞格突然間砰一聲放下他的腳，抓住一個旁邊有新罕布夏大學校徽的花瓶扔過去，擦過桑尼．艾利曼的鼻子。這花瓶離他不到一吋，最後飛越到房間另一頭，砸碎在角落的檔案櫃上。艾利曼這時第一次看起來很震驚。而就在這一瞬間，這個年長些、明智些的葛瑞格．史提爾森的臉，變回那個比較年輕的踹狗男子的臉。

「在我說話的時候，你會想好好聽，」他輕柔地說道：「因為現在我們在討論的是你接下來十年左右的職業生涯。現在，如果你沒有興趣靠著在汽車牌照上打上**不自由毋寧死**的標記維生，你就會想要仔細聽，桑尼。你會想要假裝這是再度上學的第一天，桑尼。你會想要第一次就把一切事情做對，**桑尼小子**。」

艾利曼盯著花瓶砸爛的碎片看，然後又回頭看史提爾森。他先前不自在的冷靜，已經換成一種真正有興趣的感覺，他已經很長一段時間，沒真正對任何事情感興趣了。他老在喝啤酒，因為他覺得無聊。他自己過來，因為他覺得無聊。而在這個大塊頭用他那輛旅行車儀表板上的藍色閃燈叫他停車時，桑尼・艾利曼本來假定他必須對付的只是另一個在保護領土，趕走騎著改裝哈雷機車大壞蛋的小鎮代理警長，但這傢伙卻是別種人。他是……是……

他瘋了！桑尼領悟到這點，對這個發現有種茅塞頓開的喜悅。他牆上有兩張公共服務獎狀，還有他跟扶輪社員與獅子會員講話的照片，他是這個蠢蛋小鎮的青商會副會長，明年他就會變成會長，而他瘋得跟隻他媽的臭蟲一樣！

「好，」他說：「你現在贏得我的注意了。」

「我有的是多變的職業生涯，」葛瑞格告訴他：「我曾經走上坡，但我也曾經走過下坡，我有過幾次惹上法律上的麻煩。桑尼，我想要說明的是，我對你沒有任何成見，不像其他本地人，他們在《聯合領袖報》[25]報上讀到你跟你那些機車朋友今年夏天在漢普頓做了什麼，他們會很想用生鏽的吉利刮鬍刀片替你去勢。」

「那不是『惡魔十二人』，」桑尼說：「我們從紐約上州下來這裡是為了享受一點海灘時光。老兄，我們在度假，我們不熱中於砸爛一堆低級小酒吧。有一堆地獄天使在放屁，還有紐澤西的一個黑騎士分部，但你知道那大部分是什麼人嗎？一群死大學生。」桑尼的嘴唇彎了起來。「可是報紙不愛報導這個，對吧？他們寧可把罪名推到我們頭上，而不是怪那些大學生。」

「你有趣多了，」葛瑞格溫和地說：「而《聯合領袖報》的威廉・洛伯[26]就是不喜歡機車俱樂部。」

「那光頭的怪胎。」桑尼低聲咕噥。

25. Union-Leader 是在新罕布夏州最大城市曼徹斯特發行的日報，政治立場保守。
26. William Loeb（1905-1981）從一九四六年起擔任《聯合領袖報》的發行人，因為政治立場保守而有數度做出違反新聞倫理的行為。

葛瑞格打開他的辦公桌抽屜，拉出一個扁平的一品脫裝領導者波本酒。「我會為這句話喝一杯。」他說道。他打開封條，一口氣喝了半品脫。他吐出一口長氣，眼睛水汪汪的，然後把那個瓶子伸到桌子對面。「你呢？」

桑尼迅速喝完那一瓶。溫暖的火焰從他胃部轟然冒出來，直奔他的喉嚨。「老兄，這可把我點燃了。」他喘息著說道。

葛瑞格往後一仰大笑出來。「我們會很合得來，桑尼。我有種感覺，我們會合得來。」

「你要什麼？」桑尼握著空瓶，又問了一遍。

「什麼都不……不是現在，但我有個感覺……」葛瑞格的眼神變得很遙遠，幾乎是困惑。「我告訴你說我在里奇威是個大人物。下次市長選舉的時候我會參選，而且我會贏，不過那只是……」

「只是個開始？」桑尼這麼提示。

「無論如何，這是個開始。」那種困惑的表情還在那裡。「我會把事情辦好。大家知道這點，我很擅長我在做的事。我感覺像是……我眼前還有很多事情，前途無量。但我不是……不盡然是……我說的那個意思。你知道嗎？」

桑尼只是聳聳肩。

那種困惑的表情消逝了。「不過有個故事，桑尼，這個故事講的是一隻老鼠，從獅子腳掌上拔掉一根刺，他這樣做是為了回報這頭獅子幾年前沒吃他。你知道這個故事嗎？」

「我還是個孩子的時候可能聽過。」

葛瑞格點點頭。「嗯，現在就是幾年前……無論這是什麼，桑尼。」他把那個塑膠夾鏈袋推到桌子對面。「我不會吃你，你知道，如果我想要我就可以。一個新手律師不可能讓你脫身，在這個城鎮，不到二十哩外的漢普頓有暴動正在發生，就算是天殺的名律師克萊倫斯·達洛都沒辦法讓你在里奇威脫身，這些好老百姓會很樂於看你完蛋。」

艾利曼沒有回答，但他懷疑葛瑞格說得對。他的毒品庫存沒什麼重量級的東西——最重的是兩包棕色炸彈客——但小鎮好孩子的父母全體會很樂於看他在波茲茅斯敲碎岩石，順便剪掉他的頭髮。

「我不會吃了你，」葛瑞格重複道：「我希望在幾年後，如果我腳掌上有根刺，你會記得我……或者，我也可能有個工作機會給你，記得了？」

在桑尼．艾利曼有限的人性情感目錄裡，感激並不在其中，但興趣與好奇心還是有的。他對史提爾森這個人既有興趣也有好奇心，他眼中的瘋狂暗示著許多事情，但無聊並不在其中。

「誰知道再過幾年我們會在哪裡呢？」他咕噥道。「老兄，我們可能全都死了。」

「只要記著我就是了，我要求的就只有這個。」

桑尼注視著花瓶破裂的碎片。「我會記著你。」他說。

4

一九七一年過去了，新罕布夏海灘暴動風暴止息，濱海地區商家的抱怨，也因為銀行存摺裡增加的結餘而沉默下來。一個叫做喬治．麥高文[27]的無名之輩，在早得可笑的時候宣布競選總統。任何有在關注政治的人都知道，一九七二年民主黨的候選人會是艾德蒙．莫斯基[28]，有些人覺得他可能扳倒聖克萊蒙特的巨怪[29]，把他釘在地毯上。

27. George McGovern（1922-2012），反對介入越戰的一九七二年民主黨正式提名總統候選人，敗給尼克森。
28. Edmund Muskie（1914-1996），原本最有希望的民主黨總統候選人，但受到謠言攻訐，媒體形象大傷而未獲提名。
29. 這是尼克森在反對者口中的綽號。

六月初，就在學校放暑假之前，莎拉再度遇到那位年輕的法學院學生。她在戴氏五金行要買一個烤麵包機，是為她父母的結婚週年紀念日所準備的禮物。他邀請她去看電影——克林伊斯威特的新片《緊急追捕令》正在城裡上映。莎拉去了，他們兩個人過得很愉快。華特．哈茲萊特留了鬍子，不再那樣讓她想起強尼了。事實上，她越來越難記得強尼實際上看起來什麼樣。他的臉只在她夢中親切地出現，夢裡他站在幸運之輪前面，注視著輪盤旋轉，他的臉很冷酷，他的藍眼睛變深了，變成那種讓人迷惑、有點可怕的深紫羅蘭色，這雙眼注視著輪盤，就像在進行自己私人獨享的遊戲。

她跟華特開始頻繁地彼此見面，他很容易相處，他對她沒有要求——或者說，如果他確實有，也是屬於一種逐步增加的性質，以至於注意不到。十月時他問她，是否可以給她一個小小的鑽石。莎拉問他，是否可以讓她用週末的時間好好考慮一番，星期六晚上她去了東緬因醫學中心，在櫃檯領了一個特別的紅滾邊通行證，上樓到加護病房。她在強尼床邊坐了一小時，外頭，秋天的風在黑暗中呼號，承諾接下來會有寒冷，有雪，有個死亡的季節。距離遊樂場、輪盤跟沼澤附近的對撞意外那天到現在，只差十六天就一年了。

她坐著聆聽風聲，注視著強尼。繃帶不見了。在他前額上的疤痕，從距離右眉上方一吋開始，然後拐了個彎鑽到髮線下。他的頭髮變白了——讓她想到在「八十七分局」系列小說裡的虛構警探——他的名字叫做棉花郝斯。在莎拉眼中，他除了免不掉了些體重以外，似乎沒有任何衰退跡象。他只是個她幾乎不認識的年輕男子，正在熟睡。

她彎腰俯向他，輕柔地吻了他的嘴，就好像古老的童話故事可能逆轉，她的吻會叫醒他，但強尼只是繼續睡著。

她離開了，回到她在維吉的公寓，躺在她床上哭泣，風走過外面黑暗的世界，把它抓住的黃色與紅色葉子扔到前方。星期一她告訴華特，如果他真的想要買個鑽石給她——注意，是小顆的——她會很高興又驕傲地戴上它。

那是莎拉．布萊克奈爾的一九七一年。

在一九七二年初，艾德蒙．莫斯基在桑尼．艾利曼所說的「那個光頭怪胎」辦公室外面的一次激昂演講中迸出眼淚[30]。喬治．麥高文意外在初選中獲勝，洛伯則喜孜孜地在報上說，新罕布夏人不喜歡淚汪汪的小寶寶。七月，麥高文被提名，同一個月，莎拉．布萊克奈爾變成了莎拉．哈茲萊特，她跟華特在班戈的第一衛理公會教堂結了婚。

不到兩哩外，強尼．史密斯繼續沉睡著。恐怖的是，華特正在齊集一堂參加婚禮的親友面前吻她時，關於他的念頭突然降臨在莎拉身上——**強尼**，她心裡想著，然後看到了他，就像當初燈光亮起時的樣子，一半傑寇一半海德。她在華特懷裡僵住了一會，然後那一幕過去了。記憶，幻視，不管那是什麼，都過去了。

在思索良久，又跟華特討論過以後，她有邀請強尼的父母來參加婚禮。赫伯一個人來了，在婚宴中，她問他維拉是否還好。

他瞥了一眼四周，看出他們此刻是獨處的，然後迅速喝下他剩下的威士忌加蘇打。她心想，在過去十八個月裡他看起來老了五歲，頭髮變得越來越稀薄，臉上的皺紋更深了。就像剛開始戴眼鏡的人，他用那種小心翼翼又很自覺的方式戴著眼鏡，而在那中度矯正鏡片後面，他的雙

30.《聯合領袖報》發行人威廉．洛伯刊登了一封信件，匿名寫信者說莫斯基對來自法國與加拿大的美國人有偏見，莫斯基在報社辦公室外激動地為自己辯白，結果被拍到他「哭了出來」，雖然他事後說那不是眼淚而是融化的雪（當天早上曾下大雪），但整個事件嚴重影響選民對他的觀感，認為他情緒不穩定，間接害他失去參選機會。事後發現信件內容實屬捏造，威廉．洛伯疑似參與其事。

眼顯得疲憊而受傷。

「不……她其實不好，莎拉。真相是，她現在人在佛蒙特州，在一座農場裡，等待世界末日。」

「什麼？」

赫伯告訴她，六個月前維拉開始跟一群自稱「最後時光美國會社」、大約十人的團體通信。他們是由來自威斯康辛州萊辛鎮的哈利．L．史東克斯夫婦領導，史東克斯夫婦宣稱，他們在一次露營旅行時被一台飛碟給選中了。他們被帶去了天國，那裡不在獵戶座星雲，而是在一個環繞著大角星、類似地球的行星上。他們在那裡跟成群的天使神交，還看到了天堂樂園。史東克斯夫婦得到通知說，最後的時刻迫在眉睫了。他們被賦予心電感應的力量，而且被送回地球，去召集一些信徒——事實上，是去搭第一班通往天國的列車，所以他們十個人聚集起來，買下聖約翰斯貝利北方的一座農場，在那裡落腳大約七個星期，等著飛碟來接他們。

「這聽起來……」莎拉開口了，然後又閉上嘴巴。

「我知道這聽起來怎麼樣，」赫伯說。「聽起來簡直瘋了，那個地方花了他們九千美元，就只是一個塌掉的農舍，有兩畝灌木叢林地。維拉出了七百美元——她能投入的一切。我沒有辦法阻止她……除了申請拘押。」他頓了一下，然後露出微笑。「但這不是在妳的婚宴上該談的事，莎拉。妳跟妳的丈夫會擁有最好的一切，我知道你們會的。」

莎拉盡她所能回以微笑。「謝謝你，赫伯。你會……我是說，你認為她會……」

「回來嗎？喔會的。如果這個世界沒有在冬天結束，我想她會回來的。」

「喔，我只希望你能一切順利。」她說道，然後擁抱了他。

5

佛蒙特州的農場沒有暖爐，而到了十月底飛碟還沒來，維拉就回家了。飛碟還沒來，她說，因為他們還不是完美的——他們還沒有燒掉他們人生中非必要又充滿罪惡的廢物。不過她被提升了，她的性靈上興高采烈，她在夢中得到一個徵兆。她或許注定不該坐著飛碟到天國去，但她越來越強烈地感覺到，她需要引導她的兒子，在他從出神狀態中醒來時，讓他看到適當的做法。

赫伯接納了她，盡他所能地愛她——生活繼續下去，強尼已經在昏迷狀態中過了兩年。

6

尼克森連任了，美國男孩們開始從越南回家。

華特．哈茲萊特考了律師考試，然後被要求在比較晚的日期再考一次。在他為了考試惡補時，莎拉．哈茲萊特在學校教書。她剛開始教書時傻氣駑鈍的新生，現在都是三年級了，平胸的女孩子變得胸脯飽滿了，在校舍旁邊找不著路的小蝦米，現在都在打大學棒球了。

第二次以阿戰爭來了又去，石油禁運來了又去，高得驚人的汽油價格來了，卻沒有離去。

維拉．史密斯越來越確信基督會歸來，從地心到達南極。這個情報是以另一本新的小冊子為基礎（十七頁，要價四點五塊美金），標題是《神的熱帶地下區》。這份小冊子作者有個驚人假設是，天國實際上就在我們腳下，而最容易進入的點是南極。小冊子的其中一個小節是「南極探險者的靈異體驗」。

赫伯對她指出，不到一年前她還確信天國是在外太空的某處，最有可能是環繞著大角星。

「我肯定會更容易相信這個瘋狂的南極說，」他告訴她：「畢竟，聖經說天國是在天空中，地下的熱帶地區應該是……」

「別說了，」她尖銳地說道，嘴唇壓成了一條細細的白線。「不必嘲弄你不了解的事。」

「我不是在嘲弄，維拉。」他低聲說道。

「神知道為什麼不信者嘲弄，異教徒發怒。」她說。那種沒有表情的光芒在她眼中，他們坐在廚房餐桌前，赫伯前面有個J形螺栓，維拉面前有一疊過期的《國家地理雜誌》，她從中吸收關於南極的照片與報導。在外面，騷動不安的雲從西奔逃到東，樹葉從樹上如雨般紛紛落下。又是十月初了，十月似乎都是她狀況最糟的月份。在這個月份，那種沒有表情的光芒更頻繁地從她眼中出現，也停留得更久。而總是在十月，他的思緒奸詐地拋下他們兩人，可能是精神病患的妻子跟他沉睡的兒子——他從任何實際定義上來說可能都已經死了。就在此時，他在手裡翻弄著那支J形螺栓，眺望著窗外不安的天空，心裡想著，**我可以打包行李，把我的東西丟進小貨車後面，然後離開。也許去佛羅里達、內布拉斯加、加州。一個好木匠可以在任何該死的地方賺到好一筆錢，只要起身離開。**

但他知道自己不會。他會有這念頭只是因為十月是令人想到逃跑的月份，就像這個月是維拉用來發現新管道的月份，她可以藉此通往耶穌，最後能拯救她在虛弱子宮裡孕育的唯一獨子。

現在他伸手越過桌子，握住她的手，這隻手很細，又瘦骨嶙峋得嚇人——一個老婦人的手。她抬起頭看，一臉訝異。「我非常愛妳，維拉。」

她回以微笑，而在這瞬間，她非常像是他曾經求愛並贏得的那個女孩，那個在他們新婚之夜用一把髮梳戳他屁股的女孩。那是個溫柔的微笑，她的眼睛短暫地顯得清澈、溫暖、願意以愛回報他。在外面，太陽又出來了，送出一大片百葉窗似的陰影，飛快逃離他們背後的田野。

「我知道你愛我，赫伯。我也愛你。」

他把他的另一隻手蓋到她手上，握緊了那隻手。

「維拉。」他說。

「是？」她的眼睛如此清澈……突然間，她跟他在一起，完完全全地**跟他在一起**，而這讓他領悟到他們在過去三年裡，多麼可怕地變得遠遠疏離。

「維拉，如果他再也不醒來……**儘管**神不許這樣，但如果他沒有……我們還擁有彼此，不是嗎？我是說……」

她猛然把她的手抽走。他的兩隻手，本來緊緊握住了她的，現在空空如也地一震。

「你**永遠**別再這麼說，你**永遠**別再說強尼不會醒來。」

「我的意思就只是我們……」

「他當然會醒來，」她說道，同時望著窗外的田野，那裡的陰影仍然交錯再交錯。「這是神對他的計畫。沒錯，你不認為我知道嗎？我**知道**，相信我。神準備了偉大的事情要交給我的強尼，我在心中聽到祂了。」

「是的，維拉，」他說：「好。」

她的手指摸向《國家地理雜誌》，找到了那些雜誌，然後再度開始翻頁。

「我**知道**。」她用一種孩子氣、任性的聲音說道。

「好。」他低聲說道。

她看著她的雜誌。赫伯用手掌撐著下巴，望著外面的陽光與陰影，同時想著在金黃色的善變十月之後，冬天有多麼快到來。他真希望強尼會死，他從一開始就愛著這個男孩，在赫伯帶著一隻小小的樹蛙到這男孩的嬰兒車前，把那活生生的小東西放在男孩手上時，他見過他那張小臉上的驚奇表情。他教過強尼怎麼樣釣魚、溜冰、射擊。在一九五一年他惹上恐怖的流行性感冒時，赫伯曾經整晚熬夜陪他，當時那男孩的體溫升高到讓人暈眩的華氏一百零五度。在強尼成為高中班級的畢業生致詞代表，靠著記憶把講詞唸出來，毫無錯漏的時候，他感動的眼淚就藏在摀在臉上的手後面。有這麼多關於他的回憶——教他開車，某一年他們到新斯科夕亞去度假的時候，強尼跟他一起站在波麗路號的船頭，當時他才八歲，他笑著，對船螺旋似的運動感到興奮，赫伯幫他做功課，幫他搭樹屋，幫助還是童子軍的他熟悉西爾法羅盤的用法。所有這些記憶，完全沒有時序地混雜在一起——強尼是唯一統整一切的線，強尼熱切地在發掘這個到頭來深深殘害的世界。而現在，他真心希望強尼會死去，喔，他多麼希望他能死，他的心臟停止跳動，腦波圖上最後一點低微的痕跡變平，他能就這樣搖曳著消逝，就像在一汪蠟油裡淌著蠟的蠟燭：他死去，然後釋放他們。

7

一九七三年七月四日之後不到一週，一個陽光刺眼的夏季午後不久，賣避雷針的人來到新罕布夏桑莫沃斯的凱西家酒館，而在距離那裡不遠的某個地方，或許有個風暴，等著在夏季上升暖氣流形成的溫暖電梯井裡誕生。

他是個渴得不得了的男人，他停在凱西家酒館是為了用兩杯啤酒來澆熄這種渴，而不是要賣東西。但在慣性的力量下，他瞥了一眼那個低矮牧場式建築的屋頂，他看到有根完整連續的線條，襯著那熱得冒泡的槍身顏色天空，他伸手到後面拿那個被充當樣本箱，有點磨損的麂皮袋子。

在屋裡，凱西家的酒館陰暗、涼爽而安靜，只有牆上的彩色電視發出悶住的嗡嗡低響。有幾個常客在那裡，而在吧台後面的是店主，跟他的顧客們一起注意著《隨著世界運轉》[31]的劇情。避雷針推銷員彎低身子坐上一張吧台椅，然後把他的樣本箱放到他左邊的椅子上，店主走了過來。「嗨，朋友，要喝啥？」

「一杯百威，」避雷針推銷員說：「也替你自己來一杯，如果你願意的話。」

「我總是願意。」店主說。他帶著兩杯啤酒回來，收了推銷員的錢，然後留下三角錢在吧台上。「布魯斯．凱瑞克。」他說道，然後伸出他的手。避雷針推銷員握了那隻手。「我姓杜海，」他說：「安德魯．杜海。」他乾掉半杯啤酒。

「很高興認識你，」凱瑞克說。他慢慢走出去，給某個表情嚴厲的年輕女人另外一杯龍舌蘭日出，又慢慢走回杜海身邊。「從鎮外來的？」

「是啊，」杜海坦承。「推銷員。」他瞥了一眼四周。「這裡總是這麼安靜嗎？」

「不，這裡週末可熱鬧了，我在週間生意也不差，私人派對是我們主要賺錢的方式——如果我們有賺的話。我不至於挨餓，但也沒在開凱迪拉克。」他比了個手指槍手勢，指向杜海的玻璃杯。「再來一杯？」

「也替你自己再來一杯，凱瑞克先生。」

「叫我布魯斯。」他笑了。「你一定想賣我什麼東西吧。」

在凱瑞克帶著啤酒回來的時候，避雷針推銷員在他身邊說：「我來這裡撣撣身上的灰塵，不是要來賣任何東西。但既然你提起了……」他熟練地一拉，把他的樣品箱抬到吧台上，裡面的東西叮噹作響。

「喔，來啦。」凱瑞克說著笑出聲來。

兩個午間常客，一個右眼皮上長了個疣的老傢伙跟一個穿著灰色軍裝上衣的年輕男子，晃

31. As The World Turns，CBS 的超長壽肥皂劇，從一九五六年一直播放到二〇一〇年。

過來看看杜海賣的是什麼。一臉嚴厲的年輕女人繼續看著《隨著世界運轉》。

杜海拿出三根棒子，一根長的頂端有個黃銅球，一根比較短，還有一根有瓷導體。

「見鬼了，這是……」凱瑞克說。

「避雷針，」那個老兵說著咯咯笑出聲來。「布魯斯，他想要拯救這個酒吧免於上帝之怒，你最好聽聽他說什麼。」

他再度笑了，穿著灰軍裝上衣的男人也跟著他笑，凱瑞克的臉沉了下來，而避雷針推銷員知道，他本來做成買賣的任何一點機會現在都飛了。他是個好推銷員，好到足以看出這個古怪的人物與環境組合，有時候會搭配在一起，甚至在他有機會發揮他的推銷術之前，就把任何做生意的機會都破壞掉了。他很豁達地接受這一點，但他還是開始招攬生意，這大半是出於習慣的力量：

「我下車的時候，剛好注意到這個好地方沒有裝避雷導體——而且這裡是木造的，現在只要花一點點錢——可以用信用卡付款，如果你想要的話——我可以保證……」

「閃電會在今天下午四點擊中這個地方。」穿灰色軍裝上衣的男人咧嘴笑著說道，老兵咯咯發笑。

「先生，沒有冒犯的意思，」凱瑞克說：「可是你看到那個了嗎？」他指向靠近成排閃爍瓶子的電視機旁，有根在一塊小木牌上的金色釘子。釘在釘子上的是一堆紙。「那些都是帳單，要在這個月十五號付清，那些字是用紅色墨水寫的。現在你看到這裡在喝酒的有多少人了嗎？我必須小心，我必須……」

「我要說的正是這個，」杜海圓滑地打斷。「你必須小心，買下三、四根避雷針正是小心的買賣。你有些要持續擔心的問題，你不會希望這裡在夏天被雷劈一次就被抹消，是吧？」

「他不介意，」老兵說。「他只會收下保險賠償金然後飛去佛羅里達，不是嗎，布魯斯？」

凱瑞克厭惡地望著那個老人。

「好吧，那麼咱們來談談保險，」避雷針推銷員插話。灰軍裝上衣男子失去了興趣，漫步走開。「你的防火險保費會下降……」

「保險全都包在一起，」凱瑞克冷淡地說道。「聽著，我現在就是負擔不起這個費用，抱歉。如果你要明年再跟我談……」

「喔，或許我會的，」避雷針推銷員說道，他放棄了。「我或許會。」在被雷擊以前，沒有人會想到他們可能被雷劈，在這一行裡常見的事實就是如此。你無法讓凱瑞克這樣的人看清，這是他能買到最便宜的一種防火險，不過杜海是個哲學家。畢竟，他說自己只是進來撣撣灰塵的時候，說的是實話。

為了證明這一點，而且證明不傷感情，他又點了一杯啤酒，不過這次他沒替凱瑞克也叫一杯。

老兵滑到他旁邊的座位上坐下。

「大約十年前，有個傢伙在高爾夫球道上被閃電擊中，」他說。「馬上讓他死翹翹。所以呢，有人可能需要在頭上裝根避雷針，我說得對嗎？」他咯咯笑著，朝著杜海臉上噴出一大堆陳腐啤酒的臭氣。杜海很盡責地露出微笑。「他口袋裡的所有銅板都融在一起了，我聽說的是這樣。閃電是個奇妙的東西，肯定是。現在呢，我想起有一次……」

奇妙的東西，杜海心想，他讓老人的話語毫無傷害地從身邊流過，照著直覺在正確的地方走。奇妙的東西，沒錯，因為它不在乎它打到誰或者什麼，或者何時。

他喝完他的啤酒然後走出去，隨身帶走他那一袋子對抗神怒的保險——也許是史上唯一一種被發明出來的。熱氣像鎚子的一擊那樣擊中他，但他還是在大半無人的停車場裡頓了一下，抬頭看著那個屋脊連續不斷的一條線。十九點九五，頂多二十九點九五美元，然而這個男人付不起這個錢。第一年，他會從他的聯合保險裡省下七十塊，但他付不起這個錢——有一群站在旁邊汪汪叫的小丑，你沒辦法告訴他這種差別。

也許哪天他會後悔。

避雷針推銷員回到他的別克車上，開了空調，然後往西朝著協和鎮與柏林鎮開去，他的樣本箱放在他旁邊的座位上，比可能在後面吹起風來的任何風暴都超前。

8

在一九七四年初，華特・哈茲萊特通過了他的律師資格考。他跟莎拉辦了個派對邀請所有他的朋友、她的朋友，還有他們共同的朋友——總共超過四十人。啤酒像水似地流淌，在派對結束後華特說，他們沒被趕走算是超級幸運了。在送走最後一批客人（凌晨三點）的時候，華特從門口回來，發現莎拉在臥房裡，除了鞋子，以及他去辦了抵押才能買給她的生日禮物——鑽石墜子耳環以外，全身赤裸。他們做了不只一次愛，而是兩次，然後迷迷糊糊地進入熟睡，在將近中午的時候才醒來，宿醉到全身都癱了。大約六星期後，莎拉發現她懷孕了。他們兩個都毫不懷疑，受孕日就是大派對的那天晚上。

在華盛頓，理查・尼克森慢慢被逼到牆角，被包在纏成一團的錄音磁帶裡。在喬治亞州，一個名叫詹姆斯・厄爾・卡特[32]的花生農夫、前海軍兼現任州長，開始跟幾位密友討論，要競爭尼克森先生很快就會空出來的那個職位。在東緬因醫學中心的六一九號房，強尼・史密斯還在睡，開始縮成胚胎形睡姿。

史卓斯醫師，曾經在車禍第二天跟赫伯、維拉與莎拉在會議室裡談話的醫生，在一九七三年底死於燒傷，他的房子在聖誕節後一天失火了。班戈消防隊認定火災是裝設錯誤的聖誕樹裝飾引起的。兩位新的醫師，魏札克與布朗，接手了強尼的治療。

尼克森辭職後四天，赫伯．史密斯跌進他在葛雷蓋的一棟房子的地基裡，落在一輛手推車上，弄斷了一條腿。骨頭癒合花了很久，而那條腿再也沒有真正覺得好過，只能跛足走路，在潮濕的日子裡，他開始使用拐杖。維拉為他祈禱，而且堅持要他每天晚上上床的時候，在腿上包一塊由阿拉巴馬州貝瑟摩爾鎮牧師佛萊迪．柯茲莫親自祝福的布。柯茲莫祝福布（這是赫伯的稱呼）要價三十五美元。就他所知，這塊布沒任何幫助。

在十月中，就在傑拉德．福特[33]赦免了前總統之後不久，維拉又確信世界末日要到了。赫伯勉強領悟到她在幹什麼，她做好了安排，要把他們從強尼出車禍以後，他們重新得到的一點點現金跟積蓄，都捐給最後時光美國會社。她本來設法把房子賣掉，而且跟善念二手商店做好了安排，他們要在兩天內派一輛貨車來載走所有家具。房地產經紀人打電話問赫伯，某位潛在買家是否可以在那天下午來看看房子的時候，他才發現這件事。

有史以來第一次，他真的對維拉大發脾氣。

「以基督之名，妳到底以為妳在做什麼？」從她口中問出這難以置信的故事最後一部分以後，他吼道。他們在客廳裡。他才剛打完給善念二手商店的電話，叫他們忘掉那輛貨車的事。在外頭，雨下成一片單調的灰色雨幕。

「赫伯特，別褻瀆救主之名。」

32. James Earl "Jimmy" Carter（1924-），美國第三十九任總統。一九七四年他還是喬治亞州州長。

33. Gerald Ford（1913-2006）美國第三十八任總統，本來是尼克森的副總統，在他下台後繼任。

「閉嘴！閉嘴！我受夠了聽妳胡扯那些廢話！」

她震驚地深吸一口氣。

他跛著腳走向她，他的拐杖對應著在地板上發出咚咚聲。她在她椅子上往後縮了一點點，然後抬頭看著他，一臉甜美的殉道者表情，讓他很想——願神寬恕——用他天殺的拐杖揮過去打她的頭。

「妳還沒失心瘋到不曉得妳在做什麼，」他說：「妳沒有藉口，妳躲在我背後做這些事，維拉，妳……」

「我沒有！這是謊言！我沒有做這種……」

「**妳有**！」他低吼道。「喔，妳聽我說，維拉。我要把界線畫在這裡，隨便妳怎麼祈禱，祈禱是免費的，妳愛寫多少信就寫多少信，郵票還是只要十三分錢。如果妳要在那些濫用耶穌的小丑的廉價爛謊言裡洗澡，如果妳想繼續幻想跟假裝，妳就繼續，但我不會參與。記得這個，**妳懂我的意思嗎？**」

「我—們—在—天—上—的—父—願—祢—的—名—被—尊—為—聖……」

「**妳懂我的意思嗎？**」

「**你認為我瘋了！**」她對著他大吼，她的臉用一種恐怖的方式皺縮起來擠成一團。她爆發一陣刺耳、完全被打敗又幻滅的醜陋眼淚。

「不，」他更低聲說道：「還沒有，但也許現在該是稍微坦白談談的時候了，維拉，真相是，如果妳不從這種事裡抽身，開始面對現實，妳會瘋掉。」

「你會看到的，」她淚眼汪汪地說：「你會看到的，神知道真相，只要等候。」

「妳要明白，祂在等待的時候不會想要擁有我們的家具，」赫伯嚴峻地說：「只要我們在這方面看法一致就好。」

「這是最終時刻！」她告訴他。「啟示錄的時刻就快到了。」

「是嗎？那句話加十五分錢，就可以給妳買杯咖啡了，維拉。」

外頭雨水穩定地下著。那年赫伯就要五十二歲，維拉五十一歲，莎拉・哈茲萊特二十七歲。強尼已經昏迷了四年。

9

寶寶在萬聖節夜裡出生，莎拉的陣痛延續了九個小時。她在她需要的時候得到適量的一點氧氣，而在她極痛的某一刻，她突然想到她就跟強尼待在同一間醫院裡，她一再地叫著他的名字。後來她幾乎不記得這件事，而且肯定從來沒告訴華特，她以為這可能是夢到的。

寶寶是個男孩，他們幫他取名為丹尼斯・愛德華・哈茲萊特。母子在產後三天回到家裡，莎拉在感恩節假期之後再度開始教書。華特在一間班戈律師事務所裡得到一個看起來不錯的工作，如果一切順利，他們計畫在一九七五年六月讓莎拉辭去教職，但她不是那麼確定自己想這麼做，她已經變得喜歡教書了。

10

一九七五年的第一天，兩個小男生，查理・諾頓跟諾姆・勞森，兩個人都是緬因州的歐提斯菲德人，在諾頓家的後院打雪仗。查理八歲，諾姆九歲。當天是陰天，下著毛毛雨。

感覺到雪仗快要打完了──現在幾乎是午餐時間了──諾姆衝向查理，雪球齊發一輪。查理一邊閃躲一邊笑，起初被逼後退，接著掉頭就跑，跳過分隔諾姆家後院跟樹林之間的矮石牆，他跑下通往史崔莫溪的小徑。在他跑掉的時候，諾姆丟了一記好得出奇的雪球，砸中兜帽後方。

然後查理消失了。

諾姆跳過石牆，站在那裡一會，朝著覆雪的樹林裡看，聆聽樺樹、松樹跟雲杉上融化的水滴落的聲音。

「回來啊，膽小鬼！」諾姆喊道，然後發出一連串雞叫聲。

查理沒有被騙得站起來。現在哪裡都看不到他，不過那條小徑朝著小溪的方向很險峻地往下降。諾姆再度咯咯叫起來，然後兩腳猶豫不決地換著重心。這些是查理的樹林，查理的領土，不是他的。只要能是贏家，諾姆很愛好好打場雪仗，不過當查理準備了五、六個又好又硬的融雪球，躺在那裡等著伏擊他時，他並不真的想要下去。

儘管如此，在一個高亢又喘不過氣的尖叫聲從底下冒出來的時候，他還是沿著小徑往下走了五六步。

諾姆．勞森變得跟他那雙綠色膠皮靴踩著的雪一樣冰冷，他本來握著的兩顆雪球從他手中落下，啪一聲跌在地上。

尖叫再度揚起，很尖細，幾乎聽不見。

哎呀真驚人，他掉到溪裡去啦，諾姆這麼想，這打斷了他因為恐懼而造成的癱瘓。他跑下小徑，一路滑來滑去，有一次摔了一屁股。他的心跳在他耳朵裡怒吼。他一部分的心思，看到自己在下水撈了第三次以後，把查理從溪裡撈出來，然後被當成英雄寫在《男孩生活》裡。

小徑下坡四分之三處是彎曲的，而在他繞過轉角的時候，他看到查理．諾頓其實沒跌進史崔莫溪。他站在小徑變得平坦的地方，他在盯著融雪裡的某個東西看。他的兜帽掉到後面去了，臉幾乎跟雪一樣白。在諾姆走近的時候，他再度發出那種恐怖的、像是沒氣的喘息尖叫聲。

「怎麼了？」諾姆一邊問，一邊走近。「查理，哪裡不對了？」

查理轉向他，他的眼睛瞪得很大，嘴巴大開。他設法說話，但卻吐不出任何話語，只有兩個不清不楚的咕噥，還有一條細細的唾沫，他用指的代替。

諾姆走得更近些，然後看著。突然間他兩腿氣力全失，他猛然坐下，周圍的世界在旋轉。融雪裡突出的是兩條穿著藍色牛仔褲的腿。一隻腳上有個淺口便鞋，但另一隻腳光溜溜的，白白的，而且毫無防護，一隻手臂從雪裡突出，在手臂盡頭的手似乎在懇求從沒有來的救援。剩下的屍身，仍然慈悲地被遮掩著。

查理跟諾姆發現了十七歲的卡蘿．鄧伯格的屍體，她是城堡岩絞殺魔的第四個受害者。從他上次作案後已經過了兩年，正當城堡岩的人（史崔莫溪是城堡岩跟歐提斯菲德之間的城鎮南界）開始放輕鬆了，心想夢魘終於結束了。

但並沒有。

第六章

1

在發現鄧伯格那女孩的屍身之後十一天，一個凍雨夾雜冰雪的風暴襲擊新英格蘭北部。在東緬因醫學中心的六樓，時程因此稍微延宕了。一大堆工作人員上班時碰到了困難，他們忙得不可開交，只能勉強維持平衡。

在其中一個醫院幫工，一個名叫艾莉森．康諾佛的年輕女子，把史塔雷先生的少量早餐帶來時，已經過了九點鐘。史塔雷先生正從一次心臟病發作中恢復，在加護病房裡「坐牢十六天」——在心臟手術之後在加護病房待個十六天，是標準的手術程序。史塔雷恢復得很好，他在六一九號房，而他私下告訴他太太，他恢復的最大誘因，在於期望離開房間裡第二床那個活死人。那可憐蟲呼吸器持續發出的低語聲讓人很難入睡，他這麼告訴她。過了一會兒以後，這聲音變得讓你不知道你希望它繼續低語，還是停下來。就這麼說吧，停著別再動了。

在艾莉森進來的時候，電視機開著，史塔雷先生在床上坐起身，一隻手拿著遙控器。電視節目《今天》已經結束了，史塔雷先生還沒決定要關掉接下來的《我家後院》跟在後面的卡通節目，那樣就會讓他跟強尼的呼吸器聲響獨處了。

「今天早上我差不多要放棄找妳了。」史塔雷先生說，不太開心地注視著他的早餐盤：柳橙汁、原味優格跟麥片。他真正渴望的是兩個充滿膽固醇的雞蛋，稍微煎過又冒著奶油，旁邊還有五片培根，不要煎得太脆。事實上，一開始就是這種膳食把他吸引到這裡，至少他的醫生是這麼跟他說的——那個只有小鳥大腦的白痴。

「外面狀況很糟。」艾莉森簡短地說。已經有六個病人告訴她，今天早上他們本來快要放棄找她了，這句台詞已經顯得老套。艾莉森是個令人愉快的女孩，但今天早上她覺得煩透了。

「喔，抱歉，」史塔雷先生順從地說道。「路上相當滑啊，是嗎？」

「肯定是，」艾莉森說道，稍微破冰了。「如果今天沒有我丈夫的四輪傳動車，我絕對到不了。」

史塔雷先生按下把床抬起的按鈕，好讓他可以舒服地吃早餐。抬起、放下那張床的電動馬達很小，卻很吵。電視也還相當大聲——史塔雷先生有點聾，而就像他跟他太太說過的，另一張床上的傢伙從來沒抱怨過有點額外的音量。也從沒要求看另一個頻道。他想這類的笑話品味相當差，但是當你心臟病發作過，在加護病房跟一個植物人共用房間時，你要是不學會一點黑色幽默，就會發瘋。

艾莉森稍微揚起一點點聲音，好讓她放好史塔雷先生的餐盤時，還能壓過呻吟的馬達跟電視。「整個州大街山丘上上下下，都有車子跑到馬路外面去。」

在另一張床上，強尼．史密斯輕聲說道：「整疊錢押十九，不接受就拉倒。我女朋友不舒服。」

「妳知道，這個優格還沒一半糟，」史塔雷先生說，他討厭優格，不過除非絕對必要，他不想一個人被留下來。在他一個人的時候，他一直在量自己的脈搏。「這嚐起來有點像是野生山核桃……」

「你聽到什麼了嗎？」艾莉森問道。她懷疑地環顧四周。

史塔雷先生把床側邊的控制鈕放開，然後電動馬達的呻吟聲停了。在電視上，結巴獵人射了兔寶寶一槍，卻失手了。

「除了電視以外沒別的，」史塔雷先生說：「我錯過了什麼？」

「沒什麼吧，我猜，一定是風聲穿過了那扇窗戶。」她可以感覺到一陣緊張性頭痛要發作了——太多事要做，今天早上卻沒有足夠人手幫忙她——她揉著她的太陽穴，像是要趁著頭痛穩妥地坐好之前就趕走它。

在她出去的路上，她頓了一下，低頭俯視了另一張床上的男人一會兒。他有在哪方面看起來不一樣了嗎？他換過姿勢了？肯定沒有。

艾莉森離開了房間，然後繼續沿著走廊走過去，她把早餐車推在前方。這個早上跟她本來害怕的一樣恐怖，一切都亂了套，而到了中午她頭痛得厲害。自然地，她完全忘了那天早上她可能在六一九號房聽到了什麼。

不過在後來的日子裡，她發現自己越來越常看著史密斯，而到了三月，艾莉森變得幾乎確定他身體挺直了一點——從醫生所謂的前胚胎姿勢裡脫身了一點。不太多，只是一點點。她想過要跟某個人提起這件事，但到最後她沒說。畢竟她只是個醫院幫工，比廚房雜工稍好一些而已。

這真的不是她該管的事。

2

他猜想這是個夢。

他在一個陰暗、沉鬱的地方——某種走廊。天花板太高了，看不到。它消失在陰影中。牆壁是暗色的鍍鉻鋼鐵，牆壁往上敞開，他一個人，不過有個聲音往上飄浮到他站的地方，就好像從很遠的地方傳來。那是個他認識的聲音，在另一個地方、另一個時間曾經對他說過的話語，那聲音讓他驚駭，那聲音在呻吟、在消失，在暗色的鍍鉻鋼鐵之間來回反響，像是他記得童年見過的一隻受困鳥兒。那隻鳥兒飛進他父親的工具間，卻沒聰明到可以退出去。牠驚慌起來，來回飛撲猛衝，絕望緊張地吱吱叫著，自己撞向牆壁，一直到撞死了自己為止。這個聲音就跟許久以前那隻鳥兒的吱吱叫聲一樣，有同一種注定毀滅的特質，它永遠不會逃出這個地方。

「你計畫了一輩子，做了你所能做的，」這個幽靈般的聲音呻吟著說道。「除了最好的什麼都不要，而那孩子回到家裡的時候頭髮長到屁眼了，還說美國總統是豬，豬欸！你看看，我不……」

小心，他想要這麼說。他想警告那個聲音，但他出不了聲。小心什麼？他不知道。他甚至不確定他是誰，雖然他懷疑自己曾是一個老師或者牧師。

「耶——穌！」那個遙遠的聲音尖叫著。消逝的聲音，注定毀滅，被淹沒了。「耶——」

然後是沉默。回聲消失了。然後，在一會兒以後，那聲音會再度開始。

所以在一陣子以後——他不知道是多久，時間在這個地方似乎沒有意義，或者不相干——他開始摸索著沿走廊前進的路，以叫喊回應（或者有可能只是在他心裡叫喊），也許是希望他跟聲音的擁有者可以一起找到他們的出路，或許只是希望給予某些安慰，並且也反過來接收到一些安慰。

但這聲音一直離得越來越遠，越來越模糊微弱。

（遙遠而微小）。

到最後只是回聲的回聲，然後這聲音就不見了。他現在一個人，沿著這條陰鬱又空無一人的陰影走廊前進，他開始覺得這不像是幻覺、妄想或夢境了——至少不是普通的那種。就像是進入了地獄邊境，在生者與死者國度之間的古怪管道，但他究竟是往哪一頭移動？

一件件事情開始回來了，讓人困擾的事。它們像是鬼魂，加入了他的行進，從他的兩側、前方、背後落到他身上，直到它們環繞著他，形成一個怪異的圓環——織成環繞他三圈的圓環，以神聖的恐懼，觸碰他的雙眼[34]，事情會這樣發展嗎？他幾乎可以看到它們，煉獄裡所有悄聲低語的聲音。

有個輪盤在夜裡轉啊轉的，一個幸運之輪，紅色與黑色，生與死，轉動逐漸放慢。他要在哪裡下注？他記不起來，而他應該有這能耐的，因為賭注就是它的存在，加入或退出？一定得二選一。

他的女朋友生病了，他必須送她回家。

過了一陣子，走廊開始顯得明亮些了。起初他以為這是想像的，一種夢中夢（如果有這種可能的話），但在不知多長的時間之後，這種明亮變得太過明確，無法當成幻覺。這條走廊上的整個經驗，似乎變得比較不像夢了。牆壁往後退，退到他幾乎看不到了，沉悶的暗色改變成一種哀傷的、霧一般的灰色，一個溫暖陰霾三月午後的暮色。這似乎開始像是他完全不在一條走廊上了，而是在一個房間裡——**幾乎**在一個房間裡，被一層最薄最薄的膜從中隔開，那是一種胎盤囊，就像個等待出生的寶寶。現在他聽到其他聲音了，不是回音，而是悶而沉重的聲音，像是某個無名的神用一種被遺忘的語言說話的聲音，漸漸地那些聲音變得更清晰了，到最後他幾乎可以分辨出他們在說什麼。

他開始偶爾睜開眼睛（或者他以為他這麼做了），他可以真正看到那些聲音的擁有者：明亮的、發光的、幽靈般的形體，起初沒有臉，有時候在房間裡到處移動，有時候俯身彎向他。他沒想過要設法跟他們說話，至少一開始沒有。他想到這有可能是某種來世，而這些明亮的形體是天使的形體。

那些臉孔，就像那些聲音，隨著時間開始變得更清楚。他有一次看見母親靠向他的視野，然後慢慢地朝他往上看的臉，雷鳴似地說出某些完全沒有意義的話。另一次他父親在場，還有學校的戴夫·佩爾森。一位他開始認識的護士；他相信她的名字叫瑪莉，或者有可能寫成瑪麗。臉孔、聲音，靠得近些，凝結在一起。

某些別的東西悄悄滲入：一種他已經**改變**的感覺。他不喜歡這種感覺，不信賴這種感覺。在他看來，不管這種變化是什麼，都不是好的。在他看來，這表示哀傷與糟糕的時刻。他帶著所有一切進入黑暗，而現在他的感覺是，他走出黑暗時什麼都沒有帶——除了某種秘密的奇異感。夢要結束了，不管這場夢曾經是什麼，都要結束了。房間現在非常真實，非常貼近，那些聲音，那些臉孔——

他要進入房間了。而突然間他似乎覺得，他想要的就是轉身就跑——永遠回到那個黑暗的走廊。黑暗的走廊並不好，但比這種新的哀傷感與即將出現的失落感要來得好。

他轉身看著他背後，而且沒錯，就在那裡，房間的牆壁變成黑暗鉻金屬的地方，在其中一張椅子的一角，那些來來去去的明亮之人沒注意到的地方，房間變成了一個通道，進入他現在懷疑是永恆的地方。另外那個聲音消失的地方，那個聲音屬於——

計程車司機。

對，現在記憶都在這裡了。在那趟搭乘中，司機哀嘆著兒子的長髮，哀嘆著兒子認為尼克森是豬的事實。然後車頭燈爬上山丘，白線的兩邊各有一對車燈。那撞擊，沒有痛楚，不過他知道自己的大腿撞上了計程車里程表，力道猛得足以把它撞出固定框之外。一種冰冷潮濕的感覺，

34. 這段話出自詩人柯立芝（Samuel Taylor Coleridge, 1772-1834）的長詩《忽必烈汗：或者，一個夢中幻象的片段》（Kubla Khan: Or, A Vision in a Dream: A Fragment）。但在這裡強尼背錯一個字：原詩寫的是「以神聖的恐懼，閉上他的雙眼」。

然後是黑暗的走廊，現在是這個。

選擇，某種內在的東西悄聲說道。**選擇，要不然他們就會替你選擇，他們會把你扯出這個地方，不管這是什麼、不管這是哪裡，就像醫生用切開術把一個寶寶從他母親的子宮裡扯出來。**

然後莎拉的臉迎向他——她一定在外面某處，雖然她的臉並不是其中一張俯身在他身上的明亮臉孔。她一定在外面，擔憂又害怕，那時她幾乎是他的，他感覺到這一點，他本來打算向她求婚的。

那種不自在的感覺又回來了，比過去更強烈，這次全都跟莎拉混在一起。但想要她的感覺更強烈，而他做了他的決定。他背對那黑暗的地方，而在後來他回顧背後的時候，那裡消失了；在椅子旁邊沒有別的東西，只有他躺著的房間裡平滑的白牆。

不久之後，他開始知道這房間肯定是什麼地方——當然了，這是醫院的病房。黑暗的走廊變成一個夢一般的記憶，從來沒有完全被忘卻。但更重要、更迫切的事實是，他是強·史密斯，他有個女朋友叫做莎拉·布萊克奈爾，他碰上一場可怕的車禍，他懷疑自己一定是非常幸運才得以生還，而他只能希望自己所有的原裝配備也都還在，而且還能運作。他可能在克里夫米爾斯社區醫院，但他猜東緬因醫學中心更有可能，從他的感覺來猜測，他一定在這裡待了一段時間——滿有可能已經昏迷了長達一週或十天，現在是再出發的時候了。

現在是再出發的時候了。種種事物終於一路凝結回來，強尼睜開眼睛的時候，那就是他心中的想法。

那是一九七五年五月十七日，史塔雷先生早就回家了，他得到的作戰命令是每天走兩哩路，而且修正他高膽固醇的飲食方式。房間對面是個老人家，正在跟那個空前的重量級冠軍，癌症，打累人的第十五回合，目前處於嗎啡帶來的睡眠之中，除此之外房間是空的，這時是下午三點十五分，電視螢幕是扭曲的綠色。

「我在這裡。」強尼．史密斯啞著嗓子對著根本無人的空間說話。他被自己聲音的虛弱程度給嚇著了。房間裡沒有日曆，他無從得知自己已經昏迷了四年半。

3

大約四十分鐘後，護士進來了。她走向另一床的老人，換他的點滴管，然後進了浴室，帶著一個藍色塑膠水瓶出來。她澆了那老人的花。有超過半打的花束，還有二十張早日康復卡站在他的桌子跟窗櫺上。強尼注視著她做這些家常雜務，覺得到目前為止還不急著再試用他的聲音。

她把水瓶放回去，過來強尼床邊。**要來翻我的枕頭了**，他心想。他們的目光短暫地交會，但她眼中沒有任何改變，**她不知道我醒來了，我的眼睛以前曾經睜開過，這對她來說不代表任何事**。

她把她的手放在他頸背上。那隻手很涼爽、很安慰人心，而強尼知道她有三個孩子，最小的那個在去年七月四日失去一隻眼睛的大半視力。爆竹意外，男孩的名字叫馬克。

她抬起他的頭，把他的枕頭翻面，然後把他安置回去。她開始轉身要走，調整她那件尼龍制服的臀部，然後再轉回來，表情困惑。也許是慢了一步才發現他眼中有些新的東西，某個之前沒有的東西。

她瞥了他一眼，若有所思，開始又要轉身走人，而他說了：「哈囉，瑪麗。」

她凍結住了，而在她的牙齒突然間猛然合上的時候，他可以聽到一種象牙撞在一起的喀噠聲。她的手壓著她胸脯隆起處的上方。一個小小的金色十字架掛在那裡。「喔——我——的——天，」她說：「你醒了，我**想過**你看起來不一樣了。你怎麼知道我的名字？」

「我想我一定曾經聽過。」講話很難，難得可怕。他的舌頭是個懶惰蟲，似乎沒有唾液潤滑。

她點點頭。「你一定醒了一陣子了，我最好去護士站，還有通知布朗醫師或者魏札克醫師，他們會想要知道你回來跟我們同在了。」但她又多逗留了一會兒，用一種讓他不自在的、擺明了心醉神迷的表情注視著他。

「我長出第三隻眼睛了嗎？」他問道。

她緊張地笑。「不……當然沒有，請見諒。」

他的眼睛瞥見他自己那邊的窗台，他的桌子推過去靠在那裡。在窗台上有一朵褪色的非洲堇，還有一幅耶穌基督畫像——那種他母親偏愛的耶穌畫像，基督看起來像是準備好替紐約洋基隊擊球，清掉之前的無效攻勢，或者做些類似清潔又有運動性質的事情。但那張畫像發黃了，發黃，而且邊角開始捲起。突如其來的恐懼降臨在他身上，就像悶得人窒息的毯子。「護士！」他喊道：「護士！」

在門口她轉了回來。

「我的早日康復卡在哪裡？」突然間他變得很難呼吸。「另外那傢伙有……沒有人寄卡片給我嗎？」

她露出微笑，但像是勉強擠出來的，那是某個在隱藏某件事的人露出的笑容。

突然間強尼想讓她來到床邊，他會伸出手碰碰她。如果他可以碰到她，他就會知道她在隱藏什麼。

「我會呼叫醫師。」她說，然後在他能說任何別的話以前就離開了。

他注視著非洲堇，注視著陳舊的耶穌照片，困惑無語又害怕。

一會兒以後，他又飄入夢鄉。

4

「他剛才醒了，」瑪麗．米肖說：「他的思考完全連貫。」

「好。」布朗醫師回答：「我不是在懷疑妳。如果他醒來一次，他就會再醒來一次。有可能，這只是時間的……」

強尼呻吟著，他睜開眼睛，那雙眼睛是空白的，有一半翻到上面。然後他似乎看到了瑪麗，他的雙眼開始聚焦，他露出一點點微笑。不過他的臉還是鬆弛的，就好像只有他的眼睛醒了，他的其他部分還在睡。她突然間有種感覺：他不是在看著她，而是看進她內心。

「我想他會沒事的，」強尼說：「一旦他們清乾淨被擊中的角膜，眼睛就會跟新的一樣好，應該是的。」

瑪麗刺耳地倒抽一口氣，布朗瞥了她一眼。「怎麼了？」

「他在講我兒子，」她悄聲說道：「我的馬克。」

「不，」布朗說：「他是在說夢話，就這樣，護士，別捕風捉影。」

「是。好吧。但他現在不是在睡覺吧，他是嗎？」

「瑪麗？」強尼問道。他露出試探性的笑容。「我睡著了，不是嗎？」

「對，」布朗說：「你剛才在說夢話，讓這邊的瑪麗嚇了一跳，你在作夢嗎？」

「沒——有……至少我不記得有。我說了什麼？還有你是哪位？」

「我是詹姆斯．布朗醫生，就跟那個靈魂歌手同名同姓。不過我是神經學專家，你剛才說：『一旦他們清乾淨被擊中的角膜，我想他就會好。』我想是這樣，不是嗎，護士？」

「我兒子要動手術了，」瑪麗說：「我兒子馬克。」

「我什麼都不記得，」強尼說：「我猜我在睡覺。」他注視著布朗，而且很害怕。「我沒辦法舉起我的手臂，我癱瘓了嗎？」

「沒有，試試你的手指。」

強尼照做了，手指全都扭動著。他露出微笑。

「超級好，」布朗說：「告訴我你的名字。」

「強尼·史密斯。」

「好，那你的中間名呢？」

「我沒有中間名。」

「那很好，誰需要中間名？護士，到妳的護理站去，找出明天神經科誰當班，我想開始對史密斯先生做一連串測試。」

「是的，醫師。」

「還有妳可以打電話給山姆·魏札克，妳會在他家或高爾夫球道上找到他。」

「是的，醫師。」

「另外別有記者，拜託……靠妳了！」布朗在微笑，但很認真。

「不，當然不會。」她離開了，白色的鞋子發出輕微的吱嘎聲。她的小兒子會沒事的，強尼心想。我肯定會告訴她。

「布朗先生，」他說：「我的早日康復卡在哪裡？沒有任何人寄卡片給我嗎？」

「再多問幾個問題就好，」布朗醫師圓滑地說道。「你記得你母親的名字嗎？」

「我當然記得，維拉。」

「她娘家的姓氏？」

「納森。」

「你父親的名字?」

「赫伯特,赫伯。還有你為什麼跟她說不要有記者?」

「你的郵件地址?」

「鄉村地區免費郵遞一號,包諾。」強尼立刻說出來,然後停下。一種滑稽的驚訝表情掠過他的臉。「我是說……嗯,我現在住在克里夫米爾斯了,在北大街一百一十號,為什麼我竟然告訴你我父母的地址?我從十八歲以後就不住那裡了。」

「那你現在幾歲了?」

「從我駕照上查,」強尼說:「我想知道我為什麼沒有任何早日康復卡。無論如何,我在醫院裡多久了?還有這是哪一間醫院?」

「這是東緬因醫學中心。還有我們會談到你所有其他的問題,如果你讓我先坐下……」

布朗坐在床邊的一張椅子上,他是從牆角拉過來的——就是強尼一度看到通道通往別處的同一個牆角。他在一個夾紙板上做筆記,用的是強尼不記得以前曾經看過的一種筆。這種筆有厚厚的藍色塑膠管跟一個纖維筆頭,看起來像是鋼筆跟原子筆的奇特混血後代。

光是看著那枝筆,就讓那種不成形的恐懼又回來了,強尼想都沒想,突然用自己的一隻手抓住布朗醫師的左手。他的手臂移動時劈啪作響,就好像上面綁了看不到的六十磅重物似的——一對綁在手肘下,一對綁在手肘上。他用軟弱的握力抓住醫生的手,然後一拉。那古怪的筆在紙張上畫出一條粗粗的藍線。

布朗注視著他,起初只是好奇。然後他臉上血色盡失。那種很有興趣的敏銳神情從他眼中離開,換成了一種朦朧的懼色。他猛然把手抽開——強尼沒有力氣抓住那隻手——一種反感的神情瞬間閃過這位醫師的臉，就好像被一個瘋瘋病患給碰著了。

然後這瞬間就過去了，他看起來只是既驚訝又困窘。「你為什麼要那樣做？史密斯先生……」

他的聲音動搖了，強尼的臉凍結成一種恍然大悟的表情。他的眼睛屬於一個看到了陰影裡有某種可怕的東西在動、在挪移的人，這個東西太過可怕而無法形容，甚至無可命名，但這是個事實，它必須有名字。

「五十五個**月**？」強尼用粗啞的聲音問道。「快五**年**了？**不**，喔我的天，**不**！」

「史密斯先生，」布朗說道，他現在完全慌了。「拜託，這麼激動對你並不好……」

強尼抬起他的上半身，或許從床上抬高了三吋，然後頹然倒回去，他的臉上因為汗水閃閃發亮。他的眼睛無助地在眼窩裡轉動。「我二十七歲了？」他吐出這句話。「二十七歲？喔我的天啊。」

布朗吞了口口水，然後聽到清晰可聞的喀噠一聲。在史密斯抓住他的手時，他感覺到一種突然湧上來的糟糕感覺，強度之大簡直像是孩子氣，引起反感的粗糙影像攻擊著他。他發現自己想起一次鄉間野餐，那時候他七歲或八歲，坐下來並且把手放在某種暖暖滑滑的東西裡。他轉頭去看，看到他把手放在某隻土撥鼠長蟲的屍體上，那隻土撥鼠整個炎熱的八月都躺在一個月桂樹叢裡。他那時候尖叫出來，他現在也有點想尖叫——只是那種感覺在消退，縮小，被一個問題所取代：**他怎麼知道？他碰了我，然後就知道了**。

然後二十年的醫學教育強烈地在他心中抬頭了，而他把這個念頭擱到一邊。有無數案例是昏迷的病人醒過來，對於他們昏迷期間周遭發生的許多事情，有一種作夢似的知識。就像別的事情一樣，昏迷是有程度之別的。強尼．史密斯從來沒真的變成植物人，他的腦波圖從來沒有變成一條直線過，如果有，布朗現在就不會在這裡跟他說話了。有時候處於昏迷狀態，有點像是在某個單面鏡後面，從旁觀者的眼睛看來，病人已經完全停止運轉，但病人的感官可能仍然以某種很低度的關機模式，繼續在運作。這裡的例子就是這樣，當然了。

瑪麗．米肖回來了。「神經科確定了，魏札克醫生正在趕來。」

「我想山姆必須等到明天早上才能見史密斯先生了，」布朗說：「我要他打五毫克煩寧。」

「我不要打鎮定劑，」強尼說：「我想離開這裡，我想知道發生了什麼事！」

「不久後你就會知道一切。」布朗說：「現在讓你休息很重要。」

「我已經休息四年半了！」

「那麼再加十二小時不會有太大差別。」布朗無情地說道。

一會兒以後，護士替他的上臂擦了酒精，然後是針頭的刺痛。強尼幾乎立刻就開始覺得昏昏欲睡，布朗跟護士開始看起來像是有十二呎高。

「至少告訴我一件事，」他說。他的聲音似乎是來自很遠、很遠的地方。突然間這似乎重要得不得了。「那枝筆，你們怎麼稱呼那種筆？」

「這個？」布朗從他那不可思議的高度舉出那枝筆。藍色塑膠筆身，纖維筆尖。

「這叫天賦筆[35]。現在去睡吧，史密斯先生。」

強尼照做了，但那個字眼跟著他沉入睡眠，像是個神秘的咒文，充滿了愚蠢的意義：天賦……天賦……天賦……

35. Flair 是當初剛推出的一種細簽字筆品牌。

5

赫伯把電話放下，然後注視著它，他看著電話很久。從另一個房間傳來電視的聲音，幾乎一路開到最大聲。歐洛·羅伯茲[36]正在談足球跟耶穌的療癒之愛——兩者在某處有某種關聯，不過赫伯錯過了。因為這通電話，歐洛的聲音隆隆作響地吼著。節目很快就會結束，歐洛會在結尾很有信心告訴他的觀眾，某件**好事**就要發生在**他們**身上了，顯然歐洛是對的。

我的兒子，赫伯心想。在維拉祈求一個奇蹟的時候，赫伯祈求讓他的兒子死去，是維拉的祈禱得到回應……這是什麼意思，而這樣會置他於何地？而這對她又會有什麼影響？

他進了客廳，維拉坐在沙發上。她的腳包在有彈性的粉紅色拖鞋裡，抬起來放在一個祈禱墊上。她穿著她老舊的灰色睡袍，她直接從爆玉米鍋裡拿爆米花起來吃。從強尼出事之後，她重了幾乎四十磅，而她的血壓直線上升。醫生要她吃藥，但維拉不肯吃——她說，如果是神意要她有高血壓，她就有高血壓吧。赫伯有一次指出，神意從來沒有阻止她在頭痛的時候服用百服寧。

她用最甜美的長期受難微笑回答，還有她最有力的武器：沉默。

「誰打電話來？」她問他，同時眼睛沒有離開過電視機。歐洛用他的手臂環抱著國家美式足球聯合會某支球隊的知名四分衛，他正在對靜悄悄的一大群人說話，四分衛露出謙遜的微笑。

「……你們全都聽到這位優秀運動員在今晚告訴你們，他以前怎麼樣濫用他的身體，他的神之殿堂，而你們也聽到了……」

赫伯啪一聲關了電視。

「赫伯特·**史密斯**！」她坐起身，幾乎灑掉她的爆米花。「我正在看！這是……」

「強尼醒了。」

「……歐洛．羅伯茲跟……」

她口中的話語突然中斷，她縮回她椅子上，就好像他對她做了什麼似的。他看回去，無法再多說什麼，他想要感受到歡愉，卻又害怕。這麼地害怕。

「強尼醒……」她停下來，吞了口口水，然後再試一次。「強尼……**我們的**強尼？」

「對，他跟布朗醫師講了將近十五分鐘的話。顯然這不是他們本來想的那種事……假的清醒……到頭來不是。他頭腦清楚，他可以動。」

「**強尼醒了**？」

她的雙手來到嘴巴旁邊。半滿的爆米花鍋慢慢地走了個之字型路線滑下她的腿，然後咚一聲撞上地毯，爆米花灑得到處都是，她的雙手蓋住了她的下半張臉。在手的上方，她的眼睛變得越來越大，赫伯有一秒真心感到恐懼，就怕那雙眼睛會掉出來，靠著後面的視神經掛著。然後那雙眼睛閉上了，一種小小的、貓叫似的聲音從她的雙手後面冒出來。

「維拉？妳還好嗎？」

「喔我的神我感謝祢為祢將成就的事我的強尼祢把他帶給我我就知道祢會的，我的強尼，喔親愛的神啊我有生的每一天我都會帶給祢我的感恩，為了我的強尼強尼**強尼**——」她的聲音飆高成一種歇斯底里、勝利的尖叫。他踏上前去，抓住她的睡袍衣領，搖晃著她。突然間時間似乎倒轉了，像某種奇怪的布料那樣，加倍往回走——他們簡直就像是回到得知車禍消息的那天晚上，消息同樣是透過角落的同一架電話傳來。

不擇角落？不擇手段？赫伯特．史密斯瘋狂地想著。

36. Oral Roberts（1918-2009），美國知名的電視傳教士。

「喔我珍貴的神我的耶穌喔我的強尼這是奇蹟像我說的**奇蹟**……」

「**停下來，維拉！**」

她的眼睛黑暗、霧濛濛的又歇斯底里。「他再度醒來你覺得遺憾嗎？這麼多年來你一直嘲弄我？還告訴別人我瘋了？」

「維拉，我從來沒跟任何人說妳瘋了。」

「你用你的眼睛告訴他們了！」她對他吼道。「可是我的神不會被嘲弄的，對吧，赫伯特？對吧？」

「不，」他說：「我猜不會。」

「我告訴過你我告訴過你神對我的強尼有計畫，現在你看到祂的手開始工作了。」她站起來。「我必須去他那邊，我必須告訴他。」她朝著她掛外套的衣櫥走去，似乎沒意識到她穿著她的睡袍跟睡衣，她的臉在狂喜中顯得迷茫。以某種怪異、近乎褻瀆的方式，讓他想起他們結婚那天她看起來的樣子，她粉紅色的拖鞋把爆米花壓碎在地毯裡。

「維拉。」

「我必須告訴他神的計畫……」

「維拉。」

她轉向他，但她的眼睛在很遠的地方，跟她的強尼在一起。

他走向她，把他的雙手放在她肩膀上。

「告訴他妳愛他……妳祈禱……等待……守望。誰更有權利這麼做？妳是他母親，妳為他流血，過去五年裡我不是看著妳為他淌血嗎？他回來跟我們同在我不會感到遺憾，妳這麼說是錯的，我不了解妳的作為，但我並不遺憾，我也為他淌血。」

「你有嗎？」她的眼睛堅定、驕傲又不相信。

「有的，而我要告訴妳別的事情，維拉。這段時間妳要閉嘴不談神、奇蹟跟偉大的計畫，直到強尼能站起來，能夠……」

「我會說我必須說的！」

「……能夠思考他在做什麼。我說的是，妳要給他機會讓他自己去理解其中的一些意義，在妳開始批評他以前。」

「你沒有權利這樣對我講話！完全沒有權利！」

「我在行使我作為強尼父親的權利，」他嚴峻地說。「也許是我這輩子最後一次，而且妳最好不要阻擋我，維拉。妳懂嗎？妳不能，神也不能，流血的神聖耶穌也不能，妳懂嗎？」

她陰沉地對他怒目相向，什麼話都沒說。

「光是要應付他昏迷不醒四年半的念頭，他就已經有夠多事情要做了。我們不知道他還能不能再走路，儘管有治療師幫忙，我們知道的是，如果他想嘗試的話，他必須動個韌帶手術。魏札克告訴我們這一點。可能不只一次手術。還有更多治療，其中有很多可能還會讓他痛得要命，所以妳明天只要做他的母親就好。」

「你怎麼敢對我這樣說話！**你怎麼敢！**」

「維拉，如果妳開始對他傳教，我會拉著妳的頭髮把妳拉出房間。」

她瞪著他，臉色蒼白又顫抖著，喜悅與憤怒在她眼中作戰。

「妳最好去穿衣服，」赫伯說：「我們應該出發了。」

到班戈的路是一段漫長沉默的車程，他們之間應該感覺到的快樂並不存在；只有維拉火熱又好鬥的喜悅。她在乘客座位坐得筆直，她的聖經放在腿上，打開到第二十三首詩篇。

6

第二天早上九點十五分，瑪麗進了強尼房間說道：「如果你能見你爸媽的話，他們就在這裡。」

「好，我想這樣做。」今天早上他覺得好多了，比較強壯，也比較沒那麼暈頭轉向了，但見他們的念頭讓他有點嚇到了。以他有意識的回想，他大約五個月前見過他們，爸爸當時在做一棟房子的地基，現在可能已經蓋好三年甚至更久了。媽媽替他準備好家裡烘烤的豆子跟蘋果派當甜點，還叨唸他變得太瘦。

他在瑪麗轉身要走的時候，力道微弱地抓住瑪麗的手。

「他們看起來還好嗎？我是說……」

「他們看起來很好。」

「喔，好。」

「你現在可以跟他們見面半小時。晚上還可以更久一些，如果神經檢查沒太累人的話。」

「布朗醫師的命令？」

「也是魏札克醫師的。」

「好吧，就一下子。我不確定我想被戳被刺探多久。」

瑪麗猶豫了一下。

「怎麼了？」強尼問道。

「沒有……現在沒有。要見父母一定讓你很緊張，我請他們進來。」

他緊張地等待。另一張床是空的，那個癌症病人在強尼睡掉他的煩寧劑量時，被移出去了。

門打開了，母親跟父親進來了，強尼感覺到震驚同時又有點釋懷：震驚是因為他們變老了，這全是真的，釋懷是因為他們身上的改變看起來還不是致命的。而如果可以這麼說他們，或許也可以這麼說他。

但他體內有些什麼已經變了，劇烈地改變了——而這可能是致命的。

他只來得及想到這裡，他母親的手臂就環抱住他了；她的紫羅蘭香囊味道強烈地充塞在他鼻孔裡，而她在低語：「感謝神，強尼，感謝神，感謝神讓你醒了。」

他盡可能回抱她，他的手臂卻沒有力氣緊抱，很快又很突然掉了下去，就在六秒之內，他知道她怎麼樣了，她在想什麼，還有她會發生什麼事。然後這感覺消失了，就像黑暗走廊裡的夢那樣消退。但在她鬆開擁抱端詳他的時候，她眼裡那種熱切的喜悅，已經被一種體貼的考量給取代了。

話語似乎自動從他嘴裡冒出來：「讓他們給妳藥吧，媽，這樣是最好的。」

她的眼睛瞪大了，她舔濕她的嘴唇——然後赫伯在她旁邊，他眼中充滿淚水。他掉了些體重——沒有像維拉增加得那樣多，不過他明顯變瘦了。他的頭髮減少得很快，不過臉還是一樣，平凡普通、充滿了愛。他從褲子後口袋裡拿出一條煞車手用的大手帕，擦乾自己的眼淚，然後伸出他的手。

「嗨，兒子，」他說：「你回來了真好。」

強尼盡可能好好握住他父親的手，他蒼白無力的手指被吞沒在父親紅色的手裡。強尼從一邊望向另一邊——他母親穿著一件鬆垮的粉藍褲裝，他父親穿著一件真的很醜的千鳥紋外套，看起來好像應該屬於某個堪薩斯真空吸塵器推銷員——然後他迸出眼淚。

「我很抱歉，」他說：「我很抱歉，只是……」

「你繼續說。」維拉說著，在他旁邊的床鋪上坐下，她的臉現在顯得冷靜清澈，裡面有的是更多母性而非瘋狂。「你繼續說，繼續哭泣，有時候這樣是最好的。」

強尼照做了。

7

赫伯告訴他，姨媽潔美過世了。維拉告訴他，替包諾社區會館募集的錢終於募到了，建築物在一個月前動工，地面上的霜一退就開始了。赫伯補充說他也出價競標工程了，不過他猜想誠實的工作花費對他們來說太貴了，他們不想付。「喔，別說了，你這個輸不起的。」維拉說道。

有一陣小小的沉默，然後維拉又開口了。「我希望你領悟到能復元是神的奇蹟，強尼。醫師們都絕望了，在馬太福音第九章，我們讀到……」

「維拉。」赫伯警告道。

「這當然是個奇蹟，媽，我知道的。」

「你……你真的知道？」

「對。而且我想跟妳談談這件事……聽聽妳對於這有什麼意義的看法……等到我身體康復的時候。」

她盯著他看，目瞪口呆。強尼越過她瞥了一眼父親，他們目光交會了一會兒，強尼看到他父親眼裡極其釋懷的表情，赫伯用小到難以察覺的動作點了點頭。

「皈依！」維拉大聲喊道：「我兒子皈依了！喔，讚美神！」

「維拉，小聲點，」赫伯說：「妳在醫院裡讚美神的時候，音量最好放低點。」

「我看不出怎麼有任何人不覺得這是個奇蹟，媽。我們會多多談論這件事，等到我離開這裡。」

「你會回家的，」她說：「回到你長大的屋子裡，我會看護到你恢復健康，我們會祈求理解。」

他對著她微笑，但維持那個微笑很吃力。「當然。媽，妳能去護理站，問瑪麗我是不是可以喝點果汁嗎？或者喝些薑汁汽水？我猜我還不習慣講話，我的喉嚨……」

「我當然會去。」她親吻他的臉頰，然後站起身。「喔，你這麼瘦。不過在我把你帶回家以後，我會解決這個問題。」她離開房間，走時還對赫伯拋去勝利的一瞥，他們聽到她的鞋子喀噠喀噠沿著走廊而去。

「她那樣子多久了？」強尼低聲問道。

赫伯搖搖頭。「在你出事以後一次改變一點點，不過早在那之前很久就已經起頭了。你知道的，你記得。」

「她是不是……」

「我不知道，南部還有人弄蛇呢[37]。我說他們瘋了，幸好她沒做那種事。你好嗎？強尼？說真的？」

「我不知道，」強尼說：「爸，莎拉在哪裡？」

赫伯身體往前靠，雙手互扣夾在他雙膝之間。「我不想告訴你這個，強，但是……」

「結婚？她結婚了？」

赫伯沒有回答。他沒有直接看著強尼，點點頭。

「喔，天啊，」強尼空洞地說：「我就怕這樣。」

37. 美國南方某些五旬節派或聖靈派教會，會進行弄蛇的宗教儀式，藉此顯示有神的保護，他們不會受到傷害。

「她當華特．哈茲萊特太太已經快要三年了，他是個律師，他們有個小男嬰。強尼……沒有人真正相信你會醒來，當然，你母親例外。沒有人有理由相信你會醒來。」他的聲音在顫抖，因為罪惡感而變得低啞。「醫師們說……喔，別管他們說什麼了。就連我都放棄了你，我痛恨承認這一點，但這是真的，我能要求你的，就只有試著理解我……還有莎拉。」

他試著要說他確實了解，但能說出口的只有一種病態的沙啞聲音。他的身體感覺又病又老，而突然之間，他要溺斃在他的失落感裡了。失落的時光突然間坐在他身上，像一疊磚塊——一個真實的東西，不只是一個模糊的概念。

「強尼，別生氣，還有別的事情，美好的事情。」

「這……要花點力氣去習慣。」他設法說道。

「是啊，我知道。」

「你有見過她嗎？」

「我們偶爾會通信，在你的車禍之後我們認識了。她是個好女孩，真的很好，她還在克里夫教書，不過就我的理解，她今年六月會離職。她很快樂，強尼。」

「很好，」他啞著嗓子說：「我很高興有人是快樂的。」

「兒子啊……」

「我希望你們不是在講秘密。」維拉．史密斯愉快地說道，她回到房間裡了，她的一隻手拿著一個塞著冰塊的水瓶。「他們說你還沒準備好喝果汁，強尼，所以我帶薑汁汽水來給你了。」

「那很好，媽。」

她看看赫伯又看看強尼，然後再看著赫伯：「你們在講秘密嗎？為什麼拉長了臉？」

「我只是在跟強尼說，如果他想離開這裡，他就得努力了。」赫伯說：「有很多治療要做。」

「你現在為什麼要提這個呢？」她把薑汁汽水倒進強尼的杯子裡。「一切都會很好的，你會看到的。」

她把一根伸縮吸管放進杯子裡，交給了他。

「現在你把這個喝光，」她面帶微笑說道：「這對你很好。」

強尼確實全部喝光了，嚐起來苦苦的。

第七章

1

「閉上你的眼睛。」魏札克醫生說。

他是個小個子、身體圓滾滾的男人，有著一頭有型得不可思議的頭髮，還有連著鬢角留下去的鬍子。強尼沒辦法不去注意那些毛髮，有那種髮型的男人，在一九七〇年在東緬因要走出每家酒吧都得打出一條路才行，而魏札克這個年紀的男人，會被認為成熟到可以託付了。那堆頭髮，天哪。

他閉上他的眼睛，他的頭上蓋滿了電極點。這些接觸點接上了電線，電線插進了一台控制台在牆上的腦波儀。布朗醫生跟一位護士站在控制台旁邊，那控制台正冷靜地擠出寬寬的一張方格紙。強尼真希望那位護士可以是瑪麗．米肖。他有點害怕。

魏札克碰了他的眼皮一下，強尼跟著一抽。

「不……不要動，強尼，這些是最後兩個了。就在……那裡。」

「好了，醫生。」那護士說道。

一個低沉的嗡嗡聲。

「好了，強尼。你舒服嗎？」

「我眼皮上感覺像是有錢幣。」

「是嗎？你很快就會習慣這一點，現在讓我向你解釋這個程序。我會要求你想像幾樣東西，每樣東西你有大約十秒鐘，總共會有二十樣東西要你做視覺化想像，你懂嗎？」

「懂。」

「非常好，我們開始。布朗醫師？」

「都準備好了。」

「好極了。強尼，我請你看到一張桌子，在這張桌子上有顆柳橙。」

強尼想著這個。他看到一張有折疊鋼鐵椅腳的小牌桌。放在上面，稍微偏離中央的，是一顆凹凸不平表皮上蓋著**香吉士**幾個字的大柳橙。

「好。」魏札克說。

「那玩意能看到我的柳橙嗎？」

「不……呃，算是；它可以用一種象徵的方式看到。這機器是追蹤你的腦波。我們在尋找區塊，強尼，受損的區域，頭蓋骨內持續有壓力的可能指標。現在我要你安靜回答問題。」

「好。」

「現在我要你看到一台電視。電視是開著的，不過沒有接收頻道。」

強尼看到在他公寓裡的電視機──曾經在他公寓裡的電視機。螢幕是亮灰色夾雜著雪花似的雜訊。為了讓收訊更好，兔耳天線尖端包著錫箔紙。

「很好。」

這個測試繼續下去，對於第十一個項目，魏札克說：「現在我要你看到一張野餐桌，在一片綠色草坪的左邊。」

強尼想著這個畫面，他在心裡看到一張草坪椅，他皺起眉頭。

「有什麼不對嗎？」魏札克問道。

「沒有，完全沒有。」強尼這麼說。他更努力去想，野餐、香腸、一個燒炭火爐……聯想，該死的，聯想啊。在你心裡看見一個野餐桌能有多難，你這輩子已經看過一千個野餐桌了，聯想它。塑膠湯匙跟叉子、紙盤，父親戴著主廚帽，一隻手握著一把長叉子，同時穿了條圍裙，上面用潦草的字母印著一句話，**廚師需要來一杯**。父親做漢堡，然後他們全都去坐在——喔，它來了！強尼露出微笑，然後那個微笑消逝了，這次他心裡的影像是一張吊床。「狗屎！」

「看不到野餐桌？」

「這是最奇怪的事了，我沒辦法……似乎沒辦法確實想到它。我的意思是，我知道那是什麼，但我沒辦法在心裡看見它。這很怪，的確很怪吧？」

「別介意，試試這個：一個地球儀，放在一個小貨車引擎蓋上。」

這個很容易。

在第十九個項目，一艘小船躺在一個道路標示底下（是誰想出這些東西的？強尼納悶地想），這種狀況又發生了，這讓人很挫折，他看到一顆海灘球躺在一個墓碑旁邊。他更專注，然後看到一個公路高架道路。魏札克安撫他，接著在一會兒以後，電線就從他的頭跟眼皮上拿了下來。

「為什麼我看不見那些東西？」他問道，他的視線從魏札克那裡移向布朗。「問題在哪？」

「很難真正確定是什麼原因，」布朗說：「這可能是某種點狀分布的失憶症。或者可能是車禍毀掉了你一小部分的腦——而我指的是微乎其微的一點點。我們並不真正知道問題在哪，不過相當明顯的是，你已經失去一些微量的記憶。我們剛好命中兩個，你可能會碰到更多。」

魏札克突然說道：「你還是孩子的時候受過頭部外傷，對嗎？」

強尼很懷疑地看著他。

「有個舊傷疤，」魏札克說。「強尼，有一個理論，有很多統計研究支持的理論……」

「研究離完成還遠著。」布朗幾乎是很拘謹地說道。

「確實如此，不過這個理論假定，從長期昏迷中恢復的人，很多是在之前曾經受過某種腦部傷害的人……就像是腦部因為第一次受傷結果做了某種適應，容許它活過第二次傷害。」

「這尚未得到證實。」布朗說。他似乎甚至不認同魏札克提起這件事。

「傷疤在那裡，」魏札克說。「強尼，你無法記起發生在你身上的事情嗎？我猜你一定曾經昏迷過去，你有從樓梯上跌落嗎？或許是腳踏車意外？傷疤顯示這是發生在一個小男孩身上。」

強尼努力思索，然後搖搖頭。「你有問過我媽跟我爸嗎？」

「他們都想不起有任何種類的頭部創傷，你沒想起任何事嗎？」

有一會兒，確實有某件事——一個關於煙，黑色、油膩膩，而且有橡膠味道的記憶，寒冷，然後這個記憶消失了。強尼搖搖頭。

魏札克嘆了口氣，然後聳聳肩。「你一定累了。」

「對，有一點。」

布朗坐在檢驗桌的邊緣。「現在十一點十五分，你今天早上很努力。如果你想的話，魏札克醫師跟我會回答幾個問題，然後你就回房間小睡一下。好嗎？」

「好，」強尼說：「你對我的大腦拍的照……」

「CAT掃描，」魏札克點點頭。「電腦斷層掃描。」他拿了一盒芝蘭口香糖來，倒出三個塞進他嘴裡。「電腦斷層掃描其實是一連串的腦部X光掃描，強尼。電腦顯示出圖像，然後……」

「那圖像告訴你什麼？我還有多長時間？」

「這個『我還有多長時間』是怎麼回事？」布朗問道。「聽起來像是老電影裡的台詞。」

「我聽說脫離長期昏迷的人，並不總是能維持太久。」強尼說：「他們會復發，就像燈泡在永遠熄滅以前會變得很明亮。」

魏札克笑得很厲害。那是個真心的、轟鳴似的笑聲，而他沒有被他的口香糖哽到算是某種奇蹟。「喔，這種通俗劇的情節，」他把一隻手放到強尼胸口。「你認為詹姆斯跟我是這個領域的菜鳥？不，我們是神經科專家，美國人說的高價人才。這表示我們不是徹頭徹尾的無知之人。所以我告訴你，是，曾經有過復發狀況，但你不會復發，我想我們可以這麼說，詹姆斯，是這樣吧，可以嗎？」

「是，」布朗說：「我們在重大損傷這方面還沒有太多發現。強尼，有個在德州的人昏迷了九年，他現在是銀行貸款專員，做這個工作六年了，在那之前，他還當過兩年出納員。還有個在亞利桑納州的女性，她昏迷了十二年。她生產麻醉時發生某種錯誤。現在她坐輪椅，不過她活著，也有意識。她在一九六九年醒來，跟她十二年前生下的寶寶見面。那個寶寶現在七年級了，還是個榮譽學生。」

「我會一直坐輪椅嗎？」強尼問道：「我沒辦法伸直我的腿，我的手臂好一點了，但我的腿……」他的聲音漸弱，同時搖搖他的頭。

「韌帶縮短，」魏札克說：「是吧？這是為什麼昏迷的病人開始縮成我們所謂的前胚胎姿勢，但我們比以前更了解昏迷狀態時發生的身體衰退，我們更善於抵抗這種狀況，甚至在你的睡眠中，醫院的物理治療師都有讓你規律地運動。不同的病人對於昏迷有不同的反應，你的退化一直相當慢，強尼。如同你所說的，你的手臂明顯地有反應又很有行動能力，不過還是有退化。你的治療會很長而且……我該對你說謊嗎？不，我想不。會很長而且痛苦，你會因此流淚，可能會開始恨治療師，可能會愛上床鋪。而且還要做些手術——如果你非常非常幸運的話只會有一次，但或許會多達四次——要拉長那些韌帶。這些手術還是新的，手術可能會完全成功、部分成功、或完全不行。然而照神的旨意，我相信你能再度行走，我不相信你還能滑雪或者跨欄賽跑，不過你有可能跑步，並肯定能游泳。」

「謝謝你。」強尼說道。他突然對這個講話有口音、髮型又奇怪的男人湧現一波好感。他想為魏札克做些什麼做為回報——而隨著這種感覺而來的是一種碰觸他的衝動——幾乎是一種需要。

他突然間伸出手，用他自己的兩隻手握住魏札克的手。那位醫生的手很大，有深刻的紋路，很溫暖。

「是？」魏札克親切地說：「這是什麼？」

而在突然之間事物改變了，要說出怎麼變的是不可能的。只是突然之間，魏札克對他來說似乎非常清楚。魏札克似乎……**凸顯出來了**，在一種可愛而清澈的光裡畫出輪廓。魏札克臉上的每個印記、痣與紋路都成了浮雕。而且每條紋路都說著自己的故事，**他開始理解了**。

「我需要你的錢包。」強尼說。

「我的……？」魏札克與布朗交換了震驚的一瞥。

「你的錢包裡有你母親的照片，我需要那張照片，」強尼說：「**拜託**。」

「你怎麼知道這個？」

「**拜託你！**」

魏札克注視著強尼的臉一會兒，然後慢慢鑽到他的罩袍下面去，拿出一個老巴克斯頓爵爺皮夾，它鼓脹而變形。

「你怎麼知道我帶著我母親的照片？她過世了，她在納粹佔領華沙期間去世……」

強尼從魏札克手中抓過皮夾，他跟布朗看起來都一臉震驚。

強尼打開錢包，無視於塑膠的照片格，反而伸手到皮夾後面，他的手指匆促地翻過舊名片、帳單收據、一張註銷的支票還有一張某個政治集會的舊入場券。他拿出一張上面蓋著塑膠保護膜的快照，照片裡有個年輕女子，她的五官很平凡，她的頭髮往後梳，收在一條方巾下面。她的微笑光芒四射，很有青春活力。她握著一個年幼男孩的手，在她旁邊是一個穿著波蘭軍隊制服的男人。

強尼把照片壓在雙手之間，閉上眼睛，過了一會以後出現一片黑暗，然後有輛馬車衝出黑暗……不，不是馬車，是一輛靈車，一輛馬拉著的靈車。黑色粗麻布裡照著燈，當然這是一輛靈車，因為他們……

死亡數以百計，對，數以千計，打不過德國裝甲部隊，德意志國防軍，十九世紀的騎兵對抗坦克與機關槍。爆炸，尖叫，垂死之人，一匹馬的內臟被炸了出來，牠的眼睛瘋狂地轉動，露出了眼白，牠背後有個翻倒的加農砲，而他們仍然繼續過來。魏札克來了，踩著他的馬鐙，在一九三九夏末斜斜的雨中他高舉著劍，他的人馬追隨著他，蹣跚走過泥濘。納粹老虎坦克的砲塔追蹤他，準備對付他，鎖定他，開火，突然間他從腰部以下不見了，劍從他手中飛脫，路的那一頭就是華沙，納粹野狼們在歐洲肆虐……

「說真的，我們必須避免這樣，」布朗說，他的聲音很遙遠而憂心。「你讓自己太興奮了，強尼。」

這些聲音來自很遠的地方，像是從一個時光走廊裡傳出來。

「他讓自己進入某種恍惚狀態了。」魏札克說。

這裡很熱，他在冒汗。他在冒汗因為……

城市著火了，數千人在奔逃，一台卡車從一條鋪著卵石的街道這邊呼嘯到另一邊，車斗上坐滿了戴著軍盔揮手的德國士兵，那年輕女子現在不微笑了，她在逃命，沒有理由不逃。孩子被送到安全地帶了，現在卡車跳到人行道的鑲邊石上，擋泥板打中了她，打裂了她的嘴唇，她飛越過一片厚玻璃窗，掉進一家鐘錶舖，所有鐘錶都開始報時，報時是因為時間，報時的時間是……

「六點鐘。」強尼用混濁的聲音說道。他的眼睛往上翻，翻成了緊張、鼓突著的眼白。

「一九三九年九月二日，所有的布穀鳥都在歌唱。」

「喔我的天啊，我們現在碰到什麼狀況？」魏札克悄聲說道。護士往後退，貼著腦波儀的控制台，她臉色蒼白又恐懼。每個人現在都很害怕，因為死亡就在空氣中，死亡總是在這個地方的空氣中，這間……

醫院。乙醚的味道，他們在死亡的地方尖叫。波蘭死了，波蘭在德意志國防軍閃電戰的雷霆攻勢之前陷落。碎裂的髖骨、隔壁床的男人喊著要水、叫喊、叫喊、叫喊。她記得「男孩安全了」。什麼男孩？她不知道，什麼男孩？她叫什麼名字？不記得，只有……

「男孩安全了，」強尼聲音沙啞地說。「嗯哼，嗯哼。」

「我們必須制止。」布朗又說了一次。

「你建議我們怎麼做？」魏札克問道，他的聲音很冷淡。「這已經太過頭，無法……」

聲音褪去了，那些雲朵底下的聲音，一切都在雲層之下。歐洲在密布的戰雲之下。一切都在雲藏下，只有山巔，山巔……

瑞士的山巔。瑞士，而現在她姓波倫茲。她的名字是約翰娜．波倫茲，她丈夫是個工程師或建築師，蓋橋樑的那種，不管叫什麼。他在瑞士蓋橋樑，那裡有山羊奶，山羊乳酪。一個寶寶，喔喔喔那生產過程！生產很恐怖，她需要藥物，嗎啡，這個約翰娜．波倫茲，因為髖部的傷，破碎的髖部。它癒合了，它沉睡了，可是現在它醒來，而且開始尖叫著，在她的骨盤展開來讓寶寶出來的時候，一個寶寶、兩個，然後三個，然後四個。他們不是全部一起來的，不——他們是逐年的收穫，他們是……

「寶寶們，」強尼輕快地唱道，他現在是用女人的聲音說話，完全不是自己的聲音，那是一個女人的聲音，然後他口中冒出一首充滿聽不懂語言的歌。

「以上帝之名，這是什麼……」布朗開口說道。

「波蘭文，這是波蘭文！」魏札克喊道，他的眼睛往外鼓凸著，他臉色蒼白。「這是一首搖籃曲，用波蘭文唱的，我的天，我的基督啊，我們現在碰到什麼狀況？」

魏札克往前靠，就好像要跟著強尼越過這些年頭，就好像要跳過它們，就像是要……橋樑，一座橋樑，那在土耳其。然後是遠東某個炎熱地帶的橋樑，那裡是寮國嗎？分辨不出來，在那裡失去一個人，我們在那裡失去漢斯，然後是維吉尼亞州的一座橋，一座跨越拉帕漢諾克河的橋，還有加州的另一座橋。我們現在申請成為公民，我們在郵局辦公室後面，在一個總是聞起來有黏膠味道的炎熱小房間裡上課。這是一九六三年十一月，在我們聽說甘迺迪在達拉斯遇刺的時候，我們流淚了，而在小男孩舉手向他亡父的棺木致敬時[38]，她心裡想著「男孩安全了。」，而這帶回了記憶，某些東西在燃燒，燃燒得很厲害，還有哀傷，什麼男孩？她夢到過那男孩，這讓她頭痛。然後男人死了，海慕特．波倫茲死了，她跟孩子們住在加州卡梅爾，在一棟房子裡，房子在，在，在。看不到路牌，那在死亡禁地，像小船，像草坪上的野餐桌。在死亡禁地裡，像華沙。孩子們離開了，她去了他們的畢業典禮，一個接一個，而她的髖骨痛。一個死在越南，其他的人都好，其中一個在蓋橋，她的名字叫約翰娜．波倫茲，現在深夜一個人的時候，她偶爾會在滴答作響的黑暗裡想著：「男孩安全了。」

強尼抬頭看著他們，他的頭感覺很奇怪。圍繞著魏札克的那種奇特光芒消失了，他再度感覺像自己了，但很虛弱，還有點想吐。他看著手中的照片一會兒，然後交還照片。

「強尼？」布朗說：「你還好嗎？」

「很累。」他咕噥道。

「你可以告訴我們你怎麼了嗎？」

他注視著魏札克。「你母親還活著。」他說。

「不，強尼，她過世很多年了，在戰時。」

「一輛德軍卡車把她撞得穿過一片厚玻璃櫥窗，掉進一家鐘錶舖，」強尼說：「她在一家醫院醒來，得了失憶症。她沒有身分證明，沒有文件。她使用的名字是約翰娜某某。我不懂是怎麼回事，但在戰爭結束的時候，她去了瑞士，嫁給一個瑞士人……我想是個工程師。他的專長是造橋，他的名字叫海慕特．波倫茲。所以她婚後的名字曾是——現在是約翰娜．波倫茲。」

護士的眼睛瞪得越來越大，布朗醫生的臉繃得很緊，若不是因為他認定強尼耍了他們所有人，就是他不喜歡看到自己工整的測驗時程表被打亂。

但魏札克的臉很平靜而若有所思。

「她跟海慕特．波倫茲有四個孩子，」強尼用同樣冷靜、筋疲力竭的聲音說：「他的工作讓他跑遍全世界，他有一陣子在土耳其，還有遠東的某處，我想是寮國，也許是柬埔寨，然後他來到這裡，起先是維吉尼亞，然後是我搞不清楚的另一個地方，最後是加州。他跟約翰娜歸化成美國公民，海慕特．波倫茲現在死了，他們生的其中一個孩子也死了，其他人都活得好好的。不

38. 有一張非常著名的照片，是甘迺迪總統出殯時，他年紀還小的兒子舉手向亡父敬禮。

過她有時候會夢見你，在夢中她想著，『男孩安全了』，不過她不記得你的名字。也許她以為已經太遲了。」

「加州？」魏札克沉思著說道。

「山姆，」布朗醫師說：「真的，你絕對不能鼓勵這種事。」

「加州的哪裡，強尼？」

「卡梅爾，海濱城卡梅爾。但我看不出是哪條街，是在那裡，但我分辨不出來，那在我想像不出來的部分，就像野餐桌跟小船。不過她在加州卡梅爾，約翰娜．波倫茲，她並不老。」

「不，當然她不會太老，」山姆．魏札克用同樣若有所思、疏離的語調說道。「在德國人入侵波蘭的時候她只有二十四歲。」

「魏札克醫生，我必須堅持，」布朗嚴厲地說道。魏札克似乎從深奧的研究裡冒出頭來，他環顧四周，就像是第一次注意到他年輕些的同僚。「當然。」他說：「你當然必須堅持，強尼已經有過他的問答時間了……雖然我相信他告訴我們的，多過於我們告訴他的。」

「那是胡說八道。」布朗簡短地說，強尼則心想：**他很害怕，怕到口水都乾了。**

魏札克對著布朗微笑，然後對著護士。她正在偷瞄強尼，就好像他是隻老虎，關在造得很簡陋的籠子裡。「別把這件事說出去，護士。不能告訴妳的上級、妳的母親、妳的兄弟、妳的愛人，或者妳的牧師，了解嗎？」

「是的，醫生。」護士說道。**但她會說出去的**，強尼心想，然後瞥了一眼魏札克，**而他也知道。**

2

他把那個下午大半時間都睡掉了。大約四點鐘，他滾著輪椅沿著走廊到電梯去，下樓到神經科去，有更多測試要做。強尼哭了，對於成年人應該能夠控制的功能，他似乎只有極其少量的控制力。上樓的時候，他尿在自已身上，必須像個嬰兒似地由別人更衣。第一波（但絕非最後一波）深刻的憂鬱洗遍他全身，軟綿綿地帶走了他，而他真希望自己死了。自憐伴隨著憂鬱，而他想著這是多麼不公平，他像《李伯大夢》的主角那樣醒來，不能走路，女友嫁給另一個男人，母親深陷在宗教狂熱之中，他看不到前方有任何值得為之活下去的事物。

回到房間裡，護士問他是否想要任何東西。如果是瑪麗值班，強尼會要冰水，但她在三點下班了。

「不。」他說，然後翻身面對牆壁。過了一會兒之後，他睡著了。

第八章

1

父親跟母親那天晚上來訪一小時，維拉留下一疊小冊子。

「我們會待到這個週末，」赫伯說：「然後，如果你的進展還是很好，我們會回包諾一陣，不過我們每個週末都會回來。」

「我想跟我兒子待在一起。」維拉大聲說道。

「妳不待這裡是最好的，媽。」強尼說。憂鬱狀態好轉了一點點，不過他記得那個狀態有多黑暗。如果在這種狀態下，他母親開始講到神對他有多美妙的計畫，他懷疑他是否有能耐忍住不發出一連串歇斯底里的笑聲。

「你需要我，強尼。你需要我來解釋……」

「首先我需要讓身體好轉，」強尼說：「妳可以在我能走路以後再解釋，好嗎？」

她沒有回答。她臉上有種頑固的表情，幾乎顯得滑稽，只是其中沒有任何有趣的成分，完全沒有。這意外什麼都不是，只是命運突如其來的轉變，就這樣。早五分鐘或晚五分鐘上那條路，就會改變一切。現在看看我們，我們全都被搞得糟透了，而她卻相信這是神的計畫。我猜，要不是那樣想，她就會完全發瘋。

為了打破尷尬的沉默，強尼說：「嗯，尼克森連任了嗎，爸？誰跟他競爭？」

「他連任了，」赫伯說：「他是跟麥高文競選。」

「誰？」

「麥高文。喬治・麥高文，南達科塔州的參議員。」

「不是莫斯基？」

「不。但尼克森不再是總統，他辭職了。」

「他是個騙子，」維拉嚴厲地說。「他變得驕傲自大，神讓他失勢。」

「**什麼？**」

「尼克森辭職？」強尼驚得目瞪口呆。「**他？**」

「他不辭職就要被解職了，」赫伯說：「他們當時準備好彈劾他了。」

強尼突然間理解到，在美國政治裡有了某種巨大又根本的巨變——幾乎就像越戰的結果一樣確定——而他錯過了。

有史以來第一次，他真的覺得自己就像李伯。世事有多少改變了？他幾乎害怕去問，然後一個真的讓人心寒的念頭冒了出來。

「艾格紐……艾格紐是總統了？」

「是福特，」維拉說：「一個誠實的好人。」

「**亨利・福特是美國總統？**」

「不是亨利，」她說：「是傑利[39]。」

他瞪著眼睛從一個人看到另一個人，超過一半的他確信這一切是個夢，或者是個詭異的笑話。

「艾格紐也辭職了，」維拉說。她的嘴唇抿得細細的，而且變白了。「他是個小偷，在他

39. 傑拉德・福特總統的小名是傑利。

辦公室裡接受賄賂，他們是這麼說的。」

「他不是為了賄賂而辭職，」赫伯說：「他辭職是因為之前在馬里蘭州搞砸的某些事，我猜他是因為深陷泥沼。尼克森提名傑利．福特當副總統。然後尼克森在去年八月辭職，福特接任。他提名尼爾森．洛克斐勒當副總統。我們現在正處於這個狀況。」

「一個離婚的男人，」維拉嚴厲地說：「神不許他成為總統。」

「尼克森怎麼做？」強尼問道：「耶穌基督啊，我……」他瞥了一眼他母親，她的前額立刻烏雲密布。「我是說，天哪，如果他們要彈劾他……」

「你不必為了一批邪門歪道的政客妄稱救主的名字，」維拉說：「是因為水門案[40]。」

「水門？那是在越南的一個軍事行動嗎？或者類似的東西？」

「華盛頓的水門旅館，」赫伯說：「某些古巴人闖進那裡的民主黨全國委員會辦公室，然後被抓到了。尼克森知道這件事，卻設法要掩蓋事實。」

「你開玩笑嗎？」強尼最後勉強擠出這句話。

「是些錄音帶，」維拉說：「還有那個約翰．迪恩[41]。不過就是老鼠棄船自求生路，我是這麼想的，一個常見的告密者。」

「爸爸，你可以向我解釋一下嗎？」

「我會試試看，」赫伯說：「不過甚至到現在，我都不認為整個故事已經水落石出了，我還會帶些書來給你。已經有大概一百萬本書在寫這件事了，而我猜在最後塵埃落定以前還會有另外一百萬本，就在選舉以前，一九七二年夏天……」

父母離開的時候是十點半，病房的燈已經熄了。

強尼睡不著，一切全都在他腦袋裡到處飛舞，亂成一團的嚇人新資訊。世界在這麼短的時間裡做出的改變，比他本來相信的還要更徹底。他覺得自己就像跳舞時亂了腳步又跟不上曲調。油價幾乎上漲了百分之百，父親這麼告訴他。在他出車禍時，你可以用三十或三十二分錢一加侖買到一般汽油。現在油價是五十四分錢，有時候加油站還大排長龍，全國的法定速限都是時速五十五哩，長途卡車司機幾乎為此暴動。

不過這一切都不算什麼，越南完了，戰爭完結了。這個國家終於變成共產國家。赫伯說，這件事就發生在強尼開始表現出可能脫離昏迷狀態的跡象時。在這麼多年、流了這麼多血之後，胡志明的後裔在幾天之內，就像捲起遮光窗簾似地捲走整個國家。

美國總統去過赤色中國。不是福特，而是尼克森，他在辭職以前去的。尼克森，他自己是個老獵巫者，所有人之中偏偏是他去了。如果不是爸爸而是別人告訴他這件事，強尼只會拒絕相信。

這全都太過份，太嚇人了。突然之間他不想再知道更多了，就怕這可能把他徹底逼瘋。布朗醫生有的那種筆，天賦筆——還有多少其他事情是像那樣子的？有幾百樣小東西，它們全都一

40. 一九七二年六月十七日，有竊賊闖入位於水門大廈的民主黨全國委員會總部，企圖安裝竊聽器、盜取文件，被警方捕獲，追查竊賊來歷的時候，居然發現此案是由白宮幕僚主使；繼續調查以後又發現尼克森在白宮內裝設語音自動錄音系統，錄音內容顯示他在案發前後都曾明示或暗示，應該掩蓋他及屬下曾做過的某些不合法行動。到了一九七四年八月九日，尼克森終於被迫辭職。

41. John Dean（1938-），律師，原本是尼克森的白宮顧問，一開始協助他掩蓋剛爆發的水門案，但後來被尼克森開除，他則向國會作證。他本人的律師執照被吊銷。

而再、再而三強調這個重點：你失去了你一部分的人生，幾乎是百分之六，如果可以相信保險統計精算表的話，你落於時代之後。你錯過了。

「強？」那聲音很輕柔。「強，你睡了嗎？」

他翻過身。一個朦朧的剪影站在他門口，一個有著圓肩膀的小個子男人，那是魏札克。

「不，我醒著。」

「我希望如此，我可以進來嗎？」

「可以，請進。」

魏札克今晚看起來比較蒼老，他坐在強尼床邊。「我剛才在講電話。」他說。

「我打了加州卡梅爾的查號中心，我要求找約翰娜．波倫茲太太。你認為有這樣的號碼嗎？」

「除非號碼沒列在電話簿上，或者她根本沒有電話。」強尼說。

「她有電話，我得到號碼了。」

「喔。」強尼說。他很感興趣，因為他喜歡魏札克，但就只是這樣。他不覺得有需要證實他對約翰娜．波倫茲的知識，因為他知道這是有根據的知識——他知道這件事的方式，就跟他知道自己是右撇子一樣。

「我坐了很久，思考這件事，」魏札克說：「我告訴你我母親死了，但其實那只是一項假設。我父親死於波蘭保衛戰，我母親就只是從來沒出現，喔？假定她在砲擊中已經死去，是很合乎邏輯的……在佔領期間……你懂的。她從來沒出現，所以這樣假定很合乎邏輯。失憶症……身為一個神經科專家，我可以告訴你，永久性、普遍性的失憶症是非常、非常罕見的。可能比真正的精神分裂症還罕見，我從沒在文獻上讀過延續三十五年的病例。」

「她很久以前就已經從她的失憶症裡康復了，」強尼說：「我想她只是把一切都擋在外面了，在她的記憶確實回來的時候，她已經再婚，又是兩個孩子……可能是三個孩子的媽，也許記憶變成一個充滿罪惡感的旅程。但她夢見了你，『男孩安全了。』你有打電話給她嗎？」

「有，」魏札克說：「我直接撥號了，你知道現在可以這樣做了嗎？是的，這真是方便。你先撥一，區域號碼，然後是電話。十一個數字，然後你就可以跟國內任何地方通話，這是很驚人的事情。在某些方面來說，是很嚇人的事……一個男孩──不，一個年輕男子接了電話。我問波倫茲太太是否在家，我聽見他喊：『媽，是找妳的。』鏗一聲，話筒就放在一張餐桌、辦公桌或隨便什麼上面。我站在緬因州的班戈，距離大西洋不到四十哩，聽著一個年輕男人在一個太平洋城鎮裡，把電話放在桌上。我的心……它怦然跳動得那麼用力，嚇著我了。等待似乎很長，然後她拿起電話說：『是？哈囉？』」

「你說了什麼？你怎麼處理這件事？」

「我沒有像你說的那樣，處理這件事，」魏札克回答，然後露出一個扭曲的微笑。「我掛斷了電話，那時我真希望喝一杯很強的酒精飲料，但我沒有。」

「你認為那就是她嗎？」

「強，這是多麼天真的問題！一九三九年我九歲大，我從那以後就沒聽過我母親的聲音了。在我認識她的時候，她只說波蘭語，現在我只說英語了……我已經忘記我大半的母語，這是件丟臉的事，我怎麼可能用任何一種方式覺得滿意呢？」

「是的，但**你認為**是她嗎？」

魏札克慢慢地用一隻手摩挲著他的前額。「是，」他說：「那是她，那是我母親。」

「但你不能跟她說話？」

「我為何應該這麼做？」魏札克問道，聽起來幾乎很憤怒。「她的人生是她的，喔？就像你說的一樣，男孩安全了。我應該去打擾一個剛剛進入生命平靜年頭的女人嗎？我應該冒著永遠毀掉她身心平衡的風險嗎？你提到的那些罪惡感……我應該釋放它們嗎？甚至是冒這麼做的風險？」

「我不知道。」強尼說。這些是很麻煩的問題，答案超出他的能力範圍——但他感覺得到，魏札克正在設法藉著表明問題，來對他所做的事表示一些意見。表明這些他無法回答的問題。

「男孩安全了，女人在卡梅爾也安全了。這個國家夾在他們中間，我們也聽之任之。可是你怎麼辦呢，強尼？我們要怎麼對待你？」

「我不懂你是什麼意思。」

「我對你明說，布朗醫生很生氣，他對我生氣，對你生氣，我懷疑他對自己也生氣，因為我們有一半相信了他一輩子都確定完全是廢話的事情，身為證人的護士絕對不會保持沉默。她今天晚上就會跟她丈夫說，而這件事可能會在那裡結束，她丈夫也可能會告訴他老闆，然後非常有可能的是，報紙到明天晚上就會風聞此事。『昏迷病人甦醒時有了第三隻眼』。」

「第三隻眼，」強尼說：「那就是這個嗎？」

「我不知道那是什麼，不真正知道，這是異能？預知？什麼都沒描述到，完全沒描述到的方便字眼。你告訴其中一位護士，說她的兒子的視力手術會成功……」

「瑪麗。」強尼低聲咕噥。他露出一點點微笑，他喜歡瑪麗。

「……而話已經傳遍整個醫院。你看到未來了嗎？第三隻眼就是這樣嗎？我不知道，你把我母親的照片放在你手掌中間，然後就能告訴我她今天住在哪裡。你知道遺失的東西跟失蹤的人可以在哪找到嗎？第三隻眼就是這個嗎？我不知道。你可以讀心嗎？影響物理世界的物體嗎？靠著把手放下去就能治療嗎？這些全都是某些人所說的『異能』，它們全都跟『第三隻眼』這個觀念有關聯。那些全是布朗醫生嘲笑的東西，嘲笑？不，他沒有嘲笑，他嗤之以鼻。」

「而你並不？」

「我想起艾德加・凱西[42]。還有彼得・賀柯斯[43]。我設法告訴布朗醫生關於賀柯斯的事，他嗤之以鼻。他不想談這件事，他不想知道這個。」

強尼什麼也沒說。

「所以……我們要拿你怎麼辦呢？」

「做某些必須做的事？」

「我想是，」魏札克說。他站起身。「我會讓你自己想出答案。但在你思考的時候，想想這件事：有些事情最好別找到，也有些事情遺失會比找到好。」

他向強尼道晚安，然後靜靜地離開。強尼非常疲倦，睡意卻仍然過了很久才來。

42. Edgar Cayce（1877-1945），一位預言家，據說能在出神狀態下回答治療疾病的方法。

43. Peter Hurkos（1911-1988），原籍荷蘭，據說在三十歲從梯子上跌落，傷及頭部昏迷，在甦醒之後有了第六感，後來常在電視上表演。

第九章

1

強尼的第一次外科手術訂在五月二十八日。魏札克跟布朗兩人都細心向他解釋過這個程序。他會接受局部麻醉——兩人都覺得全身麻醉可能有風險。第一次手術會是針對他的膝蓋跟腳踝。他自己的韌帶——在他的漫長睡眠中縮短了——會用連接起來的塑膠神奇纖維增加長度。這種塑膠纖維也用在心臟瓣膜繞道手術裡。布朗告訴他，問題與其說在於他的身體接受或拒絕這種人工韌帶，還不如說是他的腿有沒有能力適應這種改變。如果這些材料對膝蓋跟腳踝有好效果，還有三個手術等著進行：一個是在他大腿上的長韌帶，一個是在手肘部位的韌帶，可能還有第三個是在他脖子上，他的脖子幾乎無法轉動。外科手術會由雷蒙·盧歐普來進行，他是這項技術的先驅，他將會從舊金山飛來這裡。

「如果這個盧歐普是這種超級巨星，他想從我這裡得到什麼？」強尼問道。「超級巨星」這個詞彙，他是從瑪麗那裡學來的。她把這個詞用在一個開始禿頭又戴眼鏡的歌手身上，他有個不可思議的名字，叫艾爾頓·強。

「你低估你自己的超級巨星性質了，」布朗回答。「美國只有一小撮人，曾經從像你這麼長的昏迷中恢復，而在這一小撮人裡，你從附帶的腦損傷中復元得最徹底、也最令人高興。」

山姆·魏札克更直白。「你是個實驗品，嗯？」

「什麼？」

「是的，請你看著那道光。」魏札克把一道光線照進強尼的左眼瞳孔裡。「你知道我可以用這個玩意直接看見你的視神經嗎？是的，眼睛不只是靈魂之窗，它們是大腦最關鍵的維修點之一。」

「實驗品。」強尼陰沉地說道，瞪著那個野蠻的光點。

「是的。」光線啪一聲關上。「別自憐了，許多將要應用在你身上的技術——還有某些已經用上的——是在越戰期間臻於完美的。在榮民醫院裡不欠實驗品，喔？像盧歐普這樣的人對你感興趣，是因為你很獨特。一個睡了四年半的男人。我們可以讓他再度走路嗎？一個有趣的問題，他看到自己要發表在《新英格蘭醫學期刊》上的專題論文了。他期待這一點，就像一個孩子期待聖誕樹下的新玩具。他看不到你，他看不到受苦的強尼．史密斯，必須用便盆、拉鈴叫護士幫他抓發癢背部的強尼．史密斯。這是好事，他的雙手不會發抖。微笑吧，強尼。這個盧歐普看起來像個銀行職員，不過他可能是北美最好的外科醫生。」

不過露出微笑對強尼很難。

他已經盡責地讀過他母親留給他的小冊子，這些小冊子讓他沮喪，而且讓他再度擔憂起她的神智是否清醒。其中一本——作者是一個叫做薩倫．柯本[44]的男人——讓他覺得這幾乎異教徒式的，因為書裡太熱愛研究血淋淋的啟示錄末日場景，還有地獄敞開血盆大口的烤肉串。另一本冊子用廉價恐怖小說的用語來描述即將降臨的反基督。其他冊子是瘋狂的黑暗嘉年華：基督住在南極地下、神駕著飛碟、紐約是索多瑪、洛杉磯是蛾摩拉，這些書處理驅魔、女巫、各種看得見與看不見的事物。要調和這些小冊子，跟他昏迷之前認識的那個虔誠卻樸實的婦人之間的歧異，對他來說是不可能的。

44. Salem Kirban（1925-2010），美國作家，專門談陰謀論跟末世生存守則。

在魏札克母親事件之後三天，一個身形纖細、來自《班戈每日新聞》，名叫大衛．布萊特的黑髮記者，出現在強尼病房門口，並且問他是否可以做個簡短的訪問。

「你問過醫生們了嗎？」強尼問道。

布萊特咧嘴笑了。「其實沒有。」

「好吧，」強尼說：「在這種狀況下，我會樂於跟你談談。」

「正合我的心意。」布萊特說。他走進來坐下。

他的第一批提問是關於車禍，還有強尼逐漸脫離昏迷狀態，並且發現他時空錯置了幾乎五年的思緒與感受。強尼誠實直接地回答了這些問題。然後布萊特告訴他，他從「一個消息來源」聽說強尼因為車禍結果得到某種第六感。

「你是在問我是不是靈媒嗎？」

布萊特微笑著聳聳肩。「可以從這裡開始。」

強尼仔細想過魏札克說的事情。在他看來，他越去想，就越覺得魏札克一語不發就掛了電話，確實是做了正確的事情。強尼開始在他心裡把這件事聯想到W．W．雅各斯的故事〈猴掌〉[45]。猴掌是讓人許願用的，但為了實現你三個願望，每一個都要付出黑暗的代價，那對老夫婦希望得到一百鎊，結果在一個工廠意外裡失去了他們的兒子——工廠的賠償金剛好就是一百鎊。然後老婦人許願要她的兒子回來——但在她能開門，看到她召喚出墳墓之外的是什麼樣的恐怖以前，老人用掉了最後一個願望，把它送回去。就像魏札克說過的，也許有些事情失去比找回來好。

「不，」他說：「我不會比你更像靈媒。」

「根據我的消息來源，你……」

「不，這不是真的。」

布萊特帶著微微諷刺的微笑，似乎在心中辯論要不要進一步逼問此事，然後在他的筆記本上翻了新的一頁。他開始問強尼對未來的期待，他對於復元之路的感覺，而強尼也盡他所能誠實地回答這些問題。

「所以在你離開這裡以後，你打算做什麼？」布萊特問道，同時合上他的筆記本。

「我還沒真正想過這件事，我還在嘗試適應傑拉德．福特是總統的想法。」

布萊特笑了。「我的朋友，不是只有你一個人這樣想。」

「我想我會回頭去教書吧，這是我唯一知道的，不過現在想這個還太遠了。」

布萊特感謝他接受訪問，然後離開了。報導在兩天後見報，就在他的腿部外科手術前一天。那是在頭版底部，標題寫著：**強尼．史密斯，現代李伯，面對歸來的漫漫長路**。有三張照片，一張是來自克里夫米爾斯高中畢業紀念冊（那是在車禍前幾乎不到一星期前拍的），一張是強尼在他的醫院病床上，他的手臂跟腿處於現在這種彎曲的位置，看起來瘦弱而扭曲。在這兩張照片之間是幾乎徹底撞爛的計程車照片，車身側躺著，像一條死狗。布萊特的文章裡沒提到第六感、預知能力，或者離奇的才能。

「你怎麼讓他不去談超能力的？」魏札克那天晚上問他。

強尼聳聳肩。「他看起來像是個好人，也許他不想把我跟那種能力連在一起。」

「也許不想，」魏札克說：「但他不會忘記的，如果他是個好記者就不會，而就我的理解，他是好記者。」

45. W. W. Jacobs（1863-1943），英國作家。〈猴掌〉（The Monkey's Paw）是他在一九〇二年出版的故事。只是原故事中男主角要求並得到的金額是兩百鎊，在此強尼記成一百鎊。

「就你的理解？」

「我到處打探過。」

「為了我的最佳利益？」

「我們全都做我們能做的，喔？你對明天感到緊張嗎，強尼？」

「不緊張，不。害怕是比較精確的字眼。」

「對，你當然會，我就會。」

「你會在場嗎？」

「會，在手術室的觀察區。我穿著綠色罩袍，你沒辦法把我跟其他人分辨出來，但我會在那裡。」

「戴著某樣東西，」強尼說：「戴某樣東西，好讓我知道那是你。」

魏札克注視著他，然後微笑了。「好吧。我會把我的手錶戴在袍子外面。」

「好，」強尼說：「布朗醫生呢？他會在嗎？」

「布朗醫生在華盛頓，明天他會對美國神經科學會發表你的病例。我已經讀過他的論文，寫得相當好，或許誇張了點。」

「你沒有受邀嗎？」

魏札克聳聳肩。「我不喜歡飛行，這種事情會讓我害怕——」

「也許你想留在這裡？」

魏札克露出不自然的微笑，雙手一攤，什麼話都沒說。

「他不怎麼喜歡我，是嗎？」強尼問道：「布朗醫生？」

「不，是不太喜歡，」魏札克說。「他認為你在誆我們，為了你自己的某種理由捏造事情。或許是為了爭取注意。強，不要光憑這個評斷他。他的心靈架構讓他不可能有別的想法，如果你對詹姆斯有任何感覺，請給他一絲憐憫。他是個聰明的人，而且會有遠大的前程，他已經有些邀約，很快會有一天，他將會從這些寒冷的北方森林裡起飛，班戈再也看不到他，他會去休士頓或夏威夷，甚至有可能到巴黎去。不過他有個古怪的限制，他是大腦的技工，他用他的解剖刀把大腦切成片片，卻沒發現靈魂，所以沒有那種東西。就像繞了地球一圈，沒看到上帝的那個俄國太空人。這是技工的經驗主義，而一個技工只是有優異運動控制力的孩子而已。我這麼說，你絕對不能告訴他。」

「不會的。」

「還有，你現在必須休息，明天是漫長的一天。」

2

在手術中，強尼看到的那位世界知名的盧歐普醫生，只是一副厚厚的牛角框眼鏡，還有那男人前額最左邊的一顆大粉瘤。他的其餘部分，都被手術帽蓋住、袍子遮住、手套套住了。

強尼打了兩個術前注射液，一劑是配西汀，另一劑是阿托品，而在他被推進去的時候，他已經像風箏那樣高飛在天了。麻醉師拿著強尼這輩子見過最粗的奴佛卡因注射針走近。他預期注射會痛，而他沒弄錯，他的脊椎第四節與第五節之間接受了注射，這裡高到可以避開馬尾神經群，這一束神經位於脊椎底部，跟馬尾巴隱約有些相似。

強尼趴著，咬著他的手臂免得尖叫出來。

在沒完沒了的一段時間之後，痛楚開始消退到變成一種含糊的壓力感，除此之外，他身體的下半部完全不見了。

盧歐普的臉湊近了他的上方。綠林強盜，強尼心想。戴著牛角框眼鏡的傑西．詹姆斯。要你的記憶還是要命。

「還舒服嗎，史密斯先生？」盧歐普問道。

「是，不過我不會馬上想再體驗一次的。」

「如果你想的話，你可以讀讀雜誌，或者看著鏡子，如果你覺得這樣不會讓你不舒服。」

「好的。」

「護士，請給我血壓。」

「一二〇跟七十六，醫生。」

「這樣很好。好，各位，我們開動吧？」

「留隻雞腿給我。」強尼虛弱地說，而他很訝異地聽到衷心的大笑聲。盧歐普用一隻包著薄薄手套的手，拍拍他蓋著床單的肩膀。

他注視著盧歐普挑了一支解剖刀，然後消失在呈弧形跨過強尼上方那個金屬圈上掛著的綠色簾幕後面。鏡子是凸面鏡，而強尼可以相當清楚地看見一切，即便有點扭曲。

「喔好，」盧歐普說：「喔好，滴——滴——滴……這裡是我們要的……哼——滴——哼……好的……請給夾鉗，護士，快啊，看在基督份上醒醒啊……是的長官……現在我相信我想要一個這個……不，撐住……別給我我要的，給我我需要的……好，沒問題，請給繃帶。」

護士用夾子交給盧歐普某樣東西，看起來像是一把扭在一起的細電線。盧歐普用小鑷子靈巧地從空中接過那把東西。

就像義大利式的晚餐，強尼心想，**看看那所有的義大利麵醬啊**。那讓他覺得不舒服，他避開了視線。在他的上方，在旁觀席裡，其他的強盜們正俯視著他。他們的眼睛看起來泛白、毫無慈悲又嚇人。然後他瞥見魏札克，右邊數來第三個，他的手錶俐落地別在他的袍子前方。

強尼點點頭。

魏札克也點頭回禮。

這樣讓事情好過了一點。

3

盧歐普結束了膝蓋與小腿連結部分的手術，強尼被翻了過去，手術繼續。麻醉師問他是否覺得還好。強尼告訴她，他認為在這種情況下，他的感覺已經算是好了。她問他，是否想聽個錄音帶，他說那樣會很好。一會兒之後，瓊．拜雅親切甜美的聲音就充滿了整個手術室。盧歐普做著他的事。強尼變得很睏，睡著了。在他醒來的時候，手術還在進行，魏札克還在那裡。強尼舉起一隻手，確認他還在，魏札克再度點點頭。

4

一小時後手術完成了。他被推進一間恢復室裡，那裡有個護士一直問他，是不是可以告訴她，現在她碰了他的幾根腳趾。一會兒以後，強尼可以回答了。

盧歐普進來了，他的強盜面罩歪掛在一邊。

「還好嗎？」他問道。

「是。」

「手術進行得非常順利，」盧歐普說：「我很樂觀。」

「好。」

「你會有些痛楚，」盧歐普說：「或許會有相當大的痛苦，復健起初會帶給你很多痛苦，撐下去。」

「撐下去。」強尼咕噥道。

「午安。」盧歐普說完就離開了。強尼心想，他可能是要趁著天色還沒太暗以前，在本地高爾夫球場裡快速打個九洞吧。

5

相當大的痛苦。

到了晚上九點，最後一點局部麻醉退了，強尼痛苦難當。他被禁止移動他的腿，除非有兩位護士幫忙。感覺上就好像有滿是釘子的皮帶圈著他的膝蓋，然後又殘酷地繫得很緊。時間慢到像是尺蠖在爬。他瞥了一眼他的錶，確定距離他上次看錶已經過了一小時，但實際上卻只過了四分鐘。他變得很確定，這種痛苦他無法再忍受一分鐘了，接著那一分鐘過去後，他又會再確定他無法再多忍一分鐘了。

想著前方堆積著的所有一分鐘，像是在一個五哩高投幣口裡的硬幣，而他所知最黑暗的憂鬱，密實得有如波浪掃遍他全身，帶著他下沉。它們會折磨他到死。他的手肘，他的脖子的手術。復健、助行器、輪椅、拐杖。

你會經歷疼痛……撐下去。

才不，你自己去撐吧，強尼心想。**就別管我了，別拿著你的屠刀再靠近我。如果這就是你對幫助的想法，我可不想參與。**

一陣陣襲來的穩定痛楚，鑽進他的肉裡。

他肚子上的暖意，滴滴答答。

他把自己尿濕了。

強尼．史密斯面向牆壁哭了。

6

第一次手術後十天，下一個手術排定之前的兩星期，強尼從他正在讀的書上——伍華德與伯恩斯坦合著的《總統的人馬》[46]——抬起頭來，看到莎拉站在門口，猶豫不決地看著他。

「莎拉，」他說：「是妳，不是嗎？」

她顫抖著呼出一口氣。「對，是我，強尼。」

他放下書注視著她。她穿著一件優雅的淡綠色亞麻洋裝，她把一個小小的棕色手拿包拿到身體前方，就像個盾牌。她頭髮上染了一條不同的顏色，看起來很漂亮。他感覺到嫉妒如刀子般尖銳地刺進體內，還扭轉著——那是她的主意，或者她同住共寢的男人出的主意？她很美。

「進來，」他說：「進來坐下吧。」

她穿過房間，突然間他看見了她眼中必定看到的自己——過於瘦削，他的身體稍微癱向一側，坐在一把靠窗的椅子上，他的雙腿直直往外伸，靠在一個腳踏墊上，穿著一件病人穿的後開罩衫，還有一件廉價的醫院睡袍。

「就像妳看到的，我穿上我的晚禮服了。」他說。

46. All the President's Men，華盛頓郵報記者伍華德（Bob Woodward）與伯恩斯坦（Carl Fernstein）一九七四年合著的書，描述他們踢爆水門案及背後醜聞的過程，後來還改編成電影。

「你看起來不錯。」她親吻了他的臉頰，一百個記憶鮮明地閃過他的心靈，就像兩副疊在一起的撲克牌。她坐在另一張椅子上，交叉著雙腿，拉拉她的洋裝裙襬。

他們什麼話都沒說，注視著彼此。看得出她非常緊張，這時如果有人碰她的肩膀，她可能會從她椅子上跳起來。

「我不知道我該不該來，」她說：「但我真的想來。」

「我很高興妳來了。」

像是公車上相遇的陌生人，他陰鬱地想著。**應該要超過這個程度的，不是嗎？**

「所以你進展得怎麼樣？」她問道。

他露出微笑。「我在戰爭中，想看我在戰役中留下的傷疤嗎？」他把他的袍子拉到膝蓋上方，露出現在開始癒合的S型切口。它們看起來仍然是紅紅的，還有縫線留下的混亂痕跡。

「喔！我的天，他們對你**做了**什麼？」

「他們想辦法把掉下來摔破的雞蛋先生拼回原狀，」強尼說：「國王所有的馬，國王所有的人，跟國王所有的醫生[47]。所以我猜……」然後他停下來了，因為她在哭。

「別那樣說，強尼，」她說：「拜託不要那樣講。」

「我很抱歉。只是……我試著拿這件事開玩笑。」是這樣嗎？他是設法要一笑置之，或者這是一種「**感謝妳來看我，他們正在把我切成碎片**」的說法？

「你能嗎？你能拿這個來開玩笑嗎？」她從手拿包裡拿出一張面紙，用來擦乾她的眼睛。

「不是常常能這樣，我猜因為再度見到妳……我的防衛心就升高了，莎拉。」

「他們會讓你離開這裡嗎？」

「最後會的，就像是古早時代的交叉攻擊，妳有讀過嗎？如果部落裡每個印地安人都用他的戰斧劈過我一下，我還活著，就可以自由離去。」

「這個夏天？」

「不，我……我想不是。」

「我很抱歉發生這種事，」她說道，聲音這麼低，讓他幾乎聽不見。「我設法弄懂為什麼……或者事情本來可能怎麼有所改變……而這就是讓我睡不好。如果我沒吃那條壞掉的熱狗……如果你留下來，而不是回去……」她搖搖頭，然後注視著他，她的眼睛發紅。「有時候這看起來於事無補。」

強尼露出微笑。「〇〇。莊家贏。嘿，妳記得那個嗎？莎拉，我打敗了那個輪盤。」

「對，你贏了超過五百塊。」

他注視著她，仍然在微笑，但現在那個微笑很困惑，幾乎顯得受傷。「妳想知道一件有趣的事嗎？我的醫生們認為，也許我活下來的理由是因為我小時候受過某種頭部外傷。但我想不起來任何頭部外傷，我媽跟我爸也想不起來。但每次我想到這件事，我腦中都會閃過那個命運之輪……還有燃燒橡膠般的味道。」

「也許你在車禍裡……」她懷疑地開口說道。

「不，我不認為是那樣，不過就像是那個輪盤對我的警告……而我忽視了它。」

她挪動了一下身體，然後不自在地說：「別這樣，強尼。」

他聳聳肩。「或者也可能只是我在一晚上用光了四年的運氣。但看看這個，莎拉。」小心

47. 這一段話出自古老的童謠 Humpty Dumpty（通常被畫成一顆擬人化的雞蛋），內容是「雞蛋先生坐牆上，雞蛋先生跌大跤。國王所有的馬，國王所有的人，都不能把雞蛋先生拼回去」。

翼翼又痛苦地，他把一條腿抬離腳墊，彎成九十度角，然後再度伸直放到腳墊上。「也許他們可以把雞蛋先生拼回去。在我醒來的時候，我做不到那件事，而我那時也不能像現在這樣，把雙腿伸得這麼直。」

「而且你可以**思考**，強尼，」她說：「你可以**說話**。我們全都以為……你知道的。」

「是啊，植物人強尼。」一陣沉默再度落到他們之間，尷尬而沉重。強尼用硬逼出來的開朗打破沉默，說道：「所以妳怎麼樣？」

「喔……我結婚了，我猜你已經知道這件事。」

「我爸告訴我了。」

「他真是一個好人，」莎拉說道。然後，連珠砲般地脫口而出：「我無法等待，強尼，我對這點也很抱歉。醫生們說你永遠不會醒了，你的狀況會越來越糟，直到最後你就……就這樣沒了，就算我知道……」她抬頭看著她，臉上有種不自在的防衛表情。「強尼，就算我早知道，我也不認為我能等。四年半是很長的時間。」

「是啊，確實是，」他說：「那是長得要命的時間，妳想聽件病態的事嗎？我要他們帶給我四年份的新聞雜誌，好讓我看看誰死了。杜魯門、珍妮絲．裘普琳、吉米．罕醉克斯——耶穌啊，一想到他彈〈紫霧〉，就不能相信他死了。丹．布洛克[48]。還有妳跟我，我們就這樣沒了。」

「這一點讓我感覺好糟，」她說道，幾乎是低聲耳語。「覺得很罪惡，但我愛那個男人，強尼，我愛他很深。」

「好，那才重要。」

「他的名字叫做華特．哈茲萊特，他是個……」

「我想我寧願聽聽妳孩子的事，」強尼說：「無意冒犯，喔？」

「他是個可愛的孩子，」她帶著微笑說道：「他現在七個月大了。他的名字叫丹尼斯，但我們叫他丹尼，他是照他祖父的名字命名的。」

「改天帶他來，我想見見他。」

「我會的，」莎拉說道，然後他們對彼此虛偽地微笑，心裡知道這種事情永遠不可能發生。「強尼，你有需要任何東西嗎？」

只有妳，寶貝，還有讓過去的四年半再回來。

「沒有，」他說：「妳還在教書？」

「還在教，還會教一陣子。」她表示同意。

「還在吸那邪惡的古柯鹼嗎？」

「喔，強尼，你沒變。一樣是以前那個愛開玩笑的傢伙。」

「以前那個愛開玩笑的傢伙。」他同意，然後沉默再度在他們之間落下，幾乎可以聽到咚的一聲巨響。

「我可以再來看你嗎？」

「當然，」他說：「這樣會很好，莎拉。」他猶豫了一下，不希望就這樣不清不楚地結束，如果可以避免的話，他不希望傷到她或者自己，但他想說些誠實的話。

「莎拉，」他說：「妳做了正確的事。」

「是嗎？」她問道。她微笑著，但這微笑在她嘴角顫抖。「我很納悶。這一切這麼殘酷而

48. Dan Blocker（1928-1972），美國電視演員，以CBS連演了十四季的西部影集《龐南沙》（Bonanza）聞名。他在膽囊手術後發生肺栓塞去世。

且……我忍不住覺得，這麼不對。我愛我丈夫跟我的寶寶，而華特說有一天我們會住在班戈最好的房子裡，我相信他。他說有一天他會競選威廉·柯恩[49]在眾議院的位置，我也相信這一點。他說有一天來自緬因州的某個人會被選為總統，而我幾乎可以相信這件事，而我來到這裡，看著你可憐的腿……」她現在又開始哭了。「這雙腿看起來像是曾被送進攪拌機之類的東西裡，而你又這麼瘦……」

「不，莎拉，別說了。」

「你這麼瘦，這顯得不對又殘酷，我痛恨這樣，我痛恨這樣，因為這根本不對，完全不對！」

「我猜，有時候沒有一件事情是對的，」他說：「殘酷的老世界，有時候妳就是必須做妳能做的事，然後設法跟結果共存。莎拉，妳離開去過幸福生活吧。而妳如果想來看我，就儘管來吧，帶個紙牌桌來。」

「我會的，」她說：「很抱歉我哭了，不太有鼓勵到你喔？」

「沒關係的，」他說著，露出微笑。「寶貝，妳會想要戒掉古柯鹼的，妳的鼻子會掉下來喔。」

她稍微笑了一下。「同一個老強尼。」她說。突然間她彎下腰吻了他的唇。「喔，強尼，快點康復吧。」

在她退開的時候，他若有所思地注視著她。

「強尼？」

「妳沒有留下它，」他說：「不，妳根本沒有留下它。」

「留下什麼？」她困惑地皺著眉頭。

「妳的婚戒，妳沒把它留在蒙特婁。」

他把手放到前額，用他的手指摩挲著他右眼上方的一塊皮膚。他的手臂投下一道陰影，她以某種非常迷信式的恐懼，看著他半明半暗的臉。這讓她想到那個用來嚇她的萬聖節面具。她跟華特在蒙特婁度蜜月，但強尼怎麼可能知道這件事？除非赫伯告訴他了。對，幾乎可以確定是這樣。但只有她跟華特知道她在旅館房間某處掉了她的結婚戒指。沒有別人知道，因為在他們飛回家以前，他就買另一只戒指給她了，她太尷尬所以沒告訴任何人，甚至沒告訴她母親。

「怎麼會……」

強尼深深皺著眉頭，然後對著她微笑。他的手從他前額上落下，緊握住在他膝蓋上的另一個同伴。

「它的尺寸不對，」他說：「妳在打包，妳不記得嗎，莎拉？他在外面買東西，妳在打包。他出去買……買……我不知道，這件事在我腦中的死亡禁地。」

死亡禁地？

「他去了一家新奇的店鋪，買了一大堆傻氣的東西當紀念品，放屁坐墊之類的東西。可是強尼，你怎麼可能知道我掉了我的戒……」

「妳在打包，戒指尺寸不對，太大了。你們回去的時候，妳打算解決這個問題。可是在同時，妳……」那種困惑的皺眉開始恢復了，然後立刻又鬆開。他對她微笑。「妳用衛生紙填著它！」

恐懼變得毫無疑問了，恐懼就懶洋洋地盤據在她胃裡，就像冰水。她的手悄悄爬向她的喉嚨，她瞪著他看，幾乎被催眠。**他眼中有同樣的神色，在他打敗輪盤那一晚同樣的那種冷酷、愉悅的神情。強尼，你發生了什麼事？你是什麼？**他眼睛的藍色變暗成近乎紫羅蘭的顏色，而他的

49. William Cohen（1940-），緬因州出身的政治家，一九七二年的時候當選代表緬因州的眾議員，一九七九年以後成為參議員，一九九七到二〇〇一年還擔任國防部長。

人似乎處在很遠的地方。她想跑走，房間像是在變暗，就好像他不知怎麼的撕裂了現實的紋理，扯開了過去與現在之間的連結。

「它從妳手指上滑落，」他說：「妳正在把他的刮鬍工具收到其中一個側邊口袋裡，它就這樣滑落了。妳沒注意到妳弄掉了，一直到稍晚之後，所以妳以為它就在房間裡的某個地方。」他笑出聲來，而這是一種高亢的、鈴鐺似的、在幻覺中的聲音——完全不像強尼平常的笑聲——但很冷酷……冷酷。「天啊，你們兩個把那個房間翻遍了，可是妳把它包起來了，它還在那個行李箱口袋裡，這整段時間裡都在。莎拉，妳上去閣樓看看，妳會看到的。」

在外面的走廊上，有人掉了個水杯或別的東西，在它破裂的時候訝異地咒罵。強尼瞥向那個聲音，他的眼睛變得清澈。他回頭來看，看到她凍結、瞪大眼睛的臉，關懷地皺起眉頭。「怎麼？莎拉，我說了什麼不對的話嗎？」

「你怎麼知道？」她悄聲說道。「你怎麼可能知道那些事情？」

「我不知道，」他說：「莎拉，我很抱歉，如果我……」

「強尼，我該走了，丹尼跟保母在一起。」

「好吧，莎拉，我很抱歉讓妳不舒服了。」

「你怎麼可能知道我戒指的事，強尼？」

他只能搖搖他的頭。

7

沿著一樓走廊走到一半的時候，她的胃開始有種奇怪的感覺。所幸及時找到女廁，她衝進去，關上其中一個隔間的門，然後開始猛烈地嘔吐。她沖了水，然後站在那裡閉上眼睛，一邊發抖，一邊也幾乎要笑出聲來。上次她見到強尼的時候她也吐了。不太公平的處罰？時間裡的括弧，就像書擋一樣？她把手放在嘴前面，悶住可能試著跑出來的任何東西——笑聲，或者有可能是一聲尖叫。而在黑暗中，世界似乎不理性地傾斜，像個碟子，像個旋轉的命運之輪。

8

她把丹尼留給拉貝爾太太照顧，所以在她回家的時候，房子安靜又空曠。她走上狹窄的樓梯到了閣樓，打開控制兩個光禿禿懸掛式燈泡的開關。他們的行李箱堆在一角，蒙特婁旅行的貼紙仍然貼在橘色的格蘭茲行李箱上。總共有三個行李箱。她打開第一個，摸遍了有鬆緊帶的側邊口袋，什麼都沒找到。第二個也是，第三個也是。

她深吸一口氣，然後吐出，覺得很愚蠢，還有一點失望——但大半是釋懷。大大地釋懷。沒有戒指，抱歉啦，強尼。但另一方面來說，她根本不覺得遺憾，這本來只是會有點太詭異。

她開始把行李箱滑回原位，夾在華特高高一疊大學舊資料，還有被那瘋女人的狗撞倒，莎拉卻一直懶得拿去丟的落地燈之間。就在她撢掉手上的灰塵，準備把整件事情拋諸腦後的時候，她體內深處的一個小聲音低語著，聲音幾乎低到聽不見，**妳搜尋得有點太匆忙了，不是嗎？妳並不真的想找到任何東西嘛，對吧，莎拉？**

不，不，她真的不想找到任何東西。如果那小聲音以為她會再打開所有行李箱，那就是瘋了。再過十五分鐘就要去接丹尼了，華特要帶他公司的其中一位資深合夥人回家吃晚餐（**非常重要的大事**），她還欠貝蒂．哈克曼一封信——貝蒂從烏干達的和平部隊直接進入婚姻，跟一個有錢得冒泡的肯德基馬匹育種商的兒子結婚。她還要清理兩間浴室，弄好她的頭髮，順便幫丹尼洗澡。真的有太多事情要做，不能在這間又熱又髒的閣樓裡浪費時間。

所以她再度打開全部三個行李箱，這次她非常仔細地搜尋側邊口袋，而在一路伸到第三個行李箱的角落之後，她找到了結婚戒指。她把戒指舉向其中一個裸露燈泡的炫目光線之下，讀著內側刻的字，仍然像華特把戒指滑進她手指的那天一樣新：華特與莎拉．哈茲萊特——一九七二年，七月九日。

莎拉注視著那枚戒指良久。

然後她把行李箱放回去，關掉電燈，回到樓下。她換掉亞麻洋裝，現在上面有著一條條的塵土，然後換上休閒褲跟一件輕盈的上衣。她走過一個街區，到拉貝爾太太家接她兒子。他們回到家裡，莎拉把丹尼安置在客廳裡，他在那邊精力充沛地到處爬，同時她準備著烤肉，還削了些馬鈴薯。把烤肉放進烤箱後，她進了客廳，看到丹尼在地毯上睡著了。她把他抱起來，放進搖籃裡。接著她開始清理廁所。儘管有這一切，儘管時鐘迅速地奔向晚餐時間，她的心思從沒離開過那枚戒指。強尼知道，她甚至可以指出他是什麼時候得到這個知識的，就在她離開前親吻他的時候。

光是想到他都讓她覺得虛弱而奇怪，她不確定是為什麼，一切都混在一起。他歪歪的微笑還是一樣，他的身體卻這麼劇烈地改變了，這麼輕又營養不良，他的頭髮毫無生氣地貼在他頭皮上，跟她擁有的豐富回憶成了刺眼的對比，她先前還想要親吻他。

「停下來。」她對自己咕噥著。浴室鏡子裡的她，看起來像陌生人。臉上潮紅、熱呼呼的，咱們就面對事實吧，大夥兒，這張臉很性感。

她的手握住便褲口袋裡的戒指，而且幾乎——但不盡然——在她察覺到她要做什麼以前，她已經把它扔進清澈、微微泛藍的馬桶水中。一切都要乾淨到亮晶晶的，如果巴瑞伯特、崔奇斯、摩爾豪斯與詹淳事務所的崔奇斯先生，必須在晚宴中的某一刻去小解的時候，才不會被馬桶座裡的任何一枚不中看的戒指給冒犯到，誰知道在一個年輕男子大步邁向權威人士顧問的路上，可能會杵著什麼樣的路障，對吧？在這世界上，有誰能確定任何事情呢？

它激起小小的水花，然後緩緩沉向清澈的水底，懶洋洋地翻轉、再翻轉。戒指撞到底部的陶瓷時發出了小小的鏗然一響，不過那可能只是她的想像，她的頭一陣陣抽痛。閣樓很熱、空氣陳腐又有霉味。不過強尼的吻——卻是甜蜜的，如此甜蜜。

在她能想到她在做什麼（並因此容許理性再次重申自己的主張）之前，她伸出手沖了馬桶，它發出澎一聲伴隨著一陣怒吼。馬桶似乎變得比較大聲，也許是，因為她緊閉著雙眼。在她再次睜開眼睛的時候，戒指不見了。它曾經失落，現在又再度失落了。

突然間，她雙腿感覺虛弱，她在浴盆旁邊坐下，把雙手放到臉上，很熱很熱的臉。她不會回去再跟強尼見面了，這不是個好主意，這讓她難受。華特要帶一位資深合夥人回家，她有一瓶蒙戴維，還有一份撐破預算的烤肉，那些是她該去想的事情，她應該想想她有多愛華特，還有在搖籃裡睡著的丹尼。她應該去想，一旦妳在這個瘋狂的世界做了決定以後，妳要怎麼樣跟後果共存。而她不會再去想強尼．史密斯，跟他歪了一邊、充滿魅力的微笑了。

9

那一晚的晚宴大為成功。

第十章

1

醫生讓維拉·史密斯吃一種叫做雙氫氯消疾的降血壓藥，這種藥沒讓她的血壓降下來太多（她喜歡在信裡寫道「不值一文錢」），但確實讓她覺得又病又虛弱，在吸完地板以後，她必須坐下來休息。爬一層樓梯就會讓她在樓梯頂端停下來，喘得像炎熱八月午後的一隻狗。如果強尼沒告訴她這樣最好，她會立刻把藥丸扔出窗外。

醫生讓她試另一種藥，這種藥讓她的心跳快得讓人心生警戒，以至於她真的停止用藥。

「這是個嘗試錯誤的程序，」醫生說：「到最後我們會幫妳搞定的，維拉，別擔心。」

「我不擔心，」維拉說：「我的信仰在於上帝吾主。」

「是的，當然是的，也是應該的。」

到六月底，醫生安排好一種組合，是雙氫氯消疾加上另一種叫做愛道美的藥——一種胖大、黃色的昂貴藥丸，很惡劣的東西。在她開始同時吃兩種藥的時候，她感覺上自己必須每十五分鐘尿一次。她頭痛、心悸。醫生說她的血壓再度下降到正常範圍了，但她不相信。醫生有什麼好的？看看他們對她的強尼做了什麼，把他當成屠夫的肉那樣切開，已經動過三次手術了，他的手臂、雙腿跟脖子上都是縫線痕跡，看起來就像個怪物，雖然少了其中一隻助行器，就像老席維斯特太太必須用的那種，但還是不能到處走。如果她血壓降低了，為什麼她時時刻刻都覺得這麼糟？

「妳必須給妳的身體足夠時間習慣藥物。」強尼說。這是七月的第一個週六，他的父母週末會北上。強尼才剛做完水療回來，他看起來蒼白憔悴。兩隻手都握著一顆小小的鉛球，而在他們說話時，他舉起那些球，然後再把它們放到他腿上，以便收縮他的手肘，建立他的二頭肌跟三頭肌。痊癒中的傷疤像斜線記號似地橫跨他的手肘與前臂，跟著動作擴張與收縮。

「把你的信念寄託在神身上，強尼，」維拉說：「所有這些蠢事都沒必要。把你的信念寄託在神身上，祂就會治癒你。」

「維拉……」赫伯開口了。

「你別叫我。這是**蠢事**！聖經不是說過了，你們祈求，就給你們，叩門，就給你們開門嗎？我不需要吃那邪惡的藥，我兒子也不需要讓那些醫生繼續折磨他。這是錯的，這不是幫助，這是**有罪的**！」

強尼把鉛球放在床上，他手臂的肌肉在顫抖，胃裡有噁心感，他筋疲力竭，突然間，他對母親感到憤怒。

「天助自助者，」他說：「媽，妳不要基督教的神，妳要一個神奇精靈，會從瓶子裡冒出來然後給妳三個願望。」

「強尼！」

「喔，這是真的啊。」

「那些醫生把這些想法灌進你腦袋裡了！所有這些瘋狂的主意！」她的嘴唇在顫抖，她的眼睛瞪大了，卻沒有淚水。「強尼，神讓你脫離昏迷以便執行祂的意志。其他人，他們只是……」

「只是設法讓我重新站起來，這樣我就不必後半輩子都坐在輪椅執行神的意志。」

「咱們不要爭執，」赫伯說：「家人不該起爭執。」颱風也不該吹，但每年還是吹颱風，現在他能說的任何話都無法阻止這個，它就是來了。

「強尼，如果你信賴神……」維拉開口了，根本沒去注意赫伯。

「我再也不信賴任何事了。」

「我很遺憾聽到你這麼說，」她說道。她的聲音僵硬而疏離。「撒旦的代言人到處都是，他們會設法讓你遠離你的命運，看來他們進展得真的很好。」

「妳非得從中製造出某種……某種永恆的東西，不是嗎？我會告訴妳那是什麼，那是個愚蠢的意外。幾個孩子喝得爛醉，而我剛好碰巧被變成一堆狗肉，妳知道我想要什麼嗎，媽？我想離開這裡，我就只想要這個。我要妳繼續吃妳的藥，還有……還有試著讓自己恢復腳踏實地的生活，我要的就只有這個。」

「我要走了。」她站起身。臉上的表情蒼白而扭曲。「我會為你祈禱，強尼。」

他無助、挫折又不快樂地看著她，他的憤怒消失了，他把怒氣發洩在她身上。「繼續吃妳的藥！」他說。

「我會祈求你看見光明。」

她離開了病房，臉色僵硬又嚴峻如石。

強尼無助地看著父親。

「強尼，我真希望你沒那麼做。」赫伯說。

「我累了。這對我的判斷力，或者對我的脾氣沒有幫助。」

「是啊。」赫伯說道。他似乎打算多說些什麼，卻沒有說。

「她還是打算為了飛碟座談會之類的東西去加州嗎？」

「是。不過她也可能改變心意，你永遠無法從這一天來判斷下一天會怎麼樣，而距離聚會還有一個月。」

「你應該做點什麼。」

「是嗎？什麼呢？放棄她？送她進醫院？」

強尼搖搖頭。「我不知道，但也許現在是你該認真考慮這件事的時候了，而不是裝得像是這種事情絕不可能。她病了，你必須看到這件事。」

赫伯大聲說道：「她本來好好的，直到你……」

強尼的臉一扭，就像被摑了一巴掌。

「聽著，我很抱歉。強尼，我不是有意的……」

「沒事的，爸。」

「不，我真的不是那個意思。」赫伯的臉就是一幅悲慘的畫像。「聽著，我應該去追她了，她現在八成在走廊上發傳單了。」

「好。」

「強尼，設法忘記這件事，專注於讓自己好轉。她確實愛你，我也是，別對我們太嚴苛。」

「不會。沒關係的，爸。」

赫伯親吻了強尼的臉頰。「我必須去追她了。」

「好的。」

赫伯離開了。在他們離開以後，強尼爬起來，踉蹌地走了從他椅子到床鋪的那三步路，不是很大的進展，卻有點意義，一個開始，他比他父親所知的更希望他沒有那樣對母親發洩，他真心希望如此，因為他心中有種古怪的確信在滋長：母親不會再活太久了。

2

維拉停止吃藥。赫伯跟她講理，然後是連哄帶騙，最後是下命令，沒有任何好處。她給他看她那些「耶穌特派員」的信，大多數信件很潦草，充滿了拼錯的字，信件全部都支持她的立場，而且答應為她祈禱。他們之中有一位是住在羅德島的一位女士，她也曾在佛蒙特州的農場等待過世界末日（跟她的寵物博美狗歐提斯一起）。「神是最好的藥物，」這位女士寫道：「要求**神，妳就會被治癒**，而不是**篡奪神權力的醫生們**，是**醫生們**以他們**惡魔的干涉**導致了這個邪惡世界裡所有的**癌症**，舉例來說，任何動過**外科手術**的人，甚至像**拿掉扁桃腺**這麼**小**的手術，遲早都會得到**癌症**，這是已證實的事實，所以請求**神**，祈求**神**，把**妳的意志跟祂的意志**融合，然後**妳就會被治癒了！**」

赫伯在電話上跟強尼說，第二天強尼就打電話給他母親，為自己對她這麼無禮而道歉。他請求她，拜託她再度開始吃藥——算是為了他。維拉接受了他的道歉，卻拒絕回去吃藥。如果神需要她踩踏這片土地，那麼祂就會設法讓她繼續踩踏下去，如果神要召喚她回家，就算她一天吃掉一桶藥，祂也會那樣做。這是個天衣無縫的論證，強尼唯一可行的反駁，就是天主教徒跟新教徒一致拒絕了一千八百年的論證：就像透過人的精神一樣，神也透過人的心智執行祂的意志。

「媽媽，」他說：「妳不認為神的意志是讓某個醫生發明那種藥，好讓妳可以活久一點嗎？妳不能就考慮一下這個想法嗎？」

長途電話可不是做神學論證的媒介，她掛斷了電話。

第二天瑪麗．米肖走進強尼的病房，把她的頭靠在他床上，然後啜泣起來。

「別哭別哭，」強尼說道，他震驚又緊張。「這是怎麼了？有什麼不對嗎？」

「我兒子，」她一邊說，一邊還在哭：「我的馬克。他們對他動了手術，就像你說的一樣，他很好。他受傷的那隻眼睛能重獲光明，感謝神。」

她擁抱強尼，強尼也盡可能回抱她。他臉上沾上了她溫熱的淚水，而他心想，無論他發生了什麼事，不盡然都是壞事。也許某些事情是應該說出來，或者被看見，或者再度被找到。神透過他作工，這個想法甚至沒那麼牽強，雖然他自己對神的概念很含糊不清。他抱著瑪麗，告訴她他有多高興。他告訴她，要記得他不是替馬克動手術的那個人，不過他幾乎不記得他告訴她什麼話了。不久之後她就離開了，在離去時擦乾了眼淚，留下強尼一個人思考。

3

在八月初，戴夫．佩爾森來見強尼。這位克里夫米爾斯高中的副校長是個矮小整潔的男人，戴著厚重的眼鏡，穿Hush Puppies的鞋子，還有一堆花稍的戶外西裝外套。在那幾乎沒有止盡的一九七五年夏天，在來看強尼的人裡面，戴夫改變得最少，他頭髮上斑駁的灰點綴得更徹底了一些，就只有這樣。

「所以你過得怎麼樣？說真的？」在他們結束禮貌性的寒暄以後，戴夫問道。

「沒那麼糟，」強尼說：「如果不過度勞累，我可以一個人走路了，我可以在游泳池裡游六趟。有時候會頭痛，真的很痛，但醫生們預期我的頭痛還會延續一陣子，也許餘生都是如此。」

「介意我問個私人問題嗎？」

「如果你要問我是不是還能硬起來，」強尼咧嘴笑著說道：「這是肯定的。」

「知道這點真好，不過我想知道的是錢的問題，你付得起這些錢嗎？」

強尼搖搖頭。「我已經在醫院裡待了五年。除了洛克菲勒以外，沒有人付得起這個錢，我父親跟母親讓我加入某種州政府贊助經費的計畫，徹底的災難補助，或者類似的名字。」

戴夫點點頭。「異常災難補助，我猜到了。不過他們是怎麼讓你不必去住州立醫院，強尼？那地方是最糟的。」

「魏札克醫生跟布朗醫生照應了這一點，對於我能夠恢復到現在這個程度，大半的責任在於他們。我是個……實驗品，魏札克醫生說的。我們可以讓這個昏迷不醒的男人撐多久，不變成徹底的植物人？我昏迷的最後兩年裡，物理治療部門在我身上工作，幫我打了超級維他命針……我的屁股看起來還是像得了天花。這並不是說，他們期待我對這個計畫有任何回報。幾乎從我入院起，我就被假定是個末期病例。魏札克說，他跟布朗對我做的事情是很有侵入性的維生措施，他認為這樣做是開始回應批評──對於復元無望後的維生措施，所做的所有批評。無論如何，如果我轉到州立醫院去，他們就不可能繼續利用我，所以他們把我留在這裡。他們跟我了結以後，我就會轉到州立醫院去。」

「在那裡你會得到的最精緻照護，就是每六小時翻一次身以便預防褥瘡，」戴夫說。「要是你在一九八〇年醒來，你會變得徹底完蛋。」

「我想無論如何我都會徹底完蛋，」強尼說。他緩緩地搖頭。「如果有人提議再對我多動一次手術，我會瘋掉。我還是會跛腳，而我將永遠沒辦法把我的頭一路轉向最左邊。」

「他們什麼時候會讓你出院。」

「如果情況許可，再三個星期。」

「然後呢？」

強尼聳聳肩。「我猜我會回到老家去，去包諾。我母親會去加州一陣子，為了一個……一個宗教活動。我爸跟我會利用這段時間彼此熟悉，我從紐約的一位大牌文學經紀人那裡收到一封信……呃，確切來說不是他，而是他的一位助理寄的。他們認為我發生的事可以變出一本書。我想我會試著寫個兩三章跟一份大綱，也許這傢伙或者他的助理們可以賣掉這本書。錢會相當方便地流進來，這可不是開玩笑的。」

「有任何媒體感興趣嗎？」

「喔，在《班戈每日新聞》寫了那篇原創報導的人……」

「布萊特？他很不錯。」

「在我離開這裡以後，他會到包諾來做一篇專題報導。我喜歡這個人，不過現在我在拖延他。這裡面不會有給我的錢，坦白說，我現在最需要的就是錢。我會繼續『說實話』，如果我可以從中賺到兩百塊的話，我父母的積蓄已經沒了。他們賣掉他們的車，買了一台破銅爛鐵。在我爸本來應該想著退休、賣房子、然後靠這所得過活的時候，他拿這房子去做第二次抵押了。」

「你有想過要回來教書嗎？」

強尼抬頭一瞥。「這是邀請嗎？」

「這不是毫無價值。」

「我很感激，」強尼說。「可是戴夫，到九月我還沒辦法準備好。」

「我說的不是九月，你一定還記得莎拉的朋友，安妮·史特拉福？」

強尼點點頭。

「喔，她現在是安妮·比提了，她在十二月會有個小寶寶。所以我們在第二學期需要一位英文老師。輕鬆的課表，四堂課，一堂高年級自習課，兩堂空堂。」

「戴夫，你是在提出一個確定的工作邀約嗎？」

「確定。」

「你真的是好得要命。」強尼啞著嗓子說。

「去他的，」戴夫輕鬆地說：「你是個好得要命的老師。」

「我可以花一兩個星期思考一下嗎？」

「如果你想的話，想到十月一日為止，」戴夫說：「我想，你還能夠去寫你的書，如果看起來真有這種可能性的話。」

強尼點點頭。

「你可能不想待在包諾太久，」戴夫說：「你可能會發現這樣……不太舒服。」

話到了強尼嘴邊，他得把這些話吞回去。

不會太久了，戴夫。你知道嗎，我母親現在正在進行把她腦子轟掉的程序。只是她用的不是槍。她會中風，她會在聖誕節前去世，除非我父親跟我可以說服她再度開始服藥，而我不認為我們能辦到。這件事我有份——我不知道我有多大的責任，我不認為我想知道。

他回答：「消息傳得很快，喔？」

戴夫聳聳肩。「我透過莎拉了解到你母親有適應問題。她會回心轉意的，強尼。在此同時，考慮一下這件事吧。」

「我會的。事實上，我現在就會給你一個試探性的肯定答覆，能再回去教書會很好，回歸正常。」

「你是我的理想人選。」戴夫說。

在他離開以後，強尼在床上躺下，望著窗外。他非常疲倦，回歸正常，不知怎麼的，他不認為這種事真的會發生。

他感覺下一次的頭痛又要發作。

4

強尼．史密斯脫離昏迷狀態的事實，還有一些附帶花絮確實上了報，而在大衛．布萊特的名字底下，這報導上了報紙第一頁，這是在強尼離開醫院前不到一星期的事。

他在做物理治療，躺在一塊地墊上。放在他肚子上的是一個十二磅的醫療用球。他的物理治療師，艾琳．馬鞏恩，正站在他上方數著仰臥起坐的次數，他應該要做十下，而現在他正掙扎著要做第八個。汗水從他臉上涔涔流下，他脖子上癒合中的傷疤顯著地變成亮紅色。

艾琳是個小個子、相貌平凡的女人，有著鞭子似的身體，光輪似的漂亮紅色鬈髮，還有深綠色中帶著榛子色斑點的眼睛。強尼有時候叫她——混合了惱怒與愉悅——全世界最小隻的海軍陸戰隊教官。她命令、哄騙、要求他，把他從幾乎握不住一杯水的纏綿病榻病人，變成一個可以不拿拐杖走路、一次做三個引體向上、在五十三秒內繞完醫院泳池一周的男人——雖不是創下奧運紀錄的時間，但也不算糟了。她未婚，跟她的四隻貓一起住在舊城區中央街的一棟大房子裡，她硬得像塊石板，而且她不接受「不」這種答案。

強尼往後癱倒。「不行，」他喘著氣說：「喔，我想不行，艾琳。」

「起來。小子！」她用興高采烈又虐待狂似的好心情喊道：「起來！起來！再三下你就可以喝可樂！」

「給我我的十磅球，我就會再給妳兩下。」

「如果你不再給我三下，那個十磅球會進入金氏世界紀錄，變成世界上最大的栓塞劑，起來！」

「啊啊啊啊啊啊！」強尼大喊，掙扎到了第八下。他撲通一聲倒回去，然後再度猛然起身。

「好極了！」艾琳喊道：「再一下，再一下！」

「喔啊啊啊啊！」強尼尖叫著，坐起來第十次。他癱倒在墊子上，讓那顆醫療球滾到一旁去。「我把自己撕裂了，妳開心嗎，我的五臟六腑剛才都鬆掉了，它們在我體內到處亂飄，我會告妳，妳這天殺的鳥身女妖。」

「天哪，真是個小寶寶，」艾琳說道，同時把她的手伸給他。「比起我下次要你做的，這不算什麼。」

「妳別想，」強尼說：「我下次會做的就只有游泳，在……」

他注視著她，一種驚訝的表情在他臉上展開。他握緊了她的手，握到幾乎生痛了。

「強尼？有什麼不對勁嗎？抽筋了？」

「喔天啊。」強尼溫和地說。

「強尼？」

他仍然握著她的手，用一種來自遠方、作夢一般的凝視看著她的臉，讓她覺得緊張。她曾經聽說過一些關於強尼．史密斯的事情，一些像她那種腳踏實地的實用主義會置之不理的謠言。有個故事是，在醫生們還不確定他們想嘗試那種冒險的手術以前，他就預測了瑪麗．米肖的兒子不會有事。另一個謠言跟魏札克醫師有關，據說強尼曾經告訴他，他母親沒有死，而是用另一個名字住在西岸某處。照艾琳．馬鞏恩的看法，這些故事都太催淚，拚得過許多護士在護理站讀的那些個人經驗告白雜誌，還有那些甜美又野蠻的愛情故事。但他注視著她的方式，現在讓她感覺害怕，就好像他看進了她的內在。

「強尼，你還好嗎？」他們獨自在物理治療室裡，上面有霧狀玻璃窗，通往泳池區的大雙開門是關著的。

「看在老天份上，」強尼說：「妳最好……對，還有時間，剛好夠用。」

「你在說什麼？」

他在那時突然脫離原有狀態。他放開她的手，但他先前已抓到足以在她手臂上留下白色的指痕。

「打電話給消防隊，」他說：「妳忘記關火爐了，窗簾著火了。」

「什麼……？」

「火爐燒著抹布，抹布燒著窗簾，」強尼不耐煩地說：「快點打電話給他們，妳想讓妳的房子燒光嗎？」

「強尼，你不可能知道……」

「別管我不可能知道什麼了。」強尼說著，抓住她的手肘，讓她動身，他們走過那道雙開門。強尼走路時左腿跛得厲害，他疲倦時總是如此。他們穿過有游泳池的房間，他們的腳跟空洞地在地磚上喀喀作響，然後他們到了一樓走廊，去了護理站，裡面有兩位護士在喝咖啡，第三個在講電話，跟另一頭的人講她怎麼樣重新裝潢她的公寓。

「妳要打電話還是我打？」強尼問道。

艾琳的心思一片混亂。她的晨間例行公事，就跟單身人士傾向的那樣固定。她起了床，替自己煮了一顆蛋，同時吃了一整顆沒加糖的葡萄柚，還有一碗全麥榖片。早餐之後她換了衣服，然後開車到醫院。她有關火爐嗎？當然她關了。她不可能特別記得做了這件事，但這是習慣，她一定關了。

「強尼，說真的，我不知道你從哪來這個主意……」

「好，我來打。」

他們現在在護理站裡，一個四周圍著玻璃的小房間，裡面有三張直背椅跟一個加熱板。這個小房間由呼叫板所支配——一排排的小燈，在病人按了呼叫鈴以後就會閃起紅光。現在其中三個在閃了。兩個護士繼續喝她們的咖啡，然後談到某個在班傑明醫院醉醺醺出現的醫生，第三個護士顯然在跟她的美髮師說話。

「請見諒，我必須打通電話。」強尼說。

護士用她的手蓋住電話。「在門廳有個付費電……」

「多謝，」強尼說著把電話從她手中奪來。他按下開放線路的第一個，然後撥了零。他得到忙線中的訊號。「這玩意哪裡不對了？」

「嘿！」那個本來在跟她的美髮師說話的護士喊道：「見鬼了，你以為你在幹嘛？給我電話！」

強尼記起來，他是在一間自己有總機的醫院裡，要撥九接外線。然後他再重撥了零。被扔到一旁不管的護士，臉頰氣得紅通通的，伸手抓電話。強尼把她推開。她一轉身看到艾琳，就往她那裡走了一步。

「艾琳，這瘋子怎麼了？」她刺耳地問道，另外兩個護士放下她們的咖啡杯，目瞪口呆地望著強尼。

艾琳不自在地聳聳肩。「我不知道，他就是……」

「我是接線生。」

「接線生，我想回報舊城區的一起火警，」強尼說。「請問妳可以給我正確的報警號碼嗎？」

「嘿，」其中一個護士說：「誰家失火啦？」

艾琳緊張地交換著腳的重心。「他說是我家。」

先前跟美容師談她家公寓的護士轉頭又看了一眼。

「喔我的天，是**那個人**。」她說。

強尼指向呼叫板，現在上面有五六盞燈在閃了。「妳們為什麼不去看看這些人要什麼？」

接線生把他接到舊城區消防隊了。

「我的名字是強尼．史密斯，我必須回報一起火警。這是在……」他看著艾琳。「妳家地址是？」

有一會兒強尼不認為她會告訴他。她的嘴巴動了動，但什麼都沒吐出來。那兩個喝咖啡的人現在丟開她們的杯子，縮到護理站的最角落。她們說著悄悄話，就像小學廁所裡的小女生，她們瞪大了眼睛。

「先生？」另一頭的聲音問道。

「快說啊，」強尼說：「妳要妳的貓被烤焦嗎？」

「中央街六二四號，」艾琳很不情願地說：「強尼，你興奮過度了。」

強尼對著電話重複一次地址。「是在廚房裡。」

「先生，你的名字是？」

「強尼．史密斯，我是從班戈的東緬因醫學中心打來的。」

「我可以問你如何得到這個資訊嗎？」

「再講下去，我們這一天剩下的時間都會耗在電話上。我的資訊是正確的，現在去撲滅它吧。」

他砰一聲放下電話。

「……而且他說魏札克的媽媽還……」

她停下來不說了，盯著強尼看。有一刻他覺得她們全都盯著他看，她們的眼睛放在他皮膚上，就像小小的、熱熱的重物，而他知道這會有什麼後果，這讓他的胃裡翻攪起來。

「艾琳。」他說。

「什麼？」

「妳有住在隔壁的朋友嗎？」

「有……伯特跟珍妮絲住在隔壁……」

「他們有任何一位在家嗎？」

「我猜珍妮絲可能會在，當然。」

「妳何不打個電話給她？」

艾琳點點頭，突然間理解到他的意思是什麼。她從他手中接過電話，撥了一個八二七交換號碼。護士們熱切地站在旁邊看熱鬧，就好像她們意外踏進一個真的很刺激的電視節目裡。

「哈囉？小珍？我是艾琳。妳在妳家廚房嗎？……妳可以看看妳家窗外，然後告訴我，我家是不是一切看起來都，呃，都還好？……呃，我的一位朋友說……等妳去看過了我就會告訴妳，好嗎？」艾琳臉紅了。「是，我會等一等。」

她注視著強尼，又說了一次：「強尼，你過度興奮了。」

有一陣似乎會一直延續著的停頓。然後艾琳又開始聽。她聆聽了很長一段時間，然後用一種跟她平常完全不同，很奇怪而克制的聲音說道：「不，沒關係，小珍，已經打電話給他們了。不……我現在沒辦法跟妳解釋，不過我晚點會跟妳說。」她注視著強尼。「是，我怎麼可能知道，這很奇怪……但我可以解釋。至少我認為我可以，再見。」

她掛掉電話，他們全都看著她，護士們一臉熱切的好奇，強尼則只有單調的確定感。

「小珍說我家廚房窗戶有煙冒出來。」艾琳說道，然後三個護士全都一起嘆息了。她們的眼睛，瞪大了而且帶有幾分譴責意味，再度轉向強尼。

他陰沉地想著，陪審團的眼睛。

「我該回家了。」艾琳說道。那個好鬥、善於哄騙又積極的物理治療師不見了，取而代之的是一個嬌小的女人，她在擔心她的貓、她的家跟她的東西。「我……我不知道要怎麼感謝你，強尼……我很抱歉我本來不相信你，可是……」她開始啜泣。

其中一個護士走向她，但強尼是第一個到達那裡的，他伸出一隻手臂環抱著她，把她帶到走廊上。

「你真的可以，」艾琳悄聲說道：「他們說的……」

「妳去吧，」強尼說：「我確定會沒事，會有些煙跟水造成的小損失，就這樣。那張《虎豹小霸王》電影海報，我想妳會失去它，不過就只有這樣。」

「好，沒問題。謝謝你，強尼。神保佑你。」她親吻他的臉頰，然後開始沿著走廊走去。她回頭看了一次，臉上的表情非常像是迷信式的恐懼。

護士們站成一排貼著護理站的玻璃，瞪著他看。突然間她們讓他想起電話線上的烏鴉，那些烏鴉低頭俯視著某些明亮閃爍的物體，某些可以啄、可以扯碎的東西。

「繼續回應妳們的呼叫吧。」他惱怒地說道，他的聲音讓她們縮了回去。他開始跛著腳沿走廊走向電梯，留下她們開始散播八卦。他很累，他的腿在痛。他的髖關節感覺像是有破玻璃塞在裡面，他想躺上床。

第十一章

1

「你要怎麼辦？」山姆．魏札克問道。

「基督啊，我不知道，」強尼說：「你說下面有多少人？」

「大概八個，其中一個是北新英格蘭美聯社的特約記者。三個是來自兩家電視台的人，帶了攝影機跟燈光。醫院院長對你挺生氣的，強尼，他覺得你在胡鬧。」

「因為一位女士的家就要被燒光了？」強尼問道：「我只能說，今天一定是新聞少得可憐的日子。」

「事實上並不是，福特否決了兩個法案，巴勒斯坦解放組織炸掉了台拉維夫的一家餐廳，還有一隻警犬在機場聞到四百磅的大麻。」

「那他們在這裡幹嘛？」強尼問道。在山姆帶著記者聚集在門廳的消息進來時，他心中一沉的第一個念頭，就是母親會怎麼看待這個。她跟父親在包諾，在為她的加州朝聖之旅做準備，那會在下週開始。強尼跟父親都不相信這趟旅行是好主意，若她知道兒子不知怎麼地變成了靈媒，可能會讓她取消計畫，但在這種狀況下，強尼非常害怕這個解決方案可能是兩害相權取其重，這種事也可能讓她永遠說教下去。

另一方面——這個念頭突然像個鼓舞人心的念頭，徹底在他心裡開花了——這有可能說服她再度開始服藥。

「他們在這裡，因為發生的事情是新聞，」山姆說。「其中具備所有經典的新聞元素。」
「我什麼都沒做，我只是……」
「你只是告訴艾琳．馬鞏恩她家著火了，而確實如此，」山姆輕聲說道。「好啦，強尼，你一定知道這種事遲早會發生。」
「我不是想出名的人。」強尼嚴肅地說道。
「你不是，我無意暗示你是這種人。地震也不想出名，不過記者會報導地震，大家會想要知道。」
「要是我拒絕跟他們談話會怎樣？」
「這不是什麼好選擇，」山姆回答。「他們會離開，然後登出瘋狂的謠言。然後，在你離開醫院的時候，他們會撲向你。他們會把麥克風推到你臉前面，就好像你是個參議員或黑道老大，不是嗎？」
強尼思索了一下。「布萊特在下面嗎？」
「是的。」
「要是我請他上來呢？他可以得到報導，然後給他們其他人。」
「你可以這樣做，但這樣會讓他們其他人極端不悅。而不悅的記者會是你的敵人。尼克森讓他們不悅，他們就把他扯成碎片。」
「我不是尼克森。」強尼說。
魏札克咧嘴燦笑。「感謝神。」他說。
「你建議怎麼做？」強尼問道。

2

在強尼踏出旋轉門，進入西邊門廳的時候，記者們站起來蜂擁而上。強尼穿著一件領口打開的白襯衫，還有一件對他來說太大的藍色牛仔褲。他臉色蒼白卻很鎮定。肌腱手術的疤痕，清楚地從他脖子上凸出來。閃光燈對著他迸出溫熱的火光，讓他皺起了臉，種種問題含糊不清地冒出來。

「聽這邊！聽這邊！」山姆．魏札克喊道。「這是一位還在康復中的病人！他想做個簡短的聲明，他會回答你們的一些問題，但只有在你們乖乖守規矩的狀況下才會！現在後退，讓他可以呼吸！」

兩組電視打光棒繼續閃著，讓整個門廳沐浴在一種不自然的炫目光線下。醫生與護士們聚集在休息室門口看熱鬧，強尼皺著臉避開光線，納悶地想他們說的在聚光燈下，是不是就這意思，他覺得好像一切可能都是一場夢。

「你是誰？」其中一個記者對魏札克喊道。

「我是山繆爾．魏札克，這位年輕人的醫師，名字的拼法裡有兩個X。」

有一陣眾人發出的笑聲，氣氛緩和了一點點。「強尼，你覺得還好嗎？」魏札克問道。這是傍晚，而他突然間洞察到艾琳．馬鞏恩家廚房著火的事，似乎變得很遙遠又不重要，只是對於一個記憶的記憶。

「當然。」他說道。

「你的聲明是什麼？」其中一個記者喊道。

「嗯，」強尼說：「是這樣的，我的物理治療師是一位叫做艾琳．馬鞏恩的女性，她是一位非常好的女士，她一直幫助我恢復我的力氣。我曾經出過車禍，你們知道，而且……」其中一台電視攝影機移進來，一片空茫地瞪大眼盯著他，讓他一時之間亂了步調。「……我變得相當虛弱，我的肌肉在某種程度上垮掉了。我們今天早上在物理治療室裡，剛結束療程，而我感覺到她家房子著火了，也就是說，更具體來說……」**耶穌啊，你聽起來像個混蛋！**「我覺得她忘記關掉她的爐子，廚房裡的窗簾就要著火了，所以我們就去打電話給消防隊，全部就是這樣。」

在他們消化這番話的時候，有過一段目瞪口呆的停頓——**我就是有種感覺，而全部就是這樣**——然後種種問題再度砲火齊發，一切都混在一起，變成毫無意義的人生大雜燴。強尼無助地環顧四周，覺得暈頭轉向又很脆弱。

「一次一個問題！」魏札克喊道：「舉起你的手！你們從沒當過小學生啊？」

手揮舞著，強尼指向大衛．布萊特。

「強尼，你會稱之為靈異經驗嗎？」

「我會說這是一種感覺，」強尼回答。「我本來在做仰臥起坐，我做完了。馬犖恩小姐拉著我的手幫助我起身，然後我就知道了。」

他指向另一個人。

「我是梅爾．艾倫，來自《波特蘭週日電信報》。史密斯先生，那是像一幅畫面嗎？你腦袋裡的一幅畫面？」

「不，完全不是。」強尼說道，但他並不真正能夠記得那**像是**什麼樣。

「強尼，這種事以前曾經發生在你身上嗎？」一個穿著褲裝的年輕女子問道。

50.他是開玩笑的，魏札克的名字拼法是 Samuel Weizak。

「是，有過幾次。」

「你可以告訴我們其他的事件嗎？」

「不，我寧可不要。」

其中一個電視記者舉起他的手，強尼對他點點頭。「你在車禍跟後來導致的昏迷之前，有任何這樣靈光一閃的經驗嗎，史密斯先生？」

強尼猶豫了。

房間似乎變得非常安靜，電視台的燈光在他臉上很溫暖，像是熱帶的太陽。

「沒有。」他說。

另一波問題砲火齊發。強尼再度無助地望著魏札克。

「停！停！」他吼道。在吼叫平息時，他注視著強尼。「你講完了，強尼？」

「我會再回答兩個問題，」強尼說：「然後……真的。今天對我來說是漫長的一天……是的，女士？」

他指向一位把自己擠到兩位年輕記者中間的壯碩女性。「史密斯先生。」她用響亮、傳得很遠、有如低音號的聲音說：「誰會是明年的民主黨總統候選人？」

「我沒辦法告訴妳這個，」強尼說道，他真心對這個問題感到驚訝。「我怎麼可能告訴妳這個？」

更多手舉起來。強尼指向一個表情清醒冷靜、穿著黑西裝的高個子男人。他往前站了一步。他身上有某種一本正經、內心盤踞著什麼的氣氛。

「史密斯先生，我是羅傑．杜梭特，來自路易斯頓《太陽報》。我想知道你是否有任何概念，知道你為什麼有這麼異乎尋常的能力……如果你確實有的話。為什麼是你，史密斯先生？」

強尼清清喉嚨。「就我對你這個問題的理解……你是要我證明某個我並不理解的事情，我做不到。」

「不是證明，史密斯先生，只要解釋。」

他認為我在唬他們，或者企圖如此。

魏札克往前站到強尼旁邊。「我在想我是否有辦法回答這個問題，」他說：「或者至少嘗試解釋，為什麼這個問題不可能被回答。」

「你也是個靈媒嗎？」杜梭特冷酷地問道。

「對，所有神經科專家一定都是，這是必要條件。」魏札克說道。一陣爆笑，杜梭特紅了臉。

「媒體的先生女士們，這個男人在昏迷中度過四年半，我們這些研究人腦的人，根本不知道他為什麼會這樣，或者他為什麼脫離昏迷，而就為了這個簡單的理由，我們不了解昏迷其實是什麼，我們對此的理解，並不比我們對睡眠、或者醒來的簡單行為更多。各位女士先生，我們不了解青蛙的腦，或者螞蟻的腦。你可以在這些事情上引用我的說法……看得出我天不怕地不怕了，不是嗎？」

更多笑聲出現。他們喜歡魏札克，不過杜梭特沒有笑。

「你也可以引用我這麼說，我相信這個人現在具有一種非常新的人類能力，或者是非常古老的一種。為什麼？如果我跟我的同僚們不了解螞蟻的腦，我能告訴你為什麼嗎？我沒辦法。然而我可以向你提起幾件有趣的事，這些事情可能會或不會有關聯。強尼．史密斯的大腦有一部分損毀到無法修護——非常小的一部分，但大腦的每個部分都可能是不可或缺的。他稱呼損壞部分是他的『死亡禁地』，而在那裡，看來是有些微量記憶被儲存著。所有這些被抹消的記憶，似乎都是一個『集合』的一部分，這個集合是街道、馬路跟高速公路目的地，是一個更大的全面集合——

那裡是什麼地方——裡面的子集合。這是一種很小卻很全面的失語症，同時包含了語言與視覺化技巧的部分。

「為了平衡這一點，強尼．史密斯的大腦有另外一小部分似乎覺醒了。大腦頂葉內的一個區塊。這是『前端』或者『思考』的大腦裡，紋路最深的區塊之一。史密斯的大腦在這個區塊的電流反應，超越它們應有的水準，不是嗎？在此還有一件事。頂葉跟觸覺感受有點關係——關係多大或多小，我們不完全確定——而它非常接近分類、並且指認各種形狀質地的腦區。而這是我自己的觀察：強尼的『靈光一閃』，先前總是經過某種觸碰。」

一陣靜默，記者們瘋狂地記著筆記。先前聚焦在魏札克身上的電視攝影機，現在拉回來把強尼也包括在畫面中。

「是這樣嗎，強尼？」魏札克再度問道。

「我猜是……」

杜梭特突然間從打結似的記者堆中間擠出一條路來。在這困惑的瞬間，強尼想著他要在門前面加入他們，可能是為了反駁。然後他看到杜梭特從脖子上拿下什麼東西。

「讓我們做個示範吧，」他說。他握著一個繫在細緻金鍊上的獎牌型墜子。「讓我們看看你可以用這個做到什麼。」

「我們不會看這種東西，」魏札克說。他茂密的花白眉毛強有力地皺在一起，而他像摩西似地瞪著杜梭特。「先生，這位男士並不是遊樂場裡的表演者！」

「你本來肯定能愚弄我，」杜梭特說：「他要不是辦得到就是辦不到，對吧？在你忙著提出種種看法的時候，我也忙著對自己提出某種看法。我提出的看法是，這些人永遠不能應要求表演，因為他們全都跟一堆三塊錢鈔票一樣『貨真價實』。」

強尼注視著其他記者。除了布萊特，他看起來相當尷尬，其他人都熱切地觀察著，他們看起來就像透過玻璃凝視他的那些護士。突然間他覺得他就像在獅子坑裡的基督徒。他心想，無論哪種結果他們都贏了。如果我可以告訴他什麼，他們就有頭條新聞。如果我不能，或者我拒絕嘗試，他們就有另一種報導。

「怎麼樣？」杜梭特問道，那墜子在他拳頭底下來回晃動。

強尼注視著魏札克，但魏札克正看著別處，看起來滿心厭惡。

「把這個給我。」強尼說。

杜梭特把墜子遞過來。強尼把墜子放在掌心。這是個聖克里斯多佛聖像墜子，他讓墜子上方的金屬細鍊子落下，變成鬈曲的黃色小堆，然後用他的手合起來握住它。

房間裡一片死寂。本來站在休息室門口的幾個醫生跟護士之間，有了五、六個新加入者，他們之中有些人穿著平常的便服，正準備下班離開醫院。有一群病人，已經聚集在通往一樓電視與遊戲休閒室的走廊尾端。為了固定的傍晚探視而來的人，從主要門廳漫遊過來。一種濃厚的緊張感就在空氣之中，像是嗡嗡低鳴的電纜線。

強尼默默地站著，穿著白襯衫與過大的藍色牛仔褲，他蒼白而瘦削。那個聖克里斯多佛墜子被他的右手握得這麼緊，以至於在他手腕上的肌腱在電視台打光棒的眩光下，清楚地凸顯出來。在他前方，穿著一身黑西裝，清醒、無懈可擊又嚴苛的杜梭特站在敵手的位置。這一刻似乎漫長無盡地延伸下去，沒有人咳嗽或耳語。

「喔，」強尼輕柔地說話了……然後是：「是這樣嗎？」

他的手指慢慢鬆開。他注視著杜梭特。

「怎麼樣？」杜梭特問道，他聲音裡的權威感突然間不見了。先前回答記者問題，疲倦又緊張的年輕男子似乎也不見了。

強尼唇邊有半個似有若無的微笑，但裡頭卻沒有任何暖意。他眼睛的藍色變暗了。眼神變得冷酷疏離。魏札克看到了，感覺到一陣起了雞皮疙瘩的寒意。他後來告訴他太太，這是一個男人透過高倍數顯微鏡，觀察一個有趣草履蟲品種的表情。

「這個項鍊墜子屬於你的姊妹，」他對杜梭特說。「她名字叫安妮，但每個人都叫她泰莉，是你姊姊。你愛她，幾乎是連她走過的土地都崇拜。」

突然間，強尼．史密斯的聲音很恐怖地開始攀升、改變，它變成一個青少年刺耳又不確定的聲音。

「泰莉，這是給妳的，在妳闖紅燈過里斯本街的時候，或者在妳跟其中一個從E. L.來的人停車的時候。別忘記，泰莉……別忘記了……」

先前問強尼明年民主黨會提名誰的那個豐滿女士，發出小小的驚嚇呻吟。電視台的其中一個攝影師用粗啞的聲音咕噥：「神聖的耶穌啊！」

「別說了，」杜梭特低聲說道，他的臉變成一種病懨懨的灰色。他的眼睛凸了出來，在這種強烈的光線下，他下唇上的唾沫像鉻似地閃耀著。他的雙手伸向墜子，串在細金鍊上的它現在套在強尼手指上。但他雙手的動作毫無力量或權威。墜子來回晃動著，反射出催眠般的微光。

「記得我，泰莉，」那青少年的聲音懇求著：「保持清醒和健康，泰莉……拜託，看在上帝的份上保持清醒和健康……」

「**別說了！別說了，你這混蛋！**」

現在強尼又用他自己的聲音說話了。「是快速丸，不是嗎？然後是甲基安非他命，她在二十七歲死於心臟病發。但她戴了這個墜子十年，羅傑，她記著你，她從沒忘記，從沒忘記……

從來沒有……從來沒有……從來沒有。」

墜子從他指間滑落，敲到地板時發出小而悅耳的聲音。

強尼瞪著虛空好一會，他的臉鎮定、冷靜而疏離。杜梭特在他腳邊找著那個墜子，在震驚的沉默中嘶啞地啜泣著。

一個閃光燈啵的一聲，強尼的臉清醒過來，再度恢復自我。恐怖先沾染了這張臉，然後是憐憫，他笨拙地跪在杜梭特旁邊。

「我很抱歉，」他說：「我很抱歉，我沒有意思要……」

「你這個低劣的混蛋騙子！」杜梭特對著他尖叫：「這是謊話！全是謊話！全是謊話！」

他攤開手，對著強尼的脖子揮出笨拙的一掌，強尼跌倒在地，頭重重地撞到地板，他眼冒金星。

一陣騷動。

他隱約察覺到杜梭特盲目地推擠著穿過人群，朝著門口走去。眾人雜亂地圍到杜梭特還有強尼身邊，他看到杜梭特穿過森林般的腿跟鞋子，然後魏札克就跑到他旁邊了，幫助他坐起身。

「強尼，你還好嗎？他有傷到你嗎？」

「沒有我傷他傷得重，我沒事。」他掙扎著站起來。有人伸手——也許是魏札克，也許是別人——來幫忙他。他覺得暈眩，很不舒服，幾乎覺得噁心。這是個錯誤，一個可怕的錯誤。

有人發出刺耳的尖叫——那個問起民主黨候選人的壯碩女人。

強尼看到杜梭特往前跪倒，抓著那個壯碩女人的印花襯衫袖了，然後疲憊地往前滑落到他本來企圖到達的門口磚塊地板上，那個聖克里斯多佛墜子還在一隻手上。

「昏倒了，」有人說：「昏死過去了，真想不到。」

「我的錯，」強尼對山姆．魏札克說道。因為羞愧，因為淚水，他覺得喉嚨收緊了。「都是我的錯。」

「不，」山姆說：「不是的，強尼。」

然而就是。他甩脫魏札克的雙手，到了杜梭特躺著的地方，他現在醒過來了，茫然地對著天花板眨眼，兩個醫生已經過去他躺的地方了。

「他還好嗎？」強尼問道。他轉向穿褲裝的女記者，而她的身體一縮躲開他。她臉上出現一波恐懼的痙攣。強尼轉向另一邊，面對剛才問他出車禍前是否有過任何靈感的那個電視記者。向某個人解釋此事，突然間似乎變得非常重要。「我沒有打算傷害他，」他說：「上帝為證，我從來沒打算傷害他，我不知道……」

那個電視記者退後了一步。「不，」他說：「你當然沒那意思，他自找的，每個人都看得出來。只是……別碰我，喔？」

強尼傻傻地看著他，嘴唇顫抖著。他仍然很震驚，但他開始明白了。喔是啊，他開始明白了，那電視記者試著要微笑，卻只能擠出一個骷髏頭齜牙咧嘴的樣子。

「只要你別碰我就好，強尼，拜託。」

「不是那樣的。」強尼說——或者設法要說。後來，他一直不確定他有沒有發出任何聲音。

「強尼，別碰我，好嗎？」

記者退後到攝影師在收拾工具的地方，強尼站著注視他，他開始全身發抖。

「這是為了你自己好，強尼。」魏札克說。護士站在他後面，一個白衣鬼魂、魔法師的學徒，她的雙手在那張附輪子的醫藥桌，毒蟲美夢成真的天堂之上徘徊。

「不，」強尼說。他還在發抖，現在還有冷汗。「不要再打針了。我已經受夠打針了。」

「那就吃顆藥丸。」

「我也受夠藥丸了。」

「是幫助你睡眠的。」

「他有辦法入睡嗎？那個叫杜梭特的男人？」

「他自找的。」那護士低聲囁嚅，然後在魏札克轉身面對他的時候身體一縮，魏札克露出一個不懷好意的微笑。

「她是對的，不是嗎？」他說：「那男人咎由自取。他以為你在說空話，強尼。好好睡一晚，你就能夠從全面性的角度看這件事了。」

「我會靠自己入睡。」

「強尼，拜託你。」

現在是十一點十五分。房間對面的電視才剛關掉。強尼跟山姆一起看了電視報導，它是第二條新聞，就在福特否決的法案之後。我的故事有比較好的戲劇性，強尼帶著病態的樂趣想道。禿頭共和黨人裝腔作勢地說些關於全國預算的陳腔濫調，就是比不上WABI新聞台攝影師在這天晚上稍早拍到的影片。那段影片結束在杜梭特手裡緊抓他姊姊的墜子，衝過整片地板以後癱倒在地上昏過去，同時抓住了那個女記者，就像遇溺的人可能抓住一根稻草那樣。

電視主播繼續講警犬跟四百磅大麻的時候，魏札克短暫地離開一下，回來時帶回這個消息：甚至在報導結束以前，醫院總機就被打來找他的電話佔滿了。幾分鐘後負責藥物的護士就出現了，強尼相信山姆先前去護士站的時候，做的不只是查看打進來的電話。

在那一刻，電話響了。

魏札克低聲咒罵著。「我叫他們擋住所有電話的。強尼，別接電話，我會……」

但強尼已經接了。他聽了一陣，然後點點頭。「是的，沒錯。」

他用一隻手遮著話筒。「是我爸。」他說。他放開話筒。「嗨，爸。我猜你……」他聆聽著。他嘴唇上的小小微笑消失了，取而代之的是一種恍然大悟的驚恐，他的嘴唇默然無聲地動著。

「強尼，怎麼了？」魏札克急切地問道。

「好的，爸爸，」強尼說道，幾乎輕得像耳語。「是，康伯蘭綜合醫院。我知道在哪裡，就在耶路撒冷地上面。好、好的爸爸……」

他的聲音破掉了，他的眼睛沒有淚水，卻閃著水光。

「我知道，爸爸。我也愛你，我很抱歉。」

一陣聆聽。

「是的，是這樣，」強尼說：「我會見到你，爸爸。對，再見。」

他掛掉電話，把手掌根放到眼睛上壓著。

「強尼？」山姆往前靠，把他的一隻手拿開，然後溫柔地握著。「是你母親嗎？」

「對，是我母親。」

「心臟病？」

「中風。」強尼說道，山姆．魏札克從齒縫間發出一個小小的、痛楚的吐氣聲。

「他們在看電視新聞……他們兩個都毫無心理準備……而我出現了……然後她中風了。基督啊，她在醫院裡。現在如果我爸出了什麼事，我們就連中三元了。」他發出一個高亢如尖叫的笑聲。他的眼睛狂亂地從山姆轉向護士，再轉向山姆。「這是個很好的天賦，」他說：「每個人都該有。」笑聲再度冒出來，像極了一聲尖叫。

「她狀況有多糟？」山姆問道。

「他不知道。」強尼腿一甩下了床，他已經換回醫院的病人袍，他還光著腳。

「你以為你在做什麼？」山姆尖銳地問道。

「這看起來像什麼？」

強尼起身了，而有一會兒山姆看起來像要把他推回床上去，但他只是看著強尼跛著腳到衣櫃旁邊。「別傻了。強尼，你沒準備好做這種事。」

強尼沒理會護士——上帝知道，她們都看過夠無數次他的光屁股了——就直接讓袍子落到他腳上。他膝蓋後方粗厚、扭曲的傷疤凸顯出來，凹陷到他只有些微隆起的小腿上。他開始在衣櫃裡摸索著衣服，然後拿出他在新聞記者會穿的白襯衫跟牛仔褲。

「強尼，我絕對禁止這麼做。身為你的醫生和朋友——我告訴你，這樣做是瘋了。」

「隨你想怎麼禁止，我都要去。」強尼說。他開始著裝，臉上有種全神貫注的疏離——山姆把這種表情跟他的出神狀態聯想在一起，護士目瞪口呆。

「護士，妳最好回妳的護理站去。」山姆說。

她退到門口，在那裡站了一會，然後很不情願地離開。

「強尼，」山姆說道。他站了起來，走向強尼，把一隻手放在他肩膀上。「這不是你做的。」

強尼把那隻手甩掉。「好了，就是我做的，」他說。「事情發生時她正在看我。」他開始扣襯衫。

「你敦促她吃藥，而她停藥了。」

強尼望著魏札克一會，然後又回去扣他的襯衫。

「如果今晚沒發生這件事，就會發生在明天，下星期，下個月……」

「或者明年，或者十年後。」

「不，這不會十年後才發生，甚至不會在一年後。而且你也知道。為什麼你這麼急著把錯釘在你自己頭上？因為那個自以為是的記者嗎？也許這是某種轉化過的自憐？一種相信自己被詛咒的衝動？」

強尼的臉扭曲了。「事情發生的時候她正在看我。你不懂嗎？你他媽的有這麼心軟，不懂這一點？」

「她正在計畫做一趟費力的旅行，一路到加州去再回來，你自己告訴我的，某種討論會。據你所說，這是一種非常情緒化的活動。是嗎？是的，這種事幾乎肯定會在那時候發生。強尼，中風並不是突如其來的。」

強尼扣好牛仔褲，然後坐了下來，就好像光是著裝就已經讓他太累，無法再多做別的。他仍然打著赤腳。「是啊。」他說：「是啊，你也許是對的。」

「理智！他有理智了！感謝上主！」

「但我還是要去，山姆。」

魏札克雙手一攤。「然後做什麼？她在她的醫生與上帝手中。狀況就是如此，你一定比任何人都更了解。」

「我爸會需要我，」強尼輕聲說道。「我也了解這點。」

「你要怎麼去？幾乎午夜了。」

「搭巴士，我會搭計程車到『彼得的點火器』那裡。灰狗巴士還會在那裡停，不是嗎？」

「你不必這樣做。」山姆說。

強尼在椅子下面摸索，找他的鞋子，卻沒有找到，山姆從床底下找出來交給他。「我會開車載你去。」

強尼抬頭看著他。「你會這麼做？」

「如果你吃點輕微的鎮定劑，就會。」

「可是你太太……」他以一種困惑的方式領悟到，他對魏札克的個人生活唯一知道的實質事情，就是他母親住在加州。

「我離婚了，」魏札克說。「一位醫生必須準備好在晚上的所有時候出門……除非他是個小兒科醫生或者皮膚科醫生，不是嗎？我太太一直把床看成是半空的，而不是半滿的，所以她用各種男人來填滿那張床。」

「我很抱歉。」強尼說道，他很尷尬。

「你花了實在太多時間感到抱歉了，強尼。」山姆的臉很溫和，但他眼神卻很堅定。「穿上你的鞋子。」

第十二章

1

從醫院到醫院，強尼作夢似地想著。靠著他跟山姆離開東緬因醫學中心、爬進那輛七五年黃金國車款之前，剛剛吞下的小小藍色藥丸，他正輕柔地飛行著。**從醫院到醫院，從這個人到下個人，從這一站到下一站。**

以一種古怪、秘密的方式，他很享受這趟旅程——五年來，這是他第一次踏出醫院之外。夜空很澄澈，銀河在一種像展開時鐘彈簧似的光芒中，蔓延開來跨越天空，在他們飛掠著南下，經過帕米拉、紐波特、匹茲菲爾、班頓、克林頓的時候，一個半圓的月亮在黑暗的樹頂輪廓線上跟著他們。車子在徹底的寂靜之中悄聲前進。小音量的音樂——海頓——從立體聲錄音帶音響的四個喇叭裡流瀉出來。

搭著克里夫米爾斯急救隊的救護車到一家醫院，搭著凱迪拉克到另一家去，他心想。他不讓這件事困擾他，它只是剛好可以搭乘，可以在軌道上跟著飄浮，讓他母親、他的新能力、還有想撬開他靈魂的人（**他自找的……只是別碰我，喔？**）等等問題，在一個暫時的地獄邊緣休憩。魏札克不說話，偶爾會哼一小段音樂。

強尼注視著群星。他注視著收費高速公路，這麼晚的時間幾乎空無一人。這條路無止盡地在他們面前展開。他們穿過奧古斯塔的收費站，魏札克拿了一張過路費收據。然後他們繼續前行——加德納、薩巴塔斯、路易斯頓。

幾乎五年，比某些被定罪的謀殺犯在監獄裡耗掉的時間還長。

他入睡。

作了夢。

「強尼，」母親在他夢中說道。「強尼，讓我好轉，讓我健康。」她披著一身乞丐般的破布，從鵝卵石上爬向他。她的臉很白。從膝蓋上流下細細的一道血，白色的蝨子在她稀疏的頭髮上蠕動，她把顫抖著的手伸向他。「是神的力量在你身上運作，」她說：「強尼，這是很大的責任，一種重大的信賴，你必須讓自己配得上。」

他握住她的雙手，把自己的手合握在上面，然後說：「惡靈，離開這個女人。」

她站起來。「治癒了！」她用一種充滿奇異與恐怖勝利感的聲音喊道。「**治癒了！我兒子已經治癒我了！他的工作在地球上是偉大的！**」

他試圖抗議，告訴她自己不想做偉大的工作、療癒、不想說方言[51]、預言未來，或者找到遺失之物。他試著要告訴她，但他的舌頭無法遵從大腦的命令。然後她越過他身邊，大步走過鋪著卵石的街道，她的姿態蜷縮如奴隸，但不知怎麼的卻又顯得高傲自負，她的聲音嘹亮如喇叭：

「**被拯救者！救主！被拯救者！救主！**」

在驚恐之中，他看到她背後有數以千計、也許數以百萬計的其他人，肢體全都殘缺畸形、或者在恐怖之中。體型壯碩的記者也在那裡，她需要知道一九七六年總統大選會提名誰，還有個穿連身工作服、眼神死氣沉沉的農夫手上拿著一張他兒子的照片，一個穿著空軍藍色制服的微笑年輕男子，一九七二年他在河內作戰時被通報失蹤，他需要知道兒子究竟是死是活。一個看起來

51.「說方言」指的是在被聖靈充滿的狀態下得到恩賜，能發出一般人不能理解但類似語言的聲音。

像莎拉的年輕女人，光滑的臉頰上帶著淚水，抱著一個腦水腫的嬰兒，頭上的藍色靜脈一條條的像是代表厄運的盧恩文字。一個手指得了關節炎變成像棍棒一樣的老人。還有其他的人，他們綿延好幾哩，他們不耐煩地等待，他們會用沉默無言卻有如棍棒重擊的需求來殺了他。

「**被拯救者！**」母親的聲音有如命令似地傳了回來。「**救主！被拯救者！被拯救者！**」他試著告訴他們，他不可能治療也不可能拯救誰，但在他能開口否認這些事之前，第一個人已經把手放到他身上搖撼他。

那種搖晃夠真實了，放在他手臂上的是魏札克的手。亮橘色的光線填滿了車子，把內部空間變得像如白晝——這是個夢魘般的光線，把山姆仁慈的臉變成妖怪的臉。有一刻他心想夢魘仍在繼續，然後他看出光線是來自停車場的燈光，顯然他還在昏迷的時候，他們也換過那些燈了。從冷硬的白色，變成照在皮膚上如同顏料的怪異橘色。

「我們在哪裡？」他聲音含糊不清地問道。

「醫院，」山姆說：「康伯蘭綜合醫院。」

「喔，好。」

他坐起身，夢似乎碎成片片從他身上滑落，同時在他心靈的地板上散置著，像是某種破裂卻還沒掃起來的東西。

「你準備好進去了嗎？」

「是。」強尼說。

他們在樹林中夏季蟋蟀輕柔的吱嘎聲裡跨越停車場，螢火蟲點綴在黑暗之中。母親的影像還有許多留在他身上——但還沒有多到讓他無法享受夜晚柔和芬芳的氣味，還有微風隱約貼在皮膚上的感覺，還有時間享受夜晚的健康，還有自體內湧出的健康感受。從他為何出現於此的脈絡來看，這個念頭看似近乎褻瀆——但只是近乎如此，這種感覺不會離去。

2

赫伯從走廊過來迎接他們，強尼看到父親穿著一條舊長褲、穿了鞋卻沒穿襪子，上身穿著他的睡衣。這個狀況告訴強尼許多事，說明事發有多突然。這告訴他的遠多過他想知道的。

「兒子……」他說道。不知怎麼的，他看起來變小了。他試著多說幾句，卻沒有辦法。強尼擁抱著爸爸，赫伯的眼淚奪眶而出。他靠在強尼的襯衫上啜泣。

「爸爸，」他說：「沒關係，爸爸，沒關係。」

強尼的父親把他的手臂環繞在強尼肩上飲泣著。魏札克轉向一旁，開始檢視牆上的畫像，某個在地畫家不怎麼樣的水彩畫。

赫伯開始恢復鎮定。他用手臂擦了他的眼睛，然後說道：「看看我，還穿著我的睡衣，在救護車來以前，我有時間換衣服的。完全沒想到，一定是年紀大了。」

「不，你還不是。」

「好吧。」他聳聳肩。「你的醫生朋友帶著你來？你真好，魏札克醫生。」

山姆聳聳肩。「這沒什麼。」

強尼跟他父親走向小小的等候室坐下。

「爸爸，她是不是……」

「她在惡化，」赫伯說。他現在看來冷靜些了。「有意識，不過在惡化。她先前要找你，強尼，我想她是為了你撐著。」

「我的錯，」強尼說：「這一切都是我的……」

耳朵突然傳來的痛楚讓他嚇了一跳，他震驚地瞪著父親看。赫伯抓住他的耳朵，穩穩地扭了一下。他父親在他懷裡哭泣的角色倒轉，已經了結了。這個扭耳朵的老招數，是赫伯保留給最嚴重錯誤的懲罰。從十三歲他被逮到亂玩他們家的「漫步者」老車以後，強尼想不起來還有哪次被扭耳朵了。那時他很大意地踩了離合器，那部舊車默默地滾下坡撞了他們家後院的棚屋。

「你永遠別再說那種話。」赫伯說。

「**天哪，爸！**」

赫伯放手了，他的嘴角底下隱約冒出一絲微笑。「扭耳朵這個老招你都忘了，喔？我可能也以為我忘了。你沒這麼走運，強尼。」

強尼盯著他父親看，還是目瞪口呆。

「你不准再怪自己。」

「但她是在看那該死的……」

「對，在看新聞。她很入迷，她很振奮……然後她躺在地上了，她可憐的老嘴巴一開一合，就好像是一條跳出水面的魚似的。」赫伯靠近了他兒子。「醫生沒有直接說出口，但他問我那『英雄式的舉動』。我沒告訴他任何那種事情。強尼，她犯下的那種罪，她假定自己知道神的心意，所以你永遠別為了她的錯誤責怪你自己。」

新的淚水在他眼中閃爍，他的聲音變得粗啞。「上帝知道，我花了一輩子愛她，最近這變得艱難了，也許這樣是最好的。」

「我可以看她嗎？」

「可以，她的房間在走廊盡頭，三十五號房。他們在等你，她也是。只有一件事，強尼，你要同意她說的任何事情，一切事情。不要……讓她死的時候認為這一切都是白費。」

「不會的。」他頓了一下。「你要跟我來嗎？」

「現在不，也許晚一點會。」

強尼點點頭，然後沿著走廊走去。光線為了晚間被轉暗了。在輕柔、仁慈的夏夜裡度過的短暫時刻，現在似乎離得很遠了，不過他在車裡的夢魘似乎變得非常近。

三十五號房。維拉．海倫．史密斯，門上的小卡片這麼寫著。他本來知道她的中間名是海倫嗎？看來一定知道過，雖然他想不起來了。不過他還可以記起其他事情：一個明亮的夏日在老果園海灘上，媽媽給他一支冰棒，用她的手帕包著，她快樂地微笑著。他跟母親還有父親玩拉米紙牌遊戲，彼此對抗——後來，宗教事務開始加深對她的掌握，她不讓家裡出現紙牌，甚至不能拿來玩克里比奇。他記得他被蜜蜂螫的那天，他奔向她嚎啕大哭，而她親吻著他腫起的地方，而且用鑷子把蜂針夾了出來，然後用一塊浸過小蘇打的布條包起傷口。

他推開門進去。那個床上模糊的隆起物體就是她，強尼心想，我以前看起來就是那樣。一個護士在量她的脈搏，在門打開時她轉身，微弱的走廊燈光在她的眼鏡上閃爍。

「你是史密斯太太的兒子嗎？」

「是的。」

「強尼？」從床上隆起的小丘裡升起的聲音，乾枯而空洞，死亡隨之喀喀作響，就像幾顆小卵石會在空蕩蕩的葫蘆裡喀喀作響。那聲音——願神幫助他——讓他起了雞皮疙瘩。他走近了一點，她左邊的臉扭曲成一個齜牙咧嘴的面具。床單上的手像個爪子。**中風**，他心想。**老人家說那叫震驚休克。是的，這樣說比較好，她看起來就是這樣，就好像受到了很糟糕的驚嚇。**

「是你嗎，強尼？」

「是我，媽。」

「強尼？是你嗎？」

「是的，媽。」

他走得更近，逼迫自己握住那隻只剩骨頭的爪子。

「我要我的強尼。」她怒氣沖沖地抱怨。

護士給了他一個憐憫的眼神，強尼發現自己真想一拳砸爛那張臉。

「妳可以讓我們獨處嗎？」他問道。

「我真的不該這樣，現在……」

「拜託，她是我母親，我想跟她獨自度過一些時間，」強尼說。「怎麼樣？」

「這樣嘛……」

「孩子的爸，把我的果汁拿來！」他母親啞著嗓子喊道。「我覺得好像可以喝掉一夸脫！」

「妳可以**離開**這裡嗎？」他對著護士喊道。他心裡充滿一種可怕的悲傷，在其中他甚至無法找到焦點，這似乎就像個下沉到黑暗中的漩渦。

護士離開了。

「媽。」他說著，坐在她旁邊。那種古怪的時間重疊、時間倒轉的感覺，將不會離開他。有多少次她曾像這樣坐在他床邊，握著他乾燥的手，對著他說話？他回憶起那個沒有時間的時期，那時候房間對他來說似乎無比靠近——透過薄紗般的胎膜，母親的臉彎下腰來靠近他，對著他上仰的臉慢慢灌入雷鳴般又毫無意義的聲音。

「媽。」他又說了一次，然後親吻那個取代了她手的鉤子。

「給我那些釘子，我可以做到這件事，」她說。她的左眼似乎凍結在它的軌道上，另一隻眼睛狂亂地轉動著。像是一隻被槍擊的馬眼睛。「我要強尼。」

「媽，我在這裡。」

「強——尼！強——尼！強——尼！」

「**媽**。」他說著，同時害怕那個護士會回來。

「你……」她的話中斷了，她的頭朝著他轉過來一點點。「彎下來到這裡，我才能看見你。」她悄聲說道。

他照著她的要求做了。

「你來了，」她說：「謝謝你，謝謝你。」眼淚開始從好的那隻眼睛冒出來。壞了的那隻眼睛，在被驚嚇休克凍結的那半邊臉上的眼睛，無動於衷地朝上瞪著。

「我當然來了。」

「我看到你了，」她耳語道。「神給你的是多麼大的力量啊，強尼！我沒告訴過你嗎？我不是跟你說是這樣了嗎？」

「對，妳說過。」

「祂有個工作要給你，」她說：「強尼，別逃離祂。別像以利亞一樣躲到洞窟裡去[52]，或者讓祂派一隻大魚來吞掉你[53]。別這樣做，強尼。」

「不，我不會的。」他握著她爪子般的手。他的頭一陣陣痛著。

「不是窯匠，而是窯匠的泥[54]，強尼，記得。」

52. 在聖經列王記中，曾提到先知以利亞為了逃避王后耶洗別的追殺，逃到洞窟裡去，在上帝的勸導下，才鼓起勇氣出來面對當時以色列國內並不友善的氣氛。

53. 被魚吞掉的是另一位先知約拿，他企圖逃避神交給他的任務，結果被吞入大魚肚子裡三天三夜，他禱告並發誓要遵照神意執行任務，才被大魚吐出來。

「好的。」

「記得這個！」她用刺耳的聲音說道，而他心想，**她要回到胡言亂語的國度了**。但她沒有。至少她沒有比他脫離昏迷之後，更進一步深入胡言亂語的國度。

「時候到了，就注意那寧靜的小聲音。」她說。

「是的，媽，我會的。」

她的頭稍微往枕頭方向轉了一點點——她在**微笑**嗎？

「我猜你覺得我瘋了。」她又多扭轉了她的頭一點點，好讓她可以直視他。「不過那不重要，在那聲音來的時候你會知道的，它會告訴你要做什麼。它告訴耶利米、但以理、阿摩司跟亞伯拉罕怎麼做。它會降臨到你身上，它會告訴你。而在它告訴你的時候，強尼……**盡你的責任**。」

「好的，媽。」

「多大的力量，」她喃喃說道。她的聲音變得含糊不清。「神給你的是多麼大的力量……我知道……我一直都知道。」她的聲音慢慢消失。好的那隻眼睛閉上了，另一隻眼睛茫然地朝前瞪著。

強尼又跟她坐在一起五分鐘，然後起身離開。他的手放在門把上，正在把門打開的時候，她乾枯、喀喀作響的聲音再度出現，那種毫不寬容、積極命令的口氣讓他心中一寒。

「**盡你的責任，強尼**。」

「是的，媽。」

這是他最後一次跟她說話。她在八月二十日早上八點五分去世。在他們北方的某處，華特與莎拉．哈茲萊特在討論強尼，差點變成爭執。而在他們南方的某處，葛瑞格．史提爾森正在把自己造就成某種一流混蛋。

第十三章

1

「你不明白。」葛瑞格·史提爾森用一種全然合理又有耐性的聲音，對坐在里奇威警察局後方等候室裡的孩子說話。那個沒穿上衣的孩子，斜靠在一張有軟墊的折疊椅上，喝著一瓶百事可樂。他對葛瑞格·史提爾森寬容地微笑，不明白同一句話史提爾森頂多只會講兩次，他明白這房間裡有個一流混蛋，卻還不明白那是誰。

會有人讓他徹底領悟這件事。

如果必要的話，葛瑞格會強逼他懂。

外面，八月末的早晨明亮而溫暖，鳥兒在樹上歌唱。葛瑞格則覺得他的命運比過去都來得更近，這就是為什麼他會小心翼翼地對待這個一流混蛋。這可不是個有超糟糕的O型腿跟體臭的長髮機車怪客，這孩子是個男大學生，頭髮普通長，但乾淨得不得了，他是喬治·哈維的外甥。並不是說喬治很愛他（喬治在一九四五年打遍德國，而他對那些長髮怪胎只有四個字好說，而那四個字不是生日快樂），但他是血親，喬治在鎮議會上又是個舉足輕重的人物。在葛瑞格通知喬治說威金斯巡官逮捕了他姊姊的孩子時，他告訴葛瑞格，**看看你能對他做些什麼**，不過他的眼睛說的是，**別傷他，他是我的血親**。

54. 這是在聖經中出現多次的比喻，神是窯匠，信徒是泥。

這孩子用一種慵懶的輕蔑注視著他。「我明白，」他說：「你的副手道格拿走了我的上衣，我想把它要回來。還有你最好了解某件事，如果我沒把衣服拿回來，我就會讓美國公民自由聯盟來整你們這些粗人。」

葛瑞格起身，走到汽水販賣機對面的銀灰色檔案櫃，抽出他的鑰匙圈，挑出一把鑰匙，然後開了櫃子。從一堆車禍跟交通表格上面，他拿出一件紅色T恤。他把T恤攤開，所以上面的題字很清楚：**寶貝咱們來打砲吧**。

「你穿著這個，」葛瑞格用同樣溫和的聲音說：「公然上街。」

這孩子靠著椅子，後腳把椅子翹起來搖晃，他又多喝了點百事可樂。在他嘴角綻開了微笑——幾乎是個冷笑——並沒有改變。「沒錯。」他說：「而且我想把它要回來，那是我的財產。」

葛瑞格的頭又開始痛了，這自作聰明的小子沒領悟到這會有多容易。這房間是隔音的，而且隔音有過幾次是用來悶住尖叫聲。不——他沒領悟，他不明白。

可是你該忍住別出手，別太過火，別壞事。

想來容易，只是想通常很容易辦到。但有時候，他的脾氣——他的脾氣會失控。

葛瑞格伸手到口袋裡，掏出他的比克打火機。

「所以你就告訴你的蓋世太保巡官跟我的法西斯舅舅，憲法第一修正案……」他頓了一下，眼睛瞪大了一點。「你在幹……？嘿！**嘿！**」

葛瑞格根本不注意他，至少外表顯得冷靜，就這樣點燃了火。比克打火機的氣態火焰呼一聲往上竄，然後葛瑞格把那孩子的T恤點火了。實際上，燒得還挺順利的。

這孩子的椅子前腿砰一聲落下，他手上還握著那瓶百事可樂，就朝著葛瑞格跳過去。那個自滿的小小冷笑不見了，取而代之的是一種目瞪口呆的震驚與意外——還有一個事事隨心所欲太久、被寵壞小鬼的怒火。

從來沒有人叫他矮子，葛瑞格．史提爾森心想，然後他的頭痛加劇了。喔，接下來他必須小心了。

「給我那個！」小鬼吼道。葛瑞格把那件T恤拿得遠遠的，用兩根手指捏著衣服脖子，準備好在燒得太熱時扔開。「給我那個，你這混蛋！那是我的！那是……」

葛瑞格把他的手放到那孩子裸露的胸膛上，用盡全力地推他——確實相當用力。這孩子飛到房間另一端，怒氣融化成徹底的震驚，還有——終於——葛瑞格需要看到的東西：恐懼。

他把那件T恤丟到磚頭地板上，拿起那孩子的百事可樂，然後把瓶裡剩下的可樂澆到悶燒的T恤上，發出不祥的嘶嘶響聲。

這孩子慢慢站起身，他的背貼著牆壁。葛瑞格用自己的眼睛捕捉他的眼睛；那孩子的眼睛是棕色的，而且非常、非常大。

「我們會達成一種理解。」葛瑞格說，而在他頭殼裡那種病態的重擊後面，這話似乎離他很遙遠。「我們就要在這裡，這個後面的房間裡開個小小的研討會，談談到底誰是混蛋。你懂我的意思嗎？我們會達成某些結論，這不就是你們這些大學男生愛做的事嗎？達成結論？」

那孩子一陣陣急促地吸氣。他舔濕了他的嘴唇，似乎要講話，然後他喊道：「**來人啊！**」

「是啊，你需要有人來幫你，沒錯，」葛瑞格說：「我也會給你一點幫助。」

「你瘋了，」喬治．哈維的外甥說，然後又喊了起來，喊得更大聲：「**來人啊！**」

「我可能會，」葛瑞格說：「當然，不過小子，我們必須找出誰是大混蛋，你懂我的意思嗎？」

他低頭俯視他手中的百事可樂瓶，然後突然野蠻地把它揮向鐵櫃的邊角。它碎裂了，那孩子看到地上的玻璃碎片，還有葛瑞格手中的鋸齒狀瓶頸對準了他，他尖叫出來。他幾乎褪成白色的牛仔褲褲襠突然間色澤變深了。他的臉變成就像羊皮紙的顏色。而就在葛瑞格走向他，玻璃在他夏天跟冬天穿的工作靴底下碾壓時，他縮著靠向牆壁。

「在我出外到街上的時候，我穿著一件白色襯衫，」葛瑞格說。他咧著嘴笑，露出白色的牙齒。「有時候加上領帶。在你外出上街的時候，你穿某塊破布，上面有句骯髒話。所以誰才是混蛋，小鬼？」

喬治．哈維的外甥哼唧了某句話，他鼓凸的眼睛，視線須臾不離葛瑞格手中那個瓶子上戳出的尖銳玻璃片。

「我像擱淺的船一樣，站在這沾不著水的高處[55]，」葛瑞格說著，稍微靠近了一點點：「而你卻閃尿了，從兩條腿流到你鞋子裡，所以誰是混蛋？」

他開始把瓶頸輕輕地戳向那孩子裸露又汗濕的上腹部，喬治．哈維的外甥開始哭了。葛瑞格心想，就是這種孩子把這個國家撕成兩半。憤怒的濁酒發出嘈雜的聲音，在他腦袋裡流動。這種臭醺醺、沒種、愛哭的混蛋。

喔，可是別傷害他——別搞砸事情——

「我聽起來像個人類，」葛瑞格說：「而你聽起來像隻油坑裡的豬，小男孩。所以誰才是混蛋？」

再度用瓶子戳：其中一根玻璃刺尖端，刺進那孩子右邊乳頭正下方的皮膚，帶出一滴小小的血珠，那孩子嚎叫起來。

「我在跟你說話，」葛瑞格說：「你最好回答，就像你在回答教授一樣，誰是混蛋？」

這孩子嗚咽啜泣著，卻沒發出意義連貫的聲音。

「如果你想通過這個測驗，就給我回答。」葛瑞格說：「男孩，我會讓你的內臟全都灑在這片地板上。」在那一瞬間，他是認真的。他沒辦法直視這個冒出來的血滴，如果他看了，那滴血會讓他發狂，不管這人是不是喬治·哈維的外甥都一樣。「誰是混蛋？」

「我。」這孩子說道，然後開始像害怕鬼怪，害怕半夜有「阿拉瑪谷撒冷」等在衣櫃後面的幼童那樣啜泣。

葛瑞格露出微笑。頭痛重重襲來，越演越烈。「喔，那相當好，你知道，這是個開始，不過其實還不夠好。我要你說，『我是個混蛋』。」

「我是個混蛋。」那孩子說道，他還在啜泣。鼻涕從他鼻子裡流出，掛在那裡流成一條，他用手背擦掉鼻涕。

「現在我要你說，『我是個大混蛋』。」

「我……我是個大混蛋。」

「現在你只要再多說一句話，也許我們就結束了。你說：『謝謝你燒掉那件髒T恤，史提爾森市長。』」

現在這孩子很急切，這孩子看清楚他的出路了。「多謝你燒掉了那件髒T恤。」

在一瞬間，葛瑞格把其中一根玻璃尖刺從左到右畫過那孩子柔軟的腹部，畫出一道血線。他幾乎沒割破皮膚，不過這孩子嚎叫得像是地獄裡所有惡魔都在他背後一樣。

「你忘了說『史提爾森市長』。」葛瑞格說，而就這樣，它中斷了。頭痛正對著他兩眼之間再使出重重一擊，然後就不見了。他愚蠢地俯視著他手中的瓶頸，幾乎想不起來它怎麼跑到那

55.通常「沾不著水的高處」（high and dry）指的是「孤立無援」，葛瑞格在此這麼說顯然是在惡意調侃真正孤立無援的大學生。

裡的。該死的蠢東西，他為了一個沒腦的瘋孩子，幾乎丟掉了一切。

「史提爾森市長！」那孩子在尖叫，他的恐怖感是完全而徹底的。「史提爾森市長！史提爾森市長史提爾森市……」

「夠了。」葛瑞格說。

「……長史提爾森市長！史提爾森市長！史提……」

葛瑞格重重甩了他一巴掌，那孩子的頭撞上了牆壁。他靜了下來，眼睛瞪大了，神情茫然。

葛瑞格走到離他非常近的地方伸出手。他在這孩子兩邊的耳朵各放上一隻手。他把這孩子的臉扳向前方，直到他們鼻子頂著鼻子，兩人的眼睛彼此相隔不到半吋。

「現在，你舅舅是這個城裡的一股勢力。」他輕聲說道，握著這孩子的雙耳，就像把手一樣。孩子的眼睛很大，是棕色的，而且暈乎乎的。「我也是一股勢力——很快就會是了——但我不是喬治·哈維。他生在這裡，長在這裡，還有其他種種一切，如果你去告訴你舅舅這裡出了什麼事，他可能會想在里奇威了斷我。」

這孩子的嘴唇抽搐著，幾乎是一種無聲的哽咽。葛瑞格抓著男孩的耳朵，慢慢地來回搖晃，讓他們的鼻子撞在一起。

「也可能不會……他對那件T恤相當火大，不過又可能會，血緣羈絆是很強烈的羈絆。所以你想想吧，小子。如果你去告訴你舅舅這裡出了什麼事，讓你舅舅把我擠走，我就會來宰了你，你相信嗎？」

「相信啊。」孩子悄聲說道。他的臉頰濕潤閃爍。

「說『是的，長官，史提爾森市長』。」

「是長官，史提爾森市長。」

葛瑞格放開他的耳朵。「是啊，」他說：「我會殺了你，但首先我會告訴任何願意聽的人，你怎麼把自己尿得一身，站在那裡哭，鼻涕還從你鼻孔裡流出來。」

他轉身迅速走開，好像那孩子聞起來很臭，然後再度走向檔案櫃。他從其中一個架子上拿出一箱OK繃，然後扔過去給那孩子，他往後一縮，然後摸索過去。他急急忙忙從地板上撿起OK繃，就好像史提爾森可能會因為他沒接住而再度攻擊他。

葛瑞格手一指。「廁所在那裡，你把自己洗乾淨，我會留給你一件里奇威警察運動聯盟汗衫。我要那件汗衫被郵寄回來，洗乾淨，上面沒血跡，你懂嗎？」

「懂。」這孩子悄聲說道。

「長官！」史提爾森對著他尖聲大嚷：**「長官！長官！長官！你記不住這個嗎？」**

「長官，」這孩子呻吟著說：「是的長官，是的長官。」

「他們教你們這些孩子尊重不是沒有原因的，」葛瑞格說：「不是沒有原因的。」疼痛試圖捲土重來。他深吸了好幾口氣，然後壓制住它——但他的胃感覺不舒服至極。「好，結束了，我只想給你一個忠告。你別犯下這個錯誤：在今年秋天或任何時刻回到你那該死的大學以後，開始認為這件事是什麼別的東西。關於葛瑞格．史提爾森，你別試著唬弄自己。最好忘掉，孩子。你忘掉，我忘掉，喬治也忘掉。若是你在心裡一直想這件事，以為自己可以再鬥一次，這會是你這輩子犯過最糟的錯誤，也許是最後的錯誤。」

葛瑞格說完就走了，對著站在那裡的孩子留下了輕蔑的最後一眼，他的胸膛跟腹部凝結了幾小團乾掉的血，他瞪大了眼睛，嘴唇顫抖著。他看起來像個發育過頭的十歲孩子，剛剛在少棒聯盟決賽中出局。

葛瑞格在心裡跟自己打了個賭：他永遠不會再看到或聽到這個孩子，而他贏了這個賭，那週稍晚的時候，喬治．哈維在葛瑞格刮鬍子的理髮店裡停留了一下，而且感謝葛瑞格讓他外甥「懂了點道理」。「你很擅長對付這些孩子，葛瑞格，」他說：「我不知道……他們似乎很尊敬你。」

葛瑞格叫他別客氣了。

2

當葛瑞格．史提爾森在新罕布夏燒一件上面有猥褻言詞的T恤時，華特與莎拉．哈茲萊特正在緬因州的班戈吃一頓遲來的早餐，華特拿著報紙。

他鏗一聲放下他的咖啡杯，然後說道：「妳以前的男朋友上報了，莎拉。」莎拉正在餵丹尼。她穿著浴袍，頭髮有點亂，眼睛只睜開了大概四分之一。她的心思有百分之八十還在睡。昨晚有個派對，貴賓是哈里森．費雪，他從恐龍在地球橫行的時候，就已經是新罕布夏第三選區的議員了，而且是明年再度參選的當然候選人。

她跟華特為了政治盤算去參加。政治，這是個華特最近很常用的字眼。他喝了比她多得多的酒，今天早上他著裝完畢，看起來精力充沛，她卻覺得自己埋在一堆爛泥裡，這不公平。

「藍！」丹尼評論道，然後吐回一口混合水果。

「這樣不好喔，」莎拉對丹尼說。對華特則是：「你說的是強尼．史密斯嗎？」

「獨一無二的那位。」

她起身走到華特那一邊的桌子。「他還好吧，不是嗎？」

「從這裡聽起來是感覺很好，還引起了大騷動。」華特冷淡地說道。

她有個模糊的概念是，這可能跟她去見強尼時發生的事有點關係，不過大標題的尺寸嚇著了她：**復甦的昏迷病人在戲劇性新聞記者會上展現通靈能力。**

這是大衛．布萊特的署名報導。搭配的照片裡出現了仍舊看來瘦削的強尼，他在閃光燈無情的眩光中，顯得困惑得可憐，站著俯視一個男人趴著的身體，下面的圖說指出那是羅傑．杜梭特，一個來自路易斯頓報社的記者。圖說上寫著，**記者在真相揭露後暈厥**。

莎拉在華特旁邊的椅子上重重坐下，開始讀這篇報導。這讓丹尼不高興，他開始用力地敲著他那張高腳椅的盤子，要吃他早上的蛋。

「我相信妳被召喚了。」華特說。

「親愛的，你可以幫我餵他嗎？他比較願意為了你吃東西。」報導在第九頁第三欄繼續，她把報紙打開摺到第九頁。

「奉承會讓妳無往不利。」華特愉快地說道。他脫掉運動西裝外套，穿上她的圍裙。「來囉，小傢伙。」他說，然後開始餵丹尼吃蛋。

莎拉讀完這則報導以後，又回頭再讀了一遍。她的眼睛一再地被吸引到那張照片上，到強尼那張困惑、被驚恐襲擊的臉龐、趴倒的杜梭特周圍圍成一群的人，用接近恐懼的表情望著強尼。她可以理解這一點，她記得親吻了他，還有他臉上滑過那種全神貫注的奇異表情。而在他告訴她要去哪找失落的結婚戒指時，她也曾覺得害怕。

可是莎拉，妳害怕的不盡然是一樣的事情，對吧？

「再多吃一點點，大男孩。」華特正在說話，聲音好像來自千里之外。莎拉抬頭望著他們，他們在一道飄著微塵的陽光下坐在一起，她的圍裙在華特膝蓋之間翻飛，她突然間又害怕起來。她看到戒指翻轉了一圈又一圈，沉到馬桶底部，聽到它撞到陶瓷的小小鏗鏘聲響。她想起萬聖節面具，想起那少年說的話，**我真的很愛看那傢伙被痛宰**。她想起自己做了從未兌現的承諾，她的眼睛轉向他印在報紙上的清瘦臉龐，帶著那樣憔悴、悲慘的驚訝表情，往外看著她。

「……無論如何，就是小花招。」華特一邊說，一邊把她的圍裙掛起來。他讓丹尼吃了雞蛋，每一丁點都吃掉了，而現在他們的兒子兼繼承人，正滿足地吸著果汁瓶。

「啊？」莎拉在他走向她的時候抬起頭。

「我說，對一個有幾乎五十萬元醫院帳單沒繳的人來說，這是好得不得了的小花招。」

「你在**說**什麼？你說**小花招**，是什麼意思？」

「當然啊，」他說，顯然沒意識到她的憤怒。「他可以靠寫一本談意外跟昏迷的書賺個七千，也許一萬塊。但如果他脫離昏迷而有了通靈能力——那就沒有上限了。」

「這真是**不得了**的指控！」莎拉說，她的聲音因為憤怒而顯得單薄。

他轉向她，他的表情先是驚訝，然後是理解。那種理解的表情讓她比先前更憤怒。如果每次華特．哈茲萊特以為他理解她，她就可以得到一個五分硬幣，他們就可以搭頭等艙去牙買加了。

「聽著，我很抱歉提起這件事。」他說。

「強尼才不會撒謊，就像教宗不會……不會……你知道。」

他大聲笑出來，而在那一刻她幾乎要拿起屬於他的咖啡杯，朝他扔過去。但她反而在桌子底下緊緊扣住她的雙手，用力擠壓。丹尼瞪著眼睛看他父親，然後爆出了一連串響亮笑聲。

「蜜糖，」華特說：「我沒有什麼要反對他的，我對他做的事情沒有任何意見。事實上，我為此尊敬他。如果那個又胖又老的守舊鄉下人費雪，可以在進入眾議院的十五年間從破產律師變成百萬富翁，那麼這個人完全有權在他扮演靈媒的時候盡可能多賺……」

「強尼從不說謊。」她語氣單調地重複。

「這是給讀八卦週報、加入宇宙讀書會的保守老太太看的小花招，」他快活地說道。「雖然我會承認，在這該死的提蒙斯案審判挑選陪審團期間，一點靈視能力會滿方便的。」

「強尼從不說謊。」她重複一遍，然後聽到他說：**戒指從妳手指上滑掉了。妳把他的刮鬍工具放到其中一個袋子側邊裡，它就滑掉了……妳到閣樓上面去看，莎拉，妳會看到的。**不過她無法告訴華特這件事，華特不知道她去見過強尼。

去見他沒什麼不對。她的心靈不自在地提出這個看法。

是沒有，不過他對於她把原本的婚戒丟進馬桶沖掉的消息，會有什麼反應呢？他可能不會了解讓她這麼做的恐懼——她看見同樣的恐懼，反映在報紙印出的其他臉孔上，而在某種程度上，也反映在強尼自己臉上。不，華特可能根本不會理解。畢竟把妳的婚戒丟進馬桶裡，然後按下沖水把手，確實暗示了某種粗俗的象徵。

「好吧，」華特正在說：「他不說謊，但我就是不相信……」

莎拉輕聲說道：「看看他背後那些人，華特，看看他們的臉，**他們相信。**」

華特匆促地瞥了他們一眼。「當然，就像小孩相信魔術師，只要把戲還在變。」

「你想這個叫杜梭特的傢伙是一個，該怎麼說呢，是一個誘餌？根據這篇報導，他跟強尼過去從沒見過。」

「那是幻覺會奏效的唯一辦法，莎拉，」華特很有耐性地說。「把一隻兔子從兔子籠裡拉出來對魔術師沒有任何好處，只有拉出一頂帽子來才有。要不是強尼．史密斯知道什麼，就是他根據杜梭特這傢伙當時的行為，做出好得驚人的猜測。但我重複，我尊敬他這樣做，他可以從中得到大量好處，如果這樣讓他賺到錢，他就更有力量。」

在那一刻，她恨他，厭惡他，這個她嫁的好人。在他的善良、他的穩定、他溫和好脾氣的反面，真的沒有什麼太恐怖的東西——只有這個信念，顯然奠基在他靈魂的岩床上，那就是：每個人都在尋求成為第一名，每個人都擁有他或她自己的小騙局。這天早上哈里森．費雪被他稱作又胖又老的守舊鄉下人，但昨天晚上他才對費雪講的故事報以雷鳴般的笑聲，故事講的是葛瑞格．史提爾森，某個小城的滑稽市長，可能剛好瘋到足以在明年用獨立候選人身分競選眾議院席次。

不，在華特．哈茲萊特的世界裡，沒有人有通靈能力，沒有英雄，「我們必須在體制內改革」的教條是全能的。他是個好人，一個穩定的人，他愛她跟丹尼，但突然之間她的靈魂呼喊著想要強尼，還有他們被剝奪的五年相處時光。或者是一輩子的相處時光，一個有黑髮的孩子。

「你最好出發了，寶貝，」她低聲說道。「他們會讓你那個提蒙斯上手環腳鍊，或者管他是什麼。」

「當然。」他對她微笑，法庭辯論總結，休庭。「不傷感情？」

「不傷感情。」**但他知道戒指在哪裡，他知道。**

華特親吻她，他的右手輕輕擱在她頸背後面。他總是吃一樣的東西當早餐，他總是用一樣的方式親吻她，有一天他們會去華盛頓，沒有人會是靈媒。

五分鐘後他走了，把他們小小的紅色品托車倒出來下了池塘街，如往常短促地按了一下喇叭，然後開走了。她被留下來跟丹尼獨處，他正處於一種要把自己勒住的過程裡，試著要從他的高腳椅餐盤下面扭擠出來。

「你完全做錯啦，蛞蝓哥。」莎拉說著，越過廚房鬆開餐盤。

「藍！」丹尼說道，他對整件事很厭惡。

快番茄，他們養的公貓，以牠平常那種緩慢、股關節像是脫臼了似的青少年式大步閒晃進來，丹尼抓住牠，發出小小的咯咯笑聲。小快把耳朵往後貼，看起來一副放棄的表情。

莎拉微笑了一下，然後清理餐桌。慣性、休止狀態的物體傾向於維持休止，而她在休止。

別管華特比較陰暗的一面了，她有她自己的。除了聖誕節寄個聖誕卡給強尼以外，她無意多做別的事。這樣比較好，比較安全，因為處於運動的物體傾向於持續運動。她的人生很好，她熬過了丹，她熬過了強尼，他如此不公平地從她身邊被奪走（但這世界上有這麼多事情都不公平），她跋涉過她個人的急流地帶，來到這片平靜的水域，而她會留在這裡。這個陽光照耀的廚房是個不壞的地方。她最好忘記郡市集，幸運之輪，還有強尼．史密斯的臉。

在她把水放進水槽裡洗碗的時候，她打開收音機，然後聽到新聞的開端。第一個報導讓她僵住了，一手拿著才洗過的盤子，在震驚的思索之中，她的眼睛朝外眺望著他們小小的後院。強尼的母親在電視新聞裡看到她兒子的媒體記者會，就在那時中風了。她在今天早上過世，就在不到一小時之前。

莎拉擦乾她的雙手，啪一聲關掉收音機，然後把快番茄從丹尼手中拔出來。她把兒子抱進客廳裡，放在遊戲圍欄裡。丹尼用響亮、精力充沛的長嚎抗議這種不名譽待遇，她卻沒有注意。她走向電話，打電話給東緬因醫學中心。聽起來厭倦一再重複同一個情報的總機小姐告訴她，強尼．史密斯前一晚上自己出院了，就在午夜之前不久。

她掛斷電話，在一張椅子上坐下，丹尼繼續在他的遊戲圍欄裡哭喊。水流向廚房水槽，過了一會，她起身走進廚房，把水關掉。

第十四章

1

《內幕觀點》派來的人在十月十六日出現，那是在強尼去拿郵件之後不久。

他父親的房子是在離馬路滿遠的地方，碎石車道有將近四分之一哩長，通過厚厚一叢取代原生樹林的雲杉跟松樹。強尼每天都繞車道整整一圈。起初他回到門廊的時候筋疲力竭累到發抖，他的腿像著了火，他的跛態太過明顯，其實是踉蹌著前進的。但從第一次（當時走半哩路要花他半小時）到現在，一個半月過去了，這趟路已變成他白天的樂趣之一，是件值得期待的事。不是拿信，而是走這趟路。

他開始為了即將來臨的冬天劈柴，這是赫伯本來打算雇人來做的雜務，因為他自己拿到一個合約，要在利伯蒂維爾替一棟新房子做內部裝潢。「強尼，你會知道從何時開始，老年就在你背後偷看，」他帶著微笑說：「在秋天一到，你就開始找室內工作的時候。」

強尼爬上門廊，在吊椅旁邊的柳條椅上坐下來，發出一個鬆了口氣的小小聲音。他把右腳搭在門廊的欄杆上，然後痛苦地扭曲著臉，用雙手把左腳也抬上去。做完這件事，他開始拆他的信。

最近的信件銳減許多。在他回到包諾這裡的第一週，有時候一天有多達兩打信件，還有八、九個包裹，大多數都是透過東緬因醫學中心轉過來的，有幾件則是寄到包諾郵政總局（還有各式各樣的錯字：包奈、包若，還有一個讓人印象深刻的錯誤是包怒）。

這些信件大部分是來自在人生中飄飄蕩蕩、尋找任何指導原則的離散之人。有想要他親筆簽名的孩子，有想跟他上床的女人，還有尋求失戀建議的男男女女。有些人寄來幸運符，有些人寄來占星圖。有一大堆信件是宗教性質的，而這些拼字糟糕的書信裡——通常是用又大又細心的筆跡寫的，但只差一點就像是個聰明一年級小學生的醜陋字跡——他似乎感覺得到母親的鬼魂。這些信件向他保證，他是個預言家，是來領導疲憊又幻滅的美國人走出荒野。他是個信號，指出最後時刻已到眼前。

直到今天，十月十六日，他已經收到八份何凌西的《曲終人散》[56]——他母親肯定會贊同那本書。他被敦促要宣揚基督的神性，並制止年輕人鬆散的道德規範。

這些信件還有反方代表來加以平衡，負面信件為數較少，但也同樣大聲疾呼——通常是匿名的。一位來信者用髒兮兮的鉛筆寫在一張橫格黃紙上，宣稱他是反基督，並且催促他去自殺。有四、五個來信者問他謀殺親母是什麼感覺。有很多人寫信指控他製造騙局，一位才子這麼寫道：**「預知、心電感應、狗屎！吃我的屌吧，你這超感應北七！」**

而且他們還寄東西來。這是最糟糕的部分。每天赫伯下工回家的時候，都會到包諾郵局去一趟，然後領回尺寸太大放不進他們家信箱的包裹。跟著東西來的字條本質上都是一樣的，一個低微的尖叫：**告訴我，告訴我，告訴我。**

這個圍巾屬於我哥哥，他在一九六九年去阿拉加許釣魚的時候失蹤了。我有很強烈的感覺，他還活著，告訴我他在哪裡。這條紅是從我太太的梳妝台上拿來的，我想她有外遇，但我不確定，告訴我她有沒有。

56. 何凌西（Hal Lindsey, 1929-）是一位福音預言家，他在一九六九年出版的《曲終人散》（The Late, Great Earth）預言末日將至，賣出數百萬本。

這是我兒子的身分辨識手環。他放學後再也不回家了，他在外面待到很晚，我擔心死了，告訴我他在做什麼。

一個在北卡羅萊納的女人——天知道她怎麼會知道他的事，八月的記者會並沒有上全國媒體——寄來一片燒焦的木頭。她在信中解釋，她的房子燒毀了，她丈夫跟她五個孩子裡面的兩個死在烈火中。夏洛特消防隊說是線路有問題，但她就是無法接受，一定是縱火。她要強尼感應一下包在裡面的焦黑遺物，告訴她是誰幹的，這樣那個怪物的餘生就會在監獄裡腐爛。

這些信強尼都沒回，他也花他自己的錢寄回了所有物體（就連那塊焦黑的木頭都是），沒有附上任何評論。他確實摸了其中一些，大多數，就像夏洛特那個哀慟女子寄來的焦黑牆板，什麼都沒告訴他。但在他碰到其中幾樣東西的時候，讓人不安的影像出現了，就像醒著作夢。在大多數狀況下，就只是一道極其微弱的痕跡，有個畫面會成形，在幾秒鐘內消失，沒給他任何實質的東西，只有一種感覺，不過其中一樣……

是那個寄來圍巾，希望找出她哥哥出了什麼事的女人。那是一條白色針織圍巾，跟另外一百萬條沒什麼差別。但在他拿著那條圍巾時，他父親房子的真實感突然間消失了，隔壁房間電視機的聲音升高了，變得扁平，再升高，再變得扁平，直到變成讓人昏昏欲睡的夏季蟲鳴，還有遠方的潺潺水聲。

他鼻孔裡有樹木的味道。綠色的陽光從巨大的老樹之間落下。過去三小時左右，地面一直濕濕的，軟爛泥濘，幾乎像是沼澤。他很害怕，極為害怕，但他保持冷靜，如果你在遼闊的北國迷路還驚慌失措，乾脆去刻你的墓碑算了。他一直往南挺進，他跟史蒂夫、洛基還有羅根失散已經兩天了。他們本來在露營……

（但那地名不會出現的，那在死亡禁地）

靠近某條溪流，釣鱒魚的地方，這是他自己該死的錯誤，他那時候醉得厲害。

現在他可以看見他的背包靠在一棵長滿苔蘚的老倒木上，白色的死木頭像是骸骨，從綠意中的這裡跟那裡戳出來，他可以看見他的背包，對，但摸不到，因為他走開了幾碼去撒尿，而他走進一個很軟爛的地方，泥巴幾乎淹沒他的L. L. Bean靴子頂端，他設法要退出來，找個比較乾燥的地方做他要做的事，但他無法脫身，他無法脫身，是因為那根本不是泥巴。那是……別的東西。

他站在那裡，毫無成果地環顧四周，要找個可以抓的東西，對於自己要找地方撒尿，卻直接走進流沙裡的愚蠢幾乎失笑。

他站在那裡，起初很肯定那一定是很淺的一片流沙，最糟就是淹過他的靴子頂端，在他被人發現時又有一個故事可講。

他站在那裡，真正的恐慌還沒開始進駐——一直到流沙毫不留情地淹到他膝蓋為止。他那時候開始掙扎了，忘記如果你笨到害自己跌進流沙，你就應該保持非常安靜，動都不動，很快流沙就淹到他的腰部，這一刻則是來到胸部高度，像巨大的棕色嘴唇吸吮著他，箝制他的呼吸。他開始尖叫，卻沒有人來，沒有任何東西出現，只有一隻胖胖的棕色松鼠，從長滿苔蘚的倒木旁邊擇路經過，然後坐在他的背包上，用牠明亮的黑色眼睛注視著他。

流沙來到他的脖子了，濃厚、棕色的氣味充塞在他鼻子裡，而在流沙無情地把氣息從他體內擠出來的時候，他的尖叫變得單薄、上氣不接下氣。鳥兒飛過，猛然下降、吱吱叫著、叱罵著，一道道綠色陽光像失去光澤的銅，從樹木之間落下，然後流沙淹過了他的下巴。一個人，他就要一個人死去了，而他張開嘴巴要尖叫最後一次，卻再也沒有尖叫聲了，因為流沙流進他嘴裡，流過他的舌頭，像細細的絲帶流進他的牙縫之間，他在吞嚥流沙，那聲尖叫從來沒有發出來過——

強尼一身冷汗地從這個狀態裡出來，他的皮膚佈滿了雞皮疙瘩，圍巾緊緊地纏繞在他的雙手之間，他的呼吸變成短促、被勒住的喘息。他把圍巾扔在地板上，它在那裡躺著，像是一條扭曲的白蛇。他不會再碰它了，父親把圍巾放進回信信封裡寄回去了。

但現在，信件開始慈悲地減少了。瘋子們替他們公開與私下的執迷，找到了某個新鮮的目標，新聞記者不再打電話要求專訪，有一部分是因為電話號碼改了，而且沒登記在電話簿上，另一部分是因為這個故事已經變得老掉牙了。

羅傑·杜梭特替他的報紙寫了一篇又長又憤怒的文章，他在該報是專題編輯。他宣稱這整件事是個殘酷又沒品味的騙局，強尼毫無疑問溫習過幾位可能出席記者會的記者過往的事件，以備不時之需。是的，他承認，他姊姊安妮的暱稱是泰莉，她死時相當年輕，安非他命可能是一項致死原因。不過這一切全都是任何想挖出此事的人可以取得的資訊，他讓這一切看起來都相當合乎邏輯。這篇報導沒有解釋根本沒出過醫院的強尼，怎麼可能得到這種「可以取得的資訊」，不過那是個大多數讀者容易忽略的論點，強尼完全不在乎。這件事已經塵埃落定，而他也沒有意圖想要引發新事件，寫信給寄來圍巾的女士，並且告訴她，她哥哥是在流沙裡尖叫著溺斃，因為他找地方灑尿時走錯路，這有任何好處嗎？這能讓她安心，或者幫助她把人生過得更好嗎？

今天的信件只有六封。一張電力帳單，一張赫伯在奧克拉荷馬的表親寄來的卡片。一位女士寄給強尼一個十字架，基督的腳上有細細的金字印了個**台灣製**。有張便箋是來自山姆·魏札克。還有個附上回郵地址的小小信封，讓他眨眨眼睛，坐得直了一點。**S·哈茲萊特，池塘街十二號，班戈**。

莎拉。他拆開了信。

在他母親的葬禮後兩天，他曾接到她的一張弔唁卡片，寫在卡片背後的是她冷靜、往後斜的筆跡：

「強尼——我很遺憾發生這種事，我在廣播上聽到你媽媽過世了——從某些方面來看，最不公平的似乎是，屬於你私人的悲慟變成眾所周知的事。你可能不記得，但我們在你出事的那個晚上稍微談了一下你媽媽。我問過你，如果你帶一個冷淡天主教友回家，她會怎麼做，你說她會露出微笑歡迎我，然後塞給我幾本小冊子。我可以在你微笑的方式裡看到你對她的愛。我從你父親那裡得知她變了，不過許多變化是因為她愛你太深，無法接受發生的事情。而到最後，我猜她的信仰得到了回報。請接受我溫暖的同情，如果有任何我辦得到的事，無論是現在或往後，請信賴你的朋友——莎拉。」

那是少數他有回的短箋，同時感謝她寄的卡片跟她的想法。他小心翼翼地回那封信，就怕不小心洩漏自己的心思，說了不對的話。她現在是個已婚女人，那不在他的控制範圍之內，也不是他有能力改變的。但他確實記得他們關於他母親的對話——還有很多關於那一夜的其他事情。她的短箋召喚出整個晚上，他在苦澀又甜蜜——苦澀的部分大於甜蜜——的心情裡回了信。他仍然愛著莎拉．布萊克奈爾，而他必須一直提醒自己，她不在了，她被另一個老了五歲、身為一個小男孩母親的女人所取代。

他從信封裡拿出單單一張信紙，然後迅速地掃視，她跟她的兒子要南下到肯納邦克，去跟莎拉大一、大二時的室友共度一週，那是個現在叫做史黛芬妮．康斯坦丁，以前叫做史黛芬妮．卡斯利的女孩。她說強尼可能記得她，不過強尼並不記得。無論如何，為了聯合事務所與共和黨的事務，華特被卡在華盛頓三週，而莎拉心想，如果不造成麻煩，她想花一個下午到包諾來探望強尼跟赫伯。

「在十月十七日到二十三日之間的任何時間，你可以打史黛芬的電話，八一四—六二一九聯絡我。當然，如果這樣做會讓你在任何方面覺得不舒服，就請打電話跟我直說，不管是打來我這裡或者在肯納邦克那裡。我會理解的，對你們兩位致上許多的愛，莎拉。」

一隻手握著這封信，強尼望向整個院子，看進樹林裡，似乎就在上一週裡，那裡變成黃褐色加金色。樹葉很快就會落下，然後就會是冬天了。**對你們兩位致上許多的愛，莎拉**。他若有所思地用拇指劃過那幾個字。他心想，最好不要打電話，不要寫信，不要做任何事，她會懂的。就像那個寄來圍巾的女人一樣，這樣可以有什麼可能的好處？為什麼要踢醒一條在睡覺的狗？莎拉或許可以無憂無慮地用上那句話，**許多的愛**。但他不能，他還沒有克服過去的傷害。對他來說，時間殘酷地被折疊、釘起來，然後扯裂。在他自己內在時間的進程裡，才六個月前她還是他的女孩，他可以用知性的方式接受昏迷與時間的損失，不過他的情緒頑固地抗拒。回覆她的安慰信件很困難，但用一封短箋，有可能讓信開始往它不該去的地方去，開始逾越朋友的分際——最好在他們目前只能分享到這程度——的時候把它揉掉，再重新開始。如果再見到她，他可能做出或者說出某些蠢事。最好別打電話，最好就讓它沉下去。

但他會打電話的，他心想，打電話邀她過來。

在困擾之中，他把短信塞回信封裡。

太陽照上明亮的鉻金屬，在那裡閃爍，然後把一道光劍扔回他眼裡。一輛福特房車一路吱吱嘎嘎地開上車道。強尼瞇起眼睛，試著分辨那是不是一輛熟悉的車。這裡的鄰居很少，有很多信件，通常人只會在三、四種場合在此停留。包諾在地圖上很小，很難找。如果車子確實屬於某個追尋知識之人，強尼會很快把他們送走，盡可能和藹但堅定，那是魏札克的臨別忠告。強尼心想，很好的建議。

「別讓任何人把你套進心靈導師的角色裡，強尼。不要加以鼓勵，他們就會忘記，這樣做一開始在你看來可能太無情——他們大多數都是有太多問題、又受到誤導的人，只有最良善的意圖——不過問題在於這是你的人生，你的隱私，所以要堅定。」而他一直如此。

那輛福特停在棚屋跟柴火堆之間的迴轉處，而在車身轉過來的時候，強尼看到擋風玻璃角落有小小的赫茲租車公司貼紙。一個很高的男人，穿著很新的藍色牛仔褲還有一件紅格紋打獵衫，看起來好像剛從一個L. L. Bean公司的盒子裡跳出來，他從車子裡出來，然後環顧四周，這個男人有一股不習慣鄉間的氣息，他知道新英格蘭不再有狼或美洲獅，卻還是想確定這點，一個都市人。他瞥向門廊，看到強尼，就舉起一隻手打招呼。

「午安。」他說。他有一種扁平的城市腔調——布魯克林，強尼心想，聽起來就好像是透過一個鹹餅乾盒講話似的。

「嗨，」強尼說：「迷路了？」

「哎，我希望沒有，」陌生人說道，他走到台階底部。「你要不是強尼．史密斯，就是他的孿生兄弟。」

強尼咧嘴笑了。「我沒有兄弟，所以我猜你找對門了，我能為你效勞嗎？」

「呃，也許我們可以為彼此效勞。」陌生人踏上前廊台階，伸出了他的手。強尼握了那隻手。「我的名字是理查．迪斯。來自《內幕觀點》雜誌。」

他的頭髮剪成時興的及耳長度風格，而且大半是灰色的。染成灰的，強尼有幾分愉悅地想，你對一個聽起來像透過鹹餅乾盒講話，又把頭髮染灰的男人，能說什麼呢？

「也許你見過這份雜誌。」

「喔，我是見過。他們在超商結帳櫃檯前面銷售這本雜誌，但我沒興趣受訪，很抱歉你專程來這裡卻白跑一趟。」他們在超商裡賣這本雜誌，是啊。新聞標題極盡煽情，只差沒跳出雜誌頁面來設法襲擊你。**孩童被外太空生物殺害、悲痛欲狂的母親哭喊、毒害你家孩子的食物、十二位靈媒預測加州到一九七八年前會有地震。**

「嗯，現在呢，我們在想的不盡然是一篇專訪，」迪斯說。「我可以坐下嗎？」

「真的，我……」

「史密斯先生，我一路從紐約飛來，而且我還從波士頓搭上一台小飛機，讓我納悶地想如果我死在州界之間，我太太會怎麼樣。」

「波特蘭－班戈航空？」強尼咧嘴笑著問道。

「就是這個。」迪斯表示同意。

「好吧，」強尼說：「我很佩服你的勇氣，還有你對工作的奉獻。我會聽聽，但只聽個十五分鐘左右，我每天下午都睡午覺。」這是個善意的小謊話。

「十五分鐘應該很夠了。」迪斯往前靠。「我只是做個有知識根據的猜測，史密斯先生，但我估計你一定欠這一帶的某個地方兩萬美元，這個猜測八九不離十，對吧？」

強尼的微笑變淡了。「我欠不欠錢，」他說：「是我家的事。」

「好吧，當然，當然，我無意冒犯。史密斯先生，《內幕觀點》想給你一份工作，一個待遇豐厚的工作。」

「不，絕對不行。」

「如果你願意給我個機會解釋清楚……」

強尼說：「我不做靈媒。我不是珍妮・狄克森[57]、艾德加・凱斯或者亞力斯・譚諾斯。這種事結束了，我最不想做的事情就是舊事重提。」

「我可以再多要一點時間嗎？」

「迪斯先生，你看起來並不了解我說的——」

「就一會兒？」迪斯露出迷人的笑容。

「無論如何，你怎麼發現我在這裡？」

「我們有個在中緬因州報紙《肯納貝克日報》的特約記者，他說雖然你退出公眾視線之外，但可能還跟你父親住在一起。」

「喔，我真是欠了他好一筆人情債啊，不是嗎？」

「當然，」迪斯輕鬆地說道。「我敢打賭，等你聽到整筆交易以後你會這麼想，我可以說嗎？」

「好吧，」強尼說：「但這只是因為你搭了恐怖航空公司的飛機過來，我不會改變心意的。」

「呃，不管你怎麼看啦，這是個自由國家，不是嗎？當然是。《內幕觀點》的專長是事物的靈異觀點，史密斯先生，就如你可能知道的。完全坦白地說，我們的讀者是失心瘋地愛這一味，我們每個星期有三百萬銷量，每個星期三百萬讀者，史密斯先生，這樣直下球道的一記長揮桿怎麼樣？我們怎麼做到的？我們堅守著樂觀、性靈的……」

「雙胞胎寶寶被殺人熊吞噬。」強尼咕噥道。

迪斯聳聳肩。「當然，嗯，這是個粗暴的老世界，不是嗎？大家必須得知這些事情，這是他們知的權利。不過每登一篇讓人心中一沉的文章，我們就會補上另外三篇告訴我們的讀者，要如何無痛苦地減重、怎麼找到性生活的幸福相容、怎麼樣更接近神……」

「迪斯先生，你相信神嗎？」

57. Jeane Dixon（1904-1997）、前面提過的凱斯（Edgar Cayce）跟 Alex Tanous（1926-1950）都是知名靈媒。

「實際上我不信，」迪斯說道，然後露出他迷人的笑容。「可是我們住在一個民主國家，地球上最偉大的國家，對吧？每個人都是自身靈魂的領導者。不，重點是，我們的**讀者**相信神，他們相信天使與奇蹟……」

「還有驅魔儀式、惡魔與黑彌撒……」

「對，對，對，你懂。這是個**屬靈**的讀者群，他們**相信**這一切靈異胡扯。我們有一整批十位簽約的靈媒，包括凱薩琳．諾蘭，美國最知名的預言家，我們也想跟你簽約，史密斯先生。」

「是嗎？」

「我們確實想。這對你來說會有什麼意義呢？你的照片跟一個短專欄一年大約會見報十二次，在我們出版其中一期全體靈媒專刊時。《內幕觀點》的十位知名靈媒預測福特第二度任期，像這類的東西。我們都會做新年專刊，還有每年七月四日預測明年美國國運——那一直都是最有資訊性的專刊，有很多關於國外政策跟經濟政策的短文——再加上各種其他的好料。」

「我想你不明白。」強尼說。他說得非常慢，就像對一個孩子說話。「我有過幾次爆發性的預知——我想你可以說我『看到未來』——但我對此毫無控制能力，我不可能對福特第二任期做出任何預測——假如真的有的話——就像我不可能替公牛擠奶。」

迪斯看起來很驚恐。「誰說你可以的？社內作家會寫所有的專欄。」

「社內……？」強尼目瞪口呆地看著迪斯，他終於覺得震驚了。

「當然啊，」迪斯不耐煩地說：「聽著，我們過去幾年來最受歡迎的人物之一是法蘭克．羅斯，這個人的專長是自然災難。真是個好人，但耶穌基督啊，他九年級就輟學了。他在軍隊裡服役兩期，而我們發掘他的時候，他在紐新航港客運總站清洗灰狗巴士，你以為我們讓他寫自己的專欄？他連貓這個字都會拼錯。」

「可是那些預言……」

「都是我們自己想的，就只是自己想的。不過對於這些男男女女有多常卡住，想不出一個真正的漫天大謊，你會很訝異的。」

「漫天大謊。」強尼複述了一遍，困惑地發愣。他有點驚訝地發現自己發怒了，母親從他有記憶以來一直都在買《內幕觀點》，一路可以追溯到他們以血淋淋車禍照片、斷頭跟違法死刑執行照片為號召的時代。她曾發誓字字屬實。想來《內幕報導》另外兩百九十九萬九千九百九十九個讀者，大部分也都如此相信。而這傢伙坐在這裡，一頭染灰的頭髮，穿著他價值四十美元的鞋子，還有仍然帶著店家摺痕的襯衫，講著什麼漫天大謊。

「但這全都成功了，」迪斯繼續說著：「如果你卡住了，你必須做的就只有叫我們收拾殘局，我們會全部拿到我們編輯部去，然後想出點什麼。我們有權把你的專欄收集到我們的年度專書裡，《內幕觀點未來書》。不過你有完全的自由可以跟書籍出版商簽約。我們得到的只是雜誌授權的優先購買權，而我可以告訴你，我們鮮少拒絕。而且我們付錢非常慷慨，那是遠遠超出我們簽合約的任何數字。你可以說，是你的馬鈴薯泥上面的肉汁。」迪斯咯咯笑著說道。

「而那個數字可能是？」強尼緩緩問道。他的手臂緊抓著他的搖椅，他右邊太陽穴的一條靜脈有節奏地搏動著。

「簽約兩年，每年三萬美金，」迪斯說：「如果事實證明你很受歡迎，數字可以再磋商。現在，我們的所有靈媒都有各自的專長領域。就我理解，你對物品很擅長。」迪斯的眼睛變得半開半閉，像在作夢。「我想到一個固定專欄了，也許每個月兩次——我們不想把一個好東西消耗殆盡。『強尼·史密斯邀請《內幕觀點》讀者寄來私人物品以供靈感檢驗』……諸如此類的東西。當然，我們會把話講明，他們應該寄來不貴重的東西，因為什麼都不可能退還。但你會很驚訝的，某些人瘋得跟蝨子一樣，上帝愛他們。你會很訝異其中某些被送來的東西，鑽石、金幣、婚戒……而且我們可以在合約上附註條款，指明所有郵寄來的物體都會變成你的私有財產。」

強尼眼前開始看到暗紅色調了。「大家會寄來東西，我可以留著它們，是這樣說的嗎？」

「當然，我看不出這樣有什麼問題，問題只在於事先講好基本規則。給馬鈴薯泥加上的一點額外肉汁。」

「假設說，」強尼說道，同時小心翼翼保持聲音平穩溫和：「假設說我……要撒個大謊的時候卡住了，如同你所說的……而我只要打電話進去，說福特總統會在一九七六年九月三十一日遇刺？這不是因為我覺得會是這樣，只是因為我卡住了？」

「這個嘛，九月只有三十天，你知道的，」迪斯說：「但除此之外，我想這是一桿進洞。你會是個天生好手，強尼，你想法遠大，這樣很好。你會很驚訝，有多少人思考狹隘。就怕讓他們的嘴靠近有錢賺的地方，我想是這樣。我們的其中一個人——愛達荷的提姆．克拉克——兩週前寫信來，說他有個靈光一閃，認為厄爾．巴茲明年會被迫辭職[58]。嗯，請原諒我罵髒話，但是他媽的誰在乎啊？對美國家庭主婦來講，厄爾．巴茲是誰啊？但你有很好的直覺，強尼。你天生適合做這個。」

「很好的直覺。」強尼吐出這幾個字。

迪斯好奇地盯著他看。「你還好吧，強尼？你看起來有點蒼白。」

強尼在想的是寄來圍巾的女士。可能她也讀《內幕觀點》。「讓我看看我是否能做個摘要，」他說：「你付我一年三萬塊，買我的名字……」

「還有你的照片，別忘記了。」

「**還有**我的照片，為的是幾個有人捉刀的專欄文章。還有一篇專題，我會在那篇專文裡，根據大家寄來的東西，把他們想知道的事情告訴他們，做為一個附加誘因，我可以留著那東西……」

「如果律師們可以解決法律問題……」

「把那些東西變成我的私人財產，交易就是這樣？」

「這只是這筆交易的**骨架**而已，強尼。這些事情彼此互惠的方式，真的很驚人。在六個月內，你會成為家喻戶曉的名字，而在那之後，更是前途無量。『強尼卡森秀』。個人見面會、巡迴演講、你的書，當然，還可以選擇你的出版商，他們實際上會丟錢給走在出版道路上的靈媒。凱西·諾蘭剛開始的合約，就跟我們提供給你的一樣，而她現在一年賺超過二十萬美元。她還創立了她自己的教會，國稅局不能碰她一毛錢。她一個把戲都沒少玩，可不是嗎，我們的凱西。」迪斯往前靠近，咧嘴笑著。「我告訴你，強尼，前途無量。」

「肯定是。」

「嗯？你怎麼想？」

強尼往前靠向迪斯。他一隻手抓住迪斯的簇新L. L. Bean襯衫，另一隻手抓住迪斯那件新襯衫的衣領。

「嘿！見鬼了，你以為你在……」

強尼用兩隻手擠皺了那件襯衫，把迪斯拉上前來。五個月的每天運動，強化了他雙手跟雙臂的肌肉，達到一個讓人望而生畏的程度。

「你問我怎麼想，」強尼說。他的頭開始搏動發痛。「我會告訴你，我認為你是個食屍

58. Earl Butz（1909-2008）是尼克森與福特總統時期的農業部長，因為兩度嚴重失言（包含種族歧視與性別歧視內容），而在一九七六年十月四日辭職。

鬼，一般人夢想的盜墓者。我想有人應該叫你去挖水溝的公司工作，我想你媽應該要在她懷了你之後就死於癌症。如果有地獄，我希望你在那裡焚燒。」

「你不能這樣對我說話！」迪斯喊道，他的聲音升高，像是賣魚婦的尖叫。「你他媽的瘋了！你可以忘了這個，忘記這整件事，你這狗娘養的愚蠢鄉下人！你有過機會了！別爬過來……」

「還有，你聽起來好像是透過鹹餅乾盒在講話。」強尼說著站起身。他同時把迪斯舉起來。他的襯衫下襬從他的新牛仔褲腰帶裡冒出來，露出底下的漁網內褲，強尼開始很有方法地來回甩動著迪斯。迪斯忘記了發怒，他開始抽泣、大吼大叫。

強尼拖著他到前廊台階上，揚起一隻腳，不偏不倚地踩在那件新Levi's牛仔褲的屁股位置。迪斯往下跌了兩大步，同時還在抽噎吼叫。他跌進泥土裡，整個人趴倒在地上。在他爬起來面對強尼的時候，他的鄉間休閒衣物上面結了一塊塊門前庭院的塵土。不知怎麼的，這樣做讓這些衣服看起來更真實了，強尼這麼想，但他很懷疑迪斯會不會感激這點。

「我應該叫警察抓你，」他用粗啞的聲音說：「而且也許我會這麼做。」

「你做你想做的任何事，」強尼說：「不過這裡的法律，對於不請自來、多管閒事的人不太親切。」

迪斯的臉在恐懼、憤怒與震驚的不自在扭曲中動著。「如果你之後還有任何需要我們的時候，就讓上帝幫你吧。」他說。

強尼的頭痛很劇烈，但他還是努力讓自己的聲音保持平穩。「這樣正好，」他說：「我再同意不過了。」

「你會很遺憾的，你知道，三百萬讀者，這樣有利有弊。我們跟你玩完了，就算你在四月預測春天來了，這個國家的人都不會相信你。如果你說秋季棒球經典賽會在十月來臨，他們不會信你的，就算你說……說……」迪斯氣急敗壞地噴著口水。

「滾出這裡，你這低級的狗雜種！」強尼說。

「**你可以跟那本書告別了！**」迪斯尖叫著，顯然在召喚他可以想像到最糟糕的事，他那張動個不停的緊繃臉孔，還有他沾上一塊塊灰塵的襯衫，讓他看起來像個鬧脾氣鬧到最高點的小孩子。他的布魯克林口音變重了，濃厚到幾乎像是方言了。「紐約的每間出版社都會嘲笑著把你轟出去！在我解決掉你以後，連出床邊讀物的人都不會碰你！我們有的是辦法對付像你這種聰明人，而且我們有辦法，混帳東西！我們……」

「我猜我應該去拿我的雷明頓槍出來，替自己射殺一個擅闖民宅的傢伙。」強尼這麼說。

迪斯退到他租來的車旁，還在吼叫著種種威脅與髒話。強尼站在門廊上注視著他，他的頭病懨懨地搏動著。迪斯上了車，無情地加速那輛車的引擎，車子尖嘯著奔出，被甩進空中的塵土如雲。在他開出去的路上，他讓車子掠過時剛好足夠撞飛棚屋旁邊的劈柴板。儘管頭痛，強尼還是微微咧嘴笑了，他可以輕鬆地重新放好劈柴板，但迪斯要跟赫茲租車的人解釋那輛福特前方擋泥板上的大凹痕，可就困難多了。

迪斯一路飛沙走石、沿著車道開回馬路上的時候，午後的太陽再度在那駱金屬上閃爍。強尼再度在搖椅上坐下，把他的手放到前額上，等待那陣頭痛過去。

2

「你要做**什麼**？」那銀行家問道。外面的樓下，車輛在新罕布夏州里奇威充滿鄉村風味的主要街道上來回經過。在這位銀行家有松木護牆板、位於三樓的辦公室牆壁上，掛的是佛萊德瑞克．雷明頓[59]的版畫跟這位銀行家在本地集會中的照片。在他桌上有個透明合成樹脂方塊，嵌在這方塊裡的是幾張他妻兒的照片。

「我明年要競選眾議院議員。」葛瑞格．史提爾森重複一次，他穿著黃棕色的卡其布褲子，捲起袖子的藍色襯衫，還有上面有單獨一個藍色人形的黑色領帶。不知怎麼的，他在這個銀行家的辦公室裡看起來像跑錯地方，就好像任何時刻他都可能站起身來，開始在這房間周遭進行毫無目標的毀滅性攻擊，撞倒家具、把昂貴的裝框雷明頓版畫掃到地上、把窗簾從桿子上扯下來。

這位銀行家，查爾斯．「查克」．詹卓恩，本地獅子會的會長，笑了出來——笑得有一點不太篤定。史提爾森總有辦法讓人覺得不太篤定。孩提時代，他瘦骨嶙峋，他喜歡告訴別人，「一陣強風就會把我颳跑」，但到最後他父親的基因還是會展現出來，他坐在詹卓恩辦公室裡的時候，看起來就非常像奧克拉荷馬州油田的強悍工人，他父親曾經就是。

詹卓恩的咯咯笑聲讓他皺起眉頭。

「我的意思是，喬治．哈維可能會對此有些意見，不是嗎，葛瑞格？」

喬治．哈維，除了是這個小城政治呼風喚雨的人物以外，還是第三選區的共和黨教父。

「喬治不會有意見。」葛瑞格冷靜地說。他頭髮上有一抹灰白，但突然之間，他的臉非常像是很久以前在愛荷華農家庭院裡，踢死一條狗的那個男人。他的聲音很有耐性。「喬治會在邊線外觀戰，不過他會在我這邊的邊線外，如果你懂得我的意思。我不會去扯他後腿，因為我要獨立競選，我沒有二十年可以用來摸熟門路、拍人馬屁。」

查克．詹卓恩猶豫地說：「你在開玩笑嗎，葛瑞格？」

葛瑞格的皺眉回來了，這讓人望而生畏。「查克，我從不開玩笑。大家……他們認為我在開玩笑。《聯合領袖報》跟《民主人日報》那些搖擺不定的笨蛋，他們以為我在開玩笑。但你去看看喬治．哈維。你問他我是不是在開玩笑，或者我有沒有把事辦好，你應該更明白事理的，畢竟我們一起埋過一些屍體，不是嗎，查克？」

那皺眉變形成一種在某方面讓人心寒的咧嘴笑容——或許對詹卓恩來說很心寒，因為他容許自己被扯進葛瑞格．史提爾森的發展計畫裡。他們賺了錢，對，他們當然賺了，問題不在這裡。但在桑寧戴爾土地發展（老實說，月桂地產交易也是）中有一兩個面向不是——嗯，完全合法的。舉例來說，有個環保署代表受賄，不過那不是最糟的事情。

在月桂地產那件事情裡，有個在後里奇威路的老人不想賣地，首先那老人有大約十四隻雞死於某種神秘的疾病，接著老人的馬鈴薯屋失火了，第三就是在不久之前的一個週末，老人拜訪他姊姊回來——她住在基恩的一間養老院——有人把狗屎抹遍了老人的客廳跟餐廳，第四就是老人賣掉了地，第五是月桂地產現在成真了。

而也許還有第六項：那個騎摩托車、鬼鬼祟祟的傢伙，桑尼．艾利曼，又在這附近晃蕩了。他跟葛瑞格是好兄弟，唯一讓他們不至於成為鎮上八卦話題的事情，是一個平衡性質的事實：葛瑞格之所以會跟一大堆光頭族、嬉皮、怪胎跟機車客為伍——全是因為他建立了藥物諮商中心，再加上里奇威為年輕的吸毒者、酒精上癮者、道路違規者設立了不尋常矯正計畫的直接結果。這個城鎮沒有罰這些人錢或者把他們關起來，反而要他們以服務做交換。這是葛瑞格的點子——而且這是個好點子，這位銀行家會首先承認。這是幫助葛瑞格選上市長的其中一件事。

但這個——這完全是瘋了。

葛瑞格還說了別的事情，詹卓恩不確定是什麼。

59. Frederic Remington（1861-1909），擅長描繪十九世紀末西部風情的畫家。

「請見諒。」他說。

「我問你，願不願意當我的競選經理？」葛瑞格重複了一次。

「葛瑞格……」詹卓恩必須清清喉嚨才能再度開口：「葛瑞格，你似乎並不了解。哈里森·費雪是第三選區在華盛頓的代表。哈里森·費雪是共和黨人，受人敬重，而且可能永遠都是代表。」

「沒有人是永遠的。」葛瑞格說。

「哈里森已經要命地接近那地步了，」詹卓恩說：「問哈維，他們一起上學的，我想大概是在一八〇〇年吧。」

葛瑞格根本不想去注意這個單薄的俏皮話。「我會稱呼自己是駝鹿之類的東西……而每個人都會以為我在開玩笑……而到最後，第三選區的好人會一路把我笑進華盛頓。」

「葛瑞格，你瘋了。」

葛瑞隔的微笑消失了，就好像從來沒出現過似的。他臉上發生某種駭人的變化，那張臉變得非常木然，他的眼睛瞪大了，露出很多眼白，變成一匹馬聞到臭水的眼神。

「你不會想再說這種話，查克，永遠別說。」

銀行家現在比之前更渾身發冷了。

「葛瑞格，我道歉，只是……」

「不，你永遠不會想再跟我說那種話，除非你希望某天下午出去開你那台他媽的克萊斯勒帝王車時，發現桑尼·艾利曼在等你。」

詹卓恩的嘴巴在動，發不出任何聲音。

葛瑞格再度微笑，就像是太陽突然從充滿威脅的雲層裡破空而出。「別管這個了，如果我們要一起工作，我們不會想彼此惡言相向。」

「葛瑞格……」

「我想要你，是因為你認識新罕布夏這個地區的每個該死生意人，一旦我們開始進行活動，我們就會需要很多好用的錢，但我猜想我們必須先加點水，啟動幫浦。現在正是時候，我該稍微擴張一點，開始讓自己看起來像是一州的政治家，也是里奇蒙的政治家，我猜五萬塊應該足夠灌溉草根了。」

為哈里森．費雪最近四次競選活動工作的這位銀行家，被葛瑞格在政治上的天真大大地震懾，以至於起初他顯得茫然若失，不知道怎麼進行。到最後他說：「葛瑞格，生意人贊助選戰並不是因為他們心地善良，而是因為贏家到頭來會欠他們一些東西，在競爭激烈的選戰裡，他們會捐獻給任何一個有機會贏的候選人，因為他們可以把輸家也當成稅捐損失一筆勾銷，但在此重點是要有**贏的機會**，現在費雪是個……」

「十拿九穩的贏家。」葛瑞格補上這句話。他從他褲子後面的口袋裡拿出一個信封。「我要你看看這些。」

詹卓恩懷疑地看著信封，然後抬頭看葛瑞格，葛瑞格鼓勵性地點點頭。

銀行家打開了信封。

詹卓恩一開始倒抽一口氣，接下來這個松木護牆板辦公室裡出現了一陣漫長的沉默。除了銀行家桌上的數字鐘微弱的嗡嗡聲，還有葛瑞格點燃一根菲力士方頭雪茄時，火柴嘶的一聲以外，沒有任何東西打破沉默。辦公室牆上是雷明頓的畫作，在透明合成樹脂方塊裡的是家庭照片。現在，攤開在桌上的是這位銀行家把頭埋在一個黑髮年輕女子大腿間的照片——也可能是紅髮，這些照片是粗粒子的黑白光面照片，很難分辨出來。但女人的臉非常清楚，那不是銀行家妻子的臉。某些里奇威居民會認得出，那是再過去兩個城鎮，在巴比．史全卡車休息站工作的一位女侍的臉。

銀行家把頭埋在女侍兩腿間的那些照片是安全的——她的臉很清楚，他的則不是。但在其他照片裡，連他的祖母都認得出他，有些照片是詹卓恩跟那女侍再進行一整套各式各樣的性歡愉活動——不能說是《印度愛經》裡的所有動作了，不過出現在其中的好幾種姿勢，永遠不會出現在里奇威高中健康教育課本「性關係」章節裡。

詹卓恩抬頭看，他的臉色發黃，他的雙手顫抖著。他的心臟在他胸膛裡狂奔，他怕自己會心臟病發。

葛瑞格甚至沒看著他。他眺望窗外，介於里奇威五街、十街、里奇威卡片公司與日用品小舖之間，可以看見的一道亮藍色的十月天空。

「改變的風已經開始吹了。」他說道，而他的臉很疏離又別有心思；幾乎顯得神秘，他回頭看詹卓恩。「在中心那裡的其中一個毒蟲，你知道他給我什麼東西嗎？」

查克．詹卓恩麻木地搖頭。他用其中一隻顫抖的手，按摩著他的胸膛左邊——只是以防萬一。他的眼睛一直落到那些照片上，那些該死的照片。要是他的秘書現在進來怎麼辦？他停止按摩胸膛，開始收攏那些照片，塞回信封裡。

「他給我毛主席的小紅書。」葛瑞格說。一聲咯咯笑聲從那一度極端纖瘦的寬闊胸膛裡隆隆響起，而那一部份的身體，曾經是被他偶像化的父親最厭惡的部分。「而書裡的其中一句箴言……我記不起來確切是怎麼說的了，但大致上像是這樣：『感覺到改變之風的人應該建設的不是防風林，而是風車。』無論如何，就是這個調調。」

他往前靠。

「哈里森．費雪不是個十拿九穩的贏家，他是過去式，福特是過去式，莫斯基是過去式，韓福瑞是過去式[60]。橫跨全國各地的許多地方跟州政治家，都會在選舉日的第二天醒過來，發現他們就跟渡渡鳥一樣死翹翹了。他們逼走了尼克森，再下一年他們逼走了彈劾案聽證會裡站在他後面的那些人，再下一年他們會為了相同理由逼走了福特。」

葛瑞格．史提爾森的眼睛如燃燒的火焰般盯著那銀行家。

「你想看看未來的浪潮嗎？看看緬因州的這個傢伙朗利[61]。共和黨員支持一個叫爾溫的傢伙，民主黨支持一個叫米契爾的傢伙，而他們數過州長選舉票數以後，他們兩個都得到一個大驚喜，因為大家去投票選了一個在路易斯頓賣保險的，他不要任何一黨的支持，現在他們把他當成總統候選人中的黑馬來談論。」

詹卓恩還是沒說話。

葛瑞格吸了一口氣。「他們全都會認為我在開玩笑，對吧？他們以為朗利是開玩笑的，但我不是開玩笑的。我在蓋風車，而你會為我提供建築材料。」

他停下來了。這辦公室落入寂靜，只有鐘的嗡嗡聲。最後詹卓恩低語道：「你從哪弄來這些照片的？是艾利曼嗎？」

「喔，嘿，你不會想談這個的，你該忘記所有關於照片的事了，留著照片吧。」

「那誰留著負片呢？」

「查克，」葛瑞格認真地說：「你不懂，我在給你提供前進華盛頓的機會。我們的發展毫

60. Hubert Humphrey（1911-1978），曾任美國副總統，一九六八年代表民主黨出馬競選總統，敗給尼克森。

61. James Longley（1924-1980），一九七五年至七九年的緬因州州長，是第一個當選這個職位的獨立參選人。他其實是民主黨員，但錯過了填表加入黨內初選的時間，就自己獨立競選成功。

無限制，老天啊！我甚至沒要你募集到那麼多錢。就像我說的，只是一桶水，幫忙啟動幫浦。在我們開始行動的時候，就會有很多錢進來了。現在，你認識那些有錢的人，你跟他們在卡斯威爾屋共進午餐，你跟他們打撲克牌，你給他們的商業貸款，優惠利率就跟他們要求的一樣，你知道怎麼鎖住他們的雙臂。」

「葛瑞格你不懂，你不……」

葛瑞格站起身。「就是我鎖住你雙臂的方法。」他說道。

銀行家抬頭看著他，他的眼睛無助地轉動。葛瑞格．史提爾森心想，他看起來像隻乖乖待宰的綿羊。

「五萬塊，」他說：「你去找。」

他走了出去，輕柔地關上他背後的門，詹卓恩透過厚厚的牆壁聽到他洪亮的聲音，跟他的秘書有來有往地說話，他的秘書是個平胸的六十歲老太太，史提爾森可能逗得她咯咯發笑，像個女學生。他是個活寶，這一點跟他對付青少年犯罪的計畫不相上下，都能讓他選上里奇威市長。但大家不會選活寶去華盛頓。

喔——是幾乎沒有啦。

但那不是他的問題。五萬塊競選獻金，這才是他的問題。他的心思開始匆忙地繞著這個問題打轉，像隻受過訓練的白老鼠，匆忙地繞著盤子上的一片起司。這可能辦得到。對，這可能辦得到——但會在這裡結束嗎？

白色信封還在他桌上，他微笑的妻子從她在透明方塊裡的位置，注視著那信封。他把信封拿起來，塞進他西裝外套的內袋。一定是艾利曼，不知怎麼的艾利曼發現了，然後拍了照，他很確定。

不過是史提爾森告訴他怎麼做的。

也許這個男人到頭來不完全是個活寶，他對一九七五到七六年政治氣候的評估，並不完全愚蠢。蓋的是風車而不是防風林……前途無量。

不過那不是他的問題。

五萬塊才是他的問題。

查克·詹卓恩，獅子會會長跟全方位好人（去年他在里奇威的國慶遊行裡，騎著其中一輛好笑的小機車），從他書桌最上面的抽屜裡拿出一個黃色拍紙簿，開始草草寫下一張名單。受過訓練的白老鼠在工作。而在下面的大街上，葛瑞格·史提爾森把臉抬起來，面對強勁的秋季陽光，然後恭賀自己好好地完成一項工作——或者說是一個好的開始。

第十五章

1

後來，強尼猜想他到頭來終於跟莎拉做愛的理由——在園遊會那天之後又過了五年——跟理查·迪斯，《內幕觀點》那個人的來訪大有關係。他終於變得脆弱，打電話邀請莎拉來訪的理由，差不多就是一股衝動，希望有個好人可以通電話，把他嘴裡的那股糟糕餘味拿掉。或者說，他是這麼告訴自己的。

他打去肯納邦克找她，找到那位前室友，她說莎拉很快就會跟他說話。電話鏗一聲放下，一陣寂靜，他考慮過（但不是非常認真）就這樣掛斷，永遠結束這一切。

然後莎拉的聲音就在他耳畔了。

「強尼？是你嗎？」

「就是我。」

「你好嗎？」

「很好。妳呢？」

「我很好，」她說：「很高興你打來了。我……我不知道你會不會打。」

「還在吸那邪惡的古柯鹼啊？」

「沒有喔，我現在吸海洛英了。」

「妳帶著妳兒子嗎？」

「我當然帶了，少了他我哪裡都不會去。」

「喔，在你們必須回北部去以前，你們兩個何不找一天搭車過來這裡？」

「我很樂意，強尼。」她很熱忱地說道。

「我爸在威斯布魯克工作，我主要負責做菜跟洗瓶子，他大約四點半回家，我們大概五點半吃飯。歡迎妳留下吃晚餐，不過先警告妳：我所有拿手菜都是以法蘭柯美國義大利麵做基礎。」

她咯咯笑出聲來。「接受你的邀請，哪天最好？」

「明天或後天怎麼樣，莎拉？」

「明天很好，」她在最短暫的一陣猶豫以後說道：「到時見。」

「保重，莎拉。」

「你也是。」

他沉思著掛掉電話，同時覺得很興奮又很罪惡——完全沒有好理由如此。但你的心思去了它想去的地方，不是嗎？而他的心思現在想去的地方，是檢視也許最好放著不去考慮的種種可能性。

喔，她知道她需要知道的那件事了，她知道爸什麼時候回家，除此之外她還需要知道什麼？

而他的心思自己回答了：**如果她在中午到了，你要做什麼？**

什麼都不做，他回答，但他不完全相信這句話。光想到莎拉，她的那對嘴唇，她那雙綠色眼睛小小的、朝上的斜度——就足以讓他覺得虛弱、傻氣又有點急切。

強尼到廚房去，慢慢地開始拼湊這天晚上的晚餐，沒那麼重要，只是做給兩個人吃，父子倆光棍。這一直沒那麼糟，他還在療傷。他跟父親談論他錯過的四年半，談母親——小心翼翼地繞著圈子講，但總是顯得稍微太接近核心，繞成一個縮緊的螺旋狀。也許沒有需要了解，但有需要設法接受。不，這不是那麼糟，這是一種結束把事情拼湊起來的方式，對他們兩個來說都是。不過這會在一月結束，到時候他就會回到克里夫米爾斯去教書了。兩週前，他已經從戴夫．佩爾森那裡拿到半年合約，也簽名寄回去了。他父親到時候會怎麼做？繼續生活？強尼這麼猜想。人有辦法這樣做，就只是繼續：沒有特別戲劇化，沒有盛大的連續鑼鼓點，就這麼挺過去了。他會盡可能常常南下去拜訪赫伯，如果他感覺這是正確的做法，就每週末都去。這麼多的事物這麼快就變得陌生，他能做的就只有慢慢摸出一條路，像個盲人在不熟悉的房間裡摸索。

他把燒烤食物放進烤箱，進了客廳，打開電視，然後又再度關上。他坐下來想著莎拉。那個寶寶，他心想，如果她來早了，那個寶寶就會是我們的監護人。所以不會有事的，所有層面都顧到了。

但他的思緒仍舊綿延漫長，很不自在地充滿推測。

2

她在第二天十二點十五分的時候來了，一輛漂亮的紅色小品托車上了車道，然後停好，下車，她看起來高䠷美麗，暗金色的頭髮在溫和的十月風中飄動。

「嗨，強尼！」她喊道，同時舉起她的手。

「莎拉！」他下來迎接她；她揚起她的臉，他輕輕親吻了她的臉頰。

「就讓我把皇帝大人接下來。」她說著打開乘客座。

「我可以幫忙嗎？」

「不用啦，我們相處得挺好的，不是嗎，丹尼？來吧，小鬼。」她動作輕快地解開安全帶，抱起汽車座位上胖胖的小寶寶，她把他抱了出來。丹尼帶著一種熱切、嚴肅的興趣盯著庭院周圍看，然後他的眼睛定在強尼身上，就留在那裡。他露出微笑。

「威！」丹尼說道，同時揮舞著兩隻手。

「我想他想要去你那裡，」莎拉說：「非常不尋常。丹尼有他爸爸那種共和黨人的感受性——他相當冷淡的，想抱他嗎？」

「當然。」強尼有點懷疑地說道。

莎拉咧嘴笑了。「他不會碎掉，你也不會弄掉他，」她說道，然後把丹尼交過去。「如果你真的弄掉了，他可能會像傻瓜黏土一樣立刻彈起來，胖得**噁心**的小寶寶。」

「放棒！」丹尼說道，滿不在乎地把一隻手臂彎向強尼的脖子，然後自在地望向他母親。

「這真的很驚人，」莎拉說：「他從來沒這麼親近人……強尼？**強尼？**」在小寶寶把他的手臂放到強尼脖子上的時候，一陣困惑的感受浪潮像溫水洗遍他全身。那裡沒有任何黑暗，沒有任何困擾。一切都非常簡單。在這寶寶的思緒裡沒有未來的概念，沒有困擾感，沒有過去不快樂的感受，沒有文字，只有強烈的影像：溫暖、乾燥、母親、強尼本人。

「強尼？」她憂心忡忡地注視著他。

「嗯？」

「一切都還好嗎？」

她在問他丹尼的事，他領悟到了。丹尼一切都還好嗎？你看到困擾嗎？有問題嗎？

「一切都好，」他說：「如果妳想，我們可以進去裡面，但我通常會待在前廊上，整天蹲在暖爐旁邊的季節很快就會到來了。」

「我想前廊會很好，而且丹尼看起來像是會想要探索一下院子。**很棒的**院子，他這麼說。對吧，小朋友？」她揉揉他的頭髮，丹尼笑了出來。

「他不會有問題吧？」

「只要他不試著吃掉任何一塊木片。」

「我是劈成暖爐容得下的長度。」強尼說著，把丹尼當成一只明朝花瓶一樣，小心翼翼地放下。「很好的運動。」

「你好嗎？身體上來說？」

「我想呢，」強尼說道，同時記起他幾天前把理查．迪斯整個人抬起來：「我進展得跟預期的一樣好。」

「那很好。上次我見到你的時候，你看起來像是在某種低潮。」

強尼點點頭。「手術的關係。」

「強尼？」

他瞥向她，再度感覺到他肺腑深處的猜測、罪惡感，還有某種類似期待的東西，古怪地混合在一起。她的眼睛盯著他的臉，坦白而毫無掩飾。

「是？」

「你記得……那個婚戒的事嗎？」

他點點頭。

「戒指在那裡，在你說它會在的地方。我把它扔掉了。」

「妳扔掉了？」他並不完全感到訝異。

「我把它扔掉了，而且從來沒跟華特提起。」她搖搖頭。「而我不知道為什麼，這件事之後一直困擾著我。」

「別讓這件事困擾妳。」

他們站在台階上，面對著彼此。她臉頰上泛起了紅色，但她沒有移開目光。

「有件事情是我想完成的，」她就只這麼說：「我們從沒有機會完成的事。」

「莎拉……」他開口了，然後又停下來。他完全不知道接下來該說什麼。在他們的下方，丹尼搖搖晃晃地走了六步，然後重重坐下。他歡叫出來，一點都不覺得難為情。

「對，」她說：「我不知道這樣對不對，我愛華特，他是個好人，很容易去愛。也許我知道的一件事，就是分辨男人的好壞。丹——我大學時約會的對象——是壞的那種。強尼，你讓我知道還有另一種，要是沒有你，我永遠不可能欣賞華特真實的樣子。」

「莎拉，妳不必……」

「我確實必須如此，」莎拉反駁。她的聲音低而情緒熱烈。「因為像這種事你只能說一次，要不是做錯就是做對，這件事的結果只會是兩者之一，因為要再試著說一次就太困難了。」她用懇求的眼神注視著他。「你懂嗎？」

「對，我想我懂。」

「我愛你，強尼，」她說：「從來沒有停止過，我曾經設法告訴我自己，是神的作為讓我們分開。我不知道，壞掉的熱狗是神的作為嗎？或者半夜有兩個孩子在偏僻小路上爛醉尬車才是？我想要的就只有……」她的聲音有了一種獨特的斷然語氣，似乎是一路敲打進這個涼爽的十月午後，就像工藝家的小錘子，捶進薄而貴重的金箔：「……我想要的，就只有從我們身上被剝奪的東西。」她的聲音動搖了。她低頭俯視。「而我全心全意想要，強尼，你想要嗎？」

「想。」他說。他伸出雙臂，而在她搖頭走開的時候覺得很困惑。

「別在丹尼面前，」她說：「這樣也許很傻，但那有點太過分，像是公然不貞。我想要一切，強尼。」她的臉再度泛紅，她美麗的羞紅增強了他的興奮感。「我要你抱我、吻我、愛我，」她說。她的聲音顫抖著，幾乎破掉。「我想這是錯的，但我無法克制。這是錯的，但也是對的，這樣很公平。」

他伸出一隻手指，抹去從她臉頰上慢慢滑下的眼淚。

「而且就只有這一次，不是嗎？」

她點點頭。「一次就必須了結一切。如果事情沒有出錯，本來會有的一切。」她抬起頭，臉龐浸泡在淚水之中，她的眼睛是比過去更明亮的綠色。「我們可以就靠這麼一次，了結一切嗎，強尼？」

「不，」他微笑著說道：「但我們可以試試看，莎拉。」

她溫柔地低頭看著丹尼，他試著爬到劈柴板上，卻不怎麼成功。「他會睡著的。」她說。

3

他們坐在前廊上，注視著丹尼在藍色的高空下，在院子裡玩耍。他們之間沒有匆促，沒有不耐煩，只有一種逐漸增強的吸引力，他們兩個都感覺到了。她敞開她的外套，穿著一件粉藍色羊毛洋裝坐在前廊吊椅上，腳踝交叉著，肩上的頭髮無憂無慮地在風穿過的地方飛揚著。羞紅從沒真正離開她的臉，高處的白雲迅速奔過天空，從西邊流向東邊。

他們談些無關緊要的事情——不急。從他脫離昏迷以來第一次，強尼感覺時間不是他的敵人。時間給他們這個小小的空隙，交換他們被奪走的主要命運流向，而這個空隙會在這裡，他們需要有多久就有多久。他們談到已經結婚的人，談到一個克里夫米爾斯畢業的女生贏得國家優等獎學金，談到緬因州的無黨派州長。莎拉說他看起來像舊影集《阿達一族》裡的勒奇，思想則像赫伯特．胡佛[62]，他們為此都笑了出來。

「看看他。」莎拉說，朝著丹尼的方向點點頭。

他坐在維拉．史密斯常春藤棚架旁邊的草地上，他的拇指塞在嘴裡，睡眼惺忪地望著他們。

她把他的汽車臨時嬰兒床從品托的後座搬出來。

「他在前廊上沒問題吧？」她問強尼。「天氣這麼溫和，我想讓他在新鮮空氣裡小睡。」

「他在前廊上沒問題的。」強尼說。

她把床放在陰涼處，把他放到床裡，然後把兩條毯子拉到他下巴處。「睡吧寶寶。」莎拉說道。

他對著她微笑，然後立刻閉上雙眼。

「就這樣？」強尼問道。

「就這樣。」她表示同意。她走近他，然後伸出雙臂環抱著他的脖子。

他相當清楚地聽到，她身體移動時在洋裝底下隱約的窸窣聲。「我要你吻我，」她冷靜地說：「再吻我一次吧，這個吻我已經等了五年，強尼。」

他用手臂環抱著她的腰，溫柔地親吻她，她的嘴唇分開了。

「喔，強尼，」她靠在他脖子上說道：「我愛你。」

「我也愛妳，莎拉。」

「我們去哪裡？」她問道，同時從他身邊退開。她的眼睛現在就像翡翠一樣珍貴而深沉。

「哪裡？」

62. Herbert Hoover（1874-1964），美國第三十一任總統（任職期間為一九二九－一九三三）。

4

他攤開雖然舊卻很乾淨的褪色軍毯，鋪在二樓的稻草上，這氣味芬芳而甜蜜。在他們之上的高處，是燕子神秘的咕咕叫聲跟振翅的聲響，然後牠們又再度安定下來。莎拉把玻璃上一塊地方擦乾淨，然後俯視著丹尼。

「這樣可以吧？」強尼問道。

「可以。在這裡好過在屋子裡，那樣會像是……」她聳聳肩。

「把我爸扯進來？」

「對。這是我們之間的。」

「是我們的事。」

「我們的事。」她表示贊同。她趴下來，在褪色的地板上把臉轉向一側，她的腿在膝蓋處彎曲，她把她的鞋脫掉，一次一隻。

「替我拉下拉鍊，強尼。」

他在她身邊跪下，拉下了拉鍊。在一片寂靜中，那聲音很響亮。她的背是加了奶精的咖啡色，襯著襯裙的白，他親吻她的肩胛骨之間，她顫抖著。

「莎拉。」他喃喃說道。

「什麼？」

「我必須告訴妳某件事。」

「什麼？」

「醫生在其中一次手術裡失手把我給閹了。」

她搥了他的肩膀。「同一個老強尼，」她說：「而且你有個朋友，有一次在塔普森市集的迴轉車上弄斷了脖子。」

「當然。」他說道。

她的手像絲一般觸碰著他，溫柔地上下移動。

「感覺不出他們對你做了任何要命的事。」她說。她明亮的眼睛搜索著他的。「完全不像，我們該來看看嗎？」

有一股乾草的甜味，時間被拉長了，有種軍毯粗糙的質感，她皮膚的滑順觸感，她赤裸的實在感。就像陷入一個從來沒有徹底忘懷的舊夢裡。

「喔，強尼，我親愛的……」她的聲音在一股上揚的興奮之中。她的髖部加快速度移動著，她的聲音很遙遠，她頭髮的觸感，在他肩膀與胸膛上感覺像火焰。他把他的臉深深埋入其中，在那暗金色的黑暗中迷失自己。

時間在乾草的甜味裡拉長，軍毯粗糙的質地。在十月的風裡，老穀倉輕柔吱嘎響的聲音，就像一艘船。溫和的白色光線從屋頂縫隙之間透入，在五十道細如鉛筆的陽光中捕捉到草料的微塵，微塵在飛舞旋轉。

她喊了出來。在某一刻她喊著他的名字，一次一次又一次，就像一種吟唱。她的手指像馬刺似地埋進他身體。騎師與被騎乘者，陳年葡萄酒終於倒了出來，是一支陳年佳釀。

完事後他們坐在窗邊，眺望著庭院。莎拉把她的洋裝套到裸露的皮膚之外，離開他一會。他獨自坐著，沒有在思考，滿足地看著她再度出現在窗口，她的身影隨著距離變小，穿過院子到達門廊。她俯身面對嬰兒床，重新調整過毯子。她回來了，風把頭髮吹到她背後，同時好玩地拉著她的洋裝裙襬。

「他會再睡半個小時。」她說。

「他會嗎？」強尼微笑著。「或許我也會。」

她用光著的腳趾畫過他的腹部。「你最好不要。」所以再一次，這次她在上面，幾乎用一種祈禱般的態度，她垂下頭，她的頭髮朝著前方揮舞，模糊了她的臉。緩緩地，然後結束了。

5

「莎拉……」

「不，強尼，最好別說，時間到了。」

「我本來要說的是妳很美。」

「我是嗎？」

「妳是的，」他輕聲說道。「親愛的莎拉。」

「我們了結一切了嗎？」她問他。

強尼露出微笑。「莎拉，我們盡可能做到最好了。」

6

赫伯從威斯布魯克回家的時候，看到莎拉似乎不覺得意外。他歡迎她，特別照顧寶寶，然後責備莎拉沒有早點帶他來。

「他有妳的髮色跟膚色，」赫伯說：「在眼睛的顏色轉變完成以後，我想他會有妳的眼睛。」

「只要他有父親的腦袋就好。」莎拉說。她在藍色羊毛洋裝的外面圍上了圍裙。在外面，太陽開始落下，再過二十分鐘天就黑了。

「妳知道，煮飯應該是強尼的工作。」赫伯說。

「阻止不了她，她用槍指著我的頭。」

「喔，也許這樣最好，」赫伯說：「你做的每樣東西到頭來吃著都像法蘭柯美國義大利麵。」

強尼把一本雜誌扔向他，丹尼笑了出來，一個高亢、有穿透力的聲音，似乎充滿了整間屋子。

他看得出嗎？強尼納悶地想。**感覺上這明白寫在我臉上了。**然後他看著父親在入口通道的櫥櫃裡，挖出一箱他絕對不讓維拉送走、原本屬於強尼的舊玩具時，他冒出一個驚人的念頭：**也許他理解。**

他們吃了飯。赫伯問莎拉，華特在華盛頓做什麼，她告訴他們他出席的會議，那個會議跟印地安人要求的土地的權利有關。她說，共和黨會議大半是在測風向。

「他會見的大多數人都認為，如果明年是雷根[63]而不是福特被提名，就意味著這個黨的死亡。」莎拉說道：「如果偉大的老黨死掉了，就表示華特一九七八年不能趁威廉．柯恩去選比爾．海瑟維留下的參議院席次時，去選柯恩空出的席位。」

赫伯注視著丹尼吃四季豆，他吃得很認真，用他所有六顆牙，一根一根地吃掉。「我不認為柯恩能等到七、八年才進參議院，他明年就會去跟莫斯基競爭。」

63. Ronald Reagan（1911-2004）早年是演員的政治家，從一九八一年至一九八九年擔任美國總統。

「華特說威廉・柯恩不是那麼笨，」莎拉說：「他會等待，華特說他的機會要來了，而我開始相信他了。」

在晚餐之後，他們坐在客廳裡，話題脫離了政治。他們注視著丹尼玩著那些舊木頭汽車跟卡車，那是更年輕得多的赫伯・史密斯在四分之一個世紀前替自己的兒子做的。更年輕些的赫伯・史密斯娶了一個堅強、好性情的女人，她有時候會在晚間喝一瓶黑標啤酒。這個男人沒有灰髮，對兒子除了最高的期望以外別無其他。

他確實理解，強尼心裡想著，同時啜飲著他的咖啡。**不管他知不知道今天下午莎拉跟我之間發生了什麼，不管他有沒有懷疑可能發生了什麼，他都了解這種基本層面上的欺瞞。你無法改變它或糾正它，能做到最好的就是設法接受。今天下午，我們圓滿了一樁從來沒發生過的婚姻，而今晚，他在跟他的孫子玩。**

他想起了命運之輪，逐漸變慢，停止。

莊家號碼，每個人都輸。

陰鬱的心情設法要爬出來，一種終結的淒涼之感，而他把這種感覺推開。現在還不是那個時候，他不會讓現在就變成那時候。

到了八點半，丹尼開始變得易怒，莎拉說道：「我們該走了，各位。他可以在我們回肯納邦克的時候吸上一瓶。從這裡出發大概三哩以後，他就會睡著了，謝謝你們接待我們。」她的眼睛，明亮的綠眼，有一會兒找到了強尼的眼睛。

「這完全是我們的榮幸，」赫伯說著站起來。「對吧，強尼？」

「對，」他說：「莎拉，讓我替妳把這個汽車嬰兒床搬出去吧。」

在門口，赫伯親吻了丹尼的頭頂（丹尼則用他胖嘟嘟的小拳頭去抓赫伯的鼻子，用力地按了一下，力道足以讓赫伯的眼睛泛出淚水），還有莎拉的臉頰。

強尼把汽車嬰兒床搬到下面的紅色品托車上，莎拉給了他鑰匙，好讓他可以把所有東西放到後座。在他完工以後，她站在駕駛座門邊注視著他。「這是我們能做到最好的了。」她說，露出了一點點微笑。但她眼中的耀眼光芒，告訴他眼淚再度接近了。

「沒那麼糟。」強尼說。

「我們會保持聯絡？」

「我不知道，莎拉。我們會嗎？」

「不，我想不會，這樣會太容易，不是嗎？」

「太容易了，對。」

她走近，拉長身體親吻他的臉頰。他可以聞到她的頭髮，乾淨而芬芳。

「保重，」她悄聲說道：「我會想著你。」

「要乖，莎拉。」他說著，然後碰了碰她的鼻子。

然後她轉身，坐進駕駛座，一位年輕時髦的已婚婦女，她的丈夫正在扶搖直上。我真心懷疑他們明年還會不會只開一台品托車，強尼心想。

車燈開了，小如縫紉機的機器引擎吼了起來。她對他舉起一隻手，然後退出了車道。強尼站在劈柴板旁邊，雙手插在口袋裡，看著她離開。心裡有某種東西似乎關了起來，但卻不是最主要的感覺。這正是最糟糕的部分——這竟然不是最主要的感覺。

他注視著，直到看不見車尾燈，然後他爬上前廊台階，回到屋子裡。爸爸坐在客廳的大安樂椅上，電視關著。他在櫃子裡找到的幾樣玩具散落在地毯上，而他正注視著它們。

「看到莎拉真好，」赫伯說。「你跟她有……」出現了最簡短、最微小的一點遲疑……

「一次美好的訪問經驗嗎？」

「有。」強尼說。

「她會再來嗎？」

「不，我想不會。」

他跟父親彼此注視著。

「嗯，現在嘛，也許這樣最好。」赫伯終於這麼說道。

「是的，也許是。」

「你玩過這些玩具，」赫伯說，跪下來開始收拾玩具。「在洛蒂．蓋卓生下她的雙胞胎時，我給了她其中一些，但我知道我還留下了幾個，我存放了幾個起來。」

他把這些玩具一次一個放回箱子去，在他手中翻轉每一個，檢視著它們。一輛賽車、一輛推土機、一輛警車、一個小小的勾梯卡車，在小手會抓取的地方，大多數紅漆都掉了。他把玩具放回入口處的櫃子，把它們收起來。

強尼後來有整整三年沒再見到莎拉。

第十六章

1

那年的雪來得早，到了十一月七日，地上就有六吋厚的雪，強尼已經要套上一雙綠色的舊橡膠靴子、穿著他的舊戶外大衣，才能跋涉到信箱前。兩週之前，戴夫．佩爾森已經寄來一份包裹，裡面包含一月會用到的教科書，強尼已經開始做嘗試性的課程計畫。他很期待回去教書，戴夫也替他在克里夫的郝蘭街找到一個公寓單位，郝蘭街二十四號。強尼把地址寫在一張紙上，放在他的錢包裡，因為姓名跟數字會以一種令人惱怒的方式從他腦袋裡溜走。

這一天的天空是石板灰色，而且壓得很低，溫度在略低於華氏二十度的水準附近盤桓。在強尼腳步沉重地沿著車道前進時，第一波小雪開始飄落。因為他是獨自一人，不會因為自覺意識過高而不把舌頭伸出來，設法捕捉到一片雪花。他幾乎不再跛了，他感覺很好。在過去兩週或更長的時間裡，他都沒有頭痛。

收到的郵件是一封廣告傳單、一份《新聞週刊》，還有一個小小的馬尼拉紙信封，指名要給強尼．史密斯，沒有回郵地址。強尼從後面打開信封，其他郵件都塞在他臀部的口袋裡。他抽出一張新聞用紙，看到頂端有「內幕觀點」這幾個字，就在回屋子的半途中停下來。

那是上週出刊那一期的第三頁。頭條報導是一位記者「揭發」某個電視推理影集的英俊配角；這位英俊配角在高中被停學兩次（那是十二年前），而且被抓到持有古柯鹼（六年前）。給美國主婦的熱門新聞。還有一種全穀物膳食，一張可愛的嬰兒照片，還有一篇報導在講一個九歲女孩在盧德奇蹟般地治癒了腦性麻痺（醫生都驚呆了，標題喜孜孜地大聲宣告）。接近這一頁底部的一則報導被圈了起來。**緬因「靈媒」承認騙局**，標題這麼寫。這篇報導沒有作者署名。

《內幕觀點》一貫的政策是，不但把所謂的「全國媒體」忽略的最全面靈媒報導都帶給您，也會揭發長年以來導致真實靈異現象無法獲得真正接納的詐術師跟江湖術士。

其中一位騙子最近對一位《內幕觀點》的消息來源承認了他的騙局。這位所謂的「靈媒」，緬因州包諾的強尼．史密斯，對我們的消息來源承認：「這全都是為了付清我醫院帳單而耍的花招。如果這樣會有本書可寫，我可能到頭來靠這筆交易就足夠付清我欠的錢，還可以退休個幾年，」史密斯咧嘴笑道：「這年頭，大家什麼都會相信——我為什麼不搭這趟便車，賺點外快呢？」

多虧《內幕觀點》總是警告讀者，相對於每一位真靈媒，都有兩個假靈媒存在，強尼．史密斯的外快便車才脫軌了。而我們重申，我們的懸賞仍然有效：只要證明任何一位全國知名靈媒是假貨的人，都可拿到一千美元。

騙徒與江湖術士，小心了！

在雪開始下得更大的時候，強尼讀了這篇文章兩次。一抹勉強的咧嘴笑容在他臉上綻開。他心想，這個永遠保持警惕的媒體，看來並不樂於被丟下某個鄉巴佬家的前廊。他把撕下的紙塞回信封裡，然後塞到他的褲子後口袋裡，跟其他郵件放在一起。

「迪斯，」他大聲說道：「我希望你還是全身瘀青。」

2

父親就沒覺得這麼有趣了，赫伯讀到剪報，厭惡地把那張紙重重丟到餐桌上。「你應該告這個婊子養的。那根本就是誹謗，強尼，這是刻意造謠中傷。」

「我很同意，很同意。」強尼說道。外面天黑了。下午靜靜落下的雪，已經發展成晚上的初冬冰雪暴。風在屋簷周圍尖聲呼嘯嚎叫，車道已經消失在沙丘似的積雪之下。「不過在我們談話的時候並沒有第三者在，迪斯該死地清楚得很。現在是兩方各執一詞。」

「他甚至沒種把他自己的名字放到這段謊話下面，」赫伯說：「看看這個『《內幕觀點》的消息來源』。這消息來源是什麼？叫他指出來，我說的是這個。」

「喔，你不能那樣做，」強尼咧嘴笑著說道：「這樣就像是走向街頭最強悍的打架能手面前，還在褲襠上貼個『用力踢我』的牌子。然後他們就會把這變成一場聖戰，上頭版等等。不，多謝了。在我看來，他們幫了我一個忙。我不想靠著告訴別人爺爺把他的股票藏在哪，或者誰會在史卡波羅賽馬場跑第四，來締造我的事業，或者就拿樂透來說吧。」在強尼脫離昏迷以後，讓他最驚訝的事情之一，就是發現緬因州跟另外大約一打的州立法讓一種猜數字遊戲合法了。「在上個月我收到六封信，是別人要我告訴他們會是哪個號碼中獎，這真是瘋了。就算我可以告訴他們——但我辦不到——這樣對他們會有什麼好處？在緬因樂透裡你不能選擇你自己的號碼，他們給你什麼你就得到什麼，但我還是會收到信。」

「我看不出這跟這篇爛文章有什麼關係。」

「如果大家認為我是假貨，也許他們就會放過我。」

「喔，」赫伯說：「是啊，我看出你的意思了。」他點燃他的菸斗。「你從來沒有真正對這種能力感覺舒坦自在，是吧？」

「是沒有，」強尼說：「我們也從沒多談這件事，這在某種程度上真讓人鬆一口氣，這似乎變成其他人唯一**想**談的事情。」而問題不只是他們想談；這樣不會讓他這麼困擾。而是當他在斯洛肯雜貨店買一手啤酒或一條麵包的時候，那裡的女孩在拿他的錢時會故意不碰他的手，她眼中那種驚恐、怯懦的神情是錯不了的。他父親的朋友會對他揮手，而不是跟他握手。十月時赫伯雇用了一個本地高中女生，一星期來做一次撢灰塵跟吸地板的工作。三週後她就辭職了，根本沒講理由，可能在高中有人跟她說她是替誰打掃。看來每出現一個人急著被強尼的特殊天賦觸碰、告知、接觸，就會出現兩個人把他當成某種痲瘋患者。在這種時候，強尼會想到他告訴艾琳．馬羣恩房子著火的那天，那些瞪著他看的護士，就像電線杆上的喜鵲那樣瞪著他。他會想起媒體記者會出人意表的結局之後，那電視記者從他旁邊退開的樣子，那人對他說的任何話都表示同意，卻不想被他觸碰，這兩種反應都不健康。

「不，我們沒談過，」赫伯同意。「我猜這讓我想起你母親。她以前這麼確定，你基於某種理由，被賦予了……不管那是什麼。有時候我會納悶，她是不是說錯了。」

強尼聳聳肩。「我想要的就只有正常生活，我想埋葬整件該死的事情。而如果這一小篇烏賊報導幫我做到了，那就更好了。」

「但你還是可以辦到的，不是嗎？」赫伯問道。他仔細地看著他兒子。

強尼想起不到一星期前的一個晚上，他們到外面吃晚餐，以他們緊繃的預算來說是難得的事。他們去葛雷的「柯爾農場」，可能是這個地區最好的餐館，總是客滿。那個晚上很冷，餐廳氣氛活潑溫暖。強尼帶著父親跟他自己的外套到衣帽間去，而在他的拇指掃過那些掛起來的外套，尋找空衣架的時候，一整串清楚的印象在他心中瀑布似地掃過。有時候是像這樣，而在別的場合，他可以拿著每件外套二十分鐘，卻什麼都沒感覺到。這裡有位女士的外套有毛皮領子，她跟丈夫的一位撲克牌友有染，她對此嚇到要生病了，卻不知道要怎麼讓這件事情結束。一個男人的丹寧夾克有綿羊皮鑲邊，這傢伙也擔心著他哥哥，他上週在建築工地受了重傷。一個小男孩的戶外大衣——就在今天，他在德罕的祖母給他一台史奴比收音機，而他很生氣，因為他父親不讓他把收音機一起帶進餐廳。還有另外一件，一件普通的黑色輕便大衣，卻讓他嚇得全身發冷，連食慾都被剝奪了。這件外套的主人瘋了，到目前為止他還維持著表面的形象——連他妻子都沒起疑——但他對世界的看法，正慢慢地被一連串偏執的幻想弄得越來越陰暗。摸那件外套就像是摸到一團扭動纏繞的蛇群。

「對，我還是能辦得到，」強尼簡短地說：「我超級希望我辦不到了。」

「你真心這麼認為？」

強尼想起那件普通的黑色輕便大衣。他那一餐只啄了幾口，到處左顧右盼，想要在人群裡找到那一個人，卻辦不到。

「對，」他說：「我是真心的。」

「那麼最好忘掉。」赫伯說，然後拍拍他兒子的肩膀。

3

而在接下來一個多月的時間裡，這件事看似會被遺忘。強尼開車到北部去出席一個給學年中加入的高中教師會議，還有把他的一堆個人物品載到他的新公寓去，他發現這裡雖然很小，卻可以生活。

他上了父親的車，而就在他準備離開的時候赫伯問他：「你不緊張嗎？對於開車這件事？」

強尼搖搖頭。關於車禍本身的思緒，現在不怎麼困擾他了。如果有什麼事情要發生在他身上，就是會發生。而在內心深處，他很有信心，閃電不會再打中同一個地方——如果他要死，他不相信會是死於車禍。

事實上，這是趟安靜平和的長途車程，會議有點像是返鄉聚會日。還在克里夫米爾斯高中教書的所有老同事都過來祝福他。但他忍不住注意到，真正跟他握手的人有多稀少，而他似乎感覺到某種程度的保留，他們眼中有種警戒心。

開車回家的時候，他說服自己，這可能只是想像。而如果不是，好吧——就連這點都有好笑的一面。如果他們讀過了他們的《內幕觀點》，他們就會知道他是假貨，沒有什麼好擔心的。

會議結束了，沒別的事好做，只能回包諾等待聖誕假期來臨跟結束。包含個人物品的包裹不再來了，幾乎就像是有個開關被關上了——強尼告訴他父親，這就是媒體的力量。這些信件被一陣短暫的憤怒郵件爆發所取代——而大半都是匿名的——這些信件跟卡片是來自某些似乎覺得自己被騙的人。

「你因該在地！欲！裡！被火燒，因為你有惡心的因謀要破壞這個美國共和國。」一封典型的信件這麼寫道。這封信寫在一張皺巴巴的華美達飯店信紙上，郵戳是賓州的約克。「你什麼都不是，只是個職業詐騙家，一個骯髒腐敗的片子。我為那家看透你的報社祝福神。先生你因該對自己感到羞恥。聖經說普通罪人會被丟進火！胡！裡！而且被吞是，可是一個假！先！之！應該永永遠遠被火燒！那就是你一個假先之把你不朽的靈魂賣掉換幾毛臭錢。所以這就是我的信件結尾而我為了你希望你永遠不會在你家鄉的街上被我抓到。簽名，一個（神的）朋友（而不是你的，先生）」

超過二十封以上類似這樣的信件，在《內幕觀點》報導出現之後大約二十天內的時間裡出現了。好幾個有企業家精神的靈魂，表達了跟強尼成為事業夥伴的興趣。「我以前是魔術師助手，」其中一封信誇口說：「而我可以騙得一個老娼妓都脫了丁字褲。如果你計畫做個靈媒表演，你需要我加入！」

然後信件逐漸減少，就像先前那一陣盒子跟包裹熱潮一樣。十一月末的某一天，當他檢查信箱，發現連續第三個下午空蕩蕩以後，強尼走回屋裡，想起安迪．沃荷曾經預測過，有一天美國的每個人都會出名十五分鐘。顯然他的十五分鐘來了又去，而沒有人比他更高興了。

但到頭來，事情還沒結束。

4

「史密斯？」電話裡的聲音問道：「強尼．史密斯嗎？」

「是。」那不是他認識的聲音，也不是打錯電話的。這樣讓這通電話變成某種謎題，因為他父親大約三個月前已經讓這支電話從電話簿裡拿掉了。此時是十二月十七日，他們的聖誕樹站在客廳一角，基底牢牢地插在赫伯在強尼小時候做的老樹基座上，外面在下雪。

「我的名字叫班納曼。喬治．班納曼警長，來自城堡岩。」他清了清喉嚨。「我有個……嗯，我想你會說我有個給你的提案。」

「你怎麼拿到這個號碼的？」

班納曼又清了一下喉嚨。「喔，我想我是可以從電話公司拿到的，這是警方公務。但實際上我是從你的一位朋友那裡得來的，一位名叫魏札克的醫生。」

「山姆．魏札克給你我的電話號碼？」

「對。」

強尼在電話角坐下，完全被搞糊塗了。現在這個名字班納曼對他有某種意義了。就在最近，他在一篇週日增刊報導裡看到這個名字。他是城堡岩的警長，那裡離包諾以西頗有一段距離，在湖泊區。城堡岩是郡公所所在地，離挪威鎮大約三十哩，離布里頓大概二十哩。

「警方公務？」他重複了一遍。

「喔，我猜你會這麼說，哎呀。我在想的是，也許我們兩個可以一起聚聚，喝杯咖啡……」

「這牽涉到山姆嗎？」

「不，魏札克醫生與此毫無關係，」班納曼說：「他給我們一通電話，然後提到你的名字。這是……呃，至少一個月前。老實講，我本來以為他是瘋子。但現在我們差不多對此無計可施了。」

「對什麼？班納曼先──班納曼**警長**，我不懂你在說什麼。」

「如果我們可以見面喝杯咖啡真的會好很多，」班納曼說。「也許這個晚上？有個地方叫做瓊咖啡，就在布里頓的主要街道。有點像是在你們鎮上跟我這邊的中途。」

「不，我很抱歉，」強尼說：「我必須知道這跟什麼有關，還有山姆怎麼從沒打電話跟我講？」

班納曼嘆了口氣。「我猜你是不讀報紙的那種人。」他說。

但這並非事實。他從重新清醒以後就強迫症似地讀著報紙，設法弄清楚他錯過的事情。而他最近才看過班納曼的名字，當然，因為班納曼現在處境很棘手。他是負責人──強尼把電話從他耳邊拿開，突然恍然大悟地看著話筒。他看著話筒的神情，就是一個男人剛發現面前這條蛇有毒時可能會有的眼神。

「史密斯先生？」聲音單薄地嘎嘎響著。「哈囉，史密斯先生？」

「我在。」強尼說著把話筒放回耳朵。他現在意識到一股對山姆．魏札克的悶燒怒氣，山姆在剛過沒多久的夏天才勸他低調避風頭，然後轉身就對這個鄉下地方的警長大爆內幕——還是背著強尼做的。

「是那個勒殺案的事情，不是嗎？」

班納曼猶豫了很長一段時間。然後他說：「我們能談談嗎，史密斯先生？」

「不，絕對不行。」那股悶著的怒氣點燃成突如其來的憤怒。憤怒，還有某種別的東西，他很害怕。

「史密斯先生，這很重要。今天……」

「不，我希望別找我。除此之外，你沒讀過那該死的《內幕觀點》嗎？反正我是個假貨。」

「魏札克醫生說……」

「他沒有權利說任何事！」強尼吼道。他全身顫抖。「再見！」他把電話摔到基座上，然後迅速離開了電話角，就好像要避免電話再度響起。他可以感覺到他的太陽穴要開始痛了。鈍鑽頭，他想著，也許我應該打電話去給他在加州的母親。告訴她，她可愛的小寶貝兒子在哪裡，叫她聯絡他，以牙還牙。

他反而在電話桌抽屜裡找著電話簿，找出山姆在班戈的辦公室電話，然後撥過去。電話在另一頭一響，他就掛了，再度害怕起來。為什麼山姆會這樣對他？天殺的，為什麼？

他發現自己盯著聖誕樹看。

同樣的舊裝飾。就在兩個晚上以前，他們再度把裝飾品從閣樓裡拖出來，然後把它們從自己的衛生紙架子裡再取出，再度掛到樹上。聖誕節裝飾這件事很妙。隨著人的成長，沒有太多事情還能年復一年維持原狀。沒有多少線性延續，沒有許多實際的物體，可以輕易地同時適用於孩提與成人的狀態。孩提時代的衣服會傳下去，或者打包寄給救世軍，你的唐老鴨手錶主要發條裂掉了，你的紅騎士牛仔靴穿壞了，你在第一次營隊手工藝課程做的錢包，被一只巴克斯頓爵爺皮夾取代，而你的紅色貨車跟你的腳踏車拿去換了比較成人的玩具——一輛汽車、一支網球拍，或者某一種新的電視曲棍球遊戲。只有幾樣東西是你可以執著下去的。也許是幾本書，或者一枚幸運錢幣，或者一個被留下來又經過補充的郵票收藏。

還有你父母家裡的聖誕樹裝飾品。

年復一年都是同樣的木雕天使，頂端則是同一顆金箔星星，本來是一整個軍營，還堅強地撐到現在的一排玻璃球（而我們從來沒忘記受到尊崇的死者，他心想——這一個的死因是一個寶寶亂抓的手，那一個在爸放上去的時候滑掉了，砸到地板上，漆了伯利恆之星的紅球，就只是在某一年我們從閣樓拿下來的時候神秘地破了，我還因此哭了），樹自己還矗立著。強尼心不在焉地按摩他的太陽穴，同時心想：但有時候，如果你跟這些童年的最後餘緒也失聯了，似乎會比較好、比較慈悲。你絕對不可能以完全一樣的方式，發現那些一開始讓你興奮的書。幸運錢幣無法保護你免於日常生活裡司空見慣的鞭笞、輕蔑與摩擦。而當你看著那些裝飾品的時候，你記得本來有過一位母親在那裡指揮修整樹木的行動，她總是準備好、也很樂意說這些惹毛你的話：「再高一點點」、「再低一點點」或「親愛的，我想你在左邊放太多金箔絲了」。你望著那些裝飾品，然後想起今年只有你們兩個在這裡放這些裝飾品，只有你們兩個，因為母親發了瘋，後來又死了，但脆弱的聖誕樹裝飾品還在這裡，仍然到處掛著，裝飾從小小的偏僻植林地拖來的另一棵樹，而他們不是這麼說嗎，在聖誕節前後自殺的人比一年中任何其他時候還多？上帝為證，這不奇怪。

神給你的是多麼大的力量啊，強尼。

當然，沒錯，神是真正的迷人王子。祂讓我撞穿一輛計程車的擋風玻璃，我弄斷了雙腿，然後花了五年左右陷於昏迷，同時還有三個人死掉了，我愛的女孩結婚了。她有個本來應該跟我生的兒子，孩子的父親是一個擠破頭要去華盛頓的律師，這樣他才能幫忙讓大電動火車組合跑得動。如果我站著一次超過兩小時，感覺就像是有人拿了一根長長的碎片，直接從我的腿往上猛插到我的卵蛋。神真是個好傢伙。祂這麼棒，甚至炮製出一個滑稽喜歌劇的世界，在這裡一堆聖誕樹用的玻璃球都可以活得比你久。整潔乾淨的世界，由一個真正一流的神負責。在越戰期間祂一定站在我們這邊，因為祂從有時間開始以後，就一直像那樣經營種種事務。

祂有個工作要給你，強尼。

把某個不稱職的鄉下警察從困境裡救出來，好讓他明年可以連任。

別逃離祂，強尼。別躲在洞窟裡。

他揉著太陽穴。在外面，風越來越大。他希望爸下班回家的時候會小心。

強尼站起來，套上一件厚長袖運動衫。他到外面的棚屋去，注視著吐出的氣息在他面前的空氣中結霜。左邊有一大堆木頭，是他在剛過去的秋天劈好的，全部都砍成工整的暖爐用尺寸。隔壁是一箱引火棒，而再過去是一疊舊報紙。他蹲下來，開始用手指翻找。手很快就麻掉了，但他繼續找，最後找到他要找的那一份了，三星期前的週日報紙。

他拿進屋裡，啪一聲在廚房桌上放下，然後開始在裡面搜尋。他在專題報導的部分找到他要的文章，就坐下來讀。

這篇文章有附上好幾張照片，其中一張顯示一個老女人在鎖門，另外一張則是一輛警車巡視幾乎空無一人的街道，另外兩張則是兩家幾乎沒有人的店鋪。標題寫著：**尋找城堡岩絞殺魔的**

獵捕行動還在繼續……而且沒完沒了。

根據這則報導，五年前一位名叫艾瑪．佛萊雪特，在當地餐館工作的年輕女子，在下班回家的路上被強姦勒斃。州總檢察官辦公室與城堡岩警長的部門，執行了犯罪聯合調查，結果完全是零。一年後一個老女人也被強姦勒斃，在她位於城堡岩卡賓街的小小三樓公寓裡被人發現。一個月後兇手再次出擊，這次的受害人是個年輕聰明的初中女生。

還有過更縝密的調查。FBI的調查部門也介入了，卻都沒有結果。接下來的十一月，警長卡爾．M．凱爾索——差不多從美國內戰時代左右就是這個郡的主要執法官員了——落選了，喬治．班納曼則選上，大部分是因為他要抓到「城堡岩絞殺魔」的強力宣傳攻勢。

兩年過去了，絞殺魔沒有被抓，但也沒有發生更多謀殺案。然後在去年一月，十七歲的卡蘿．鄧伯格的屍體被兩個小男孩發現。鄧伯格家的女孩被她父母通報為失蹤人口。她在城堡岩高中不時惹麻煩，長期以來有拖拖拉拉跟逃學的壞習慣，曾經兩次被抓到順手牽羊，以前就逃家過一次，甚至遠及波士頓。班納曼跟州警雙方都假定她搭了便車——而殺手載了她一程。仲冬冰霜融化，在史崔莫溪附近露出了她的屍體，被兩個小男孩給發現了。州法醫說，她已經死了大約兩個月。

然後在今年十一月二日，還有另一樁謀殺案。受害人是受人喜愛的城堡岩小學老師，名叫艾塔．林戈德。她是當地衛理公會的終生成員，有小學教育碩士學位，在當地的慈善活動中很活躍。她喜歡羅伯．布朗寧的作品，而她的屍身被發現塞在一個沒鋪過的次要道路底下的涵洞裡。林戈德小姐遇害引起的騷動，轟動了整個北新英格蘭。城堡岩絞殺魔被拿來跟波士頓絞殺魔艾伯特．德薩佛相比——這種比較對於平息騷動並無幫助。在相隔不遠的新罕布夏曼徹斯特，威廉．洛伯的《聯合領袖報》，曾經非常幫忙地登出一篇社論，標題是〈我們的姊妹州啥都不幹的警察們〉。

週日增刊上的這篇文章——現在已經有六個星期的歷史，而且聞起來有棚屋跟木箱的刺鼻味道——引用兩位本地心理學家的話，他們相當樂於天馬行空地談論這個狀況，只要他們的名字不會見報就好。其中一位提到一種獨特的性異常——在高潮時刻做出某些暴力之舉的衝動。好啊，強尼心想，皺起了臉。他高潮的時候把她們勒死，他的頭痛時時刻刻都在變得更糟。

另一個心理醫師指出這個事實：五件謀殺案都是在晚秋或初冬發生的。雖然躁鬱人格並不遵從任何單一固定模式，但患者具有跟季節變化緊密平行發生的情緒波動，是相當常見的。他可能有個「低點」，從四月中一直延續到八月底，然後開始爬升，在謀殺案發生的時間點附近達到「巔峰」。

在躁症或者「亢奮」狀態，這個人容易性慾旺盛、活躍、大膽而且樂觀。「他很可能相信警方無法抓到他。」這個匿名精神病學家這樣結束他的話。這篇文章的結論是，到目前為止，這個人的看法一直是對的。

強尼放下報紙，瞥了一眼時鐘，然後看出父親幾乎隨時都會到家——除非被雪拖住了他的行程。他拿著舊報紙到柴爐旁邊，把它戳進柴火箱裡。

不甘我的事。反正山姆．魏札克該遭天譴。

別躲在洞窟裡，強尼。

他沒躲在洞窟裡，根本不是這樣。只是狀況如此，他運氣相當差。失去你的一大塊人生，這樣就夠格說你運氣很差，不是嗎？

那你可以牛飲的那一大堆自憐呢？

「去你的。」他對自己咕噥道。他走向窗口，往外眺望，沒什麼可看的，只有雪照著風吹出來的沉重線條持續落下。他希望爸爸行動謹慎，但他也希望爸爸快點出現，結束他這種沒用又一直兜圈子的自省。他再度走向電話，然後站在那裡，猶豫不決。

不管他自不自憐，他都已經失去很大一部分的人生。他的**精華時期**，如果你想這麼說的話。他很努力要恢復過來，他不是該有些普通人的隱私嗎？他沒有權利擁有他幾分鐘前還在想的東西——一個普通的人生嗎？

沒這種東西，老兄。

也許沒有，不過有叫做異常生活的東西，在柯爾農場發生的那種事。摸到別人的衣服，然後突然知道他們小小的恐懼、不起眼的秘密、微乎其微的成功——這樣是異常的，這不是天賦，這是詛咒。

假定他真的去見這位警長呢？無法保證他能告訴那警長任何事，而假定他可以呢？就假定他可以把警長要的殺手，放在銀盤子上交給他呢？那會是醫院記者會的重演，吵吵鬧鬧的馬戲團，而且變本加厲。

一首小小的歌開始在他疼痛的腦袋裡瘋狂播放，說實話只比鈴鐺的叮噹聲大一點而已。一首他很小的時候聽過的主日學校歌曲：**我的這點小小光芒……我會讓它閃耀……我的這點小小光芒……我會讓它閃耀……讓它閃耀、閃耀、閃耀，讓它閃耀……**

他拿起電話，撥了魏札克辦公室的電話號碼。現在安全了，已經過了五點。魏札克已經回家了，而這些大牌神經科專家不會登記他們家裡的電話。

電話響了六、七次，強尼正要放下的時候，就有人接起來了，山姆本人說道：「嗨？哈囉？」

「山姆？」

「強尼．史密斯？」山姆聲音裡的愉快是錯不了的——其中有股不安的暗流嗎？

「是啊，是我。」

「你喜歡現在這場雪嗎？」魏札克說，也許有點太熱情。「你那邊有下雪嗎？」

「是在下雪。」

「這邊是大約一小時前開始下的。他們說……強尼？是警長的事嗎？是因為這樣你聽起來才這麼冷淡嗎？」

「喔，他是打電話給我了，」強尼說：「而我有幾分納悶發生了什麼事。你為什麼把我的名字告訴他？為什麼你沒打給我，說你已經……還有，你為什麼沒先打電話問我可不可以這樣做。」

魏札克嘆了口氣。「強尼，也許我可以對你說謊，但那樣沒有好處。我沒先問你，因為我怕你會說不，而我先斬後奏以後也沒告訴你，因為我提議之後警長嘲笑我。在有人嘲笑我的某個建議時，我會假定，這個建議是不會被接受的。」

強尼用他空出來的手揉著他疼痛的太陽穴，然後閉上他的眼睛。「可是為什麼，山姆？你知道我對這有什麼感覺。是你告訴我，保持低調，等風頭過去，你自己告訴我的。」

「是因為報上的那篇文章，」山姆說：「我告訴自己，強尼住在那附近。而我對自己說，五個女人死了，五個。」他的聲音很緩慢，斷斷續續，而且很尷尬。聽到山姆的聲音變成這樣，讓強尼覺得更糟，他真希望自己沒打電話。

「其中兩個是青少女，一位年輕媽媽，一個熱愛布朗寧，教導幼童的老師。這一切都這麼老套，不是嗎？老套到我想他們永遠不會為此拍部電影或電視影集。儘管如此，卻是真的。我想得最多的是那個老師，像一袋垃圾似地被塞到涵洞裡……」

「你他媽的沒有權利把我帶進你充滿罪惡感的幻想裡。」強尼啞著嗓子說。

「對，或許沒有。」

「拿掉那個『或許』！」

「強尼，你還好嗎？你聽起來……」

「我很好！」強尼吼道。

「你聽起來不好。」

「我頭痛得要死，那有很讓人意外嗎？老天爺啊，我真心希望你那時放過這件事，在我跟你說你母親的事情時，你沒打電話給她。因為你說……」

「我說有些東西最好丟掉不要找到，但這並不總是真的，強尼。這個男人，不管他是誰，有個紊亂得可怕的人格，他可能會自殺。我確定他停手兩年期間，警方認為他已經自殺了。但一個躁鬱患者有時候會有長久的平靜期──這稱為『正常高原期』──然後又回到同樣的情緒變化週期。他可能在上個月謀殺那個老師以後自殺，但如果他沒有呢，接下來會怎麼樣？他可能會殺死另一個人、兩個人，或四個人，或者……」

「別說了。」

山姆說：「班納曼警長為什麼打電話給你？是什麼讓他改變心意？」

「我不知道，我想是選民在逼迫他。」

「我很抱歉打給他，強尼，也很抱歉這讓你那麼難受。但我更加抱歉的是，我沒有打電話給你，告訴你我做了什麼，我錯了。上帝知道，你有權利安靜地過你的生活。」

聽到自己的想法在這裡出現反響，並沒讓他覺得比較好。他反而覺得比先前更悲慘、更有罪惡感。

「好吧，」他說：「沒關係，山姆。」

「我不會再對任何人說任何事了，我想這就像是被偷了一匹馬以後才在穀倉門上加道新鎖，但我只能這麼說了。我太不謹慎了，對一位醫生來說，這樣很糟。」

「好吧。」強尼又說了一次。他覺得很無助，而山姆說話時那種緩慢的尷尬態度，又讓狀況更糟。

「我會很快見到你嗎？」

「下個月我會到克里夫開始教書，到時候我會順路拜訪。」

「很好。再一次致上我真誠的歉意，強尼。」

別再那樣說了！

他們互道再見，然後強尼掛了電話，真希望他根本沒有打。也許他並不希望山姆這麼輕易就認錯。也許他真正希望山姆說的是：**我當然打給他了，我要你別再偷懶了，去做點什麼。**

他漫步到窗邊，眺望著狂風吹拂的黑暗，**像一袋垃圾似地被塞到涵洞裡。**

天吶，他的頭多麼痛啊。

5

赫伯半小時後到家了，瞥了一眼強尼蒼白的臉就說：「頭痛？」

「是啊。」

「很糟？」

「不太糟。」

「我們想看全國新聞，」赫伯說：「真高興我及時到家了。今天下午ＮＢＣ來了一票人，他們在城堡岩到處拍，你覺得很漂亮的那個女記者在那裡。凱西．麥金[64]。」

強尼轉向他的樣子讓他眨了眨眼。有一會兒，強尼臉上似乎就只有那雙眼睛，直瞪著他，其中還充滿了幾乎非人的痛楚。

「城堡岩？又一個謀殺案嗎？」

「是啊。今天早上他們在鎮上的公有地發現一個小女孩。你聽說過最可悲最慘的事情。我猜她是經過公有地，到圖書館為她的某個計畫做功課，她到了圖書館，卻從沒有回去……強尼，你看起來糟透了，天啊。」

「她年紀多大？」

「才九歲，」赫伯說：「做出這種事情的男人應該被綁住睪丸吊起來，我是這麼看的。」

「九歲，」強尼說著，重重地坐下。「我的天，怎麼會這樣。」

「強尼，你確定你覺得還好嗎？你的臉色白得像紙一樣。」

「很好，打開新聞。」

很快約翰．錢思樂[65]就出現在他們面前，帶來他每天晚上的那一小包政治抱負（佛瑞德．哈里[66]的競選活動並沒有引起多大迴響）、政府佈告（根據福特總統的說法，美國各個城市就是必須學習一般的預算常識），國際事件（法國的全國性罷工），道瓊指數（上揚），還有個「暖心」趣聞，是一個腦性麻痺男孩養了一隻四健會母牛。

「也許他們剪掉了。」赫伯說。

但在廣告後，錢思樂說：「在西緬因州，今晚有一整個城鎮的人陷入恐懼與憤怒之中。這個城鎮就是城堡岩，而在過去五年來，曾經發生五件可怕的謀殺案——五個年齡從七十一到十四歲不等的女性被強姦並勒斃，今天在城堡岩出現第六件謀殺案，這次的受害者是一個九歲女孩。

凱薩琳·麥金現在在城堡岩採訪這則新聞。」

而她就在那裡，看起來像是個逼真的虛構物，小心翼翼地貼在真實的佈景上。她站在鎮公所大樓對面，那天下午的第一陣雪——後來發展成了今晚的冰雪暴——像粉末似地落到她外套的肩膀部位與她的金髮上。

「今天下午，一種靜靜升高的歇斯底里驚慌感，在這個新英格蘭工廠小鎮到處蔓延，」她開口說道：「對於這個本地媒體稱為『城堡岩絞殺魔』，或者叫做『十一月殺手』的不知名人士，城堡岩居民已經緊張很長一段時間了。在瑪麗·凱特·韓卓森的屍身被發現之後，這種緊張已經變成了恐怖——這裡沒有人認為這個用詞太強烈——她的陳屍地點是城鎮公有地，距離十一月殺手的第一位犧牲者，名叫艾瑪·佛萊雪特的女侍被發現的露天音樂台不遠。」

城鎮公有地的一段漫長攝影，在落下的雪裡看起來陰暗又死氣沉沉。

這幕景象被瑪麗·凱特·韓卓森在學校的照片所取代，她輕率地咧嘴笑了，露出沉重的牙套，她的頭髮是細緻的白金色，洋裝是電光藍色。這很有可能是她最好的洋裝了，強尼病態地想著。母親替她穿上最好的洋裝，去學校拍的照片。

記者繼續說下去——現在他們正在簡述過去的謀殺案——但強尼在講電話了，首先打給查號台，然後打到城堡岩鎮公所。他慢慢撥號，他的頭感覺像被重擊。

赫伯從客廳裡走出來，好奇地注視著他。「你打電話給誰，兒子？」

64. Cassie Mackin（1939-1982），美國重要女性電視記者，曾是第一個固定獨自主持晚間新聞的女主播。
65. John Chancellor（1927-1996），知名記者兼主播，NBC晚間新聞主播。
66. Fred R. Harris（1930-），美國參議員，一九七二年以及一九七六都曾企圖競選總統。

強尼搖搖頭，然後聆聽著另一頭的電話鈴響。有人接電話了。「城堡郡警長辦公室。」

「我想跟班納曼警長說話，麻煩你。」

「可以請問您的大名嗎？」

「強尼．史密斯，來自包諾。」

「請等一下。」

強尼轉過去看電視，看到班納曼那天下午的樣子，他裹在一件沉重戶外大衣底下，郡警長徽記則在肩膀處。在他巧妙回答記者提問的時候，看起來不自在又固執。他是個寬肩男子，有顆大而斜斜的頭，上面覆蓋著鬈曲的黑髮。他戴著無框眼鏡，看起來很奇怪地不合適，就像大隻佬身上的眼鏡看起來總是不對勁。

「我們現在正在追蹤好幾條線索。」班納曼說。

「哈囉？史密斯先生？」班納曼說道。

又有那種古怪的雙重感了，班納曼同時出現在兩個地方，或者是兩個時間的他同時出現，如果你想這麼看的話。強尼在一瞬間感覺到一種無助的暈眩感。他有這種感覺，願上帝幫助他，就是你在其中一個廉價騎乘遊樂設施上的感覺——咖啡杯、迴轉車之類。

「史密斯先生？你在嗎，老兄？」

「是的，我在。」他吞了口口水。「我改變心意了。」

「太好了！我真高興聽到這個消息。」

「我還是有可能幫不上忙，你知道吧。」

「我知道。不過……不入虎穴，焉得虎子。」班納曼清清他的喉嚨。「他們要是知道我淪落到諮詢一個靈媒的意見，他們會叫我騎在欄杆上滾出這個鎮[67]。」

強尼的臉隱約就要笑出來了。「而且還是個信用破產的靈媒呢。」

「你知道布里頓的瓊餐館在哪嗎？」

「我找得到。」

「你可以八點在那裡跟我見面嗎？」

「是，我想可以。」

「謝謝你，史密斯先生。」

「不客氣。」

他掛了電話。赫伯仔細地注視著他。在他背後，《晚間新聞》的工作人員名單正在螢幕上跑。

「他先前打電話給你了，喔？」

「是啊，他打了。山姆．魏札克告訴他，我可能幫得上忙。」

「你認為你可以嗎？」

「我不知道，」強尼說：「但我的頭痛感覺好一點了。」

6

他晚了十五分鐘抵達布里頓的瓊餐館，這裡似乎是布里頓主要街道上唯一還開著的店鋪。鏟雪機的速度比不上雪，在馬路上的許多地方都有雪堆。在三〇二跟一一七道路的交叉口，閃爍號誌燈在尖叫的風裡來回搖曳。一輛在門上用金箔寫著**城堡郡警長**的警車，就停在瓊餐館正前

67. 美國十八到十九世紀時的一種非正式懲罰方式，不受歡迎人物會被迫騎在一根有別人扛著的欄杆上遊街示眾，最後被扔到城鎮邊界外。

方。他把車停在那輛警車後面，然後走了進去。

班納曼坐在一張桌子旁，面前是一杯咖啡跟一碗辣豆醬。電視有誤導性，讓他看起來並不是個大塊頭的男人，但他是個彪形巨漢，強尼走過去自我介紹。

班納曼站了起來，握了朝他伸過來的手。他看著強尼蒼白、緊繃的臉，還有他那副瘦削的身體，似乎在那件海軍厚呢短大衣裡飄浮的樣子，班納曼的第一個念頭是：**這傢伙病了——可能不會活太久**。強尼只有眼睛似乎帶有一點真正的生命力——那是一雙直接、有穿透力的藍眼，而那雙眼睛帶著銳利、坦白的好奇心，牢牢地盯著班納曼自己的眼睛。而在他們的手緊握的時候，班納曼感覺到一種很古怪的訝異，這種感覺他後來會描述成是一種**枯竭感**。有點像是被一條裸露的電線電到，然後那種感覺不見了。

「很高興你能來，」班納曼說：「來杯咖啡？」

「好。」

「要來碗辣豆醬嗎？他們這裡的辣豆醬做得好極了，我有胃潰瘍應該不能吃，但我反正還是吃了。」他看到強尼臉上驚訝的表情，露出微笑。「我知道，這似乎不對，像我這種大塊頭怎麼會有潰瘍，是嗎？」

「我猜任何人都可能得到。」

「你真會說，」班納曼說道：「是什麼改變了你的想法？」

「新聞，那個小女孩。你確定是同一個人嗎？」

「是同一個人。同樣的作案模式，而且是同一種精子型態。」

他注視著強尼的臉，這時女侍走了過來。「咖啡？」她問道。

「茶。」強尼說。

「還有給他一碗辣豆醬，小姐。」班納曼說。女侍走了以後他說道：「這個醫生，他說如果你摸了什麼東西，有時候你會知道那東西是從哪來、誰擁有過它之類的事情。」

強尼露出微笑。「喔，」他說：「我剛才握了你的手，我知道你有個愛爾蘭獵犬叫做羅斯提。而且我知道牠老了，瞎了，你心想現在是該讓牠安息的時候，但你不知道你要怎麼跟你女兒解釋這件事。」

班納曼的湯匙掉回他那碗辣豆醬裡──撲通一聲。他目瞪口呆地看著強尼。「老天為證，」他說：「你從我身上得知這個的？就在剛才？」

強尼點點頭。

班納曼搖搖頭，吐出這句話：「聽說像這樣的事情是一回事，但是實際碰到……這不是讓你很累嗎？」

強尼盯著班納曼，他很吃驚。以前從沒有人問他這個問題。「是。是，是很累。」

「但你知道了，**我的天啊**。」

「不過聽好，警長。」

「喬治，就只要叫我喬治。」

「好，我叫強尼，就只要叫我強尼。喬治，我對你所不知的事情，可以填滿五本書，我不知道你在哪長大、在哪上警察學校、你的朋友們是誰或者你住哪裡。我知道你有個小女兒，而她的名字好像是凱西之類的，但不盡然對。我不知道你上星期做了什麼，或者你喜歡哪種啤酒，或者你最愛的電視節目是什麼。」

「我女兒叫做凱翠娜，」班納曼輕聲說道。「她也是九歲，她跟瑪麗．凱特同班。」

「我想辦法要說明的是……這種知道有時候相當有限，因為有死亡禁地。」

「死亡禁地？」

「這就好像其中某些訊號無法傳導，」強尼說。「我從來無法得知街道或地址。數字很困難，但有時候弄得到。」女侍帶著強尼的茶跟辣豆醬回來了。他嚐了辣豆醬，然後對班納曼點點頭。「你說得對；這個很好，尤其在像這樣的晚上。」

「吃吧，」班納曼說。「天啊，我愛好吃的辣豆醬，我的潰瘍對這個呼天搶地的。但我還是會說去你的潰瘍，喝光光吧。」

他們安靜了一會。強尼吃著他的辣豆醬，班納曼則好奇地注視著他。他假定史密斯可以找得出他有隻叫做羅斯提的狗。他甚至可以發現羅斯提很老了，還幾乎瞎掉了。再更進一步說：如果他知道凱翠娜的名字，他可能是故意說「她的名字好像是凱西之類的，但不盡然對」這一套，只是為了添加一抹正確的猶豫寫實色彩。但為什麼呢？而且沒有一件事解釋得了史密斯碰他手的時候，他腦袋裡感覺到的那種古怪、被震了一下的感覺。如果這是個騙局，也是個好得不得了的騙局。

在外面，風吹成了一種低微的尖嘯，似乎動搖了這棟小建築物的基礎。飛雪構成的帷幕，鞭笞著對街的龐迪切利保齡球館。

「聽聽那個，」班納曼說：「想來會繼續一整晚，別告訴我說冬季氣候慢慢變得比較溫和了。」

「你有某樣東西嗎？」強尼問道：「屬於我們在找那個人的某樣東西？」

「我們認為可能有，」班納曼說，然後搖搖頭。「但關聯相當薄弱。」

「告訴我。」

班納曼為他做了說明。小學跟圖書館在城鎮公有地的兩頭相對而立。在學生需要一本書完成某個計畫或報告的時候，派學生到對面圖書館去是標準運作程序。老師會給他們一個通行證，圖書館員會在把學生們送回去的時候簽名在上面。靠近公有地中心的地方，土地微微有點下陷。在下陷處西側是市鎮露天音樂台。下陷處本身有二十來張長椅，在秋天有樂團音樂會跟足球大會的時候，會有人坐在那裡。

「我們認為他就在那裡坐著，等一個孩子過來，從公有地的兩側都看不到他。但步道是沿著凹陷處北側經過，很靠近那些長椅。」

班納曼緩緩地搖頭。

「讓狀況更糟的是，那個叫做佛萊雪特的女人就是在音樂台上被殺。我在三月的鎮議會裡會被罵得狗血淋頭——這是說，如果三月份我還在這個位子的話。嗯，我是可以讓他們看看，我曾經寫下一份備忘錄給鎮長，要求在學期間派成人導護員到公有地去。並不是因為我在擔心這個殺手，天啊，不是的，我作夢都想不到他會回到同一個地點再幹第二票。」

「鎮長否決了派導護員的方案？」

「錢不夠，」班納曼說：「當然，他可以把罪過分擔給鎮議員們，議員們又會回頭怪我，瑪麗．凱特．韓卓森的墳墓上則會有青草長出來，而……」他頓了一下，或者也可能是他說的話讓他哽住，強尼同情地注視著他低垂的頭。

「無論如何，這樣可能不會造成任何差別，」班納曼用比較乾枯淡漠的聲音說道。「我們任用的導護員大多數是女性，而我們在追捕的這個混蛋似乎並不在乎她們有多老或多小。」

「但你認為他在其中一張長椅上等待嗎？」

班納曼確實這麼想。他們已經發現整整一打新鮮的菸屁股，就在其中一張長椅末端，還有另外四根在露天音樂台後面，同時外加一個空盒。很不幸，是萬寶路——國內第二或第三受歡迎的品牌。盒子外面的玻璃紙採過指紋了，結果什麼也沒有。

「什麼都沒有？」強尼說：「那有點奇怪，不是嗎？」

「你為何這麼說？」

「嗯，你會猜想即使這個殺手沒在想指紋，他還是會戴手套——外面天氣很冷——但你會認為賣他香菸的那個人……」

班納曼咧嘴笑了。「你有做這種工作的腦袋，」他說：「不過你不是個抽菸的人。」

「不是，」強尼說：「我還在上大學的時候抽幾根，但我出車禍以後就沒這個習慣了。」

「一個男人會把他的香菸擺在胸前口袋裡。把菸盒拿出來，拿支菸，然後再把菸盒放回去。如果你戴手套，沒有在每次拿菸頭的時候留下新鮮指紋，你在做的事情就是磨亮玻璃紙包裝。懂嗎？而且你漏掉了另一件事，強尼。要我告訴你嗎？」

強尼想了一遍，然後說：「也許那盒菸是從一整條裡拿出來的。而那些整條的菸是用機器包裝的。」

「就是這樣，」班納曼說：「你這方面還滿行的。」

「那盒子上的稅收印花呢？」

「緬因州。」班納曼說。

「所以如果殺手跟吸菸者是同一個人……」強尼若有所思地說。

班納曼聳聳肩。「當然有個技術上的可能性，他們不是同一個人。但我已經試著想像過，還有誰會想在寒冷多雲的冬季早上，坐在市鎮公有地的長椅上，久到足以抽上十二或十六支菸，而我想不到任何人。」

強尼啜飲著他的茶。「其他經過的孩子沒有一個看到任何事情？」

「什麼都沒有，」班納曼說：「我跟今天早上拿到圖書館通行證的每個孩子都說過話了。」

「這比指紋的事情更怪異得多，你不這麼覺得嗎？」

「這讓我覺得天殺的嚇人。聽著，這傢伙就坐在那裡，而他在等待這一個小孩——這一個**小女孩**——落單。他可以在孩子們過來的時候聽到他們，而每次他都躲回露天音樂台後面……」

「足跡。」強尼說。

「今天早上沒有。今天早上沒有積雪覆蓋。只有凍結的土壤。所以這個應該被切下睪丸然後逼他當晚餐吃掉的瘋狂混帳東西，他就在這裡，潛伏在露天音樂台後面。在大約早上八點五十分的時候，彼得．哈林頓跟梅麗莎．羅金斯來了。當時學校有二十分鐘下課。他們走了以後，他回到長椅上。在九點十五分，他又躲回露天音樂台後面。這次是兩個小女孩，蘇珊．弗拉哈蒂跟凱翠娜．班納曼。」

強尼咚一聲放下他的馬克杯。班納曼脫掉了他的眼鏡，粗暴地擦著鏡片。

「你**女兒**今天早上經過了？天啊！」

班納曼再度戴上眼鏡，他的臉在怒火中顯得陰沉灰暗。他很害怕，強尼看得出來。不是怕投票人會要他滾，或者《聯合領袖報》會再登另一篇社論講西緬因州的笨蛋警察，而是因為如果今天早上他女兒剛好獨自去了圖書館——

「我女兒，」班納曼輕聲表示同意。「我想她就從那個……那個禽獸身邊四十呎內經過，你知道那讓我有什麼感覺嗎？」

「我可以想像。」強尼說。

「不，我不認為你可以。這讓我覺得自己好像踩進一個空的電梯井裡。就好像我在晚餐時跳過蘑菇沒吃，卻有別人死於毒蕈中毒。而這讓我覺得自己很骯髒，覺得**污穢**。這也解釋了我為什麼終於打電話給你。我現在願意做任何事來抓住這傢伙，任何事。」

在外面，一輛巨大的橘色鏟雪機從雪中隱約逼近，就像從恐怖電影裡冒出的某種東西。它停下來，兩個男人下了車。他們穿過街道來到瓊餐館，坐在餐台邊。強尼喝完他的茶，他不想再吃那碗辣豆醬了。

「這傢伙回到他的長椅上，」班納曼繼續說下去：「但沒等多久，大約九點二十五分，他聽到哈林頓家男孩跟羅金斯家女孩從圖書館回來了。所以他又回到露天音樂台。那一定是在大約九點二十五分左右，因為圖書館員在九點十八分簽名讓他們離開。到了九點四十五分，三個五年級男生經過露天音樂台去圖書館。其中一個人認為他可能看到『某個男人』站在露天音樂台另一邊。那就是我們得到的所有描述，『某個男人』。我們應該公告吧，你覺得呢？小心注意某個男人。」

班納曼發出一個狗吠似的短促笑聲。

「在九點五十五分，我女兒跟她朋友蘇珊在回學校的路上經過那裡。然後，大約十點零五分，瑪麗．凱特．韓卓森來了……她一個人。凱翠娜跟蘇再爬上學校台階的時候，碰到從台階上下來的她，她們都說了嗨。」

「老天爺啊。」強尼吐出這句話。用雙手去摸了他的頭髮。

「最後的一批，早上十點三十分。三個五年級男生回來了。其中一個看到露天音樂台上有東西。那是瑪麗．凱特，她的緊身體操服跟她的內褲都被拉了下來，她的雙腿都是血，她的臉……她的臉……」

「慢慢來。」強尼說著，把一隻手放在班納曼的手臂上。

「不，我不能慢慢來，」班納曼說道。他幾乎帶著歉意說話。「我從沒有看過那種事，在我十八年的警務工作裡都沒看過。他強暴那個小女孩，而本來那樣就足以……足以，你知道，足以殺了她……法醫說他下手的方式……他扯破了某種東西，而那個……是啊，可能就會，呃……殺死她……但他還是非得繼續下去，把她掐死。九歲大，被掐死棄屍——棄置在露天音樂台上，內褲還被拉下來。」

突然間班納曼開始哭泣。在眼鏡後面，他的眼裡都是眼淚，然後淚水從他臉上像兩道河流似地滾下。在餐台邊那兩個布里頓道路清潔大隊的人，正在討論超級杯。班納曼再度拿下他的眼鏡，用手帕擦著臉。他的肩膀顫動著，上下起伏。強尼等待著，毫無目的地攪動著他的辣豆醬。過了一下子，班納曼收起了他的手帕。他的眼睛是紅的，而強尼心想，他的臉少了眼鏡之後，看起來多麼古怪地顯得赤裸裸。

「我很抱歉，老兄，」他說：「這是非常漫長的一天。」

「沒關係。」強尼說。

「我知道我會這樣，但我本來以為我可以忍到回家見到老婆為止。」

「喔，我猜那樣實在是要等太久了。」

「你是有同情心的聽眾。」班納曼把他的眼鏡戴回去。「不，你不只是這樣。你還有別的東西。如果我知道那是什麼就奇怪了，不過是有點什麼。」

「你還有什麼別的東西可以繼續查案？」

「什麼都沒有。我承受了大半的怒氣，但州警表現並不出色。總檢察官特別調查員，或者我們的寵兒FBI調查員也都沒做出什麼。郡法醫能夠確定精子的型態，但在案件的這個階段，對我們沒什麼好處。讓我最困擾的事情是受害者指甲裡缺乏毛髮或皮膚。她們一定全都掙扎過，但我們就是沒有哪怕是一公分的皮膚。惡魔一定站在那男人的那一邊。他沒掉過一顆鈕釦或一張購物清單，也沒留下任何一條該死的足跡。我們有個從奧古斯塔來的精神科醫師，這也是拜州總檢察官辦公室所賜，而他告訴我們的是，這些人遲早會暴露自己的形跡。但這些安慰還真沒什麼用。要是這要很久以後才會發生——而後來再出現大約二十具屍體呢？」

「菸盒在城堡岩？」

「是。」

強尼站起身。「嗯，咱們去兜個風吧。」

「搭我的車？」

強尼露出一點點微笑，此時外面的風吹了起來，尖聲呼嘯著。「像這樣的晚上，跟一位警察在一起很划算。」他說道。

7

暴雪達到最顛峰，他們坐在班納曼的警車裡，花了一個半小時才到達城堡岩。在他們穿過鎮公所大樓門廳，跺著腳把他們靴子上的雪抖下來的時候，是十點二十分。大廳裡有半打記者，大多數都坐在某位開鎮元老陰森油畫肖像下的一張長椅上，告訴彼此前一晚守夜時的事，他們立刻站起來圍住班納曼與強尼。

「班納曼警長，本案有突破是真的嗎？」

「現在我沒有可以告訴你的事情。」班納曼冷淡地說。

「有謠傳你把一位來自牛津的人收監了，警長，這是真的嗎？」

「不是，如果你們大家願意見諒……」

但他們的注意力已經轉向強尼，強尼感覺到他肚子裡有種下沉的感覺，因為他認出至少有兩張臉在醫院的記者會裡出現過。

「老天爺啊！」其中一個人大喊：「你是強尼．史密斯，不是嗎？」

強尼感覺到一種瘋狂的衝動，想像參議院聽證會裡的黑道份子一樣引用憲法第五條。

「是，」他說：「是我。」

「那個靈媒？」另一個人問道。

「聽著，讓我們過去，」班納曼拉高嗓門說道：「你們大家沒其他更好的事情能做嗎——」

「根據《內幕觀點》，你是假貨。」一個穿著厚重外套的年輕男子說：「這是真的嗎？」

「我只能說，《內幕觀點》寫的是他們愛寫的東西，」強尼說：「聽著，真的——」

「你否認《內幕觀點》的報導嗎？」

「聽著，我真的不能再多說了。」

在他們穿過霧面玻璃門，進入警長辦公室的時候，記者們衝向捕狗大隊辦公室旁邊牆上的兩台投幣式電話。

「現在事情真的大條了，」班納曼不開心地說：「我在上帝面前發誓，我從沒想過在這樣的晚上，他們還會在這裡，我應該從後門帶你進來的。」

「喔，你不知道嗎？」強尼苦澀地問道。「我們愛死公開露面了，我們所有的靈媒都是為了出風頭才加入的。」

「不，我不相信是這樣，」班納曼說：「至少你不是。哎，事情發生了，現在已經無法補救了。」

不過在強尼心裡，他已經可以看見新聞標題了，這是在一鍋已經猛冒泡泡的燉菜裡再多加點調味料：**城堡岩警長徵召靈媒加入絞殺魔案。「十一月殺手」將由預言家調查，承認詐騙的報導純屬虛構，史密斯申辯。**

在外面的辦公室裡有兩個副警長，其中一個在打盹，另一個在喝咖啡，並且鬱悶地讀著一疊報告。

「他被踢出去了還是怎麼的？」班納曼酸溜溜地問道，他把頭朝著打瞌睡的傢伙一點。

「他才剛從奧古斯塔回來。」副警長說。他只比青少年再大一點點，眼睛周圍有疲憊的黑眼圈，他好奇地瞥了強尼一眼。

「強尼．史密斯，法蘭克．達德。那邊那位睡美人是羅斯科．費雪。」

強尼點點頭打招呼。

「羅斯科說總檢察官要這整個案子。」達德告訴班納曼，他的表情很憤怒、抗拒、又有幾分悲慘。「有些聖誕禮物真糟啊，嗯？」

班納曼把一隻手放到達德頸背後，輕輕搖晃著他。「你擔心太多了，法蘭克。還有，你花太多時間在這個案子上了。」

「我只是一直在想，這些報告裡一定有某樣東西……」他聳聳肩，然後用一根手指撥弄著報告。「**某樣東西**。」

「回家休息一下吧，法蘭克。還有帶著睡美人跟你一起走吧，我們需要的就只是那些攝影記者裡有一個拍到他。他們會在報紙上登出照片，下面有這類的圖說：『在城堡岩，將繼續進行嚴密的搜查』，然後我們全都會出去外面打掃街道。」

班納曼帶著強尼到自己的辦公室去。桌子上滿是文書資料。窗台上有個三聯相框，裡面是班納曼、他妻子，還有女兒凱翠娜。他的學位證書整齊地裱框掛在牆上，旁邊的另一個框裡，是城堡岩《呼聲報》宣布他當選的頭版。

「要咖啡嗎？」班納曼問他，同時打開一個檔案櫃的鎖。

「不，多謝，我還是喝茶。」

「舒格曼太太謹慎小心地看守著她的茶，」班納曼說：「每天都帶著茶回家，所以抱歉了。我可以給你一杯通寧水，但我們必須再經過外面的交叉火網才能到販賣機前面。老天爺啊，我真希望他們回家去。」

「沒關係。」

班納曼走回來，拿著一個有金屬雙耳釦的小小信封。「就是這個。」他說道。他猶豫了一下子，然後把信封遞過來。

強尼握著信封，卻沒有立刻打開。「只要你了解，沒有任何事情是保證發生的，我無法承諾。有時候我能，有時候我不能。」

班納曼疲倦地聳聳肩，重複了一次：「不入虎穴，焉得虎子。」

強尼解開雙耳釦，抖出一個空的萬寶路菸盒到他手裡。紅白相間的盒子。他用左手握著菸盒，注視著遠方的牆壁。灰色的牆壁，工業灰牆，紅白相間的盒子，工業灰的盒子。他把菸盒放到另一隻手上，然後用雙手捧著它。他等著某樣東西出現，任何東西都好，但什麼都沒有。他拿得久了一點，抱著最後一絲希望，忽略掉已知的事實：如果真有什麼會出現，就會立刻出現。

到最後他把菸盒還回去。「我很抱歉。」他說。

「啥都沒有，喔？」

「沒有。」

門口傳來一個敷衍性質的敲門聲，然後羅斯科．費雪就把頭伸進來了。他看起來有點羞愧。「法蘭克跟我要回家了，喬治，我猜你逮到我打瞌睡了。」

「只要我沒逮到你在巡邏車裡打瞌睡就沒事，」班納曼說：「替我向丁妮問好。」

「一定。」費雪瞄了強尼一會，然後關上門。

「嗯，」班納曼說：「我猜還是值得一試，我會載你回……」

「我想去公有地那裡。」強尼突然說道。

「不，這樣不好，那裡埋在一呎深的雪底下了。」

「但你可以找到那個地方，不是嗎？」

「我當然可以，但這樣會得到什麼？」

「我不知道，但讓我們穿過那裡吧。」

「那些記者會尾隨我們，強尼。就跟神造出小魚一樣確定。」

「你說到關於後門的事。」

「是啊，但那是個防火逃生門。從那裡進來沒問題，但如果我們從那裡出去，警報器會響。」

強尼吹了聲口哨。「那就讓他們跟吧。」

班納曼若有所思地注視著他，過了好一會才點點頭。

「好吧。」

8

在他們走出辦公室的時候，記者們立刻起身包圍他們。強尼想起德罕有個破敗的養狗場，有個古怪老女人在那裡養柯利犬。在你帶著你的釣竿經過的時候，那些狗會全部衝向你，又吼又叫，通常會把你嚇得半死。牠們會輕咬，卻不會真的用力咬。

「你知道是誰做的嗎，強尼？」

「有任何想法嗎？」

「感應到任何腦波嗎，史密斯先生？」

「警長，召來一位靈媒是你的主意嗎？」

「州警跟總檢察官辦公室知道這個發展嗎，班納曼警長？」

「你認為你可以破案嗎，強尼？」

「警長，你任命這個人擔任副手了嗎？」

班納曼緩慢而冷淡地從他們中間擠出一條路來，同時拉起他的外套拉鍊。

「沒有評論，沒有評論。」強尼什麼話都沒說。

在強尼與班納曼走下覆雪的台階時，記者們群聚在門廳。一直到他們經過巡邏車，開始涉雪越過街道，他們之中才有一個人領悟到他們要去公有地。他們之中有好幾個人跑回去拿他們的短大衣。那些在班納曼跟強尼從辦公室裡冒出來時就穿好外出服裝的人，現在蹣跚走下鎮公所大樓的台階追上他們，像孩子似地大喊大叫。

9

手電筒在覆雪的黑暗中上下跳動。風呼號著，把一片片漂泊不定的雪從他們的這邊或那邊吹過去。

「你不可能看到任何該死的東西，」班納曼說：「你會……**老天爺！**」他差點被撞倒在地，因為一個穿著笨重大外套跟詭異蘇格蘭圓帽的記者朝著他撲倒。

「抱歉，警長，」他怯懦地說道：「路太滑，我忘了我的橡皮套鞋。」

前面有一段黃色尼龍繩，在幽暗中出現。連在上面瘋狂搖晃的一塊牌子，寫著**警方調查中**。

「你也忘了帶你的腦子，」班納曼說：「不──你後退，你們全部後退！就留在後面！」

「市鎮公有地是公共財產，警長！」其中一個記者喊道。

「對，但這是警務工作。你留在這邊的繩索後面，否則你就會在我的拘留室裡過夜。」用他的手電筒光束，他替他們找到了繩索的路徑，然後把它舉起來，好讓強尼可以從下面通過。他們走下坡道，朝著雪丘形狀的長椅走去。在他們後面，記者們聚集在繩索旁邊，把他們的少數手電筒光束集合在一起，好讓強尼跟喬治．班納曼走在一種有點暗的聚光燈下。

「現在是盲目飛行。」班納曼說。

「喔，反正也沒什麼東西好看的，」強尼說：「有嗎？」

「沒有，現在沒有。我告訴法蘭克，他可以隨時把繩索拿掉。現在我很高興他沒找到時間做這件事，你想過去露天音樂台嗎？」

「還不要，讓我看看撿到菸屁股的地方。」

他們往前走得遠了一點點，然後班納曼停下腳步。「在這裡。」他說，然後把他的手電筒照到一張長椅上，它現在差不多就是從雪堆裡戳出來的一個模糊小丘。

強尼脫掉了他的手套，把它們放進他的外套口袋裡。然後他跪下來，開始從長椅座位底下掃走雪。班納曼再度被這男人臉上的憔悴蒼白給嚇了一跳。跪在長椅前面的強尼看起來像個虔誠的悔罪者，一個在絕望中祈禱的男人。

強尼的手變得冰冷，然後大半麻木了。融雪從他手指上流下，他摸到了長椅破裂、受到風霜侵襲的表面。他似乎非常清楚地看到了它，幾乎是用某種放大的力量。這張椅子曾經一度是綠色的，但現在上面大半的油漆都剝落成片片，被侵蝕掉了，兩個生鏽的鐵栓把座椅拴到靠背上。

他用雙手抓住長椅，然後突如其來的古怪感覺淹沒了他，他以前從沒有對物品有這麼強烈的感覺，而在他此後的日子裡，也只會再有一次這麼強烈地感覺到某件事。

他低頭瞪著長椅，皺起眉頭，緊緊地用他的雙手握住了它，它……

一張夏季長椅

有幾百個不同的人曾經在此時或彼時坐在這裡，聆聽〈天佑美國〉、〈永遠的星條旗〉**「對你腳有蹼的朋友要仁慈……因為一隻鴨子可能是別人的媽——媽……」**[68]，還有城堡岩美洲獅隊的戰歌？夏季的綠葉，秋季煙般的薄霧，像是關於玉米殼還有在柔和黃昏拿著耙子的男人的一段記憶，大型軍鼓的咚咚聲，熟金色的喇叭與長號，學校樂隊制服……

因為一隻鴨子……可能是……別人的媽媽……

美好的夏天，大家坐在這裡，聆聽、鼓掌，拿著在城堡岩高中圖畫藝術福利社設計並印刷的節目單。

但今天早上一個殺手曾經坐在這裡，強尼可以**感覺**到他。

深色的樹枝蝕刻著下雪的灰色天空，就像盧恩文字。他（我）坐在這裡，抽菸，等待，感覺很好，感覺就好像他（我）可以跳過世界的屋頂，然後兩腳輕盈地落地。哼著一首歌，滾石唱的某首歌。聽不懂那個，但非常顯然一切都是……是什麼？好，**一切都好，一切都是灰色，在等待下雪，而我是……**

「滑溜，」強尼吐出這句話：「我很滑溜，我這麼滑溜。」

班納曼往前靠，在呼號的風中他聽不到那些字句。

「什麼？」

68.〈永遠的星條旗〉這首曲子一般來說是愛國歌曲，但也有人把最後一段配上其他的歌詞傳唱。以「對你腳有蹼的朋友要仁慈」這句話起頭的童謠歌詞，就是其中甚為流行的一種。

「滑溜。」強尼重複說道。他抬頭看著班納曼，這位警長不由自主地往後退了一步。強尼的眼睛很冷淡，不知怎麼的看起來沒什麼人性。他的深色頭髮在蒼白的臉旁邊被吹得很狂亂，頭上的冬風尖叫著劃過黑色天空，他的雙手似乎被焊接在長椅上了。

「**我真他媽的滑溜**。」他清清楚楚地說道。一個勝利的微笑在他唇邊成形。他的眼睛瞪穿了班納曼，班納曼相信了，沒有人可以做出這種樣子，或者偽裝成這樣。而其中最恐怖的部分是……他讓人**想起了**某個人。那種語調……強尼．史密斯不見了，他似乎被一個空白的人取代。而在他普通人五官的表面之後徘徊著的東西——幾乎近到可以摸得著——是另外一張臉，殺手的臉。

他**認識**的某人的臉。

「永遠抓不到我，因為我對你來說太滑溜了。」他冒出一個小小的笑聲，很有信心，略帶恐嚇之意。「我每次都戴上去，如果她們抓……或者咬……她們抓不到我任何一點……因為我這麼**滑溜**！」他的聲音拉高，變成一個跟風較勁的勝利、瘋狂尖叫，班納曼又往後退了一步，他忍不住起了雞皮疙瘩，睪丸一緊，縮起來貼著他的五臟六腑。

讓它停下來，他心想。現在就讓它停止吧，拜託。

強尼低著頭靠近長椅。融化的雪從他坦露的手指之間滴落。

雪，寂靜的雪，秘密的雪[69]**——**

她把一個衣夾夾在上面，這樣我才知道那是什麼感覺，在你染病的時候是什麼感覺。從那些骯髒打砲鬼身上得到的病，他們全都是骯髒打砲鬼，而且必須有人制止他們，對，制止，制止他們，制止，制止，制止——喔我的天停車標示——！

他再度變成小孩，穿過寂靜、秘密的雪。而那裡有個男人從變動的白色之中隱約出現，一個恐怖的男人，一個恐怖的、黑色的、咧嘴笑著的男人，眼睛閃亮得像是二十五分硬幣，一隻戴著手套的手裡抓著一個紅色的停車標示……他！……他！……他！

喔我的天不要……不要讓他抓到我……媽媽……別讓他抓到我我我我我……

強尼尖叫著從長椅上跌下來，他的雙手突然間壓在他的臉頰上。班納曼蹲在他旁邊，被嚇壞了。在繩索後面，記者們動來動去、竊竊私語。

「強尼！快回來！聽著，強尼……」

「滑溜。」強尼咕噥著說。他抬頭用受傷、害怕的眼神看著班納曼。在他心裡，他仍然看到那個有閃亮二十五分硬幣眼睛的黑色形體，從雪地裡逼近。他的鼠蹊部位，因為殺手的母親逼他戴著的衣夾造成一陣陣鈍痛。他那時候還不是殺手，喔不，不是禽獸，不是膿包或混蛋或被班納曼叫過的任何東西，他只是個害怕的小男生，有衣夾夾在他的……他的……

「扶我站起來。」他咕噥著說道。

班納曼幫忙他站了起來。「現在去露天音樂台。」強尼說。

「不，我想我們應該回去了，強尼。」

強尼盲目地從他身邊擠過去，開始腳步蹣跚地朝著露天音樂台走去，那是前方一個圓形的陰影。它在黑暗中看起來巨大而陰森，是死亡的地方。

班納曼跑過去跟上他。

「強尼，是誰？你知道是誰嗎……？」

69.〈寂靜的雪，秘密的雪〉（"Silent Snow, Secret Snow"）也是小說家康拉德．艾肯（Conrad Aiken, 1889-1973）在一九三四年出版的著名短篇恐怖／幻想小說，描述一個小男孩逐漸迷失在想像的雪的世界裡，與現實世界的人事物失去連結。

「你絕對不會在她們的指甲底下找到任何組織的，因為他穿著雨衣，」強尼說，他喘著氣把這些字噴出來。「有兜帽的雨衣。一件光滑的乙烯基雨衣。你回去重看那些報告，你回去重看那些報告，你就會看出來。每次都在下雨或下雪的時候，她們抓他，沒問題。她們跟他搏鬥，她們當然會這麼做。可是抓他的手指只會在上面滑來滑去。」

「誰，強尼，是誰？」

「我不知道，但我會找出來的。」

他踉蹌著爬上通往露天音樂台的六格階梯最底部，摸索著要保持平衡，要是班納曼沒抓住他的手臂，他就會失去平衡了。然後他們上了舞台，那裡的雪很薄，只有勉強薄薄一層，錐狀屋頂擋掉了大半。

班納曼把他的手電筒光束瞄準了地板，強尼雙手跟膝蓋都落到地上，開始慢慢地從地板上爬過去。他雙手通紅了，班納曼心想，那雙手現在一定像兩團生肉了。

強尼突然間停下來僵在那裡，就像找到標的的狗。「這裡，」他咕噥道。「他就是在這裡做的。」

影像、質地、感覺如洪水般湧入。興奮的銅腥味，被看見的可能性讓這種感覺更強烈。女孩在扭動，設法要尖叫，他用一隻戴了手套的手蓋住她的嘴巴，可怕的興奮。永遠抓不到我，我是隱形人，現在這樣對妳來說夠髒嗎，媽媽？

強尼開始呻吟，來回甩動他的頭。

衣服被扯破的聲音。溫度。某種東西在流動。血？精液？尿？

他開始全身顫抖。他臉上毛髮豎立，他的臉，他微笑的、坦蕩的臉被困在雨衣兜帽的圓形邊界裡，同時他的（我的）雙手在高潮時刻緊握著那個脖子，然後捏著……捏著……捏著。

在影像開始褪色的時候，氣力離開了他的手臂。他往前一滑，整個人躺在舞台上啜泣。班納曼觸碰他的肩膀時，他喊出來，還設法要爬開，他的臉恐懼得像是要發瘋。然後一點一點地，那張臉鬆弛下來。他把頭往後靠向高度及腰的露天音樂台欄杆，然後閉上眼睛。冷顫像惠比特犬那樣在他身上奔馳，他的褲子跟外套上都有糖粉似的雪。

「我知道是誰了。」他說道。

10

十五分鐘後，強尼又坐在班納曼的辦公室裡了，脫到只穿著四角內褲，盡可能坐得靠近一個攜帶式電熱器，他看起來還是凍得慘兮兮，但已經停止發抖了。

「你確定你不要喝點咖啡嗎？」

強尼搖搖頭。「我承受不起這個。」

「強尼……」班納曼坐了下來。「你真的知道什麼嗎？」

「我知道誰殺了她們，你到最後還是會抓到他的，他只是離你太近了。你甚至看過他穿著雨衣，那件到處都閃亮亮的雨衣，他在早上幫忙孩子們過馬路。他有個貼在棍子上的『停車』號誌牌，他在早上幫孩子們過馬路。」

班納曼盯著他看，有如五雷轟頂。「你在說法蘭克？法蘭克．達德？你瘋了！」

「法蘭克．達德殺死了她們，」強尼說：「法蘭克．達德殺死她們所有人。」

班納曼看起來就好像不知道該嘲笑強尼，或者是給他一記猛踢。「這是我聽說過最瘋狂該死的事情，」最後他說道。「法蘭克．達德是一個好警官，也是好人，他明年十一月要升格競選市警局局長，而他會得到我的支持。」現在他的表情是好笑再加上疲憊的輕蔑。「法蘭克二十五歲，這表示他必須在才十九歲的時候就開始幹這種瘋狂的勾當。他跟他母親非常安靜地住在家裡，他媽媽狀況不太好，極端緊張，甲狀腺有問題，還有半糖尿病的症狀。強尼，你搞錯了。法蘭克・達德不是謀殺犯，我敢用性命保證。」

「謀殺停了兩年，」強尼說：「法蘭克・達德那時在哪裡？他在城裡嗎？」

班納曼轉向他，疲憊的好笑表情已經從他臉上消失，他看起來只是很嚴峻。嚴峻而憤怒。

「我不想再聽這種話了，你第一次是對的——你什麼都不是，只是個假貨。好，你拿到你的媒體報導了，但那並不表示我必須聽你惡意誹謗一個好警官，這個男人我……」

「這個男人，你把他想成自己的兒子。」強尼低聲說道。班納曼嘴唇一抿，他們在外面時他臉頰上冒出的紅色，現在從他臉上褪去不少。他看起來像個曾經挨過悶拳的男人。然後這一刻過去了，他的臉變得毫無表情。

「滾出這裡，」他說：「找你的記者朋友載你回家吧，你可以用你的方式召開記者會。但我向上帝發誓，我向**神聖的**上帝發誓，如果你提起法蘭克・達德的名字，我會去找你，而且我會折斷你的脊椎，懂嗎？」

「當然，我在媒體的好朋友！」強尼突然間對他吼道。「說得對！你沒看到我怎麼回答他們所有的問題嗎？擺姿勢讓他們拍照，而且確定他們拍到我比較好的角度？確定他們拼對了我的名字？」

班納曼看起來很震驚，然後再度嚴峻起來。「放低你的音量。」

「不，如果我放低音量就奇怪了！」強尼說道，他的音調跟音量甚至都更升高了一階。「我想你忘記是誰打電話找誰的！我來替你恢復記憶。是**你**，你打電話給**我**，別講的好像我就是這麼急切想要來到這裡！」

「那並不表示你……」

強尼走向班納曼，用他的食指像手槍一樣地指著。他矮了好幾吋，可能還輕了八十磅，但班納曼往後退了一步——就像他在公有地時所做的一樣。強尼的臉頰燃起一種暗沉的紅色，他的嘴唇微微拉向他牙齒後方。

「不，你是對的，你打電話給我什麼鬼意義都沒有，」他說：「可是你不希望這個人是達德，對吧？可以是任何人，那樣我們至少會探究看看，但就不能是老好人法蘭克．達德。因為法蘭克很正直，法蘭克照顧媽媽，法蘭克崇拜老好人喬治．班納曼警長，喔，法蘭克是從十字架上下來的他媽的基督，只有在強姦勒殺老小姐跟小姑娘的時候才例外，而那有可能是你**女兒**，班納曼，你不懂嗎，這有可能是你自己的**女**……」

班納曼揍了他。在最後一刻他收起了那一拳的力道，但還是重到足以讓強尼往後退；他絆到一張椅子腳，然後趴倒在地板上。血從他臉頰上流下，班納曼的警察學院戒指割傷了他。

「你活該。」班納曼說，但他的聲音裡沒有真正的確信。他生平第一次打了個殘廢——或者說，差一點就是殘廢的人。

強尼覺得眼冒金星，頭輕飄飄的。他的聲音似乎屬於別人，一個廣播播報員或者某個B級片演員。「他其實沒留下任何線索，你應該為此跪下來感謝神，因為你會看漏這些線索，以你對達德那種感覺來說。然後你就可以知道你對瑪麗．凱特．韓卓森的死亡有責任了，這是一種必然。」

「這什麼都不是，只是個該死的謊言，」班納曼緩慢又清楚地說。「如果我自己的兄弟做了這種事，我都會逮捕他。從地板上起來吧，我很抱歉打了你。」

他幫忙強尼站起來，然後注視著他臉頰上的擦傷。

「我會拿急救箱過來，擦點碘酒上去。」

「別管了，」強尼說道。他聲音裡已經沒有憤怒了。「比較像是我先撲向你了，不是嗎？」

「我告訴你，不可能是法蘭克。你不是追求出風頭的人，好吧。我說錯那件事了，這是一時情急，好嗎？但你的波動，或者你的靈感水平，或者不管那是什麼，這次肯定帶你走錯路了。」

「那就查查看啊，」強尼說。他用自己的眼睛捕捉班納曼的目光，牢牢盯著不放。「**查查看**，向我證明我弄錯了。」他吞下口水。「比對案件時間跟日期，還有法蘭克的執勤表，你願意做這件事嗎？」

班納曼不情不願地說：「後面房間裡收藏了過去十四、五年的執勤時間表，我猜我是可以去查查看。」

「那就做啊。」

「史密斯先……」他頓了一下。「強尼，如果你認識法蘭克，你自己都會覺得好笑，我是認真的。不只是我，你問任何人……」

「如果我錯了，我會很樂意承認。」

「這真是瘋狂。」班納曼咕噥著，但他去了收藏舊執勤時間表的儲藏室，打開了門。

11

兩小時過去了，現在幾乎是凌晨一點鐘。強尼打電話給父親，說自己會在城堡岩找個地方睡覺。雪暴已經穩定停留在一個狂暴狀態上，開車回去幾乎是不可能的。

「那裡發生了什麼事？」赫伯問道：「你可以告訴我嗎？」

「爸，我最好別在電話上說。」

「好吧，強尼。別把自己累垮。」

「不會。」

但他是筋疲力竭了。疲倦的程度，已經超越他記憶中與艾琳．馬聳恩一起做物理治療的最初日子。一個好女人，他偶爾會不經意想起她。一個很好很友善的女人，至少在她家要燒垮以前是這樣，那以後她變得疏遠尷尬。她感謝過他，當然，可是——後來她有再碰過他嗎？實際上碰過他？強尼不認為有。而在這件事結束以後，他跟班納曼也會變成這樣。太可惜了，就像艾琳，他是個好人。但在光是碰觸東西就能了解他們一切事情的人旁邊，人類會變得非常緊張。

「這什麼都沒證明。」班納曼現在說道。他的聲音裡有種臭臉小男生的叛逆，讓強尼想要抓住他用力甩，甩到他全身嘎嘎作響為止，但強尼太累了。

他們正在俯視著強尼畫在一張二手州警攔截車廣告傳單背面的簡要圖表。班納曼桌上亂堆著的是七八箱舊執勤時間表，而坐在班納曼的收發籃上半部的，就是法蘭克．達德的執勤時間表，一路回溯到一九七一年，當時他才剛加入警長的部門。那張圖表看起來像這樣：

發生的謀殺案	法蘭克·達德的行蹤
艾瑪·佛萊雪特（女侍） 1970年11月12日下午3點	當時在主要大街海灣站工作
寶琳·圖薩克 1971年11月17日早上10點	下班時間
雪瑞兒·穆迪（初中生） 1971年12月16日下午2點	下班時間
卡蘿·鄧伯格（高中生） 1974年11月？日	兩週假期
艾塔·林戈德（教師） 1975年10月29（？）日	常規執勤時間
瑪麗·凱特·韓卓森 1975年12月17日早上10點10分	下班時間

·所有時間都是州法醫提供的「估計死亡時間」

「不，這什麼都沒有證明。」強尼表示同意，同時揉著他的太陽穴。「但這也不盡然排除了他的嫌疑。」

班納曼敲敲那張表。「林戈德小姐遇害的時候，他在執勤。」

「是啊，如果她真的是在十月二十九日被殺的，但也可能是二十八日，或者二十七日。而就算他在執勤，誰會懷疑一位警察？」

班納曼正非常仔細地看著那張小圖表。

「那個空檔呢？」強尼說：「那兩年的空檔？」

班納曼用拇指翻了翻那些執勤時間表。「法蘭克在一九七三跟七四年都在這裡執勤，你看到了。」

「所以也許那年他沒有那種衝動。至少，就我們目前所知如此。」

「就我們目前所知，我們什麼都不知道。」班納曼很快地反駁。

「但一九七二年呢？一九七二年底跟一九七三年初？沒有那段時間的執勤時間表，他去度假了嗎？」

「沒有，」班納曼說：「法蘭克跟一個叫做湯姆．哈里森的人，在科羅拉多大學普韋布洛校區[70]上一學期的農村執法課程。全國就只有那裡提供這樣的優惠課程。那是個八週的課，法蘭克跟湯姆從十月十五日到將近聖誕節的時候都在那裡。州政府負擔一部分，郡政府負擔一部分，美國政府根據一九七一年執法法案也負擔部分費用。我挑了哈里森——他現在是蓋茲瀑布那邊的警察局長了——還有法蘭克。法蘭克差點就不去了，因為他擔心他母親獨自一個人。跟你說實

70. 實際上是科羅拉多「州立」大學才有普韋布洛校區。

話，我想她設法要說動他留在家裡。是我說服他去的，他想當一輩子職業警官，像是農村執法課程這種東西，在你的紀錄上看起來超好。我記得他跟湯姆在十二月回來的時候，法蘭克中了一種會微微發燒的病毒，他看起來糟透了，還掉了二十磅體重。他聲稱在那個養牛的地方，沒有任何人能像他媽媽那樣煮飯。」

班納曼陷入沉默。他剛才說過的話裡，有某種東西似乎在困擾他。「他在接近假期的時候請了一星期病假，然後他就好了。」班納曼繼續說下去，幾乎是在辯護。「他最晚在一月十五日就回來了，你自己檢查執勤時間表。」

「我不必檢查，就像我也不必告訴你下一步是什麼。」

「是不用，」班納曼說。他盯著他的雙手。「我告訴過你，你有做這種事的頭腦，也許比我自己所知的還更正確。或者說，比我希望的還更正確。」

他拿起電話，同時從他的書桌底層抽屜裡，抽出一本有著普通藍色封面的厚電話簿。他一頁頁翻查著，沒有抬頭看就告訴強尼：「感謝同樣的執法法案，這裡有美國每個郡的警長辦公室電話。」他找到他要的號碼，打了他那通電話。

強尼在他椅子上挪動。

「哈囉，」班納曼說：「這裡是普韋布洛警長辦公室嗎？……好的。我的名字叫做喬治．班納曼，我是城堡郡的郡警長，在西緬因州……是的，我就是這麼說。緬因州。請問您是？……好的，泰勒警官，狀況是這樣的。我們這裡有一連串的謀殺案，在過去五年裡有六件，是強姦勒斃，全部都發生在晚秋或者初冬。我們有個……」他抬頭看了強尼一會，他的眼神受傷又無助。然後他再度俯視著電話。「我們有個嫌疑犯，他曾經待過普韋布洛，從一九七二年十月十五日一直到……嗯，我想是十二月十七。我想知道的是，不知道你們在這段時期的紀錄裡，有沒有還沒偵破的謀殺案，受害人是女性，沒有特定年齡層，被強暴，死因是勒斃。我還想更進一步知道犯案者的精液型態——如果你們有這種案件，而且有保留精液樣本。什麼？……是，好的，多謝……我會在這裡等候。再見，泰勒警官。」

他掛上電話。「他會去確認我的身分，然後調查這件事，再回我電話。你想要一杯……不，你不喝，是吧？」

「不，」強尼說：「我喝杯水就可以了。」

他走到那個大玻璃門冷飲櫃，拿來一紙杯的水。外面的風暴呼號猛拍著。

在他背後，班納曼尷尬地說：「呃，好吧，你是對的。他是我本來會很樂意擁有的那種兒子。我太太生凱翠娜的時候動了剖腹手術。她永遠不可能再生另一個了，醫生說這樣會害死她。她做了腹腔鏡手術，我做了輸精管切除術，只是以防萬一。」

強尼走到窗邊，眺望著一片黑暗，他手中拿著他那杯水。這裡除了雪沒有什麼可看的，但如果他轉過身，班納曼就會停止說話——你不必身為靈媒也可以知道。

「法蘭克的父親在波士頓與緬因鐵路公司工作，在法蘭克五歲左右的時候死於意外。他喝醉了，在可能尿濕自己腿卻不會發現的狀況下，還設法要連結火車。他被兩輛平台貨車壓扁了。此後法蘭克就得當一家之主了，羅斯科說他高中時有個女朋友，不過達德太太很快就棒打鴛鴦了。」

她肯定這麼做了，強尼心想。**一個會做那種事的女人……把曬衣夾……用在她自己的兒子身上……什麼都擋不住那種女人，她一定跟他一樣瘋狂。**

「他十六歲的時候到我這裡來，問有沒有兼差警察這種事情。他說這是他從小唯一真正想做的事情、想成為的人。我立刻就喜歡上他了。我雇用他來這地方工作，自掏腰包付錢給他。你知道，就是付他我付得起的薪水，但他從來沒抱怨過酬勞的事，他是那種會免費工作的孩子。他在高中畢業前一個月送來一份做全職工作的申請，但當時我們沒有任何空出來的職位。所以他去『唐尼．哈格的海灣』工作，然後在戈蘭姆那裡的大學上晚間警務工作課程。我猜達德太太也設法要破壞這件事——她覺得她太多時候都孤零零一個人什麼的——但那次法蘭克起而反抗她了……是在我的鼓勵之下。我們在一九七一年七月任用了他，從此之後他一直在這個部門裡。現在你告訴我這件事，我想到凱翠娜昨天早上在外頭，就直接從幹了這種事的人旁邊走過……這就像是某種骯髒的亂倫，幾乎是。法蘭克到過我們家，吃過我們的食物，有一兩次當過凱蒂的保母……而你告訴我……」

強尼轉過身去。班納曼已經拿下他的眼鏡，再度擦著他的眼睛。

「如果你真的可以看到這種事，我憐憫你，你是上帝所造的怪胎，跟我有一次在露天遊樂場看到的雙頭母牛沒什麼兩樣。我很抱歉，我知道講這種話很過分。」

「聖經說神愛祂所有的造物。」強尼說道。他的聲音有一點不穩定。

「是喔？」班納曼點點頭，然後揉著他鼻翼兩側有眼鏡靠著的發紅位置。「祂證明愛的方式挺怪的，不是嗎？」

12

大約二十分鐘後，電話響了，班納曼敏捷地接了電話。簡短地說了幾句，然後聆聽。強尼看著他的臉變得蒼老。他掛了電話，注視著強尼良久，卻沒有說話。

「一九七二年十一月十二日，」他說：「一個女大學生。他們在收費公路旁的一塊田野裡發現她。安．西蒙斯，她叫這個名字，被強姦勒斃，二十三歲大。沒有留下精液型態。還是沒有證據，強尼。」

「我不認為在你自己心中，你還需要更多證據，」強尼說：「如果你用現有的資料去跟他對質，我想他會崩潰。」

「如果他不呢？」

強尼記得露天音樂台上看到的影像。那像個瘋狂的、致命的回力鏢，旋轉著回到他身上。那種撕裂的感覺，那種愉快的疼痛，那種讓人回憶起衣夾的疼痛，那種重複確認一切的疼痛。

「叫他脫掉他的褲子，」強尼說道。班納曼盯著他看。

13

記者們仍然在大廳裡。說實話，就算他們沒懷疑到案情有突破——或者至少有個古怪的新發展——他們可能也不會走，出城的路無法通行。

班納曼跟強尼從補給儲藏室的窗口出去。

「你確定該這樣做嗎？」強尼問道，風暴正試著從他嘴裡把話語扯出來。他雙腿疼痛。

「不，」班納曼只是這麼說：「但我認為你應該參與。也許我想他應該有機會直接看著你的臉，強尼。來吧，達德家距離這裡只有兩個街口。」

他們出發了，戴著兜帽、穿著雪靴，在狂吹風雪中的一對陰影。班納曼在他的外套底下戴著他的執勤手槍。他的手銬扣在他的腰帶上，他們穿過深深積雪抵達一個街口以前，強尼就已經跛得很厲害了，但他堅忍地緊閉著嘴巴，絕口不提。

可是班納曼注意到了，他們停在城堡岩西方汽車門口。

「小伙子，你怎麼啦？」

「沒什麼。」強尼說。他的頭也再度開始痛了。

「肯定有什麼，你的行動方式就像是用兩條斷腿走路。」

「在我脫離昏迷以後，他們必須在我腿上動手術。肌肉已經萎縮了，開始溶解，這是布朗醫師的說法。關節衰退了，他們用合成材料盡可能修補到最好……」

「就像《無敵金剛》[71]一樣，喔？」

強尼想起家中那整齊的一疊醫院帳單，就擺在餐廳櫃子的頂端抽屜裡。

「是啊，類似那樣。我用腿站太久，兩腿就會僵硬起來，就只是這樣。」

「你想回去嗎？」

你可以肯定我很想。回去，然後就不必再去想這件殘酷的事了。真希望我沒有來，這不是我的問題，這個傢伙把我比擬成雙頭母牛欸。

「不，我很好。」他說。

他們踏出門口，風抓住了他們，設法要讓他們像保齡球瓶那樣，沿著空曠街道滾過去。他們掙扎著穿過鈉弧街燈刺眼、被雪擋住的眩光，對著風彎下腰。他們轉進一條偏街，經過五間房子以後，班納曼停在一間小巧整潔的新英格蘭鹽盒式房屋前面。就像街道上的其他房屋，這棟屋子黑暗而且釘上了板條。

「就是這棟房子。」班納曼說，他的聲音沉悶得古怪。他們努力穿過被風扔過去貼著前廊的雪堆，爬上了台階。

14

亨莉葉塔．達德是個大塊頭的女人，她的骨架上負載著沉甸甸的肉。強尼從沒見過有哪個女人比她更病態。她的皮膚是一種泛黃的灰色，雙手幾乎是像爬蟲類，上面長了濕疹的紅疹。而在她那雙眼睛裡面——狹窄到變成腫泡眼窩的兩條閃動縫隙裡——有某種東西，讓他不悅地想起，當他母親維拉・史密斯忘我地陷入宗教狂熱時，眼睛就像那樣。

在班納曼連續、穩定地敲了快五分鐘的門之後，她開門迎接他們。強尼站在班納曼旁邊，靠著發痛的腳站著，心裡想著這個晚上永遠不會結束。這一晚只會一直延續個沒完，直到雪堆高到足以崩落下來，埋掉他們所有人。

「你大半夜的想要幹什麼，喬治・班納曼？」她懷疑地問。就像許多胖女人一樣，她的聲音是一種高亢、嗡嗡作響的簧樂器——聽起來有點像是被困在瓶子裡的蒼蠅或蜜蜂。

「我必須跟法蘭克談談，亨莉葉塔。」

「那早上再跟他談。」亨莉葉塔・達德說道，要當他們的面把門關上了。

班納曼用戴著手套的手擋住晃過來的門。「我很抱歉，亨莉葉塔，現在就得談。」

「喔，我不會去叫他起床的！」她喊道，沒有從門口移開。「反正他睡得跟死掉了一樣！有些晚上我拉鈴叫他，那我心悸很可怕的時候，他有醒來嗎？沒有，他就這樣睡過去了，而他可能在某天早上醒過來，發現我在床上心臟病發死掉，而不是替他弄該死的溏心荷包蛋！因為你讓他工作得太辛苦了！」

帶著某種酸溜溜的勝利感，她咧嘴笑了，骯髒的秘密暴露了，她瘋狂地把帽子丟向風車要決一死戰。

「整個白天，整個晚上，不斷輪班，大半夜追著那些醉鬼，而他們任何一個人都可能在車

71. The Six Million Dollar Man 是從一九七三年播映至一九七八年的知名科幻影集，主角是意外失事重傷的太空人，在花費六百萬元的重造手術以後，右臂、雙腿與左眼都換成生化義體，能高速奔跑、有怪力、能看見微物與紅外線，並成為中情局科學情報部門的探員。

座椅底下藏了把點三二手槍，去外面那些私營酒吧跟低級酒館，喔，那裡有的是賣弄粗漢皮相的男妓，你們可真在意啊！我猜我知道那些地方在搞什麼，那些廉價低賤的女人，她們會很樂意讓我家法蘭克那樣的好孩子，只花四分之一杯啤酒的錢，就染上治不好的髒病！」

她的聲音，那種簧樂器的聲音，猛然襲來，嗡嗡作響。強尼的頭也跟著陣痛、抽痛。他真希望她能閉嘴，他知道這是個幻覺，只是在這個要命的夜晚，疲憊與緊張感跑上來了，但對他來說，這越來越像是他母親站在這裡，任何時刻她都可能從班納曼轉向他，開始向他吹擂，神帶給他的是何等神奇的天賦。

「達德太太……亨莉葉塔……」班納曼很有耐性地開口了。

然後她確實轉向強尼了，用她聰明中帶有愚蠢的小豬眼睛注視著他。

「這是哪位？」

「特聘副警長，」班納曼立刻說道。「亨莉葉塔，我會負起把法蘭克叫醒的責任。」

「喔——**責任**啊！」她低聲說出那醜惡、吵雜的諷刺話語，而強尼終於領悟到，她在害怕。恐懼如一陣陣吵雜搏動的波浪，從她身上傳出——就是這個讓他頭痛得更厲害。班納曼感覺不到嗎？「**責**——**任**啊！你不是很有責任感嗎，我的天啊，是欸！喔，我不會讓我兒子在半夜被叫醒，喬治．班納曼，所以你跟你的**特聘副警長**去別處煩別人吧！」

她再度試著要關門，但這次班納曼一路把門推開了。他的聲音顯示出緊繃的憤怒，憤怒底下還有種可怕的緊張：「開門，亨莉葉塔，我是認真的，現在就開。」

「你不能這樣做！」她喊道：「這裡不是警察國家！我會讓你沒工作！咱們看看你的搜索狀！」

「不，妳沒說錯，但我還是要跟法蘭克說話。」班納曼說著，然後從她身邊擠過去。

強尼幾乎沒有意識到他在做什麼，就跟著進去了。亨莉葉塔．達德伸手去抓他。強尼抓住了她的手腕——而一股嚇人的狂痛在他腦袋燒起來，讓先前頭部的悶痛相形見絀，**而那女人也感覺到了**。兩個人彼此互瞪了一段似乎無盡延長的時間，一種可怕的、徹底的理解。在那一刻，他們像是被焊接在一起。然後她往後退，抓著她食人魔似的巨大胸膛。

「我的心臟……我的心臟……」她往睡袍口袋裡亂掏一陣，拿出一小瓶藥丸。她的臉變成生麵團的顏色，她把藥瓶蓋子拿掉，把小藥丸灑了一地板，才讓一顆落進她手掌心。她把藥丸塞到舌下。強尼在靜默的恐怖感中，站在那裡瞪著她，他的頭感覺像是灌滿了熱血的腫脹膀胱。

「妳本來就**知道**？」他悄聲說道。

她肥胖、長著皺紋的嘴巴打開又合起，打開又合起，沒有冒出任何聲音，像是一隻離水之魚的嘴巴。

「從頭到尾妳都知道？」

「你是個惡魔！」她對著他尖叫。「你是個怪物……惡魔……喔我的心臟……喔，我要死了……想想我要死了……叫醫生……**喬治．班納曼你不准上去叫醒我的寶貝！**」

強尼放開了她，無意識地在外套上來回擦著他的手，就好像是要擦掉手上的一處髒污，他踉蹌跟著班納曼上了樓梯。外面的風在屋簷周圍啜泣，像個走失的孩子。往上走到一半的時候，他回頭一瞥。亨莉葉塔．達德坐在一張柳條椅子上，一座攤開來的肉山，喘著氣，兩手各抓著一邊巨大的乳房。他的頭仍然感覺像是在腫脹，他作夢似地想著：**很快這顆頭就會爆掉，這就是結局了，感謝神**。

一條陳舊又磨得光禿禿的長地毯，蓋住了狹窄的走廊地板，壁紙上有水痕。班納曼大力敲著一個關上的門，上面至少冷了十度。

「法蘭克？法蘭克！我是喬治．班納曼！醒來，法蘭克！」

沒有回應。班納曼轉動門把，把門推開。他的手落到他的槍把位置，但他沒抽出槍。這本來有可能是個致命的錯誤，但法蘭克．達德的房間是空的。

他們兩個人有一陣子站在門口朝裡頭看，這是個孩子的房間。壁紙——也有水痕——上面畫了跳舞的小丑跟玩具木馬，有個兒童尺寸的椅子，上面坐著一個紅髮安迪娃娃，用閃亮而茫然的眼睛看著他們。在一個角落裡有個玩具箱，另一個角落是一張狹窄的楓木床，上面的被子掀開了。掛在其中一根床柱上，唯一看起來格格不入的東西，是法蘭克．達德放在槍套裡的槍。

「我的天啊。」班納曼輕聲說道：「這是什麼？」

「救命啊，」達德太太的聲音飄了上來。「救救我……」

「她知道，」強尼說：「她從一開始就知道了，從那個叫佛萊雪特的女人遇害時就知道。他告訴她了，而她替他遮掩。」

班納曼緩緩退出房間，打開另一扇門，他的眼睛茫然而受傷。那是一間沒有人用的客房。他打開衣櫃，那裡空空如也，只有地板上整齊的一盤滅鼠劑。另外一扇門，這個臥房沒整理過，而且冷到可以看見班納曼呼出來的氣。他環顧四周。還有另外一扇門，這個門是在樓梯頂端，他走了過去，強尼也跟上。這道門鎖住了。

「法蘭克？你在裡面嗎？」他喀啦喀啦轉動門把。「開門，法蘭克！」

沒人回應。班納曼舉起腳來往外一踹，踹中門把正下方的部分。傳來一聲單調的破裂聲響，似乎在強尼的腦袋裡迴盪著，像是一個鐵盤跌落在磚造地板上。

「喔天啊，」班納曼用一種平板、哽住的聲音說道：「法蘭克。」

強尼可以越過他的肩膀看到，看到的太多了。法蘭克．達德靠在放下的馬桶座上。他赤身裸體，只有一件閃亮的黑色雨衣，他把那件雨衣捲到他肩膀上；雨衣的黑色帽兜（**行刑者的帽兜**[72]，強尼暗暗想著）往下垂落到馬桶水箱頂端，就像某種古怪的扁掉黑色豆莢。他不知怎麼的，設法割斷自己的喉嚨——強尼本來想不到有這種可能。一盒威金森劍牌剃刀放在洗臉盆邊緣，單單一支剃刀落在地上，閃耀著邪惡的光芒，刀鋒邊緣的血滴像珠子一樣落下，被割斷的頸靜脈跟頸動脈流出的血四處潑灑，有些血泊卡在拖到地上的雨衣皺摺裡。有些沾到浴簾，有划水小鴨撐傘遮頭圖案的浴簾，血也濺到天花板。

法蘭克．達德的脖子周圍用一條繩子掛著一個牌子，上面用唇膏寫了字。那些字是：**我認罪。**

強尼腦袋裡的痛爬升到一種滋滋作響、無可忍受的顛峰。他伸出一隻手摸索，摸到了門柱。**知道了**，他冒出不連貫的念頭。**他看到我的時候，不知怎麼的就知道了。知道一切都完了，他回到家，做了這種事。**

黑色的圈圈交疊著蒙蔽他的視線，像邪惡的漣漪那樣散播開來。

強尼，上帝給你的是多麼大的天賦。

我認罪

「強尼？」

聲音來自很遠的地方。

「強尼，你還好……」

72. 中世紀行刑者的傳統造型是戴著罩住整張臉、只在眼睛部位挖洞的尖帽兜。

褪去，一切都在褪去。這是好的，如果他根本沒有脫離昏迷就更好了。對所有人來說都比較好。喔，他有過他的機會了。

「強尼——」

法蘭克．達德上來這裡，然後用某種辦法割了自己的喉嚨，從一邊耳朵割到另一邊，屋外風暴呼號，像是地球上的所有黑暗事物都被放出來了，油井爆發了，就像父親在大約十二個冬天之前說過的，那時候地下室的水管被凍裂了。油井爆發了，天殺的肯定如此，一路噴到天花板。他相信自己那時候可能尖叫了，但後來他再也不確定有沒有這回事。也可能只有在自己腦袋裡尖叫。但他**想要**尖叫，叫出心裡所有的恐怖、憐憫與苦惱。

然後他往後倒進黑暗裡，很感激地進入黑暗，強尼昏倒了。

15

摘自《紐約時報》，一九七五年十二月十九日：

造訪兇案現場後，緬因靈媒指引警長到殺人副警長家中

（《紐時》特稿）包諾的強尼．史密斯實際上可能不是個靈媒，但你很難說服緬因城堡岩郡的警長喬治．F．班納曼相信這點。在西緬因小鎮城堡岩發生第六件攻擊謀殺案之後，情急的班納曼警長打電話給史密斯先生，請他來到城堡岩，請他出手幫忙。史密斯先生在今年稍早從四年五個月的深度昏迷中恢復，因此受到全國矚目的史密斯先生，曾經被八卦週報《內幕觀點》譴責為一個造假騙子，但在昨天的一場媒體記者會裡，班納曼警長只說：「在我們緬因州，我們不是那麼在乎那些紐約記者怎麼想。」

根據班納曼警長的說法，史密斯先生手腳著地在第六件謀殺案現場爬了一圈，案件是發生在城堡岩城鎮公有地上。他起身時遭到輕微的凍傷，卻得知了兇手的名字——副警長法蘭克．達德，他已經受僱於城堡郡警長辦公室五年，就跟班納曼自己一樣久。

今年稍早，史密斯先生在他的故鄉州引起爭議，當時他突發靈感，認為他物理治療師的家著火了。結果這個靈感正是不折不扣的事實。在隨後的媒體記者會，一位記者向他挑戰……

摘自《新聞週刊》第四十一頁，一九七五年十二月二十四日當週：

新何寇斯

這可能是從彼得．何寇斯在我國被發掘以後，第一次出現貨真價實的靈媒。何寇斯是一位德國出生的預言者，能夠藉著觸碰發問者的手、銀器或他們手提包裡的東西，回答所有關於他們私生活的問題。

強尼．史密斯是個害羞不造作的年輕男子，來自緬因中南部城鎮包諾。今年稍早，他從一場車禍後長達四年以上的深度昏迷中重新恢復意識（見照片）。根據這個病例的顧問神經學專家，山姆．魏札克醫生的說法，史密斯達成了「讓人驚奇的復元」。今天他從溫和的凍傷，還有四小時的昏迷中恢復過來，那是在懸而未決的小鎮多重謀殺案以古怪的方式結束之後……

一九七五年十二月二十七日：

親愛的莎拉：

爸跟我都很樂於收到妳的信，今天下午信剛到。我真的很好，所以妳可以停止憂慮了，好嗎？不過我感謝妳的關心，媒體上說的「凍傷」大大誇張了。只不過是左手的三根指尖貼了幾片小膏藥而已。昏迷真的沒什麼，就只是個昏迷咒語，「由情緒過載所造成」，魏札克是這麼說的。對，他親自前來，而且堅持載我去波特蘭的醫院。光是看他採取行動，就值回票價了。他硬逼他們給他一個診察室，一台腦波儀，還有一個操作機器的技師。他說他找不到新的腦傷，或者漸進式腦傷的跡象。他想做一連串的測試，其中一些聽起來完全像宗教法庭審判——「放棄吧，異端，要不然我們就給你另一次腦部掃描！」（哈哈，還有親愛的，妳還在吸那邪惡的古柯鹼嗎？）無論如何，我回絕了那好心的建議，不再這裡多抽一點、那裡多戳一點了。爸對於我拒絕這些測試相當生氣，他一直設法要把我拒絕測試，比擬成我母親拒絕吃降血壓藥一樣。我很難讓他看出來，如果魏札克確實找到了什麼東西，有九比一的機率是他無法再多做什麼了。

是的，我看到《新聞週刊》的文章了，那張照片是出自那次記者會的，只是被裁切過。看起來不像妳會想在黑暗巷道裡遇到的任何人，對吧？哈哈！老天啊（就像妳的老友安妮．史特拉福很愛講的），但我真心希望他們沒登那篇報導。包裹、卡片跟信件又開始寄來了。我再也不打開任何信件了——除非我認得出回郵地址——我就只在上面寫「退回收件人」。他們太可憐，太充滿希望、恨意、信念與固執了，而在某種程度上，他們全都會讓我想起我媽以前的樣子。

喔，我無意讓自己聽起來這麼陰沉，不盡然都這麼糟。但我不想當個開業靈媒，我不想巡迴演出或者上電視（某些來自NBC的野蠻人拿到我們家電話，天知道怎麼拿到的，而他們想知道我是否考慮上「卡森談話秀」。很棒的主意，喔？唐．李柯斯可以侮辱某些人，某些小明星可以現一下她的胸部，而我可以做幾個預測，全都由通用食品公司贊助）。但我不想上任何這種狗屎。我真正期待的是回到克里夫米爾斯，回到一個高中英文老師徹底沒沒無聞的狀態。然後把那種靈光乍現省下來，在足球隊加油大會再用。

這次就這樣了，希望妳跟華特還有丹尼，讓自己享受一個歡樂美滿的小聖誕節，並且熱切期待（從妳說的話裡，我確定至少華特很期待）現在在我們眼前展開的、美妙的美國建國兩百年大選年。很高興聽說妳先生已經被挑中競選那邊的州參議員席位，不過手指交叉祈禱吧，小莎——七六年看起來不盡然像是大象[73]愛好者的成功幸運年，把妳的感謝送給那個到聖克里蒙特去的人。

我爸祝妳一切都好，而且要我感謝妳寄來丹尼的照片，他真的讓我爸印象深刻。我也致上我最大的祝福。謝謝妳來信，也感謝妳用錯地方的關心（用錯地方了，但還是非常歡迎）。我很好，而且期待重新回到職場。

致上愛與美好的祝願，強尼

P.S.講最後一次，小鬼，戒掉古柯鹼吧。

J

一九七五年十二月二十九日：

親愛的強尼：

我想這是我擔任學校行政人員十六年來，非寫不可的信件裡最困難、最苦澀的一封——不只因為你是好朋友，也因為你是個好得要命的老師。這件事情沒得粉飾，所以我猜我根本不會嘗試。

昨天晚上學校董事會召開特別會議（應某兩位成員要求，我不會指名道姓，但你在此教書的時候他們就在董事會裡，而我想你可能猜得到名字），他們以五比二的票數，要求撤回你的教師合約。理由：你太有爭議性了，無法成為成效良好的教師。我差一點就要交出我自己的辭呈了，這件事正是令我這麼厭惡。如果不是為了莫琳跟孩子們，我想我會這麼做。這樣中途叫停，比把

73.共和黨象徵動物。

《跑啊兔子》或者《麥田捕手》扔出教室之外還更糟，這種做法惡劣至極。

我告訴他們這一點，但簡直像是在用世界語或其他黑話在跟他們說話。他們能看到的，就只有你出現在《新聞週刊》還有《紐約時報》上的照片，還有那個上了全國新聞網的城堡岩報導。太爭議性！五個綁著疝氣帶的老頭，這種人對頭髮長度比對教科書更感興趣，更熱心要找出教職員裡誰可能抽了大麻，而不是找出怎麼樣替科學教室弄點二十世紀的設備。我已經寫了措辭強硬的信件抗議整個董事會，靠著一點逼迫，我相信我可以讓厄文·范戈德也跟我一起署名，但如果我告訴你說地獄中還有希望，可以讓那五個老頭改變他們的意見，那我就不誠實了。

我給你的誠實建議是，替自己找個律師吧，強尼。你是誠心誠意簽下那份合約，而我相信不管你有沒有踩進克里夫米爾斯的教室一步，你都可以從他們身上榨出你的每一分薪水。還有，在你想講話的時候，就打給我吧。

全心全意感到抱歉。

你的朋友，戴夫·佩爾森

16

強尼站在郵筒旁邊，手裡拿著戴夫的信，他不敢置信地俯視著信。這是一九七五年的最後一天，天空清澈而冷得刺骨。他的氣息從鼻孔裡跑出來，是細緻的白色煙氣。

「該死，」他悄聲說道：「喔老天，喔該死。」

他還沒完全吸收這個訊息，他麻木地彎下身體，看看郵差還帶來什麼別的給他。一如往常，信箱裡擠得滿滿。只是運氣的關係，戴夫的信才會從尾端擠出來。

有張飄動著的白色紙條，叫他打電話到郵局去問包裹的事，那些免不了的包裹。我丈夫在一九六九年拋棄了我，這裡有一雙他的襪子，告訴我他在哪裡，這樣我才能從那混蛋身上拿到小孩的贍養費。我的寶寶去年噎死了，這裡是他的手搖鈴，請寫信告訴我他跟天使們在一起快樂嗎。我沒讓他受洗，因為他爸爸不贊同，現在我心碎了。無窮無盡的陳腔濫調。

強尼，上帝給你的是多麼大的天賦。

理由：你太有爭議性了，無法成為成效良好的教師。

在一種突然的惡意發作裡，他開始把信件跟馬尼拉信封從信箱裡耙出來，讓其中一些掉進雪裡。免不了的頭痛開始在他太陽穴周圍成形，就像兩片慢慢吸引到一起的黑雲，把他包裹在痛楚之中。突如其來的眼淚開始從他臉頰上落下，而在這深重僵硬的冰冷空氣之中，淚水幾乎立刻凍結成閃閃發光的痕跡。

他彎下腰，開始撿起他弄掉的信；他看到一封，透過淚水的稜鏡變成了兩封、三封，用濃黑的鉛筆寫著「強尼．史密斯，鈴煤收」。

鈴煤，這就是我啊。他的手開始瘋狂地顫抖，他什麼都弄掉了，連戴夫的信都是。那封信像葉子似地飄落，有寫字的那一面朝上著地於其他信件，所有其他信件之間。透過他忍不住的淚水，他可以看到信頭，還有火把圖案下面的座右銘：

教導，學習，求知，服務。

「服務個屁，你們這些低級混蛋。」強尼說。他跪下來，開始收攏信件，用連指手套把信掃在一起。他的手指一陣陣鈍痛，凍傷的紀念品，讓法蘭克．達德騎著死馬桶座進入永恆的紀念品，他那一頭很美國的金髮上都是血。**我認罪**。

他把信件掃起來，然後聽到自己一而再、再而三地咕噥著，像壞掉的唱片：「會害死我，你們這些人會害死我，放過我，你們看不出來這是在害死我嗎？」

他逼自己停下來，他不該有這種行為。生活會繼續，以這一種或另一種方式，生活肯定會繼續。

強尼開始走回屋子去，納悶地想著他現在可以做什麼。或許會有某件事情出現。無論如何，他已經實現母親的預言了，如果神有個要給他的任務，那麼他已經做了，不管這是怎麼樣的自殺性任務，他都已經做了。

他已經誰都不欠了。

PART TWO

笑面虎

第十七章

1

男孩緩慢地讀著，用手指比著那些字，在明亮清澈的六月光輝中，他棕色的足球員長腿從池邊的躺椅上往外伸。

「『當然年輕的丹尼．詹……詹尼伯……年輕的丹尼．詹尼伯死了，而我……我想世界上沒有多少人會說他不茲……得……得……』喔，該死，我不知道。」

「『世界上沒有多少人會說，他不值得那樣死去，』」強尼．史密斯說道。「只是用稍微花稍一點的方式來說，大多數人會同意丹尼的死是一件好事。」

查克注視著他，而那張通常很愉快的臉上掠過熟悉的情緒混合：愉悅、怨恨、尷尬，還有一絲惱怒。然後他嘆了口氣，再度俯視著那本麥克斯．布蘭德[74]寫的西部小說。

「『值得那樣死去。但這對我來說是很大的背……背……』」

「悲劇。」強尼補充。

「『但這對我來說是很大的悲劇，他死時正要補贖他的某些邪——邪——邪惡作為，對這個世界做出重大的服務。』

『當然這個……這個……立刻讓我斯……斯……』」

查克合上那本書，抬頭看著強尼，露出燦爛的微笑。

「咱們今天就到這裡吧，強尼，你說呢？」查克的微笑是他最有魅力的表情，可能讓整個新罕布夏的啦啦隊長都倒向床鋪。「那個池塘看起來不是很棒嗎？一定很棒，汗水都從你瘦巴巴又營養不良的小身體上流下來啦。」

強尼必須承認——至少對自己承認——那池塘看起來很不賴。美國建國兩百週年的七六年夏天前兩週，不尋常地又熱又黏。從他們背後，在那個優雅的白色大房子另一邊，越南來的場地管理員吳發開著割草機發出零星的噪音，在替查克所謂的「前四十」割草。這是個讓你想喝兩杯冰檸檬水，然後打個盹睡去的聲音。

「不准對我瘦巴巴的身體說出任何貶低的評語，」他說：「此外，我們才剛開始讀這一章。」

「當然，但我們在此之前已經讀了兩章。」他好言哄騙。

強尼嘆了口氣。通常他可以督促查克繼續，但今天下午沒辦法。而今天這孩子已經勇敢地奮力讀過約翰．雪伯恩在阿米提監獄周圍如何佈下警衛網，還有邪惡的紅鷹如何突破警衛網，殺死丹尼．詹尼伯了。

「是啊，好吧，就讀完這一頁吧，」他說：「你剛才卡住的那個詞彙是『想吐』，發這個音的時候牙齒不要咬緊，查克。」

「好欸！」咧嘴笑容更大了。「而且沒有課後問題，對吧？」

「這個嘛……也許就幾個。」

查克臉色一沉，但那是裝出來的，他被輕輕放過了，他也知道。他再度打開那本平裝書，封面是一個槍手從酒吧的彈簧推門中間走過去，然後開始用他慢吞吞又不時停頓的聲音朗讀……

74. Max Brand（1892-1944），美國多產的通俗小說家，擅長西部小說。

這個聲音跟他正常說話的聲音差別這麼大，有可能完全屬於另一個不同的年輕男子。

「『當然這個立刻就讓我斯……想吐。但這是……比起在可憐的湯姆．肯……肯揚床邊等著我的事情，這根本不算什麼。

『他的身體被射穿，他很快地要濕了，這時候我……』」

「『要死了』，」強尼輕聲說道。「脈絡，查克，讀書要注意脈絡。」

「快要濕了，」查克說著咯咯笑出聲來。然後他繼續：「『……而他很快地要死了，這時候我才低……抵達。』」

強尼注視著這個男孩，弓著背讀平裝本的《火腦》時，偷偷地為查克感到哀傷，這本書是很好的西部故事，應該要一口氣讀完的——然而這位查克，反而得辛辛苦苦移動著手指，跟上麥克斯．布蘭德簡單而平鋪直敘的散文。他的父親羅傑．查茲沃斯，查茲沃斯紡織廠的老闆，在新罕布夏州南部確實舉足輕重。他在德罕擁有這間十六房豪宅，僱員就有五個人，包括吳發在內，他一個星期去波茲茅斯一次，上美國公民歸化課程。查茲沃斯開一台修復的一九五七年凱迪拉克敞篷車。他的太太，一個四十二歲、甜美又眼神清澈的女人，開的是一台賓士。查克有一台科維特跑車，家族的財富大概在五百萬美元這個範圍內。

強尼常常這麼想：查克，在十七歲的年齡，就是神把生氣吹入泥土時真正想打造的樣子。從身體上來說，他是個非常漂亮的人類。站著有六呎二吋高，體重則是很有肌肉的一百九十磅。他的臉或許不盡然有意思到真正算是英俊，但卻沒有粉刺青春痘，還被一對引人注目的綠眼點亮了，那雙眼睛讓強尼覺得，在他認識的人裡，就只剩下莎拉．哈茲萊特真的有綠眼睛了。在他就讀的高中，查克是校園風雲人物的完美典型，典型到幾乎荒謬。他是棒球隊跟足球隊的隊長，在學年剛結束的時候就成為低年級班代表，而在這個秋天成為學生議會選出的會長。而最驚人的事情是，沒有一件事讓他沖昏頭。用赫伯．史密斯的話來說——他來過這裡一次，看看強尼的新住處——查克是個「普通人」。在赫伯的字彙裡，沒有比這更高的讚美了。而且，他有一天會變成超級有錢的普通人。

而他坐在這裡，嚴肅地俯身面對他的書，就像一個守在孤單前哨裡的機槍手，在字彙朝著他過來的時候，把它們一個個射下來。他讀了麥克斯．布蘭德讓人興奮、快節奏的故事——浪人約翰．「火腦」．雪伯恩，還有他跟卡曼奇族不法之徒紅鷹之間的衝突——然後把它變成從每一方面聽起來，都跟半導體或收音機元件商業廣告一樣「令人興奮」的東西。

可是查克並不笨。他的數學成績很好，他的記憶力絕佳，還有一雙巧手。唯一的問題是有閱讀障礙。他的口語字彙沒問題，他可以掌握拼讀理論，卻顯然無法掌握其應用。他有時候會流暢地說出一句完美無缺的話，然後在你要他重講一遍的時候，他卻一片空白。他父親就怕查克有失讀症，但強尼不認為是這樣——他從來沒遇到過有失讀症的孩子，雖然許多父母抓住這個詞彙，用來解釋他們兒女的閱讀問題，或是當作藉口。但查克的問題似乎更普遍性——一種鬆散的、全面性的閱讀恐懼症。

在查克過去五年的學校教育裡，這個問題變得越來越明顯，他父母才剛開始認真看待這個問題——查克也是如此，就在他參與運動的資格開始受到危害的時刻。而這還不是最糟的。如果查克期望在一九七七年秋天開始上大學，今年冬天會是他參加SAT測驗的最後一次好機會。數學不是多大的問題，但考試的其他部分……嗯……如果可以讓人大聲把那些問題唸給他聽，他就能做到中上程度了。輕輕鬆鬆拿五百，不過在你考SAT的時候，他們不讓你帶讀稿機進去，就算你爸在新罕布夏的商業世界裡是大咖也一樣。

「『但我發現他是個不……不同的人了。他知道他眼前有什麼，而他的勇氣是超激……超群的。他什麼都不要求；他什麼都不追悔。曾經沾……沾……佔據他這麼久的所有恐怖與緊張，在他免……免……面對未知命運的時候……』」

強尼看到《緬因時報》上徵求家教的廣告時，沒抱太多希望就去應徵了。他在二月中往南搬到基特里去，他最迫切的需要就是遠離包諾，遠離每天一箱箱的郵件，遠離開始尋路找到他們家、數量越來越多的記者，遠離帶著受傷眼神的女人，她們剛好「經過」，因為她們「正巧就在附近」（其中一個正巧就在附近、剛好經過的女人，有個馬里蘭州的車牌，另一個開著有亞利桑納州車牌的疲憊老福特）。他們的手，伸長了要觸碰他……

在基特里，他第一次發現一個像「強尼．沒有中間名．史密斯」這麼沒特色的名字，有它的優勢。他在城裡的第三天曾經應徵當個快餐廚子，把他在緬因大學學生餐廳、還有一個夏天在蘭利湖畔男童夏令營煮飯的經驗放在履歷上。餐館的主人，一個像釘子一樣硬的寡婦露比．佩雷提耶，掃了一遍他的履歷以後說：「要來扔洋芋泥，你的學歷好像有一點太好了，你知道的，不是嗎，懶蟲？」

「是啊，」強尼說：「我去讀了書，結果把我自己教育到找不著工作了。」

露比．佩雷提耶把手放在她瘦巴巴的屁股上，頭往後一仰，發出雷鳴似的笑聲。「凌晨兩點，十二個建築大隊的牛仔會一起進來點炒蛋、培根、香腸、法式吐司跟煎餅，你可以打起精神應付過去嗎？」

「我猜也許行。」強尼說。

「我猜也許你不知道我剛才到底在說什麼鬼話，」露比說：「但我會給你一次機會，大學生。你去做個身體檢查，這樣我們就能符合衛生局的要求，給我一張健康證明，我會讓你馬上上工。」

他做了健康檢查，而在亂糟糟的頭兩週之後（包括他右手上一串痛死人的水泡，因為他把炸薯條籃放進滾油裡的速度稍微太快了點），他成功駕馭了這個工作，而不是反過來被工作駕馭。在他看到查茲沃斯的廣告時，他把他的履歷寄到那個信箱號碼。在履歷裡，他列出了他的特殊教育資格證明，其中包括一個半學期的學習障礙與閱讀問題研討班。

在四月底，當他結束餐廳的第二個月時，他收到羅傑．查茲沃斯的一封來信，要求他在五月五日來面試。他做了必要的安排，在那天休假，而在一個可愛的仲春下午兩點十分，他坐在查茲沃斯的書房裡，一隻手拿著裝在高玻璃杯裡冰得嗆人的百事可樂，同時聆聽著查茲沃斯談他兒子的閱讀問題。

「你覺得這聽起來很像失讀症嗎？」查茲沃斯問道。

「不。這聽起來像普遍性的閱讀恐懼症。」

查茲沃斯微微皺起眉頭。「傑克森症候群？」

強尼很佩服——他毫無疑問也應該佩服。麥克．凱瑞．傑克森是南加州大學的一位閱讀與文法專家，九年前以一本書《不學習的讀者》造成一陣轟動。這本書描述了一個鬆散範圍內的一些閱讀問題，從那之後就以「傑克森症候群」之名為人所知。如果你能夠熬過密密麻麻的學界術語，這本書很不錯。查茲沃斯顯然讀過，這告訴強尼很多事：這個男人有多強的決心要解決兒子的問題。

「類似這樣，」強尼同意。「不過你明白，我甚至還沒見過你兒子、或者聽過他讀書。」

「他有去年的功課要補救。『美國作家』，九個星期的歷史障礙，還有他期末考被當掉，在這麼多課裡，偏偏是**公民課**。因為他讀不了那可惡的東西，你有新罕布夏的教師證嗎？」

「沒有，」強尼說：「不過拿到一張不是問題。」

「那你會怎麼處理這個情況？」

強尼列出他會採取的處理方針。查克這邊要做很多口頭朗讀，大量倚重有高度衝擊性的材料，像是幻想文學、科幻小說、西部小說、還有「男孩遇見好車」的青少年小說。持續針對才剛讀過的材料提問，還有傑克森書裡描述的一種放鬆技巧。「高成就的人通常受害最深，」強尼說：「他們太努力嘗試，加強了那種障礙，這就像是某種心靈的口吃……」

「傑克森這麼說？」查茲沃斯銳利地插話。

強尼露出微笑。「不，我說的。」他說道。

「好，繼續。」

「有時候，如果學生在讀完以後徹底讓心靈放空，又沒有感覺到立刻回答課本問題的壓力時，思考迴路似乎會自動清理乾淨。在這種狀況發生的時候，學生開始重新思考他的進攻路線，這是類似正向思考的東西……」

查茲沃斯的眼睛一閃。強尼剛才碰觸到他個人哲學的關鍵——可能也是大多數白手起家者的信念關鍵。

「沒有什麼像『成功』這麼成功了。」他說。

「喔，對。類似這個意思。」

「你要花多久才能拿到新罕布夏教師證？」

「就只要他們處理我申請表的時間，也許兩星期吧。」

「那麼你可以在二十日開始？」

強尼眨眨眼。「你是說我被雇用了？」

「如果你想要這個工作，你就被雇用了。你可以住在客屋，這樣可以在今年夏天擋開該死的親戚們，更別提查克的朋友們了——我希望他認真苦幹。我會付你一個月六百塊，不算是鉅款，但如果查克有進展，我會付你很實在的紅利，很實在。」

查茲沃斯脫掉他的眼鏡，用他的手揉著他的臉。「我愛我的兒子，史密斯先生。我只想給他最好的，如果你可以，就幫我們一點忙。」

「我會試試看。」

查茲沃斯把他的眼鏡放回去，然後再度拿起強尼的履歷。「你很長一段時間沒教書了，教書跟你個性不合？」

來了。強尼心想。

「是很合啊，」他說：「但我出了個意外。」

查茲沃斯的眼睛望向強尼脖子上的傷疤，那裡無力的肌腱曾經部分被修復。「車禍？」

「是。」

「很糟？」

「是。」

「看樣子你現在是好了。」查茲沃斯說。他拿起履歷表，摔進一個抽屜裡，然後讓人震驚的是，那就是全部的問題了。所以在五年之後，強尼又開始教書了，雖然他的學生只有一個。

2

「『至於我，金……間接到……導致他死亡的人，他用微弱的力量握著我的手，抬頭對著我，露出他原有……原宥的微笑。這是個難以忍受的時刻，而我離開的時候，覺得我在這世界上造成的傷害，比我能爾……彌補的還多。』」

查克啪一聲合上書本。「就這樣，最後一個到泳池邊的是綠香蕉。」

「等一下，查克。」

「啊啊啊啊……」查克再度沉重地坐下，他的臉凝聚成強尼認定的現在要回答問題了的臉。長期受苦受難卻不滅的好心情佔了上風，但在這種心情底下，他可以看見另一個查克：陰沉、憂慮，而且恐懼，很多的恐懼。因為這是個讀書人的世界，美國文盲是在死巷子裡吃力移動的恐龍，而查克聰明到足以知道這一點，他相當害怕今年秋天他回學校的時候，可能會發生什麼事。

「就一兩個問題，查克。」

「幹嘛費力？你知道我不會有能耐回答的。」

「喔會的，這次你能夠回答所有問題。」

「我永遠無法了解我讀了什麼，你現在應該已經知道了。」查克看起來陰沉不快樂。「我甚至不知道你還在這裡幹嘛，除非是為了吃的。」

「你會有辦法回答這些問題的，因為這些問題跟書本無關。」

查克抬頭一瞥。「跟書本無關？那幹嘛要問？我以為……」

「就配合我一下，行嗎？」

強尼的心臟猛跳，他並不意外地發現自己在害怕。他計畫這一刻很久了，就只等正確的環境條件齊備，而現在可能是他最接近的時候。查茲沃斯太太沒有在附近緊張兮兮地閒晃，讓查克更加緊張。他的哥們沒有一個在池子附近濺著水花，讓他對於出聲朗讀太有自覺，感覺像個發展遲緩的四年級學生。而最重要的是，他父親，查克在這世界上最想取悅的人，並不在這裡。他在波士頓參加一個新英格蘭環境委員會的水污染會議。

下文出自愛德華．史丹尼的《學習障礙概論》：

「受訪者，魯伯特．J當時正坐在一間戲院的第三排。他的座位最接近銀幕，比其他人超過六排之多，而且他是唯一在這個位置，觀察到一場小火災從地板上累積的廢棄物上開始燃燒的人。魯伯特．J站起身來大喊『呼—呼—呼—呼—呼—』，同時他後面的人喊著要他坐下來別講話。

『那讓你有什麼感覺？』我問魯伯特．J。

『再過一千年我也絕對無法解釋那讓我有什麼感覺，』他這麼回答：『我很害怕，但比起害怕，更多的是挫折感。我覺得自己舉止失當，不夠格當個人類。這種結巴總是讓我有那種感覺，我覺得自己很無能。』

『還有別的嗎？』

『有，我覺得嫉妒，因為別人會發現失火了，而且——你知道——』

『有這個榮幸舉報此事？』

『對，正是如此。我看到起火了，我是唯一的一個人，而我能說的就只有呼呼、呼、呼，像一張壞掉的蠢唱片。不夠格當個人類是最貼切的描述。』

『那麼你怎麼打破這個障礙？』

『前一天是我母親生日，我在花店買了半打玫瑰給她。而我站在那裡，他們所有人都對著我喊，而我心裡想著：我要張開嘴巴尖叫玫瑰！能多大聲就多大聲，我已經想好那個字了。』

『然後你做了什麼？』

『我張開嘴，用我最大的力氣尖叫著**失火啦**！』」

強尼在史丹尼這本教科書的導論裡讀到這個病例，已經是八年前的事了，但他從來沒忘記。他總是認為，在魯伯特．J對於發生之事所做的回憶裡，關鍵字是**無能**。如果你感覺到性交在此時此刻是世界上最重要的事，你陰莖軟掉的風險就增加了十倍或百倍，而當你覺得閱讀是世界上最重要的事……

「你的中間名是什麼，查克？」他隨口問道。

「墨菲，」查克微微咧嘴笑著說道。「這有多糟？那是我媽婚前的姓氏。你要是告訴傑克或艾爾這件事，我就非得對你瘦巴巴的身體造成重大傷害了。」

「我才不怕咧，」強尼說：「你生日是幾時？」

「九月八日。」

強尼開始問得快些，不讓查克有機會思考——但那些都不是你必須思索才能回答的問題。

「你女朋友的名字是？」

「貝絲。你認識貝絲啊，強尼……」

「她的中間名？」

查克咧嘴笑了。「愛爾瑪。相當恐怖，對吧？」

「你祖父的名字是？」

「理查。」

「今年美聯東區你喜歡哪一隊？」

「洋基隊，輕而易舉。」

「你希望誰當總統？」

「我想看到傑瑞．布朗[75]當選。」

「你計畫換掉那台科維特？」

「今年不會，也許明年吧。」

「你媽的主意？」

「沒錯，她說這輛車快到擾亂她的心靈平靜。」

「紅鷹怎麼會越過警衛殺死丹尼．詹尼伯？」

「雪伯恩不夠注意通往監獄閣樓的暗門。」查克立刻說出來，不假思索，而強尼感受到一種突然噴發的勝利感，就像一口不摻水波本酒一樣地擊中他。這招奏效了。他讓查克去談玫瑰花，而他的反應是良好、健康地大喊**失火了**！

查克幾乎是徹底訝異地注視著他。

「紅鷹透過天窗進了閣樓，踢開了暗門。射殺丹尼．詹尼伯。也射殺了湯姆．肯揚。」

「沒錯，查克。」

「我記得，」他咕噥著，然後抬頭望著強尼，瞪大了眼睛，他的嘴角開始出現一個大大的笑容。「你騙得我記起來了！」

「我只是拉著你的手，帶著你繞過這段時間裡一直擋著你的不管什麼東西，到另一邊去，」強尼說。「不管那是什麼，它還在那裡，查克。別唬弄你自己，雪伯恩愛上的女孩是誰？」

「是……」他的眼睛出現一點陰霾，然後他不情願地搖搖頭。「我不記得。」

他突然很用力地打著他的大腿。「我記不得**任何事**！我真他媽的**笨死了**！」

「你記得有人告訴過你，你父母怎麼相遇的嗎？」

查克抬頭看著他，露出一點點微笑。被他自己打中的大腿部位，有憤怒的紅色痕跡。「當

75. Jerry Brown（1939-），美國政治人物，在一九七五年至一九八三年是加州州長（二〇一一年後又再度當選加州州長，目前仍是），曾三度角逐總統提名，第一次在一九七六年。

然，她在南卡羅萊納的查爾斯頓替艾維斯租車公司工作。她租給我爸一輛車胎漏氣的車。」查克笑出來。「她還是聲稱嫁給他只是因為第二號嘗試得比較努力。」

「那誰是雪伯恩有興趣的女孩？」

「珍妮．蘭荷恩，對他來說是天大的麻煩，她是葛瑞森的女朋友。一個紅髮女生。就像貝絲，她……」他中斷了，瞪著強尼，就好像他剛從他襯衫胸口的口袋裡掏出一隻兔子。「你又辦到了！」

「不，是你辦到了，這只是簡單的誤導技巧。為什麼你說珍妮．蘭荷恩對約翰．雪伯恩是天大的麻煩？」

「呃，因為葛瑞森是那個鎮上的大人物……」

「什麼鎮？」

查克張開嘴，卻什麼都沒說出來。突然間他的視線從強尼臉上斷開，注視著泳池，然後他露出微笑轉回來。

「艾米提。就跟電影《大白鯊》裡的城鎮一樣[76]。」

「很好！你怎麼想起名字的？」

查克咧嘴笑了。「這完全沒道理，但我開始想著游泳隊的選拔，然後答案就出現了。真妙的花招，真棒的花招。」

「好了，我想今天這樣就夠了。」強尼感覺疲倦、滿身是汗，而且非常、非常好。「為了防止你沒注意到，就提醒你：你剛剛做出一個突破。咱們去游泳吧：最後一個到水裡的是綠香蕉。」

「強尼？」

「什麼？」

「那會永遠有效嗎？」

「如果你讓這成為習慣，就會，」強尼說。「每次你繞過那個障礙，而不是試圖從中間直接撞過去，你就會讓它變得小一點點。我想你很快就會開始看到，你的逐字閱讀也出現進步，我知道幾個其他的小花招。」他陷入沉默。他剛剛告訴查克的話，與其說是真話，還不如說是個催眠性質的超級暗示。

「多謝。」查克說。那個長期受苦受難卻維持好心情的面具不見了，取而代之的是赤裸裸的感激。「如果你讓我克服這個，我會……喔，我猜我會跪下來親你的腳，要是你想要我這麼做的話。有時候我好害怕，我覺得自己好像在讓我父親失望……」

「查克，你不知道那就是問題的一部分嗎？」

「是嗎？」

「是啊。你……你甩過頭、丟過頭，什麼都太過頭了。而這可能不只是心理上的障礙而已，你知道。有些人相信某些閱讀問題，像是傑克森症候群、閱讀恐懼症，還有這類的毛病，全部可能都是某種……心理上的胎記，一個塞住的迴路，一個錯誤的繼電器，一個死……」他猛然閉上嘴巴。

「一個什麼？」查克問道。

「一個死亡禁地，」強尼緩緩說道。「無論如何，名稱不重要，結果才重要。這種誤導技巧其實完全不是個花招。這是要教育你大腦不活躍的部分，做那個出了小毛病的部位該做的工作。對你來說，這意味著每次你碰到意外的障礙時，就進入以口語為基礎的思緒裡。你實際上是

76.《大白鯊》（Jaws）第一集是在一九七五年六月上映，片中的虛構海濱度假小鎮叫做艾米提島。

在改變你的思想從腦部的哪個區位出現，這就是學習左右開弓。」

「但我可以做到嗎?你認為我可以做到?」

「我知道你可以，」強尼說。

「好吧，那我就會。」查克跳入泳池低淺的位置，然後冒出頭來，從他的長髮上甩出水，甩成一片細緻的水霧。「過來吧!水溫很好!」

「我會的。」強尼說道，但此刻他滿足於就站在泳池旁邊的磁磚鑲邊上，注視著查克有力地游向池子較深的那一側，品味這番勝利。在他突然間知道艾琳·馬鞏恩家廚房窗簾失火的時候，可沒有這種美好的感覺，在他發現法蘭克·達德的名字時，也沒有這種美好的感覺。如果神賜給他一種天賦，那種天賦就是教書，而不是知道他根本沒必要知道的事情。他是被創造出來做這種事的，而當初在一九七〇年，他在克里夫米爾斯教書的時候，他就知道了。更重要的是，那些孩子也知道，他們做出回應，就像查克現在所做的。

「你要站在那裡像個傻瓜嗎?」查克問道。強尼跳進泳池裡。

第十八章

1

一如往常，華倫．理查森在差一刻五點的時候從他的小辦公建築裡走出來。他走到停車場去，把他兩百磅的龐然身軀抬到雪佛蘭「狂想曲」方向盤後面，發動了引擎。一切都遵照慣例。沒有照慣例來的是那張突然出現在照後鏡裡的臉——一張橄欖色皮膚、被長髮框住的鬍碴臉，被每一丁點都跟莎拉．哈茲萊特或查克．查茲沃斯一樣綠的綠眼睛給點亮了。華倫．理查森從孩提時代以後就沒被嚇得這麼厲害過，他的心臟在胸膛裡不穩定地猛跳了很大一下。

「你好呀。」桑尼．艾利曼說著，從椅子後面靠過來。

「誰……」理查森能擠出來的話就只有這樣，用一種嚇壞了的氣音吐出這個字。他的心臟敲得用力，讓他眼前出現了一些黑色斑點，隨著心跳的節奏飛舞搏動，他擔心自己可能要心臟病發了。

「放輕鬆點，」這個躲在他車後座的男人說。「放輕鬆，大哥，心情放鬆些。」

而華倫．理查森感覺到一種荒謬的情緒，感激。這個嚇著他的男人不會再嚇他了，他一定是個好人，他一定是——

「你是誰？」他這次設法講出來了。

「一位朋友。」桑尼說道。

理查森開始轉身，硬得像是鉗子似的手指卻咬進他軟趴趴脖子的兩側。痛徹心肺。理查森吸氣時發出抽搐、用力的哀鳴。

「你不必轉身，老兄。你在你的照後鏡裡，就可以看到你需要看到的我了。你明白這一點嗎？」

「明白，」理查森喘著氣說：「明白明白明白就放手吧！」

鉗子開始鬆開了，他再度感覺到那種不理性的感激。但他不再懷疑了，後座那男人是很危險，而且他是故意待在這輛車裡，雖然理查森想不出為什麼會有人這樣做——然後馬上就可以想起來為什麼有人會這樣做了，至少為什麼有人可能這麼做，這不是你可以預期，任何普通公職候選人會做的事，可是葛瑞格·史提爾森不是普通人，葛瑞格·史提爾森是個瘋子，而且——

華倫·理查森非常輕聲地開始啜泣。

「我得跟你談談，老兄。」桑尼說。他的聲音仁慈而遺憾，但在照後鏡裡，他的眼睛閃爍著綠色的愉悅感。「得跟你開誠布公地談談。」

「是史提爾森，不是嗎？是——」

鉗子突然間回來了，這男人的手指埋在他脖子裡，理查森發出一聲高頻尖叫。

「不提名字。」後座這個恐怖的男人，用同樣仁慈卻遺憾的聲音告訴他。「你自己得出了結論，理查森先生，不過請把名字留在你自己心裡。我的一根拇指就在你的頸動脈上，其他手指就在你的頸靜脈上，如果我想的話，可以把你變成植物人。」

「你想要什麼？」理查森問道。不盡然是在呻吟，不過也差不多了；他這輩子從沒比現在覺得更想呻吟了。他無法置信，這種事就在明亮的夏日發生在新罕布夏首府，他房地產辦公室後面的停車場。他可以看到嵌入市政廳紅磚牆裡的時鐘。上面說差十分鐘五點。在家裡，諾瑪會把好好沾上一層油炸粉的豬排放進烤箱裡烤熟，尚恩在看電視節目《芝麻街》。而有個男人在他背後，威脅要切斷他大腦的血液供應，把他變成白痴。不，這不是真的，這像一場夢魘。會讓你在睡夢中呻吟的那種夢魘。

「我不要任何東西。」桑尼·艾利曼說。「這全都跟你要什麼有關。」

「我不懂你在說什麼。」他極端害怕，怕他其實知道。

「《新罕布夏日報》上關於古怪房地產生意的文章，」桑尼說。「你當然有很多話好說，理查森先生，不是嗎？尤其是關於某些特定的人。」

「我……」

「舉例來說，關於首府商場的那件事。到處暗示回扣、賄賂、洗錢。所有那些屁話。」理查森脖子上的手指又收緊了，這次他真的呻吟出聲。不過他在報導裡沒有被指出身分，他只是「一個消息來源」。他們怎麼知道？葛瑞格·史提爾森怎麼知道？

他背後的男人現在開始迅速地對著華倫·理查森的耳朵說話，他的氣息溫暖得讓人發癢。

「理查森先生，你講那種屁話，可能讓某些人惹上麻煩，你知道嗎？就說是競選公職的人吧。競選公職，這就像玩橋牌一樣，你懂嗎？你很脆弱，別人可能扔泥巴過來，然後泥巴就黏上了，這年頭尤其如此，現在還沒惹上麻煩。我很樂於告訴你這一點，因為如果有了麻煩，你可能要坐在這裡，從你的鼻子裡拔出牙齒來，而不是跟我好好地進行簡短的談話了。」

儘管他的心怦怦猛跳，儘管他很恐懼，理查森還是說道：「這個……這個人……年輕人，如果你認為自己可以保護他，你就是瘋了。他的搞法像南方城鎮裡的蛇油推銷員一樣，動作快又鬆散，遲早……」

一根拇指插進他耳朵裡碾磨著。痛楚巨大無邊，難以置信。理查森的頭撞向他的車窗，他叫了出來，盲目地摸索著汽車喇叭。

「我拇指上都是耳屎，相當噁心。」

「你按那個喇叭，我就殺你。」那聲音低語道。

理查森讓他的雙手落下，拇指鬆開來。

「老兄，你應該在那裡用棉花棒掏一下的，」那聲音說：「我拇指上都是耳屎，相當噁心。」

華倫·理查森開始微弱地哭泣，他完全無力制止自己。眼淚從他胖胖的臉頰上成行流下。

「拜託不要再傷害我了。」他說。「拜託不要，拜託。」

「這就像我說的，」桑尼告訴他。「這全都跟你要什麼有關，你的工作不是去擔心別人可能對……這些特定的人說什麼話。你的工作是小心你自己嘴巴裡冒出什麼話。你的工作是下次《日報》的人過來的時候，你講話以前要先想一想。想到要找到這個『消息來源』是誰有多容易，或者想到如果你家燒毀了，這樣會有多不愉快。或者你可能想到，如果有人在你老婆臉上丟了些電池酸液，你為了整容手術要付多少錢。」

理查森背後的男人現在在喘氣了，聽起來像是叢林裡的一隻動物。

「或者你可能想到，你知道的，懂吧，一個人就這樣過來，把你兒子從幼稚園放學回家路上帶走，這會有多簡單。」

「你不要這樣講！」理查森啞著嗓子哭道：「你不准這麼說，你這骯髒的混蛋！」

「我要說的一切就是，想清楚你要什麼，」桑尼說。「一次選舉，這是很美國的事情，你知道吧？尤其在建國兩百週年，每個人都該有個好時光。如果像你這樣的遲鈍混蛋開始說謊話，就沒有人會享受到好時光了，像你這種遲鈍**愛嫉妒**的混蛋。」

那隻手完全離開了，後門打開來。喔感謝上帝，感謝上帝。

「你只想要去思考，」桑尼·艾利曼重複道：「現在我們達成共識了嗎？」

「是，」理查森悄聲說道。「但如果你認為葛……某位人士可以用這些伎倆選上，你就大錯特錯了。」

「不，」桑尼說：「你才是搞錯的那個人。因為每個人都會有個美好時光。請確定你沒被漏掉。」

理查森沒有回答。他僵直地坐在方向盤後面，他的脖子一陣陣跳動著，眼睛瞪著市鎮廳辦公大樓上的時鐘，就好像那是他人生中剩下唯一神智健全的東西。現在幾乎是五點五分了，豬排現在已經放進烤箱了。

後座的男人又多說一件事，然後他就走了，迅速地大步走開，他的長髮搖曳著掃過他的襯衫領子，沒有回頭看。他繞過建築物轉角，就看不見了。

他對華倫．理查森說的最後一件事情是：「棉花棒。」

理查森開始全身發抖，而過了很久他才能夠開車。他的第一個清楚感覺是憤怒——可怕的憤怒。隨之而來的衝動是直接開到首府警察局去（就在時鐘底下的那棟建築物裡），舉報剛才發生的事——有人威脅他的老婆小孩、給他肢體上的虐待——還有這是為了誰幹下的。

你可能想到，你為了整容手術要付多少錢……或者一個人就這樣過來，把你兒子從幼稚園放學回家路上帶走，這會有多簡單……

但為什麼呢？為什麼要冒這個險？他剛才對那惡棍說的就只是平鋪直敘、未經粉飾的真相。新罕布夏南部房地產業的每個人都知道，史提爾森在搞一個騙局，收割會讓他去坐牢的短期利益，不是遲早會發生，而是很快就會發生。他的競選活動是一種愚行練習。而現在連暴力策略都來了！在美國，沒有人可以這樣搞還不出事情——在新英格蘭尤其不會。

不過讓別人去吹哨子告狀吧。

讓沒那麼多損失的人去做。

華倫．理查森發動他的車子，回家去吃他的豬排，什麼也沒有說，別人當然會制止這種事。

第十九章

1

在查克第一次突破之後不久的某一天，強尼·史密斯站在客屋的浴室裡，用他的飛利浦電動刮鬍刀刮他的臉頰。近距離注視鏡中的自己，最近總是給他一種怪異的感覺，就好像在看自己的哥哥，而不是他本人。皺紋深深地在額頭上畫下深溝，兩條括弧夾起了他的嘴。最奇怪的是，還有一束白髮，而他其他的頭髮都開始轉灰了，這看似是在一夜之間就開始了。

他關掉刮鬍刀，走進相連的廚房加客廳。我的生活很優渥，他心裡這麼想，露出了一點微笑，微笑開始再度變得自然了。他打開電視，從冰箱裡拿出一罐百事可樂，坐定來看新聞。羅傑·查茲沃斯預定會在今天傍晚稍晚回家，而明天強尼就開始有新樂趣，可以跟他報告兒子開始有真正進步了。

強尼每兩個星期左右，會北上去見父親。他對強尼的新工作感到很高興，而且每當強尼告訴他查茲沃斯家的經歷、在德罕這座愉快大學城的屋子的事情，以及查克的問題時，他都帶著熱切的興趣聆聽。強尼也會反過來聆聽父親告訴他的事：他在鄰近的新葛勞塞斯特，為夏琳·麥肯錫家的房子做的免費工作。

「她丈夫是個好得不得了的醫生，卻不是個好工匠。」赫伯說。在維拉深入基本教義派更古怪的分支以前，夏琳跟維拉一直是朋友。後續的發展讓她們分開了。她丈夫是一位普通開業醫師，在一九七三年死於心臟病發。「那地方根本就是沿著那女人的耳朵周圍塌下來，」赫伯說：

「至少我可以做，我每週六北上，回家前她會為我做一頓晚餐。說實話，強尼，她煮得比你好吃。」

「也比較好看吧。」強尼溫和地說道。

「當然啦，她是個漂亮的女人，不過不是那樣子的，強尼，你母親入土甚至還不到一年……」

不過強尼還是懷疑，也許有幾分確實是那個樣子的，而且偷偷地覺得高興，他不願想像父親一個人老去。

在電視上，華特．克朗凱[77]正在播報晚間政治新聞。現在，隨著初選季結束，距離提名大會只剩幾個星期，吉米．卡特穩拿民主黨提名了。福特要為了他的政治生命，跟隆納．雷根——前加州州長兼《奇異劇院》[78]前任主持人——對抗。競爭激烈到，足以讓記者們細數個別的黨代表，莎拉．哈茲萊特在她數量不算頻繁的其中一封信件裡也寫道：「華特雙手（還有雙腳！）都在畫十字祈禱福特被提名。身為這邊的州參議員候選人，他已經在想沾光的問題了。至少在緬因州，雷根沒有任何光環。」

在基特里煮快餐的時候，強尼養成一個習慣：一星期去一兩次多佛、波茲茅斯或新罕布夏的任何較小的城鎮。總統候選人來來去去，而看到其中一位在附近奔走，卻沒有日後可能圍在他們任何一人周遭、近乎帝王式的權威派頭，是很難得的機會。這變成某種習慣，雖然必定是個短命的習慣。在新罕布夏的全國第一個初選期結束，候選人們就會頭也不回地移師佛羅里達。當然了，他們之中會有一些，把他們的政治野心埋葬在波茲茅斯到基恩之間的某處。強尼從來就不是個政治動物——越戰期間例外——但在為城堡岩事件療傷的時候，他成為熱忱的政治觀察家——而他自己獨特的天賦、磨難，無論是什麼，在其中也扮演了一個角色。

他跟摩里斯．烏達爾[79]還有亨利．傑克森[80]握過手。弗瑞德．哈里斯[81]拍過他的背。隆納．雷根給他一個訓練有素又敏捷的握手，然後說道：「如果你可以的話，到投票所幫幫我們。」強尼點頭點得夠像回事，他不認為有必要讓雷根先生領悟到他搞錯了，強尼並不是個貨真價實的新罕布夏投票人。

就在大得嚇人的紐因頓購物中心大門內，他跟薩吉．史瑞佛[82]閒聊了將近十五分鐘。史瑞佛的頭髮剛剪過，聞起來有刮後水、或許還有走投無路的味道，陪伴他的只有一個口袋裡塞滿傳單的助手，還有一個一直徒勞無功抓著面皰的特勤人員。史瑞佛似乎很高興能被認出來。在強尼說再見之前的一、兩分鐘，一個在競選某個地方公職的候選人走近史瑞佛，要求他簽署他的提名文件，史瑞佛露出溫柔的微笑。

對他們所有人，強尼都感應到一些事情，但性質上來說沒啥特別的。這就好像他們把觸碰的行動變得儀式化，以至於把真正的自我埋藏在一層堅韌、清晰的透明合成樹脂之下了。雖然可以看到他們之中的大多數——除了福特總統這個例外——強尼只有一次感覺到突如其來、電擊似的知識，他把這種知識跟艾琳．馬窣恩聯想在一起——還有，以一種完全不同的方式，跟法蘭

77. Walter Cronkite（1916-2009），CBS晚間新聞從一九六二年起的王牌主播，被稱為「美國最受信賴的人」。
78. GE Theater（1953-1962）是CBS的戲劇節目，每一集內容都是改編自小說、戲劇或電影，節目經費由奇異公司贊助。身為主持人的雷根在一九六二年某集節目中發表個人政治意見，因而被炒魷魚，但他因此拓展了政治知名度。
79. Morris Udall（1922-1998），民主黨眾議員，在一九七六年爭取民主黨總統提名，後敗給卡特。
80. Henry Jackson（1912-1983），民主黨眾議員、參議員，在一九七二年與一九七六年都曾爭取民主黨內的總統提名。
81. Fred Harris（1930-）民主黨參議員，一九七二年與一九七六年曾兩度爭取黨內總統提名。
82. Sargent Shriver（1915-2011），民主黨員，曾任駐法大使，曾在一九七二年擔任喬治．麥高文的副手競選總統失敗，一九七六年爭取黨內總統提名未果。

克．達德聯想在一起。

那是早上七點十五分，強尼開著他的老普利茅斯到曼徹斯特去。他從前一晚十點一直工作到這天早上的六點。他很累，不過安靜的冬季黎明太過美好，不能就這樣睡過去。他喜歡曼徹斯特，喜歡曼徹斯特狹窄的街道以及有歲月痕跡的磚造建築，哥德式的紡織工廠沿著河流林立，就像維多莉亞時代中期的珠子。那天早上，他並不是有意識地在尋找政治人物；他在街道間巡遊一陣，直到路上開始變得擁擠，直到二月冰冷寂靜的咒語被打破，然後他就會回到基特里補眠。

他轉過一個轉角，那裡有三台缺乏特徵的房車，停在一個蟹子工廠前面禁止停車的位置。站在大門邊那個龍捲風陣勢裡的人是吉米．卡特，跟輪班的男男女女握手。他們拿著午餐籃或者紙袋，呼出白色的雲霧，裹在厚重的外套裡，臉上還有睡意。卡特對他們每個人說了一句話，他的咧嘴笑容，那時候不像後來變得那樣廣受宣傳，顯得毫無倦意又新鮮，他的鼻子被凍得紅紅的。

強尼停在半個街區外，然後走向工廠大門，他的鞋子在被壓實的雪上踩壓著，吱嘎作響。跟卡特在一起的特勤人員很快地打量他一陣，然後就不管他了——或者看似如此。

「我會投票給任何有興趣減稅的人。」一個穿著舊滑雪大衣的男人正在說話。那件大衣的一邊袖子上有看起來像是電池酸液滲出來的星雲狀孔洞。「那天殺的稅收快讓我沒命了，我不是在開玩笑。」

「喔，我們會看看該怎麼辦，」卡特說：「在我進入白宮以後，徹查稅收狀況會是我們的第一優先事項之一。」他聲音裡有種平靜的自信，這打動了強尼，而且讓他有點不自在。

卡特的眼睛，明亮而幾乎是藍得驚人，他轉向強尼。「嗨，您好。」他說道。

「哈囉，卡特先生，」強尼說：「我不在這裡工作。我開車經過，看到了你。」

「喔，我很高興你停車了，我在競選總統。」

「我知道。」

卡特伸出他的手，強尼握住那隻手。

卡特開口說道：「我希望你會……」然後中斷了。

那種靈光一閃出現了，一個突如其來、強而有力的一下子，就像把手指伸進插座一樣。卡特的眼神變得銳利。他跟強尼彼此互望了似乎很長的時間。

特勤人員不喜歡這個狀況。他走向卡特，突然之間他脫掉了外套。在他們背後的某處，他們背後的一百萬哩，製鞋工廠的七點鐘哨音，把它的單一音符吹進了爽利的藍色早晨。

強尼放開了卡特的手，但兩人仍然望著彼此。

「剛才那是什麼？」卡特非常輕聲地問道。

「你可能有別的地方可去，不是嗎？」特勤人員突然說道。他伸出一隻手放在強尼肩膀上。那是隻很大的手。「你當然有。」

「沒關係。」卡特說。

「你會成為總統。」強尼說。

特勤人員的手還在強尼肩膀上，現在更輕盈一點，不過還在那裡，而強尼也從他身上得知了某些事情，這個特勤人員的……

（眼睛）

他不喜歡他的眼睛，這雙眼睛……

（刺客的眼睛，瘋子的眼睛）

冷酷而奇異，就算這傢伙只是把一隻手放進他外套口袋裡，甚至只是看起來要往那個方向發展，他都會把這傢伙壓制在人行道上。

在特勤人員每秒鐘都在做的情境評估背後，有個簡單到讓人發瘋的重複思緒：（羅洛，馬里蘭，羅洛，馬里蘭，羅洛，馬里蘭，羅洛[83]）

「是的。」卡特說。

「差距會比任何人想像中都還要近……比你想的還要近，但你會贏，他會打敗他自己。波蘭，波蘭會打敗他[84]。」

卡特只是注視著他，半帶微笑。

「你有個女兒。她會去上華盛頓的一所公立學校。她會去……」不過那名稱是在死亡禁地。「我想……那是個以某位解放奴隸命名的學校[85]。」

「各位，我希望你們繼續移動。」特勤人員說。

卡特看了他一眼，特勤人員靜了下來。

「見到你很愉快，」卡特說：「有點讓人不安，但卻很愉快。」

突然間，強尼又恢復自我了。這一刻過去了，他察覺到他的耳朵很冰冷，而且他得去廁所。

「祝你有個美好的早上。」他講了這句蹩腳的話。

「好。你也是，再見。」

他回到車上，察覺到特勤人員的眼睛還盯著他。

他開走了，心裡很困惑。之後不久，卡特結束新罕布夏的選舉活動，轉往佛羅里達。

華特．克朗凱播報完政治家的事，繼續講起黎巴嫩內戰。強尼起身再倒一杯百事可樂。他對著電視舉杯致敬。**祝你健康良好，華特。要是沒有這些，我們會在哪裡啊？敬那三D：死亡（death）、毀滅（destruction）與命運（destiny）。**

門上有個小小的敲門聲。「請進。」強尼喊道，本來預期會是查克，可能是來邀他去桑默斯沃斯汽車電影院。不過來人不是查克，而是查克的爸爸。

「嗨，強尼。」他說道。他穿著一件褪色牛仔褲跟一件舊棉布運動衫，下襬沒紮進去。「我可以進來嗎？」

「當然，我還以為你晚一點才會回來呢。」

「喔，雪莉打了電話給我。」雪莉是他的妻子。羅傑進了屋裡，關上房門。

「查克去見她。就像小朋友似的痛哭流涕。他告訴她，你辦到了，強尼，他認為自己不會有事的。」

強尼放下他的玻璃杯。「我們還有一段路要走。」他說。

83. 一九七二年，民主黨總統候選人喬治．華萊士在馬里蘭州的羅洛進行造勢活動時遇刺，刺客趁他演講完畢跟民眾握手時下手。華萊士因此下半身癱瘓，在輪椅上度過餘生。

84. 卡特與福特進行第二次電視辯論的時候，福特不知為何聲稱蘇聯政府並未控制東歐，波蘭人肯定也不認為自己受到蘇聯控制，這明顯與事實衝突，讓卡特開始佔了上風。

85. 強尼的預言雖不中亦不遠矣，卡特的獨生女愛美．卡特（Amy Carter）後來去上的小學，是紀念激進廢奴派議員薩迪斯．史蒂文斯的史蒂文斯學校，該校歷史悠久（一八六八年成立），原本專收非裔美籍學生。

「查克到機場來接我。我很久沒看到他那個樣子了，自從他……幾歲？十歲？十一歲？在我給他那把他等了五年的點二二以後。他從報紙上讀了一篇報導給我聽，那進步幾乎是……讓人發毛，我特地過來感謝你。」

「謝謝查克吧，」強尼說：「他是個適應性很強的男孩，發生在他身上的大半是正向強化。他在精神上相信自己可以辦到，現在他正走在這條路上，這是我能做的最佳解釋。」

羅傑坐下來。「他說你在教他怎麼左右開弓。」

強尼露出微笑。「是啊，我猜是這樣。」

「他會有辦法考SAT嗎？」

「我不知道。我很不願意見他放手賭一把卻賭輸。SAT考試的壓力很沉重。如果他進了大講堂，面前有張答案卷，手裡有支電腦答卷筆，然後就僵住了，這對他來說會是真正的挫敗。你有想過讓他去上一年很好的預校嗎？一個像是匹茲菲爾學院的地方？」

「我們考慮過種種想法，但坦白說，我總是覺得這樣只是在延遲避免不了的事。」

「那就是替查克製造麻煩的事情之一，不成功便成仁的這種感覺。」

「我從沒有給查克壓力。」

「沒有刻意這麼做，我知道的，他也知道。但另一方面來說，你是個富有、成功的男人，以最優等成績從大學畢業。我想查克的感覺會有點像是在漢克．阿倫[86]之後揮棒。」

「這方面我無計可施，強尼。」

「我希望他能在高中畢業以後，花一年唸預校，離家遠些，可能會讓他有比較宏觀的視野。而他明年夏天想去你的其中一個工廠工作。如果他是我的孩子，如果那是我的工廠，我就會讓他去。」

「查克想這麼做？他怎麼從沒告訴我？」

「因為他不想讓你覺得他在拍馬屁。」強尼說道。

「他這麼跟你說？」

「是。他想這樣做，是因為他認為實際經驗以後會對他有幫助。這孩子想繼承你的衣缽，查茲沃斯先生。你留下某些很巨大的東西，這個閱讀障礙與此有很大的關係，他現在就像初出茅廬的獵人一樣緊張。」

在某種意義上，他撒謊了。查克暗示過這些事情，甚至拐彎抹角地提到，但他並沒有對強尼讓羅傑．查茲沃斯相信的那麼坦白。至少不是口頭上。但是強尼不時會碰到他，藉此可以得到了種種信號。他看過查克收在他錢包裡的那些照片，也知道查克對爸爸有什麼感覺。那些事永遠無法對坐在他對面這位性情愉快、卻相當疏離的男人明講。查克連他父親走過的土地都崇拜。在他輕鬆自在的外表（這跟羅傑的外表相當相近）之下，這男孩憂心忡忡，因為他偷偷確信他永遠不合格。他的父親從一間衰退羊毛紡織廠的百分之十利潤裡，建造出新英格蘭的織品帝國。他相信父親對他的愛，根植於自己同樣擁有移山倒海、參與運動、進入好大學的能耐，還有閱讀的能耐。

「你對這一切有多確定？」羅傑問道。

「我相當確定。不過，你要是能永遠不跟查克提起我們這樣談過，我會很感激，我講的是他的秘密。」**而且這比你有可能會知道的都更真實。**

「好吧。查克跟他母親還有我，會談談那個去上預校的主意。現在，這是你的。」他從褲子後口袋拿出一個普通的白色公務信封，交給強尼。

86. Hank Aaron（1934-），前美國職棒選手、全壘打王，多項紀錄保持人。

「這是什麼？」

「打開來看看。」

強尼打開了，信封裡是一張五百塊的銀行本票。

「喔，嘿……我不能收。」

「你可以，而且你會收下的。我承諾過，如果你有表現就會有紅利，而我會遵守承諾，你離開的時候還會有另一份。」

「真的，查茲沃斯先生，我就是……」

「別說啦。我告訴你一件事，強尼。」他俯身靠近。他露出一種獨特的小小微笑，強尼突然間感覺到，他可以看透這個愉悅外表底下，成就一切——房子、土地、泳池、工廠——的男人。而且，當然了，也成就了他兒子的閱讀恐懼症，這可能要被歸類為一種歇斯底里神經衰弱症。

「這是我的經驗：地球上走來走去的人裡，百分之九十五都毫無生命力，強尼。其中百分之一是聖人，還有百分之一是混蛋。另外百分之三，是說到做到的人。我在那百分之三裡，你也是。這筆錢是你賺到的，我工廠裡有些人，每年帶一萬一千美元回家，他們做的差不多只是玩他們的小鳥而已。但我不是在抱怨，我是個世故的男人，這只表示我了解是什麼帶給世界動力。燃料的構成，是一成高純度辛烷，加上九成純粹唬人的假貨。你不是唬人的騙子，所以你把那筆錢放到你錢包裡，下次試著對自己評價高一點。」

「好吧，」強尼說：「我會好好利用這筆錢。這件事我不騙你。」

「付醫院帳單？」

強尼抬頭看著羅傑．查茲沃斯，他的眼睛瞇了起來。

「我知道關於你的一切，」羅傑說：「你以為我不會查清楚當我兒子家教的人底細如何嗎？」

「你知道……」

「你應該是某種靈媒。你幫忙解決了緬因州的一宗謀殺案，至少報紙是這麼說的。今年一月本來有個教書工作在等你，但在你的名字上報以後，他們把你當成燙手山芋甩掉了。」

「你知道？知道多久了？」

「在你搬進來以前就知道了。」

「但你還是雇用我？」

「我要的是一個家教，不是嗎？你看起來像是可能辦得到。我想我在聘用你的時候，表現出絕佳的判斷力。」

「喔，多謝了。」強尼說道。他的聲音很粗啞。

「我跟你說過了，你不必這樣說。」

在他們談話時，華特．克朗凱結束了當天真正的新聞，開始播報人咬狗之類的趣聞，有時候這類消息會出現在新聞播報尾端。他正在說的是：「新罕布夏西部的選民，今年有一位在第三選區競選的獨立候選人。」

「喔，現金會很方便，」強尼說：「這是——」

「噓。我想聽聽這個。」

查茲沃斯身體往前傾，手懸在膝蓋之間，他臉上有個充滿期待的愉快微笑。強尼轉頭去看電視。

「……史提爾森，」克朗凱說道：「這位四十三歲的保險與房地產經紀人，肯定在經營七六年選戰中最古怪的競賽之一，不過第三選區的共和黨候選人，哈里森．費雪，還有他的民主黨對手，大衛．波思，兩個人都如履薄冰，因為民調顯示葛瑞格．史提爾森穩穩超前。喬治．赫曼將報導這則新聞。」

「史提爾森是誰？」強尼問道。

查茲沃斯笑了。「喔，你得看看這傢伙，強尼。他瘋得跟一隻排水管裡的老鼠沒兩樣。但我確實相信第三選區嚴肅的選民們，會在今年十一月把他送到華盛頓去。除非他真的倒地不起，口吐白沫。而我不會完全排除這種可能性。」

電視上出現了一個穿著開襟衫的年輕英俊男子。他正在一個超級市場停車場裡掛著旗幟的平台上，對一小群人講話。這個年輕人在激勵群眾，群眾看起來卻不怎麼激動。喬治．赫曼的聲音重疊上來：「這是大衛．波思，民主黨在新罕布夏第三選區推出的候選人，有人會說他是犧牲品。波思預期會有一番苦鬥，因為新罕布夏的第三選區從來不屬於民主黨，甚至在一九六四年詹森贏得壓倒性勝利時也沒有，但他本來預期他的競爭會是來自這個男人。」

現在電視上出現一個大約六十五歲的男人，他在一個豪華鋪張的募款餐會上講話。群眾有那種胖嘟嘟、自以為是、略帶便秘的表情，這似乎是共和黨商人的專屬特質。講者跟佛羅里達的愛德華．葛尼[87]很相像，雖然他沒有葛尼那種苗條、強韌的體態。

「這是哈里森．費雪，」赫曼說：「第三選區的選民從一九六〇年開始，每兩年就送他去一次華盛頓。他在院內是強有力的人物，參與五個委員會，而且是公園與運河眾議院委員會的主席。大家原本預期他會輕鬆打敗年輕的大衛．波思，但費雪或波思都沒算到牌桌上出現一張萬能牌，就是這張。」

畫面轉換了。

「老天爺啊！」強尼說道。

在他旁邊，查茲沃斯爆出大笑，一邊拍著他的大腿。「你能**相信**這傢伙嗎？」

這裡不是超級市場停車場無精打采的人群了，也不是在波茲茅斯希爾頓飯店的花崗岩州大廳裡舒舒服服的募款活動了。葛瑞格．史提爾森站在里奇威，他自己家鄉戶外的一個平台上。後面森然聳立的是一個北方聯邦軍士兵的雕像，他手持來福槍，平頂軍帽斜斜往下懸在他的眼睛上。街道堵起來了，擠滿了瘋狂喝采的人群，主要是年輕人。

史提爾森穿著褪色的牛仔褲，以及兩個口袋的軍隊工作衫，一邊口袋上繡著**給和平一個機會**的字樣，另一邊則繡著**媽媽的蘋果派**。頭上有個高度耐撞的建築工人頭盔，用一種自負、瀟灑的角度翹起，黏在前方的則是一個綠色的美國生態旗貼紙。他旁邊的是某種不鏽鋼推車。從成對的擴音器裡播放的是約翰．丹佛的歌聲，唱著「感謝神我是個鄉下男孩」。

「那個推車是什麼？」強尼問道。

「你會看到的。」羅傑說道，他仍然笑得合不攏嘴。

赫曼說道：「這個萬能牌是葛瑞戈里．阿瑪斯．史提爾森，四十三歲，是美國真理之道聖經公司的前任推銷員、前任房屋油漆工，而且在他成長的奧克拉荷馬州，曾經是造雨人。」

「造雨人。」強尼說道，他很困惑。

「喔，那是他的政策要點之一，」羅傑說：「如果他被選上，我們需要下雨的時候就會有雨。」

喬治．赫曼繼續說道：「史提爾森的宣言是……嗯，讓人耳目一新。」

87. Edward Gurney（1914-1996），佛羅里達選出的共和黨眾議員、參議員（1963-1974）。一九七四年受關說醜聞影響未競選連任。

約翰．丹佛的歌隨著一聲叫喊結束，引起群眾裡許多人相應地發出歡呼。然後史提爾森開始講話，他的聲音在達到顛峰的擴音狀態裡隆隆作響。他的擴音系統至少是很精緻的，幾乎沒有任何扭曲失真。他的聲音讓強尼隱約覺得不自在。這個男人有信仰復興大會裡，傳教士那種高亢、嚴厲、拚命灌輸的姿態。你可以在他講話時，看到他的嘴唇噴出一陣細緻的霧狀唾沫。

「我們在華盛頓要做什麼？我們為什麼想去華盛頓？」史提爾森吼道。「我們的政策綱要是什麼？我們的政策綱要有五個布告板，我的朋友與鄰居們，五個老布告板！而它們是什麼呢？我會事先告訴你們！第一個布告：**把懶鬼丟出去**！」

一陣贊同的怒吼從人群中猛然響起。有人把兩把紙花扔進空中，還有另一個人喊道：「呀——呼！」史提爾森在講台上往前傾。

「你們想要知道我為什麼戴著這個頭盔嗎，朋友跟鄰居們？我告訴你們為什麼。我戴著它，因為在你們送我去華盛頓的時候，我得穿過他們那些人，就像你們知道的『那個』穿過甘蔗叢一樣！得要**像這樣**衝過他們！」

而在強尼驚訝的雙眼之前，史提爾森低下頭，開始像隻公牛似地在講台上下到處衝鋒，這麼做的時候還發出高亢、尖銳的叛逆叫喊。

羅傑．查茲沃斯就只是整個人融化在椅子上，笑到無可自拔。群眾都瘋狂了。史提爾森再衝回講台上，脫掉了他的建築工人頭盔，扔進群眾之中。為了搶奪它，一場小暴動立刻接踵而至。

「第二個布告！」史提爾森對著麥克風大喊。「在政府裡面，從最高位到最低位，要是有任何一個人花時間去睡不是自己老婆的女人，我們就要把他扔出去！如果他們要到處睡，絕不能在公眾的奶子上幹！」

「他剛才說了什麼？」強尼眨著眼睛問道。

「喔，他剛剛還只是暖身。」羅傑說。他抹乾笑出眼淚的眼睛，又發出另一陣狂笑，強尼真希望這件事在他看來有這麼好玩。

「第三個布告！」史提爾森大吼：「我們要把所有的污染都送進外太空！放在『耐重』牌垃圾袋裡！放在『喜樂』牌垃圾袋裡！送到火星，送到木星，送到土星環去！我們會有清潔的空氣，我們會有乾淨的水，而且我們會在**六個月**內就擁有這一切！」

群眾爆發一陣狂喜，強尼看到群眾裡有許多人幾乎笑得要斷氣了，就像羅傑．查茲沃斯現在的樣子。

「第四個布告！我們會擁有我們所有需要的天然氣跟汽油！我們會停止跟那些阿拉伯人玩遊戲，討論實質問題！在新罕布夏，未來這個冬天不會有老年人像去年冬天一樣，被凍成冰棒！」

這帶來一陣扎實的贊同怒吼。上個冬天，波茲茅斯有個老女人被發現凍死在她位於三樓的公寓裡，顯然是在天然氣公司因為欠費停止供應之後發生的事。

「我們有力量，朋友跟鄰居們，我們可以做到這件事！這邊有任何人認為我們做不到嗎？」

「沒有！」群眾吼回來。

「最後一個布告！」史提爾森說，然後走近那輛金屬推車。他掀開有鉸鏈的蓋子，然後一陣蒸氣雲冒了出來。「**熱狗！**」

他開始從推車裡抓出兩手滿滿的熱狗，現在強尼認出那推車是可攜式蒸氣桌了。他把熱狗扔進人群裡，然後又抓了更多出來，熱狗滿天飛。「給美國所有男男女女還有小孩的熱狗！而在你們把葛瑞格．史提爾森送進眾議院的時候，你們就會說熱狗！終於有人在乎了！」

畫面改變了。一群看起來像搖滾樂團巡迴工作人員的長髮年輕人在拆卸講台，還有另外三個人在清理群眾留下的垃圾。喬治．赫曼重新開始說話：「民主黨候選人大衛．波思說史提爾森是個惡作劇專家，設法要在民主過程的運作中，扔進一支妨礙運作的扳手。哈里森．費雪的批評更強烈，他說史提爾森是個尖酸刻薄的露天遊樂場叫賣人，他把自由選舉的整個概念當成低俗歌舞劇秀場的笑話。在演講中，他把獨立候選人史提爾森說成是美國熱狗黨的唯一成員。但事實是這樣的：CBS在新罕布夏第三選區做的最近一次民調顯示，大衛．波思得到百分之二十選票，哈里森．費雪則得到百分之二十六——不按牌理出牌的葛瑞格．史提爾森則有驚人的百分之四十二選票支持。當然，選舉日還很遙遠，狀況可能有變。但就現在而言，葛瑞格．史提爾森已經抓住了新罕布夏第三選區選民的心——如果不是腦子的話。」

電視上出現赫曼從腰部以上的一個鏡頭。兩隻手都在鏡頭外。現在他舉起其中一隻手，那隻手裡是一根熱狗。他大大咬了一口。

「我是喬治．赫曼，CBS新聞，在新罕布夏的里奇威報導。」

回到CBS播報室裡的華特．克朗凱，他正在咯咯發笑。「熱狗。」他說著再度咯咯笑出聲來。「事情就是這樣[88]——」

強尼站起來猛然關掉電視。「我真不敢相信，」他說：「那傢伙真的是候選人？這不是個笑話？」

「這是不是個笑話，是個人詮釋的問題，」羅傑說著咧嘴笑了：「但他真的在競選。我自己是個共和黨員，我就是這樣出生長大的，但我必須承認，從史提爾森這傢伙身上，我得到某種興奮的感覺。你知道他雇了半打前飛車黨來當保鑣嗎？真正的鐵馬騎士，不是地獄天使之類的人物，我猜他們還是相當粗魯無禮的，但他似乎改造了他們。」

飛車黨怪胎當保全人員。強尼不是很喜歡聽到這種事。滾石樂團在加州阿特蒙賽車場舉辦免費音樂會的時候，就是飛車黨怪胎負責保全，結果並不是非常好[89]。

「大家願意容忍一個……機車打手隊伍？」

「不，其實不是那樣。他們的界限相當分明。而且史提爾森在里奇威有超好的名聲，很懂得改造惹上麻煩的孩子。」

強尼懷疑地咕噥。

「你看到他了，」羅傑說著指向電視機。「這男人是個小丑，他在講台上到處衝刺，每一場造勢活動裡都這樣，他把頭盔扔進人群裡——我猜他現在已經做過一百次了——還有發熱狗。他是個小丑，那又怎樣？也許人就需要偶爾來點喜劇性的宣洩。我們的石油要用光了，通貨膨脹緩慢卻實在地失控中，老百姓的稅賦負擔從沒有比現在更重了，而我們顯然準備好要選出一個頭腦不清、喬治亞州出身的南方窮白人美國總統。所以大家會想要笑一笑。更重要的是，他們想對一個似乎無法解決任何事的政治體制扮鬼臉，史提爾森是無害的。」

「他上軌道了。」強尼說，而他們兩個都笑了。

「我們有很多瘋狂政治家了，」羅傑說：「在新罕布夏我們有史提爾森，他想用熱狗開路進入眾議院，這又怎樣？在加州我們有早川一會[90]。或者拿我們自己的州長，梅德霖．湯森[91]來

88. 這是克朗凱播報完一節新聞時的固定結語。

89. 一九六九年十二月六日舉辦的這場免費音樂節活動有許多樂團參加，「地獄天使」擔任保全工作，結果在滾石樂團表演期間，其中一位「保全」與一名觀眾起衝突，竟把對方刺死了。

90. 早川一會（1906-1992），在一九七六年選舉中採取跟卡特類似的策略，標榜自己是政治局外人，結果爆冷門選上。

說吧。去年他想用戰略性核武來武裝新罕布夏國民兵。我會說那是超級瘋狂。」

「你是在說，第三選區這些人選個村裡的傻瓜去華盛頓代表他們沒關係嗎？」

「你沒搞懂，」查茲沃斯耐心地說道：「強尼，採取一個選民的觀點吧。這些第三選區的人大多數是藍領階級跟小店主。這一區最鄉下的部分，才剛開始發展某些休閒區的潛力。這些人看著大衛．波思，看到的是一個飢渴的年輕人，設法要靠著油嘴滑舌跟勉強類似達斯汀．霍夫曼的長相被選上。他們本來應該因為他穿藍色牛仔褲，就認為他是代表人民的人。

「然後再看看費雪。我屬意的人，至少名義上如此。我已經替他、還有新罕布夏這個地區附近的其他共和黨候選人組織過募款活動。他在國會已經這麼久了，他可能以為如果沒有他的精神支持，國會大樓的圓頂就會裂成兩半。他這輩子從沒有過一個原創性的念頭，這輩子從沒有違抗過黨的路線。他的名字上沒有過任何恥辱，因為他笨到沒辦法不老實，雖然因為這個『韓國門』事件，到頭來他可能還是會沾上泥巴。他的演講裡，有著全國水電工批發目錄副本中的全套興奮元素。一般人不知道這一切，但他們有時候感覺得出來。哈里森．費雪會為了選民赴湯蹈火的概念，本身就很荒謬。」

「所以答案就是選個瘋子？」

查茲沃斯露出縱容的微笑。「到頭來這些瘋子有時候還做了相當好的工作。看看貝拉．阿布索格[92]。在那些瘋狂的帽子底下，有副天殺的好腦袋。但就算史提爾森在華盛頓真的就跟在里奇威一樣瘋，他也只會租到這個位置兩年。他們會在七八年把他扔出去，把某個懂得政治課程的人放進來。」

「政治課程？」

羅傑站起身。「別亂搞人民太久，」他說：「就是這一課。亞當．克雷頓．包威爾[93]發現了，艾格紐跟尼克森也發現了。就是……別亂搞人民太久。」他瞥了一眼他的手錶。「來主屋這邊喝一杯吧，強尼。雪莉跟我晚一點要出門，不過我們有時間稍微喝一下。」

強尼微笑著站起來。「好吧，」他說：「你說服我了。」

91. Meldrim Thomson（1912-2001），一九七三年至一九七九年是新罕布夏州長。
92. Bella Abzug（1920-1998），律師、知名社運與女權運動份子，一九七一年至一九七七年曾經擔任眾議院議員。
93. Adam Clayton Powell Jr.（1908-1972），在一九四五年至一九七一年長期代表哈林區的眾議員，但六〇年代中期開始陷入貪污醜聞，最後終於失去選民支持。

第二十章

1

八月中，強尼發現自己獨自待在查茲沃斯家，只有吳發還在，他在車庫那邊有自己的生活空間。查茲沃斯一家封閉了主屋，然後在新學年與工廠的秋天旺季開始以前，去蒙特婁玩三個星期。

羅傑把他太太的賓士鑰匙留給強尼用，他把這輛車開到父親在包諾的房子去，覺得自己就像個君王。父親跟夏琳·麥肯錫的往來已經到了關鍵階段，赫伯不再費事去狡辯，說自己對她的興趣只限於確定這房子不會倒在她頭上而已。事實上，他已完全進入求愛模式，甚至讓強尼有點緊張了。在三天之後，強尼回到查茲沃斯宅邸，趕上他的閱讀跟通信進度，沉浸在寧靜中。

他坐在一張飄浮在泳池正中央的橡膠椅子上，喝著一瓶七喜，讀著《紐約時報書評》，這時老吳來到泳池的下水口，脫掉了他的草鞋，把腳伸進水裡。

「啊——」他說道：「好多了。」他對著強尼微笑。「很安靜，喔？」

「非常安靜，」強尼同意。「公民入籍課程上得如何，老吳？」

「上得很好，」老吳說：「我們星期六要來個校外教學。這是第一次，很讓人興奮，全班都要神遊。」

「『出』遊。」強尼說，想像著吳發的全班同學嗑了LSD或是魔菇之後神遊天外的樣子，就露出微笑

「請再說一次？」他揚起眉毛禮貌地問道。

「你們全班都要『出』遊。」

「對，多謝。我們要去特林布爾的政治演講集會，我們全都覺得很幸運，在大選年上公民入籍課程，這樣最有教育意義了。」

「對啊，肯定是。你們要去看誰？」

「葛瑞格．史特……」他頓了一下，非常小心地重新發音。「葛瑞格．史提爾森，獨立競選美國眾議院席次的人。」

「我聽說過他，」強尼說：「你們有在班上討論過他嗎，老吳？」

「有，我們對於這個男人有些討論。生於一九三三年，有過很多工作的男人。他在一九六四年來到新罕布夏，我們的導師告訴我們，現在他在這裡夠久了，所以大家不再把他看成是外敵人。」

「地。」強尼說。

老吳一臉茫然而有禮貌地看著他。

「那個詞彙唸作外地人。」

「喔，多謝。」

「你有發現史提爾森有點怪嗎？」

「在美國或許很怪，」老吳說：「但越南有很多像他一樣的人，那些人是……」他坐下來思索，在藍綠色的池水裡晃蕩他小而細緻的腳，然後他再度抬頭看著強尼。

「我沒有英語可以說我期望要說的話，有種遊戲是我家鄉的人會玩的，叫做笑面虎。這個遊戲很老，很多人愛玩，就跟你們的棒球一樣。一個孩子會扮成老虎，你懂吧。他披上一層皮，然後其他孩子在他跑跑跳跳的時候設法抓住他。披著皮的孩子會人笑，但他也會吼叫咬人，因為遊戲就是這樣，在我的國家，在共產黨來以前，許多村長都在扮笑面虎，我想史提爾森也懂得那種遊戲。」

強尼仔細看著老吳，覺得很困擾。

老吳似乎一點都不覺得困擾。他露出微笑。「所以我們會自己去看個仔細。隨後，我們會吃野餐，我自己做了兩個派，我想會很好。」

「聽起來很棒。」

「會非常棒，」老吳說著站起身。「隨後，在課堂上，我們會談談我們在特林布爾看到的事情。也許我們會寫作文，寫作文容易多了，因為一個人可以查出確切的用字，Le mot juste[94]。」

「是啊，有時候寫作可能比較容易，但我教過的高中作文班從來不相信這件事。」

老吳露出微笑。「查克狀況如何？」

「進展相當好。」

「是啊，他現在快樂了，而不只是假裝，他是個好孩子。」他站起身。「休息一下，強尼。我要去小睡一下。」

「好。」

他注視著老吳走開，穿著藍色牛仔褲跟褪色格紋工作衫的他矮小、纖瘦、靈活。

披著皮的孩子會大笑，但他也會吼叫咬人，因為遊戲就是這樣……我想史提爾森也懂得那種遊戲。

又是那種讓人不安的思路。

泳池椅輕柔地上下擺動，陽光令人愉快地打在他身上，他再度打開他的《書評》，但剛才讀的文章不再讓他全神貫注了。他把雜誌放下，打著水讓這小小的橡膠椅漂到泳池邊緣，然後爬了出去。特林布爾在不到三十哩外，也許這個星期六，他會就這樣跳進查茲沃斯太太的賓士車裡，開到那邊去，見見葛瑞格．史提爾森本人，享受表演。

也許……也許握一下他的手。

不，不！

但為何不呢？畢竟，他在這個大選年，或多或少把見政治家當成他的嗜好了。多見一位，有什麼可能讓人這麼心神不寧嗎？

但毫無疑問，他是心神不寧。他的心臟反應敲得更用力、更迅速，甚至讓他把雜誌掉進泳池裡了。他咒罵一聲，在雜誌整個濕透以前撈了出來。

不知怎麼的，葛瑞格．史提爾森讓他想到法蘭克．達德。

這很荒謬。除了不久前才在電視上看過史提爾森以外，他不可能對史提爾森有任何正面或負面的感覺。

遠離他。

嗯，也許他會，也許他不會。也許他反而會在這個星期六南下波士頓，去看場電影。

不過等他回到客屋換了衣服以後，一種奇怪、沉重的恐怖感已經在他身上生根了。某方面來說，這種感覺就像老朋友——那種你偷偷討厭的老朋友。對，星期六去波士頓，這樣比較好。

雖然在後來幾個月裡，他一再重溫那一天，但強尼還是永遠不記得到底怎麼會、或者為什麼自己到頭來還是去了特林布爾。他本來朝著另一個方向動身，計畫要下波士頓，然後在芬威公

94. 法文「正確的詞」。

園看紅襪隊比賽，接著也許去劍橋逛一下書店。如果剩下夠多現金（他已經從查茲沃斯給的紅利中寄出四百塊給父親，讓他轉交給東緬因醫學中心——這個姿態相當於往海裡吐一口痰），他計畫去奧森威爾斯戲院看那個雷鬼電影《不速之客》[95]。這是個美好的一日節目，也有很好的一天可以實現它。八月十九日的黎明炎熱、寶貴又甜美，完美的新英格蘭夏日精華版。

他進了主屋的廚房，做了三份厚厚的火腿起司三明治當午餐，把它們放進他在餐具室裡找到的老派柳條野餐籃，而且在小小反省一陣以後，還將一手樂堡啤酒放在他那一籃食物上方。在那一刻他還覺得很好，處於完全一流的狀態。關於葛瑞格·史提爾森，或者他從家鄉帶來的鐵馬騎士保鑣團的念頭，根本沒有閃過他腦海。

他把野餐籃放在賓士車的地板上，然後沿著I－95公路往東南方開。到這一刻為止，一切都還夠清楚，但接下來別的事情開始悄悄滲進來了。首先是母親在臨終病榻上的畫面。母親的臉扭曲成一種凍僵的糾結模樣，床單上的手勾成爪子的樣子，她的聲音聽起來就好像含著滿滿一大口棉花球。

我沒告訴過你嗎？我不是跟你說是這樣了嗎？

強尼把收音機轉得更大聲，美好的搖滾樂從賓士的立體聲喇叭裡冒出來。他睡了四年半，然而搖滾樂還是活得好好的，多謝你。強尼跟著唱。

祂有個工作要給你，別逃離祂，強尼。

收音機無法淹沒母親的聲音。過世的母親會說她要說的話。就算在墳墓裡，她還是會說她要說的。

別躲在洞窟裡，或者讓祂非得派條大魚來吞掉你。

但他已經被一條大魚吞掉過了。牠的名字不是列維坦，而是昏迷。他已經在那條魚黑漆漆的肚腹裡花了四年半時間，很夠了。

通往收費高速公路的入口坡道出現了——然後滑到他後方。他太過迷失在自己的思緒中，以至於錯過他該轉的彎。老鬼魂就是不會放棄，不放過他。喔，他一找到好地方就會迴轉，回到原路。

不是窰匠，而是窰匠的泥，強尼。

「喔，拜託啦。」他咕噥道。他必須讓自己的心思擺脫這種鬼話，就是這樣。他母親是個宗教狂，這不是個很仁慈的說法，不過是真的。在獵戶座星雲那裡的天國、駕著飛碟的天使、地底下的王國。她以自己的方式瘋狂，就跟葛瑞格．史提爾森以他的方式一樣地瘋。

喔，看在基督份上，別拿那傢伙來發洩。

「而在你們把葛瑞格．史提爾森送進眾議院的時候，你們就會說：熱狗！終於有人在乎了！」

他來到新罕布夏六十三號道路。左轉就會帶著他到協和鎮、柏林、瑞德磨坊跟特林布爾。強尼甚至沒有想就轉了彎，他的思緒在別處。

並不天真好騙的羅傑．查茲沃斯，曾經嘲笑葛瑞格．史提爾森，就好像他是今年糅和了喬治．卡林[96]與吉維．蔡斯[97]的答案。**他是個小丑，強尼。**

如果史提爾森就只是那樣，那就沒有問題了，是吧？一個有魅力的怪胎，一張白紙，選民

95. The Harder They Come（1972）是一部牙買加犯罪電影，使用大量雷鬼音樂，讓這種音樂在美國打開知名度。
96. George Carlin（1937-2008），美國重要脫口秀及喜劇演員，常諷刺美國政治問題與社會文化中的雙重標準。
97. Chevy Chase（1943-），美國喜劇演員，有許多電影作品。

可以在上面寫下他們的訊息：**你們其他人都這麼廢，所以我們決定選這個傻瓜來做兩年**。畢竟史提爾森可能就只是這樣。一個無害的瘋子，把他跟法蘭克．達德那種有固定模式的毀滅性瘋狂聯想在一起，完全沒有必要。然而……不知怎麼的……他就是這麼想了。

馬路在前面分岔了。左邊岔路通往柏林跟瑞德磨坊，右邊岔路通往特林布爾跟協和鎮，強尼轉向右邊。

但只是握握他的手無傷大雅，對吧？

也許沒關係，他可以多收藏到一位政治家。有些人收集郵票，有些人收集錢幣，但強尼．史密斯收集握手，還有——**還有承認吧，你一直都在尋找牌桌上的萬能牌**。

這個念頭讓他大為動搖，幾乎促使他在路邊停下車子。他在照後鏡裡瞥了自己一眼，並不是今天早上起床時那張滿足、事事高枕無憂的臉。這張臉現在是媒體記者會時的臉，那個手腳並用、爬過城堡岩市鎮公有地積雪的男人。皮膚太蒼白，眼睛周圍有瘀青般的棕色黑眼圈，皺紋鑿刻得太深。

不，**這不是真的**。

但這是真的。現在真相出現了，無法否認。在他人生中的前二十三年裡，他曾經握過手的政治家，正好就一個。那是在一九六六年，艾德．莫斯基來到他的高中政府體制課程發表演講。而在過去七個月裡，他已經跟超過一打名號響亮的人物握過手。而在他內心深處，當每個人伸出手時，他難道沒閃過這個念頭嗎——**這傢伙是怎麼樣的人？他會告訴我什麼？**

他不是一直都在尋找政治界的法蘭克．達德嗎？

是的，這是真的。

但事實是，除了卡特以外，他們沒有一個人告訴他太多事情，而他從卡特那裡得到的感覺，並不特別讓人提高警覺。跟卡特握手，沒有給他光是看著葛瑞格．史提爾森上電視就有的那種感覺——心頭一沉，他覺得史提爾森就像是會讓笑面虎遊戲更進一步，他在獸皮裡是個人，對。但在人皮裡面，是隻野獸。

2

不管過程如何，強尼發現自己在特林布爾市鎮公園，而不是芬威的露天看台上吃他的午間野餐，他在中午之後不久抵達，而且看到一個社區告示板上的牌子，宣布集會是在下午三點。他漫步到公園去，心想現在距離集會排定開始時間還有很久，這裡差不多只會有他，但已經有人鋪好毯子、準備好飛盤，或者坐定吃起自己的午餐了。

在前方，幾個男人在露天音樂台上工作。其中兩個用旗幟裝飾高度及腰的欄杆。另一個人站在一具梯子上，在音樂台的環狀屋簷掛上色彩繽紛的皺紋紙飾帶。其他人在架設音響系統，而且就像強尼看CBS新聞畫面時猜到的，那不是價值四百美元的講台擴音系統，這些喇叭的品牌是Altec-Lansing，而且被小心翼翼放置，要達到環繞音效的效果。

先遣人員（揮之不去的印象，還是樂團隨行人員替老鷹或吉爾斯樂團演唱會的樣子）用公事公辦的精準度做他們的工作。整件事有種經過練習的專業品質，跟史提爾森那種可親的婆羅洲野人形象並不一致。

群眾大多數散布在上下相隔二十年的世代中，從十五六歲到三十歲代中期都有，他們都在享受美好時光。小寶寶搖搖晃晃到處走，手上抓著融化中的冰淇淋跟雪泥，女人們一起閒談說笑，男人們用保麗龍杯喝著啤酒，有幾條狗到處跳，抓耙著那裡有得抓耙的任何東西，太陽親切地照耀著每個人。

「測試。」露天音樂台上的其中一個男人懶洋洋地對著兩個麥克風說道。「測試一、測試二……」公園裡的其中一個擴音器發出巨大的回授哀鳴，講台上的男人以動作表示他要擴音器往後移。**這不是你為政治演講與集會架器材的方式**，強尼心裡想著。**他們是在替聯誼餐會……或者群交大會做準備。**

「測試一、測試二……測試、測試、測試。」

強尼看著他們把大擴音器綁到樹上。不是**釘**上去，而是**綁**上去。史提爾森是個生態環保倡議者，而有人告訴他的先遣人員，不要在任何一個市鎮公園裡傷害到哪怕是一棵樹木。這個行動給他的感覺是，史提爾森事事琢磨到最微小的細節，這不是個搶了就跑的臨時勾當。

兩輛黃色的學校巴士停進這個小（而且已經停滿）停車場左邊的迴轉空間。門打開來，男男女女下了車，彼此活潑地交談。他們跟那些已經在公園裡的人形成了強烈的對比，因為這些人穿著他們最好的衣服——男士們穿著西裝或休閒外套，女士們穿著俐落的女襯衫搭裙裝，或者時髦的洋裝。他們用一種幾乎孩子似的驚異與期待表情盯著周圍看，強尼咧嘴笑了，老吳的公民入籍課程班來了。

他走向他們。老吳跟一個穿著燈芯絨西裝外套的高大男人還有兩個女人站在一起，兩位女士都是中國人。

「嗨，老吳。」強尼說。

老吳咧著嘴，大大地笑開了。「強尼！」他說：「看到你真好，老兄！這是新罕布夏州的大日子，是吧？」

「我想是。」強尼說。

老吳介紹了他的同伴們，穿燈芯絨西裝的男子是波蘭人，兩位女士是來自台灣的姊妹。其中一個女人告訴強尼，她很希望在節目後能跟候選人握手，然後，她害羞地給強尼看她手提包裡的親筆簽名收集本。

「我好高興在美國這裡，」她說：「因為這很奇特，不是嗎，史密斯先生？」

認為這整件事都很奇特的強尼表示同意。

公民入籍課程的兩位導師要隊伍集合。「強尼，晚點見，」老吳說：「我得去神遊了。」

「『出』遊。」強尼說道。

「對，多謝。」

「享受美好時光吧，老吳。」

「喔，會的，我確定我會的。」然後老吳的眼睛似乎閃過一絲秘密的愉悅。「我確定這會是最有趣的，強尼。」

這群人，總共大約四十名，到了公園南邊去吃他們的午間野餐。強尼回到他自己的地方，逼自己吃了一個三明治，嚐起來像是紙張加糨糊。

一種濃厚的緊張感，開始慢慢爬進他體內。

3

到了兩點三十，公園裡完全客滿，人幾乎是肩並著肩擠在一起。這個城鎮的警察，在一小隊州警的增援之下，關閉了通往特林布爾市鎮公園的街道。跟搖滾演唱會之間的相似性比先前更強烈了。藍調草根音樂從擴音器裡流洩出來，歡樂而快節奏，胖胖的白雲飄過純真的藍色天空。

突然之間，眾人開始站起來，拉長了脖子，這是個在人群中傳開的漣漪效應。強尼也站了起來，納悶地想著史提爾森是不是來早了。他可以聽到摩托車引擎穩定的吼聲，隨著車子越靠越近，膨脹起來的節奏就要填滿這個夏季午後。強尼眼中都是從車身反射出來的陽光，一會兒以後，大概十輛摩托車晃進公民入籍課程學生巴士停駐的迴轉區裡，沒有車子跟著他們。強尼猜想他們是先遣警衛。

他的不安感加深了，這些騎士是夠整潔，大部分都穿著乾淨的褪色牛仔褲還有白襯衫，但機車本身，大部分是哈雷與三槍牌機車，已經被改裝到幾乎面目全非了：超高車把手、傾斜的鉻歧管，還有一大堆奇怪的整流罩。

車子的主人們切掉了引擎，轉身下車，然後排成一排朝著露天音樂台移動。他們之中只有一個人回頭看，他的眼睛不疾不徐地掃過大批群眾，就算從一段距離之外，強尼都可以看到這個男人的虹膜是明亮的酒瓶綠色。他似乎在清點人數，男人瞥了一眼左邊，有四、五個市警靠在少棒聯盟球場的鏈條式擋球網上，他揮揮手，其中一個警察彎下身體吐了口痰。這個行動有種儀式性的感覺，強尼的不安又更深了，那個有綠色眼睛的男人漫步到露天音樂台去。

現在他的不安躺在那裡，就像是他的其餘感受腳下踩著的情緒地板，而在不安之上，強尼感覺到的主要是一種恐怖與歡樂的狂野混合。他有一種作夢似的感覺：不知怎麼的，他進入了某一幅蒸汽火車頭從磚砌火爐跑出來，或者鐘面軟趴趴掛在樹枝上的畫作。摩托車騎士們看起來像是某部美國國際影業摩托車電影的臨時演員，而且全體都決定「為了尤金洗心革面」[98]。他們清新的褪色牛仔褲往下貼在方頭技師靴上，強尼可以看到超過一對靴子上有鉻金屬鏈垂掛在鞋背上，鉻金屬在太陽底下野蠻地閃爍著。他們的表情幾乎都是一樣的：一種似乎針對群眾擺出的空洞好心情。但在那副表情底下，可能有對年輕紡織廠工人、從德罕新罕布夏大學來的夏季學生、還有站出來給他們一輪掌聲的工廠工人所抱持的單純輕蔑。他們每個人都帶著一對政治胸針，其中一個胸針上面是一個建築工人的黃色硬殼帽，前方貼著一個綠色生態保育貼紙。另一個胸針上則有這個格言：史提爾森給他們一個尼爾森擒拿[99]。

而從每個右臂口袋裡突出來的，是一根鋸斷的撞球桿。

強尼轉向他旁邊的男人，他跟他妻子還有幼兒在一起。「那些東西合法嗎？」他問道。

「天殺的誰在乎啊！」那個年輕男子這麼回答，還一邊笑著。「無論如何，那只是擺個樣子用的啦。」他還在鼓掌。「對付他們，葛瑞格！」他喊道。

摩托車儀隊在露天音樂台周圍自動呈環狀散開部署，以稍息姿勢站好。

掌聲漸漸停止，但對話音量卻更大聲的繼續著，群眾已經嘗到這一餐的開胃菜，而且發現味道很好。

褐衫隊，強尼這麼想著，坐了下來。**他們就只是褐衫隊**[100]。

喔，那又怎樣？也許那樣甚至是好的。美國人對於法西斯路線容忍度相當低——就算像雷根這樣堅定不移的右派，也不喜歡那種東西。不管新左派要鬧多少次脾氣，或者瓊．拜雅要寫多少首歌，這都是個純粹的事實。八年前，芝加哥警方的法西斯策略幫忙輸掉了休伯特．韓佛瑞的選戰[101]。強尼不在乎這些人看起來有多乾淨，如果他們是受僱於一個在競選眾議員的人，那麼史

98. 美國國際影業（American International Pictures）主要製作以青少年為目標觀眾的低成本B級片，其中包括不少摩托車電影。「為了尤金洗心革面」（Get Clean For Gene）是一九六八年的一個文化現象，尋求總統提名的參議員尤金．麥卡錫反對越戰，許多支持他的反戰嬉皮學生因此剪掉長髮、回歸一般社會人士能接受的打扮，以便為麥卡錫挨家挨戶拉票。

99. Full Nelson是一種摔角格鬥技巧，從對手背後穿過他的肩膀下方，壓制住他的脖子。

100. 褐衫隊又譯為衝鋒隊，納粹發展早期成立的維安隊伍，但後來過度暴力難以控制，被希特勒整肅過後雖然依舊存在，勢力卻被俗稱SS的親衛隊凌駕。

101. 一九六八年民主黨在芝加哥召開全國大會，在會中提名休伯特．韓福瑞擔任總統候選人；會議期間，許多學生與一般民眾在會場外的格蘭特公園抗議美國介入越戰，芝加哥警方動用催淚瓦斯並且用警棍打群眾。

提爾森只差幾步就要越界了，**如果事情不是這麼怪異，肯定會很滑稽**。

還是一樣，他真希望自己沒有來。

4

就在三點鐘之前，一個黃銅大鼓咚的一聲震動了空氣，讓人在實際用耳朵聽到以前，就從腳底感受到它了。其他樂器逐漸地開始環繞它，而所有樂器變成了一個進行曲樂隊，彈奏著一首蘇沙的曲子。整個小鎮選舉的興奮騷動，全都屬於夏日的這一天。

人群再度站起來，朝著音樂的方向拉長脖子。很快的，樂團就出現在視線範圍內——首先是一個穿短裙耍指揮棒的指揮，穿著上面有絨球的小山羊皮白靴踢正步前進，然後是兩個儀隊女隊員，接著是臉上兩個長著粉刺、神色肅穆的男孩拿著一幅旗幟，宣布這是**特林布爾高中軍樂隊**，上帝為鑑，你們最好別忘記。然後就是樂隊本身，穿戴著白得刺眼的制服跟黃銅徽章，光輝燦爛又滿身是汗。

人群替他們清出一條路，然後在他們開始前進到定位時爆出一波掌聲。在他們後面是一輛白色福特廂型車，而岔開雙腿站在車頂，臉上有曬傷、在往後歪的建築工人帽底下咧開特大號笑容的人，就是候選人本人。他舉起一只靠電池供應電力的大聲公，對著它，用有鐵肺支持的熱忱喊道：「嗨，你們大家！」

「嗨，葛瑞格！」群眾立刻回應。

葛瑞格，強尼有點歇斯底里地想著：**我們跟這傢伙已經熟到互稱名字了**。

史提爾森從車頂上跳下來，設法讓這個舉動看起來很輕鬆。他的穿著就像強尼在新聞上看到的，牛仔褲跟一件卡其衫，他開始從人群中開道走向露天音樂台，一路握著手，並且觸碰從第一排人頭上往外伸出的其他人手。群眾極其興奮地朝著他搖晃傾斜，強尼感覺到自己的五臟六腑之中，也有相呼應的晃動。

我不要去碰他，想都別想。

但在他前面，突然間群眾分開了一點點，他踏進這個裂隙之中，突然間他發現自己已經在前排了。他離那個特林布爾高中軍樂隊低音號手夠近了，如果他想的話，可以伸出手來，用他的指節敲敲他那個低音號的喇叭口。

史提爾森迅速地穿過樂團行列，去跟另一頭握手，強尼看不到他整個人，只看得到上下跳動的黃色頭盔。他覺得鬆了口氣，那麼沒事了，沒傷害，沒犯規。就像那個著名故事裡的法利賽人，他要從另一邊經過了。很好，太棒了。而當他走到講台上的時候，強尼正要去收拾他的東西，然後偷偷消失，夠了就是夠了。

那些機車騎士已經移動到穿過人群的走道兩側，保持走道不至於往裡面垮在候選人身上，讓他淹沒在人海裡。一段段撞球桿仍然在後口袋裡，桿子的擁有者看起來卻很緊繃，對麻煩提高警覺。強尼不知道確切來說，他們預期的是哪種麻煩——也許是怕一盤布朗尼甜點丟到候選人臉上吧——但這是第一次，那些機車騎士看起來真的有興致。

然後某件事確實發生了，強尼無法分辨確切來說是什麼事，一個女人的手伸向跳動的黃色硬殼帽，也許只是要摸一摸求好運，而史提爾森的其中一個人手很快靠過去。有一聲驚惶的叫喊，然後那女人的手迅速地消失了，但這全都發生在軍樂隊的另一邊。

人群的喧鬧聲極其巨大，他再度想到他去過的搖滾演唱會。如果保羅．麥卡尼或艾維斯．普里斯萊決定跟群眾握手，大概就會是這個樣子。

他們在尖叫著他的名字，吟唱著它：「**葛瑞格……葛瑞格……葛瑞格……**」

那個先前把一家子安置在強尼旁邊空地上的年輕男子，把他的兒子高舉過頭，好讓小朋友可以看得到。有個年輕男子，臉一側有個起皺的燙傷大傷疤，他正在揮舞一個標語，上面寫著：**不自由毋寧死，這就是你眼中的葛瑞格！**一個漂亮得讓人心痛、也許十八歲大的女孩揮舞著一片西瓜，粉紅色的汁液從她曬成棕色的手臂上流下。這全都是集體混亂的一部分。興奮之情活躍地傳遍人群，就像一連串高伏特的電纜線。

而突然間葛瑞格．史提爾森就在這裡，衝回來穿過樂隊，回到強尼這邊的人群裡，他沒有停頓，但還是找到時間在那個低音號樂手背上熱情地一拍。

後來強尼仔細琢磨過，而且設法要告訴自己，當時真的沒有任何機會或時間融回人群裡，他設法告訴自己，實際上是群眾把他捲進史提爾森懷裡。他設法告訴自己，史提爾森什麼都做了，就只差沒有誘拐他的手，這些話沒有一句是真的。有的是時間，因為一個穿著荒唐黃色七分褲的胖女人伸出雙臂抱住史提爾森的脖子，給他一個熱吻，史提爾森回以一笑，然後說：「我肯定會記得**妳**，蜜糖。」胖女人尖聲大笑。

強尼感覺到一種熟悉、密實的冰冷感降臨到身上，那種出神的感覺。一種什麼都不重要，只有知道才重要的感覺。他甚至露出一點點微笑，但那不是他的微笑，他把他的手伸出去，史提爾森用他自己的兩手抓住了那隻手，然後開始上下揮動。

「嘿，老兄，希望你會支持我們……」

然後史提爾森停下來不說了，就像艾琳．馬鞏恩以前那樣。就像詹姆斯（就跟那個靈魂歌手同名同姓）．布朗醫生一樣。就像羅傑．杜梭特一樣。他的眼睛瞪大了，然後其中充滿了——恐懼？不，史提爾森眼中的是**恐怖**。

這一刻無窮無盡，在他們盯著彼此雙眼深處的時候，時間被別的東西取代了，時間的一種完美客串演出。對強尼來說，這就像是再度置身於那個昏暗的鉻走廊裡，只是這回史提爾森跟他在一起，他們在分享……分享……

一切

對強尼來說，這種感覺從來沒這麼強烈，從來沒有，一切都立刻來到他身上，擠在一起，尖叫得像是某台可怕的黑色貨運火車，全速穿過一條狹窄的隧道，一個超速火車頭，前面只架著單單一個亮得刺眼的車頭燈，而這個車頭燈就是**知道一切**，它的光芒刺穿了強尼·史密斯，就像一隻蟲子被插在針上。沒有地方可以跑，而在那輛夜間奔馳的火車加速衝過他的時候，這完全的知識把他輾過去，把他壓平得像是一張紙。

他感覺像要尖叫，卻沒有胃口這麼做，沒有聲音這麼做。

他絕對逃不掉的一幅影像。**在那藍色濾鏡開始偷偷滲進來的時候**就是葛瑞格·史提爾森宣誓就職。主持儀式的人是一個老人，有一雙謙卑、恐懼的眼睛，就像一隻田鼠被一隻熟練得可怕、身經百戰的……**老虎**穀倉公貓困住時的眼睛，史提爾森的一隻手按在聖經上，另一隻手舉在空中。那是未來的年頭，因為史提爾森失去了他大多數的頭髮，老人在說話，史提爾森跟著說。史提爾森在說……**藍色濾鏡加深了，覆蓋住種種事物，一點一點地把他們擦掉，仁慈的藍色濾鏡，史提爾森的臉就在那些藍色……還有黃色……黃色，像是老虎條紋的顏色後面。**

他會唸出「所以願上帝幫助他」。他的臉色嚴肅、無情，但一種巨大火熱的喜悅在他胸膛裡撲動，在他腦袋裡吼叫。因為這個有著恐懼田鼠眼睛的男人是美國最高法院首席法官，而且……

喔親愛的上帝啊濾鏡濾鏡藍色濾鏡黃色條紋

現在這一切開始緩緩地從藍色濾鏡後面消失——只是這不是一個濾鏡，這是某種真實的東西。這是……

在未來在死亡禁地裡

未來的某個東西。他的？史提爾森的？強尼不知道。

有一種飛翔的感覺——飛行著穿越藍色——飛翔在不可能全然被看輕的徹底荒蕪之上。而且，切割穿過這一切的，是葛瑞格．史提爾森脫離身體的聲音，一個二流上帝的聲音，或者是一個喜歌劇式的死者引擎：**「我要貫徹它們，就像蕎麥徹底通過一隻鵝！要貫徹它們，就像大便穿過甘蔗叢！」**

「老虎，」強尼聲音混濁地咕噥。「老虎在藍色後面，在黃色後面。」

然後全部的一切，圖像、影像與文字，在遺忘的膨脹、輕柔呼嘯聲中破裂了。

他似乎聞到某種甜甜的、銅似的味道，像是燃燒高壓電線。

有一刻那內在的眼睛似乎睜得更大了，在搜索著，把一切都變得模糊的藍色與黃色，似乎就要固化成為……成為某個東西，而從裡面的某處，遙遠又充滿恐怖的地方，他聽到一個女人尖叫：**「把他給我，你這混蛋！」**

然後那感覺不見了。

我們像這樣站著多久了？他後來會自問，他的猜測是也許五秒，然後史提爾森把他的手抽走，用力扯走，張著嘴瞪著強尼，血色從這個夏季競選者深棕色的皮膚底下褪去，強尼可以看見這男人後排牙齒裡的填充物。

他的表情是一種反感的懼怕恐怖。

好！強尼想要尖叫。好！把你自己握成碎片吧！完全毀掉你自己！毀滅！內爆！分解！為這個世界行行好吧！

兩個摩托車騎士正朝這裡衝來，而此刻鋸斷的撞球桿被拿出來了，強尼感覺到一種愚蠢的恐懼，因為他們要打他，用他們的球桿來打他的頭，他們會假裝強尼．史密斯的頭是八號球，他們會把它直接打進側袋裡，打回昏迷的黑暗中，而他這次永遠不會再醒來，永遠沒辦法告訴任何人他看見什麼，或者改變任何事了。那種毀滅感——上帝啊！那是一切！他設法倒退。人群散開，往後擠，在恐懼（或者可能是興奮）中叫喊，史提爾森轉向他的保鑣，他重新恢復冷靜，搖著頭制止他們。

強尼從沒有看到接下來發生什麼事。他搖搖晃晃地站著，低下了頭，緩緩地眨著眼睛，就像是一個酒鬼在狂飲一週到底時的樣子。然後，輕柔、膨脹著的呼嘯完全席捲了他，強尼也順應著，他很樂意隨波逐流，因為他昏過去了。

第二十一章

1

「不。」特林布爾警察局長回答了強尼的問題：「你沒有被控任何罪，你不是被拘留，不必回答任何問題。但如果你願意回答，我們會非常感激。」

「非常感激。」穿著保守商務西裝的男人跟著應和。他的名字是艾德格．藍克特，他是聯邦調查局波士頓辦公室的人。他認為強尼．史密斯看起來像是個病重的男人，他的左邊眉毛下面有個腫起的瘀傷，正迅速變成紫色。

強尼昏倒的時候是重重落地——要不是倒在一個軍樂隊員的鞋子上，就是倒在某隻機車靴的方頭鞋尖上，藍克特在心理上偏向於贊成後面這種可能性。而且在接觸的瞬間，那隻機車靴可能正在移動。

史密斯太蒼白，在他喝下巴斯局長給他的那一杯水的時候，他的雙手顫抖得很厲害，一邊的眼皮緊張地抽搐。他看起來像個典型的刺客預備軍，雖然他個人財務中最致命的東西，就是個指甲刀。但藍克特還是會把這個印象留在心裡，因為他就是做這行的。

「我能告訴你什麼呢？」強尼問道。他在一個沒上鎖牢房的行軍床上醒來，當時他頭痛到眼睛發黑，現在頭痛在退卻，留給他一種奇怪的內在空洞感。感覺有點像是五臟六腑被掏出來，用鮮奶油取代了。他耳中有種高亢、持續的聲音——不盡然是一種鈴聲，比較像是高亢而穩定的嗡嗡聲。現在是晚上九點，史提爾森一行人早就一陣風似地出城了，所有熱狗都被吃掉了。

「你可以告訴我們，那裡到底發生什麼事。」巴斯說。

「天氣很熱。我猜我太興奮，就昏過去了。」

「你是病人之類的嗎？」藍克特若無其事地問道。

強尼穩穩地注視著他。「藍克特先生，別跟我玩遊戲了，如果你知道我是誰，就直說。」

「我知道，」藍克特說：「也許你是個靈媒。」

「猜測一個FBI幹員可能玩得了幾招把戲，這沒什麼好靈異的。」強尼說道。

「強尼，你是個緬因男孩，土生土長。一個緬因男孩南下新罕布夏來幹嘛呢？」

「當家教。」

「查茲沃斯家的兒子？」

「這是第二次了：如果你知道了，為何要問？除非你懷疑我做了什麼。」

藍克特點著一支優勢牌薄荷菸。「富有的家庭。」

「對，他們很富有。」

「你是史提爾森的粉絲對吧，強尼？」巴斯問道。強尼不喜歡剛認識就直呼他名字的人，這兩個人卻都這麼做，這讓他緊張。

「你是嗎？」他問道。

巴斯發出一個下流的放屁聲。「大約在五年前，我們特林布爾有一場整整一天的民謠搖滾音樂會，就在海克．傑米森園地。市議會有他們的疑慮，不過還是批准了，因為那些孩子總得有些什麼娛樂。我們估計大概會有兩百個本地孩子在海克東邊的牧草地上聽音樂，但卻來了一千六百人，全部都在抽大麻、從瓶子裡直接喝些烈酒。他們搞出天殺的一團亂，市議會氣瘋了，說絕對不會再有另外一場了，而他們全都轉過身去，心痛又淚汪汪地說：『這是怎樣啊？沒人受傷啊，對吧？』因為沒有人受傷，搞得一團亂就沒問題啦，我對史提爾森這傢伙也有相同感覺，我記得有一次……」

「你對史提爾森本人沒有任何怨言吧，是嗎？強尼？」藍克特問道。「你跟他之間沒什麼私人恩怨吧？」他露出一種父親似的、「你想的話就可以暢所欲言」的微笑。

「在六個星期前，我甚至不知道他是誰。」

「是的，嗯，不過那其實沒回答我的問題，是吧？」

強尼默然坐了一下子。「他讓我覺得很困擾。」他最後說道。

「那其實也沒有回答我的問題。」

「有，我想我有回答。」

「你不像我們希望的那麼幫忙。」藍克特遺憾地說道。

強尼瞥了一眼巴斯。「在你的家鄉，任何人在公共集會上暈倒以後就得到FBI讓專人伺候嗎，巴斯局長？」

巴斯看起來不太自在。「呃……沒有，當然沒有。」

「在你昏過去的時候，你是在跟史提爾森握手，」藍克特說：「你看起來病懨懨的，史提爾森看起來嚇得臉都綠了。你是個非常幸運的年輕人，強尼，很幸運，他的好兄弟們沒有把你的頭變成許願甕，他們以為你會從他身上扯下一塊肉。」

強尼用恍然大悟的驚訝表情，注視著藍克特。他看著巴斯，然後再回去看那個聯邦探員。

「你在那裡，」他說：「巴斯沒打電話找你來，你在**那裡**，在集會裡。」

藍克特捻熄他的菸。「對，我在。」

「FBI為什麼對史提爾森感興趣？」強尼幾乎是厲聲吼出這個問題。

「咱們談談你，強尼。你的……」

「不，咱們來談談史提爾森，咱們來談談他的好兄弟們，這是你的叫法。他們帶著鋸斷的撞球桿到處走合法嗎？」

「是合法的，」巴斯說。藍克特賞給他一個警告的眼神，不過巴斯要不是沒看到就是不理會。「撞球桿、球棒、高爾夫球桿，法律沒有禁止其中任何一樣。」

「我聽說那些人以前是鐵馬騎士，機車幫派成員。」

「其中有些人本來是紐澤西一間俱樂部的成員，有些人則是參與某個紐約的俱樂部，那是……」

「巴斯局長，」藍克特插嘴說：「我不認為現在是……」

「我看不出告訴他有啥壞處，」巴斯說：「他們是人渣、爛蘋果、失敗者。其中一些人四、五年前開始在漢普頓拉幫結黨，搞很糟糕的暴動。其中一些人加入過一九七二年解散的一個機車俱樂部，叫做『魔鬼十二人』。史提爾森的主要打手，是一個叫做桑尼．艾利曼的傢伙。他以前是『魔鬼十二人』的會長，他被抓過五、六次，卻從沒有被定罪。」

「這件事你說錯了，局長，」藍克特說著，又點了一支新的菸。「一九七三年他在華盛頓州因為違規左轉被傳喚，他簽了棄權聲明書，付了二十五塊罰款。」

強尼站起身，慢慢穿過房間到飲水機旁，他在那裡替自己重新倒了一杯水。藍克特頗有興趣地注視著他走過去。

「所以你就只是昏倒了，是吧？」藍克特說。

「不，」強尼沒回頭就說道：「我本來要用火箭筒射殺他的。然後，在某個關鍵時刻，我所有的生化迴路都短路了。」

藍克特嘆了口氣。

巴斯說：「你隨時要走都可以。」

「謝謝你。」

「但我會跟你說的，就跟這邊這位藍克特先生會告訴你的一樣，在未來，如果我是你，我會遠離史提爾森的集會。我的意思是，如果你想留著一身皮肉完整的話。葛瑞格．史提爾森不喜歡的人，通常會出點事情……」

「是這樣嗎？」強尼問道。他喝掉他的水。

「這些事情不在你的管轄範圍，巴斯局長。」藍克特說。他的眼睛像是霧面的鋼鐵，而他正非常嚴厲地注視著巴斯。

「好吧。」巴斯溫和地說道。

「我看不出告訴他其他集會有出事，會有啥壞處，」藍克特說。「在里奇威，有個年輕孕婦被打得太嚴重，流產了。這件事就發生在CBS拍完史提爾森造勢活動之後，她說她無法指出攻擊她的人是誰，但我們覺得可能是史提爾森的機車騎士之一。一個月前有個孩子，才十四歲，他的頭蓋骨破裂了，帶了支小小的塑膠水槍，他也無法指出攻擊他的人是誰。但是水槍讓我們相信，那可能是保全過度反應了。」

說得真好啊，強尼心想。

「你無法找到任何看到此事發生的人嗎？」

「沒有願意講的人。」藍克特露出一個毫無幽默之意的微笑，然後把他那支菸上的菸灰敲掉。「他是人民的選擇。」

強尼想到那個年輕男子把他兒子舉起來，好讓他看得到葛瑞格．史提爾森。**天殺的誰在乎**

啊？無論如何，那只是作樣子用的啦。

「所以他有養自己的FBI幹員。」

藍克特聳聳肩，露出讓人敵意盡消的微笑。「喔，我能說什麼呢？只有這個給你的資訊：強尼，這不是什麼無聊的指派任務。有時候我心生畏懼，這傢伙產生了大得不得了的磁場，如果他從講台上把我指出來，告訴其中一次聚會裡的群眾我是誰，我想他們會把我掛在最近的燈柱上。」

強尼想起那天下午的群眾，還有那個歇斯底里揮舞著西瓜的漂亮女孩。「我想你可能是對的。」他說道。

「所以如果你知道些什麼可能幫助我的事情……」藍克特往前靠。那個讓人放下心防的微笑，讓他變得有點像獵食動物。「也許你甚至有個關於他的靈光一閃，可能就是這個讓你心神大亂。」

「也許我有。」強尼說道，臉上沒有笑意。

「喔？」

在某個瘋狂的片刻，強尼考慮過要對他們和盤托出。然後他否決了這個想法。「我在電視上看到他，我今天沒特別的事要做，所以我想我會來這裡看看他本人。我可以打包票，我不是唯一一個這樣做的外鄉人。」

「你肯定不是。」巴斯熱忱地說道。

「就這樣了嗎？」藍克特問道。

「就這樣，」強尼說，然後猶豫了一下。「只是我認為他會贏。」

「我們確定他會，」藍克特說：「除非我們在他身上抓到什麼。在此刻，我完全同意巴斯局長，遠離史提爾森的造勢活動吧。」

「別擔心。」強尼揉掉他的紙杯，把它扔掉。「跟你們兩位紳士談話很愉快，但我要開很久的車回德罕。」

「馬上就回緬因州嗎，強尼？」藍克特隨口問道。

「不知道。」他的視線從藍克特——苗條又無懈可擊，在他那支數字手錶單調的錶面上敲出一支新的菸——移到巴斯，一個有著巴吉度獵犬臉孔的疲倦大塊頭身上。

「你們兩個認為他會競選更高的公職嗎？如果他得到眾議院的席位？」

「耶穌都要哭了。」巴斯吐出這句話，翻了個白眼。

「這些人來來去去。」藍克特說。他的眼睛，棕色深到幾乎是黑的，從來沒停止審視強尼。「他們就像其中一種罕見放射性元素，不太穩定，沒辦法持久。像史提爾森這種人沒有永久的政治基礎，只是一種暫時聯盟，聚合一段短暫的時間，然後又分崩離析了。你看到今天的群眾了嗎？大學生跟工廠幫工為同一個傢伙吶喊？這不是政治，那是某種接近呼拉圈、浣熊皮帽或披頭四假髮之類的流行。他會在眾議院做完任期，領乾薪不做事到一九七八年，就這樣了。相信我。」

但強尼感到懷疑。

2

第二天，強尼前額的左邊變得色彩繽紛，幾乎成了黑色的暗紫色——在毛上的色澤近乎紅色，太陽穴跟髮際線的部分則是一種鮮豔到可怕的黃色。他的眼皮微微腫起，讓他看起來有種乜斜著眼的表情，就像某個時事諷刺劇裡的重要配角。

他在池子裡游了二十趟，然後在其中一張躺椅上攤開手腳喘氣，他感覺很糟，前一晚只睡了不到四個小時，先前感知到的一切都在夢中陰魂不散。

「嗨，強尼……你好嗎，老兄？」

他轉過頭去。是老吳，露出溫和的笑容，他穿著他的工作服，戴著園藝手套。背後是一個孩子的小紅推車，裡面裝滿了小小的松樹苗，它們的根包在粗麻布裡。回想到老吳怎麼叫這些松樹，他說：「我知道你要種更多野草了。」

老吳皺起他的鼻子。「抱歉啦，沒錯，查茲沃斯先生很愛它們。我告訴他，可是這些是沒用的垃圾樹啊，在新英格蘭到處都是這種樹。他的臉變成這樣……」

老吳皺起整張臉，看起來像是某個深夜節目怪物的諷刺漫畫版。「……然後他跟我說，『種就是了』。」

強尼笑出聲來。羅傑・查茲沃斯就是那樣沒錯，他喜歡事情照他的意思做。「這次參加政治集會，你們很享受嗎？」

老吳溫和地笑笑。「非常有教育意義，」他說。但沒有辦法從他眼中讀出訊息，他可能注意到強尼側臉上的日出顏色了。「是的，非常有教育意義，我們全都很享受。」

「很好。」

「那你呢？」

「沒這麼享受。」強尼說道，然後輕輕用他的指尖碰著那個瘀傷，那個地方非常敏感怕痛。

「是啊，太糟了，你應該用塊牛排敷上去的。」老吳說道，仍然帶著溫和的笑。

「老吳，你對他有什麼想法？你們班怎麼想？你的波蘭朋友呢？或者露絲・陳她們姊妹？」

「我們回去以後不談這件事，這是我們導師的要求。他們說，想想你看到什麼。下週二我們會在班上寫，我想是這樣。對，我們會寫，寫班級作文。」

「那你會在你的作文裡說些什麼？」

老吳望著夏季的藍色天空，跟天空彼此相視而笑。他是個小個子的男人，頭髮裡已經出現第一束灰色。強尼對他幾乎一無所知，不知道他是否結過婚，有過小孩，是否在越共來以前逃離，是否來自西貢，或者來自其中一個鄉下省分，他根本不知道老吳的政治傾向是什麼。

「我們談過笑面虎遊戲，」老吳說：「你記得嗎？」

「記得。」強尼說。

「我會告訴你一隻真老虎的故事。在我還是個小男孩的時候，靠近我家村落有隻老虎變壞了。牠變成 le manger d'homme，食人虎，你懂嗎？牠不只是那樣，牠吃男孩、女孩跟老女人，因為這是戰時，沒有男人可以吃。不是你所知道的那場戰爭，而是第二次世界大戰。牠嚐過人肉的味道了，這隻老虎。在一個簡陋的小村莊，最年輕的男人六十歲了又只有一隻胳臂，最大的男孩就是我，只有七歲大，在這裡誰能殺掉這麼可怕的生物？而有一天，這隻老虎在一個坑洞裡被發現，那裡有個死去女人的屍體作誘餌。我會在我的作文裡說，用上帝形象造出的人類來當陷阱的餌食，這是可怕的事情，但在一隻壞老虎把幼童帶走的時候，什麼都不做更可怕。我會在我的作文裡說，這隻壞老虎在我們發現的時候還活著。牠身體中間插著一根木棍，但牠還活著。我們用鋤頭跟棍棒把牠打死。老人、女人跟孩子，某些孩子太興奮又太害怕，以至於尿濕了褲子。老虎落入一個坑洞裡，我們用鋤頭把牠打死，因為村裡的男人去打日本人了。我在想的是，這個史提爾森就像那隻壞老虎，嘗過人肉滋味了。我想應該替他做個陷阱，而且我認為他應該掉下去。而如果他還活著，我想他應該被打死。」

在清澈的夏季陽光下，他溫柔地對著強尼微笑。

「你真的這樣相信？」強尼問道。

「喔，是。」老吳說。他輕聲地說，就好像這件事情無關緊要似的。「我交出這種作文以後，我的老師會說什麼，我不知道。」他聳聳肩。「他可能會說：『老吳，你還沒準備好接受美國人的方式。』但我會說我感覺到的實話，你怎麼想呢，強尼？」他的眼睛移向那個瘀傷，然後又移開。

「我想他很危險，」強尼說：「我……我知道他是危險的。」

「你知道？」老吳評論道。「是，我相信你知道。你們新罕布夏的鄉親，他們把他看成一個迷人的小丑。他們看待他的方式，就像這個世界裡許多人看待這個黑人，伊迪．阿敏．達達[102]的方式。但你不這麼想。」

「我不這麼想，」強尼說：「但建議他應該被殺掉……」

「在政治上殺掉，」老吳說著露出微笑。「我只是建議，他應該在政治上被殺掉。」

「那要是他無法在政治上被殺掉呢？」

老吳對著強尼微笑。他伸直他的食指，豎起他的拇指，然後扣下去。「嘣，」他輕聲說：「嘣，嘣，嘣。」

「不行，」強尼說道，同時很驚訝他自己的聲音聽起來如此粗啞。「那絕對不是答案，絕對不行。」

102. Idi Amin Dada（1923-2003），烏干達在一九七一年至一九七九年間的總統，實際上是獨裁者，給自己許多尊貴的封號，統治期間進行種族屠殺、迫害政敵、貪污，甚至有傳聞說他吃人，後來失勢流亡國外。

「不行？我還以為這是你們美國人常用的答案呢。」老吳扶起紅色推車的把手。「我必須去種些雜草了，強尼。再見，老兄。」

強尼注視著他離開，一個穿著土黃色上衣跟莫卡辛鞋的小個子男人，拉著裝了一車的小松樹苗，消失在屋子轉角。

不，殺戮只會種下更多禍害，我相信是這樣，我全心全意相信。

3

十一月的第一個星期二，剛好是一個月的第二天，強尼．史密斯癱坐在廚房兼客廳的安樂椅上，看著開票結果。錢思樂跟布林克利展示了一張很大的電子地圖，用代表色來顯示出每個州傳來的總統選舉結果。

現在將近午夜，福特與卡特之間的競爭看起來非常激烈。但卡特會贏，強尼毫不懷疑。葛瑞格．史提爾森也贏了。

他的勝利在本地新聞快報中被大幅報導，全國記者也稍微注意到了，把他的勝利跟詹姆斯．朗利，緬因兩年前選出的獨立無黨派州長相提並論。

錢思樂說：「最近的民調顯示共和黨候選人兼現任眾議員哈里森．費雪正在縮小差距，這顯然有誤。NBC預測史提爾森——他帶著建築工人的硬帽子競選，政見中還包括提議把所有污染都送入外太空——到頭來贏得百分之四十六的選票，費雪則拿到百分之三十一。在這個區域裡，民主黨一直是惹人嫌窮親戚，大衛．波思只拿到百分之二十三的選票。」

「所以，」布林克利說：「在新罕布夏這裡是熱狗時間了……至少在接下來兩年如此。」

他跟錢思樂咧嘴笑了，一則廣告出現。強尼沒有咧嘴笑，他在想著老虎。

特林布爾集會跟選舉夜之間的時間裡，強尼很忙碌。他對查克的工作還在繼續，查克繼續以緩慢卻穩定的步調進步。他暑修兩堂課，兩堂都過了，保住了他參與球隊的資格。現在，足球季剛結束，看起來他非常可能被提名到甘尼特報系的全新英格蘭明星隊裡。小心翼翼，幾乎是儀式性的大學球探造訪已經開始了，但他們得再等一年，查克跟他父親已經做好決定，他會在史托文頓預校多讀一年，這是佛蒙特州的一家優良私校，強尼認為史托文頓可能會對這個消息欣喜若狂。這間佛蒙特州學校擁有絕佳的英式足球隊，美式足球隊卻超弱。他們可能會給他全額獎學金，外加女生宿舍的金鑰。強尼覺得這是正確的選擇，一旦達成協議，查克必須馬上考SAT的壓力就能解除，他的進展也又邁進一大步。

九月底，強尼去包諾待了一個週末，整個週五晚上看著父親坐立不安、對著電視上不好笑的笑話笑得震天價響，他就問赫伯到底有什麼困擾。

「沒困擾啊。」赫伯說，露出緊張的微笑，兩手搓著，就像個會計師，發現他剛投入畢生積蓄的公司破產了。「完全沒困擾，你為什麼會這樣想，兒子？」

「喔，那麼你在想什麼呢？」

赫伯不再微笑了，但他繼續搓著手。「我真的不知道要怎麼告訴你，強尼。我的意思是……」

「是夏琳嗎？」

「呃，是的，是夏琳。」

「你問了那個問題。」

赫伯謙卑地看著強尼。「在二十九歲的年紀有個繼母，你覺得如何呢，強尼？」

強尼咧嘴笑了。「我覺得很好啊。恭喜，爸爸。」

赫伯微笑著，如釋重負。「喔，多謝了。我有點害怕要告訴你，我不介意承認這一點。我知道以前我們談這件事的時候，你說過什麼，不過人有時候對於也許會發生的事有一種感覺，但對於真正要發生的事會有另一種感覺。強尼，我愛你媽，而且我想我永遠都愛。」

「我知道的，爸。」

「但我自己一個人，夏琳也是一個人，然後……呃，我猜我們可以好好幫助彼此。」

強尼彎腰親了父親一下。「祝你們一切順利，我知道你會的。」

「你是個好兒子，強尼。」赫伯把他的手帕從褲子後口袋拿出來，用那條手帕來抹眼睛。「我們還以為我們失去你了。無論如何，我這麼以為。維拉從來沒失去希望，她一直都相信。強尼，我……」

「別說了，爸爸，這事結束了。」

「我得說，」他說：「這件事在我心裡像顆石頭似的，到現在有一年半了。我曾經祈求讓你死去，強尼，我的兒子，而我卻祈求上帝帶你走。」他再度抹著他的眼淚，然後把他的手帕收起來。「結果上帝比我多知道一點點。強尼……你會跟我站在一起嗎？在我的婚禮上？」

強尼感覺到體內有某種東西，像是卻不盡然是憂傷。「那會是我的榮幸。」他說道。「多謝。我很高興我……我說出我心裡的所有話了，我覺得好久好久沒這麼好了。」

「你訂下日期了嗎？」

「事實上，我們是訂了，一月二日在你聽來怎麼樣？」

「聽起來很好，」強尼說：「你可以相信我。」

「我猜我們要把兩個住處都賣掉，」赫伯說：「我們看上了一個在比迪福德的農場，好地方，二十畝地，一半是林地。一個新開始。」

「是啊。一個新開始，這樣很好。」

「你不會反對我們把老家賣掉吧？」赫伯焦慮地問道。

「會有點掙扎，」強尼說：「就這樣。」

「是啊，我就是這種感覺。有點掙扎。」他露出微笑。「在心裡的某處，我的掙扎在那裡，你呢？」

「差不多一樣。」強尼說道。

「你那邊的事情怎麼樣？」

「很好。」

「那男孩有進展？」

「進展驚人地好。」強尼說，用了父親鍾愛的某種說法，然後咧嘴笑了。

「你覺得你還會在那裡待多久？」

「教導查克？如果他們要我，我想我會待完整個學年，一對一教學是一種新的經驗，我喜歡這樣。而且這一直是個相當好的工作，甚至可說是不典型地好。」

「之後你要做什麼？」

強尼搖搖頭。「我還不知道，但我知道一件事。」

「那是什麼？」

「我要出去買一瓶香檳，我們要喝個大醉。」

在那個九月傍晚，父親站起來，拍拍他的背。「買兩瓶吧。」他說道。

他仍然偶爾收到莎拉．哈茲萊特的信。她跟華特在期待四月出生的第二個小孩，強尼寫信回去表達他的祝賀之意，還有他對華特的拉票活動的祝福。而且他偶爾會想起他跟莎拉在一起的下午，那個又長又緩慢的下午。

那不是個他容許自己太常拿出來的記憶，他就怕一直暴露在回憶的陽光下，可能會讓這個記憶被洗刷褪色，就像他們會給你的那種紅色調畢業照樣張。

他這年秋天出去過幾次，有一次是跟查克約會對象的姊姊，剛離婚。不過那些約會都沒有發展出什麼。

那年秋天，他大半的閒暇時間都在葛瑞戈里．阿瑪斯．史提爾森的陪伴之下。他變成一個史提爾森迷。他在櫃子裡收著三本活頁筆記本，埋在他的襪子、內褲跟T恤底下。筆記本裡充滿了筆記、猜測跟新聞報導的影本。

做這件事讓他不自在。在晚間，當他用百樂牌細字筆在那些剪報旁邊寫字時，他有時覺得自己像是亞瑟．布萊莫[103]，或者那個企圖射殺福特總統的女人摩爾[104]。他知道如果艾德格．藍克特，FBI無所畏懼的爪牙，看到他在做這件事，他的電話、客廳跟浴室一瞬間都會被裝上竊聽器，會有個愛客美家具公司的廂型車停在對街，只是裡面不是裝滿家具，而是裝滿攝影機、麥克風，還有天曉得什麼別的東西。

他一直告訴自己，他不是布萊莫，不用執迷於史提爾森，但在新罕布夏大學圖書館度過許多漫長下午，搜尋舊報紙與雜誌，又餵了許多錢幣到影印機以後，這變得更難相信了。在他熬夜寫下他的思緒，設法做出有根據連結的那些晚上，又更難相信了。在墳場開挖的凌晨三點鐘，當他被一再重複的惡夢嚇得滿身冷汗醒來的時候，這變得完全不可能相信了。

這惡夢幾乎總是一樣的，他跟史提爾森在特林布爾集會上握手的赤裸重演。那種突然的昏黑，感覺置身在一個隧道裡，裡面充滿了迎面衝來的車頭燈眩光，這個車頭燈拴在某個黑色的厄運火車頭上。有著卑微、恐懼眼神的老人主持著一場難以想像的宣誓就職典禮。感覺的細微變化來來去去，就像緊湊地噴出的煙。而一連串簡短的影像，串在一起變成翻飛的一排，就像一個二手車商停車場上的塑膠三角旗。他的心神對他耳語說，這些影像都是相關的，它們是一個圖畫故事，講的是鐵達尼號逐步接近毀滅厄運，甚至可能是維拉．史密斯有無窮信心的最後善惡決戰。但這些影像是什麼？它們確切來說是什麼？它們是很朦朧的，除了隱約的輪廓以外不可能看清，因為中間總是有那令人困惑的藍色濾鏡，有時候被那些老虎條紋似的黃色斑點切斷的藍色濾鏡。

在這些夢境重播之中，唯一清楚的影像是在接近結尾時來的：垂死者的尖叫、死人的味道，還有一隻老虎獨自走過無數哩扭曲的金屬、融化的玻璃與焦黑的泥土。這隻老虎永遠在笑，而牠嘴裡似乎咬著某樣東西——某個藍色、黃色又滴著血的東西。

秋天有些時候，他想著這個荒謬的夢會把他搞瘋，畢竟它指向的可能性似乎是不可能有的，但因為他不可能辦到，他研究葛瑞戈里．史提爾森，然後設法告訴自己，這只是無傷大雅的，最好把這個夢完全從心裡趕出去。

史提爾森出生於圖爾莎，父親是個油井工人，一直在不同工作之間漂流，他比他的某些同事更常有機會工作，因為他有巨無霸的體型。他母親可能一度美麗過，雖然在強尼能夠挖到的兩張照片裡，只有一點暗示，就算她曾經美麗，時間的影響跟她嫁的男人也很快就讓她的美貌黯淡下來。照片顯示的差不多就是一張沙塵暴時期[105]的臉孔，一個美國大蕭條時期的東南部女性，穿

103. Arthur Bremer（1950-），在一九七二年企圖暗殺美國民主黨總統候選人、當時的阿拉巴馬州長喬治．華萊士（George Wallace, 1919-1998），導致華萊士從此下半身癱瘓。

104. Sarah Jane Moore（1930-），在一九七五年企圖暗殺福特總統，結果失敗。

著褪色的印花洋裝，用她瘦巴巴的手臂抱著一個寶寶——葛瑞格，同時瞇著眼睛盯著太陽。

他父親是個不怎麼看得起兒子的跛扈男子。還是孩子的時候，葛瑞格蒼白又病懨懨的，沒有證據指出他父親在心理上或生理上虐待過這男孩，但有些暗示說至少至少，葛瑞格．史提爾森人生中的前九年是生活在不被贊同的陰影之下。然而強尼看到的一張父子合照，卻是快樂的。照片中顯示他們兩個一起在油田裡，父親的手臂在一種無憂無慮的同伴情誼中環著兒子的頸項，不過這還是讓強尼起了小小的寒顫。哈利．史提爾森穿著工作服、斜紋布褲子跟雙排釦的卡其衫，他的硬帽子活潑地往後歪戴。

葛瑞格開始在圖爾莎上學，然後在十歲時轉到奧克拉荷馬市。前一個夏天他父親死於油井鐵塔突然冒出的火焰。瑪莉露．史提爾森跟她兒子去了奧克拉荷馬市，因為她母親住在那裡，戰時工作也在那裡，那是一九四二年，好時光再度來臨。

葛瑞格的成績直到高中為止一直很好，後來他開始惹上一連串麻煩。曠課、打架、在鬧區撞球間賺錢、也許還在鬧區兜售贓物，雖然從來沒被證實過。在一九四九年，當他成為高一學生的時候，他因為在更衣室的馬桶裡放了櫻桃爆竹而被停學兩天。

他反抗權威的所有衝突之中，瑪莉露．史提爾森始終都站在兒子那邊。好時光——至少對於史提爾森家的同類來說——跟著戰時工作一起結束在一九四五年，而史提爾森太太似乎認為，這是她還有兒子對抗全世界其他人的例子之一。她母親過世了，留給她那個小木板房子，然後就沒別的了。她在一個開給工人的酒吧裡送飲料一陣子，然後在一間通宵營業的廉價飯館裡當服務生。而在兒子惹上麻煩的時候，她會去為他辯護，（顯然）從未確認過這些指控是否屬實。

這個被父親取了「矮子」小名的蒼白病弱男孩，在一九四九年就不見了。隨著葛瑞格．史提爾森的青少年時期發展，他父親的生理遺傳展現出來了。男孩抽長到六呎高，在十三歲到十七歲之間增加了七十磅重量。他不玩有組織的校內運動，但設法弄到一套查爾斯．亞特拉斯健身課程，然後是一組啞鈴。矮子變成了不好惹的傢伙。

強尼猜想他一定有十幾次差點就要輟學了。他可能只是靠著盲目的運氣避免出大事。強尼常常在想，要是他**出過**一次嚴重的事情就好了，這樣會結束所有這些愚蠢的擔憂，因為一個被定罪過的重刑犯不可能取得公職高位。

史提爾森在一九五一年六月畢業了——的確，他幾乎是在班上墊底。儘管成績如此，但他的腦袋沒什麼不對。他著眼於最好的機會。他有個靈巧的舌頭跟討人喜歡的風度，他那個夏天短暫地做了一陣子加油站服務人員。然後在同年八月，葛瑞格．史提爾森在野木綠林的營帳信仰復興大會裡，得到耶穌感召。辭掉了在七六加油站的工作，「透過我們的救主耶穌基督的力量」進入了造雨人的行業。

不知是否出於巧合，那是沙塵暴時期以後奧克拉荷馬最乾燥的夏季之一。作物已經是死透了的損失，如果變淺的水井乾掉了，牲口很快就會步上後塵。葛瑞格曾經被邀請到當地牧場主的公會去。對於接下來發生的事，強尼發現了許多故事，那是史提爾森職業生涯中的高點之一。這些故事沒有一個完全一致，而強尼可以理解為什麼。這故事具有美國神話的所有屬性，跟某些關於戴維．克拉奇[106]、佩科斯．比爾、保羅．班揚[107]的故事沒什麼兩樣。**某件事**發生了，這是無可

105. Dust Bowl，一九三〇年代美國與加拿大草原因為乾旱還有耕作方式未作因應改變，發生許多沙塵暴，大大影響農作，還跟著影響經濟。

106. Davy Crockett（1786-1863），美國眾議員，死於傳奇性的阿拉莫之役（圍在城內的兩百名德州人對抗一千八百名墨西哥軍隊十三天，全體戰死）。

107. Pecos Bill 是西部拓荒時期傳說中的超強牛仔，有很多關於他的荒誕故事。Paul Bunyan 則是美國傳說中的巨人樵夫。

否認的，但確實的事實真相為何，卻無從考證了。

有件事情似乎是真的，牧場經營者公會的那次會議，一定是有史以來最古怪的一場。牧場主人們從東南部與西南部各個地區邀來超過兩打造雨人。大約一半是黑人，兩個是印第安人——一個有一半波尼族血統，還有一個純粹的阿帕契族，還有個嚼著仙人掌的墨西哥人。葛瑞格是大約九位白人中的一位，而且是唯一的本地男孩。牧場主人們一一聽取這些造雨人與探水占卜者的建議。他們分成兩組：那些要先拿一半費用（不可退費）的人，跟想要先拿所有費用（不可退費）的人。

輪到葛瑞格．史提爾森的時候，他站起來，把他的拇指勾在牛仔褲的腰環上，據說他這麼講：「我猜你們大家知道，在我把心獻給耶穌以後，我就有辦法可以讓天下雨。在那之前，我深陷於罪惡以及種種罪惡來源之中。罪惡的主要來源之一，就像我們今天晚上看到的這樣，你們用金錢符號招來這種罪惡。」

牧場主人們很感興趣。就算只有十九歲，史提爾森在某個程度上是喜劇型的迷人演說家。而他給了他們一個無法拒絕的提議，因為他是個再生基督徒，也因為他知道對金錢的愛是所有邪惡的根源，他會讓天下雨，事後他們認為這個工作值多少錢，就願意付他多少錢。

在鼓掌通過的決議下，他被雇用了，兩天後，他在一輛平台農村卡車後面雙膝跪下，慢慢地沿著奧克拉荷馬中部的高速公路與偏僻小道巡遊，穿著黑色外套跟傳教士那種低帽身的帽子，透過一對連到德爾科牽引機電池上的擴音器祈雨，數以千計的人出來看他。

故事的結尾是可以預測卻令人滿意的。在葛瑞格第二天上工的下午，天空變得多雲，而第二天早上雨來了。雨來了三天兩夜，突然的洪水殺死四個人，整棟房子連同棲息在屋頂的雞隻被沖下綠林河，水井充滿了，牲口獲救了，而奧克拉荷馬牧場與畜牧業者公會認定，這種事是無論如何可能都會發生的。他們在下一場會議裡為葛瑞格傳著帽子募款，然後這位年輕的造雨人得到了十七塊錢的「豐厚」酬勞。

葛瑞格並不覺得難堪。他用這十七塊錢在奧克拉荷馬市的《先驅報》上登了廣告。廣告指出在漢姆林鎮上，有某種類似的事情發生在某位捕鼠人身上。廣告上說，身為一個基督徒，葛瑞格・史提爾森不會帶走小孩子，而他肯定知道對於奧克拉荷馬牧場與畜牧業者公會這麼龐大有力的團體，是沒有法律手段可以對抗的。不過公道就是公道，不是嗎？他有老母親要奉養，而且她的健康狀況越來越差了。廣告暗示他為了一群有錢又不知感激的勢利眼祈禱得死去活來，就是同樣這種人，在三〇年代逼得像約德一家這樣的窮人離開他們的土地[108]。廣告指出，他拯救了價值數萬美元的牲口，卻只收到十七塊錢做為回報。因為他是個好基督徒，這種不知感激不會困擾他，但也許應該讓這個郡的好市民們停下來想想。思想正派的人可以捐獻到四七一號信箱，由《先驅報》轉交。

強尼納悶地想，葛瑞格・史提爾森實際上因為那則廣告收到多少錢，對此各報導都有出入。但那年秋天，葛瑞格開著一輛嶄新的水星車招搖過市。瑪莉露的母親留給他們的那棟小房子，欠繳三年的稅付清了。瑪莉露本人（她四十五歲，沒有特別病弱，看起來也沒有比實際年齡更老），穿著一件新的浣熊皮外套，看起來氣色極佳。史提爾森看來發現了推動地球的偉大隱藏原則精髓：如果那些接收好處的人不會給錢，那些什麼都沒有的人通常會給，根本不需要什麼好理由。可能就是同樣的原則，確保了政治家總是會有足夠的年輕人可以拿來餵養戰爭機器。

108. 約德（Joad）是史坦貝克描寫經濟大蕭條的寫實巨作《憤怒的葡萄》（The Grapes of Wrath）中的主角一家，因為奧克拉荷馬家鄉一無所有，抱著一線希望去了加州，卻又碰到資本家壓榨。

牧場主人們發現他們把聚斂的手捅進了馬蜂窩。在工會成員進城的時候，群眾常會聚集起來奚落他們，他們在整個郡的講道壇上都挨罵。他們發現下雨拯救的那些牛肉突然變得很難賣，除非運到一段距離之外的地方。

在那個紀念性年份的十一月，兩個手上戴著黃銅手指虎，口袋裡裝著鍍鎳點三二手槍的兩個年輕人，出現在葛瑞格．史提爾森家門口，顯然是牧場與畜牧業者公會雇來暗示──必須用力讓他知道──葛瑞格才會發現別處的氣候比較舒服。但兩個人到頭來都進了醫院。其中一個患上腦震盪，另一個不但掉了四顆牙還苦於疝氣。兩個人都是在葛瑞格家街角被發現，沒穿褲子。他們的黃銅手指虎被塞到一個解剖學上的位置，最常跟坐下聯想在一起，而這兩位年輕男子中的一位，必須動個外科小手術才能移除侵入進來的物體。

公會叫停了。在十二月初的一次會議裡，他們的基金裡撥出七百美元，而這筆數目的一張支票被寄給史提爾森。

他得到他要的。

在一九五三年他跟他母親搬到內布拉斯加。造雨生意變差了，而有些人說撞球場騙術的狀況也變糟了。不管搬家理由是什麼，他們出現在奧瑪哈，葛瑞格在那裡開始一個房屋粉刷生意，兩年後失敗了。擔任美國真理之道聖經公司推銷員的時候，他做得比較好。在玉米帶來回做生意，與數百個苦幹實幹、敬畏神明的農場家庭共進晚餐，講述自己皈依的故事，他賣聖經、裝飾牌、發光耶穌、讚美詩歌書、唱片、小冊子，還有一本瘋狂右派的平裝書籍，叫做《美國真理之道：共產主義者─猶太人對抗我們美國的陰謀》。在一九五七年，垂垂老矣的水星車被換成全新的福特旅行車。

在一九五八年，瑪莉露．史提爾森死於癌症，那年稍後，葛瑞格．史提爾森脫離那個再生基督徒聖經生意，往東部漂流。他在紐約市過了一年，然後搬到上州的阿巴尼，把在紐約的那年奉獻給表演業。那是少數他沒能賺到一毛錢的工作之一（房屋粉刷也是）。但應該不是因為缺乏才華，強尼挖苦地想。

在阿巴尼，他曾經為保德信保險公司工作，而他在紐約州首府一直待到一九六五年。當保險公司推銷員，他是個沒什麼目標的成功表率。沒有人邀請他加入公司的執行主管階級，也沒有基督徒熱忱的爆發。在這五年期間，既性急又厚臉皮的往日葛瑞格．史提爾森似乎遁入冬眠狀態。在他整個多變的職業生涯裡，他生命中最重要的女人一直是母親，他從沒有結婚，就強尼現在能找到的資料來看，甚至沒有固定的約會對象。

在一九六五年，保德信保險給他一個在新罕布夏里奇威市的職位，葛瑞格接受了。大約在此同時，他的冬眠期似乎結束了。精力充沛的六〇年代聚集了能量。這是短裙與「做你自己的事」的年代。葛瑞格開始活躍參與里奇威的社區事務。他加入商會跟扶輪社。在一九六七年一次關於鬧區停車計費表的爭議中，他上了整個州的新聞報導。六年來有不同的派系在爭奪它們，葛瑞格建議把計費表收起來，用奉獻箱取代，讓人民付他們想付的錢。某些人說這真是他們聽過最瘋狂的主意。喔，葛瑞格的回應是，你可能會人吃一驚。好的長官，他很有說服力，這個城鎮終於在臨時性的基礎上採用了這個建議，接著出現洪水般的零錢讓所有人都吃了一驚，只有葛瑞格例外，他在很多年前就發現這個原則了。

在一九六九年他再度登上新罕布夏新聞，那時他在一封精心寫就、寄給里奇威報紙的長信裡建議，讓嗑藥者去為市鎮公共工作計畫，像是公園跟腳踏車道路工作，甚至去安全島上種草。許多人說，這是我聽過最瘋狂的點子。喔，葛瑞格的反應是，試試看嘛，如果不管用就攆走。里奇威試試看了。一個大麻癮君子重新組織整個市圖書館，從過時的杜威十進位系統轉換成更現代的議會圖書館編目系統，市鎮沒花到一毛錢。幾個在迷幻藥室內派對裡被逮到的嬉皮，重新安排了市鎮公園的造景，讓那裡變成一個區域名勝，有養鴨池塘跟一個遊樂場，經過科學設計，有效的遊玩時間可以最大化，並且把危險減到最小。如同葛瑞格指出的，這些嗑藥者大多數都是在大學裡開始對毒品感興趣，但這並不是不用他們的理由，不能說明為何不該利用他們在大學裡學到的其他東西。

在葛瑞格革新了他第二故鄉的公園法規，還有此地對藥物濫用者處置方式的同時，他寫信給曼徹斯特的《聯合領袖報》、波士頓《全球報》以及《紐約時報》，鼓吹越戰的鷹派立場，給海洛英成癮者強制重罪刑期，還有回歸死刑，尤其是對海洛英毒販。在眾議院選戰中，他在好幾個場合聲稱自己從一九七〇年以後就反戰了，但這個男人刊載出來的文字就讓這番話成了明白的謊言。

一九七〇年，葛瑞格．史提爾森開了他自己的保險與不動產公司，他很成功。一九七三年，他跟另外三位商人在首府市——他目前代表區域的郡首府——的郊區投資並建立了一個購物中心。那是阿拉伯石油禁運的年頭，也是葛瑞格開始開一輛林肯大陸型車的年份，那也是他競選里奇威市長的年份。

市長是兩年一任，而兩年前的一九七一年，這個頗大的新英格蘭城鎮（人口八千五百人）裡的共和黨與民主黨人都邀他參選。他微笑致謝，婉拒了兩方。在七三年，他以獨立候選人身分競選，打敗了一個相當受歡迎的共和黨人——這個候選人的弱點在於他狂熱支持尼克森總統——還有一個民主黨推派的名義領袖。他第一次戴上了他的建築工人帽，他的競選口號是**咱們來建立一個更好的里奇威！**他大贏特贏。一年後，在新罕布夏的姊妹州緬因州，投票者同時拋下民主黨的喬治．米契爾與共和黨的詹姆斯．厄文，選出了來自路易斯頓，叫做詹姆斯．朗利的保險從業者當他們的州長。

葛瑞戈里．阿瑪斯．史提爾森沒有錯過這一課。

4

在影印剪報周圍是強尼的筆記，還有他經常自問的問題。他太常反覆進行他自己的一連串推論，所以現在，當錢思樂跟布林克利繼續列舉歷年選舉結果時，他可以滔滔不絕、一字不漏地講出全部。

首先，葛瑞格．史提爾森本來不應該選上。他的競選承諾，大體來說就是笑話。他的背景完全不對，他的教育完全不對，他只讀到十二年級，而到一九六五年為止，他不過就是個流浪漢。在一個選民認定律師應該制定法律的國家，史提爾森唯一跟那股力量擦身而過之處，是在錯誤的那一邊。他沒有結婚，他的個人歷史毫無疑問地古怪。

其次，媒體幾乎完全——而且非常令人困惑地——放過他一個人。在大選年，韋伯．米爾斯承認自己有個情婦[109]，韋恩．海斯則因為他的情婦被趕出幾乎已經讓他做到長滿藤壺的眾議員席位[110]，就算是那些出於權勢之家的人，都無法免於媒體求快不求精的搜查，記者們本來應該在史提爾森身上可以有很愉快的斬獲。他多彩多姿、充滿爭議性的人格，似乎只驚動了全國媒體被逗樂的仰慕之情，卻似乎沒有讓任何人緊張，也許只有強尼．史密斯例外。他的保鑣幾年前曾經

109. Wilbur Mills（1909-1992），代表阿肯色州的民主黨眾議員，一九七四年帶著情婦酒駕被抓到，但當年參選還是大獲全勝，但當選後馬上又因為酗酒問題再度出事，此後淡出政壇，一九七六年沒有參選。

110. Wayne Hays（1911-1989），俄亥厄州民主黨眾議員，從一九四九年就不斷連任，一九七六年被踢爆以秘書職位供養根本沒有工作能力的情婦，不得不辭職。

是騎著哈雷機車在海灘上鬧事的人，史提爾森的集會裡又不時有人受傷，卻沒有一個調查記者對此做深入的研究，在首府市的一次競選活動裡——就在史提爾森協同發展的同一個購物中心裡——一個八歲大的女孩手臂骨折、脖子脫臼，她母親歇斯底里地發誓，那些「機車瘋子」裡有一個把她從舞台上推下來，當時那女孩設法要爬上講台，讓那個「偉大人物」在她的簽名本上簽名。然而報紙上只有一篇諷刺短文——女孩在史提爾森集會中受傷——很快就被遺忘了。

史提爾森公開了一份經濟來源揭露表，讓強尼覺得好得不像真的。在一九七五年，史提爾森為了一筆三萬六千元的收入，付了一筆一萬一千元的聯邦稅——當然，完全沒有州所得稅，新罕布夏沒有徵收這個。他聲稱他所有的收入是來自他的保險與不動產公司，再加上一點小小的津貼：他的市長薪水。根本沒提到他那有利可圖的首府市購物中心。也沒有解釋這個事實：史提爾森住在一棟估計價值八萬六千美元的房子裡，他個人自由自在擁有的房子。在這個季節，美國總統會被催討等同於高爾夫球場使用費的金額，史提爾森怪異的經濟狀況揭露聲明，卻沒有讓任何人訝異。

還有他當市長的紀錄，他在這個工作上的表現，比他的競選表現給人的期待還好得太多。他是個精明機敏的男人，對人類、團體與政治心理學有粗野卻精確的掌握。他在一九七五年結束任期時，市政府在十年內第一次有了財政盈餘，讓納稅人很高興。他用很有理由的驕傲之情，指向他的停車費計畫與他所謂的嬉皮工讀計畫。里奇威變成全國第一批組成建國兩百週年協會的城鎮。一個做檔案櫃的公司在里奇威落戶，而在經濟衰退期間，本地失業率竟是令人嫉妒的百分之三點二，一切都非常令人景仰。

讓強尼覺得害怕的，是史提爾森擔任市長期間發生的某些其他事情。

市鎮圖書館經費從一萬一千五百美元削減到八千美元，然後，在史提爾森任期的最後一年，變成六千五百美元。在此同時，對市警的撥款躍升到百分之四十。三輛新巡邏車增添到市鎮的車庫裡，還加了一組鎮暴裝備。也增聘兩名新的警官，而市議會在史提爾森的敦促下同意，制定採購員警個人配槍時的費用五五對分政策。結果就是在這個睡意濃郁的新英格蘭小鎮，好幾位警察都出外去買了點三五七麥格農手槍，因為「骯髒哈利」．卡拉漢[111]而永垂不朽的槍。同樣也在史提爾森的市長任期內，青少年休閒中心關閉了，還制定一個應該屬於自願性質、卻由警力強化的十點鐘宵禁，針對十六歲以下人士，而社會福利被砍掉百分之三十五。

是的，關於葛瑞格．史提爾森，有很多事情都嚇到了強尼。

專橫的父親與寵溺的母親，感覺比較像搖滾演唱會的政治集會。這男人對付群眾的方式，他的保鑣——

自辛克萊．路易斯[112]以來，人們大聲疾呼不幸與毀滅、小心美國的法西斯狀態，然而這就是沒發生。嗯，在路易斯安納州是有過修伊．隆，不過修伊．隆被——

被暗殺了。[113]

強尼閉上眼睛，看到老吳扣下手指扳機。喇、喇、喇。老虎，老虎，明亮地燃燒，在夜的叢林裡，是什麼樣讓人畏懼的手或眼睛[114]——

但你不會種下禍害。不會的，除非你想下去那裡跟穿著帽兜塑膠雨衣的法蘭克．達德在一起。跟奧斯華茲[115]、色漢[116]還有布萊莫們在一起。世界上的瘋子，團結起來。讓你的偏執狂筆記

111. 電影《緊急追捕令》（Dirty Harry）裡為追捕嫌犯而跳過正當程序的警察主角。
112. Sinclair Lewis（1885-1951），贏得諾貝爾文學獎的美國寫實小說家，針砭美國社會中的資本主義問題。
113. Huey Long（1893-1935），路易斯安納州州長、參議員，擔任州長期間對富人增稅、加強福利事業，但跳過州議會行使職權，被批評有獨裁傾向。在宣布競選總統之後一個月，被政敵的女婿刺殺。

本日日更新，在半夜翻閱它們，在事情在你體內達到關鍵階段的時候，寄出郵購槍枝的折價券。強尼．史密斯，見見「尖叫」弗洛姆[117]。很高興見到你，強尼，你在筆記本裡寫下的一切，對我來說都完全合理。想請你見見我的精神導師。強尼，這是查理。查理，這是強尼。在你解決史提爾森以後，我們會一起逃脫，然後幹掉其他的豬玀，這樣我們就可以拯救紅杉木。

他的頭在打轉，免不了的頭痛要來了，這總是會導致頭痛。

葛瑞格．史提爾森總是把他導向這個。現在是去睡覺的時候了，還有拜託上帝，不要作夢。

但還是有這個問題。

他把這寫進他的其中一本筆記本，然後一直回到這個問題。他用整潔的字跡寫好，然後在旁邊畫了三重圈圈，就好像要把問題留在裡面。這個問題是：如果你可以跳進一台時光機，回到一九三二年，你會殺死希特勒嗎？

強尼注視著他的手錶，差十五分鐘就一點了。現在是十一月三日，建國兩百週年大選已經是歷史的一部分了。俄亥厄還沒確定，但卡特領先。寶貝，勝負已定。騷動已經結束，大選有人輸有人贏。傑瑞．福特可以收山了，至少到一九八〇年為止。

強尼走到窗邊往外眺望。主屋是暗的，不過在老吳位於車庫上方的公寓式住處有盞燈亮著。很快就會變成美國公民的老吳，仍然在觀看美國四年一度的偉大儀式：老廢物從這裡出去，新廢物從這裡進場。也許戈登．史特拉肯[118]給水門調查委員會的答案不是那麼糟。

強尼上床睡覺。過了一段很長的時間，他睡著了。

而且夢見笑面虎。

第二十二章

1

赫伯．史密斯在一九七七年一月二日，照計畫娶了夏琳．麥肯錫做第二任妻子。結婚典禮在西南灣的公理教堂舉行。新娘的父親，一位幾乎瞎眼的八十歲老紳士，送她出嫁。強尼站在他父親旁邊，完美無缺地在恰當時機拿出戒指，這是個可愛的場合。

莎拉．哈茲萊特跟丈夫與兒子一起出席，她兒子現在已經脫離小嬰兒時期了。莎拉有孕在身，豔光四射，幸福滿足的寫照。注視著她，苦澀的妒意就像一陣出乎意料的毒氣攻擊，讓強尼很驚訝。一陣子以後那感覺過去了，強尼在婚禮後的招待會裡過去跟他們談話。

這是他第一次見到莎拉的丈夫。他是個高大、好看的男人，有個鉛筆式鬍鬚，還有早生的華髮。他的緬因州參議員選戰很成功，他正大談全國選舉真正的意義，還有跟一位獨立無黨派州長共事的困難，同時丹尼拉著他的褲腿，要求喝更多飲料，爹地，更多飲料，**更——多——飲——料**！

114. 這一段話出自詩人威廉．布雷克（William Blake）的名詩〈老虎〉（The Tyger）。
115. Lee Harvey Oswald（1939-1963），刺殺約翰．甘迺迪總統的刺客。
116. Sirhan Sirhan（1944-），刺殺羅伯．甘迺迪參議員的刺客。
117. Lynette "Squeaky" Fromme（1948-），企圖刺殺福特總統的刺客，一九六九年犯下連續謀殺案的查理．曼森（Charlie Manson）的信徒之一。
118. Gordon C. Strachan（1943-），水門案中的涉案者之一。

莎拉不太說話，但強尼感覺到她閃閃發亮的眼睛正看著他——一種讓人不自在的感覺，但不知怎麼的並不是令人不快的。也許，有一點點悲傷。

招待會裡，免費酒精到處流淌，超越平常兩杯就停的程度，強尼又多喝了兩杯——也許，是因為再度見到莎拉的震撼，這次還有她的家人，或者也可能只是這層領悟——寫在夏琳那張幸福洋溢的臉上——維拉．史密斯已經不在了，永遠不在了。所以在哈茲萊特一家離去後大約十五分鐘，他走近赫克特．馬克史東，新娘的父親時，他有種愉快的暈眩感。

這老人坐在靠近結婚蛋糕被摧毀的殘餘部分一角，他長滿關節炎結瘤的雙手交疊在他的拐杖上。他戴著墨鏡。一邊的腳架用黑色電工膠帶補過。在他旁邊站著兩只啤酒空瓶，另一個瓶子則是半滿的，他仔細注視著強尼。

「赫伯的兒子，不是嗎？」

「是的，先生。」

一陣更長的審視。然後赫克特．馬克史東說：「天啊，你看起來不太好。」

「我猜是太常熬夜了。」

「你看起來需要來杯通寧水，某種讓你強壯起來的東西。」

「你打過一次世界大戰，不是嗎？」強尼問道。幾個獎章，其中包括一個法國英勇十字勳章，別在這個老人藍色的嗶嘰布料西裝外套上。

「我確實是，」馬克史東說著開心起來。「在黑傑克．潘興[119]麾下服役。美國遠征軍，一九一七到一八年，我們走過爛泥跟髒污。風在吹，屎在飛。貝洛森林，我的孩子，貝洛森林啊，現在那只是歷史書上的一個名字罷了。但我當時在那裡，我看到人在那裡死掉。風在吹、屎在飛，從戰壕裡冒出天殺的一整群人。」

「而且夏琳說你的男孩……她哥哥……」

「巴迪。是啊，本來會是你的繼舅父的，小子。我們愛那男孩嗎？我猜是，他的名字叫喬，不過幾乎從他出生那天起，每個人都叫他巴迪。在電報來的那天，夏琳的母親就開始死去了。」

「戰死了，不是嗎？」

「是的，沒錯，」老人緩緩說道：「在聖洛，一九四四年[120]。距離貝洛森林不是那麼遠，無論如何，不是照我們這裡衡量事情的尺度，他們用一顆子彈結束了巴迪的生命，納粹。」

「我在寫一篇文章，」強尼說道，同時感覺到某種醉鬼的狡獪——他終於把這番對話帶到他真正的目標上了：「我希望能賣給《大西洋雜誌》，或者《哈潑雜誌》……」

「你是作家啊？」墨鏡一閃，他帶著重燃的興趣抬頭對著強尼。

「喔，我在嘗試，」強尼說。他已經開始為他的伶牙俐齒後悔了。「對，我是個作家，在天黑以後，我在我的筆記本裡寫作。總之，那篇文章會是跟希特勒有關。」

「希特勒？希特勒怎樣？」

「嗯……假定……假定你可以跳進一台時光機，回到一九三二年的德國。而且假定你遇到希特勒。你會殺了他，還是讓他活下去？」

老人單調的墨鏡微微地往上抬，對著強尼的臉。強尼現在根本不覺得醉、不覺得伶牙俐

119. John J."Black Jack" Pershing（1860-1948），美國陸軍特級上將，一九一七年至一九一八年間率領美國遠征軍到歐陸協助英軍與法軍對抗德軍。貝洛森林之役是美國遠征軍在歐洲碰到的第一次重大戰役，雙方都犧牲慘重，但英美法聯軍在潘興指揮下打贏了。

120. 這裡指的是第二次世界大戰的聖洛之役，這是諾曼第登陸行動的後續攻勢之一；美軍為了攻陷此地大量轟炸，把這個城市炸毀百分之九十五。

齒、也不自以為聰明了，一切似乎都仰仗著這個老人要說的話。

「這是個笑話嗎，孩子？」

「不，不是笑話。」

赫克特．馬克史東的一隻手離開了拐杖頭。那隻手伸進他的西裝褲口袋裡，在那裡摸索了感覺久到像是永恆的時間，最後那隻手又伸出來了。手上握著一個骨柄口袋小刀，手柄在經年累月的摩擦下變得柔順圓潤，就像老象牙。另外一隻手加入了，患關節炎的手不可思議的細緻優雅，把刀子的一邊刀鋒折出來。刀鋒在公理會堂的光線下，閃爍著平淡的邪惡光輝：這把刀在一九一七年跟著一個男孩旅行到法國去，一個身為男孩軍隊一員的男孩，他準備好了，也很樂意阻止骯髒的德國佬用刺刀戳嬰兒、強姦修女，也準備在這過程裡讓那些法國佬看看他們的厲害，而這些男孩被機關槍掃射，這些男孩染上痢疾跟致命的流感，這些男孩吸進芥子毒氣與光氣，這些男孩從貝洛森林出來的時候，看起來像是見過鬼王撒旦本人臉孔的鬧鬼稻草人。而這一切到頭來都是白費，到頭來這一切都得重來一遍。

某處音樂正在播放，人群正在歡笑，人群正在跳舞，閃光燈爆出溫暖的光。在某個很遠的地方。強尼瞪著赤裸裸的刀鋒，呆站在那裡，被它磨利的邊緣上舞動的光給催眠了。

「看到這個了？」馬克史東柔聲問道。

「看到了。」強尼氣若游絲地說。

「我會把這個戳進他黑色的、騙人的、謀殺犯的心臟裡去。」馬克史東說：「我會盡可能把它深深插進去……然後我會扭轉它。」他在自己手裡慢慢轉動著刀，先是順時針，然後逆時針。他微笑著，露出嬰兒般柔滑的牙齦跟一顆歪歪的黃色牙齒。

「但首先，」他說：「我會在刀鋒上塗老鼠藥。」

2

「殺希特勒？」羅傑．查茲沃斯說，他的氣息一小團一小團地冒出來。他們兩個在德罕宅邸後面的樹林裡踩著雪鞋走路。樹林非常寂靜。現在是三月初，不過這一天就跟深冬一月一樣，平穩冰冷地保持寂靜。

「對，沒錯。」

「有趣的問題，」羅傑說：「沒有意義，但很有趣。不，我不會。我想我反而會加入黨，設法從內部改變事情，對於將來會發生什麼事能有事前知識的話，淨化他或限制他或許是有可能的。」

強尼想起那鋸斷的撞球桿。他想起桑尼．艾利曼明亮的綠色眼睛。

「但這也有可能害你自己被殺！」他說：「那些人在一九三三年做的不只是唱啤酒廳歌曲而已。」

「是，這麼說很真確。」他對著強尼揚起一邊眉毛。「你會做什麼？」

「我真的不知道。」強尼說。

羅傑打發掉這個話題。「你爸跟他太太很享受他們的蜜月嗎？」

強尼咧嘴笑了。他們去了邁阿密海灘，碰到旅館工人罷工等等。「夏琳說她覺得在家裡鋪自己的床感覺很對。我爸說，他覺得自己像個怪胎，在三月亮出曬傷痕跡，不過我想他們兩個都很享受這一趟。」

「他們賣房子了嗎？」

「對，兩個人在同一天賣，也幾乎得到他們要的了。現在如果不是因為那該死的醫療帳單還掛在我頭上，就算是一帆風順了。」

「強尼……」

「嗯？」

「沒什麼，咱們回去吧。如果你想嚐嚐，我有些皇家芝華士。」

「我相信我有興趣。」強尼說道。

3

他們現在在讀《無名的裘德》，強尼先前很訝異查克多麼迅速又自然地沉浸於其中（那是在對前四十頁左右呻吟抱怨一陣以後）。他坦承他在晚上自己超前閱讀進度，而他有意在讀完此書以後試試看其他的哈代作品。這是他人生中有史以來第一次，為了樂趣而閱讀。而就像個剛在年長女性引導下初嘗性事樂趣的男孩，他沉迷於其中。

現在書攤開來，頁面朝下放在他腿上。他們又在泳池旁邊了，不過泳池是抽乾的，他跟強尼都穿著薄外套。在頭上，淡淡的白雲飛掠過天空，散漫地試著合併到足以製造雨水。空氣中的感覺神秘而甜美，春天就在不遠處。現在是四月十六日。

「這是個有陷阱的問題之一嗎？」查克問道。

「不是喔。」

「喔，他們會抓我嗎？」

「抱歉？」這是其他人都不曾問過的問題。

「如果我殺了他，他們會抓我嗎？把我吊在燈柱上？讓我在離地六吋的地方跳舞？」

「嗯，我不知道，」強尼緩緩地說道：「是，我想他們會抓到你。」

「我無法逃到我的時光機裡去，進入一個有了美妙改變的世界，喔？回到美好的老一九七七？」

「不，我想不會。」

「喔，這不重要，反正我會殺他。」

「就這樣？」

「當然，」查克露出一點點微笑。「我會替自己裝個空假牙，裡面填滿迅速生效的毒藥，或者襯衫領子裡裝個剃刀，或者做些類似的事情。所以如果我被抓，他們沒辦法對我做任何太噁心的事情。但我會做的，如果我不做，我怕他到頭來殺死的所有數百萬人會陰魂不散，糾纏到我入土為止。」

「到你入土。」強尼有一點不舒服地說道。

「你還好嗎，強尼？」

強尼逼自己回應查克的微笑。「很好，我猜我的心臟剛才少跳一拍之類的。」

查克在奶白色的多雲天空下繼續讀《無名的裘德》。

4

五月。

割下青草的味道，為了另一次回歸的約定而回來——還有那些長期受人喜愛的東西，忍冬花、塵土與玫瑰。在新英格蘭，春天真的只來無價的一星期，然後DJ就拉出「海灘男孩」老歌精選，整片土地上到處都聽得見巡遊的本田汽車嗡嗡作響，夏天就帶著熱浪重擊而來。

那個無價春季星期的最後幾個晚上，強尼坐在客屋裡，往外望著夜空。春天的黑暗是輕柔深沉的。查克跟他現任女友出發去高年級舞會了，這女孩是比之前的半打更有知性氣質的類型。她看書，查克對強尼吐露這件事，像是一個見過世面的男人對另一個見過世面的男人說。

老吳離開了。他在三月底拿到他的公民資格，在四月應徵北卡羅萊納一家休閒旅館的主要場地管理員，三週前他去那裡面試，當場被錄用。在他離開的時候，他來見過強尼。

「我想，你擔憂太多不在那裡的老虎了，」他說：「老虎有條紋，會隱沒在背景裡，這樣才不會被看到，這讓擔憂的人到處都看到老虎。」

「是有隻老虎。」強尼這麼回答。

「對，」老吳同意：「在某個地方。在這同時，你變瘦了。」

強尼站起來走向冰箱，替自己倒了杯百事可樂，他帶著可樂到外面的小露天平台去。他坐下來，啜飲著他的飲料，然後想著每個人都很走運，時光旅行是完全不可能的。月亮升起，松樹上的一個橘子色眼睛，在游泳池上打出一條血色小徑。第一批青蛙呱呱叫、砰砰跳著。過了一會以後，強尼進了屋裡，在他的百事可樂裡倒了很多朗里柯蘭姆酒。他回到外面，再度坐下，一邊喝一邊看著月亮在天空中升高，從橘色慢慢改變成神秘、靜默的銀色。

第二十三章

1

一九七七年六月二十三日，查克從高中畢業。強尼穿上了他最好的西裝，跟羅傑與雪莉．查茲沃斯一起坐在炎熱的禮堂裡，注視著他以第四十三名從班上畢業，雪莉哭了。

事後，查茲沃斯家有個草坪派對，那天很熱又很濕。西方形成了有紫色腹部的雷雨雲，這些雲緩緩地沿著地平線來回拉鋸，但似乎沒有靠得更近。喝了三杯螺絲起子以後，臉紅通通的查克跟他的女朋友，派蒂．史特拉肯一起過來，讓強尼看看他從他父母那裡得來的畢業禮物——一支新的脈衝星手錶。

「我告訴他們我想要那隻R2D2機器人，不過這是他們能做到的最好了。」查克說道，強尼笑了出來。他們又多聊了一會，然後查克粗魯地突然說道：「我想感謝你，強尼。如果不是因為你，我今天根本不會畢業。」

「不，才不是這樣呢，」強尼說。他有點緊張地看到查克幾乎要哭了。「優秀的品質總是會展現，老兄。」

「我一直都這樣跟他說。」查克的女友說道。在她的眼鏡後面，一個冷靜優雅的美人等著要現身。

「也許吧，」查克說：「也許是，但我知道我的學位證書哪一面是塗了奶油的，真的非常非常多謝你。」他的雙臂環抱著強尼，給他一個擁抱。

那感覺突然來了——一個重重的、明亮的影像電光，讓強尼直起身體，他的手在腦袋側面一拍，就好像查克是打了他而不是抱了他。影像沉進他的心靈中，就像電鍍做出來的一幅圖像。

「不，」他說：「**不行**，你們兩個要遠離那裡。」

查克不自在地往後退，他感覺到了**什麼**，某種冰冷陰暗又無法理解的東西。突然間他不想觸碰強尼，在那一刻，他永遠不想再碰到強尼了。那就好像發現躺在自己棺木裡，看著棺材蓋被釘住的感覺。

「強尼，」他說道，然後聲音動搖了。「那……那是什麼……」

羅傑本來拿著飲料要到這裡來，現在他頓住了，滿心困惑。

強尼看著查克的肩膀後面，望著遠處的雷雨雲，他的眼睛朦朧如霧。

他說：「遠離那個地方，那裡沒有避雷針。」

「**強尼**……」查克望著他父親，嚇壞了。「這就好像他正某種……**發作**，或者別的。」

「閃電，」強尼用一種傳得很遠的聲音宣布，人們轉過頭來看著他。他攤開雙手。「閃電起火，牆壁裡的絕緣材料。門……卡住了，灼燒的人聞起來像熱豬排。」

「**他在說什麼？**」查克的女友大喊著，對話逐漸停止。現在每個人都注視著強尼，同時一邊平衡著手上的一盤盤食物跟杯子。

羅傑走過來。「強尼！強尼！什麼事情不對了？醒來！」他在強尼模糊的雙眼前面打響手指。雷聲在西方悶響，也許是巨人在玩雙人牌戲的聲音。「出了什麼事？」

強尼的聲音很清楚，適度地大聲，那裡的五十來個人每一位都聽得到——商人跟他們的妻子，教授跟他們的太太，德罕的上流中產階級。「今晚把你兒子留在家裡，要不然他會跟其他人一樣被燒死，會有一場火災，恐怖的火災，不要讓他靠近凱西家。那裡會被閃電打中，會在第一輛消防車能抵達以前就被燒成平地，絕緣材料會燒掉，他們會找到碳化的屍體六具，七具在出口深處，沒有辦法分辨他們的身分，只能靠他們的牙科資料。這……這……」

派蒂．史特拉肯在那時尖叫出來，她把手伸向她的嘴，她的塑膠杯子翻倒在草坪上，冰塊往外灑在草上，像是大到不可能的鑽石在那裡閃耀。她站著搖晃了一會兒，然後昏過去，在派對洋裝的粉色系波浪中倒地，她母親衝上前來，在她經過時對著強尼哭喊：「你是哪根筋**不對**？老天爺啊，你哪根筋**不對**？」

查克瞪著強尼，他的臉白得像紙。

強尼的眼睛開始變得澄澈，他環顧四周瞪著眼睛的小批人群。「我很抱歉。」他咕噥道。派蒂的母親跪了下來，把女兒的頭抱在懷裡，輕拍著她的臉頰，那女孩開始動彈、呻吟。

「強尼？」查克悄聲說道，然後，沒等待回答就走向他的女友。

這時查茲沃斯家後院非常靜，每個人都注視著他。他們注視著他，因為這又發生了，他們注視著他，就像那些護士一樣，還有那些記者，他們是站在電話纜線上的烏鴉。他們握著他們的飲料跟他們的一盤盤馬鈴薯沙拉，同時注視著他，就好像他是一隻蟲、一個怪胎。他們注視著他，就好像他是突然拉開褲子的暴露狂。

他想逃，他想躲，他想吐。

「強尼，」羅傑說話了，用一隻手臂攬住他。「進屋裡來，你必須動身去……」

遠處，雷聲隆隆。

「凱西家是什麼？」強尼厲聲說道，他抗拒羅傑的手臂環抱他肩膀的壓力。「那不是某個人的家，因為那裡有出口標示。那是什麼？那在哪裡？」

「你不能把他趕出這裡嗎？」派蒂的媽媽幾乎在尖叫。「他又讓她不舒服了！」

「過來吧，強尼。」

「可是……」

「來吧。」

他讓自己被帶向客屋，他們的鞋子踩在卵石車道上的聲音非常響亮。那裡似乎沒有別的聲音。他們走得夠遠，到了泳池邊，然後竊竊私語的聲音在他們背後開始響起。

「凱西家在哪裡？」強尼又問了一遍。

「你怎麼會不知道呢？」羅傑問道：「其他一切你似乎都知道，你把可憐的派蒂．史特拉肯都嚇得昏倒了。」

「我看不到，那在死亡禁地，那是什麼地方？」

「讓我先帶你上樓。」

「我沒有生病！」

「那麼就是你太緊繃。」羅傑說道。他語氣輕柔又撫慰人心，就是人對無可救藥瘋子講話的那種方式。他的說話聲讓強尼害怕。而頭痛開始來了。他用野蠻的意志力逼它回去，他們上樓進了客屋。

2

「有覺得好一點了嗎？」羅傑問道。

「凱西家是什麼？」

「那是桑默斯沃斯一家非常時髦的牛排館兼休閒酒吧，在凱西家辦畢業派對算是某種傳統，天知道為什麼。你確定你不要一些阿斯匹靈？」

「不，別讓他去，羅傑。那裡會被閃電打中，那裡會被燒成平地。」

「強尼，」羅傑·查茲沃斯很慢又非常和藹地說：「你不可能知道那種事。」

強尼一次喝一小口冰水，然後用微微顫抖的手把玻璃杯重新放下。「你說你查過我的底細，我還以為……」

「是，我查過，但你做了錯誤的結論。我知道你應該是靈媒之類的，但我不要靈媒，我要的是家教。你當家教做得很好。我個人的信念是，好靈媒跟壞靈媒之間沒有任何差異，因為那種事情我一概不信。就這麼簡單，我不相信。」

「那麼這就讓我成了騙子。」

「完全不是，」羅傑用同樣仁慈而低微的聲音說道。「我在蘇賽克斯有個工廠領班，他不會用同一支火柴連點三支菸，但這樣並沒有讓他變成一個壞領班。我有些朋友信仰很虔誠，雖然我自己不上教堂，他們還是我的朋友。你的信念是你可以看見未來，或者在遠處看到東西，這從來沒有進入我對於要不要雇用你的判斷之中……這不盡然是真的。一旦我決定這件事不會干擾你好好教查克的能力，這一點就不會影響到我的判斷。它是沒有。不過我不相信今天晚上凱西家會燒光，就像我不相信月亮是綠色的起司。」

「我不是騙子，只是瘋了。」強尼說道。從某種單調的方面來看，這挺有意思的。羅傑·杜梭特跟許多寫信給強尼的人都指控他詐騙，但查茲沃斯是第一個指控他有聖女貞德情結的人。

「也不是那樣，」羅傑說：「你是個被牽連到恐怖車禍的年輕男子，一路奮鬥著對抗恐怖的機率，付出可能很恐怖的代價重新醒來，那不是我會開口大放厥詞批評的事情，強尼，但如果在草坪上的那些人裡——包括派蒂的媽媽在內——有任何一個想得出很多愚蠢的結論，我會邀請他們閉上尊口，不談他們不懂的事情。」

「凱西家，」強尼突然間說道：「那我是怎麼知道這個名字的？還有我怎麼知道那不是某人的家？」

「聽查克說的，他這個星期常常講到這場派對。」

「他沒對我講。」

羅傑聳聳肩。「也許他對雪莉或我說了什麼，而你在聽力可及的範圍。你的潛意識剛好聽到了，把它儲存起來……」

「說得對，」強尼苦澀地說道：「任何我們不理解的事，任何不符合我們對事物既有概念架構的事情，我們就會把它存到S，代表潛意識的地方，對吧？二十世紀的神，在某件事跟你對世界的實用觀點相左時，你有多少次這麼做了，羅傑？」

羅傑的眼睛可能閃爍了一下下——或者那可能是想像。

「你把閃電跟即將要來的雷雨聯想在一起了，」他說：「你看不出來嗎？這徹底簡——」

「聽著，」強尼說：「我盡可能簡單地告訴你，那個地方會被閃電打中。那裡會被燒光，**把查克留在家裡。**」

喔，上帝啊，頭痛又來找他了。像隻老虎似地撲來。他把手放到前額上，不穩定地揉著前額。

「強尼，你把自己逼得太緊了。」

「把他留在家裡。」強尼重複道。

「這是他的決定，而我不會擅自替他決定，他是自由的十八歲白人[121]。」

門上傳來一聲輕敲。「強尼？」

「進來吧。」強尼說道，然後查克本人進來了，他看起來很擔憂。

「你好嗎？」查克問道。

「我還好，」強尼說：「我頭痛，就這樣。查克……拜託今天晚上離那地方遠一點，我是以朋友的身分請求你。不管你的想法跟你父親一不一樣，拜託你。」

「沒問題，老兄。」查克愉快地說道，然後砰一聲坐在沙發上。他用一隻腳勾起一個跪墊。

「就算用一條二十呎長的鏈子，也無法把派蒂拖到那地方的一哩之內，你讓她心生恐懼了。」

「我很抱歉，」強尼說。如釋重負的他覺得想吐又很冷。「我很抱歉，但我很高興。」

「你有某種靈感閃過，不是嗎？」查克注視著強尼，然後看著他父親，接著又慢慢回來看著強尼。「我感覺到了，那很糟。」

「有時候人會有某種感應。我了解，那有點討厭。」

「喔，我不想再發生一次了，」查克說：「可是，嘿……那地方不真的會燒光吧，是嗎？」

「會，」強尼說：「你會想要離遠一點的。」

「可是……」他注視著他父親，覺得很困擾。「高年級班把那整個該死的地方包下來了。你知道嗎，學校鼓勵這樣做。這樣比同時辦二、三十個不同的派對，一大堆人在偏僻馬路上喝酒來得安全，那裡很可能有……」查克安靜了一會，然後開始看起來一臉懼色。「那裡很可能會有兩百對男女在那裡，」他說：「爸……」

「我不認為他相信任何一點。」強尼說。

羅傑站起來露出微笑。「嗯，咱們開車去桑默斯沃斯，跟那個地方的經理談談，」他說：

121. 這是一種老派的措辭，原本的說法是「二十一歲的自由白人」（當時的法定成人年齡），意思是能夠獨立自主決定命運的人、不欠任何人。

「反正這是個很無聊的草坪派對，如果你們兩個回來的時候還是有一樣的感覺，我們今天晚上可以請每個人都過來。」

他瞥了強尼一眼。

「唯一的條件是你必須保持清醒，而且幫忙當監護人，小伙子。」

「我很樂意，」強尼說：「但你為什麼願意這麼做呢，如果你不信的話？」

「這是為了你的精神安寧，」羅傑說：「也是為了查克的。而且這樣的話，要是今晚什麼都沒發生，我可以說我早講過了，然後就笑——得合不攏嘴。」

「喔，無論如何，多謝了。」既然放鬆了，他現在比剛才顫抖得更厲害，但他的頭痛已經退卻成一種悶悶的陣痛。

「不過一件事情得先講，」羅傑說：「我不認為有任何一丁點微小的機會，讓店主只憑一句沒有根據的話就取消預約，強尼，這可能是他每年生意最好的晚上之一。」

查克說：「嗯，我們可以找出某種辦法……」

「像是什麼？」

「喔，我們可以告訴他一個……就編某種故事……」

「你是指說謊嗎？不，我不會做那種事。別要求我這樣做，查克。」

查克點點頭。「好。」

「我們最好動身了，」羅傑俐落地說：「現在只差十五分就五點了，我們會開賓士去桑默斯沃斯。」

3

五點四十分，他們三個人進店裡的時候，布魯斯．凱瑞克，店主兼經理，正在顧吧台。當強尼讀到貼在酒吧門口外的告示時，心中微微一沉：**今晚有私人派對，七點打烊，明天見。**

凱瑞克並不盡然很忙。他正在服務幾位在喝啤酒、看較早新聞的工人，還有三對在喝雞尾酒的情侶。他聆聽著強尼的故事，臉上的表情變得越來越不敢相信。在他講完以後，凱瑞克說：「你說你姓史密斯？」

「對，沒錯。」

「史密斯先生，跟我過來這個窗戶邊。」

他帶著強尼到門廳窗口，在衣帽間門口。

「往外看看，史密斯先生，然後告訴我你看到什麼。」

強尼往外看，知道他會看到什麼。九號道路往西走，在一陣輕微午後小雨之後，現在正乾燥，上面的天空完全澄淨，雷雨雲過去了。

「沒什麼，至少現在沒有，可是……」

「沒什麼可是。」布魯斯．凱瑞克說道。「你知道我怎麼想嗎？你誠心想知道嗎？我想你是瘋子，為什麼你要挑我這樣惡搞，我不知道也不在乎。但如果你給我一秒鐘，小子，我會告訴你人生的事實。高年級班為了這個派對付給我六百五十塊錢，他們從北方的緬因州雇來一個相當好的搖滾樂團，『橡樹』。食物在外面的冰箱裡，全都準備進微波爐了。沙拉冰好了，飲料是另外收費的，這些孩子大多數都超過十八歲，他們可以愛怎麼喝就怎麼喝……而今晚他們會的，誰能怪他們呢，你只會從高中畢業一次。今晚光是從酒吧裡，我就可以輕輕鬆鬆進帳兩千塊。我另外找了兩個酒保來幫忙，我有六個女服務生跟一個帶位領班。如果我現在取消這個節目，我不只會損失整個晚上，還得償還我為了這一餐已經花掉的六十五塊。我甚至不會有我平常的晚餐顧客群，因為告示已經在那裡貼一整個星期了，你看到全局了嗎？」

「這個地方有避雷針嗎？」強尼問道。

凱瑞克雙手一攤。「我告訴這傢伙人生事實，他卻想討論避雷針！對啦，我有避雷針！有個傢伙進來這裡，那是在我到這裡以前，一定距離現在有五年了。他唱作俱佳，說啥增加我的保險比率之類的話。所以我買了那天殺的避雷針了！你高興了嗎？耶穌基督啊！」他望著羅傑與查克。「你們兩個在幹嘛？為什麼要讓這混蛋到處亂跑？你們為什麼不滾蛋？我有生意要做。」

「強尼……」查克開口了。

「別介意，」羅傑說。「咱們走，多謝你貢獻的時間，凱瑞克先生，還有你充滿禮貌與同情心的關照。」

「什麼都不用謝，」凱瑞克說。「一群瘋子！」他大步走回酒吧。

他們三個人出去了，查克懷疑地看著毫無瑕疵的天空。強尼開始朝車子走去，只盯著他自己的腳，覺得又蠢又氣餒，他的頭痛讓人作嘔地敲著他的太陽穴。羅傑站在那裡，雙手放在後口袋裡，抬頭看著這棟建築物長而低的屋頂。

「爸，你在看什麼？」查克問道。

「上面沒有避雷針，」羅傑・查茲沃斯若有所思地說。「根本沒有避雷針。」

4

他們三個人坐在主屋的客廳裡，查克在電話旁邊，他一臉懷疑地看著他父親。「他們大多數人不會想要這麼晚才改變計畫。」他說。

「他們有計畫出門，就這樣，」羅傑說。「他們可以同樣容易抵達這裡。」

查克聳聳肩，開始打電話。

到頭來，他們跟大概一半本來計畫去凱西家度過畢業之夜的情侶檔在一起，而強尼從來沒有真正確定他們為何會來。有些人來，可能就只是因為這聽起來像是個比較有趣的派對，因為飲料錢算在東道主身上，不過話傳得很快，很多孩子的父母那天下午就在這個草坪派對裡——因此，強尼這個晚上大半時間都覺得自己像是玻璃櫃裡的展覽品。羅傑坐在一張凳子的角落上，喝著伏特加馬丁尼。他的臉像是一張經過深思熟慮的面具。

在大約差一刻八點的時候，他走路穿過佔據地下層四分之三面積的大吧台加遊戲房，彎腰靠近強尼，然後在艾爾頓．強的吼聲裡大聲喊道：「你想上樓去玩一下克里比奇嗎？」

強尼感激地點點頭。

雪莉在廚房裡寫信。她抬頭看到他們進來，露出微笑。

「我以為你們這兩個被虐狂會整晚上都待在下面呢。你們知道的，這其實不真的必要。」

「我對這一切都很抱歉，」強尼說：「我知道這看起來一定有多瘋狂。」

「這確實看似瘋狂，」雪莉說：「但你沒有理由不誠實說出來，讓他們待在這裡真的相當好，我不介意。」

外面雷聲隆隆，強尼環顧四周，雪莉看到了，又微笑了一下下。羅傑已經離開到餐廳去，找尋收在威爾斯式餐具櫃裡的克里比奇遊戲板。

「這只是過渡期，你知道，」她說：「稍微打點雷，灑點小雨。」

「對。」強尼說。

她用自在的草寫在她的信上簽名，摺起信件，封起信封，寫下地址，貼上郵票。

「你真的經歷過一些事情，不是嗎，強尼？」

「是。」

「一種暫時的暈眩，」她說：「可能是飲食營養不良導致的。你太瘦了，強尼，這可能是一種幻覺，不是嗎？」

「不，我不這麼想。」

在外面，雷聲再度低吼，但距離很遠。「我只是樂於把他留在家裡，我不相信占星、手相、千里眼跟所有那類的事，不過……我就只是高興他留在家。他是唯一的小鳥……當然現在是一隻超級大鳥了，我懷疑你是這麼想的，但我還是很容易就記起他穿著短褲，在市鎮公園裡騎那種小小孩的旋轉木馬的時候，太容易了，而且可以跟他一起分享男孩時代的最後儀式，是很好的事。」

「妳能這麼想很好。」強尼說。突然間，他害怕地發現自己快落淚了。在過去六或八個月裡，他似乎覺得自己的情緒控制能力滑落了幾級。

「你一直對查克很好，不只是教他閱讀。在很多方面都是。」

「我喜歡查克。」

「是，」她低聲說道：「我知道你是。」

羅傑回來了，帶著克里比奇遊戲板，還有一個轉到WMTQ電台[122]的收音機，那是個從華盛頓山頂廣播的老牌電台。

「對於艾爾頓・強、史密斯飛船、霧帽等等音樂的一點解毒劑，」他說道。「一場賭一塊錢聽起來如何，強尼？」

「聽起來很好。」

羅傑坐下來，搓著他的雙手。「喔，你回家的時候一定會窮兮兮。」他說。

5

他們玩克里比奇，晚上就這麼過去了。在每一盤遊戲之間，他們其中一個會下樓去，確定沒有人想在泳池桌子上跳舞，或者到外面去開個自己的小派對。「如果我可以阻止，就沒有人會在這個派對上把別人的肚子搞大。」羅傑說。

雪莉已經去客廳看書了。每小時一次，電台上的音樂會停下來，新聞會開始播報，強尼的注意力會動搖一下。但沒有關於桑默斯沃斯的凱西家的消息——八點沒有，九點沒有，十點也沒有。

在十點的新聞之後，羅傑說：「準備好稍微縮減你的預測了嗎，強尼？」

「不。」

天氣預報是零散的雷陣雨，在午夜後會停，凱西與陽光合唱團很有特色的穩定貝斯聲響透過地板往上傳。

「這派對變得很吵。」強尼評論道。

122. WMTQ電台在一九七六年以後改名為WHOM電台。在九〇年代以前，該電台通常播放容易入耳的輕音樂。

「管他去死，」羅傑說著咧嘴笑了。「這派對變得很醉。蜘蛛．帕米羅在角落裡昏睡，有人拿他當啤酒杯墊。喔，他們到了早上會腦袋發脹，你會相信的。我記得在我自己的畢業派對上……」

「這是來自WMTQ新聞編輯室的快報。」廣播說道。

本來就一直坐立不安的強尼，把撲克牌灑了滿地。

「放輕鬆，可能只是佛羅里達那件綁架案的事。」

「我不認為是。」強尼說。

播報員說道：「目前看來發生了新罕布夏史上最嚴重的火災，在新罕布夏的邊界小鎮桑默斯沃斯，火災奪走了超過七十五條年輕的生命。火災發生在一間叫做『凱西家』的餐廳兼休閒酒吧。在起火當時，一場畢業派對正在進行中。桑默斯沃斯消防隊長米爾頓．哈維告訴記者，他們並不懷疑有人縱火，他們相信火災幾乎可以肯定是由落雷引起。」

羅傑．查茲沃斯的臉血色盡褪。他在廚房椅子上猛然坐直了，他的眼睛盯著強尼頭上某處的一個定點。他的雙手鬆弛地擺在桌上，從他們的身體底下，傳來含糊的對話與笑聲，現在夾雜在布魯斯．史普林斯汀的歌聲裡。

雪莉進了房間，她從她的丈夫望向強尼，然後再回望丈夫。「怎麼了？有什麼不對？」

「閉嘴。」羅傑說。

「……仍在燃燒，而據哈維表示，最後的死亡總數可能到清晨才會知道。已知超過三十人，大多數是德罕高中高年級班的成員，已經被帶到附近區域的醫院治療燒傷。有四十人，大多數也都是畢業生，從酒吧後面廁所的小窗戶逃出，但其他人看來被致命的堆積物困在……」

「**是凱西家嗎？**」雪莉．查茲沃斯尖叫出來。「**是那裡嗎？**」

「是的，」羅傑說。他看似異樣地冷靜。「對，是那裡。」

樓下那裡有一陣暫時的寂靜。接下來是一陣往樓上跑的沉重腳步聲。廚房門猛然打開，查克進來了，來找他母親。

「媽？怎麼了？有什麼不對？」

「看來我們可能欠你一筆，你救了我們兒子的性命。」羅傑用同樣異樣的冷靜聲音說道，強尼從來沒見過一張臉慘白成那樣，羅傑看起來像個慘白的活蠟像。

「它**燒掉了**？」查克的聲音透露出難以置信。在他後面，其他人現在擠在樓梯上了，用低微、驚嚇的聲音耳語著。「你是說它**燒光**了？」

沒有人回答。然後，突然之間，從他背後的某處，派蒂．史特拉肯開始用高亢、歇斯底里的聲音講話。「是他的錯，這裡的那傢伙！他讓這種事發生了！他在心裡放了火，就像那本書《魔女嘉莉》一樣。你這謀殺犯！兇手！你……」

羅傑轉向她。「**閉嘴！**」他吼道。

派蒂崩潰地發出狂亂地啜泣聲。

「燒掉了？」查克重複說道。他現在似乎是在問自己，質疑這是否可能是正確的用語。

「羅傑？」雪莉低語道。「羅？親愛的？」

樓梯上有越來越大的咕噥聲，而在下面的遊戲室裡，就像樹葉顫動的聲音。音響被關掉了，眾人低聲咕噥。

麥克在那裡嗎？夏儂去了，不是嗎？你確定？對，在查克打給我的時候，我都準備好要去了。那傢伙抓狂的時候，我母親在那裡，而她說她覺得全身發冷，像是有隻鵝走過她墳墓了，她要我來這裡別去那裡。凱西在那裡嗎？雷在那裡嗎？莫琳．安泰羅在那裡嗎？喔我的天啊，她在

嗎？那個……

羅傑慢慢站起來，然後轉過身去。「我建議，」他說：「我們找這裡最清醒的人開車，然後我們全都去醫院，他們會需要捐血者。」

強尼像石頭似地坐著。他發現自己納悶地想，他是否能夠再度移動，外面雷聲隆隆。而隨著雷聲到來的，是一種內在的一擊，他聽到去世母親的聲音：

盡你的責任，強尼。

第二十四章

一九七七年八月十二日

親愛的強尼：

能找到你不算是什麼厲害把戲——我有時認為，如果擁有可以自由運用的足夠現金，你就可以找到這個國家裡的任何人，而我有的是現金。講得這麼白，我可能在冒著惹你討厭的危險，但是查克、雪莉跟我都欠你太多，不能不告訴你真相。錢買得到很多東西，卻不能買斷雷電。他們發現十二個男孩還在男廁所朝餐廳外側的門口，窗戶被釘死的那一個。火焰沒有延伸到那裡，但煙霧到了，十二個人都死於窒息。我還沒辦法把這件事趕出腦海，因為查克本來可能是其中一個男孩，所以我讓人「追蹤到」你，就像你在你信裡寫的一樣。而為了同樣的理由，我不能像你要求的那樣，放過你不管。至少在隨信附上的支票後面有你簽名背書，被勾銷退回之前不行。

你會注意到，這張支票額度比你大約一個月前退回來的那張小得多。我聯絡上東緬因醫學中心會計部門，把你沒付清的醫院帳單付清了，你現在在這方面自由無礙了，強尼。我可以做到這個，我也做了——我可以補上一句，很榮幸。

你抗議說你不能拿那筆錢，我說你可以，而且你會，你會的。強尼。我追蹤你到羅德岱堡，而如果你離開那裡，我會追蹤你到你去的下一個地方，就算你決定去尼泊爾也一樣。你想的話，就說我是個死不放手的討厭鬼吧，我把自己看成比較像是「天國的獵犬」[123]。我不想追蹤你，強

123. The Hound of Heaven 是詩人法蘭西斯．湯普森（1859-1907）寫的一首長詩，描述他一直逃避上帝的愛，然而上帝有如來自天國的獵犬，從不放棄他。

尼。我記得你那天告訴我，別犧牲我兒子。我這麼做了。那其他人呢？八十一人死亡，超過三十人留下可怕地肢體傷殘還有燒傷。我想起查克說，也許我們可以炮製出某種故事，說個小謊什麼的，而我用所有蠢人的徹底自以為是態度說：「我不會那麼做，查克，別要求我。」喔，我本來可以做些什麼的，這件事纏著我不放。我本來可以給那屠夫凱瑞克三千塊，打發掉他的幫手然後讓那裡當晚打烊。這樣大概三十七元就可以換一條命。所以相信我，在我說我不想追蹤你的時候，我真的太忙於追蹤我自己，我不想多花那時間了，我想接下來幾年我都會這麼做，我為了拒絕相信任何無法以五感觸碰到的事情，而付出代價。而請別相信付那些帳單跟提出這張支票，只是對我的良知做點小賄賂。錢不能買斷雷電，也不能買來惡夢的止盡，那筆錢是為了查克，雖然他對此一無所知。

拿走這張支票，我就會讓你平靜度日，約定如此。如果你想，就把支票寄去聯合國兒童基金會，或者送去尋血獵犬孤兒之家，或者把它全部花在小馬身上。我不在乎，拿去就是了。

我很遺憾你覺得必須這麼匆促離開，但我相信我了解，我們全都希望很快見到你，查克在九月四日去史托文頓預校。

強尼，收下那張支票。拜託。

致上所有問候，

羅傑．查茲沃斯

一九七七年九月一日

親愛的強尼：

你相信嗎，我不會放手讓這件事算了？拜託，收下支票。

問候你。

羅傑

一九七七年九月十日

親愛的強尼：

夏琳跟我兩個人都好高興知道你在哪裡，而且從你那裡收到一封信，聽起來那麼自然、那麼像你自己，真是如釋重負。可是有件事情讓我困擾萬分，兒子。我打電話給山姆．魏札克，然後把你信裡敘述頭痛頻率增加的部分讀給他聽。他建議你去看醫生，強尼，不要拖。他怕在舊的傷疤組織周圍可能形成血塊了。所以這讓我擔憂，也讓山姆擔憂。從你脫離昏迷以後，你從來沒有看起來真正健康過，強尼，我在六月初最後一次見到你的時候，你看起來非常疲倦。山姆沒有明說，可是我知道他真正希望你做的，是搭飛機離開鳳凰城，然後回家來，讓他替你看病，你現在肯定不能喊窮啦！

羅傑．查茲沃斯來這裡拜訪兩次了，而我跟他說了我能說的事。我相信當他說這不是安慰良心的錢、或者救他兒子一命的獎賞時，他說的是實話。我相信你母親會說，這個男人在用他唯一知道的方式補償。無論如何，你拿了，而我希望你說你這麼做只為了「把他從你身上甩掉」，並不是認真的。我相信你太有膽量了，不會為了那種理由做任何事。

現在這件事對我來說非常難開口，但我會盡我所能去做。請回家吧，強尼。公眾騷動再度平息了——我可以聽到你說，「喔胡扯，這永遠不會再平息的，在這之後不會」，而我想你在某方面來說是對的，不過也是錯的。在電話上，查茲沃斯先生說：「如果你跟他講到話，就試著讓他了解，除了諾斯特拉達瑪斯以外，沒有一個人的名氣可以超過曇花一現的程度。」我很擔心你，兒子。我擔心你為了死者責怪自己，而不是為了生者，為了你拯救的人，那個晚上在查茲沃斯家的人而祝福你自己，我擔憂你也想念你。「我想你想得跟什麼似的。」就像你祖母以前會說的。所以拜託盡可能快點回家吧。

附筆：我隨信寄去關於火災、還有你在其中扮演角色的剪報。這是夏琳收集的。如同你會看到的，你猜對了，「在那場草坪派對上的每個人都會對報紙掏心掏肺大談特談」。我想這些剪報可能會讓你更難受，而要是如此，就把它們扔掉。可是夏琳的想法是，你或許可以看著這些剪報然後說：「那不像我本來想的那麼糟，我可以面對這個。」我希望結果是那樣。

爸

一九七七九月二十九日

親愛的強尼：

我從我爸那裡拿到你的地址，偉大的美國沙漠如何。看到任何紅皮膚的嗎（哈哈）？嗯，我在史托文頓預校這裡了，這個地方並不是那麼嚴，我拿到十六小時學分了。進階化學是我的最愛，雖然在德罕高中的課程之後，這真的是有點小兒科，我總是覺得，我們那邊的老師，無所畏懼的老法恩漢，讓他去製造末日武器炸掉世界會比較快樂。在英文課上，頭四個星期我們就讀了沙林傑的三個東西，《麥田捕手》、《法蘭妮與卓伊》。還有《抬高樑木，木匠們》，我非常喜歡他。我們的老師告訴我們，他仍然住在新罕布夏，不過已經放棄寫作了。這讓我大為震撼。為什麼會有人在還很行的時候就這麼放棄了？喔好吧，這裡的美式足球隊真的爛透了，不過我正學著喜歡英式足球，教練說英式足球是給聰明人的美式足球，美式足球則是給混蛋的足球，他是說對了或者只是嫉妒，我還無法參透。

我很納悶，如果我把你的地址給某些當晚有來我們這個畢業派對的人，到底有沒有關係，他們想寫信致謝，其中之一是派蒂．史特拉肯的母親，你會想起她的，當她的「寶貝女兒」當天下午昏倒在草坪派對上的時候，就是她把自己弄得像喝醉了一樣，但她現在搞清楚你是個沒問題的人。順便一提，我不再跟派蒂出去了，我在這個「敏感的年齡」並不擅長遠距離戀愛，而且派蒂要去唸瓦薩學院，就像你可能預料到的，我在這裡遇到一個狐媚的小姑娘。

嗯，你能寫信就寫，老兄。我爸讓這聽起來像是你真的「很失望氣惱」，為的是我不明白的理由，因為在我看來，你做了你能做的一切，要讓事情有正確的結果。他是錯的，不是嗎，強尼？你真的沒有那麼失望氣惱，是吧？請寫信告訴我你沒事，我擔心你。那是個笑聲不是嗎，樂天阿福[124]本人居然擔心你，但我是在擔心。

在你寫信的時候，告訴我為什麼荷頓．考菲爾總是得聽那麼多藍調，他甚至不是黑人。

查克

附筆：那個狐媚小姑娘的名字是史黛芬妮．惠曼，我已經帶她去看《闇夜嘉年華》了。她也喜歡叫做「雷蒙」[125]的龐克搖滾團，你應該聽聽看，他們很鬧。

124. Alfred E. Neuman 是美國幽默雜誌《瘋狂》（Mad）的常用虛構封面人物，一個有招風耳、少一顆門牙、耳朵一高一低的笑嘻嘻小男生。

125. The Ramones（1974-1996），在七〇年代對美國與英國都有強烈影響的龐克搖滾團。

一九七七年十月十七日

親愛的強尼：

好，那好多了，你聽起來沒問題，你在鳳凰城公共工務局的工作讓我笑死了。在以史托文頓老虎隊的身分出賽四次以後，我對你的曬傷一點同情心都沒有了。我猜教練是對的，美式足球是給混蛋打的足球，至少在這個地方是這樣。我們的紀錄是一勝三負，而在我們贏的那一場比賽裡，我三次觸地得分，害愚蠢的本人換氣過度，昏了過去。嚇得史黛芬心慌意亂（哈哈）。

我等著寫信，好讓我可以回答你的問題：家鄉父老對於現在「上工了」的葛瑞格．史提爾森有何看法。我這個週末在家裡，而我會盡我所能告訴你。我先問我爸，他說：「強尼還對那傢伙感興趣啊？」我說：「他想知道你的意見，從這裡就可以看出他根深蒂固的壞品味了。」然後他就對我母親說：「看吧，預校把他變成賣弄小聰明的傢伙了，我就知道會這樣。」

喔，我長話短說——大多數人相當驚訝的是，史提爾森做得有多好。我爸這麼說：「如果一位議員的選區人民必須在四個月後交出一張成績單，談這傢伙做得有多好，史提爾森大部分會拿到B，再加上一個A，那是因為他對卡特的能源法案、還有他自己家鄉的取暖用油最大限額法案所做的工作，他的努力程度也得A。」我爸要我告訴你，也許他說史提爾森是村中傻瓜是講錯了。

我在家時，跟我聊過的人有提出其他評語：這一帶的人喜歡他不穿整整齊齊的商務西裝，經營Quik-Pik的賈維斯太太（老兄，抱歉這樣拼，可是他們就是這樣叫那家店）說，她認為史提爾森不怕「謀求大利益」。亨利．伯克，他經營的是「桶子」——那間爛透的鬧區小酒館——他認為史提爾森做的是「天殺的雙倍好的工作」。大多數其他的意見都類似，他們把史提爾森做的事情跟卡特沒做的事拿來做對比，他們多數人真的對卡特很失望，而且氣自己竟然投給他。我問他們某些人，他們是否不擔心那些鐵馬騎士還在附近晃，那個叫桑尼．艾利曼的人仍然是史提爾森的副手之一，他們沒有一個人顯得太不安。經營「唱片搖滾」的那傢伙認為是這樣：「如果湯姆·海頓[126]可以走上正道，艾德利奇·克利佛[127]可以信耶穌，為什麼一些機車騎士不能加入體制？寬恕並遺忘吧。」

所以你看到了，我可以多寫一些，但足球練習快到了，這個週末我們排定進度，要被巴爾野貓隊痛打，我只希望我活過這一季。

保持健康，老兄。

查克

引自《紐約時報》一九七八年三月四日：

ＦＢＩ幹員在奧克拉荷馬遇害

紐時特稿——艾德格·藍克特，三十七歲，十年經驗的ＦＢＩ幹員，昨晚在奧克拉荷馬市立體停車場死亡，顯然遭人謀殺。警方說當藍克特先生轉動鑰匙時，接在他車子點火裝置上的炸彈跟著爆炸。這種幫派式處決，在風格上與兩年前的亞利桑納州調查記者唐·波里斯謀殺案[128]相仿，不過ＦＢＩ局長威廉·韋伯斯特不會考慮任何可能的關聯性，韋伯斯特先生並未肯定或否定

126. Tom Hayden（1939-2016），美國社會運動家、作家、政治家，原本一直被視為體制外的激進派，但一九七六年曾爭取民主黨提名，競選加州參議員。

127. Eldridge Cleaver（1935-1998），美國黑人作家、政治活動家，左派黑人民權組織「黑豹黨」早期領袖。早年曾是罪犯，後來將犯罪心路歷程寫成知名回憶錄《冰上靈魂》（Soul on Ice）。

128. Don Bolles（1928-1976），《亞利桑納共和報》（The Arizona Republic）調查記者，為了調查一個政商勾結疑案，而在會見一位線人時被裝在車上的遙控炸彈炸成重傷，十一天後死亡。他死前指認出殺他的兇手，讓殺手及直接教唆者被判刑，但因此案獲利的可能幕後黑手卻未受牽連。

藍克特先生在調查當地政治家可疑的土地交易，是否與這場謀殺有關聯。

藍克特先生目前進行的任務到底是什麼，似乎蒙上了某種神秘色彩，一位司法部的消息來源聲稱，藍克特先生根本不是在調查可能的土地詐欺案，而是一個全國性的安全事務。

藍克特先生在一九六八年加入ＦＢＩ，並且……

第二十五章

1

強尼櫃子抽屜裡的筆記本從四本成長到五本，到了一九七八年秋天，變成七本。一九七八年秋天，在兩個教宗迅速地接連死亡之間[129]，葛瑞格．史提爾森變成了全國新聞。

他以壓倒性優勢再度選上眾議員，而既然這個國家趨向於靠攏「第十三號提案」[130]式的保守主義，他就順勢成立了「當今美國黨」。最讓人震驚的是，幾位眾議院成員背離他們原有的黨派，「加入」了當今美國黨，葛瑞格喜歡這麼說。他們大多數有非常相近的信念，被強尼定義成對國內事務的膚淺自由派，對於外交政策議題，則是從溫和到非常保守都有。他們之中沒有一個曾經在巴拿馬運河條約方面投票支持卡特這方[131]。而當你剝掉這些自由派對國內事務立場的矯飾以後，到頭來他們還是相當保守的。當今美國黨要嚴懲重度癮君子，他們要各個城市全靠自己主宰（葛瑞格宣稱，「不需要讓一位苦苦掙扎的酪農，非得用他繳的稅贊助紐約市的美沙酮戒毒計

129. 一九七八年八月，在位十五年的教宗保祿六世去世；下一個接任的若望．保祿一世，僅在位三十三天就去世，死時無人在場，據說是心臟病發，但沒有做屍體解剖確定死因，以至於有陰謀論認為他是被謀殺的。

130. 加州房地產每年要繳交物業稅，是房屋估計價值的1%，一九七八年在加州通過的加州州憲第十三號提案，規定每年的物業稅與房屋估計價值增加不得超過2%。該案造成許多後續效應，其中之一就是州政府稅收不足，壓縮到教育及其他公共服務經費；郡政府更加仰賴州政府資助。

131. 一九七七年簽訂的《巴拿馬運河條約》承認巴拿馬對運河區的主權，由美國與巴拿馬共組的運河管理委員會共管，並預定一九九九年完全交還給巴拿馬政府。當時美國保守派人士多半不贊成卡特簽訂此條約，認為這是把美國戰略資產交給不友善的他國政府。

畫」），他們要強力打壓妓女、皮條客、流浪漢以及重罪前科者的社福利益，他們要透過全面性社會服務預算刪減來個全面性稅收改革，這全部都是老套了，但葛瑞格的當今美國黨還是替這首老歌譜上了悅耳的新調子。

在非大選年的選舉前，七位眾議員跟兩位參議員換了邊。六個眾議員再度當選，兩位參議員也都獲得連任。在這九個人中，八個本來是根基被削弱到成了針尖大小的共和黨員。一個風趣之人曾經打趣道，他們換黨的行為以及後來的連任，這個花招比起「拉撒路出來！」之後發生的事情更厲害。

某些人已經在談論葛瑞格．史提爾森可能是一股不可忽視的力量，而且要不了多少年就會是。他還無法把世界上所有的污染都外送到木星或土星環上，不過他倒是成功地把至少兩名惡棍趕了出來——其中一個是一位眾議員，他在一個停車場回扣密謀裡充當沉默的同謀，中飽私囊。另一個是總統的一位助手，有愛泡男同志酒吧的癖好，他在石油最高限額法案裡展現出遠見與大膽，小心翼翼地引導該案從委員會進入最後表決的過程，展現出一種淳樸鄉下男孩的精明。一九八〇年對葛瑞格來說還太早，但一九八四年，可能會變得太誘人而難以抗拒，但如果他設法冷靜等到一九八八年，如果他繼續建立他的基礎，風向的改變又沒有激烈到足以把他初出茅廬的黨吹飛，哎呀，什麼事都可能發生的。共和黨已經墮落成爭執瑣事的破碎小派系，而假定孟岱爾[132]或傑瑞．布朗，甚至是豪爾．貝克[133]可能在卡特之後成為總統，再來要追隨誰？甚至一九九二年對他來說可能也不太晚。他算是比較年輕的。對，一九九二年聽起來差不多是時候了……

強尼的筆記本裡有許多政治漫畫，所有漫畫都展現出史提爾森充滿感染力、歪一邊的咧嘴笑容，而且所有漫畫裡，他都戴著他的建築工人頭盔。其中一幅歐利芬的漫畫裡，葛瑞格推著一桶上面寫著**價格上限**的石油，直接沿著眾議院中央走廊推過去，頭盔在他頭上往後翹。前面是吉米．卡特，抓著頭看起來一臉困惑，他完全沒看著葛瑞格的方向，而含義似乎是他：會被撞倒。圖說上寫著：**吉米，別擋我的路！**

那頂頭盔，那頭盔不知怎麼的比其他任何事物都困擾強尼。共和黨人有他們的大象，民主黨人有他們的驢子，葛瑞格．史提爾森有他的建築工人頭盔。在強尼夢中，有時看來，史提爾森是戴著一頂機車頭盔，而有時候，那看起來是一頂軍人鋼盔。

2

在另一本不同的筆記本裡，他保留的是他父親先前寄給他，關於凱西家火災的剪報。他一而再、再而三地重看這些剪報，雖然理由是山姆、羅傑、甚至他父親都不可能懷疑到的。**靈媒預測火災。「我女兒本來也會死。」**淚眼汪汪充滿感激的母親聲稱（這個淚眼汪汪、充滿感激的媽媽，是派蒂．史特拉肯的母親）。**破解城堡岩謀殺案的靈媒預測閃電火災，路旁餐館死亡人數達到九十。父親說強尼．史密斯已離開新英格蘭，拒絕透露理由。**他的照片、他父親的照片。很久以前在克里夫米爾斯六號公路的車禍殘骸照，那時候莎拉．布萊克奈爾還是他的女孩，現在莎拉是個女人了，兩個孩子的媽媽。而據赫伯給他的上一封信裡寫的，莎拉已經長了幾根灰髮了。強尼自己也已經三十一歲了，這似乎是難以置信的事。不可能，卻是真的。

在所有這些剪報旁邊，是他自己的潦草筆記，他痛苦的努力，想要一勞永逸地把這件事情在他心裡搞清楚。他們沒有一個人理解那場火災的真正重要性，對於更大得多的事——怎麼處置

132. Walter Mondale（1928-），卡特時期的副總統（1977-1981），後來在一九八四年成為民主黨總統候選人，慘輸給雷根。

133. Howard Baker（1925-2014），共和黨參議員，擅長居中斡旋，深得民主黨同僚敬重。

葛瑞格．史提爾森——所具備的蘊含。

他寫下：「我必須對史提爾森做點什麼，我必須要。我說對了凱西家的事，而我對這件事也會是對的，在我心裡，這完全沒有疑義，他會變成總統，而且他會發動一場戰爭——或者純粹因為公務的不當處理而導致戰爭，這差不多是一樣的。

「問題是：**這些必須採取的手段要多激烈？**」

「就拿凱西家當成一個試驗性的例子，這幾乎可以算是給我的徵兆，天啊，這開始聽起來像是母親了，但就是這樣。好吧，我知道會有一場火災，會有人死掉，但那足以拯救他們嗎？答案：這不足以拯救他們全部人，因為大家只有在事後才會真正相信，來到查茲沃斯宅邸而不是去了凱西家的人獲救了，但重要的是，要記得羅傑並不是因為相信我的預測而辦了這個派對，他對此相當坦白。他辦這個派對，是因為他認為這樣會有助於我保持心靈平靜。他是在……迎合我。他**後來**才相信的，派蒂．史特拉肯的母親後來才相信，很**後來**很後來的後來。那時候對死者跟傷者來說都已經太遲了。」

「所以，問題二：我本來可以改變結果嗎？」

「可以，我本來可以開輛車直接撞穿那個地方的前門。或者，我可以在那天下午自己把它燒光。」

「問題三：兩種行為會對我有什麼結果？」

「入獄，很有可能。如果我選擇車子，然後閃電在當晚後來打中它，我想我可以論證說……不，這樣站不住腳，普通人的經驗可能願意承認這是人類心智中的某種靈異能力，但法律肯定不會。現在我認為，如果我必須再做一次，我會做其中一件事，而且絕對不介意後果。是否有可能，我沒有完全相信我自己的預測？」

「史提爾森的事情在所有面向上都恐怖地相似，除了——感謝上帝——我有領先了更多時間。」

「所以回到起點，我不想讓葛瑞格．史提爾森變成總統，我該怎麼改變這個結果？」

「一，回到新罕布夏州，然後『做好準備』，就像他說的。試著對當今美國黨搞點破壞，設法妨礙他。他的地毯底下有夠多泥巴，也許我可以把某些泥巴掃出來。」

「二，雇用別人找出他的把柄。羅傑的錢剩下來夠多，可以雇用某個好手。另一方面，我有種感覺，藍克特相當厲害，然而藍克特死了。」

「三，傷害或弄殘他。就像亞瑟．布萊莫弄殘華萊士，還有不知哪個誰弄殘賴瑞．弗林特[134]。」

「四，殺死他。暗殺他。」

「現在有某些缺點，第一個選擇肯定不夠，到頭來我的作為具有的建設性，可能不超過讓自己被痛打一頓，就像杭特．湯普森為他的第一本書，談地獄天使那本書時那樣[135]。甚至更糟，因為特林布爾集會時發生的事情，艾利曼這傢伙可能很熟悉我的長相。對於可能對你們大家造成危險的人建檔，這或多或少是標準程序，不是嗎？要是史提爾森有雇用某個人，持續更新那些怪人跟瘋子的檔案，我不會覺得意外的，這肯定包括我在內。」

「然後是第二種選擇，假定所有的泥巴都已經抖出來了呢？如果史提爾森已經著眼更高的政治抱負——而他所有的行為似乎都指向那個方向——他可能已經改弦易轍了。還有另一件事：

134. Larry Flynt（1942-），《好色客》（Hustler）雜誌創辦人，在一九七八年三月六日被槍手狙擊，從此下半身癱瘓。當時並未抓獲犯人，後來有一位白人至上主義連續殺人犯Joseph Paul Franklin在一九八〇年被捕後，招認他犯下此案。

135. Hunter S. Thompson（1937-2005），知名調查記者，為了深入報導「地獄天使」機車俱樂部與他們的核心成員密切來往一年，後來因為批評其中某位成員打老婆的行為，被圍毆了好幾次，最後終止與他們往來。調查成果《地獄天使》（Hell's Angel: The Strange and Terrible Saga of the Outlaw Motorcycle Gangs）在一九六六年出版。

地毯底下的泥巴，骯髒程度要看媒體想怎麼處理，而媒體喜歡史提爾森，他結交媒體。在一本小說裡，我猜想自己變成一個私家偵探，然後『從他身上找出可疑證據』，但可悲的事實是，我不會知道從哪開始，你可以論證說我有能力『讀』人、找到遺失的事物（引用山姆的話），這會幫我一把。如果我可以找到跟藍克特有關的某件事，這樣計謀就會成功。但史提爾森把一切都委託給桑尼．艾利曼，這不是很有可能嗎？儘管我有疑慮，我甚至無法確定艾德格．藍克特遇害時仍然在追蹤史提爾森。就算我能吊死桑尼．艾利曼，卻還不足以了結史提爾森。」

「整體來說，第二個選擇就是**不夠確實**，風險**極大**，以至於我甚至不敢讓自己去想『整個大局』，每次這樣都會給我帶來非常張牙舞爪的糟糕頭痛。

「在比較狂放的時刻，我甚至考慮過，設法讓他染上藥癮，像金．哈克曼在《霹靂神探第二集》裡那個角色一樣，或者把LSD放到他的汽水或他喝的隨便什麼東西裡，讓他發神經。但這一切都是警匪片看太多的結果。戈登．李迪之類的鬼扯[136]。問題太大了，以至於這個『選項』甚至不怎麼值得一談。也許我可以綁架他，畢竟這傢伙只是個美國眾議員而已。我不知道要去哪弄海洛英或者嗎啡，不過我可以從賴瑞．麥克諾頓那裡拿到很多LSD，就在這裡的鳳凰城公共工務局，他有提供每一種用途的藥丸，但假定（如果我們願意假定前面所說的一切）他只是很享受他的神遊之旅呢？」

「射擊然後弄殘他？也許我可以，也許我不能。我想在正確的環境下，我可以——就像在特林布爾的集會，假設我做了，在發生在羅洛的事情以後，喬治．華萊士再也不是真正有影響的政治勢力了。從另一種角度來說，羅斯福總統坐著輪椅競選，甚至還把這點變成一種資產。」

「這樣就剩下刺殺了，大賭場，這是個無可辯駁的選擇。如果你是屍體，你就不能選總統。」

「如果我能扣下扳機。」

「而要是我可以，對我來說結果會是什麼？」

「就像巴布・狄倫說的，『甜心，妳非得問我這個嗎？』」

有一大堆其他的筆記跟塗鴉，但只有另一個真正重要的被寫出來，還整齊地圈起來：「假定謀殺到頭來真的是唯一選擇呢？假使我可以扣下扳機？謀殺仍然是錯的，謀殺是錯的，謀殺是錯的，可能還有其他答案。感謝神，還有一年時間。」

3

但對強尼來說，沒有時間了。

在一九七八年十二月初，就在另一個眾議員，加州的里歐・萊恩[137]，在南美洲國家蓋亞納的一個叢林機場裡被射殺的時候，強尼・史密斯發現他的時間幾乎已經用盡。

136. Gordon Liddy（1930-），尼克森總統麾下的律師，闖入民主黨全國委員會安裝竊聽器的行動是由他直接指使。

137. Leo Ryan（1925-1978），民主黨籍的加州眾議員，一九七八年11月17日進入蓋亞納叢林中的瓊斯城，調查新興宗教團體「人民聖殿」（Peoples Temple）在此的違反人權事件，11月18日離開時在機場被人民聖殿成員殺死。同一天在瓊斯城中，人民聖殿成員在教主吉姆・瓊斯（Jim Jones）教唆下集體自殺或被殺，死亡人數高達九百零九人，包括超過兩百名兒童。

第二十六章

1

一九七八年十二月二十六日下午兩點三十分，巴德·普列斯考服務一位身材高䠷、卻相當憔悴的年輕男子，他有著變灰的頭髮跟佈滿許多血絲的眼睛。在聖誕節第二天，巴德是在第四街鳳凰城運動用品店工作的三名店員之一，大多數的顧客都是來換貨——不過這個人是少數付錢的顧客。

他想要買一把好來福槍，輕量、手動槍機。巴德讓他看了好幾種，聖誕節後的這一天，槍枝櫃檯生意清淡，在男人得到槍這種聖誕節禮物的時候，鮮少有人想要拿來換成別的東西。這個傢伙很仔細地看過全部的槍，最後選定了一把雷明頓七〇〇，點二四三口徑，是把非常好的槍，後座力低，彈道很平。他在槍枝使用紀錄本上簽了強尼·史密斯這個名字，巴德心想，**如果我這輩子從沒見過一個假名，這邊這個就是了**。「強尼·史密斯」付的是現金——從一個皮夾裡直接掏出一張張二十元鈔票，皮夾裡滿滿都是那樣的紙鈔。直接從櫃檯拿了來福槍。巴德心裡想著要稍微刺激他一下，就告訴他，他可以把他的姓名縮寫烙進槍托裡，不用額外付費。但「強尼·史密斯」只是搖搖頭。

在「史密斯」離開店舖的時候，巴德注意到他明顯地跛腳。他心想，要再次指認這個傢伙絕對不會有任何問題，有那種跛腳，還有那些在脖子上下蔓延的傷疤，不可能認錯。

2

十二月二十七日早上十點三十分，一個跛行的瘦削男人來到鳳凰城辦公補給用品公司，走近迪恩．克雷，那裡的一位銷售員。克雷後來說，他注意到那男人的一邊眼睛裡，有他母親一向稱作「火斑」的東西。這位顧客說他想買一個大公事包，最後挑了一個很漂亮的母牛皮公事包，最高級的，價錢是一百四十九點九五美金。而這跛腳男人符合現金折扣資格，他是用二十元新鈔付的錢。整個交易，從看貨到付錢，花不到十分鐘。這個人走出店外，然後往右轉進鬧區，然後迪恩．克雷再也沒見過他，直到他在鳳凰城的《太陽報》上看到此人的照片為止。

3

同一天下午稍晚，一個灰髮高個子男人走近邦妮塔．阿瓦雷茲在鳳凰城美國國鐵車站的服務窗口，詢問從鳳凰城搭火車到紐約的旅行事宜。邦妮塔給他看接駁的各個列車，他用手指劃過那些列車，然後小心翼翼地全部抄下來。他問邦妮．阿瓦雷茲，是否可以給他一月三日出發的票。邦妮的手指在電腦控制台上飛舞，然後說她可以。

「然後妳為什麼不……」高個子男人開口，然後結巴了，他舉起一隻手放到頭上。

「你還好嗎，先生？」

「煙火。」高個子男人說。她後來告訴警察，她相當確定他說了什麼。**煙火**。

「先生？你還好嗎？」

「頭痛，」他說：「請見諒。」他試著微笑，但這番努力沒有讓他扭曲、還年輕就顯老的臉有多少改善。

「你想來些阿斯匹靈嗎？我有一些。」

「不，多謝了，這會過去的。」

她寫好那些票，然後跟他說他會在一月六日下午過半的時候，抵達紐約的大中央車站。

「這樣多少錢？」

她告訴他，然後補上這句：「付現或信用卡，史密斯先生？」

「付現。」他說，然後從他的皮夾裡直接掏——滿手的二十元跟十元鈔票。

她清點過，給他找零、收據跟票。「史密斯先生，你的火車在早上十點半出發，」她說：「請在十點十分到這裡準備上車。」

「好的，」他說：「謝謝妳。」

邦妮給他大大的職業性微笑，不過史密斯先生已經轉身走了。他的臉非常蒼白，而在邦妮看來，他看起來像是承受很大的痛苦。她非常確定他說了**煙火**。

4

艾爾頓．柯瑞是美國國鐵鳳凰城到鹽湖城的隨車服務員。高個子男人在一月三日早上十點突然出現，艾爾頓幫忙他踏上台階進入車廂，因為他跛得相當嚴重。他的一隻手拿著一個相當舊又有刮痕、邊緣磨損的格子呢旅行袋，另一隻手拿著一個全新的母牛皮公事包。他拿著公事包的樣子，就好像它很重似的。

「我可以幫您拿嗎，先生？」艾爾頓問道，他指的是公事包，但這名乘客遞給他的是那個旅行袋，還有他的票。

「不，我會在我們上路以後才拿票，先生。」

「好的，謝謝你。」

非常有禮貌的那種人，艾爾頓·柯瑞這樣告訴後來詢問他的ＦＢＩ幹員，而且他給的小費很豐厚。

5

一九七九年一月六日，在紐約是個灰色的陰霾日子——像是要下雪，卻沒有下。喬治·克里門的計程車停在比特摩旅館前面，就在大中央車站對面。

車門打開了，一個有灰髮的男人坐進來，動作小心翼翼，還帶了點痛苦。他在旁邊的座位放下一個旅行袋跟一個公事包，關上門，然後把他的頭往後靠著椅子，閉上眼睛一會，就好像他非常、非常疲倦。

「我們要去哪，我的朋友？」喬治問道。

他的乘客看著一張紙條。「紐新航港客運總站。」他說。

喬治開了車。「我的朋友，你的臉色看起來很白咧，我大舅子膽結石發作起來的時候，看起來就像這樣。你有結石啊？」

「沒有。」

「我大舅子啊，他說膽結石比什麼別的都痛，也許只有腎結石例外。你知道我跟他說什麼嗎？我告訴他，他滿嘴屁話。我說，安迪，你是很棒的人，我愛你，可是你滿嘴屁話，你有得過癌症嗎，安迪？我這麼說。我問他這個，你知道他有得過癌症嗎，我是說，每個人都知道癌症最糟。」喬治在他的照後鏡裡久久地看了一眼。「我認真問你哪，我的朋友……你還好嗎？因為，我跟你講實話，你看起來像活過來的死人。」

那名乘客回答：「我很好，我是……在想上一次搭計程車，是好幾年前了。」

「喔，是啊。」喬治很有智慧地說道，就好像他確實知道這個男人在說什麼。喔，紐約充滿了瘋子，這無可否認。而在這次短暫停下來反省過以後，他又繼續講起他的大舅子了。

6

「媽咪，那個男人病了嗎？」

「噓。」

「好啦，但他病了嗎？」

「丹尼，安靜點。」

她對著灰狗巴士走道另一邊的男人微笑，那是個抱歉的笑，「孩子就是什麼都會講出來，不是嗎」的微笑，但男人似乎沒有聽到，這可憐的傢伙看起來確實有病。丹尼才四歲，但他說得對。這男人無精打采地望著窗外的雪，在他們越過康乃狄克州州界之後不久開始下的。他太過蒼白，太過消瘦，還有個醜惡的科學怪人式傷疤，從他外套領口往上一直延伸，直到就在他下顎底下的地方。這就好像在不太久以前的某一刻，有人試著把他的頭乾脆俐落地拿下來——試過了，還差點成功了。

灰狗巴士朝著新罕布夏的波茲茅斯駛去，如果雪沒有把種種事情拖慢太多，他們會在今晚九點三十分抵達。茱莉·布朗跟她兒子要去看她的婆婆，而且就像平常一樣，那老母狗會把丹尼寵壞，丹尼也離那目標不遠了。

「我想去看他。」

「不行，丹尼。」

「我想看他是不是病了。」

「不行！」

「好啦，但要是他史了呢，媽？」為了這種讓人陶醉的可能性，丹尼的眼睛肯定都發亮了。「他可能現在就史了！」

「丹尼，閉嘴！」

「嘿，先生！」丹尼喊道：「你史了或者怎麼了？」

「丹尼，你閉上嘴巴！」茱莉低聲用氣音說道，她的臉頰尷尬得都快燒起來了。

丹尼那時開始哭了，不是真哭，而是那種吸著鼻涕，「我不能想怎樣就怎樣」的哼唧抱怨，總是讓她想抓住他捏他手臂，直到他**真的**有事情可以哭為止。在這種時刻搭著巴士進入夜晚，穿過另一個討厭的暴風雪裡，還有兒子在她旁邊哀鳴，她真希望當年母親在她到達合法結婚年齡之前幾年，就替她動了絕育手術。

就在那時候，走道對面那個男人轉頭對她微笑——一個疲倦、痛苦的微笑，不過即便如此，還是相當甜美。她看到他的眼睛嚴重充血，就好像他先前一直在哭，她試著回以微笑，但她唇上的笑容卻感覺虛假不自在。那隻紅紅的左眼——還有從他脖子往上延伸的疤痕——讓他的半張臉看起來陰險而令人不快。

她希望走道對面那個男人不會一路搭到波茲茅斯，但結果他還是搭到了那裡。

在車站，丹尼的祖母把那個快樂得咯咯笑的男孩一把抱進懷裡時，她瞥了那男人一眼。她看到他跛著腳朝車站門口走，一隻手拿著磨損的旅行袋，另一隻手拿著新的公事包。而就這麼一下子，她感覺到背部有一陣可怕的寒意。這其實比跛腳更糟——那非常接近於一種頭朝前的蹣跚步伐。但其中有某種堅決的東西，她後來這樣告訴新罕布夏的州警，就好像他很清楚自己要去哪裡，而且沒有任何人能阻止他前往。

然後他穿過門進入黑暗，失去了蹤跡。

7

新罕布夏的汀斯戴爾，是個靠近德罕西部的小鎮，就在第三選區內。這裡能保持活力，是靠著查茲沃斯工廠中最小的一間。這間工廠聳立著，就像沾滿菸灰的磚造食人怪，站在汀斯戴爾溪的邊緣。這個小鎮有個小有名氣的特色（這是當地商會的說法）：它是新罕布夏第一個有通電街燈的城鎮。

在一月初的一個晚上，一個早生華髮又跛腳的年輕男子走近汀斯戴爾酒吧，這個城鎮唯一的小啤酒館。店主迪克·歐唐諾，正在看顧吧台。店裡幾乎是空的，因為現在是週間，還有另一陣強烈北方風暴正在醞釀。已經有兩三吋雪堆在外頭了，還有更多要下。

瘸腿男人重跺了幾下鞋子，來到吧台，然後叫了一瓶藍帶啤酒。歐唐諾給了他酒。這個人又喝了兩杯，慢慢地喝，同時看著吧台上的電視。電視的畫面顏色變糟了，這個樣子已經一兩個月了，方茲[138]看起來就像年老的羅馬尼亞食屍鬼，歐唐諾不記得以前在附近見過這個人。

「還要一杯嗎？」歐唐諾問道，他剛伺候完角落裡的兩個老女人。

「再一杯無妨。」這人說道。他指向電視上方的某一處。「我猜你見過他。」

那是一幅裱框的政治漫畫放大版。上面是葛瑞格·史提爾森，他的建築工人頭盔在頭上往後翹，他把一個穿著商務西裝的傢伙從國會大廈台階上扔下去。穿著商務西裝的人是路易斯·昆，在大約十四個月前被逮到在停車場騙局裡收回扣的眾議員。這幅漫畫的標題是**快滾不送**，而在畫面角落跨過一個用潦草字跡留下的簽名：**給迪克·歐唐諾，他在第三區開了最啵兒棒的酒館！繼續畫，迪克——葛瑞格·史提爾森。**

「跟你保證，我有，」歐唐諾說：「上次他為了眾議院席位拉票時，在這裡演講過一次。整個城鎮都是標語，星期六下午兩點他來酒吧喝一杯，算葛瑞格的。那天是我做生意以來最他媽好的一天，大家本來只想喝他一杯酒，但他到頭來把全部的帳單都搶去了，不可能做得比這更好了吧，對嗎？」

「聽起來你覺得他人超好。」

「是啊，我是這麼認為，」歐唐諾說。「有任何人不這麼認為，我會很想給他一拳。」

「喔，我不會懷疑你。」這人放下三個二十五分錢。「喝一杯，算我的。」

「喔，好。我可以喝一點，多謝了，先生貴姓？」

「我叫強尼．史密斯。」

「唉呀，很榮幸認識你，強尼。迪克．歐唐諾就是我。」他從啤酒桶龍頭倒出一杯給自己。「是啊，葛瑞格為新罕布夏的這塊地區做了很多好事。有很多人害怕直接站出來說，但我不怕，我會大聲說出來：有一天葛瑞格．史提爾森會適合做總統。」

「你這麼認為？」

「我是這麼認為，」歐唐諾說著，又回到酒吧。「新罕布夏不夠大，拘束不住葛瑞格。他是超棒的政治家，而我說這話是有點意義的。我認為那一整票人啥都不是，只是一群騙徒跟懶蟲。我還是這麼想，但葛瑞格是規則中的例外，是個公正人士。如果你五年前告訴我，我會說出這種話，我會當面嘲笑你。我會說，你發現我在讀詩的可能性，比發現我說某個政客好話還大。

138. The Fonz 是長壽情境喜劇《快樂時光》（Happy Days, 1974-1984）裡的主要角色之一，一個高中輟學、很受女性歡迎的機車騎士。

但天殺的，他是個真男人。」

強尼說：「這些人在競選公職的時候，大部分都想當你的好夥伴，但在他們當選以後就變成：去你的，小子，我拿到我要的了，一直到下次選舉才改觀。我是來自緬因州，而有一次我寫信給艾德．莫斯基，你知道我得到什麼？一封制式複印回信！」

「喔，波蘭佬就是那樣，」歐唐諾說：「對一個波蘭佬你能指望什麼？聽著，葛瑞格他媽的每個週末都回到選區！現在你覺得這聽起來像是：去你的，小子，我得到我要的了嗎？」

「每個週末，喔？」強尼啜飲著他的啤酒。「哪邊？特林布爾？里奇威？大城鎮？」

「他有個體系，」歐唐諾說這話的虔敬語氣，是那種絕不可能自己搞出一套體系的人才會有的：「十五個城鎮，從首府市這樣的大城，一直到像是汀斯戴爾跟庫爾特峽谷這樣的小地方。他每星期去一個地方，直到他走完整張名單，然後他又從頭開始。你知道庫爾特峽谷有多大嗎？他們那裡有八百人。所以一個人從華盛頓休假一星期，來到庫爾特峽谷，在一間冰冷的會議廳裡把自己卵蛋都凍掉了，你會怎麼想這個人？你覺得那聽起來像是：去你的，小子，我得到我要的了嗎？」

「不，聽起來不像，」強尼真心誠意地說。「他做些什麼？只是握手嗎？」

「不，他在每間城鎮租一個廳，租一整個星期六。他大概早上十點進去，大家會過來跟他談話。你知道，把他們的想法告訴他。如果他們有問題，他就回答他們。如果他無法回答他們，他就回華盛頓找答案！」他得意洋洋地看著強尼。

「他上次在汀斯戴爾這裡是什麼時候？」

「兩個月前。」歐唐諾說。他到收銀機那裡摸弄旁邊的一堆紙。他拿出一張破破爛爛的剪報，然後放到強尼旁邊的吧台上。

「名單在這裡，你就看一眼，然後看看你怎麼想。」

那張剪報是來自里奇威的報紙。現在已經相當舊了。報導標題是**史提爾森宣布成立「回饋中心」**。第一段看來彷彿可能直接摘自史提爾森的媒體新聞稿。下面是一張葛瑞格會度過週末的城鎮名單，還有建議日期。他直到三月中都還不會再到汀斯戴爾。

「這看起來相當棒。」強尼說。

「是啊，我也這麼想，一大堆人都這麼想。」

「從這份剪報來看，上個週末他一定還在庫爾特峽谷。」

「沒錯，」歐唐諾說，然後笑出聲來。「好個老庫爾特峽谷。想再來杯啤酒嗎，強尼？」

「如果你跟我一起喝才要。」他說，然後放了兩塊錢在吧台上。

「喔，我可以喝啊。」

兩個老女人裡的其中一個放了點錢在點唱機裡，然後聽起來蒼老、疲倦、不樂於出現在這裡的譚米．懷尼特，開始唱著〈支持妳的男人〉。

「嘿迪克！」另一個人烏鴉似地叫道。「你有聽說過什麼叫服務嗎？」

「閉嘴啦！」他吼回去。

「去——你的！」她喊道，然後咯咯笑出聲來。

「天殺的，克萊莉絲，我告訴過妳，別在我的酒吧裡講髒話！我告訴過妳……」

「喔，別講啦，咱們來點啤酒吧。」

「我真討厭那兩個老潑婦，」歐唐諾對著強尼咕噥道。「一對醉醺醺的老T，她們就是這樣。她們在這裡一百萬年了，如果她們活到可以在我墳墓上吐口水，我也不意外，這世界有時候真是要命。」

「是，確實是。」

「請見諒，我馬上就會回來。我有請一個女孩，但在冬天她只有星期五跟星期六會來。」

歐唐諾倒了兩大杯啤酒，送到桌邊去。他對她們說了些什麼，克萊莉絲的回答是「去——你的！」然後又咯咯笑了起來。啤酒館裡，早被吃掉的漢堡還陰魂不散。譚米．懷尼特透過一張老唱片爆米花似的爆音歌唱。電熱器重重地把不明顯的熱氣打進房間裡，戶外的雪乾巴巴地拍打著窗戶。強尼揉著他的太陽穴。他到過這種酒吧，在另外幾百個小鎮裡都有。他的頭在痛。在他跟歐唐諾握手時，他知道這個酒吧老闆有隻身形龐大的老雜種狗，會聽命令攻擊。他的一大夢想是有天晚上竊賊會闖進他家，他能夠合法地叫那隻大塊頭老狗攻擊那人，世界上就會少一個天殺的嬉皮變態毒蟲。

喔，他頭痛極了。

歐唐諾回來了，在他的圍裙上擦手。譚米．懷尼特唱完了，換成紅蘇文，他用民用無線電跟「泰迪熊」說話[139]。

「再度多謝你的啤酒。」歐唐諾說著，倒了兩杯。

「我的榮幸。」強尼說道，他仍然在研究那張剪報。「上星期是庫爾特峽谷，接下來這個週末是傑克森，我從沒聽過這個城鎮，一定是個相當小的城鎮，喔？」

「就是一個小村落，」歐唐諾同意。「他們本來有個滑雪度假中心，結果破產了，有一大堆人因此失業。他們做些紙漿生意，還有一點零星的農業。不過他還去那裡，老天爺。去跟他們談話，聽他們抱怨。強尼，你是從緬因州哪裡來的？」

「路易斯頓。」強尼撒了謊。剪報上說葛瑞格．史提爾森會在市鎮廳跟有興趣的人見面。

「猜你是來這裡滑雪的，喔？」

「不，一陣子以前我傷到腿，不再滑雪了，只是經過。多謝你讓我看這個，」強尼把剪報遞回去。「這相當有趣。」

歐唐諾小心翼翼地把剪報放回去，跟他的其他文件放在一起。他有個空酒吧，家裡有隻會聽命令攻擊的狗，還有葛瑞格．史提爾森，葛瑞格到過他的酒吧。

強尼突然間發現，他希望自己死了，如果這個天賦是來自神的禮物，那麼神就是個危險的瘋子，應該有人制止祂。如果神要葛瑞格．史提爾森死，為什麼祂送他通過產道的時候，不讓臍帶纏住他的喉嚨呢？或者用一塊肉勒死他？或者在他換電台的時候被電死？在老游泳池的坑洞裡溺死他？為什麼神非得叫強尼．史密斯做祂的骯髒工作？拯救這個世界不是他的責任，而是給神經病的工作，而且想來只有瘋子才會想嘗試。他突然間決定，他要讓葛瑞格．史提爾森活下去，在神的眼睛裡吐口水。

「你還好嗎，強尼？」歐唐諾問道。

「啊？是啊，當然。」

「剛才有一秒，你看起來有點怪。」

查克．查茲沃斯說：**如果我不做，我怕他到頭來殺死的所有人會陰魂不散，糾纏到我入土為止。**

「我猜是在發呆，」強尼說：「我要你知道，跟你共飲很愉快。」

「喔，同樣的話也可以用在你身上，」歐唐諾說道，他看起來很高興。「我真希望更多來過這裡的人有這種感覺。他們經過這裡，前往滑雪度假中心，你知道的，去那些大地方，那是他

139. Red Sovine（1917-1980）的名曲〈泰迪熊〉（Teddy Bear），是關於一個因為車禍失去卡車司機父親的小男孩（代號「泰迪熊」），用民用無線電在波段上與其他卡車司機交談，結果得到溫暖的回應。

們賺錢的地方。如果他們能停下來歇腳，我會把這個地方整修成他們喜歡的樣子。海報，你知道，瑞士跟科羅拉多的風景海報。一個火爐。在點唱機裡塞滿搖滾樂唱片，而不是那種蠢音樂，我會……你知道，我會想要那樣做。」他聳聳肩。「我人不壞，可惡。」

「當然不壞。」強尼說著，下了高腳凳，同時心裡想著訓練來攻擊的狗兒，還有他期望中的嬉皮毒蟲竊賊。

「喔，告訴你的朋友們我在這兒。」歐唐諾說。

「當然。」強尼說。

「嘿迪克！」其中一個泡酒吧的老女人吼道：「這地方有聽說過帶著微笑服務這回事嗎？」

「妳怎麼不快滾？」歐唐諾對她吼道，滿臉通紅。

「去——你的！」克萊莉絲喊回去，然後咯咯發笑。強尼靜悄悄地溜進逐漸聚集的風暴裡。

8

他住在波茲茅斯的假日酒店。那天晚上回來的時候，他請櫃檯職員早上準備好他的結帳帳單。在他房間裡，他在沒有個人特色的假日酒店書桌前坐下，拿出所有的文具，抓起假日酒店的筆。他的頭一陣陣痛著，但有信要寫。他一時之間的反抗——如果那算是的話——已經過去了。他跟葛瑞格．史提爾森未了結的事情還在。

我發瘋了，他心想，其實是這樣，我愚不可及。他現在可以想見那標題了。**瘋子射殺新罕布夏眾議員，瘋子刺殺史提爾森，新罕布夏的槍林彈雨擊倒美國眾議員。**還有《內幕觀點》，當然了，會大有斬獲。**自命的「預言家」殺死史提爾森，十二位知名心理學家告訴你史密斯為何這**

麼做。也許還有個邊欄，是迪克那傢伙，說明強尼怎麼樣威脅要拿他的霰彈槍「把我當成擅闖者射殺」。

瘋了。

醫院的債務已經付了，但在他死後，將會留下一種特殊的新帳單，父親得要付出代價。他跟他的新婚妻子要花很多日子，因為他製造的惡名而泡在聚光燈下。他們會收到憎恨信件，每個他認識過的人都會被訪問——查茲沃斯一家、山姆、喬治·班納曼警長。莎拉呢？

喔，也許他們不會扯那麼遠，扯上莎拉。畢竟，他至少不是計畫要射殺總統，至少還不是。**有很多人害怕直接站出來說，但我不怕。我會大聲說出來，有一天葛瑞格·史提爾森會適合做總統。**

強尼揉著他的太陽穴。頭痛低沉、緩慢地一波波來襲，而這完全不能讓他把信寫完，他抽出第一張信紙到他那邊，拿起筆，然後寫下**親愛的爸**。在外面，雪用那種乾燥、沙子似的聲響表示它是來真的，敲打著窗戶。到最後筆開始在紙張上移動，起初很慢，然後漸漸加速。

第二十七章

1

強尼走上雪已經鏟乾淨也灑過鹽的木頭台階。他走過一組雙開門，進入一個門廳，上面貼了選票樣本跟一張告示，說明二月三日有個特別的鎮民會議會在傑克森這裡舉行。也有一張宣布葛瑞格即將來訪的告示，還有一張主角本人的照片，他頭上的硬殼帽子往後翹，咧嘴笑出那個微微歪了一邊，「對他們來說我們很聰明，不是嗎，夥伴？」的那種咧嘴笑容。在通往會議廳本身的綠門稍微靠右的地方，擺著一個強尼本來沒料到的牌子，他默默地沉思了幾秒鐘，從嘴角呼出一縷縷白煙似的氣息。**今天是駕照考試日**，牌子上寫道，它放在一個木頭腳架上。**請準備好文件**。

他打開門，走進一個燒柴大暖爐拋出來、叫人精神恍惚的溫熱光芒裡，有個警察坐在桌子前，穿著一件滑雪戶外大衣，沒拉上拉鍊。他桌上散布著文件，那裡還有個用來檢查視覺敏銳度的小玩意。

警察抬頭看著強尼，他感覺到自己體內有種下沉的感覺。

「我能幫你什麼嗎，先生？」

強尼指指掛在他脖子上的相機。「喔，我在想能不能在這附近繞一下，」他說：「我是《洋基》雜誌派來採訪的，我們要做整版報導講緬因、新罕布夏跟佛蒙特的市政廳建築。要拍很多照片，你知道的。」

「儘管去，」警察說：「我太太總是在讀《洋基》，這會讓我睡著。」

強尼露出微笑。「新英格蘭建築有一種往……嗯，樸實無華發展的傾向。」

「樸實無華，」這警察懷疑地重複，然後放過這句話。「下一位，請。」

一個年輕人走近這位警察坐鎮的辦公桌。他把一張考卷交給警察，他接過來說道：「請看幻燈片播放器，然後說出我會放給你看的交通標誌跟信號燈。」

年輕人望進播放器裡，警察在年輕男子的考卷下面放了一張答案卷。強尼沿著傑克森市政廳的中央走道往前走，從前方對著講壇拍了張照。

「停車標誌，」年輕人在他背後說道。「下一個是讓車標誌……然後下一個是交通資訊標誌……禁止右轉，禁止左轉，像這樣……」

他沒有預期到市政廳有警察，他甚至沒費事去替用來當道具的相機買底片，不過現在撤退反正已經太遲了。這天是星期五，而如果事事照計畫進行，史提爾森明天會在這裡。他會回答問題，從傑克森的好人們那裡聽取建議。會有規模不小的隨行人員跟著他，一、兩個助手，一、兩個策士——還有幾個其他人員，不久之前還穿著牛仔褲騎機車、現在穿著樸素西裝跟休閒西裝外套的年輕男子。葛瑞格．史提爾森仍然是需要保衛的忠實信徒。在特林布爾集會中，他們帶著鋸短的撞球桿，他們現在帶槍了嗎？一個美國眾議員得到攜帶隱藏槍械的許可會很難嗎？強尼不這麼認為。他只能指望單單一次好機會，他必須盡可能利用。所以徹底勘查場地，設法決定他是否能在這裡解決史提爾森，或者最好在停車場搖下車窗、把來福槍放在他膝蓋上等候，是很重要的。

所以他來了，他在這裡，來勘查場地，同時有個州警在不到三十呎的距離外進行汽車駕照考試。

他左邊有個告示牌，強尼用他那台沒裝底片的相機拍了張照——老天爺啊，他為什麼沒多花兩分鐘替自己買卷底片？牌子上滿滿都是聒噪的小鎮情報：焗豆晚餐聚會、即將上演的高中話劇、養狗執照資訊，當然還有更多關於葛瑞格的消息。有張檔案卡上說，傑克森的第一個市政委員在徵求能速記的人，強尼研讀著這張卡片，就像是他非常有興趣似的，同時他的腦袋開始加速運轉。

當然，如果傑克森看起來不可能——甚或只是要冒險——他就會等到下一週，史提爾森會在厄普森鎮再進行一次整套例行公事。或者再下一週，在特林布爾。或者再下一週，或者永遠不。

應該是這一週，應該是明天。

他拍了角落的燒柴大暖爐，然後往上瞥，上面有個陽台。不——不盡然是個陽台，比較像是個樓座，有著高度及腰的欄杆跟漆了白漆的寬闊百葉板，百葉板上有刻進木頭裡的裝飾性小鑽石形與花飾，一個人非常有可能蹲在欄杆後面，透過其中一個裝飾板往外看。在正確的時刻，他可以就這樣站起來，然後——

「那是哪種相機？」

強尼環顧四周，很肯定是那個警察，警察會要求看他那台沒裝底片的相機——然後他會想要看證件——然後一切就結束了。

不過不是那個警察，是那個剛才在考駕照的年輕男子。他大概二十二歲，有著長髮跟快活坦蕩的眼睛。他穿著一件麂皮夾克跟褪色牛仔褲。

「尼康相機。」強尼說。

「好相機，老兄。我是真正的相機迷，你為《洋基》工作多久了？」

「呃，我是自由記者，」強尼說：「我替他們做些工作，有時候是替《鄉村雜誌》工作，有時候是替《東南雜誌》，你懂吧。」

「沒幫全國性雜誌拍照，像是《人物》或《生活》那種？」

「沒有，至少還沒有。」

「你在這裡用的是哪種光圈值？」

光圈值是啥鬼？

強尼聳聳肩。「我大半靠耳朵判斷。」

「靠眼睛，你是這個意思吧。」年輕男子微笑著說道。

「沒錯，靠眼睛。」**快滾吧孩子，拜託你離開。**

「我也很有興趣當個自由記者，」年輕人說著咧嘴笑了。「我的偉大夢想是有一天能拍下像是《美軍在硫磺島升旗》的照片。」

「我聽說那是刻意安排出來的。」強尼說道。

「嗯，也許，也許吧。但是那是經典照片。或者是第一張幽浮降落的照片，怎麼樣？我肯定會很愛。無論如何，我有一整個文件夾的東西，我帶到這裡來了。你在《洋基》雜誌的聯絡人是誰？」

強尼現在開始冒汗了。「實際上，他們為了這篇報導聯絡我，」他說：「這是個……」

「克勞森先生，你現在可以過來了，」警察說道，聽起來很不耐煩。「我想跟你一起對這些答案。」

「哇噢，是主子大人的聲音哪，」克勞森說道。「晚點見，老兄。」他匆匆離開了，而強尼在一個靜如耳語的嘆息中喘了口氣。該是離開的時候了，而且動作要快。

他又多拍了兩、三張「照片」，只為了讓自己不像是倉皇敗走，但他幾乎沒注意到他從觀景窗裡看到什麼，然後他離開了。

穿著麂皮夾克的年輕人——克勞森——已經完全忘了他，他的筆試顯然被當掉了，他奮力地跟警察爭執，但警察就只是搖搖頭。

強尼在市政廳入口暫停了一會，左邊是一間衣帽間，右邊是一扇關上的門。他試了一下門，發現上了鎖，一道狹窄的階梯往上通往一片幽暗。當然，真正的辦公室會在上面，還有那個樓座。

2

他住在傑克森之家，一間在主要街道上的舒適小旅館。這裡曾經小心翼翼地重新裝修過，翻新工程可能花了很多錢，不過擁有者肯定認為這地方會賺回來，因為有新設立的傑克森山滑雪遊樂區。只是這個遊樂區破產了，現在這間舒適的小旅館只是勉強撐著。在星期六凌晨四點鐘，強尼左手拿著公事包出去的時候，晚班櫃檯在一杯咖啡前面打瞌睡。

他昨晚睡得很少，在午夜之後滑入一個短暫、輕淺的瞌睡之中。他作了夢，又是一九七〇年了。是遊樂場時間。他跟莎拉站在命運之輪前面，而他再度感覺到那種瘋狂、巨大無比的力量。在他鼻腔裡，他可以聞到燒焦橡膠的味道。

「來吧，」他後面有個輕柔的聲音說道：「我真的很愛看那傢伙被痛宰。」他轉過身去，那人是法蘭克．達德，穿著他的黑色塑膠雨衣，他的喉嚨從一邊耳朵割到另一邊耳朵劃開一條寬寬的紅色獰笑，他的眼睛裡閃爍著死人的活力。他嚇著了，轉回攤位——但攤位主人變成葛瑞格．史提爾森，他咧嘴對他一笑，那頂黃色硬殼帽子驕傲地往後仰。「嘿嘿嘿，」史提爾森哼道，他的聲音深沉、洪亮又不祥：「在你們想放下錢的地方放下它們，小伙子。你怎麼說，小伙子？想射月亮嗎？」

是的，他想射月亮。但就在史提爾森轉動輪盤的時候，他看到整個外圈都變成綠色，每個數字都是〇〇，每個數字都是莊家號碼。

他身體一震醒過來，然後把剩下的夜晚都花在眺望周圍結霜的窗外。從他前一天到達傑克森以後就有的頭痛消失了，他覺得虛弱卻鎮定。他雙手放在腿上坐著。他沒在想葛瑞格．史提爾森，他想的是過去。他想到他母親把ＯＫ繃貼到擦傷的膝蓋上，他想到狗兒把聶莉祖母荒唐的細肩帶洋裝背部給扯爛，還有他怎麼樣大笑出聲，維拉又怎麼樣猛拍他一下，結果她的結婚戒指刮傷了他的前額，他想到父親做給他看怎麼樣在魚鉤上放餌，然後說道：**這樣不會傷到蟲子，強尼……至少我認為不會。**他想到他父親在他七歲時，給他一把小刀當聖誕節禮物，而且非常嚴肅地說：**我信任你，強尼。**這些記憶洪水似地全回來了。

現在他踏進早晨深深的寒意裡，鞋子吱吱嘎嘎地涉雪而過。他的氣息從面前冒出。月亮西沉了，不過星星在黑色的天空中蔓延開來，多得讓人發傻，這是上帝的珠寶盒，維拉總是這麼說。強尼，你正望著上帝的珠寶盒。

他沿著主要大街往前走，而他停在小小的傑克森郵局前方，從他外套口袋裡摸索出信件。給父親、給莎拉、給山姆．魏札克、給班納曼的信。他把公事包放在兩腳之間，打開站在那棟整潔磚造小建築前面的郵筒，在短暫的一刻猶豫之後，把信都丟了進去。他可以聽到信在裡面落下，肯定是在這新的一天裡，傑克森第一批投郵的信，而那聲音給他一種古怪的塵埃落定之感，那些信被寄出去了，現在無法停止了。

他再度拿起公事包，繼續走下去。唯一的聲音是他的鞋踩在雪地上的聲音。花崗岩州儲蓄銀行門上的大溫度計停在華氏三度的位置，空氣中有種寒冷新罕布夏早晨專屬的徹底靜止怠惰感。什麼都不動，道路空蕩蕩的，停著的車輛上，擋風玻璃被瀑布般的霜給蒙住了。黑暗的窗戶，拉長的影子。對強尼來說，這一切看似讓人畏懼，同時卻也很神聖。他抗拒著這種感覺。他要做的並不是神聖之事。

他越過賈斯伯街，而市政廳就在那裡，站在它破開的閃爍雪堤之間，潔白而有著樸素的優雅。

如果前門鎖住了，你要怎麼辦？聰明人？

喔，如果他非得如此，他會找出一條路跨過那座橋樑。強尼環顧四周，不過沒有人可以看到他。如果是總統來到他的某一場著名的市鎮會議，當然一切就會不一樣了。這個地方從前一晚就會被封鎖，人馬現在就已經進駐在裡面了。不過這只是一位美國眾議員，超過四百人中的一個，沒什麼大不了的，還沒什麼大不了。

強尼上了台階，試了試那扇門，門把輕易地就轉動了，他踏進寒冷的入口通道，然後把他背後的門關上。頭痛又回來了，跟著他穩定沉重的心跳一起搏動。他把公事包放下，用戴著手套的手指按摩著他的太陽穴。

有個突如其來的低聲尖叫，衣帽間的門打開了，速度非常緩慢，然後某個白色的東西從陰影中落到他身上。

強尼勉強忍住一聲吶喊，有一刻他以為那是一具屍體，從房間裡跌出來，就像是從鬼片裡跑出來的東西。但那只是個沉重的厚紙板標示，上面寫著**在應考前請依序準備好文件**。

他把牌子放回原位，然後轉向通往樓梯的出入口。

這道門現在鎖著。

他彎下身體靠過去，好藉著一扇窗戶透進來的微弱街燈白光把門鎖看個清楚。那是個彈簧鎖，他或許能夠用衣架打開。他在衣帽間裡找到一個，然後把衣架的頸子處塞進門與門框之間的縫隙，他把衣架頸子往下拉到門鎖處，開始到處摸索。他的頭現在像是被猛敲著。過了一陣子，終於，他聽到鐵絲勾到門閂，門閂往後彈開的聲音。他拉開門，拿起他的公事包走進去，手中還握著那支衣架。他從背後把門關上，然後聽到它再度鎖上。他走上狹窄的樓梯，梯級在他的重量之下吱吱嘎嘎地呻吟著。

在樓梯頂端有個短短的走廊，兩側有好幾個門。他走過走廊，經過了**市長**還有**市政委員**，也經過了**稅務稽核員**、**男廁所**，還有**救濟委員**跟**女廁所**。

盡頭有個沒有標記的門。那裡沒有鎖，而他走出門外上了會議廳後方上面的樓座，在有如瘋狂拼布被子的陰影之中，會議廳在他下方展開。他關上背後的門，因為空曠廳堂裡輕柔的回音震動而微微發顫。在他沿著後方樓座走向右邊，然後又轉向左邊的時候，他的腳步聲也反射回來。現在他沿著會議廳右手邊走著，離地面大約二十五呎，他停在燒柴暖爐上方的某一點，直接就在講台對面，在大約五個半小時以後，史提爾森就會站在那裡。

他盤著腿坐下來休息一會兒，試著做點深呼吸來控制頭痛。燒柴暖爐沒有在運作，他感覺寒意穩定地安頓下來對抗他——然後是進駐他，裹屍布的預告。

在他開始覺得好一點以後，他摸索著公事包的卡榫，兩聲脆響如同他先前的腳步聲那樣迴響著，手槍上膛的聲音。

西部式的正義，他無來由地這麼想著。那是陪審團判定克勞汀．朗潔射殺她的愛人有罪時，檢察官所說的話[140]。**她發現了西部式的正義是什麼意思**。

強尼俯視著公事包，揉著眼睛，眼前短暫地出現重影，然後事物又重新回到一處。他從自己坐著的那塊木頭上得到一個印象。一個非常老的印象：如果那是一張照片，就會是深褐色調

140. Claudine Longet（1942-），一位法國女歌手，她在一九七六年在疑點甚多的「意外」中槍殺了她的愛人，因為警方調查過程中發生許多失誤，她以過失殺人罪得到輕判。

的。男人站在那裡抽菸、談笑，等待市鎮會議開始。那是一九二〇？還是一九〇二？其中有某種鬼氣森森的東西，讓他覺得不自在。其中一個人在談威士忌的價錢，同時用一根銀色牙籤清理鼻子，還有……

還有他在兩年前毒殺了他的妻子

強尼顫抖著。不管那個印象是什麼，都不重要了。那是一個現在早就死去很久的男人留下的印象。

來福槍對著他閃爍著。

男人在戰時做這種事，還會得到勳章呢，他心想。

他開始組裝來福槍。每一個**喀噠**！都有回音，就一次，很肅穆地，一把上膛手槍的聲音。

他在雷明頓裡裝了五發子彈。

他把槍橫放在膝蓋上。

然後等待。

3

黎明來得很慢。強尼打了一會兒瞌睡，不過他現在太冷了，做不到超過打瞌睡的事情。薄弱、粗略的夢境，在他確實得到的那點睡眠裡陰魂不散。

他在稍微超過七點的時候完全醒過來，下面的門砰一聲被打開，而他得咬住舌頭才不至於喊出誰在那裡？

是管理員，強尼把他的眼睛貼到其中一個刻進扶手裡的鑽石形孔洞裡，看到一個裹在厚重海軍藍短呢大衣的魁梧男人。他從中央走廊抱著滿滿一手臂的柴火走過來。他在哼著〈紅河谷〉[141]，他把那一手臂的柴火乒一聲放進柴火箱，然後在強尼的下方消失了。一秒鐘後，他聽到暖爐的柴火箱門被打開來的尖細噪音。

突然間，強尼想到他每次呼吸時製造出的霧狀蒸氣，要是那個管理員抬頭看呢？他能夠看到這個嗎？

他設法讓他的呼吸頻率慢下來，但這樣反而讓他的頭痛惡化，他的視覺更是重影到令人擔憂。

現在有紙張被揉皺的喀啦聲響，然後是火柴的刮擦聲。冰冷的空氣中有一股微弱的硫磺味道。管理員繼續哼著〈紅河谷〉[141]，接著拉開嗓門大聲唱起走調的歌：「從這個河谷裡，他們說你要離開……我們會想念你明亮的眼睛與甜美的微——笑……」

現在是一種不同的劈啪聲響，火焰。

「好啦，你這笨蛋。」管理員在強尼正下方說道，然後接著是柴火箱門再度砰然關上的聲音。強尼兩隻手都像個繃帶似地壓在嘴上，突然間感染到一種自殺式的樂趣。他看到自己從樓座地板上站起來，就像任何自重有身分的鬼魂一樣瘦削蒼白，他看見自己把雙臂像翅膀一樣地展開，手指像爪子一樣，然後用空洞的語調對著下面喊道：「好啦，你這笨蛋。」

他把笑聲攔在他的雙手後面。他的頭一陣陣抽痛，像個充滿火熱、脹大血液的番茄。他的視野瘋狂地跳動、糊成一片。突然間他非常想遠離曾在這裡用銀牙籤摳鼻子的男人留下的印象，但他不敢作聲。親愛的耶穌啊，要是他得打噴嚏怎麼辦呢？

突然間，沒有預警地，一聲可怖的顫動尖叫充滿了整個會堂，像細細的銀色釘子鑽進強尼

141. Red River Valley是歷史悠久、以別離為內容的北美民謠，有許多版本。前面提過的《憤怒的葡萄》改拍成電影後也曾使用此曲作為插曲。

的耳朵裡，聲音爬動著，讓他的頭跟著振動。他張開嘴要尖叫——

它停止了。

「喔，妳這賤貨。」管理員跟人對話似地說道。

強尼透過鑽石形孔眼看過去，看到管理員站在講壇後面摸弄著一個麥克風。麥克風線蜿蜒而下，接到一個可攜式擴大器上。管理員從講壇上往下走了幾個台階到地面，然後把擴大器拉得離麥克風遠些，接著瞎搞了一陣上面的刻度盤。他回到麥克風那裡，重新打開它。傳出另外一陣回授哀鳴，這一聲低了些，然後漸漸地完全消失。強尼把他的雙手壓在額頭上，用手來回揉著。

管理員用他的拇指敲敲麥克風，那聲音充滿了大而空曠的房間，聽起來像是拳頭敲著棺材蓋的聲音。然後是他的聲音，仍然走調，但現在增強到醜怪巨大的程度，一個巨人的聲音打進強尼的腦袋裡：「從這個河谷裡，他們說你要離開……」

停手，強尼想要尖叫。**喔，拜託停止，我要瘋了，你不能停下來嗎？**

隨著一個被放大的**啪！**一聲巨響，歌聲戛然而止，管理員用他自己的聲音說道：「把妳搞定了，賤貨。」

他再度走出強尼的視線。有個撕裂紙張的聲音，還有細繩斷裂的低沉波波響聲。接著管理員再度出現，吹著口哨，拿著一大疊小冊子進來。他開始按照緊密的固定間隔，把小冊子放在長椅上。

結束這項雜務以後，管理員扣上他的外套，離開了會堂。門空洞地在他背後猛然關上。強尼注視著他的手錶，現在是七點四十五分，市政廳暖和了一點點。頭痛還是很糟，但古怪地剛剛好，比先前更容易忍耐了。他要做的就只有告訴自己，他不必再忍耐太久。

4

九點鐘，門再度猛然打開，他從假寐中驚醒，雙手緊箝著來福槍，然後又鬆開。他把眼睛湊到鑽石形的窺視孔前，這次有四個男人。其中一個是管理員，他的厚呢外套領子豎起來圍著脖子。另外三個人穿著輕便大衣，裡面還有西裝，強尼感覺到自己的心跳加快了。其中一個人是桑尼．艾利曼。他的頭髮剪短了，還做出瀟灑的造型，不過燦亮的綠眼睛還是沒變。

「一切都安置好了？」他問道。

「你自己檢查。」管理員說。

「老爹，別覺得被冒犯啦。」其中一位回答道。他們正朝著會堂前方移動，其中一個人把擴大器打開，然後再度關上，覺得滿意了。

「這一帶人的舉動就像把他當成該死的皇帝似的。」管理員抱怨道。

「他是，他是啊，」第三個人說道——強尼覺得他也認得這個傢伙，在特林布爾集會中出現過。「老爹，你還沒想清楚這一點嗎？」

「你上樓過沒有？」艾利曼問管理員，強尼身體一涼。

「樓梯的門是鎖著的，」管理員回答。「就跟一直以來一樣，我晃過一下。」

強尼默默感謝那扇門的彈簧鎖。

「應該去檢查一下。」艾利曼說道。

管理員發出一聲氣急敗壞的笑聲。「真搞不懂你們這些人，」他說：「你們期望什麼？《歌劇魅影》啊？」

「算啦，桑尼，」強尼認為他見過的那個傢伙說：「上面沒有人啦，如果我們拖著屁股快去街角那家餐館，剛好有時間喝杯咖啡。」

「那不是咖啡，」桑尼說：「那就只是他媽的爛泥，我們就先到樓上去，然後確定那裡沒有人，穆齊，我們照規矩來。」

強尼舔著嘴唇，抓緊了槍。他看著狹窄樓座的前後。右邊盡頭是一片白牆。左邊是回到辦公套間，兩頭都沒有差別。如果他移動，他們會聽見他，這麼空曠的市政廳本身就有天然擴音器的功能，他被困住了。

下面傳來腳步聲，然後是走廊與出入口之間的門被打開又關上的聲音。強尼等待著，全身僵硬而無助。就在他的下方，管理員跟另外兩個人在說話，不過他聽不見他們說的任何話。他的腦袋轉動著，就像某個緩慢的引擎，他盯著樓座的長邊看，等待桑尼．艾利曼稱為穆齊的那個傢伙出現在樓座盡頭。他無聊的表情會突然間變成震驚與難以置信，他的嘴巴會張開來：**嘿桑尼，有個人在上面！**

他可以聽見穆齊爬上樓梯的悶糊糊聲響，他設法要想到某句話，什麼都好，但卻什麼都沒想到。他們會發現他，就在不到一分鐘之後，而他想不出任何點子來阻止這件事發生。不管他做什麼，他唯一的機會就快要完蛋了。

開始傳來門打開關上的聲音，每個聲音都靠得越來越近，越來越清楚。從強尼前額迸出一滴汗，讓他的牛仔褲腿顏色變暗了。他可以想起他來到這裡時經過的每一扇門。穆齊檢查過了**市長**跟**市政委員**還有**稅務稽核員**。現在他打開男廁所的門了；現在他正在掃視屬於救濟委員的辦公室；現在到**女廁所**了。下個門就會通往樓座。

門打開了。

在穆齊走近沿著市政廳後方延伸的短短樓座欄杆時，兩個腳步聲傳來。「好了嗎，桑尼？

你滿意了？」

「一切看來都好嗎？」

「看起來像他媽的垃圾堆。」穆齊回答，下面冒出一陣爆笑。

「喔，下來吧，咱們去喝杯咖啡。」第三個男人說道。然後不可思議的是，事情就這樣結束了。門砰然關上，腳步聲撤回走廊，然後腳步聲往下走到一樓。

強尼身體一軟，有一會兒一切都從他身上游離，進入一片灰色。在他們出去喝他們的咖啡時，入口的門猛然摔上的聲音讓一部分的他脫離那個狀態。

在下面，管理員表達了他的判斷：「一群婊子。」然後他也走了，接下來二十分鐘左右，只有強尼在場。

5

大約九點半，傑克森的人開始魚貫進入他們的市政廳。第一個出現的是穿著正式黑色禮服的老小姐三人組，像喜鵲一樣地一起吱吱喳喳。強尼注視著她們挑了靠近暖爐的位置——幾乎完全在他的視線範圍之外——然後拿起放在椅子上的小冊子。小冊子充滿了葛瑞格．史提爾森的亮面照片。

「我真愛這個人，」三人中的一個說道：「我拿了三次他的簽名，今天我還會再拿一次，我很確定。」

關於葛瑞格．史提爾森的話就說到這邊。女士們繼續討論衛理公會教堂即將到來的返鄉星期天活動。

幾乎就在暖爐正上方的強尼，從非常冷變成非常熱。他利用史提爾森的安全人員離開到第一批市民抵達之間的空檔，脫掉他的夾克跟他的外罩衫。他一直用一條手帕擦掉他臉上的汗，而那塊亞麻布上有一條條汗漬，也有一條條血痕。他有問題的那隻眼睛又發作了，他的視野一直模糊而泛紅。

下面的門打開了，傳來一陣男人的頓足聲、他們從皮靴上抖下雪的咚咚聲響，然後四個穿著格紋羊毛夾克的男人沿著走廊過來，坐在前排。其中一個立刻講起一則法國人笑話。

一個大約二十三歲的年輕女子帶著她的兒子來了，兒子看來大概四歲。這男孩穿著一件上面有明亮黃色標記的藍色連身雪橇衣，他想知道他可不可以對著麥克風講話。

「不行，親愛的。」女人說道，然後他們去坐在男人們後面。這男孩立刻開始把腳踢向他前面的板凳，而其中一個男人回頭瞥了一眼。

「麥特，別這樣。」她說道。

現在差一刻就十點了，門以穩定的規律性開開關關。各種類型、職業與年齡的男男女女填滿了這個會堂。這裡有一陣陣對話來回飄蕩的嗡嗡聲響，空氣中洋溢著一種難以說明的期待感。他們不是來這裡刁難他們正式選上的民意代表，他們是在等待一位真正的巨星降臨他們的小社群。強尼知道，大多數「候選人見面會」跟「議員見面會」場合，都是一小撮死忠份子出現在幾乎空蕩蕩的會場裡。在一九七六年選舉期間，緬因州的威廉·柯恩跟他的挑戰者，萊頓·庫尼之間的一場辯論，除了媒體以外，全部就只吸引了二十六個人。政策討論會不過就是裝點門面，在選舉期再度來臨時拿來揮舞的自我推薦書。大多數的會議，其實可以在中等大小的小房間裡辦一辦就算了。

到了十點，市政廳裡的每個位子都有人坐了，後面還有二、三十個站著的人。每次門打開，強尼放在下面來福槍上的手都為之一緊。而他還並不肯定自己無論風險如何，都能做到這件事。

五分鐘過了，十分鐘過了。強尼開始認為史提爾森被耽擱了，或者有可能根本不來了。而偷偷跑遍他全身的感覺，是如釋重負。

然後門再度開了，一個熱情的聲音喊道：

「嘿！新罕布夏的傑克森市，你們好嗎？」

一陣震驚、愉快的竊竊私語。有些人狂喜地喊道：「葛瑞格！你好嗎？」

「喔，我覺得棒極了！」史提爾森立刻回答：「你們天殺的怎麼樣啦？」

一陣稀疏的掌聲很快地膨脹成贊同的吼叫。

「嘿，好喔！」葛瑞格喊叫著壓過去。他迅速地沿著走廊走向講壇，一路握著手。

強尼透過他的窺視孔注視著史提爾森。他穿著一件有綿羊皮領子的厚重生皮外套，今天硬殼帽被換成了一頂有亮紅色流蘇的羊毛滑雪帽。他在走道前端暫停了一下，然後對著出席的三、四家媒體揮手致意。閃光燈波波響起，掌聲隨之再度加強，屋椽為之動搖。

而強尼．史密斯突然間知道了，不是現在就永無機會。

他在特林布爾集會時對葛瑞格．史提爾森產生的感覺，突然間以一種確定又恐怖的清晰感，再度掃遍他全身。在他疼痛、飽受折磨的腦袋裡，他似乎聽到一種鈍重的木質聲音，兩件事情以一種恐怖的力道，在同一個時刻匯合到一起。或許，那是命運的聲音。若是拖延下去，繼續讓史提爾森講下去，事情會變得太過容易。太容易讓他躲過一劫，太容易讓強尼坐在上面這裡，用雙手捧著自己的頭，等待人群變少，等待管理員回來拆掉擴音系統，並且掃起地上的垃圾，之後所有的時間裡，他都會騙自己說，也許下個星期，到下一個城鎮再說。

就是現在，無可辯駁的現在，而在這瞬間，發生在這個偏鄉小鎮會堂裡的事情，對地球上的每個人類來說都有利害關係。

他腦袋裡咚咚的重擊聲，就像命運的兩極碰到了一起。

史提爾森正沿著通往講壇的台階往上爬，他後面的區域是淨空的。三個穿著敞開輕便外套的男人慵懶地靠在另一頭的牆壁上。

強尼站了起來。

6

一切似乎都以慢動作發生。

他的雙腿因為坐得太久而抽筋，他的膝蓋劈啪作響，像是沒好好爆炸的爆竹。時間似乎凍結了，雖然有些人轉頭了，有些人拉長脖子，掌聲還是繼續沒完沒了，有些尖叫穿透掌聲，但掌聲還在繼續，有人尖叫是因為樓座有個男人，而且這個男人握著一把來福槍，這是他們在電視上都看過的事情，他們全都知道這是個有著經典元素的情境。以它自己的方式，這種情境就跟迪士尼樂園一樣美國，政治家跟在高處握著槍的男人。

葛瑞格．史提爾森轉向他，他粗厚的脖子拉長了，皺成了摺痕，那頂滑雪帽頂端的紅色絨球上下跳動著。

強尼把來福槍放到他肩膀上。它似乎飄浮在那裡，而他感覺到它在肩膀關節旁邊靠到底時的重擊。他想起自己還是小男孩的時候，跟爸爸去獵鷓鴣。他們曾經去獵過鹿，不過強尼唯一一次看到鹿的時候，卻沒辦法扣下扳機，初次看見獵物的興奮影響了他。那是個秘密，就跟手淫一樣讓他羞恥，他從來沒告訴過任何人。

另一聲尖叫傳來。其中一位老小姐緊摀著她的嘴，強尼看到她黑帽子寬闊的帽簷上散布著人造水果。一張張臉孔轉向他，大大白白的零。張開的嘴，是小而黑的零，穿著雪橇連身衣的小男孩正用手指著。他母親試著要擋住他。史提爾森突然就在槍的準星上，而強尼記起要撥掉來福槍的保險。在對面，穿著輕便大衣的男人伸手到他們的夾克裡，而桑尼．艾利曼，綠色的眼睛熊熊燃燒，他吼道：「趴下！葛瑞格，**趴下！**」

不過史提爾森抬頭盯著樓座，這是第二次，他們的視線在一種完全的理解中鎖在一起，史提爾森就在強尼開火的同一瞬間才俯身避過。來福槍的吼聲很響亮，充滿了這個地方，子彈幾乎帶走講壇的整整一個桌角，把它剝到扔下裸露的亮色木頭。碎裂的木片紛飛，其中一片打中麥克風，冒出另外一聲回授的巨大哀鳴，那聲音突然間以一個喉音般的低沉嗡嗡聲作結。

強尼把另一個子彈送進槍膛，再度開火。這次子彈在講台蒙塵的地毯上打穿一個洞。

人群開始移動，像牲口般驚慌，他們全都衝向中央走廊。站在後排的人輕易地逃脫了，但接著在雙開門那裡，咒罵尖叫的男男女女形成了一個瓶頸。從大廳另一邊傳來波波波的噪音，突然間，樓座欄杆就在強尼眼前碎裂開來，一秒後，某個東西尖嘯著經過他的耳朵。然後像是有個隱形手指輕彈一下他的襯衫領子。對面的他們三個人全都握著手槍，因為強尼在上面的樓座，他們的火線非常清楚——但反正強尼本來就懷疑，他們會有多費心去考慮無辜的旁觀者。

老女人三人組之一抓住穆齊的手臂。她在啜泣，試著要問某件事，他把她甩開，然後用兩手穩住他的槍。會堂裡有一股火藥的惡臭。從強尼起身以後已經過了大約二十秒。

「**趴下！趴下，葛瑞格！**」

史提爾森仍然站在講台邊緣，微微蹲著，抬頭往上看。強尼把來福槍放低，有一刻史提爾森在準星前方，必中無疑。然後一顆手槍子彈劃過他的脖子，把他往後撞，使他發出的子彈亂飛到空中，對面的窗戶瓦解成一陣叮噹作響的玻璃雨。尖細的尖叫從下面飄上來，血泉湧而下，劃過他的肩膀與胸膛。

喔，殺他的工作做得還真是好啊，他歇斯底里地想著，然後再度往後移向欄杆。他拿起另一個子彈放到後膛，然後再度把槍放到肩上，現在史提爾森在移動了，他從台階衝下去到達地面層，然後再度抬頭瞥了一眼強尼。

另一顆子彈呼嘯掠過他的太陽穴。**我流血流得像隻被戳刺的豬**，他這麼想著。**來吧，來吧，把這件事了結掉。**

門口的瓶頸打破了，現在人們開始往外跑。一陣煙從對面某一把手槍的槍管升起，有一聲砰，幾秒鐘前彈著他衣領的隱形手指，現在從強尼的頭側邊劃過一條火線。這沒關係，除了殺死史提爾森以外，什麼都不重要。

他把來福槍再度往下指。

讓這一槍算數吧——

以史提爾森這麼大個子的人而言，他的速度很快。先前強尼注意到的黑髮年輕女人，大概已經走到中央走廊的一半處，懷裡抱著哭泣的兒子，試著用身體掩護他。

而史提爾森接下來做的事情讓強尼太過吃驚，以至於他差點失手弄掉整把來福槍。他把那男孩從他母親懷裡搶過來，轉身朝著樓座，把小男孩的身體擋在他前方。在準星前面的不再是葛瑞格．史提爾森了，而是個穿著深藍色底搭黃色滾邊雪橇連身衣的……

濾紙藍濾紙黃條紋老虎條紋

扭動小身體。

強尼的嘴巴張開了。這就是史提爾森，沒錯。老虎。但他現在在濾紙後面了。

這是什麼意思？強尼尖叫，但他的嘴唇沒發出任何聲音。

那個母親發出淒厲的尖叫，不過強尼以前在別處都聽過了。

「麥特！把他給我！麥特！把他給我，你這混蛋！」

強尼的頭脹起來，像個膀胱似地膨脹，一切都開始褪色。唯一的亮處只剩下有刻度的準星周圍，現在準星直接就在史提爾森穿著藍色雪橇連身衣的胸膛上。

動手啊，喔看在基督份上你必須這麼做，他會溜掉的——

而現在——或許只是模糊的視線讓它看起來像是這樣——藍色雪橇連身衣開始攤開，它的顏色溶出來，變成視野中淡淡的知更鳥蛋似的藍綠色，暗黃色延伸、變成條紋，直到一切開始消失在其中為止。

在濾紙後面。是的，他在濾紙後面，但這是什麼意思？這意味著這樣安全了，或者只是他超出我所及的範圍之外？這是什麼……

溫暖的火焰在下面某處一閃，然後不見了。強尼心靈中的某個黯淡部位把它認作是閃光燈泡。

史提爾森把那女人推開，然後朝門口退去，眼睛瞇成精心算計的海盜那種瞇瞇眼，他緊緊扣住那個扭動男孩的脖子跟胯下。

不行，喔親愛的神請原諒我，我不行。

此時又有兩顆子彈擊中他，一顆高的在胸膛，把他逼到後退貼著牆，然後從他身上彈開，第二顆子彈進入他軀幹的左邊，讓他一旋身跌進樓座欄杆。他隱約察覺到自己弄掉了來福槍。槍撞到樓座地板，直接近距離對牆壁開火。然後他的大腿上端撞上扶手，他在跌落。市政廳在他眼前翻轉了兩次，然後在他撞上其中兩張長椅，弄斷背部跟兩腿時，有個碎裂的撞擊聲。

他張開嘴巴要尖叫，但冒出來的卻是猛然湧出的血，他躺在長椅破碎的殘骸中，心裡想著：**結束了，我退縮了，搞砸了。**

有雙手放在他身上，不是很輕柔。他們在把他翻過來。艾利曼，穆齊，還有在場的另一個人。艾利曼是把他翻過來的人。史提爾森過來了，把穆齊推到一旁。

「別管這傢伙了，」他厲聲說道：「找到拍下那張照片的狗雜種，砸爛他的相機。」

穆齊跟另一個人走了。在附近不遠處，黑髮女人正在大喊著：「**躲在一個孩子，躲在一個孩子後面，我要告訴每個人……**」

「讓她閉嘴，桑尼。」史提爾森說。

「當然。」桑尼說著，離開了史提爾森身邊。

史提爾森蹲下來，俯視著強尼。「小子，我們彼此認識嗎？說謊沒有意義，你已經過了那個階段了。」

強尼低語道：「我們彼此認識。」

「是那個特林布爾集會，不是嗎？」

強尼點點頭。

史提爾森霍然站起，而強尼用他的最後一點力氣，伸出手抓住他的腳踝。只有一秒鐘，史提爾森輕鬆地就抽身了，但那夠長了。

一切都改變了。

現在人們靠近他了，但他只看見腳跟腿，沒有臉孔，但這不要緊，**一切都改變了**。

他開始輕輕哭泣，這次觸碰史提爾森像是觸碰一片空白。死掉的電池、倒掉的樹、空房子、光溜溜的書架、準備裝蠟燭的酒瓶。

褪色，消失。周圍的腳跟腿變得霧濛濛而不明確。他聽見他們的聲音，充滿推測，興奮含糊說話聲，但聽不見字詞，只有話語的聲音，然後甚至連這也在消退，模糊成一種高亢、甜美的哼唱聲。

他看著背後，那裡是他好久以前從中走出的走廊。他從那個走廊裡出來，進入這個明亮的胎盤地區。只是那時候他母親還活著，父親曾在那裡，呼喊著他的名字，直到他突破那裡迎向他們，現在只是要回去的時候了，現在回去是對的。

我做到了，不知怎麼的我做到了。我不明白為什麼，但我已經辦到了。

他讓自己飄向那個有暗鉻色牆壁的走廊，不知道在另一頭是否可能有某樣東西，他滿足於讓時間向他證明。甜美的哼唱聲消退了，霧似的明亮消退了。但他還是**他**——強尼·史密斯——完整無缺。

進入那個走廊，他心想。**沒問題了。**

他想著，如果他可以進入那道走廊，他就能夠走路了。

PART THREE

來自死亡禁地的筆記本

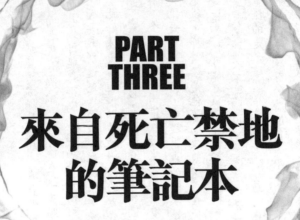

1

新罕布夏波茲茅斯，一九七九年一月二十三日

親愛的爸：

這是封非寫不可的可怕信件，我會試著保持簡短。在你收到信時，我猜我可能已經死了。一件糟糕的事情發生在我身上，而我現在認為，這可能在車禍跟昏迷之前很久就已經開始了。當然，你知道靈異能力的事，而且你可能記得媽在她臨終病榻前發誓說，上帝有意讓事情這樣發展，上帝有些事情要我去做，她要我別逃避，而我答應她我不會的——我不是認真這麼說，只是想安慰她的心靈。現在看來，她好像是對的，以某種古怪的方式說對了。我還是不真正相信神，不是把祂當成一個真實的存在，祂不會替我們做計畫、給我們各種小工作去做，就像童子軍在「人生大健行」裡贏得專科章，不過我也不相信我發生過的所有事情，都只是盲目的機率。

爸，在一九七六年夏天，我去了葛瑞格．史提爾森的一次造勢活動，地點在特林布爾，是新罕布夏的第三選區。你可能記得，那時候是他第一次競選。在他走到講壇的半路上，他跟很多人握了手，其中一隻手是我的。這是你可能會覺得難以置信的部分，雖然你曾經看過這種能力發動，其中一次的「靈光一閃」，只是這次不是閃現，爸。這次是一個異象，要不是聖經意義上的，就是非常接近那種狀況。夠古怪的是，這個異象不像我有過的其他「洞見」那樣清楚——這異象中，所有東西上面都有一層過去從來沒有的費解藍光——卻強勁得讓人難以置信。我看到葛瑞格．史提爾森將成為美國總統。這是多久以後的未來，我說不上來，只是他那時大部分的頭髮都掉了。我會說再過十四年，或者頂多再十八年。在這時，我的能力是看見而不是詮釋，而且在這個狀況下，我看見的能力被那古怪的藍色濾鏡給妨礙了，但我看到的夠多了。如果史提爾森變成

總統，他會讓一個從一開始就會變得相當糟糕的國際情勢更惡化，如果史提爾森變成總統，他會引發全面核子戰爭，我相信這場戰爭的第一個燃點會是南非。而且我也相信在這場戰爭短暫、血腥的過程裡，不會只有兩、三個國家發射核彈，可能會多達二十個國家——再加上恐怖組織。

爸爸，我知道這看起來一定很瘋狂，在我看來這都很瘋狂。可是我沒有懷疑，沒有衝動要回頭，設法在事後把這個異象講成比實際上更不真切、更不緊急的事情。你一直不知道——也沒有人會知道——但我不是因為那場餐廳大火逃離查茲沃斯家，我是在逃離葛瑞格．史提爾森，還有我應該要做的那件事。就像以利亞躲在洞窟裡，或者到頭來困在魚腹的約拿。我想我只會坐壁上觀，你懂的，觀察這種恐怖未來的先決條件是否開始各就各位。我本來可能還在等，但在去年秋天，頭痛開始變嚴重了，而且在我工作的道路工程隊裡，發生了一個事件。我猜領班基斯．史特朗，會記得那時……

2

摘自在所謂的「史提爾森委員會」面前提出的證詞，該委員會由緬因州參議員威廉．柯恩主持。發問者是諾曼．D．韋瑞澤，委員會的首席顧問。證人是基斯．史特朗，住在亞利桑納州鳳凰城，沙漠大道一四二一號。作證日期：一九七九年八月十七日。

韋瑞澤（韋）：而在這個時候，強尼．史密斯是鳳凰城公共工務局的僱員，不是嗎？

史特朗（史）：對，先生，他是。

韋：那時是一九七八年十二月初。

史：是的，先生。

韋：十二月七日有發生什麼讓你特別記得的事情嗎？跟強尼．史密斯有關的事情？

史：有的，先生，肯定有。

韋：如果你願意，告訴委員會這件事。

史：嗯，我得回到中央車輛調度場去弄兩桶四十加侖的橘色顏料來。你明白，我們在畫道路邊線。強尼——就是強尼．史密斯——在你講到的那天在羅斯蒙大道上，畫下新的車道標線。呃，我在大約四點十五分回到那裡——大概是下工時間前四十五分鐘——而有個叫做赫米．喬林的傢伙，你先前已經跟他談過了，他過來跟我說：「基斯，你最好去看看強尼，強尼有點不對勁，我想跟他說話，而他的舉止就好像他沒聽到似的，還差點撞倒我，最好讓他恢復正常。」他是這麼說的。所以我說：「赫米，他哪裡不對了？」赫米說：「你自己去看看，那傢伙狀況有些不對勁。」所以我沿路往上開，起初一切看起來都好好的，然後，哇噢！

韋：你看到什麼？

史：你是說，在我看到強尼以前。

韋：對，沒錯。

史：他畫的線開始荒腔走板了，起初只有一點點——這裡或那裡抖一下，有點氣泡——你知道，就不是完全筆直。而強尼是整個工程隊裡最厲害的畫線能手。然後線開始變得真的很糟。那條線開始在路上到處畫，畫出大圈圈跟鬈曲紋路。在某些地方，看起來就像是他有幾次在轉圈圈。有大約一百碼的距離，他就在泥土路肩上畫上條紋。

韋：你怎麼做？

史：我制止他，我是說，到最後我制止他了，我就停在畫線機旁邊，開始對他大喊大叫，我喊了有五、六次吧，但他就好像沒聽到一樣。然後他把那玩意猛然轉向我，然後在我的車側面撞出一個偌大的凹洞。這也是高速公路部門的財產，所以我按了喇叭，而且再度對他大叫，這樣似乎讓他聽見了。他把畫線機打到空檔，然後看著我這邊，我問他到底以為自己在幹嘛。

史：那他的反應是什麼？

史：他說嗨，就這樣。「嗨，基斯。」就好像一切都好得不得了。

韋：而你的反應是……？

史：我的反應是臉色發青，我很生氣。而強尼就只是站在那裡，環顧四周，然後抓著畫線機的邊緣，就好像如果他放手就會跌倒一樣。就在那時候我才領悟到，他看起來病得有多重。你知道，他一直都很瘦，但現在他看起來白得像紙，他的嘴巴邊緣有點……你知道……往下拉。起初他看起來甚至不懂我在說什麼。然後他環顧四周，看到那條線——整條路上都是。

韋：然後他說……？

史：說他很抱歉，然後他有點——我不知道——搖搖晃晃，然後把一隻手放到臉上。所以我問他哪裡不對了，他說……喔，講了很多亂糟糟的事情，什麼意義都沒有。

柯恩：史特朗先生，我們對於史密斯先生說過的任何話，任何有助於釐清此事的話都特別有興趣；你可以回憶起他說什麼嗎？

史：喔，起初他說沒什麼不對，只是空氣聞起來像橡膠輪胎，著火的輪胎。然後他說：「如果你想跳發它，電池會爆炸。」還有像是這樣的話：「我胸口有馬鈴薯，兩家電台都在太陽裡，所以為了樹木全都出去了。」這是我能記得最清楚的部分了。就像我說的，這全都亂糟糟的，而且很瘋狂。

韋：接下來發生什麼事？

史：他開始軟倒，所以我抓住他的肩膀跟他的手——他本來把手放在臉旁邊——那隻手落下了，我看到他的右眼充血。然後他就昏倒了。

韋：他在昏迷以前又多說了一件事，不是嗎？

史：是的，先生，他是說了。

韋：而那是什麼？

史：他說：「爸爸，我們以後再擔心史提爾森，他現在在死亡禁地了。」

韋：你確定他是這麼說的？

史：對，先生，我確定，我永遠不會忘記。

3

……我醒來的時候，人在羅斯蒙路工作站的小工具棚裡。

基斯說，我最好馬上去看醫生，我不去就不能回去工作。我很怕，爸，但我猜不是因為基斯所想的理由。無論如何，我約好了要去見山姆．魏札克。魏札克十一月初寫信給我時提過的一位神經科專家。你知道，我曾經寫信給魏札克，告訴他我害怕開車，因為我有幾次眼睛出現重影。山姆立刻回信了，叫我去看這位范恩醫生——說他認為這些症狀非常令人擔憂，但他不會擅自隔空診斷。

我沒有馬上就去。我猜你的心智可以整你整得很厲害，而我在道路畫線機事件以前，一直想著：這只是我正在經歷的階段，狀況會變好的。我只是不想去思考別種可能。但道路畫線機事件太過火了。我去了，因為我開始害怕了——不只是為我自己，也因為我所知的事。所以我去見了這位范恩醫生，他給我做了些測試，然後對我解釋清楚，結果我沒有像我以為的有那麼多時間了，因為……

4

摘自在所謂的「史提爾森委員會」面前提出的證詞，該委員會由緬因州參議員威廉・柯恩主持。發問者是諾曼・D・韋瑞澤，委員會的首席顧問。證人是昆丁・M・范恩，住在亞利桑納州公園地路十七號。作證日期：一九七九年八月二十二日。

韋：在你檢測完成並做成完整診斷以後，你在辦公室裡見強尼・史密斯，不是嗎？

范恩（范）：是的。這是個很艱難的會面，這種會面總是很艱難。

韋：你可以告訴我們，你們之間實際的交流狀況嗎？

范恩：好的，在這不尋常的狀況下，我相信醫病保密義務可以豁免。我一開始對史密斯指出，他有過一次恐怖嚇人的經驗，他同意。他的右眼仍然嚴重充血，不過狀況比較好了，他有個小毛細血管破裂了。如果我可以使用那張圖表……

（此處原文經過刪減濃縮）

韋：你對史密斯做出這個解釋以後呢？

范：他問我底線是什麼時候。這是他的用詞「底線」。他以一種平靜的方式，讓我佩服起他的冷靜與勇氣。

韋：那底線是什麼，范恩醫生？

范：啊？我還以為到現在已經很清楚了。強尼・史密斯的頭頂葉有個發展極端良好的腦瘤。

（聽眾騷動；短暫休會）

韋：醫生，我很抱歉有這番中斷。我想提醒旁聽者，這個委員會正在進行中，而且這是個調查會議，不是怪胎秀。我要求保持秩序，否則我就叫警衛清場。

范：沒關係的，韋瑞澤先生。

韋：感謝你，醫生，你可以告訴委員會，史密斯如何承受這個消息？

范：他很冷靜，極端冷靜。我相信在他內心深處，他已經形成自己的診斷，而他跟我的診斷湊巧吻合。然而他說，他嚇壞了，而他問我他還能活多久。

韋：你怎麼告訴他？

范：我說，在那一刻這種問題沒有意義，因為我們還有很多選擇。我告訴他，他需要動手術。我應該指出，在此刻我根本不知道他的昏迷，還有他不尋常——幾乎是奇蹟般的——甦醒。

韋：而他的反應是什麼？

范：他說不會動手術，他說得很小聲，卻非常、非常堅定，不動手術。我說我希望他會重新考慮，因為要是拒絕動這手術，等於是簽下自己的死刑執行令。

韋：史密斯對此有任何反應嗎？

范：他要我對於他不動手術能活多久，給他我的最佳意見。

韋：你給他你的意見了嗎？

范：是的，我給他一個大致的估計數字。我告訴他，腫瘤有極端紊亂的生長模式，而我曾經知道有病患的腫瘤陷入停止生長狀態長達兩年，但這樣的休止狀態很稀少。我告訴他，沒動手術的話，他可以合理期待的壽限，是八到二十個月。

韋：但他還是拒絕手術了，對嗎？

范：是的，沒錯。

韋：在史密斯離開的時候，有發生什麼不尋常的事嗎？

范：我會說是極端不尋常的事。

韋：如果你願意，請告訴委員會。

范：我碰了他的肩膀，我想意思是要阻止他吧。你懂吧，我不願意看到這個人在這種狀況下離開。而在我這麼做的時候，我感覺到有某種東西從他身上跑出來……那是一種電擊般的感覺，但也是一種古怪的被抽乾、變得虛弱的感覺。就好像他從我身上**吸走**了什麼東西。我會向你承認，這是個極端主觀的描述，但這話是來自一個受過專業觀察技藝訓練的人。這並不愉快，我向你保證。我……從他身旁退開……而他建議我打電話給我太太，因為草莓讓自己受了重傷。

韋：草莓？

范：對，他是這麼說的。我太太的哥哥……他名字叫做史丹貝利（Stanbury）．李查茲。我的小兒子很小的時候叫他草莓（Strawberry）叔叔。順便一提，這個聯想是後來才想到的，那天晚上我建議我太太打電話給她哥哥，他住在紐約的鵝湖鎮。

韋：她打給他了嗎？

范：是，她打了。他們有一段非常愉快的閒聊。

韋：那麼李查茲先生——你的小舅子——他還好嗎？

范：是的，他那時很好。不過接下來的那個星期，他在粉刷房子的時候跌下梯子，摔斷了他的背。

韋：范恩醫生，你相信強尼．史密斯能看到發生的事嗎？你相信他看到關於你太太的哥哥的預知異象嗎？

范：我不知道，但我相信可能是這樣。

韋：謝謝你，范……

范：我可以再多說一件事嗎？

韋：當然。

范：如果他確實身負這樣的詛咒——對，我會稱之為一種詛咒——我希望上帝會憐憫這個男人飽受折磨的靈魂。

5

而我知道，爸，大家會說我是因為腫瘤做了我計畫要做的事，但是爸，不要相信他們，那不是真的。腫瘤只代表車禍終於追上我了，我現在相信那車禍從來沒停止過，一直在發生著。腫瘤在車禍時受傷的同一個部位，我現在相信同樣那個部位可能有過瘀傷，那時我還小，有一天在迂迴池旁邊溜冰的時候摔了一跤。那時候我有了第一次「靈光一閃」，雖然現在我想不起來到底是什麼了，而我就在車禍前又有了另一次，在艾斯提的園遊會裡。問莎拉那次的事，我確定她還記得。腫瘤長在我一直稱為「死亡禁地」的區域。而結果說得正對，不是嗎？一切都正確得太苦澀了。上帝……天意命數……命運……不管你怎麼稱呼它，似乎都伸出它穩定又不容置疑的手，要讓天平再度恢復平衡。或許我本來就該死於車禍，或者甚至更早，在迂迴池那天就該死了。而我相信，當我完成我必須完成的事情時，天平會再度完全恢復平衡。

爸，我愛你。最糟糕的事情——僅次於相信我所陷入的恐怖困境中，唯一的脫身之道是槍——是知道我身後會留下你忍受這種悲痛，還有那些沒有理由相信史提爾森不是個正義善士的人心中的恨意……

6

摘自在所謂的「史提爾森委員會」面前提出的證詞，該委員會由緬因州參議員威廉·柯恩主持。發問者是艾伯特·藍富魯，委員會的副顧問。證人是山姆·魏札克，住在緬因州班戈的哈洛巷二十六號。作證日期：一九七九年八月二十三日。

藍富魯（藍）：我們現在接近休會時間了，魏札克醫生，而我想代表委員會感謝你過去長達四小時的證詞，你幫助釐清了許多狀況。

魏札克（魏）：我很樂意。

藍：最後一個問題，魏札克醫生，這個在我看來是有近乎最終重要性的問題；這是已經列為證物，由強尼·史密斯寫給他父親的信裡也談到的問題。這個問題就是……

魏：不。

藍：請再說一次？

魏：你準備問我，是不是強尼的腦瘤讓他那天在新罕布夏扣下了扳機，不是嗎？

藍：在某種意義上，我想……

魏：答案是「不」。直到他的生命盡頭，強尼·史密斯都是一個在思考、推論的人類。他寫給父親的信顯示了這一點，他給莎拉·哈茲萊特的信也顯示了這一點。他是一個人，有著一股恐怖、神一般的力量——或許是一種詛咒，就像我的同事范恩醫生曾經說過的——但他既不是精神失常，也不是因為顱內壓力導致的幻想而行動——如果這種事情甚至有可能的話。

藍：但查爾斯·惠特曼[142]，所謂的「德州塔樓狙擊手」，不就是……

魏：對、對，他有個腫瘤。幾年前在佛羅里達墜機的東方航空飛機機長也有[143]。而從來沒有人認為腦瘤在兩個案例裡是引發事件的原因。我會向你指出，其他惡名昭彰之人——理查．史貝克[144]，所謂的「山姆之子」[145]，還有希特勒——並不需要腦瘤導致他們採取殺人行動。或者是法蘭克．達德，強尼在城堡岩揭發的謀殺犯。不管這個委員會可能發現強尼的行為有多麼誤入歧途，這都是一個正常之人的行為，他或許是承受著重大的心靈苦惱——但還是神智健全。

7

……而最重要的是，別相信我做這種事沒經過最長久又最苦惱的反省。如果殺了他我就能確保人類得到另外四年、另外兩年、甚至另外八個月時間可以思考此事，這樣就值得了。這是錯的，但可能結果會是對的。我不知道。但我不再扮演哈姆雷特了，我知道史提爾森有多危險。爸，我非常愛你。相信這句話。

你的兒子，

強尼

8

摘自在所謂的「史提爾森委員會」面前提出的證詞，該委員會由緬因州參議員威廉．柯恩主持。發問者是艾伯特．藍富魯，委員會的副顧問。證人是史都華．克勞森先生，住在新罕布夏傑克森的黑帶路。

藍富魯（藍）：而你說你只是剛好拿起你的相機，克勞森先生？

克勞森（克）：是啊！就在我走出門的時候。我那天甚至差點就沒有去，雖然我喜歡葛瑞格．史提爾森——呃，無論如何，在這一切事情之前我確實喜歡他。市政廳在我看來就像個討厭的玩意，你知道嗎？

藍：因為你的駕照考試。

克：你說對了，測驗沒過是超討厭的事情。但到最後，我會說管他去死，因為我拍到照片了。哇！我拍到了。我猜那張照片會讓我很富有，就像《美軍在硫磺島升旗》。

藍：我希望你不會認為這整件事是為了讓你從中獲益，年輕人。

克：喔！不！完全不是！我只是說……呃……我不知道我是什麼意思。不過這就發生在我眼前……而且我不知道。嘩，我只是高興我有帶我的尼康相機，就這樣。

藍：你就在史提爾森抱起那孩子的時候拍到這張照片？

克：麥特．羅伯森，是的長官。

藍：而這是那張照片的放大版？

克：對，那是我的照片。

藍：而在你拍下照片後，發生什麼事？

142. Charles Witman（1941-1966），被稱為「德州塔樓狙擊手」，他在一九六六年八月一日先殺死自己的妻子跟母親，然後持槍到德州大學校園內的塔樓上隨意掃射，直到被警方射殺以前，殺死了十四人、殺傷三十二人。他死前曾經苦於嚴重頭痛、受到莫名其妙的思緒干擾，在遺書中要求遺體解剖。死後解剖發現他長了膠質母細胞瘤。德州州長因為此案召開調查委員會，委員會判定腦瘤雖然無法完全解釋惠特曼的行為，的確有部分影響。

143. 一九七二年十二月二十九日美國東方航空（後來在一九九一年倒閉）四〇一號班機在即將降落時，機鼻起落架信號燈發生故障，機組人員都在忙於解決這個問題，卻沒有發現機體下降太快，結果飛機墜入沼澤爆炸解體，造成一百零三人罹難。事後遺體解剖發現機長腦中有生前未檢查出的腦瘤，但調查結果認定腦瘤對失事並無直接責任。

144. Richard Speck（1941-1991），在一九六六年七月闖進一間護校女學生的宿舍，折磨、殺害八名女生（最後一名死者遭到強姦）。史貝克當時被判定有「器質性腦症候群」：他的心理狀態異常是腦部異常所導致。

145. David Berkowitz（1953-），一九七六至七七年間隨機射殺情侶，還投書報紙自稱「山姆之子」。

克：其中兩個爪牙追著我跑。他們喊著「把相機給我們，小鬼！放下」。就是類似這樣的屁——呃，類似這樣的話。

藍：而你跑了。

克：我跑了？神聖的上帝啊，我猜我是跑了，他們幾乎追著我一路跑到市鎮停車場。其中一個人差點抓到我，不過他在冰上滑了一下，跌倒了。

柯恩：年輕人，我想向你指出，在你跑贏那兩個惡棍的時候，你贏得你這輩子最重要的賽跑了。

克：謝謝您，長官，史提爾森那天做的事情……也許你必須置身那裡，不過……把一個幼童抱起來擋在你前面，那真的很低級。我敢打賭，新罕布夏人就算選個捕狗的都不會選那傢伙，不管是為了……

藍：謝謝你，克勞森先生。證人可以離開了。

9

又是十月了。

莎拉避免這趟旅行很久很久了，但現在時候到了，不能再耽擱下去，她感覺到了。她把兩個孩子都留給阿布拉納普太太——他們現在有幫傭了，還有兩輛車，而不是小小的紅色品托，華特的收入接近一年三萬美元了——而她獨自穿過晚秋燃燒般的燦爛色彩來到包諾。

她停在相當小的鄉間道路路肩，下了車，然後跨越到另一邊的小墳場。在其中一根石柱上，有個小小的晦暗名牌，宣布這裡是**白樺園**。這裡有散漫的石牆圍繞著，園地被維持得很乾淨，五個月前的陣亡將士紀念日，還留下幾面褪色的旗子，但這些旗子很快就會被埋在雪下。

她慢慢走著，不慌不忙，微風吹到她暗綠色的裙襬，撥弄著它。這裡是世世代代的**包登家族**，這裡是**馬斯頓**的一整個家族。在這裡，在一大塊大理石紀念碑旁邊的一整群，可以上溯到一七五〇年的**皮爾茲貝里**家族。

而在靠近後牆的地方，她找到一個相對來說很新的墓石，上面只寫著**強尼·史密斯**。莎拉跪在它旁邊，猶豫了一下，然後觸碰了它，她讓她的手指尖若有所思地滑過它光潔的表面。

10

一九七九年一月二十三日

親愛的莎拉：

我剛剛寫了一封非常重要的信給我父親，寫那封信花了我幾乎一個半小時。我就是沒有力氣重複這種努力了，所以我要建議妳，一接到這封信就打電話給他。現在去做吧，莎拉，在妳讀完這封信剩下部分以前。

所以現在，妳很有可能知道了。我只想告訴妳，就在最近，我很常想到我們在艾斯提市集的約會。如果我必須猜妳對當時最記得的兩件事，我會猜是我在命運之輪方面的運氣（記得那個一直說「我很愛看這傢伙被痛宰」的孩子嗎？），還有我戴著要妳的那張面具，本意只是開個玩笑，但妳生氣了，我們的約會差點在那時就完蛋了。也許當時如果那樣發展了，我現在就不會在這裡，那個計程車司機也還會活著。另一方面來說，也許未來什麼重要的事都不會變，而我在一星期、一個月或一年後還是會面對相同的苦澀命運。

嗯，我們有過機會，而跑出來的是其中一個莊家號碼——我猜是〇〇。我想要妳知道，我想著妳，莎拉。對我來說，真的沒有過別人，那天晚上，對我們來說是最好的晚上……

11

「哈囉，強尼。」她喃喃說道，風輕柔地走過那些燃燒如熊熊火焰的樹木，一片紅葉翻飛著越過明亮的藍色天空，然後不被注意地落在她頭髮上。「我在這裡，我終於來了。」

大聲說出來好像不太對，在墳場裡對死人講話是瘋子的行為，她本來一度會這麼說。但湧現的情緒讓她吃了一驚，這樣強力又濃烈的情緒，導致她的喉嚨開始疼痛，她的雙手突然間猛然箝緊。跟他說話應該沒關係吧，畢竟，已經過去九年了，而這就是事情的盡頭。在這之後，會是華特跟孩子們，以及她在丈夫講壇背後的其中一張椅子上，露出的很多微笑，來自背景裡的無盡微笑，還有偶爾在星期日增刊裡的特別報導——如果華特的政治生涯一飛沖天，就跟他期待的一樣。未來將會是她頭髮裡每年都多添的一點點灰色，若是胸部下垂，她永遠不會忘記穿胸罩的時候，化妝也會變得更加小心，未來是在班戈的ＹＷＣＡ上運動課程、購物、帶著丹尼去上一年級，詹尼斯去上幼稚園，未來是除夕派對跟滑稽的帽子，也是人生滾進科幻小說般的一九八〇年代，她將進入一個古怪、幾乎未知的狀態——中年。

她在她的未來裡看不到郡市集。

第一陣緩慢、滾燙的眼淚開始出現。「喔，強尼，」她說：「一切都應該不一樣的，不是嗎？不該像這樣結束的。」她低下頭，她的喉嚨痛苦地動著——卻沒有用。啜泣還是來了，明亮的太陽碎裂成折射的稜光。這陣風，本來似乎這麼溫暖又像是回歸的春意，她濕潤的臉頰上就像二月一樣冰寒。

「不公平！」她哭著面對包登、馬斯頓還有皮爾斯貝里的沉默，這群死去聽眾證明得不多不少，就是人生過得很快，死者已死。「喔上帝啊，不公平！」

而就在那時，那隻手碰觸了她的脖子。

12

……那天晚上是對我們來說最好的晚上，雖然還是有些時候，我很難相信有過一九七〇這樣一年，還有校園裡的騷動，尼克森那時是總統，還沒有口袋型計算機，沒有家用錄影帶錄影機，沒有布魯斯．史普林斯汀或者龐克搖滾樂團。而在其他時候，那個時間似乎就像只隔著一個手掌的距離，我可以觸碰到它，而如果我可以用手臂環抱住妳、或者碰觸妳的臉頰、妳的頸背，我可以帶著妳跟我一起離開，進入一個不同的未來，沒有痛苦、黑暗或苦澀的選擇。

嗯，我們全都做了我們能做的，這一定夠好了……而要是這不夠好，也必須如此。我只希望妳會盡妳所能的把我想得好些，親愛的莎拉。獻上我最大的祝福，

還有我所有的愛。

強尼

13

她猛然倒抽一口氣，背部一挺，她的眼睛瞪得又大又圓。「強尼？」

那感覺過去了。

不管那曾是什麼，都過去了。她站起來轉過身去，當然那裡什麼都沒有。但她可以看到他站在那裡，他的雙手深深插在口袋裡，他那張討喜勝過瀟灑的臉上，那種輕鬆、歪一邊的咧嘴笑容，瘦長閒適地靠在一個紀念碑、其中一個石門柱、或者也許就是一棵被秋天將盡之火染紅的樹旁。沒事的，莎拉——妳還在吸那邪惡的古柯鹼嗎？

那裡什麼都沒有，只有強尼。在某個很近的地方，也許他無處不在。

我們全都做了我們能做的，這已經夠好了……而要是這不夠好，也必須如此。莎拉，從沒有任何事物遺失，沒有不能被找到的東西。

「同一個老強尼。」她悄聲說道，然後走出墓園，穿過馬路。

她暫停了一會兒，回頭張望。溫暖的十月風吹得很強勁，種種美好的光影似乎掠過這個世界，樹木偷偷地沙沙作響。

莎拉坐進她車裡，驅車離去。

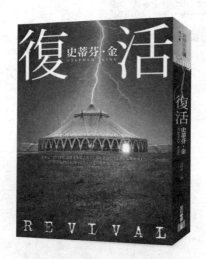

國家圖書館出版品預行編目資料

死亡禁地 / 史蒂芬 · 金 Stephen King 著；吳妍儀譯 —— 初版. —— 台北市：皇冠，2018.01[民107]
面；公分. —— （皇冠叢書；第 4672 種 史蒂芬金選；39）
譯自 :The Dead Zone
ISBN 978-957-33-3351-7(平裝)

874.57 106022550

皇冠叢書第 4672 種
史蒂芬金選 39

死亡禁地
The Dead Zone

作　　者—史蒂芬 · 金
譯　　者—吳妍儀
發 行 人—平雲
出版發行—皇冠文化出版有限公司
台北市敦化北路120巷50號
電話◎02—27168888
郵撥帳號◎15261516號
皇冠出版社(香港)有限公司
香港上環文咸東街50號寶恒商業中心
23樓2301—3室
電話◎2529—1778　傳真◎2527—0904
總 編 輯—龔槵甄
責任主編—許婷婷
責任編輯—平靜
美術設計—王瓊瑤
著作完成日期— 1979 年
初版一刷日期— 2018 年 1 月

法律顧問—王惠光律師
有著作權 · 翻印必究
如有破損或裝訂錯誤，請寄回本社更換
讀者服務傳真專線◎ 02—27150507
電腦編號◎ 508039
ISBN ◎ 978-957-33-3351-7
Printed in Taiwan
本書特價◎新台幣 549 元 / 港幣 183 元